한국 야담의
자료와 전승

한국 야담의
자료와 전승

정명기

보고사
BOGOSA

머리말

　유수와 같은 세월은 무심히 흘러 정명기 교수가 세상을 떠나지 벌써 1년이 되었다. 사람의 힘으로 어떻게 해볼 수 없는 운명이라 하더라도, 그가 세상에 있으면서 해야 할 일이 꽤 많이 있다는 아쉬움은 그대로 남아 있다. 그러나 그런 학술적인 일이 아니라, 만나서 이런저런 얘기를 나누는 일상의 즐거움을 이제 더 이상 함께 누릴 수 없다는 순전한 개인적인 그리움은 시간이 지나며 더욱 커진다.

　정교수의 제자 부산교육대학교의 김준형 교수가 스승을 기리기 위해 정교수가 쓴 소설과 야담 관련 논문을 두 책으로 엮어서 출판하면서, 그 서문을 내게 부탁했다. 책의 원고를 받아보니, 소설 관련 글은 전부 모아 한 책을 만들었고, 야담 관련 글은 기존에 단행본에 실리지 않은 것을 한 책으로 묶었다. 40년 전인 1979년에 발표한 글부터 2014년에 쓴 논문까지 35년에 걸쳐 정교수가 쓴 글이다. 컴퓨터로 글을 쓰기 시작한 후의 자료는 파일이 있어서 그대로 실을 수 있지만, 그 이전의 논문은 새로 입력했다고 하는데, 이 일은 선문대학교의 유춘동 교수와 정교수의 따님 정보라미 서울대학교 강사가 도와주었다고 한다.

　정명기 교수는 야담 연구자로 알려져 있지만, 대학원에 입학했을 때는 소설을 공부할 뜻이 있었다. 정교수의 석사학위 논문은 「女豪傑系 小說의 形成過程 硏究」(1981.02)라는 제목의 고소설 관련 논문이다. 이번에 나오는 책에 실린 「古小說 後記의 性格考」(1979)라는 논문은 석사과정 2학기 재학 중에 쓴 것으로, 이 방면의 연구로는 매우 획기적인 것이다. 이런 논문을 쓰기 위해서는 많은 자료를 읽어야 하는데, 1970년대에는 고소설 필사본의 영인본 자료집이 나오지 않았기 때문에 원본을 직접 보지 않고는 자료를 찾을 수 없었다. 정교수가 이런 논문을 쓸 수 있었던 것은, 직접 자료를 확인하고 글을 쓴다는 연구자로서의 기본 태도가 분명했기 때문이고, 여기에 더해 지도교수인 김동욱 선생의 연구실에서 자유롭게 고서를 볼 수 있는 기회를 가졌기 때문이기도 하다.

박사과정에 진학하여 야담으로 전공을 정한 후에 박사학위 논문「野談의 變異樣相과 意味 研究」(1989.02)를 발표하면서, 정교수는 야담 연구에 박차를 가했다. 특히 김동욱 선생과 함께 펴내기로 한『청구야담』의 교주본을 스승이 돌아간 지 5년 후에 간행함으로써 스승과 한 생전의 약속을 결국 지켜냈다. 자료를 중심으로 한 정명기 교수의 야담 연구는, 기존의 오류를 바로잡는 것은 물론이고, 제대로 정리된 야담 자료를 자세히 읽을 수 있게 됨으로써 야담 연구의 수준을 한 단계 높일 수 있었다. 야담으로 전공을 정한 이후에도 정교수는 고소설에 대한 관심을 늦추지 않았다. 그의 자료 수집에 대한 열정은 학계에 잘 알려져 있다. 야담과 함께 상당한 양의 한글소설도 수집했는데, 이 가운데는 고소설이나 야담 연구를 위해서는 반드시 열람해야할 자료가 상당수 있다.

정명기 교수는 세책 고소설을 접하고 나서 고소설에 다시 관심을 갖게 되었다. 1979년에 쓴 「고소설 후기의 성격고」에서, 정교수는 나손본『조웅전』과 연세대본『하진양문록』이 세책으로 유통되던 책이고, 이 책에 들어 있는 낙서가 독자들이 쓴 것임을 알고 있었다. 정교수는 고소설 연구에서 세책이 중요하다는 사실을 가장 먼저 깨달은 사람 중의 한 명일 것이다. 현재 한국과 일본에 남아 있는 세책 고소설 가운데 그의 손을 거치지 않은 책은 없다고 해도 과언이 아니다. 세책 고소설의 배접지로 사용된 장부를 찾아내고, 세책의 독자가 그린 낙서의 의미를 생각해본 그의 작업은, 이제 후배 연구자들에 의해서 계속되고 있다.

1982년 각기 다른 지방으로 취직을 해서 서울을 떠난 후로, 나와 정 교수는 전화나 편지를 주고받으며 서로의 안부를 물었다. 가끔 얼굴을 보고 싶을 때면 서로 연락을 해서 몇 백 리 길을 달려가 만나 세상과 학문과 인간에 대해서 얘기했는데, 때로는 분노하기도 하고, 때로는 절망하기도 했지만, 끝내는 서로를 위로하고 격려하며 헤어지곤 했다. 이제 그의 제자가 편찬하여 간행하는 책에 서문을 쓰면서, 오랜 기간 그와 함께 이 세상에서 보낸 즐거운 시간을 회상해보기도 했다. 그러나 고전문학자 가운데 가장 능숙하게 자료를 다룰 수 있는 연구자가 이 세상에 없다는 아쉬움과 함께, 절망이나, 분노나, 위로나, 격려를 같이 할 수 있는 사람을 다시 만날 수 없다는 허전함과 쓸쓸함이 문득 더 깊어지는 것은 어쩔 수 없다.

2019년 2월
이윤석

차례

제1부
야담 자료와 텍스트의 문제

제2부
야담의 원천과 전승

제3부

야담 연구와 새로운 자료

| 일러두기 |

▶ 이 책은 고 정명기 교수가 이전에 출간한 저서 『한국 야담문학연구』(보고사, 1996) 이후에 쓴 논문 전체를 한데 모은 것이다. 그 중 둘 혹은 여럿이 함께 쓴 논문은 이 책에서 제외하였다.

▶ 논문은 원래 학계에 발표한 내용 그대로 실었다. 그러나 책의 일관성을 위해 부호를 통일하였고, 일부 오탈자는 수정하였다. 다만 서강대본 단편야담집의 서지를 소개하는 대목에서 분명한 오독을 한 부분은 일부 삭제하였다. 또한 잘못 소개된 소장처 정보도 정정해 놓았다.

▶ 발표 논문은 각각 3부로 나누어 실었다. 제1부와 제2부는 전승에 초점을 맞추었고, 3부는 자료를 소개하는 데에 중심을 두었다. 원래 소개한 자료는 학술지에 수록된 원문 그대로 실었다.

▶ 원 출전은 해당 논문 마지막에 밝혔다.

제1부

야담 자료와
텍스트의 문제

야담 연구에서의 자료의 문제

1. 들어가는 말

어느 분야의 경우이든 마찬가지이겠지만, 연구의 대상이 되는 자료들의 진정한 값어치는 그 자료가 지니고 있는 문학적 의미를 연구자들이 제대로 해석해 낼 때 확보되는 것이라고 할 수 있다. 그것은 특히 최근 들어 연구의 분위기와 활성화 정도에서 예전의 활력을 소진(?)한 채 머뭇거리는 것으로조차 보이는 야담문학 연구의 경우에 더욱 긴요한 문제라고 할 수 있다. 곧 야담문학의 경우, 엄밀히 말하면 어느 면 그 자체의 문학성 규명이라든가 하는 본격적인 연구[1]가 제대로 이루어지지 못한 채 그동안 많은 연구가 이루어진 것은 아닌가 하는 회의조차 갖게 한다. 이런 느낌은 유독 필자만이 갖는 편벽되고 한정된 생각이 아니라 우리 야담문학 연구가들이 공통되게 갖고 있는 것[2]

---

1) 최근에 제출된 이강옥 선생의 「야담의 속이야기와 등장인물의 자기 경험 진술」,(『고전문학연구』 13집, 한국고전문학회, 1998.)은 야담의 형태미학적 특성을 꼼꼼히 밝혀내고 있다는 점에서 우리들에게 시사하는 바 크다고 할 수 있다.

2) 이에 대해서는 임완혁 선생 또한 「『계서야담』의 서술방식에 대한 일 고찰」, 『한국한문학연구』 19집(한국한문학회, 1996.)에서 "이러한 연구는 일정한 시기에 집중적으로 진행되었지만, 예전의 집중되었던 열정이나 성과에 비해, 지금의 상황은 어느 정도 소강상태에 접어든 느낌마저 불러일으킨다. 이러한 현상의 원인은 새로운 연구 방법의 부재를 들 수 있다. 내용 중심의 연구가 지니는 매너리즘을 극복하지 못하고 새로

이라 하겠다.

임형택·조희웅 선생에 의해 주도된 초창기 야담의 연구[3]에서는 여러 어려움으로 해서 많은 수의 자료들(특히 이본에 대한 본격적인 고려가 전혀 이루어지지 못했다고 할 수 있다.)을 검토할 수 있는 분위기와 여건이 마련되지 못했다[4]고 할 수 있다. 따라서 이들 연구 성과의 경우 오늘날의 관점에서 볼 때, 그 공(功) 못지않게 과(過) 또한 아울러 지니고 있으리라는 것을 어렵지 않게 짐작할 수 있다.

이런 점에 착안하여 필자는 야담문학에서 자료가 갖는 의미를, 그간 구체적으로 검토해 보았던 몇몇 자료들[5]을 대상으로 하여 기왕의 몇몇 잘못된 주장이라든가, 미진한 부분에 대한 논의를 제한된 사례

운 활로를 찾지 못하고 있는 것이다."고 지적한 바 있다.

3) 임형택, 「18,9세기 이야기꾼과 소설의 발달」, 『한국학논집』 2집, 계명대 한국학연구소, 1975.(『고전문학을 찾아서』(문학과 지성사, 1976)에 재수록됨)

임형택, 「漢文短篇 형성과정에서의 講談師」, 『한국소설문학의 탐구』, 일조각, 1978.

임형택, 「漢文短篇과 講談師」, 『창작과 비평』 13권 3호, 창작과 비평사, 1978. 가을.

임형택, 「실학파문학과 漢文短篇」, 『한국학연구입문』, 지식산업사, 1981.

조희웅, 『조선후기 문헌설화의 연구』, 형설출판사, 1982. 등을 그 대표적인 성과로 들 수 있다.

4) 이에 대해 임형택 선생은 최근 그 고충의 일단을 『기문총화』를 대상으로 한 기왕의 견해를 수정하면서 밝힌 바 있다. 참고삼아 제시하면 다음과 같다. "필자는 전에 『이조한문단편집』의 출전 해제에서 『기문총화』의 편저자를 '노론계의 파평 윤씨'로 추정한 바 있었다. 이 추정은 유감스럽게도 잘못 짚은 것임을 최근에 확인하게 되었다. … 필자가 『기문총화』로서 처음 접한 것은 구장서각본이었다. 『이조한문단편집』을 편찬할 당시 필자의 『기문총화』에 대한 지식은 이것에 한정되어 있었다."[이우성 편, 『기문총화 외 2종』(아세아문화사, 1990.)의 해제 7쪽.]

5) 정명기, 「해제 및 자료 『계서잡록』 卷之利」, 『열상고전연구』 10집, 열상고전연구회, 1997.

정명기, 「야담연구를 위한 한 제언」, 『열상고전연구』 10집, 열상고전연구회, 1997.

정명기, 「야담집의 간행과 전승양상-『계서잡록』계를 중심으로」, 『설화문학연구』 상, 단국대출판부, 1998.

정명기, 「『청야담수』의 원천과 변이양상 연구」, 『조선학보』 170호, 조선학회, 1999.

를 중심으로 다루어보고자 한다. 그러나 필자 또한 앞선 연구자들처럼 전래하는 야담집 자료의 전부[6]를 입수·검토치 못했다는 점에서 이 논의 또한 나름의 한계를 분명히 지니고 있다는 점을 먼저 밝혀두고, 논의를 시작하려 한다.

앞서 밝힌 야담문학 연구에서의 정체성(停滯性)의 극복과 아울러 본격적인 야담문학 연구의 기반을 마련하기 위해 우리 연구자들이 우선적으로 고민, 해결하여 할 방법 가운데 하나로 필자는 우선 해당 자료군의 폭넓은 수집과 아울러 이들 자료군들의 대비·검토가 무엇보다도 필요하다는 점을 지적해두고, 논의를 전개해갈까 한다.

2. 야담 자료집 수집의 필요성과 그 의미
-'꼼꼼한 자료 읽기'를 제창한다

야담문학의 경우, 김기동[7], 이우성[8], 소재영·박용식[9], 필자[10]에 의

---

6) 필자가 현재까지 입수, 검토한 야담집의 목록을 뒤에 따로 붙여 참조에 이바지하고 자 하였다. 이러한 목록화 작업조차 우리 야담문학계는 아직 변변히 갖추고 있지 못한 것으로 생각되는 바, 이런 점에서 보더라도 야담 연구는 아직 초보적 단계에 머물고 있다고 해도 좋을 듯하다.

7) 김기동 편, 『韓國文獻說話全集』 전10권, 태학사, 1981.

8) 이우성, 『東野類輯』外 二種, 아세아문화사, 1985.
  이우성, 『靑邱野談』上·下, 아세아문화사, 1985.
  이우성, 『雪橋集』下卷 中『雪橋漫錄』, 아세아문화사, 1986.
  이우성, 『記聞叢話 外 二種』, 아세아문화사, 1990.
  이우성, 『東稗洛誦 外 五種』, 아세아문화사, 1990.

9) 소재영·박용식편, 『韓國野談史話集成』 전5권, 태동, 1989.

10) 정명기 편, 『韓國野談資料集成』 一次分 전13권, 계명문화사, 1987.
  정명기 편, 『韓國野談資料集成』 二次分 전11권, 계명문화사, 1992.
  정명기 편, 『原本 東野彙輯』上·下, 보고사, 1992.

하여 그간 몇 차례에 걸쳐 그 자료집의 일부나마 엮어진 바 있다. 이런 작업으로 인하여 많은 자료들이 취합되어 야담문학의 실제적 면모가 어느 정도 드러나기는 하였지만, 그렇다고 모든 야담 자료들을 우리 연구자들이 보게 된 것은 아니라는 데에 문제가 있다. 아직도 보고, 발굴되지 아니한 많은 종류의 야담집들이 도처에 산재해 있는 것으로 필자 또한 알고 있다. 그런 가운데 이미 소개된 자료들마저 그동안 제대로 된 검토와 평가를 받지 못함으로 해서 그 각각의 위상이 제대로 규명되지 못한 상황에 처해 있는 것 또한 사실이라 하겠다. 이런 상황에서 비록『기문총화』계로 국한된 논의라는 한계를 지니고는 있으나, 김준형의「『기문총화』계 야담집의 문헌학적 연구」[11]는 우리 야담문학 연구가 이제까지의 성과와는 준별될 한 단계 높은 성과를 예비하기 위해서라도 한시바삐 성취해 내었어야 할 과제를 성실히 수행해 낸 좋은 성과라 할 수 있다.

이제 몇몇 야담집의 경우를 통하여 야담 연구에서 '꼼꼼한 자료 읽기'가 지닌 문제의 중요성을 사례 중심으로 살펴보기로 하자.

가) 먼저 초기 야담집인『천예록(天倪錄)』의 자료를 생각해 보자. 현재까지 알려진『천예록』의 이본으로는 천리대본『천예록』[12](61화)·김영복본(44화)과 함께 다음 몇 종의 방사(放射) 자료집, 곧 천리대본『어우야담』소재『천예록초』, 버클리대본『해동이적』(내제:『천예록초』), 동양문고본『고금소총』[13] 등의 5종을 들 수 있다. 이 자료집에 대한

---

11) 김준형,「기문총화계 야담집의 문헌학적 연구」, 고려대 석사학위논문, 1997.
12) 이 자료는 김동욱 선생에 의해 한 차례 번역이 이루어져 쉽게 참조할 만하다.『天倪錄』(명문당, 1995.) 한편 이 자료에 결락된 1화 <智異山路迷逢眞> 또한 김동욱에 의해 뒷날 계간『문헌과 해석』2호(태학사, 1998. 봄)에 그 역문과 원문이 186~198쪽에 걸쳐 수록된 바 있다.

학계의 관심은 다른 자료집들의 경우에 비해서는 상대적으로 높았던 것으로 보여진다. 이신성·김동욱·진재교 선생 등의 작업이 그것인데, 먼저 이신성 선생의 『천예록 연구』[14]는 이 자료에 대한 훌륭한 학적 성과임에 틀림없지만, 아쉽게도 이 논의에서는 연구대본으로 대곡삼번(大谷森繁) 선생에 의해 일찍이 소개된 천리대본 『천예록』만을 삼고 있다. 『천예록』의 경우, 2화를 한데 묶는 가운데 평(評)이 이루어지는 형태를 분명히 드러내고 있으니 만큼, 이 성과에서 다른 부분은 차치하고서라도 『천예록』이 그의 주장처럼 61화가 아니라, 62화로 이루어졌으리라는 최소한의 사실만이라도 지적되었어야 마땅하다고 본다. 한편 김동욱·진재교 선생의 작업[15]은 이신성 선생의 작업 가운데서 특히 그 편자와 편찬연대에 대한 오류의 바로잡음[이상우(李商雨, 1621~1685) → 임방(任埅, 1640~1724)]과 아울러 새롭게 발굴된 김영복본 『천예록』의 존재를 통하여, 어떠한 이유에서 이런 현상이 나타난 것인지는 자세히 알 수 없으나 천리대본에서 누락되었던, 『천예록』 1화의 면모를 분명히 밝혀낸 것은 『천예록』의 총체적 면모를 이해하는 데 일정한 도움이 된 것임을 부정할 수는 없다고 본다. 하여 『천예록』이 62화로 이루어진 야담집이라는 사실을 새롭게 밝혀내는 성과를 거

---

13) 이 자료는 정용수 선생에 의하여 번역본의 형태로 간행되어 쉽게 참조할 만하다. 『고금소총·명엽지해』(국학자료원, 1998.)이 그것이다.
14) 이신성, 『천예록 연구』, 보고사, 1994.
15) 김동욱 2, 「『天倪錄』의 編著者 辨證」, 반교어문학회 70차 발표회 요지, 1994.4.
　　김동욱 2, 「『天倪錄』研究」, 『반교어문연구』 5집, 반교어문연구회, 1994.
　　김동욱 2, 「『天倪錄』의 評曰을 통해 본 任埅의 사상」, 『어문학연구』 3집, 상명여대 어문학연구소, 1995.
　　김동욱 2, 「김영복 소장본 『천예록』에 실린 「지리산노미진」에 대하여」, 『문헌과 해석』 2호, 태학사, 1998.봄.
　　진재교, 「『天倪錄』의 작자와 저작년대」, 『서지학보』 17호, 한국서지학회, 1996.

두게 되었다.

그런데 문제는 『천예록초(天倪錄抄)』라는 제목 또는 전혀 별개의 자료 속에 단편적으로 전하는 자료들의 면모를 볼 때, 『천예록』이라는 자료를 그렇게 단순하게 이해하고 말 일은 아니라는 데에 있다. 그것은 천리대본 소장 『어우야담』과 버클리대본 소장 『해동이적』, 동양문고본 『고금소총』의 경우를 통하여 드러난다. 곧 천리대본 『어우야담』의 경우, 『천예록초(天倪錄抄)』라는 제목으로 『어우야담』(3권 3책본) 아래 21화가 수록되어 있고, 버클리대본 『해동이적』(1책본) 또한 그 내제(內題)를 분명히 『천예록초』로 밝히는 가운데, 30화가 수록되어 있으며, 또한 총 54화로 이루어진 동양문고본 『고금소총』 가운데 47화 이하 54화까지의 8화의 경우도 앞의 두 자료의 경우와 같이 『천예록』을 원거(原據) 문헌으로 하고 있음을 밝히고 있다(이 본의 경우, 해당 자료 옆에 '出天倪錄'으로 명시하고 있다.)는 점이 그것이다. 이런 언명은 이들 자료들이 『천예록』과 일정 정도 관련이 있음을 적극적으로 드러내는 징표라 하겠는데, 그러나 현전하는 『천예록』의 이본들 가운데는 이들 세 자료집에서 드러나는 이질적이기까지 한 이와 같은 이야기들을 아울러 갖고 있는 자료집은 없다는 데에 논의의 어려움이 있다. 이것을 다루기에 앞서서 여기서는 이들 자료들의 상관관계를 알기 쉽게 드러내기 위해 표로 제시하면 다음과 같다.(아래 27~29쪽의 표 참조)

이러한 현상은 원 『천예록』이라는 자료집의 실상이 어떠한 것인가를 파악하는 데에 한 어려움으로 작용하고 있다. 곧 임방이 엮은 원 『천예록』의 면모는 어떠한 것인가? 『천예록』 또는 『천예록초』라는 제목을 가진 자료들에서 나타나는, 임방과 거의 동시대를 살다간 것으로 생각되는 홍만종(洪萬宗, 1643~1725)의 『명엽지해(蓂葉志諧)』(1678년?) 소재 이야기의 출현 현상을 어떻게 이해해야 할 것인가? 이런 현상이 나타나게 된 요인은 무엇인가? 등의 매우 복잡 미묘한 문제가 얽혀 있는 사항이라 하겠다.

그러나 이 문제에 대한 해명은 그리 쉽지 않은 것으로 생각된다. 그렇기는 하더라도, 그 가능성은 다음 몇 가지로 나누어 생각해 볼 수 있을 듯하다.

첫째, 임방이 오늘날 우리들이 보는 62화(現傳)로 된 『천예록』을 편찬하였다.

둘째, 임방이 몇 화인지는 모르지만, 애초부터 『명엽지해』에서 이야기를 부분적으로 차용하고, 자신이 견문한 이야기들을 그것과 한데 묶는 가운데 현재 완전하게 전하지 않는 『천예록』을 편찬하였다.

셋째, 후대인 가운데 누군가가 『천예록』의 인기에 편승하여 원 『천예록』의 일부 내용과 『명엽지해』의 일부 내용을 발췌하여 별본(別本) 『천예록』을 편찬하였다.

이들 가능성 가운데 어느 것이 『천예록』의 실제적 면모를 밝히는 데 가장 근접하는 것인지를 따지는 작업은 현재의 여러 여건으로 인해 어려운 점 또한 사실이다. 임방과 홍만종, 나아가 이름 모를 후대인에 얽힌 많은 자료라든가, 현전하는 『천예록』 이본군의 내용, 형태에 대한 정치한 탐구를 통하여 이 문제는 보다 정확한 실체를 드러내게 될 것으로 기대된다. 이 문제를 확실히 규명할 정보를 필자 또한 분명히 갖고 있지 못한 현실에서 필자 나름의 이에 대한 견해를 피력한다면, 필자는 위 가능성 가운데 두 번째 가능성에 그 무게를 두고 싶다. 그 이유로 다음과 같은 몇몇 논거를 들 수 있다. 첫째, 임방이 『천예록』을 엮었다는 사실은 김동욱·진재교 선생 등이 정확히 천착하고 있듯이 여러 정황으로 보아 결코 부인할 성질의 것은 아니지만, 그가 어떤 체재와 형식으로 위의 자료집을 엮은 것인가 하는 데 대한 정보가 그의 문집 내에서 전혀 나타나지 않고 있다는 점, 둘째, 위에서 든 세 자료집의 경우 분명히 『천예록』에서 전재하고 있음을 밝히고 있는 데도 현전하는 『천예록』에서는 그와 같은 성격의 이야기들을 전혀 찾아볼 수 없다는 점, 셋째, 야담집의 일반적 편찬 과정을 유념할 때, 편찬자가 오로지 독자적으로 자신의 견문에만 의거하여 자료집을 엮어낸 경우는 거의 보고된 바 없다는 점, 곧 전대문헌으로부터의 일정한 차용·전재 아래 해당 자료집들을 엮은 경우가 대부분이라는 점을 말한다. 넷째, 홍만종의 『명엽지해』의 편찬 연대가 『천예록』에 비하여 분명히 앞서는 것으로 보인다는 점에서 임방이 홍만종의 『명엽지해』를 차용·전재하는 가운데 『천예록』을 편찬했을 가능성이 상대적으로 높다는 점 등이 그것이다.

이렇게 본다면 『천예록』은 오늘날 우리가 쉽게 볼 수 있는 62화만으로 이루어진 자료집이 아니라, 이에 덧붙여 이들 세 자료집에서 출현하는 『명엽지해』 소재 이야기 13화와 『기문총화』 소재 이야기 1화, 그리고 현재로서는 그 출전이 미상인 7화를 포함하여 도합 최소로 잡아도 83화 이상으로 이루어졌을 가능성도 있어 보인다. 이런 체재로 된 『천예록』이 존재하지 않았을 가능성도 충분히 있음을 상정하고는 있지만….

이 문제에 대한 보다 자세한 논의는 뒷날의 과제로 미루어두고, 여기서는 다만 『고금소총 』소재 4화의 내용만을 제시하여 두는 것으로 책임을 면할까 한다.

　　第51화. 浮談天子
　　鰲城李相公 好詼諧 嘗晚赴備局之坐 一相臣以其未至責之 鰲城曰

吾行到鍾樓街上 適遇僧人 與宦者相鬪 僧人執宦者之陽莖 宦者執僧
人之頭髮 甚是奇觀 觀此遲留以致日晚 衆皆發笑 蓋其時事皆尙許僞
故以此諷之// 玄谷趙公 年雖差少於公 亦善詼諧 每與鰲城相酬對 玄谷
稱鰲城曰 浮談天子 一日鰲城受議政祿俸分諸妻妾 謂玄谷曰 吾以妻
妾皆附祿矣 夫人附之司果 妾附之司勇 玄谷對曰 然則大監空手而立
矣 鰲城大笑// 余外祖考仕隱公爲江原監司時 玄谷爲襄陽府使 外祖巡
到 謂玄谷曰 公見金剛山否 玄谷曰 恨不於莅任初卽往 今已居官數年
不可見也 笑問其故曰 淮陽倅居官數年 飽喫珍錯腰腹彭亨之後 始入
金剛 到險絶處 使及唱背負而通引前導 其高腹貼于背上 放屁數聲 通
引謂是及唱之所放 顧叱曰 此犬子 何敢發此聲 及唱曰 汝若不知 何不
閉口而行耶 淮陽旣喫大辱 而亦不得言己之所放 蓋莅任之初 腹低身
輕 可以游山 居官稍久則腹高體胖 游山必遭此辱 故不得生意耳 其言
蓋是應口做出 相與大笑而罷// 玄谷老後 超拜嘉善 客有訪之者 謂曰
庭宇幽淨 公何不養鶴 玄谷熟視曰 嘉善官例 不得養鶴 客問其故 則曰
昔有一嘉善官養鶴者 憑欄而睡 鶴見其腦後金貫子 謂是蟲也 以長觜
喙之 觜入于左腦 出于右腦 由是 嘉善者不得養鶴 客初聞而信之 歸而
思之 是戲謔也 爲之發笑//(표 //는 삽화 단위를 가리킨다.)

제52화. 妄發匠人

宣廟朝有趙元範者 善妄發 到處發言 皆是妄發(俗以言語做錯誤犯
忌諱,謂之妄發) 時人號之曰 妄發匠人 嘗與客對坐 招呼婢子而久不
應 客曰 君何其無威於婢僕也 趙曰 吾則如此 而吾大人則甚嚴 每一
開口 奴僕等輒流矢滑滑 客笑曰 尊大人頻含奴婢之矢 豈堪其臭穢耶
// 趙又嘗行女婚 親切僧人送紙以助 後僧人來謁 趙謝之曰 吾家開張
女婚 不小之物將入 無以充之 汝之扶助紙 用之於要光 極可喜也 蓋
扶助紙者俗言腎囊及陽莖之謂也 要光者俗言溺器之謂也 聞者絶倒//
趙家又嘗要卜者誦經祈禱 此際友人送書借屛風 趙作答書曰 室人惑
於盲人 方作可笑事 畢後當送 友人見書 捧腹來見 趙問曰 所謂可笑

事 何事也 趙答曰 此不過陰陽之事耳 友人益復絶倒// 鰲城飽聞趙之
善妄發 嘗因其來訪 半日相話而終不妄發 鰲城曰 人言君善妄發 今與
君言 一不妄發 無乃傳之者誤耶 趙曰 吾豈嘗妄發 不過儕友以妄發誤
做吾身耳 鰲城笑曰 君果名不虛得 吏曹每以趙元範擬望 宣廟見其名
必發天笑而落點 盖其妄發亦復上徹九重云//

　評曰 按前史淳于髡,東方朔 皆以滑稽詼諧名 而有無實不根之貶 今
鰲城玄谷 俱魁傑偉人而亦喜 此習 抑或玩世游戲者耶 然皆豈非滑稽
之雄也哉 至若趙元範之妄發 亦可謂天授非人 以匠得名 誠不偶耳 宜
乎談苑之笑 至今不絶

제53화. 淫婦奸巧

　昔有一村女 方與間夫入室 本夫自外歸房 只一門無以體避 時政日
寒 女卽以大盆 迎覆其夫之頭面曰 何耐寒苦 何耐寒苦 顧安得大帽
如此盆着汝頭上 移時玩戲 其夫謂其妻愛渠而作此戲 笑而不禁 間夫
乘此走逸// 又有一村女 亦與間夫入室 本夫自外而至 女卽迎 以兩手
提其夫之兩耳 出高擧擺搖 推却而行曰 汝何往乎 汝何往乎 其夫謂其
妻獻嬌 而有此戲 一任其提弄 左右搖頭 却步退後 且行且答曰 列灰
而往矣 列灰而往矣(列草燒田,俗謂之列灰) 若是者良久 至門外數十
步 間夫乃得乘此走逸//

제54화. 蠢夫癡騃

　昔有一村夫 與一頑僧相親 到家則輒留連累日 僧因與其妻奸 一日
其夫太醉沈睡 僧乃以剃刀盡髡其髮 因自脫其僧衣巾着之 渠卽擾着
主人之衣笠 持箒掃庭 其夫醉醒起坐 自視而怪之曰 吾何以忽爲僧耶
僧呵之曰 汝本僧也 何云忽爲僧耶 汝來旣久 今可還上汝寺 其夫卽答
曰然 便起出門向寺 心不能無疑 回顧問曰 君是我耶 我是君耶 僧倚
箒怒叱之曰 汝夢未醒耶 何以不辦爾我耶 勿復雜談 速還寺 其夫遂向
寺而去// 又有一士人 與村婦潛通 携到林藪間 方押之際 其夫負薪自

山下來 與之相値 士人因據其女 以女之裙掩女面 呵叱其夫曰 兩班御
女之處 常漢何不速避 其夫疾走而過 良久女還家 其夫笑謂之曰 吾於
向者見一可笑底事 女問何事 夫曰 隣居某兩班 與何樣女人押於林間
矣 女謂之曰 勿復爲如此之言 常漢妄洩兩班之事 見過則不可說也 夫
曰 此漢豈其遇哉 敢爲如此之言耶

評曰 諺言婦人多姦 一步九謀 今見覆盆提耳之謀 倉卒生姦 機警無
比 諺所云豈不信哉 村夫讓家與僧而自忘其身 樵氓見人奸妻而不自
覺察 其被奪上寺 見偸欲諱 竝是紙癡 聞者絶倒 而亦莫非其妻之奸也
淫婦之要有如是夫

화번	자료 제목	천리대	김영복	어우	이적	소총	명엽	비고
1	智異山路迷逢眞	1(탈락)	1		28			
2	關東道遭雨登仙	2 飄然之像	2					
3	鄭北窓遠見奴面	3 千古聳聽	3		29			
4	尹世平遙哭妹喪	4 明見萬里	4		30			
5	俗離山土窟坐化	5	5					
6	金剛路兵使夢感	6	6					
7	閻羅王托求新袍	7 然疑之間	7					
8	菩薩佛放觀幽獄	8	8					
9	土亭漁村免海溢	9 道不可量	9					
10	樵氓海山脫水災	10 先見之名	10	18				
11	臨場屋枯骸冥報	11	11					
12	接山寺老翁陰佑	12 感應之極	12					
13	西平鄕族點萬名	13 竦然之懼	13		1			
14	任實士人領二卒	14 惑世之學	14					
15	一島魚肉臥家中	15 特異之術	15		2			
16	萬騎蹂躪坐路上	16 安閑之學	16					
17	掃雪因窺玉簫仙	17 奇哉快哉	17		27			
18	簪桂重逢一朶紅	18 第一美事	18					
19	高城鄕叟病化魚	19 半信半疑	19		3			
20	昇平族人老作猪	20 可怪可怪	20					

21	御史巾幗登筵上	21	使人代慙	21		4	49		巾幗御使
22	提督裸裎出檳中	22	若撻于市	22		5	50		檳中提督
23	沈進士行怪辭花	23	萬古放(方?)正	23			47		執拗辭花
24	金秀才謀拙折玉	24	天下八朔	24			48		謀出折玉
25	成進士悍妻杖脚	25	人皆欲教						
26	禹兵使妬婦割髻	26	使人氣憤						
27	笞頑孫數其妄錯	27							
28	招後裔教以眞的	28							
29	生日臨要救飢腸	29		25					
30	忌辰會羞攝弊衣	30		26					
31	出饌對喫活小兒	31		27					
32	操文祭告救一村	32		28					
33	愼學士邀赴講書	33	此則擇(澤?)堂所記 而題曰崔生遇鬼錄						
34	孟道人携遊和詩	34							
35	士人家老嫗作魔	35		29					
36	一門宴頑童爲癨	36		30					
37	李秀才借宅見怪	37		31		6			
38	崔僉使僑舍逢魔	38		32					
39	故相第蛇魂作禍	39							
40	武人家蟒妖化子	40				13			
41	鄭公使權生傳書	41		33					
42	元令見許相請簡	42		34					
43	毀裂影幀終見報	43							
44	議讞院享卽被禍	44			16				
45	士人逢湖南死師	45		35					
46	武倅見安家亡父	46		36					
47	背負妖狐惜見放	47		37		14			
48	手執怪狸恨開握	48		38					
49	廣寒樓靈巫惑倅	49		39		22			
50	龍山江神祀惑子	50		40					
51	泰仁路鏑射獠僧	51			5	15			
52	露梁津鐙打勢奴	52			6	16			

53	潦澤裡得萬金寶	53	41				
54	海島中拾三斛珠	54	42	18			
55	關北倅劒擊臭眚	55		17			
56	別害鎭拳逐三鬼	56					
57	送使於宰臣定廟基	57	1	23			무제
58	見夢士人除妖賊	58	2	24			
59	刀代珠扇爲正室	59	43	25			
60	腋挾腐肉得完節	60	44				
61	獨守空齋擢上第	61	3	26			獨宿空齋于
62	妄入內苑陞顯官	62	4				
63	婦說古談		7	19	33		
64	姑責䑓身		8		34		
65	命奴推齒		9	20	35		
66	輕侮懷慚		10	11	48		
67	喜請裙聲		11	12	57		
68	請加四吹		12		61		
69	廁間譫語		13	10	66		
70	輪行時令		14		67		
71	去滓生男		15		미상		
72	墮水赴衙		17		44		
73	氓作鵙鳴		19		38		
74	忘祥愧從		20		41		
75	面取油蜜			7	70		
76	換馬被汚			8	미상		
77	奔喪卜妾			9	미상		
78	添字誤下			21	43		
79	權적이야기		21		기문3-50		
80	浮談天子				51	미상	
81	妄發匠人				52	미상	
82	淫婦奸巧				53	미상	
83	蠢夫癡駭				54	미상	

나)『잡기고담(雜記古談)』(일명『파적록』또는『난실만필』)에 대한 연구는 진재교·정하영 선생[16] 등에 의해 이루어진 바 있다. 진재교 선생은 그 편자와 편찬연대를 밝혀 이 자료가『천예록』을 엮은 임방의 손자인 임매(任邁, 1711~1779)에 의하여 이루어진 자료임을 밝혀냈다는 점에서 야담집이 특정한 가문을 중심으로 하여 향유, 창작, 전승되어 왔음을 증거해내는 성과[17]를 거두게 되었다. 한편 정하영 선생은『잡기고담』가운데〈도재상(盜宰相) 이야기〉를 대상으로 해당 작품의 성격과 의미를 밝혀낸 바 있다.

그러나 이들 연구자들 가운데 아무도『잡기고담』의 이본에 대해 일정한 관심을 쏟은 이는 없었던 것으로 보여진다. 물론 이러한 경향은 이 자료집의 경우에만 한정되는 것은 아니라는 점에서 이점만으로 이들 연구자들을 일방적으로 매도할 수는 없다. 그렇다고 하더라도 야담 자료집의 이본들에 대하여는 우리 연구자들이 그간 무심히 대해온 점이 사실이라는 점에서, 이제라도 야담 자료집들의 이본에 대한 관심을 새삼스럽게 제기할 필요가 있다고 하겠다. 이것은 고소설이 학적 연구 대상이 된 지 오랜 세월이 흘렀음에도 실상에 근접하는 고소설 목록이 아직껏 완벽하게 이루어지지 않고 있는 상황[18]을 유념할

---

16) 진재교, 「『雜記古談』著作年代와 作者에 대하여」, 『서지학보』12호, 서지학회, 1994.
　　진재교, 「『잡기고담』연구」, 『한국의 경학과 한문학』, 태학사, 1996.
　　정하영, 「의적설화〈盜宰相〉考」, 한국고전문학회 1998년 하계학술발표대회(세명대학교, 1998.8.6~7)

17) 이러한 선상에서 최근에 배출된 성과로 우리는 김영진 선생의「조선후기 사대부의 야담 창작과 향유의 일 양상」(『어문논집』37집, 안암어문학회, 1998.)을 기억할 필요가 있다.

18) 최근 들어 간행된 조희웅 선생의『고전소설이본목록』(집문당, 1999.)은 이런 한계를 넘어설 단초를 보여준 업적으로 기억되어야 마땅할 것으로 여겨진다.

때, 야담문학 연구에서도 이 문제는 더욱 중요한 사항이 되리라 본다.

최근 들어 공간된 유만주(兪晩柱, 1755~1788)의 『흠영(欽英)』은 조선 후기를 살다간 한 지식인의 다양한 독서력(讀書歷)과 사유체계를 보여준다는 점에서 매우 흥미를 끄는 자료라고 하겠는데, 이 자료 가운데의 다음과 같은 언명은 오늘날 우리가 이 자료에 대해 미처 알고 있지 못한 정보[곧『잡기고담』 이본의 존재에 대한]를 제공해준다는 점에서 매우 중시해야 할 부분으로 생각된다. 해당 원문을 적기(摘記)하면 다음과 같다.

> "燭閱『葆和雜記』 義妓 嘲謔 二奇記. 分十三目曰 醫巫, 曰 奇奴, 曰 女俠, 丁時翰遇嶺南二女事也. 曰 盜宰相, 曰 宦妻, 公州村店翁嫗事也. 曰 天緣, 李女耦鄭事也. 曰 劍技, 被虜公子事也. 曰 盜隱, 曰 神劍, 曰 推數, 盧菴太史事也. 曰 發奸, 曰 義妓, 駕後親軍張姓事也. 曰 嘲謔, 李禾亶事也."[19]

이를 통하여 볼 때, 유만주가 생존하던 당시만 하더라도『보화잡기(葆和雜記)』라는 제명의 야담 자료집이 존재했던 것을 알 수 있는데, 이 자료집은 유만주 자신의 설명으로 미루어 볼 때, 현존하는『잡기고담』의 상권에 해당하는 것과 완전히 부합하는 면모를 지니고 있다. 총 24 항목으로 이루어진『잡기고담』에 비하여, 『보화잡기』는 그 상권에 해당하는 13 항목만으로 이루어져 있는 자료라는 점, 곧 하권에 해당하는 11 항목, 곧 '보은작(報恩鵲)'·'청원(淸冤)'·'간부(姦富)'·'면화(免禍)'·'침농(寢儂)'·'망인(忘人)'·'수기(數奇)'·'천보(天報)'·'곤경'(困境)·'교무(驕武)'·'담명(談命)' 등이 결락된 면모를 지니고 있다. 이것이 바로

---

19) 서울대 규장각 소장, 『흠영』 6, 병오(1786)년 7월 30일조(서울대 규장각, 1997, 277쪽.)

『보화잡기』의 원 면모였는지? 아니면 우리가 오늘날 볼 수 있는『잡기고담』과 같이 2권 1책이 아니라, 『보화잡기』의 경우 애초 2권 2책으로 이루어진 자료집이었는데, 유만주가 읽던 당시에는 그 하권에 해당하는 권수가 망실된 것인지 등등에 대한 의문이 잇달아 제기된다고 하겠다. 어찌 되었든 우리는 위의 기록을 통하여『잡기고담』이라는 야담집이 유일본이 아니었음을 아는 수확과 아울러 향후『보화잡기』의 현전(現傳) 여부를 계속해서 탐색해야 하는 과제를 안게 되었다.

이와 같이 현전 야담집들 가운데는 그 제명만에 의거, 유일본인 것처럼 치부되어온 자료집들이 상당수 존재하고 있는데, 이러한 점에서『흠영』의 기록은 우리들 연구자들에게 시사하는 바가 적지 않다고 하겠다.

다) 『기리총화(綺里叢話)』라는 자료집의 존재를 여기서 주목할 필요가 있다. 이 자료는 비교적 일찍 그 존재가 알려졌음[20]에도 이에 대한 구체적인 논의[21]가 전혀 마련되지 않았을 뿐만 아니라, 그 지닌 바 몇 특성 등을 고려할 때 야담문학 연구에서 결코 간과해서는 아니 될, 매우 주목해야 할 자료로 생각된다. 나아가『청구이문(靑邱異聞)』·『총화(叢話)』·『청구야담(靑邱野談)』·『청구고담(靑丘古談)』 등의 자료집들에 상대적인 차이는 있지만 많은 영향을 끼쳤던 자료라는 점에서도 적극적인 검토가 필요한 자료임이 확인되었다. 간략하게나마 이 자료집의 몇 특성을 제시하면 다음과 같다.

---

20) 영남대 중앙도서관, 『장서목록: 한적목록』, 1973.

21) 최근에 들어와 임형택 선생이 「『기리총화』 소제 한문단편」이라는 해제 차원의 글과 아울러 자료집 중에서 흥미 있는 몇 편만을 추려 그 원문과 함께 번역을 제시한 바 있다. 『민족문학사연구』 11집(민족문학사연구회, 1998.)

영남대본『기리총화(綺里叢話)』는 그것이 바로 원『기리총화』에 해당
될 가능성은 없어 보인다. 그 이유로는 연대본『총화(叢話)』의 경우,
그 발췌본적 성격(84화 중 20화 탈락)이 짙음에도 영남대본『기리총화』
에서 찾아지지 않는 다음 6화[〈자하시격(紫霞詩格)〉(21화)·〈낙지반론(樂地
反論)〉(25화)·〈김생전(金生傳)〉(54화)·〈조대린벽(措大吝癖)〉(68화)·〈발해
암호(發咳暗號)〉(69화)·〈풍경매몰(風景埋沒)〉(70화)]를 지니고 있다는 사
실(특히 이들 가운데 후 5화의 경우, 연민본『기리총화』地권에도 아울러 나타
나고 있다는 점은 이에 대한 좋은 방증이 된다.)과 아울러 19화인 〈전가옹(田
家翁)〉의 후반부는, 이들 이본들 중 오직 연대본『총화』에서만 나타나
고 있다는 사실 등을 들 수 있다. 그렇다면『기리총화』의 편찬자는 과
연 누구인가? 이에 대한 단서는, 몇 내적 증거를 통하여 편자의 부친은
금구(金溝)와 삼산군(三山郡)을 맡아보던 인물이었으며, 아울러 그 장인
이 함라현감(咸羅縣監)으로 있었다는 데서 드러난다. [* 한편『綺里叢話』
의 원 소장자였던 東濱 金庠基박사는 책의 내지에 "本書似係綺園俞漢芝先生所
撰 而特於純祖時事頗多 珍聞奇談足資太史氏之紬繹耳"(밑줄: 필자 표시)라고
적고 있는 바와 같이, 그 명확한 근거를 제시하지 않은 채, 유한지(1760~?: 서
예가, 자는 德輝, 호는 綺園)의 저술로 기술하고 있다. 이 주장의 사실 여부는
현재로서는 정확히 밝혀내기 어렵다.]

한편『청구이문』이『기리총화』를 거의 그대로 전재하는 가운데서도,
유달리 독자적으로 지니고 있는 문면을 주목하여『청구이문』의 편자
가 누구인가 또한 알 수 있을 듯하다. 그 편자는 안동 김씨 구파에 속
하는 김상용(金尙容)을 중시조로 하고 있는 가계에 속하는 인물로서 난
곡 참판공(곧 金時傑, 1653~1701)의 후손 가운데 하나로 생각된다.(그렇
기는 하지만, 앞에서도 밝힌 바 있듯이, 그의 편자로서의 저술 태도는 집록적인
성향을 띤 인물에 불과했던 것으로 보여진다.) 또한 연민본『기리총화』권

지지(卷之地)는 영본(零本)으로 전하기는 하지만, 그 지닌 면모로 해서 우리의 관심을 끌기에 족하다. 이 이본의 존재를 통하여 우리는 영남대본『기리총화』가『기리총화』완본이 아님을 분명히 알 수 있게 된다. 영남대본은 그 구체적 징표는 갖고 있지 않지만, 연민본으로부터 역으로 계상하여 본다면, 연민본의 권지천(卷之天)과 권지인(卷之人)에 해당하는 부분의 결집으로 보여진다. 또 나아가 소재 이야기 36화 가운데 14화나『청구야담』에 그 영향을 끼치고 있다는 사실이 드러남으로 해서,『청구야담』에 영향을 준 전대문헌이 구체적으로 하나 더 확인되었다는 점에서도 매우 중시해야 할 자료라 하겠다. 여러 구체적 몇몇 정황으로 보아서『기리총화』의 편찬연대는 몇 가지 내적 증거로 보아 1817년~1830년 사이에 출현한 야담집으로 보여진다.[22] 이들 자료집들에 대한 본격적인 연구는 현재 진행중인 별고로 미루어둘까 한다.

　라)『계서야담』과『계서잡록』,『기문총화』의 관계 양상은 야담문학의 사적 전개양상을 논의하는 과정 가운데 가장 주목해야 할 자료군이라고 하겠는데, 그 이유로는 다음 몇 가지를 들 수 있을 듯하다. 첫째,『기문총화』계에 드는 자료군이 다른 자료집들의 이본군에 비하여 양적으로 가장 많은 수를 차지하고 있다[23]는 점. 둘째,『기문총화』계에 드는 자료군은『동패락송』계의 자료집들과 더불어 후세에 가장 많은 영향을 끼치고 있는 자료라는 점, 셋째, 이들 세 자료집의 선후 관

---

22)『기리총화』이본군에 대한 본격적인 작업은 필자가 현재 진행 중인 바, 이에 대한 자세한 논의는 별고로 미루어둔다.

23) 김준형의 앞서 든 주 11)의 논문은 매우 광범위한 자료 섭렵 위에서 마련되었음에도, 학습원내본(2권 2책)과 국립중앙도서관본 잡동산(2권 2책) 등의 존재는 미처 취급하지 못하고 있다. 이런 점에서 본다면 아직까지도 소개, 발굴되지 아니한 이본들이 상당수 있을 것이라는 점을 어렵지 않게 짐작할 수 있다.

계에 대한 정확한 해명은 우리 야담문학의 흐름을 일목요연하게 밝힐
수 있는 과제라는 점 등이 그것이다. 이에 대한 자세한 논의는 앞에서
이미 언급한 김준형의 논문과 필자의 몇몇 논문[24]으로 미루어두고, 여
기서는 그 선후 관계를 파악할 수 있는 몇 기준만을 간략히 제시하는
것으로 그칠까 한다. 필자는 「야담의 간행과 전승양상」에서 『계서잡
록』과 『기문총화』의 선후 관계를 첫째, 서사주인공에 대한 기술방식
상의 차이. 둘째, 표현방식상의 차이. 셋째, 특정한 단어 또는 문장이
탈락되고 있다는 차이를 통해 규명한 바 있다.(그 구체적인 예문은 위의
논문으로 미룬다.) 이를 통하여 볼 때, 『기문총화』가 『계서잡록』보다 선
행하여 나왔을 가능성은 결코 없음이 확인된다. 필자는 다시 「야담연
구를 위한 한 제언」에서도 다시 『계서야담』이 『기문총화』에 비하여 시
대적으로 뒤에 출현했다는 근거를 네 가지 사항을 들어 증명해 보인
바 있다.(이에 대한 자세한 내용은 해당 논문으로 미룬다.) 이런 여러 사항
들을 묶어 생각할 때, 『계서야담』과 『기문총화』의 관계는 『기문총화』
에서 『계서야담』으로 유전되었다는 사실은 인정될 수 있지만, 그 역은
위에서 지적한 몇 사실만에 의거하더라도 절대로 불가능한 것임이 명
확히 드러났다고 하겠다. 이제까지의 논의를 통해 우리는 이들 야담
집들이 『계서잡록』→『기문총화』→『계서야담』의 순으로 나타난 것임
을 확인할 수 있었다.[25]

---

24) 앞서 든 주 5)와 11)을 참조하라.

25) 김준형 또한 앞서 든 주 11)의 논문에서 '『계서야담』은 주로 『기문총화』의 영향 하
에 있으면서 『계서잡록』의 이야기를 첨부하고 있다.'는 주장을 펴는 가운데 『계서야
담』의 편찬 시기는 이본이 4종(최근 들어 필자는 경도대 하합문고에도 3책본 「계서야
담」이 있는 것을 확인할 수 있었는 바, 이로써 『계서야담』은 총 5종의 이본이 있는
셈이 된다.)밖에 없다는 점과 아울러 김태준이 유독 『계서야담』에 대해서만 '근세의'
것임을 말하고 있다는 점 등을 근거로 삼아 1880년 이후에 편찬되었을 것으로 추정하
면서 필자의 이러한 견해에 동조하고 있는 것으로 보인다.

지금까지의 검토 결과, 『계서야담』은 철저할 정도로 『계서잡록』과 『기문총화』의 범위에서 결코 자유롭게 벗어나지 아니한 자료집임이 확인되었다. 이런 『계서야담』을 두고 한때 '조선 후기의 삼대 야담집'이라고까지 하는 과도한 평가가 주어졌다는 점은 이 야담집의 야담문학에서의 위상과 상당히 괴리된, 잘못된 주장이 아닐 수 없다고 하겠다.

마) 한편 『해동야서(海東野書)』는 일찍이 조희웅 선생이 『조선후기 문헌설화의 연구』에서 간략히 지적한 이래로 어느 누구도 이 자료가 지닌 실상에 대해 주목을 기울인 이는 없던 것으로 보인다. 먼저 조희웅 선생의 견해를 제시하면 다음과 같다.

> "한편 『청구야담』의 발췌본으로 보이는 설화집에 『해동야서』(장서각 소장, 不分卷 1책)라는 것이 있다. 이 책에 수록된 자료는 총 48편으로 그 내용은 물론 제목까지 『청구야담』과 완전 동일하다."[26](밑줄 : 필자 표시)

『해동야서』가 그의 주장과 같이 『청구야담』의 발췌본에 불과한 자료집일까? 과연 그럴까? 검토 결과, 그의 주장은 결코 사실이 아닌 것으로 드러났다. 곧 38화인 〈성가업박노진충(成家業朴奴盡忠)〉을 통하여 그 점이 확인되는 바, 이 이야기의 경우만은 그의 지적과는 달리 우리가 알고 있는 『청구야담』의 여러 이본들의 문면과는 분명 다른 것으로 확인되었다. 이 이야기의 경우, 우리가 알고 있는 『청구야담』의 여러 이본들이 그 원천이 아닌 것은 분명하다는 점에서 그의 주장은 실상을 도외시한 것이라 하여도 잘못된 것은 아닐 것이다. 구체적인

---

26) 조희웅, 『조선후기 문헌설화의 연구』, 형설출판사, 1982, 32쪽.

해당 문면은 줄인다.

바) 『청야담수(靑野談藪)』에 대한 우리 학계의 관심은, 서대석 선생에 의한 간략한 해제[27]와 아울러 필자의 최근 성과[28]가 이 자료집에 대한 관심의 전부라는 점에서, 아직은 채 영글지 못한 것으로 보여진다. 서대석 선생의 간략한 해제를 먼저 제시하고, 그 오류를 지적하여 보자.

"『청야담수』에는 가)총 201화의 이야기가 실려 있는데, 여타의 자료집에는 들어 있지 않은 독창적인 자료의 수효는 그리 많지 않으며, 전대의 여러 야담집들에 실려 있던 이야기들을 두루 뽑아서 재기술한 것으로 나타난다. 『청야담수』가 모본으로 삼은 야담집들로는 『東野彙輯』·『東稗洛誦』·『溪西野譚』 등을 대표적인 것으로 꼽을 수 있다. 책 머리의 30여 화는 『동야휘집』에서 뽑은 것이며, 나) 40화부터 76화까지의 부분은 『동패락송』과 거의 그대로 일치한다. 다) 책의 『후반부』에는 『계서야담』 혹은 『記聞叢話』와 겹치는 자료들이 많이 실려 있는데, 『계서야담』의 편자인 李羲平의 이야기를 재수록한 것이 있는 것으로 보아 『계서야담』을 모본으로 한 것으로 판단된다. 라) 책의 중간 부분에 독창적인 이야기들이 간혹 실려 있는데, 다른 책에서 전재한 것인지, 아니면 편자가 저술한 것인지는 확실치 않다."[29] (가·나·다·라는 필자 표시)

위의 주장을 축조적(逐條的)으로 살펴 그 오류를 밝혀볼까 한다.
먼저 가)를 검토하여 보자. 그러나 검토 결과 동 소재 자료 가운데

---

27) 서대석 편, 『朝鮮朝 文獻說話 輯要』 2, 집문당, 1992, 581~589쪽.
28) 앞서 든 주 5)의 네 번째 논문, 정명기, 「『청야담수』의 원천과 변이양상 연구」, 『조선학보』 170호, 조선학회, 1999.
29) 서대석 편, 앞의 책. 581쪽.

41화(권2)와 163화(권5), 그리고 25화(권1)와 112화(권4)는 같은 이야기이거나 하나의 이야기 가운데 삽화의 분리에 의해 나타난 동종의 이야기라는 점에서 결국 같은 이야기라고 할 수 있다. 이런 점에서 보면 『청야담수』 소재 이야기의 실제적 편수는 이제껏 알려졌던 것과는 달리 201화가 아니라 199화라고 해야 맞다.

이어 나)를 검토해보자. 이 주장은 우선 『동패』[30]와 『동패락송』이 다른 종류의 야담집이라는 점을 간과하고 있다는 점에서 그 오류를 지적받아 마땅하다. 물론 『동패락송』의 이본 가운데는 천리대본 『동패락송』[31]과 같이 원 『동패락송』의 일반적 면모[32]와 상당히 이질적인 자료들 또한 일찍이 보고된 바 있으나, 여러 가지 근거를 통해 미루어볼 때, 이는 원 『동패락송』에 비해 상당히 후대에 출현한 후대본임이 분명하다.[33] 나아가 40화에서 76화까지의 부분이 그에 해당되는 것이 아니라, 47화에서 73화까지의 자료들은 『동패』를 원천으로 하고 있고, 74화는 『파수록』 또는 천리대본 『동패락송』 112화를 원천으로

---

30) 이 자료는 현재 연세대 도서관 소장본과 필자 소장본이 보고되어 있다. 한편 연세대 도서관 소장의 『파수록』과 김기윤 소장의 『화헌파수록』(권1) · 동양문고본 『화헌파수록』(권1 · 2)은 『동패』와 이본 관계에 놓이는 자료로 여겨지지만, 현재로서는 어느 자료가 선행하여 나타난 자료인지 분명히 알 수 없다.

31) 이 자료집은 김동욱 선생에 의하여 한 차례 번역된 바 있어 참조가 된다. 『국역 동패락송』(아세아문화사, 1996.)이 그것인데, 그러나 이 번역본은 원 『동패락송』의 면모로부터 상당히 벗어난 자료집에 불과하다는 점에서 『동패락송』의 放射 자료로서의 한 궤적을 드러내는 자료집이라는 한정된 의미만을 부여받을 수 있다고 본다.

32) 이에 대해서는 정명기의 「『東稗洛誦』 연구—異本의 관계양상을 중심으로」(『원광한문학』 4집, 원광한문학회, 1991)와 임형택의 「동패락송 연구」(『한국한문학연구』 23집, 한국한문학회, 1999.)를 참조하라.

33) 필자의 바로 앞에서 든 논문 31~37쪽에서 해당 자료가 1879년 이후 출현했을 것으로 추단한 바 있다. 이 논문은 필자의 『한국야담문학연구』(보고사, 1996.) 311~337쪽에 재수록되어 있다.

하고 있음이 드러났다는 점, 사실 원『동패락송』소재 야담은『청야
담수』의 105화~109화에 수록된 5화에 불과하다는 점에서 이 주장은
분명한 오류라 하겠다.

한편 다)의 문면에서도 마찬가지로 오류를 지적할 수 있는데, 이것
은 단적으로 75화~104화까지와 128 · 9화의 32화는『기문총화』의 4권
소재 이야기들인 바, 이 이야기들의 경우 16종에 달하는『계서잡록』
이본군과 3종에 달하는『계서야담』이본군에서는 전혀 나타나지 않는
자료라는 점을 통해서도 바로 확인된다. 보다 이에 대한 자세한 논의
는 필자의 「『청야담수』의 원천과 변이양상 연구」로 미루어둔다.

라)의 문면을 이어 살펴보기로 하자. '책의 중간 부분에 독창적인 이
야기들이 간혹 실려 있'다고 밝히고 있는데, 이 주장 또한 실상과는
차이가 있는 것으로 보여진다. 정확하지는 않지만, 이 언급은 여타 이
야기들의 경우 그 원천 자료가 쉽게 확인되는데 비하여, 117화~124화
까지의 이야기들은 상대적으로 그렇지 않다는 점에서 이 8화를 지칭
하고 있는 것이 분명한 듯하다. 그러나 이들 자료들은 그들의 주장과
는 달리 독창적인 이야기들이 결코 아니다. 이들 이야기들은 18세기
후반의 구수훈(具樹勳)에 의해 엮어진『이순록(二旬錄)』[34]과 편자 미상
인『파수(破睡)』[35]에 겹쳐 수록되어 있는 자료(4화가 해당)에 불과하다
는 점이 드러났다. 이런 점에서 본다면『청야담수』에 대한 연구는 이
제 새롭게 시작되어야 마땅하다고 본다.

한편 사소한 것이지만,『청야담수』의 편찬 연대에 대한 오류 또한

---

34) 이 자료의 이본으로는『패림』소재본만이 있는 것으로 알려져 왔으나, 최근 들어
    일본 동경대학교에도 그 이본이 있는 것으로 확인되었다.
35) 이 자료는 이가원 교수 소장, 1권 1책의 한문 필사본으로, 미공개의 상태로 놓여있다
    가 최근 필자에 의해 그 전모가 드러났다. 이 자료에 대한 간략한 해제와 아울러 그
    원문이『연민학지』5집(연민학회, 1997.) 535~570쪽에 걸쳐 소개된 바 있다.

이 자리에서 지적되어야 마땅할 듯싶다. 서대석 선생은 위의 해제에서『청야담수』의 편찬 연대를 '현토본이라는 형태가 구한말 이래 두드러진 기술방식이라는 점을 고려하면 아마도『청야담수』의 편찬 연대는 19세기 말 내지 20세기 초로 추정될 수 있을 듯하다.'고 한 바 있다. 그러나 그 편찬 연대는 다음과 같은 문면에 의거할 때 그 상한선을 바로 잡아볼 수 있다. 곧 160화인 〈數千金으로 使免官連ᄒ야 以圖寢郎一窠於其父〉의 원 출전은 연대본『기문총화』권지이의 260화인데, 그 가운데 다음 문면을 주목해보자. "方與外國人(倭虜?)相通ᄒ야 誘而入寇於朝鮮ᄒ고 年〃自海上으로 運送米穀ᄒ니 此一事은 可謂大罪라. …(중략)… 其爲締結外國(倭虜?)而運送米穀者는 莫非搆捏造語라." 곧 괄호 안의 표기가 원『기문총화』에 실린 문면인데,『청야담수』에서는 그것이 '外國人' 또는 '外國'이라는 표현으로 변개되어 나타난다. 이를 통하여 우리는『청야담수』의 편찬 연대가 19세기 말로는 결코 소급될 수 없다는 사실을 알게 되었다. 그렇다면『청야담수』의 편찬 시기의 상한선은 '일제의 탄압이 실효를 거두던 1905년 이후에는 일제에 대한 노골적인 비난이 불용(不容)된 시기였다'는 점과 아울러 '출판물에 대한 사전 검열과 사후 검열이라는 이중의 구속장치'로서의 성격을 띠고 일제에 의해 마련된 '신문지법(新聞紙法)' 또는 '출판법(出版法)'이 시행되기 시작한 시기가 1907년 7월·1909년 2월이라는 점[36] 등을 고려할 때, 1905년 이전으로 소급될 가능성은 없어 보인다. 이런 점에서 본다면『청야담수』는 '19세기 말 내지 20세기 초'에 이루어진 것이 아니라, '20세기 초엽 경'에 이루어진 야담집으로 봐야 한다고 여겨진다. 이렇게 본다면 이 자료와 구활자본 야담집 사이의 관계는

---

36) 이주영,『구활자본 고전소설 연구』, 도서출판 월인, 1998, 41쪽 참조.

어떠한지를 규명하는 작업도 흥미로울 듯하다. 이에 대한 자세한 고
찰은 뒷날의 과제로 남겨둔다.

검토 결과 『청야담수』는 다음의 최소 8종에 달하는 원천자료의 영
향 아래 나타난 자료집인 것으로 드러났다. 그것은 곧 『동야휘집』(36
화)·『동패』(29화→27화[37])·『동패락송』(5화)·『파수록』(2화→1화)·『학
산한언』(4화)·『이순록』(8화)·『계서잡록』('계잡'에만 출현하는 자료 2화,
'계잡'과 '계야'에만 나타나는 자료 10화로 총 12화)·『기문총화』(108화) — 권
1(21화→20화. '기문'에만 나타나는 자료 1화(111화), '기문'과 '계야'에 공통
으로 출현하는 자료 19화. 총 20화)·권2(36화→35화: '기문'과 '계야'에
공통으로 출현)·권3(21화: '기문'과 '계야'에 공통으로 출현)·권4(32화:' 기
문'에만 출현) — 등으로 나누어진다.

사) 한편 마지막으로 구활자본의 형태로 간행된 여러 야담집들의 존
재[38]를 통하여 이들 야담집들이 지니고 있는 몇몇 특징적 면모와 아울
러 그것이 구활자본으로 양식을 달리하여 간행된 이유라든가, 또한
이들 구활자본 야담집에 나타난 변이양상 등에 대한 진지한 관심[39] 또

---

37) '→'는 앞 자료가 『청야담수』에 그대로 수용되지 아니하고 합성·분리되어 새로운
이야기로 나타나는 경우를 가리킨다. 구체적으로 그것을 밝히면 『동패』의 3·4화가
『청야담수』의 49화로, 『동패』의 22화·23화가 『청야담수』의 61화로 합성되는 한편으
로, 『동패』의 37화가 『청야담수』의 72화·73화로 분리되는 것을 말한다. 이하 '→'는
다 같다.

38) 이에 대한 자세한 논의는 이윤석 정명기 공저, 「구활자본 야담집에 나타난 변이양상
연구」, 보고사, 1990로 미루어두고, 여기서는 다만 그 제명만을 제시하여 편의에 이바지
할까 한다. 『奇人奇事錄』·『大東奇聞』·『東廂記纂』·『拍案驚奇』·『조선야담집』·
『청구기담』·『靑野彙編』 권상·『오백년기담』·『실사총담』 등이 그것이다.

39) 이에 대한 관심은 임형택의 「야담 전통의 근대적 변모」(한국한문학 전국발표대회
발표 요지, 1995.4)와 그 개고 논문인 「야담의 근대적 변모-일제하에서 야담전통의
계승양상」(『한국한문학연구 학회창립 20주년 기념 특집호』, 한국한문학회, 1996.)에

한 아직은 촉발된 바 없다. 이에 대한 구체적인 연구 성과가 한시바삐
이루어져야 한다는 점만을 지적해두고 논의를 마칠까 한다.

앞에서 몇 종의 자료집을 두고 전개되었던 기왕의 주장에서 드러나
는 오류에 대한 필자의 지적은 그간 선학들이 애써 쌓아놓았던 야담
연구의 소중한 성과들을 일언지하(一言之下)에 부정하자는 주장이 결
코 아니다. 그것은 단지 이러한 오류를 낳을 수밖에 없었던 선학들의
고충을 이해하는 가운데 이제까지와는 달리, 한 단계 진전한 보다 높
은 수준의 야담문학 연구를 이루어내기 위해서라도 우리 야담문학 연
구자들이 그 기본이 되는 야담 자료집의 실상을 있는 그대로 주목해
야 하지 않을까 하는, 지극히 당위적이기까지 한 사실을 다시 한 번
환기시키는 데 불과한 성격을 지닌다고 하겠다.

3. 야담집 주해 · 번역의 문제점

뜻있는 몇몇 야담 연구자들에 의하여 몇 종의 야담집이 주해 · 번역
의 형태로 나타난 바[40] 있는데, 이러한 현상은 연구실 안에만 갇혀 있

서 촉발된 바 있으나, 이들 자료의 구체적인 성격에 대한 논의는 필자가 과문한 탓인
지는 모르겠지만 아직껏 본격적으로 이루어진 바 없는 것으로 보여진다.
40) 현재까지 이루어진 야담집의 번역 상황을 제시하면 다음과 같다.
　권영대외 역, 『조선왕조 오백년의 선비정신』(=『대동기문』1), 화산문화, 1995.
　권영대외 역, 『조선왕조 오백년의 선비정신』(=『대동기문』2), 화산문화, 1996.
　김동욱 1, 『단편소설선』, 교문사, 1976.
　김동욱 1 · 정명기 교주, 『靑邱野談』 上 · 下, 교문사, 1996.
　김동욱 2, 『天倪錄』, 명문당, 1995.
　김동욱 2, 『국역 東稗洛誦』, 아세아문화사, 1996.
　김동욱 2, 『국역 記聞叢話』 1-5, 아세아문화사, 1996~1999.
　김동주, 『설화문학총서』 1-5, 전통문화연구회, 1997.[『밝은 달아 수놓은 베개를 엿보

던 '화석화한 고전문학 유산'을 연구실 밖으로 끌어내었다는 점에서
그 가치를 충분히 인정할 필요가 있다고 하겠다. 그러나 이들 주해·
번역본들은 이러한 가치 부여 못지않게 몇 가지 점에서 조금 더 보완
할 필요가 있을 것으로 여겨진다. 몇 가지로 나누어 그 문제점과 개선
책을 간략히 제시해 둘까 한다.

첫째, 한 자료집에 속하는 많은 이본들이 존재하고 있는 것 또한 부
정할 수 없는 현실이므로, 가능한 한 많은 자료들의 수합, 검토를 통
한 해당 자료집의 교감 작업을 마무리 지은 뒤, 재구되는 정본(定本)을
밑바탕으로 한 주해·번역 작업이 이루어져야 한다고 본다.

일례로『계서잡록』의 경우를 들어 설명해 보자. 16종의 이본이 전하

지 말아다오』(1권),『밤바람아 무슨 일로 비단 휘장을 걷느냐』(2권),『매화는 피리소
리에 취하여 향기롭구나』(3권),『사립문 앞에서 친구를 맞아오네』(4권),『남아가 한번
눈물을 훔친 뜻은』(5권)]

김세민 편역,『파수편』(조선고전문학선집 79), 평양문예출판사, 1990.(태학사, 1994.
影印 再刊)

김영일 역,『韓國奇人列傳』, 을유문화사, 1969.

김종권 교주·송정민외 역,『錦溪筆談』, 명문당, 1985.

이민수,『溪西野談·於于野談』, 명문당, 1992.

이민수,『於于野談』, 정음사, 1987.

이병기,『於于野譚』, 국제문화관, 1949.

이상진 역,『里鄕見聞錄』 상·하, 자유문고, 1996.

이석호 역,『한국기인전·청학집』, 명문당, 1990. [*『한국기인전』=『華軒罷睡錄』]

이신성·정명기 역,『버들잎에 띄운 사랑』, 보고사, 1994.

이신성·정명기 역,『양은천미』, 보고사, 2000.

이우성·임형택 역,『李朝漢文短篇集』, 上·中·下, 일조각, 1973, 1978.

이월영 외 역,『靑邱野談』, 한국문화사, 1995.

이월영 외 역,『어우야담』, 한국문화사, 1996.

주병도 외 역,『조선야담집』1, 사회과학출판사, 1995.(한국문화사, 1996.)

최 웅 외,『주해 청구야담』 상·중·하, 국학자료원, 1996.

홍기문 외 편,『패설작품선집』,(한국고전문학선집 10·11권), 국립문학예술서적출판
사, 1959.

는 것으로 보고되어 있는데, 이들『계서잡록』이본군은 이제껏의 언급에서 전혀 밝혀진 바 없었지만, 다음의 세 계열로 나누어 전승된 것으로 보여진다. 그 근거는 〈이사관(李思觀) 이야기〉와 〈부안기(扶安妓) 계생(桂生) 이야기〉의 자료집 내에서의 귀속 여부에 있다. 그것을 알기 쉽게 도표로 보이면 다음과 같다.

> 1) 계열 = 원『溪西雜錄』
> 성대본(권지일)·연대 1본(권지이: 국도 2본·연민본 卷之亨·연대 2본·일몽본)·연민본 卷之利(권지삼)·저초본(권지사: 일사본·가람 2본·유재영본·장서각본)
>
> 2) 계열 : 가람 1본·조동필본(*李思觀이야기)
>   (전부 전재) (발췌 전재)
>   : 1 계열의 나)·다)와 관련 ──┐
>   ↑
> 3) 계열 : 국도 1본·고대본(*扶安妓 桂生이야기)
>   (발췌 전재) (발췌 전재·보유)
>   : 1 계열의 나)·다)·라)와 관련

둘째, 이러한 작업이 불가능한 자료집(곧 유일본의 형태로 전하는 자료집을 말한다)의 경우, 해당 자료집이 우리 야담문학사에서 차지하는 위상 등에 대한 고려가 충분히 검토된 뒤에 그 주해·번역 작업이 이루어져야 한다.

일례로『쇄어』·『성수총화』·『선언편』등을 들어 설명하여 보자. 이들 세 자료 가운데 오직『선언편』을 제외하고서는 현재까지는 유일본으로 알려진 자료집들인데, 이들 세 자료집은 언뜻 보면『기문총화』계열에 속하는 것이라 생각하기 쉽다. 실려 전하는 대다수의 이야기들이『기문총화』의 것과 겹친다는 점에서 이점은 일면 타당한 것이라 할 수 있다. 그러나 이들 세 자료에 공통되게 나타나고 있는 〈조생과 도우탄(屠牛坦)의 딸 이야기〉[41]의 경우, 원『기문총화』에 수재된 이야기는 아니었던 것으로 보여진다. 이런 점에서 본다면 이들 세 자료집의 야담문학사에서의 위상은 어떠한지를 보다 정확히 궁구한 뒤, 나름의 작업을 할 필요가 있다고 본다.

셋째, 원문에 대한 정확한 이해 아래 주해·번역이 이루어져야 한다. 일례로『청구야담』을 들어 설명하여 보자.『청구야담』의 경우, 필자를 포함하여 최웅 선생 외·이월영 선생 외에 의한 주해·번역 작업이 이루어져, 일견 야담집들 가운데서 가장 활발히 그 번역 작업이 이루어진 야담집으로 생각하기 쉽다. 그러나 이루어진 성과는 우리들의 기대치에 훨씬 못 미치는 것임을 부인할 수는 없다고 본다. 이월영 선생 외의 작업은 그 대본으로 국립중앙도서관본을 택하였고(필요한 경우에는 다른 이본과 대비한다고 밝히고 있지만 그것이 얼마큼 제대로 구현되었는지는 여전히 의문이다.), 필자와 최웅 선생 외는 규장각본을 대상으로 택하였다는 점에서 차이를 드러낸다. 논의의 편의상 필자와 최웅 외의 것을 대비, 검토하여 보면 양자 사이에서 흥미로운 차이를 찾아볼 수 있다. 곧 전자의 경우, 규장각본의 면모를 보다 정확히 이해하기 위해서 한문본과의 교합 과정을 거치는 가운데, 그 주해 작업을 시도하고 있는 반면에, 후자의 경우, 그 대본으로 삼은 규장각본만을 충실히(?) 교주하고 있는 차이를 드러낸다. 이는 연구자의 자료집을 바

---

41) 〈조생과 도우탄(屠牛坦)의 딸 이야기〉에 대한 연구 성과로는 이신성의 「〈金英郞 이야기〉에 나타난 신분상승의 실현과 그 의미」(『어문학』 55집, 한국어문학회, 1994.) 와 정명기의 「〈趙生-屠牛坦의 딸〉 이야기의 의미 연구」(『열상고전연구』 8집, 열상 고전연구회, 1995)를 참조하라.

라보는 시각 차이가 온전히 드러난 것이라고 하겠는데, 그러나 그보다도 더 중요한 것은 원문에 대한 정확한 이해(여기서 이해란 해당 자료에 대한 띄어쓰기, 또는 특정 단어에 대한 정확한 해독을 말한다.)가 결여된 (이에 대한 구체적인 검토는 분량 관계로 생략한다.) 채로 주해·번역이 이루어져서는 그 작업으로부터 얻어낼 이득보다는 차라리 해독이 더 큰 것이 아닌가 하는 우려조차 금할 수 없는 바, 이런 점에서도 자료집에 대한 '꼼꼼한 자료 읽기'의 중요성을 아무리 강조해도 지나치지 않다고 본다.

4. 맺는말

앞에서 필자는 몇 가지 야담집으로 국한하여 야담 연구에서의 꼼꼼한 자료 읽기가 얼마나 절실히 요청되는가 하는 문제를 간략히 검토해 보았다. 이러한 문제 제기가 반향 없는 필자만의 일방적인 외침에 그쳐서는 야담문학 연구의 진정한 도약은 요원한 일이 아닐까? 하는 느낌을 지울 수 없다. 비록 품이 많이 드는 데 비하여 그 수확은 보잘 것 없다고 하더라도, 이제 우리들 야담 연구자들은 야담 자료집에 대한 궁극적인 관심이 결여된 채로 이루어낸 성과들이 우리 연구자들에게 가져다줄 신기루적인 매력에 함몰되지 말고 자료집에 대한 '꼼꼼한 자료 읽기'를 통하여 야담 연구의 수준을 한 단계 높여야겠다는 나름의 사명감을 지닐 필요가 있다고 하겠다. 이런 자각 위에서 마련될 성과가 결국 우리 야담문학 연구의 수준을 한 단계 높이는 계기가 될 수도 있지 않을까 하는 희망 사항을 과연 필자만의 쓸데없는 바람이라고만 치부할 수 있을까? 치부해도 좋을까?

▶ 野談 資料 目錄

1. 見新話: 서울대 상백문고본(2권 2책) ⇒『기문총화』
2. 鷄山談藪(유일본)
3. 溪西野譚(5종): 천리대본(4권 4책)·규장각본(6권 6책)·연대본(5권 5책 가운데 1권 缺)·간송미술관본(1책)·경도대 하합문고본(3책)
4. 溪西雜錄(16종): 성균관대본(권지일)·연민본(卷之亨·卷之利:현 단국대 도서관본)·저초본(권지사)·유재영본(단권)·일몽본(단권)·고대본(권지일·권지이·보유)·연대1본(권지이)·연대2본(33장본)·국도1본(권지2)·국도2본(2권 2책)·야록(조동필본)·일사본(권지사)·가람1본·가람2본·장서각본·중앙공무원교육원본
5. 鷄鴨漫錄(유일본)
6. 公私見聞錄(다종): 연대본(4권 4책)·서울대본(2권 2책)·권영철본 외 다수 ⇒『한거만록』(서울대본)
7. 錦溪筆談(17종): 국도1본·국도2본(일명:좌해일사)·고대본·연민본·전남대본(1책)·정문연1본·정문연2본(하성문고본)·가람본·연대1본(2권 2책)·연대2본(1권:완본)·유재영본·상백본·서울대본·공무원교육원본·이능우본·국회도서관본(2권 2책)·임형택본
8. 奇觀(유일본): 서울대본. 1화부터 27화까지의 출전은 현재 미확인. 28화부터 61화까지는『동패락송』을 전재.
9. 綺里叢話(4종): 연민본 卷之地·영남대 동빈문고본. ⇒『叢話』(연대본)·『靑邱異聞』(모처 소장본)·『靑邱古談』(숭실대본)
10. 記聞叢話(24종): 연대1본(권지일·권지이·권지삼·권지사)·연대2본(54장본)·국도1본(기문총화초)·국도2본(권지일·권지이)·장서각본(1권 1책)·영남대 동빈문고본(2권 2책 가운데 하권)·동양문고1본·동양문고2본·임형택본(1권 1책)·가람본(2권 2책)·학습원대본(2권 2책)·정문연본(기화:1권 1책)·연대3본(기문총기:51장본)·국편위본(1권 1책)·

⇒ 해동기화(국도본·고대본 권 상)·청구총화·동국쇄담(이상 천리대본)·청구기화(저초본)·남계야담(서울대본)·아동기문(가람본)·하담만록(천리대본)·동국고사(서울대본: 3권 3책 가운데 권지일·권지이)·雜東散(국도본 2권 2책: 기문총화 '권지이'에 해당)·견신화(서울대 상백문고본 2권2책)

11. 記聞拾遺: 동경대 아가와문고본.

12. 奇人奇事錄(구활자본): 宋勿齋, 문창사, 1921.

13. 南溪野談(유일본): 서울대본. ⇒ 『기문총화』.

14. 大東奇聞(구활자본) :

15. 東國故辭(유일본): 서울대본(3권 3책) ⇒ 1권·2권은 『기문총화』계, 3권은 『破睡錄』임.

16. 東國瑣談(유일본): 천리대본. ⇒ 『기문총화』.

17. 동국쇄언(유일본): 영남대본.(소장처에 문의 결과 미소장 상태로 파악.)

18. 東國稗史(유일본): 영남대본. ⇒ 『동패락송』계.

19. 東庠記纂(구활자본): 한남서림, 1918년(현토체, 김신부부전 및 전래 야담집 수록), 연민본·고대본.

20. 東野彙輯(15종): 대판중지도도서관본·연대1본(6권 3책)·연대2본(1권 1책)·서울대1본(16권 8책)·서울대2본(5책)·서울대3본(6권 3책)·성대본(8권 4책)·숙대본(1책)·국도1본(8권 8책)·국도2본(2책)·김상기본(1책)·정문연본(하성문고본:8권 8책)·천리대본(8권 8책)·경북대 유인본(16권 8책)

21. 東稗(2종): 연대본·저초본

22. 東稗洛誦(13종): 연대본·이대본(권지이)·임형택본(권지이)·동양문고본·천리대본·국역본(나손본)·국도본·아단본
⇒ 『청구야담』(소창진평본 권지일·권지오)·『기문총화』(가람본)·『청야담수』(가람본)·『동국패사』(영남대본)·기관(서울대본) 중 일부.

23. 亡洋錄: 이광정, 목판본.

24. 梅翁閑錄(多種): 천리대본(2권 2책) 외 다수

25. 樸素村話(2종): 가람본(3책)·연대본(1책)

26. 拍案驚奇(구활자본): 박건회 저, 대창서원·보급서원, 1924. ⇒『조선야담집』(영창서관 편집부찬, 928)

27. 雪橋漫錄(유일본): 약 20화. 동양문고본(5권 5책).

28. 選諺篇(2종): 장서각본·규장각본. ⇒『쇄어』

29. 醒睡叢話(유일본): 연민본(2권 2책)

30. 瑣語(유일본): 연대본.

31. 消閑細說(유일본): 나손본.

32. 我東奇聞(유일본): 가람본. ⇒『기문총화』

33. 揚隱闡微(유일본): 나손본.

34. 於于野譚(33종): 동양문고본(2권 2책)·국도1본(야담 1책)·천리대1·2·3본(3책·2책·1책·보유)·국도2본·대판중지도도서관본(동화: 1책)·연대1본(4책)·서울대 일사문고1본·2본·3본(3책·2책·1책)·가람본(1책)·낙선재본(2권 1책)·장서각본(2권 2책)·규장각본(1책)·이수봉본(2책)·국도 위창본(1책)·시화총림본·서울대 고도서본(1책)·영남대1본(2책)·영남대 동빈문고본(1책)·영남대 도남문고본·이능우본·간송1·2본·아사미본(1책)·동경대 아가와본(3책)·고대 3본(1책·1책·1책)·계명대본(1책)·기독교박물관본(3책)·경도대 가와이문고본(3책)

35. 二旬錄(2종): 패림본(상·하)·동경대 아가와문고본(건·곤).

36. 里鄉見聞錄

37. 逸士遺事(구활자본)

38. 雜記古談(일명:난실만필,파적록): 천리대본(2권 2책).⇒『보화잡기』.

39. 雜東散(유일본): 국도본(2권 2책). ⇒『기문총화』.

40. 朝鮮奇譚(구활자본): 동경외대본, 조선도서주식회사, 대정 11년.

41. 左溪裒談(다종): 장서각본·국도본(3권 3책) 외 다수.

42. 此山筆談(유일본): 서울대본(2권 2책).

43. 天倪錄(7종): 천리대본·김영복본·어우야담본(천리대본)·해동이적(버클리대 아사미본)·동패 소재 동패추록(연대·저초본)·임형택본(국문본)

44. 靑邱古談(유일본): 숭실대 기독교박물관본. ⇒『기리총화』계.

45. 청구기담(구활자본): 정문연본, 박건회저, 조선서관, 대정 원년. ⇒『박안경기』

46. 靑邱奇話(유일본): 저초본(권지사). ⇒『기문총화』.

47. 靑邱野談(15종): 버클리대본(10권 10책)·동양문고본(8권 8책)·동경대본(7권 7책)·서울대 고도서본(5권 5책)·국도본(6권 6책)·고대본(6권 6책)·영남대 도남1본·2본(6권 6책, 1책)·성균관대본(6권 6책)·일사본(1책)·가람1본·2본(3책, 1책)·김근수본(1책)·규장각본(19권 19책)·경도대 가와이문고본(8책)

   ⇒ 청구야설(국도본)·청야휘편(구활자본)·파수편(동양문고본:2권 2책)·해동야서(장서각본)

48. 靑邱野說(유일본): 국도본. ⇒『청구야담』.

49. 靑邱異聞(유일본): 모처 소장본. 卷之四. ⇒『기리총화』.

50. 靑邱叢話(유일본): 천리대본. ⇒『기문총화』.

51. 靑野談藪(6권 6책): 가람본.

52. 靑野彙編 권 상(구활자본): 임형택본, 회동서관본, 1913. ⇒『청구야담』.

53. 別本 叢話(유일본): 연대본. ⇒『기리총화』.

54. 叢話: 천리대본. ⇒『기문총화』.

55. 破睡(유일본): 연민본.

56. 罷睡錄(多種): 연대본 외 다수.

57. 破睡錄(多種) ~ 罷睡錄(일명: 野談奇聞⇒ 천리대본의 경우): 서울대본(김연파수록)·서울대 동국고사본·천리대본·고대본·고금소총본 등.

58. 破睡篇(2권 2책): 동양문고본 ⇒『청구야담』

59. 파수편(2권 2책): 버클리대본 아사미본.⇒『동패락송』. 그 가운데 '고담(古

談)'으로 묶인 부분은 주의를 요함.

60. 荷潭漫錄: 천리대본. ⇒『기문총화』

61. 하담파적록(다종): 정문연본(구장서각본) 외 다수.

62. 鶴山閑言(2종): 장서각본·동경대 아가와문고본(학산한언초략).

63. 閑居漫錄: 천리대본.

64. 海東野書: 장서각본. ⇒『청구야담』

65. 華軒罷睡錄(2종): 김기윤본·동양문고본(2권 2책)

66. 오백년기담(구활자본): 최동주 찬, 개유문관본. 대정 2년(1913년).

67. 실사총담(구활자본): 최영년, 조선문예사, 대정 7년(1918).

『한국문학논총』 26, 한국문학회, 2000.

『야담문학연구의 현단계』 1, 보고사, 2001.

야담 연구를 위한 한 제언

- 꼼꼼한 자료 읽기의 중요성 -

1. 야담문학 연구의 두 방법론과 문제점

여기서 거칠게나마 우리 야담문학 연구를 두고 제기되었던 방법론에 대해 검토하는 것은 오늘날 예전의 열띤 활기를 상실하고, 지지부진한 느낌(?)마저 주는 이 분야 연구의 또 다른 성과를 예비하기 위해서도 마땅히 필요한 작업이라고 할 수 있다.

70년대에 들어와 본격적으로 야담문학이 소개된 이래로 오늘날에 이르기까지 약 430여 편에 달하는 많은 연구 성과가 제출되었다는 점은 야담 연구가 그동안 얼마나 활발히 전개되어 왔는가를 극명하게 보여주는 좋은 예이다.

야담 연구의 시각으로는, 우선 첫째 이우성·임형택이 자료[1]를 우리에게 소개하면서 표방했던 역사·사회주의적 방법론을 들 수 있다. 이를 편의상 거시적 접근의 방법론이라고 이름 해 두자. 이런 방법론은 조선후기의 전환기적 사회양상을 여실히 담고 있는 야담문학에 투영된 제반 사회양상의 면모를 세심히 검토하는 과정을 통하여 조선후

---

1) 이우성·임형택 편역, 『이조한문단편집』상·중·하, 일조각, 1973·1978.

기 사회의 역동적 면모를 그 당시의 일반적 평가와는 달리 파악해 냈다는 데에서, 그 의미가 여전히 적극적으로 인정될 필요가 있다. 물론 야담문학 가운데는 그들이 애써 지적하고 있는 것과 같은 면모를 여실히 담고 있는 자료들 또한 분명히 존재하지만, 이런 내용을 지니고 있는 야담 자료들이 야담 자료의 전면적 실체가 아니라 부분적 실체에 머물고 있다는 점과 아울러 야담의 문학적 본령에 대한 인식을 애써 뒷전으로 치부하고 말았다는 점에서 이 방법론에 대해 야담문학 연구에 끼친 절대적 공(功) 못지않게 그 상대적 과(過) 또한 분명히 지적할 필요가 있다고 본다. 곧 이 방법론은 유기체적 총체성을 견지하고 있는 한 특정의 문학 갈래에 대해 그것을 단지 역사적 현상의 대응물로서만, 곧 단순히 반영론적으로만 파악하는 데 그친 한계를 지니고 있다고 하겠다.

야담의 본령은 어디까지나 '이야기'에 있지, 다른 데에 있는 것은 아니라는 점을 새삼 유념하는 가운데, 일부 연구자들은 한 특정의 이야기가 전승·채록·유전되는 과정을 거치면서 여러 가지 요인의 작용[2]으로 인해 야담 자료집에는, 애초 그것이 형성된 원래의 면모와는 다르게 수록되고 또 계속해서 개변되는 경우도 있었을 것이라고 주장하면서 해당 이야기들이 어떠한 과정을 거쳐 형성되었고, 또 뒷날 여러 가지 모습으로 변이되었는가 하는 데에 그들 연구의 초점을 두게 된다. 이신성·정명기·강영순·김정석[3] 등의 논의가 그것인데, 이를

---

2) 이에 대해 정명기는 "삽화의 분리와 결합의 작용과 편자의 개인적 의도의 작용"이란 점을 지적한 바 있다. 『한국야담문학연구』(보고사, 1996, 14~39쪽)를 참조.

3) 이신성, 『<천예록>연구』, 보고사, 1994.
   정명기, 『한국야담문학연구』, 보고사, 1996.
   강영순, 「조선후기 여성지인담 연구」, 단국대 박사학위논문, 1995.
   김정석, 「단명담·추노담의 소설적 변용과 그 성격」, 성균관대 박사학위논문, 1995.

편의상 미시적 접근의 방법론이라고 이름 해 두자. 이들 연구자들의 논의는 야담을 이루어주고 있는 이야기들의 생성 과정과 원리를 어느 정도 규명해 냈다는 점에서 위의 방법론이 거둔 성과와는 또 다른 각도에서 나름의 의미를 부여받을 수 있다고 본다. 그러나 대부분의 연구자들은 무의식적이든 의식적이든 간에 야담과 소설의 관계를 진화론적 전개양상으로만 파악하는 일방적 시각을 그 밑바탕에 깔고 있는 듯이 보인다. 이런 점에서 대부분의 연구자들은 야담은 소설에 비하여 저급한 것이라는 관점 아래 '야담의 소설화 과정'을 문제 삼게 된다. 각각의 문학 갈래를 향유·전승시켜 왔던 계층들의 존재와 그들이 견지하고 있었을 이념적 의식의 차이, 또 그 편차의 작용 등으로 인해 양식을 달리하여 각기 구현하고 있을 나름의 서사원리와 서사문법 등에 대해서는 미처 그 시선이 주어지지 못했던 것으로 생각된다.

야담 연구의 두 주도적 방법론이 그 자체 내에 지니고 있는 이러한 한계를 적극적으로 극복하고자 하는 노력보다는 이러한 연구방법론에 편승하여 나름의 성과를 양산해내려는 후대 연구자들의 무비판적 태도가 오늘날에 들어와 야담 연구의 활력이 예전과는 달리 그 추동력을 상실한 채 머뭇거리게 된 느낌을 갖게 하는 것이 아닌가 하는 판단, 이것을 필자만의 우견(愚見)으로 과연 돌릴 수 있을까?

2. 야담문학 연구의 심화를 위한 몇몇 선결과제(先決課題)

이제 앞 절에서 검토한 야담 연구의 두 주류적 방법론의 성과와 문제점을 유념하는 가운데, 여기서는 그동안 필자 나름대로 야담을 연구해오면서 느꼈던 고민들, 과연 이들 두 주류적 방법론의 성과와 한계를 넘어서는, 야담 연구를 보다 심화시킬 수 있는 방법은 무엇인가에 대한 해답을 나름대로 제시해보일까 한다. 그러나 이 작업은 현 단계에서 필자가 갖고 있는 생각을 정리한 중간 보고서에 그친다. 이런 점에서 이 글은 아직은 문제해결적인 작업이 아니라는 한계를 갖고 있다. 그러나 후일의 보다 깊이 있는 연구를 기약하기 위해서라도 우리들 야담 연구자 모두는 이러한 성격의 작업에 대해 한번쯤은 철저하게 고민하고 또 그 가능한 해답을 구하기 위해 노력할 필요가 있다고 본다.

물론 여기서 필자가 제기하는 몇몇 과제만이 야담 연구의 새로운 성과를 기약한다고는 필자 자신도 결코 생각하지 않는다. 이 이외에도 다기한 접근 시각이 물론 가능할 것으로 생각된다. 예컨대 야담 고유의 서사문법과 서사원리의 규명이라든가 하는 보다 근원적인 문제도 그런 가능성을 담보하는 한 중요한 작업이 될 수도 있다고 본다.

여기서 제기하는 몇몇 문제들 가운데는 아직 필자의 생각이 채 구상화되지 못한 관계로 해당 문제에 대하여 정치한 논의를 전개할 수 없는 부분도 있을 것이라는 점을 우선 지적해두고 논의를 이어가기로 한다.

가) 특정 가문을 중심으로 형성·향유·전개되었던 야담문학의 전개과정을 있는 그대로 정확히 파악하는 가운데, 이들 가문을 중심으로 한 계층들이 그들이 몸담고 있었던 사회에 대하여 야담집의 찬술이라는 행위를 통하여 어떻게 반응하고, 또 물음을 던지고 있는가 하는 문제에 대해 적극적으로 규명할 필요가 있다고 본다.

야담은 기존의 치자 계층의 시각에서 볼 때, 치자 계층들이 희원하는 일체의 이상적 정립방향과는 다른 반동적 문학현상을 이야기하고 있는, 부분적으로는 결코 달갑지 않은 장르라고 할 수 있을 듯한데, 이런 점에서 야담을 창출하고, 향유하고 전승시켜 온 계층들에 대한 정확한 조사가 필요하다고 본다.

예컨대 『천예록(天倪錄)』을 엮은 수촌(水村) 임방(任埅, 1640~1724)[4]과 『잡기고담(雜記古談)』을 엮은 그의 손자인 임매(任邁, 1711~1779)[5], 그리고 또 임매의 손자인 임렴(任廉, 1777~1848)에 의해 이루어진 『양파담원(暘葩談苑)』 등의 자료집들을 한 가문에서 잇달아 이루어낼 수 있었던 풍천임씨 가문의 정신사적·문학사적 원동력의 실체는 무엇인가 하는 점, 나아가 『계서잡록(溪西雜錄)』을 엮은 이희평(李羲平)과 『청구고담(靑丘古談)』[6]을 엮은 것으로 보고된 이완재(李宛載) 등으로 대변되는 한산이씨 가문의 그것, 그리고 『청구이문(靑邱異聞)』[7]을 엮은 것으로 보이는 안동김씨 가문 일원의 그것, 『대동패림(大東稗林)』을 엮은

---

4) 이에 대해서는 진재교의 「『天倪錄』의 작자와 저작년대」, 『서지학보』 17호, (한국서지학회, 1996.)와 김동욱의 일련의 작업인 「『天倪錄』의 編著者 辨證」(반교어문학회 70차 발표회 요지, 1994.)과 「『天倪錄』硏究」, 『반교어문연구』 5집(반교어문연구회, 1994.), 그리고 「『天倪錄』의 評日을 통해 본 任埅의 사상」, 『어문학연구』 3집(상명여대 어문학연구소, 1995.) 등이 한 도움이 된다.

5) 이에 대해서는 진재교의 「『잡기고담』 연구」, 『한국의 경학과 한문학』(태학사, 1996.)와 「『雜記古談』 著作年代와 作者에 대하여」, 『서지학보』 12호(서지학회, 1994.)를 참조하라.

6) 이 자료는 고 김양선님 소장본으로 현재 숭실대 기독교박물관에 소장되어 있는데, 해당 원문은 소재영에 의한 간단한 해제와 아울러 『숭실어문』 11집(숭실어문연구회, 1994.)에 영인되어 있다. 한편 한산이씨 가문의 이러한 분위기에 대해서는 이현택의 「계서 이희평 문학 연구」(국민대 석사논문, 1983.)와 소재영의 윗 글에서 어느 정도 밝혀진 바 있다.

7) 이 자료의 실상은 최근까지도 우리 야담학계에 전혀 알려진 바 없었다. 단지 그 제명만은 일찍이 필자가 소개한 바 있던 소창진평본의 서문에서 언급된 바 있었으나, 최근들어와 그 자료집의 소장처를 통해 해당 원문을 입수·검토 중에 있는데, 현재까지의 중간 검토 결과 그 편자는 안동 김씨 일원임이 분명한 것으로 드러났다. 이 문제와 아울러 이 자료에 대한 보다 자세한 검토는 추후의 과제로 미루어둘까 한다.

심노숭(沈魯崇)[8]으로 대변되는 청송심씨 가문 등의 당색적 이념과 그들의 세계관 등에 대해 가능한 자료를 검토하면서 적극적으로 이 문제를 규명해야 한다고 본다.

이런 작업이 성공적으로 이루어질 때, 야담의 존재기반과 그 세계관에 대한 규명이 이제까지의 추상적인 접근에서 논의된 성과와는 달리 보다 더 분명히 드러나게 되리라 기대된다.

나) 해당 관련 자료의 이본들에 대한 전면적이고도 철저한 조사를 통한 조속한 수집과 아울러 이들 각 이본들이 지니고 있는 해당 이본군 내에서의 성격이라든가 그 위치를 정확히 정리·분석할 필요성이 있다. 아울러 아직껏 보고되지 아니한 미발굴 자료들에 대한 광범위한 탐색과 분석 작업 또한 필요하다고 본다.

서사문학 연구자들 가운데는 한 자료의 이본에 대해 그리 크게 관심을 두지 않고 오히려 그들 존재를 간단히 치부하고 무시하기까지 하는 잘못된 시각을 갖고 있는 경우도 있는 것으로 보이는데, 이런 현상은 야담문학의 경우에도 예외 없이 적용된다. 이본들이라고 하면 대체로 같지 않겠는가 생각하는 연구자들의 안이하고도 불철저한 해당 자료군에 대한 피상적인 접근 태도와 아울러 상대적인 노력의 결여로 인해 이런 현상이 나타난 것으로 보이는데, 이 분야는 야담문학의 경우 『동패락송(東稗洛誦)』1종[9]을 제외하고서는 아직껏 논의가 이루어

---

8) 심노숭의 문학론과 그의 산문문학의 일반적 특성에 대한 논의는 김영진의 「孝田 沈魯崇 文學 硏究」(고려대 석사논문, 1996.)를 참조하라.

9) 이 작업은 일찍이 정명기의 「동패락송 연구(1) ―이본의 관계양상을 중심으로」(『한국야담문학연구』, 보고사, 1996, 311~337쪽.)에서 비로소 이루어졌다. 그러나 오늘에 이르러 새롭게 확보된 여러 이본들의 존재 양상들 또한 적극적으로 검토할 필요가 있다는 점에서 보다 확장된 논의가 필요하다고 본다. 그것은 『東稗洛誦』의 원 면모와

진 바 없다.

문제는 같은 제명을 갖는 이본이라고 해도 그 이본의 원 자료에 해당하는 면모와는 상당할 정도로(또는 부분적으로) 일탈된 자료들이 어렵지 않게 찾아진다고 하는 점에 있다. 이럴 때 이들 이본들은 어떻게 처리해야 할 것인가 하는 문제는 그렇게 간단한 작업만은 아닌 듯하다. 곧 이러한 특성을 갖고 있음에도 같은 제명에 속하는 자료로 파악해야 하는가, 아니면 전혀 다른 계열의 자료로 보아야 하는가 하는 문제 등이 제기될 수 있다고 본다.

여기서는 이해를 돕기 위하여 편의상 다음 세 자료를 검토하기로 한다.

첫째, 『천예록(天倪錄)』을 들어보자. 현재까지 알려진 『천예록』의 이본으로는 천리대본·김영복본·『동패(東稗)』소재 『동패추록(東稗追錄)』·천리대본 『어우야담(於于野談)』에 부기된 『천예록』[10] 등을 들 수 있는데, 이 가운데 마지막 자료는 현재까지 알려진 『천예록』의 일반적 면모와는 상당히 다른 체재로 이루어져 있어 우리의 관심을 끌고 있다. 곧 이 자료는 『천예록』소재 62화[11] 가운데 다음의 자료들, 예컨대 1. 제목 누락,[12] 2. 〈見夢士人除妖賊〉, 3. 〈獨守空齋于〉,[13] 4. 〈妄入內苑陞顯官〉(此乃丘學士洪直之事 而以禹氏爲錄 必傳者之誤也), 5. 〈泰仁路鏑射獐

는 상당히 이질적인 천리대본 『東稗洛誦』이 번역되고, 또 이를 기반으로 한 일련의 논문들 또한 제출되고 있는 현금의 안타까운 상황을 유념할 때, 이런 작업은 한시바삐 마무리해야 할 성질의 것이라 하겠다.

10) 이 자료는 아직까지 우리 학계에는 알려진 적이 없는 자료로, 본고에서 처음 공개되는 것이다.

11) 김영복본 『천예록』이 우리들에게 알려지기까지는 『천예록』의 경우 총 61화로 이루어진 자료로 파악해 왔지만,(대곡삼번·이신성의 작업) 천리대본의 경우 김영복본 『천예록』의 1화인 〈智異山路迷逢眞〉이 탈락된 자료임이 확인되었다.

12) 『천예록』에 의거할 때 원제는 〈送使於宰臣定廟基〉임.

13) 『천예록』에 의거할 때 원제는 〈獨守空齋攉上第〉이어야 함.

僧〉, 6. 〈露梁津鐙打勢奴〉, 16. 〈議黜院享卽被禍〉, 18. 〈樵氓海山脫水災〉의 8화와 『기문총화(記聞叢話)』 권3의 50화인 21. 〈권적(權樀) 이야기〉, 그리고 『명엽지해(蓂葉志諧)』 소재 이야기 가운데 다음의 자료들, 7. 〈婦說古談〉, 8. 〈姑責飜身〉, 9. 〈命奴抽齒〉, 10. 〈輕侮懷慚〉, 11. 〈喜聽裙聲〉, 12. 〈請加四吹〉, 13. 〈厠間譖語〉, 14. 〈輪行時令〉, 15. 〈去滓生男〉, 17. 〈墮水赴衙〉, 19. 〈氓作鵃鳴〉, 20. 〈忘祥愧從〉의 12화 총 21화로 이루어져 있는데, 이런 면모는 현전하는 『천예록』의 이본군 중에서는 전혀 찾아지지 않는 천리대본만의 특징이라고 하겠다.

둘째, 『기문총화』의 경우 국내외에 걸쳐 약 20-30여 종에 달하는 많은 이본들이 산재하고 있는 것으로 알려져 있는데, 이들 자료 가운데 일본 동양문고 소장 『기문총화(紀聞叢話)』의 경우 우리가 알고 있는 일반적인 『기문총화』의 체재와는 상당히 이질적인 면모를 지니고 있는 자료로 보여진다. 곧 위 이본은 총 142화[14] 가운데서 1화에서 72화까지 그리고 80화에서 111화까지 총 104화는 연대본 『기문총화』를 전재하는 가운데, 73화에서 79화까지의 7화는 이런 일반적 면모와는 색다르게 노명흠에 의해 이루어진 『동패락송』으로부터 전재하고 있고, 112화부터 135화까지의 24화는 구수훈에 의해 18세기 중·말엽 경에 이루어진 것으로 알려진 『이순록(二旬錄)』에서 전재하였고, 이어 136화·137화의 2화는 『학산한언(鶴山閑言)』에서 전재하고, 138화 이하 143화까지의 6화는 인용하고 있는 원 자료의 출전이 명기되어 있는 바, 이러한 면모는 우리가 알고 있는 일반적인 『기문총화』의 면모와 견줄 때 분명히 다른 것이라고 할 수 있다.

---

14) 동양문고본 『紀聞叢話』는 외형상 143화인 것처럼 보이기 쉬우나, 사실은 80화와 140화의 경우 같은 이야기가 겹쳐 수록된 것이므로 이 자료의 話數는 總 142화라고 해야 맞다.

셋째, 서울대본『남계야담(南溪野談)』의 경우를 살펴보기로 하자. 이 본은 연대본『기문총화』의 1권 가운데 1화부터 71화까지 그대로 하나 빠짐없이 차서의 뒤바뀜 없이 전재하는 가운데 이루어진 자료로 보여진다. 그러나 특이하게도 45화인 다음 이야기, 곧 "沈監司銓 貪鄙無倫 出牧大州 專以唆利爲事 嘗語人曰 我有男子十八人 不貪何以資生 但我 終不害士林 安自裕謂人曰 沈平叔 直士也 人問其故 自裕曰 不隱其貪 問(聞?)者齒冷"(石潭日記)[15]만은 가장 이야기가 많이 수록된 것[16]으로 알려진 연대본『기문총화』에서도 전혀 찾아지지 않는 자료이다. 그런 데 이 이야기는 필자가 그간 검토한 바 있는 많은『기문총화』의 이본들 가운데서는 전혀 나타나지 않고, 한 이본인 국도본『기문총화초(記聞叢 話鈔)』에만 아울러 나타나고 있는 바, 이런 현상은 어떻게 이해해야 하 는가? 연대본『기문총화』에 실려 있는 이야기 대신 이 이본의 편자가 색다른 이야기를 첨입(添入)시킨 것인지, 아니면 연대본『기문총화』의 경우 어떤 이유에서인지는 몰라도 이 이야기가 결락되어 있었고,『남 계야담』또는『기문총화초』의 편자들은 이 이야기가 수록되어 있는 다 른 선행하는『기문총화』(현전 여부 不明?)를 전재한 것은 아닌가 하는 의문 등이 잇달아 제기될 수 있는 매우 흥미 있는 자료라 하겠다.

---

15) 연대본『記聞叢話』의 경우 해당 자리에는 "沈判書詻 年過八十 經回巹與回榜 長子光洙逸承旨 次光泗官典籍 有孫七人 中文科者五人 內外子孫合七十餘人 約爲花樹契 各於初度 日設酒肴 奉壽於前 殆無虛月 或一朔中疊行 世傳以爲盛事"가 들어가 있고 또 이것이 일반적인『記聞叢話』의 면모인 것으로 파악된다.

16) 이 자료집에 실려 있는 이야기는 모두 638화에 달하는데, 이것은 우리 야담집 가운데 가장 많은 경우에 해당한다. 그러나 그 대부분(약 80% 정도)은 권1과 권2에 실려 있는 단편적인 일화로써, 이들을 제외하고 보면『기문』소재 본격적인 야담자료는 약 140여화에 이른다고 할 수 있다.『기문』의 다른 이본들에서는 보이지만 이 자료집에는 실려 있지 않은 이야기 9화를 더한다면『기문』소재 이야기는 약 650화 정도에 달하지 않을까 한다.

물론 이런 세 경우만이 아니더라도 우리는 이에 해당되는 많은 보기를 어렵지 않게 찾아볼 수 있는데, 그렇다면 이러한 면모를 지니고 있는 자료들을 과연 어떻게 처리해야 할 것인가 하는 쉽게 결정짓지 못할 어려운 문제에 우리는 봉착하게 된다.

상황이 이러한데도 야담 연구의 기본 자료가 되는 해당 이본들의 존재 가치를 아직은 어느 누구도 심각하게 고민해 온 적은 없는 것으로 생각된다. 이런 자세가 한시 바삐 불식되어야만 야담 연구는 이제까지와는 다른 각도에서도 한 단계 더 상승된 논의가 마련될 것으로 기대된다.

미발굴 자료의 중요성에 대해 여기서 잠깐 언급하고 넘어가기로 하자. 우리에게 전혀 알려진 바 없었던 야담 자료 가운데 매우 중요한 의미를 지니고 있는 자료로, 필자는 최근 들어 『기리총화(綺里叢話)』라는 존재를 발굴하여 검토 중에 있는데, 아직 이에 대해 완벽한 검토가 아직 이루어지지 않은 상태에서 이 자료에 대한 단정적인 주장을 하기는 어려운 실정이지만, 이 자료는 검토 결과 소위 3대 야담집에 못지않는 평가를 받아 마땅한 자료인 것으로 확인되었다. 어느 야담집에도 실려 전하지 않는 매우 흥미로운 이야기들과 아울러 그 편자를 밝혀낼 수 있는 내적 증거를 분명히 갖고 있다는 점, 나아가 이 자료가 외따로 존재하는 것이 아니라, 『청구이문(靑邱異聞)』·『총화(叢話)』[17]·『청구고담(靑丘古談)』이라는 계열군을 대표하는 자료집으로 보여진다는 점만으로도 이 자료는 분명히 새삼 그 가치를 인정받아 마땅하다고 본다.

---

17) 이 자료는 일찍이 우리에게 알려진 『記聞叢話』의 이본인 천리대본 『叢話』와는 그 제명이 같지만, 내용은 전혀 별개의 자료로써, 총 70화로 구성되어 있으며, 현재 연세대 도서관에 귀중본으로 소장되어 있다.

이외에도 공공도서관이나 개인소장본 중에는 아직도 전혀 거론된 바 없는 야담 자료집들이 매우 많이 있을 가능성이 있다. 이런 점에서도 우리 야담문학 연구가들은 기존의 야담문학 자료에 대한 심도 있는 논의 못지않게 이들 분야에 대해서도 간단없는 관심을 경주하여 우리 야담문학의 폭과 깊이를 넓히는데 일조를 가해야 할 것으로 생각된다.

다) 해당 관련 자료로부터 후대에 파생되어 나온 것이 분명한 자료들을 따로 묶어 그 성격이라든가 그 자료적 성격을 보다 정확히 정리·분석할 필요가 있다. 여기서는 이들 자료군에 해당하는 자료들을 방사자료(放射資料)라 잠칭하기로 한다.

한편 여기서 신문학기에 들어와 나타난[18], 기존 자료집의 단순한 전재[19]로 이루어지거나 아니면 나름의 개작(창작)양상을 보여주고 있는 일련의 저작물[20]들 또한 이런 관점에서 더 늦기 전에 정리해둘 필요가 있다.

이런 작업은 연구가들로 하여금 별다른 의미를 가지지 못한 방사자료와 그렇지 아니한 자료를 철저히 준별해 냄으로써 우리 야담문학에 대해 학적으로 깊이있는 논의를 보다 가능케 하는 동시에, 나아가 이

---

18) 이에 대해서는 임형택의 「야담 전통의 근대적 변모」(한국한문학 전국발표대회 발표 요지, 1995.4)와 「야담의 근대적 변모-일제하에서 야담전통의 계승양상」(『한국한문학 연구』 학회 창립 20주년 기념 특집호, 한국한문학회, 1996.)에서 많은 도움을 얻을 수 있다.

19) 이런 류에 드는 대표적인 보기로『靑野彙編』상·하(회동서관, 1913)를 들 수 있다. 이 자료 소재 이야기는 전부 다 전대의『청구야담』으로부터 온 것으로 보인다.

20) 이런 류에 드는 대표적인 저작으로『靑邱奇談』(조선서관, 1912)과 구활자본 고소설에 부기된 일련의 야담 자료들을 들 수 있다. 특히 후자에 실린 이야기들 가운데 일부는 매우 두드러진 변이의 모습을 가지고 있어 우리의 흥미를 끌고 있다.

들 자료에 대한 검토를 통하여 드러날 방사자료들의 실상을 통하여
이와 같은 방사자료들이 어떠한 문학적·사회적 요인에 의하여 창출
될 수 있었는지, 또 그 의미는 무엇인지 등등에 대한 논의를 가능케
한다는 점에서 매우 주목받아야 할 분야라 하겠다. 그런데 이러한 작
업이 소기의 성과를 거두기 위해서는 먼저 해당 자료의 실상에 대한
철저한 검토와 분석이 요청됨은 물론이다.

　여기서 먼저 우리 학계가 현재까지 파악하고 있는 방사자료를 들면
『청구야담(靑邱野談)』의 경우 『해동야서(海東野書)』·『파수편(破睡篇)』 등
이 그에 해당되는 것으로 밝혀졌을 정도다. 필자의 검토 결과 『기문총화』
의 경우 방사자료로 『청구총화(靑邱叢話)』·『청구기화(靑邱奇話)』·『동국
쇄담(東國瑣談)』·『아동기문(我東奇聞)』·『하담만록(荷潭漫錄)』·『동상
기찬(東廂記纂)』·『남계야담(南溪野談)』·『청야담수(靑野談藪)』 등의 많
은 자료가 있는 것으로 확인되었다. 이들 방사 자료 또한 야담 문학의
후대적 수용양상과 그 궤적을 일목요연하게 보여주는 좋은 예라는 점에
서는 일정한 의미를 갖는 자료임이 분명한데, 앞서의 문제의식을 살리기
위해서라도 우리는 이들 방사자료에 대한 보다 철저한 검토를 이루어낼
필요가 있다고 본다.

　불철저한 자료 검토가 얼마나 그릇된 결과를 낳을 수 있는가 하는
점을 『해동야서(海東野書)』를 통해 살펴보자. '甲子流月日取月畢書'라
는 간지가 있음으로 해서 일찍부터 주목받은 자료집인 『해동야서』의
경우, 조희웅이 "이 책에 수록된 자료는 총 48편으로 그 내용은 물론
제목까지도 『靑邱野談』과 완전 동일하다."[21)]고 평가된 이래 잘못된 평
가를 받은 한 전형적인 보기라 하겠는데, "그 내용은 물론 제목까지도

---

21) 조희웅, 『조선후기 문헌설화의 연구』, 형설출판사, 1981, 32쪽.

『청구야담』과 완전 동일하다"는 조희웅의 주장은 검토 결과 사실과는 다른 것으로 드러났다. 그것은 특히 38화인 〈성가업박노진충(成家業朴奴盡忠)〉에서 익히 확인되는데, 동 자료 소재 이 이야기는 『청구야담』의 그것과도 물론 다르고, 또 현재까지 필자가 검토한 바 있는 여타 자료집 소재 〈박언립(朴彦立) 이야기〉와도 전혀 다른 유화(類話)인 것으로 새삼 확인되었다.

이런 점에서 피상적인 자료에 대한 이해가 얼마나 그릇된 오류와 아울러 야담 연구의 폭을 축소시켜 왔는가 하는 점을 우리는 분명히 인식하게 되었다. 편의상 해당 원문은 생략한다.

라) 관련 자료와 그 방증 문헌들을 통하여 이제껏 알려지지 않은 많은 야담집들의 편자를 밝히는데 우리의 노력을 더욱 경주해야 한다.

현재까지 우리에게 알려진 약 40–50여종에 달하는 야담 자료 가운데 편자가 밝혀진 야담집은 아직은 그렇게 많은 편은 아니다. 유몽인의 『어우야담(於于野譚)』, 노명흠의 『동패락송(東稗洛誦)』, 임방의 『천예록(天倪錄)』, 임매의 『잡기고담(雜記古談)』, 신돈복의 『학산한언(鶴山閑言)』, 안석경의 『삽교만록(雪橋漫錄)』, 서유영의 『금계필담(錦溪筆談)』, 이희평의 『계서잡록(溪西雜錄)』, 이원명의 『동야휘집(東野彙輯)』, 배전의 『차산필담(此山筆談)』 등의 경우를 제외하고서는 거의 알려져 있지 않은 상황이라고 할 수 있는데, 이렇게까지 된 데에는 여러 가지 이유가 있을 것으로 파악되지만, 각 자료집 내의 해당 문면들을 철저히 검토·분석하는 과정과 아울러 방계 자료들에 대한 철저한 검토, 편자로 예상되는 가문에 대한 직접 방문과 탐색 등등의 과정을 통하여 아직껏 밝혀지지 아니했던 야담집의 편자를 밝히려는 노력을 계속 경주해야 할 것으로 본다.

이런 과정을 거쳐 해당 자료의 편자가 어떤 의식과 환경의 작용으로 이들 야담집을 창출해 낸 것인지, 또 그런 작업을 통하여 우리들에게 제시하려 했었던 궁극의 의미는 무엇인지 등등에 대한 문제가 보다 철저히 검토될 필요가 있다고 본다.

마) 각 자료집의 개별적인 특성을 밝혀내는 과정 못지않게 자료집 상호간의 유전 양상은 어떠한가를 보다 분명하고도 객관적으로, 그 범위를 넓혀 다루고자 하는 자세가 요청된다.

야담집은 구전 전승되던 이야기들의 채록과정과 아울러 전대문헌의 수용·전재과정을 거치면서 통합적으로 이루어졌을 것으로 우리들은 파악하고 있다. 그런데 전자의 경우 현재로서는 어떤 특정의 자료가 그에 해당되는가를 분명히 알 수 없다는 한계가 있는 이상, 우리의 노력은 자연 후자에 관심을 쏟아야 될 것으로 본다. 이런 점에서 최근 들어 보고된 김동욱·정명기·임완혁의 논문[22]은 매우 시사적인 것이라 하겠는데, 여기서 이런 논의의 폭을 어느 특정 야담집간의 대비적 고찰에 머물 것이 아니라 야담집 전체로 확산시켜 이 문제를 다루고자 하는 보다 거시적인 시각이 요청된다고 하겠다. 이런 노력이 수반할 때, 야담집 상호간의 관계 양상은 물론이거니와, 수용·전재과정을 거치면서 전거(典據)로 삼았던 원 자료와는 또 달리 마련되고 있는 각 야담집 나름의 독자적 면모 또한 충분히 드러나게 될 것으로 기대

---

22) 김동욱, 「조선후기 야담집의 유변양상과 유형」, 『基谷 강신항박사 정년퇴임기념 국어국문학논총』, 태학사, 1995, 467~495쪽.
  정명기, 「『청구야담』에 나타난 전대문헌의 수용양상 연구」, 『한국야담문학연구』, 보고사, 1996, 356~407쪽.
  임완혁, 「『계서야담』의 서술방식에 대한 일 고찰」, 『한국한문학연구』 19집, 한국한문학회, 1996.

된다. 나아가 그 수용·전재의 문학적·이념적 근거는 무엇인지, 그 양상은 실제적으로 어떻게 나타나고 있는가 하는 문제 또한 어렵지 않게 드러나게 될 것으로 기대된다.

여기서 삼대 야담집으로 평가되고 있는 야담집 가운데 하나인 『계서야담(溪西野談)』의 존재를 통하여 그 평가가 얼마나 실제 이상으로 과대평가된 것인가 하는 문제에 대해 한번쯤 구체적으로 검토해볼 필요가 있다. 이 문제는 그리 간단히 해결될 문제는 아닌 것으로 생각되는데, 필자의 이제까지의 검토를 통하여 이에 대한 견해를 밝힌다면, 현전하는 『계서야담』의 이본군 가운데 어느 이본도 원본에 해당하는 자료는 없는 것으로 확인되었고, 나아가 이 자료는 학계 일각에서 주장하고 있는 것과는 달리 『기문총화』보다도 시대적으로 뒤에 출현한 자료임이 분명하다고 본다. 이에 대한 본격적인 검토는 뒷날의 과제로 미루어두고, 다만 그 대강에 대해서만 항을 달리하여 약술할까 한다.

바) 이런 일련의 과정이 제대로 축적된 후에야, 야담 자료의 객관적 실상에 근거한 보다 깊이 있고도 폭넓은 논의가 가능할 것으로 생각된다. 이를 통하여 조속한 시일 내에 가칭 『한국야담문학사전』(자료집의 특성·이본을 밑바탕으로 하여 인물·사건·기능·성격·의미·유화 등을 포괄할 수 있는)과 『한국야담문학론』, 『한국야담문학사』 등의 저술 작업 또한 이루어낼 수 있을 것으로 기대된다.

3. 그 과제의 실제적 탐색-『溪西雜錄』계를 중심으로

여기서는 위에 든 문제 가운데 하나를 택하여 집중적으로 검토해볼까 한다. 논의의 편의상 먼저 성대본 『계서잡록(溪西雜錄)』 권1에 실려 있는 서문을 제시한다.

　　"…(전략)… 年迫六旬4 而神精不至昏耗 故仍臥念平日之所耳聞 而
目覩者 自家間事蹟 及外他前輩 行于世之古談 隨思隨錄 使官童之解
書者 彙爲一書 而題之曰『溪西雜錄』…(중략)… 溪西老夫 書于南昌
府 竹裏舘"
　　"…(전략)… 上自牧隱先公 下至近世諸公 苟有一事一言之奇 可以
傳後者 無不錄焉 編爲四冊 非聰明强記 何以述此 至若名姓之或換
事實之或舛 各出聞見之異 非作者過也 …(중략)… 歲癸巳(1833)孟春
小楠居士 沈能淑英曳序"

　문제의 서문을 통하여 우리는『계서잡록』의 체재가 "위로는 목은선
공으로부터 아래로는 근세의 제공에 이르고 있"다는 점과 아울러 "묶
어 4책이 되었다"는 언급을 통하여 전 4권으로 이루어져 있음을 확인
할 수 있다. 그런데 유감스럽게도 그동안 우리는『계서잡록』의 총체적
면모를 파악하는 데 그리 신경을 쓰지 않았던 것으로 보여진다.
　현재까지 알려진『계서잡록』의 이본은 도합 16종에 달하고 있는데,
필자가 직접 검토치 못한 서울시공무원교육원본을 제외한 나머지 이
본들을 대상으로 하여『계서잡록』의 총체적 면모를 밝혀내는 동시에
나아가 그 이본들의 관계양상을 검토·고찰코자 한다. 이 작업은『계
서잡록』의 이본간의 관계양상에 대한 고찰로서의 의미뿐만 아니라,
나아가 그 영향을 받아 이루어진 것이 분명해 보이는 기타 자료들, 예
컨대『기문총화』·『계서야담』과의 관계를 보다 분명히 하는 계기도
제공해 줄 것으로 기대된다는 점에서 매우 중요한 문제 가운데 하나
라고 할 수 있다.
　먼저 이본들의 서지상황을 개괄적으로 보이면 다음과 같다.

   1) 성대본『계서잡록』권지일

   2) 연민본『계서잡록』卷之亨 · 卷之利

   3) 저초본『계서잡록』권지사

   4) 일사본『계서잡록』권지사(후반부 2장 낙장)

   5) 연대 1본『계서잡록』권지이

   6) 국도 2본『계서잡록』권지이

   7) 일몽본『계서잡록』(내제:『계서잡록』』 권지이)

   8) 춘강본『계서잡록』

   9) 장서각본『계서잡록』』(내제 :『溪西雜錄』續 卷之單)

  10) 가람 1본『계서잡록』

  11) 연대 2본『계서잡록』

  12) 조동필본『야록』(3 · 50장 낙장)

  13) 가람 2본『계서잡록』(내제 :『溪西雜錄』續 卷之初)

  14) 국도 1본『계서잡록』권지일 · 권지이

  15) 고대본『계계서잡록』권지일 · 권지이 · 補遺

  이들 이본들 가운데 연민본의 존재(특히 卷之利)는『계서잡록』의 전체적 면모를 알 수 있게 하는 매우 중요한 자료라 하겠는데, 번거로움을 줄이기 위하여 여기서는 이들 이본들을 검토한 결론만을 제시할까 한다.

  『계서잡록』은 크게 1) · 2) · 3)〈4〉로 이루어진 한 계열[23]과 10)과 12)

---

1 · 2 · 3)〈4〉로 이루어진 한 계열이 바로『계서잡록』의 원래 모습일 것으로 추단된다는 점에서 이번에 새롭게 발굴된 연민본 卷之利의 가치는 매우 높은 것임이 드러났다. 또한 연민본의 경우 卷之元 · 卷之亨 · 卷之利 · 卷之貞의 체재, 곧 4책으로 이루어졌던 것이 분명한 이상, 이는 앞에서 성대본『계서잡록』의 서문을 통해 확인했었던 4 책이란 언급과 외형적으로 부합되는 점에서 서문에서 언급한 것과 동일한 면모를 지닌 이본이라고 할 수 있겠다. 현재 그 소재를 알 수 없는 卷之元과 卷之貞의 존재를 한시바삐 학계에 발굴 · 보고해야 하는 과제가 우리에게 남아있다고 하겠다.

의 한 계열, 그리고 14)와 15)의 다른 한 계열, 곧 세 계열로 나누어
전승되었던 것으로 확인되었다.

　나머지 이본들 가운데 5)와 6)은 2)와 같은 계열에 드는 자료로써,
이 가운데 6)은 36화만이 탈락되어 있을 뿐 완전히 같은 조본 아래 파
생되어 나온 이본임이 확인되었고, 7)과 11)은 2)와 같은 계열에 드
는 자료이기는 하되, 전자의 경우는 28화와 44화~49화가 결락되고
50화에서 끝나고 있는 자료로 총 43화로 이루어져 있는 반면에, 11)
은 42화까지의 차서를 그대로 따르고 있는 발췌본으로 확인된다. 한
편 8)과 9), 그리고 13)은 저초본 계열에 드는 자료로 보이는 바, 이
가운데 9)와 13)은 다같이 10화가 탈락되어 있으나, 전자의 경우 20화
에서 끝나고 있는 자료로 총 19화로 이루어져 있는 반면에, 13)은 23
화에서 끝나고 있는 자료로 총 22화로 이루어져 있는 자료라는 점에
서 차이를 드러낸다. 이런 점에서 9)는 3)과 4)로부터의 전재가 아니
라 바로 13)에서의 전재임이 확인되었다. 한편 8)의 경우는 총 19화로
이루어져 있는데, 5·7·8·9·11~20·22·23·28~30이 그것인 바,
이 가운데 특히 19화와 23화에 해당하는 〈이완(李浣) 이야기〉와 〈염희
도(廉喜道)이야기〉(뒤에 제시한 자료를 참조)의 경우 어떤 자료에서도 찾
아지지 않는 변이된 모습을 보여 흥미를 끌고 있다고 하겠다.

　『계서잡록』을 세 계열로 나눈 근거는 다음과 같다.

　첫째, 10)과 12)의 경우 그것은 언뜻 보면 『계서잡록』의 권지이(卷之
二)에 해당하는 이본으로 생각되기 쉽다. 그러나 권지이(卷之二)에 해
당하는 자료들의 일반적 면모와는 달리 〈이사관(李思觀) 이야기〉를 수
록하고 있다는 점[24] 때문에 이들과는 분명히 다른 계열로 설정해야 한

---

24) 10)의 경우는 卷之二의 73화로, 12)의 경우는 70화로 수록되어 있는데, 卷之二의
　차례를 그대로 전재하는 가운데 유독 이 이야기만이 첨입되어 있다는 점은 현실적으

다고 본다. 문제의 〈이사관 이야기〉는 다음과 같은 내용인데, 편의상
이해를 돕기 위해 제시하면 다음과 같다.

> "李相思觀 少時作湖中行 過省墓 遇大風雪 幾不得作行 路傍一儒
> 生 率內眷而行 下轎於路 氣色蒼黃罔措 李相怪而問之 則儒生答曰
> 拙荊作歸寧之行 到此有産漸 前不近村 後不及店 而雪寒如此矣 李相
> 仍下馬 解毛裘而言曰 當此酷寒 産母及兒有難言之慮 殆同難離中 何
> 暇顧男女之衣 願以此裘 急裹産母云 〃 而又使奴子 並力擔轎 疾走向
> 店 以自家盤備 貿藿及米 而以行中艮醬 急備飯羹而進之 由是得免凍
> 餓 此儒乃是鰲興府院君金漢耉也"

이는 2) 가운데 권지이(卷之利)의 35화에 실려 있는 자료인데, 또한
고대본에서는 보유의 28화에 수록되어 있다.

둘째, 14)와 15)는 2권의 48화까지는 완전히 동일한 면모를 갖고 있
다는 점, 이 가운데 1권의 64화에 수록된 〈부안기(扶安妓) 계생(桂生)
이야기〉와 2권의 38화 이하 48화까지의 이야기는 15종에 달하는『계
잡』의 어떤 이본들에서도 발견되지 않는 오직 이 두 이본만의 특징적
면모라는 점 등을 고려할 때, 이들 두 이본은 일반적인『계서잡록』의
체재와는 상당히 다른 면모를 지니고 있음이 드러나는데, 이런 점에
서 이들 두 이본은『계서잡록』의 또 다른 독자적인 계열로 설정해야
한다고 본다. 한편 15)은 2)의 권지이(卷之利)에 해당하는 부분과 3)에
해당하는 부분 가운데 14)에서 탈락되고 있는 26화 가운데 24화[25)]를

로 쉽게 이해되지 않는다. 또 그것이 고대본 보유에도 실려 있다는 특성을 여기서 유
념할 때, 10)과 12)는 2)의 卷之亨과는 계열을 달리하는 또 다른『계서잡록』을 조본으
로 하여 이루어졌을 가능성이 상대적으로 높다고 하겠다.

25) 14)와 15)의 두 이본에 다 같이 결락되어 있는 이야기는 〈이익저 이야기〉와 〈제주

보유편에 수록하고 있다는 점, 또 나아가 14)가 갖고 있는 부대기술이 탈락되고 있다는 점, 또 2)의 권지이(卷之利)의 19화~21화까지의 순서와 같은 모습을 보이고 있는 14)의 경우와는 달리 그 차례가 도치되어 있다는 점 등을 고려할 때, 14)를 전재하는 가운데, 뒷날 14)에서 결락된 부분을 다른 경로를 택하여 보유편으로 채워 넣었던 것이 분명해 보인다.

이와 같은 분석을 통하여 우리는 『계서잡록』이 권지일(76화)·권지이(76화)·권지삼(52화)·권지사(30화) 총 234화로 이루어진 자료라는 사실을 비로소 분명히 알게 되었다. 이런 점을 단서로 우리는 『계서잡록』이 삼대 야담집 가운데 하나인 『계야』에 135화[26]나 전재되고 있다는 것을 확인하게 되었다. 사실 『계야』의 314화 가운데 천리대본 권4의 7화와 규장각본 권5의 21화 이하 ~ 53화까지와 권6의 7화 이하에 해당하는 자료들은 『기문총화』 권지일을 거의 대부분 전재하고 있는 것[27]으로 생각된다.

목사를 지낸 무변선전관 이야기>인데, 이들 두 이야기가 15)의 경우에 보이는 일반적 현상과는 달리 15)에 수록되지 않은 이유는 현재로서는 정확히 판명되지 않는다.

26) 이것은 매우 중대한 문제를 포괄하고 있는 것인데, 『계서야담』의 경우 천리대본 권4의 6화까지와 아울러 163화에서 170화까지의 수록자료, 그리고 규장각본 권6의 6화까지와 권5의 46화에서 53화까지의 수록자료 총 157화 가운데 『계서잡록』에서 135화가 전재된 것이라고 하면 이는 『계서잡록』이 『계서야담』의 형성에 거의 절대적인 영향을 끼쳤다는 점을 바로 말해주는 것이라고 할 수 있다. 사실 천리대본 권4의 7화 이하 162화까지의 자료들과 규장각본 권6의 7화 이하 137화까지, 그리고 5권의 21화 이하 45화까지의 이야기들은 그 앞의 자료들과는 성격을 근본적으로 달리하는 자료라는 점은 일찍부터 지적되었던 사항인데, 이를 제외하고 본다면 『계서야담』은 『계서잡록』의 절대적인 영향과 『기문총화』의 부분적인 영향을 받아(남은 22화 가운데 21화가 이에 해당함) 이루어진 자료에 불과하다는 사실이 새롭게 확인되었다.

27) 여기서 『계서야담』이 『기문총화』에 비하여 시대적으로 뒤에 출현했다는 근거를 몇몇 제시하면 아래와 같다. 첫째, 『계서야담』은 총 4권으로 이루어진 『기문총화』 가운데 권지일(182화 가운데 164화)·권지이(78화 전부)·권지삼(56화 가운데 40화)만을

나아가 『계서잡록』과 『기문총화』의 관계 또한 『계서잡록』의 이본간
의 관계양상에 대한 검토를 토대로 어느 정도는 분명히 밝혀낼 수 있
을 것으로 기대된다. 『기문총화』가 『계서잡록』을 전재하고 있는 자료
는, 『계서잡록』과 『기문총화』에 공히 실려 있지 아니한 〈홍순언(洪純
彦) 이야기〉를 제외한 148화 가운데 총 103화(+6화)에 이르고 있다. 이
렇게 본다면 『계서잡록』의 『기문총화』에 미친 영향 또한 『계서야담』
의 그것에 비해서는 약간 덜하지만 거의 절대적인 것이라고 할 수 있
지 않을까 한다. 여기서 이해를 돕기 위해 『기문총화』에 전재되지 아
니한 자료들[28]을 제시하면 다음과 같다. 편의상 각 이야기의 앞 대문

전재의 대상으로 삼고 있다는 점과 아울러 특히 권지일 가운데 155화까지는 몇 이야
기가 누락되어 있는 경우를 제외하고서는 『기문』의 배열순서와 완전히 부합되고 있
다는 점. 둘째, 『기문』의 권지일에 실린 이야기 가운데 『어우야담』이 출전으로 되어
있는 12화에 달하는 이야기들이 하나같이 『계서야담』에 누락되어 있다는 점. 셋째,
『기문총화』의 권지일 161화는 정효준에 얽힌 이야기로 이 이야기의 경우 서사적으로
그 편폭이 훨씬 더 확장되어 『기문총화』 3권 28화에 또 실려 있기도 한데, 『계서야담』
이 『기문총화』의 차서를 충실히 따르는 가운데 형성된 자료임에도 이 이야기가 『계서
야담』에서 탈락될 이유가 따로 발견되지 않는다는 점.(유화에 대한 일정한 고려의 작
용 결과 나타난 현상(?)). 넷째, 『기문총화』의 1권 184화는 柳㴉이란 인물에 대한 이
야기인데, 이 이야기는 연대본에 의거할 때 아래 부분이 결락되어 있는 상태이다. 그
런데 이 이야기가 『계서야담』에는 출현치 않고 있다는 점 등을 들 수 있다. 이런 여러
사항들을 묶어 생각할 때, 『계서야담』과 『기문총화』의 관계는 『기문총화』에서 『계서
야담』으로 유전되었다는 사실은 인정될 수 있지만, 그 역은 위에 든 여러 사실만으로
도 절대로 불가능한 것임이 명확히 드러났다고 하겠다.

28) 이것과는 반대로 『기문총화』에는 있되 『계서잡록』에는 없는 자료로 다음과 같은 자
료들이 있다. 『기문총화』의 2권 58화에서 78화까지의 자료, 곧 〈梁承旨某〉·〈金公
汝岉〉·〈安東權某〉·〈錦南鄭公〉·〈天將李提督如松〉·〈金尙書某〉·〈東岳
李公　新娶後〉·〈李節婦　忠武公後裔也〉·〈許生者　方外人也〉·〈金衛將大
甲〉·〈江陵金氏一士人〉·〈金尙公某〉·〈韓安東光近〉·〈李東皐僾人有皮姓
者〉·〈林將軍慶業〉·〈李提督如松　東征時〉·〈李叅判堨〉·〈南斯文允默長子
某〉·〈嶺南某郡有一士人〉·〈安東有姜錄事〉·〈仁祖朝　倭功琉球國〉 등 총 21
화가 바로 그에 해당한다.

만을 제시하기로 한다. 〈族大父 三山判書公〉(『계잡』 1권-9화), 〈英廟幸春坊〉(1-11), 〈文淸公奉使 按廉于東峽〉(1-21), 〈中和縣有一殺獄〉(1-42), 〈徐孤靑起〉(2-4), 〈洪相沂川命夏〉(2-30), 〈尼尹以背師見棄〉(2-36), 〈尼尹以不貳尤門〉(2-37), 〈柳常者 肅廟朝名醫也〉(2-41), 〈趙持兼 號迂齋〉(2-44), 〈竹泉 每每主試〉(2-49), 〈張武肅公嚴於忠逆之分〉(2-60), 〈洪翼靖公鳳漢〉(2-73), 〈李益著〉(3-5), 〈有一宰相之女〉(3-10), 〈李忠州聖佑〉(3-11), 〈趙侍直泰萬〉(3-12), 〈關北一人喪配後 後娶〉(3-19), 〈大金者 吾家古奴也〉(3-21), 〈李觀源〉(3-23), 〈西賊之亂魁 則洪景來〉(3-39), 〈尹某 卽有地閥之武弁也〉(3-40), 〈古人有喪配〉(3-44), 〈金化縣村人父子〉(3-46).

이런 점을 통하여 우리는 그동안의 야담문학 연구가 얼마나 해당 자료군의 성격과 또 그것과 관련을 맺고 있는 여타 자료들과의 관계 양상에 대해 그 위치를 제대로 규명해 내지 못한 채 피상적인 주장을 해왔었는가를 분명히 알게 되었다.

이와 같은 오류를 우리 야담문학 연구자들이 빠른 시일 내에 시정하려는 노력을 쏟지 않은 채 야담 연구가 예전에 비하여 한층 지지부진하다든가 하는 감상만 뇌까린다고 해서 야담 연구의 새로운 방법이 열리지는 않는다고 본다.

진정 야담문학의 수준을 한 단계 높이고자 하는 연구자들은 모든 삶의 이치와 같이 멀고도 험한 길을 나선 나그네의 심정으로 돌아가야 하지 않을까 하는 생각을 하며 글을 맺는다.

마지막으로 여기서 보다 구체적으로 미처 검토하지 못한 『계서잡록』과 『기문총화』, 『계서야담』과의 관계 양상에 대해서는 빠른 시일 내에 완벽하게 보고하기로 하고 논의를 맺을까 한다.

▶ 참고 자료 (1)

1) 춘강본 『계서잡록』의 16화 "許積 以領相 當局時 有一傔從廉喜道者 爲人儱侗不解事 但天性戇直 許之過失 每〃直言之 許憎而奇之 未嘗以不 是之事 視於此傔 一日 喜道出外 而手持一大封物來言曰 此是路上所遺者 必是銀貨等屬 不知何許人 失於路上 小人欲尋其主而還 不知誰何 姑此持 來 將何以處之 許曰 汝旣得之 汝又家貧 盍作己物乎 喜道熟視曰 大監待 小人 何如是其薄乎 小人雖至餓死之境 何可取路上之遺物乎 大監此敎 誠 是意外 許改容謝之 乃曰 吾昨於公坐 聞兵判靑城 以六百銀子賣驥云矣 必 是此物 而其奴子 誤落於路邊也 喜道袖其封 往靑城門下 通刺而拜謁曰 大 監宅或有賣馬捧價之事乎 靑城曰 果有之 而奴子以爲今日當納云 故 姑未 捧之矣 喜道曰 厥數幾何 曰 六百兩矣 喜道自袖中 出而納之曰 小人朝於 路上得此物矣 聞大監宅新賣驥者云 故意謂此物 而持來而獻 靑城問曰 汝 是何人 對曰 小人乃是領相宅傔從「也」某姓某名也 靑城異之 招問賣驥之 奴曰 汝以馬價之今日當出云矣 此人路上所得之物 似是馬價 甚可訝也 其 奴乃俯伏叩頭 而言曰 果於昨日 捧價之時 過飮興成之酒 乘醉負來 不知落 在何處 圖免目下之罪責 以今日爲對矣 『遍尋而無跡 故方欲自裁之際』承 此下問 不勝惶恐 靑城謂喜道曰 汝以路上之遺物 訪還于本主者 其廉潔令 人嘆服 此銀 吾旣失之 汝旣得之 便是汝財 汝可自取 喜道掉頭『曰 小人若 生慾於此物 則全數藏之可也 何乃還納本主 而希其分半乎 此則死不敢從 仍』「因」告辭而退矣 <u>喜道 後竟登科顯達 無乃陰德所推也</u>

2) 국도 1본·고대본에서만 나타나고 있는 11화의 머리부분을 들면 다음과 같다.

102(38). "光海時 男巫福同(童?) 無鬚髥 貌類婦人"

103(39). "政院老隷語人曰 吾之供役政院"

104(40). "癸亥反正日 夜三鼓 有一宮女 號哭於庭中曰"

105(41). "癸亥反正日　首相朴承宗　書諸片紙曰　事君無狀　致有今日"

106(42). "龍洲趙判樞絅　在亞卿班時　往一宰家"

107(43). "顯廟　於一日夜　猝有藿亂之候　急召在直醫官診候"

108(44). "有一士族登科　賀客滿堂"

109(45). "金歸溪佐明　爲兵判時"

110(46). "仁祖朝　麟平大君　以當宁親王子　尊貴極矣"

111(47). "仁祖丙子冬　淸兵猝至"

112(48). "戊戌　五月十三日　麟平大君卒　孝廟臨哭"

	자료제목	연민본	연대1본	조동필본	일몽본	연대2본	가람1본	국도1본
1*	成廟時或微行	2-1	좌동	1	1	1	1	
2*	成廟 夜又微行	-2	〃	2	2	2	2	
3*	成廟 夢見黃龍	-3	〃	3	3	3	3	
4	徐孤靑起	-4	〃	4	4	4	4	
5	鄭北窓磏	-5	〃	5	5	5	5	1
6*	北窓之年友	-6	〃	6	6	6	6	2
7	郭再佑	-7	〃	7	7	7	7	
8	金德齡	-8	〃	8	8	8	8	3
9	李月沙廷龜	-9	〃	9	9	9	9	4
10*	月沙夫人	-10	〃	10	10	10	10	5
11	李石樓慶全	-11	〃	11	11	11	11	6
12	鄭忠州百昌	-12	〃	12	12	12	12	7
13*	徐花潭敬德	-13	〃	13	13	13	13	8
14*	朴曄 光海時人也	-14	〃	14	14	14	14	9
15*	朴曄有嬖妓	-15	〃		15	15	15	
16*	朴曄之按關西	-16	〃	15	16	16	16	10
17*	癸亥 李延平諸人	-17	〃	16	17	17	17	11
18*	癸亥 三月反正後	-18	〃	17	18	18	18	12
19*	鄭錦南忠信	-19	〃	18	19	19	19	13
20*	李起築	-20	〃	19	20	20	20	14
21	丙子南漢下城	-21		20	21	21	21	

	자료제목	연민본	연대1본	조동필본	일몽본	연대2본	가람1본	국도1본
22	白沙 在光海朝	-22	〃	21	22	22	22	
23*	錦南 以捕將	-23	〃		23	23	23	15
24	宣廟幸灣上	-24	〃	22	24	24	24	
25*	李鰲城恒福	-25	〃	23	25	25	25	16
26	宋龜峯翼弼	-26	〃		26	26	26	17
27*	月沙赴燕京	-27	〃	24	27	27	27	
28*	東陽尉申翊聖	-28	〃	25			28	28	
29	東陽尉 善推數	-29	〃	26	28	29	29	18
30	洪相沂川命夏	-30	〃	27	29	30	30	19
31	孝廟朝 議仁廟謚	-31	〃	28	30	31	31	20
32*	鄭陽坡 少時	-32	〃	29	31	32	32	21
33*	孝廟 亦間間微行	-33	〃	30	32	33	33	22
34	孝廟朝 尤庵先生	-34	〃	31	33	34	34	23
35	尤翁 遭遇孝廟	-35	〃	32	34	35	35	
36	尼尹以背師見棄	-36	〃	33	35	36	36	
37	尼尹之不貳尤門	-37	〃	34	36	37	37	
38*	肅廟朝於春塘臺池邊	-38	〃	35	37	38	38	24
39*	肅廟朝有患候	-39	〃	36	38	39	39	25
40	尹判書絳	-40	〃	37	39	40	40	26
41	柳常者肅廟朝名醫也	-41	〃	38	40	41	41	27
42*	一儒生	-42	〃	39	41	42	42	28
43*	金進士某者	-43	〃	40	42		43	29
44	趙持謙	-44	〃	41			44	
45*	文谷金公諱壽恒夫人	-45	〃	42			45	30
46*	二憂堂 趙忠翼公	-46	〃	43			46	31
47*	兪文翼公拓基	-47	〃	44			47	
48*	三淵金先生	-48	〃	45			48	32
49	竹泉每每主試	-49	〃	46			49	33
50*	老峯閔公鼎重	-50	〃	47	43		50	
51	有一武擧子	-51	〃	48			51	34
52*	申判書銋	-52	〃	49			52	35
53*	陜川守某	-53	〃	50			53	36
54*	柳生某者	-54	〃	51			54	37

	자료제목	연민본	연대1본	조동필본	일몽본	연대2본	가람1본	국도1본
55*	洪東錫者	-55	〃	52			55	38
56*	連山人 金銖者	-56	〃	53			56	
57	景廟患候彌留	-57	〃	54			57	
58*	張武肅公 諱鵬翼	-58	〃	55			58	39
59	高王考 致祭時	-59	〃	56			59	44
60	張武肅公	-60	〃	57			60	40
61	申大將汝哲	-61	〃	58			61	41
62	世傳若通內侍之妻	-62	〃	59			62	42
63	金鉉者	-63	〃	60			63	
64	英廟戊申	-64	〃	61			64	
65	時賊報日至	-65	〃	62			65	
66	麟佐之起兵也	-66	〃	63			66	
67	尹判書汲	-67	〃	64			67	
68	崔相奎瑞	-68	〃	65			68	
69	李兵使源	-69	〃	66			69	
70	英廟 每幸毓祥宮	-70	〃	67			70	
71	李判書鼎輔	-71	〃	68			71	
72	柳統制鎭恒	-72	〃	69			72	
73	洪翼靖公鳳漢	-73	〃	71			74	
74	盧同知者 南陽人也	-74	〃	72			75	
75	禹六不者	-75	〃	73			76	
76	湖中 古有一士人	-76	〃	74			77	
77	李相思觀			※ 70			※ 74	

	자료 제목	연민본	국도1본	고대본
1*	靈城君朴文秀	3-1	1-45	좌동
2*	耆隱朴文秀	-2	-46	〃
3*	尹判書游	-3		114(속13)
4	李臺敏坤	-4		113(속12)
5	李益著	-5		
6*	金相若魯	-6	-47	좌동
7	金尙魯 若魯之弟也	-7	-48	〃
8*	尹參判弼秉	-8	-49	〃

	자료 제목	연민본	국도1본	고대본
9*	延安文進士者	-9		115(속14)
10	有一宰相之女	-10	-50	좌동
11	李忠州聖佐	-11		116(속15)
12	趙侍直泰萬	-12		117(속16)
13*	泰億之妻沈氏	-13	-51	좌동
14*	李大將潤城	-14	-52	〃
15*	李正言彦世	-15		118(속17)
16	金鐘秀之慈母	-16	-53	좌동
17*	李兵使日濟	-17	-54	〃
18*	李相性源	-18	-55	〃
19	關北一人 喪配後	-19	-56	1-57
20*	金應立者	-20	-57	-58
21	大金者 吾家古奴也	-21	-58	-56
22*	原州蔘商有崔哥者	-22	-59	좌동
23	李觀源	-23		119(속18)
24*	趙判書雲逵	-24		120(속19)
25*	趙判書 在完營時	-25		121(속20)
26	趙判書 在北營時	-26		122(속21)
27	英廟 辰謁東陵	-27	2-13	좌동
28*	正廟 幸永陵	-28		123(속22)
29	金鐘秀 沈煥之輩	-29		124(속23)
30	洪格者 水原人也	-30		125(속24)
31	正廟 爲今上	-31		126(속25)
32	李進士寅炯	-32	1-60	좌동
33*	朴綾州右源	-33		127(속26)
34	正廟朝 李在簡	-34		128(속27)
35	李相思觀	-35		129(속28)
36	金基敍者	-36		130(속29)
37*	梅花者 谷山妓也	-37	-61	좌동
38*	洪大湖元燮	-38	-62	〃
39	西賊之亂魁	-39		131(속30)
40	尹某 卽有地閥	-40	-63	좌동
41*	柳崇判誼	-41	2-1	〃

	자료 제목	연민본	국도1본	고대본
42*	柳崇判河源	-42	-2	〃
43*	永川儒生閔鳳朝	-43	-3	〃 (낙장?)
44	古人有喪配	-44	-4	〃
45*	橫城邑內 有一女子	-45	-5	〃
46	金化縣村人父子	-46	-6	〃
47*	平壤有一妓	-47	-7	〃
48*	巫雲者 江界妓也	-48	-8	〃
49*	金崇判應淳	-49	-9	〃
50*	洪判書象漢	-50	-10	〃
51	金進士錡	-51	-11	〃
52*	郭思漢 玄風人	-52	-12	〃

	자료 제목	저초본	일사본	국도1본	고대본	가람2본	춘강본	장서각본
1*	楊蓬萊士彦之父	4-1	좌동		132(속31)	1		1
2*	海豊君鄭孝俊	-2	〃	2-14	좌동	2		2
3*	沈一松喜壽	-3	〃	-15	〃	3		3
4*	洪宇遠 少時	-4	〃	-16	〃	4		4
5*	燕山朝 士禍大起	-5	〃	-17	〃	5	1	5
6*	湖中一士人	-6	〃	-18	〃	6		6
7*	金監司絿	-7	〃	-19	〃	7	2	7
8*	鄭桐溪蘊 少時	-8	〃	-20	〃	8	3	8
9*	禹兵使夏亨	-9	〃	-21	〃	9	4	9
10*	淸風金氏祖先	-10	〃	-22	〃			
11*	柳西崖(厓?)成龍	-11	〃	-23	〃	10	5	10
12*	驪州地 古有許姓	-12	〃	-24	〃	11	6	11
13*	宣廟壬辰之亂	-13	〃	-25	〃	12	7	12
14*	金倡義使千鎰之妻	-14	〃	-26	〃	13	8	13
15*	盧玉溪禛	-15	〃	-27	〃	14	9	14
16*	延原府院君李光庭	-16	〃	-28	〃	15	10	15
17*	安東權進士某者	-17	〃	-29	〃	16	11	16
18*	古有一宰相	-18	〃	-30	〃	17	12	17
19*	李貞翼公浣	-19	〃	-31	〃	18	※13	18
20	貞翼公 少時	-20	〃	-32	〃	19	14	19

	자료 제목	저초본	일사본	국도1본	고대본	가람2본	춘강본	장서각본
21	崇禎甲申以後	-21	〃		133(속32)			20
22	廣州慶安村	-22	〃	-33	좌동		15	21
23	許積以領相當局時	-23	〃	-34	〃		※16	22
24	權判書禰	-24	〃		134(속33)			
25	黃判書仁儉	-25	〃		135(속34)			
26*	趙豊原顯命	-26	〃	-35	좌동			
27*	高裕 尙州人也	-27	〃	-36	〃			
28*	古有一宰相	-28	〃	-37	〃		17	
29*	古有外邑一士人	-29	〃		136(속35)		18	
30*	古有武弁以宣傳官	-30	〃				19	

야담집의 간행과 전승 양상

-『溪西雜錄』계를 중심으로 한 -

1. 머리말

 야담 시대의 본격적인 시작을 알려주는 저작은 주지하다시피 유몽인의 『어우야담(於于野譚)』이다. 이 저작이 있은 연후에 이루 헤아릴 수 없는 유·무명의 많은 야담집이 일제 강점기에 이르기까지 약 300여 년간 줄기차게 간행·유포·정착·도태되는 과정을 거치며 오늘에 이르렀다.

 그러나 여기서 이들 많은 야담집들의 간행과 전승양상을 모두 다룬다는 것은 여러 여건으로 인하여 매우 힘든 작업이 될 수밖에 없다. 이에 여기서는 본격적인 야담집의 출현을 담보하고 있는, 또 나아가 야담문학의 흐름 속에서 매우 큰 의미(이 점 후술한다.)를 부여해야 할 자료로 보이는 『계서잡록(溪西雜錄)』계를 대상으로 하여 그 간행과 이본, 나아가 전승양상에 따른 몇몇 문제[1]를 구체적으로 정리·검토하

---

 1) 사실 이에 대한 논의의 선편은 김상조의 「<계서야담계> 연구」(고려대 박사학위논문, 1991.)에서 이미 마련되었다. 그러나 위 논문의 기본 지향점은 본고의 그것과 다른 것으로 보여진다. 『계서야담』을 주된 논의의 대상으로 삼는 가운데 그에 부수하여 『계서잡록』과 『기문총화』의 존재를 일별하려는 것이 그의 시각이라면, 『계서잡록』이 바로 그가 집중적으로 다루고 있는 『계서야담』과 아울러 나아가 『기문총화』의 모본

는 것으로 논의의 범위를 국한할까 한다.

　선행 연구 성과와 문제점, 그리고 앞으로의 과제와 전망 등은 본문을 기술해 가는 과정 속에서 자연스럽게 드러나리라 보기에 따로 항을 설정하지 않았다.

2.『계서잡록』의 간행에 대한 제 문제

　『계서잡록(溪西雜錄)』(이하『계잡』으로 줄임)의 간행에 따른 일련의 정보를 담고 있는 자료가 현전하고 있기에 이에 대한 어느 정도의 논의가 가능하다. 바로 성균관대 소장『계잡』권지일의 존재가 그것이다. 이 자료에는 다른 야담집의 일반적인 경우[2]와는 달리 다행히 서문이 나타나 있다. 문제의 서문은 두 편으로 이루어져 있는데, 하나는『계잡』을 엮은 이희평이 1828년에 쓴 자서이고, 다른 하나는 그의 지우였던 것으로 보이는 심능숙이 1833년에 쓴 서문이다.

　논의의 편의상 해당 서문을 먼저 제시하면 다음과 같다.

에 해당하는 자료라는 점을 강조하고, 이제껏 지니고 있는 가치에 비해 제대로 평가받지 못했던『계서잡록』에 대한 야담문학 연구 내에서의 그릇된 평가와 그에 따라 절하된 위상을 바로 잡아보려는 것이 필자의 시각이다. 나아가 검토 대상이 되는『계서잡록』이본 자료의 폭을 한층 확대함으로써 그가『계서잡록』을 대상으로 하여 전개했던 논의의 미비점과 오류 또한 본고를 통해 어느 정도는 충분히 시정되고, 극복되리라 기대한다.

2) 현재까지 알려진 야담집 가운데 서문 또는 발문을 지닌 야담집은 조선 시대의 것으로는『於于野譚』·소창진평본『靑邱野談』·『東野彙輯』·『錦溪筆談』·『鷄山談藪』(이 경우만은 '題鷄山談藪'로 달리 나타남) 등을 들 수 있고, 일제 강점기에 나온 것 가운데는『東廂記纂』·『逸士遺事』·『大東奇聞』등을 들 수 있을 뿐, 대부분 야담집의 경우 그 서문이나 발문이 남아있지 않다.

가) "余自花山而移金陵 由金陵而來南昌 玆三者 俱是峽邑之閑局
也 1)簿書不煩 每春夏之交 或鎭日而無一紙民訴 以是之故 得以養閑
暮境 2)花山有府內之金溥汝 金陵有隣境之趙叔京 二人者 皆詩酒佳
士也 日夕追遊 與之酬唱 殆無虛日 詞律之得頗贍 而亦以慰客愁消永
日矣 於南昌 則無此兩友 山日抵年 案牒多暇 兀自坐臥 無以遣懷 3)
年迫六旬 而神精不至昏耗故 仍臥念平日之所耳聞而目覩者 自家間
事蹟 及外他前輩 行于世之古談 隨思隨錄 使官童之解書者 彙爲一書
而題之曰『溪西雜錄』以倣古之人遣閑逐睡等書 盖多野乘之所不載
者 要作閑中消遣之資 而無年條之編次 錯亂甚矣 未知覽是書者 以爲
如何 至若閭巷稗說之自古流傳 而可博一口粲者 幷闕之云爾 4) 歲黃
鼠暮春之下澣 溪西老夫 書于南昌府竹裏舘"

나) "『溪西雜錄』者 以其所居在溪之西故 準如氏 因以自號而名其所
著也 噫 古之博雅好奇之士 必有所著 流傳於後 然所著不一 或近於
誕 水村天倪是已 或近於俚 慵齋叢話是已 又或駁焉 不經不足 示於
來許者有之 1)獨此錄 的採聞見 無誕俚之訛 撫實記述 無不經之歎 補
野乘之所不載 斥古談之所共知 2)上自牧隱先公 下至近世諸公 苟有
一事一言之奇 可以傳後者 無不錄焉 編爲四冊 非聰明强記 何以逑此
3)至若名姓之或換 事實之或舛 各出聞見之異 非作者過也 今溪西 雖
處劇髮白 神貌如壯年 善作歌謠及俗樂府 揮筆成腔 篇〃可誦 贈歌衆
妓 代述已意 若自其口出 所以完府歌曲 傳於南國而最愛 玉娘故送侍
於余 而贈歌最多 已成一卷 或以尋常書札 演爲歌詞而寄之 旣合於調
曲 盡其意才之敏華 非可學而能焉 且喜道古事 夜盡而語不盡 余嘗戲
曰 老兄一肚皮 都是歌 又不知幾十卷 溪西錄 尙餘於胸中 未脫藁之
草也歟 主人旣招我以序故 辭不獲以作異日 溪西楠樓從遊時 一傳奇
事者云爾 歲癸巳孟春 小楠居士 沈能淑英叟序"[3]

---

3) 성대 도서관 소장『계서잡록』권지일. 서문 가) 1장, 서문 나) 2장.(번호 및 밑줄은
필자 표시)

먼저 서문 가)를 통하여, 우리는『계잡』의 간행에 따른 일련의 문제를 추찰할 수 있다. 1)에서『계잡』이 편자의 관직 생활 가운데 가능했던 공무와 정신적 한가로움의 연장선상에서 늘그막에 마련되었다는 것을, 2)에서 화산(花山)과 금릉(金陵)에서는 김부여(金溥汝)와 조숙경(趙叔京)이라는 선비들과 어울려 자신의 객수를 위로하며 하루하루를 보낼 수 있었는데 반하여, 남창(南昌)에서는 그러한 인물이 없어 올연히 스스로 좌와(坐臥)하며 소회(所懷)를 풀기 어려운 상황에 처해 있었다는 점을(여기서 金溥汝와 趙叔京이라는 선비들의 존재를 구비전승물을 구연하던 매개적 존재로 상정할 수 있지 않을까 한다.) 3)에서『계잡』이 육십 가까운 나이에 편자 자신이 평소에 귀로 듣고 눈으로 본 일을 생각하고, '가간사적(家間事蹟)'으로부터 그밖의 전배(前輩)에 이르기까지의 세상에 전하는 고담을 생각나는대로 기록하여 엮은 것으로, 한가로움 가운데 소견의 도구로 삼고자 해서 이루어진 책이라는 점을, 4)에서『계잡』의 서문을 이희평이 '黃鼠(1828) 暮春에 南昌府 竹裏舘'에서 썼다는 점 등이 바로 그것이다.

한편 서문 나)를 통해서도, 우리는 서문 가)에서 미처 언급되지 않았던 몇몇『계잡』에 얽힌 중요한 정보를 얻어낼 수 있는데, 1)에서『계잡』의 내용에는 '허탄하거나 상스러운 거짓말'(誕俚之訛)과 '사실을 모아 기술하였기에 경전에 바탕을 두지 않았다는 데서 오는 탄식'(不經之歎)이 없고, 한편 그 취재대상은 '야승에 실려있지 않은 것'(野乘之所不載)을 보충하고, '고담 가운데 다 아는 것'(古談之所共知)은 제외한 것이었음을, 2)에서『계잡』의 체계가 목은선조로부터 시작하고 있다는 사실과 아울러 그것이 모두 4책으로 이루어져 있다는 점을, 3)에서 자료 가운데 '성명이 혹 서로 바뀌거나'(名姓之或換) '사실이 혹 서로 어긋나거나'(事實之或舛) 한 것은 각기 '(엮은이가) 듣고 본 바탕의 다름'(聞見之

異)에서 기인한 것이기에 작자인 이희평의 허물이 아니라는 언급을 통하여, 심능숙이라는 인물이 야담집 찬술의 중요 소재원 가운데 하나인 구비문학적 수용경로를 적극적으로 인정하고 있었다는 점 등이 그것이다.

일찍부터 성대본『계잡』의 존재가 알려져 있었고, 또 문제의 서문에는『계잡』의 성격과 면모를 극명하게 보여주는 일련의 언표가 담겨 있었음에도, 많은 야담문학 연구자들은『계잡』의 실체를 규명하는 데에 적극적인 관심을 쏟지는 않았던 것[4]으로 생각된다. 그러나 사실『계잡』이 갖는 야담문학사 내에서의 중요한 위상을 생각해볼 때, 이점은 매우 잘못된 태도라 하겠다. 본고는 이러한 문제에 대한 반성적 시각에서 마련되었다.

3.『계서잡록』의 이본 및 그 계열

『계잡』또한 다른 야담집들의 경우와 마찬가지로 많은 이본들이 존재하고 있다. 현재까지 조사된 바로는, 그 이본은 약 16종에 달하고 있다. 이 가운데 필자가 직접 검토치 못한 중앙공무원교육원 소장본을 제외한 나머지 15종에 달하는 해당 이본들의 서지상황을 먼저 간략히 제시하고, 논의를 계속하기로 하자.

---

4) 이에 대해서는 김상조가 위의 논문을 통해 8종의『계서잡록』이본군을 크게 네 층위(성대본·연세대본·정명기본·고대본)로 나누는 가운데, "『계서잡록』은 권1(성대본)에 78화 권2·3 합본(가람 68장본)에 77화 권4(정명기본)에 30화 등 총 185화가 수록된 책이 된다."(65쪽)고 한 언급이 유일한 것으로 보여진다. 이 견해의 오류에 대해서는 후술한다.

1)『계서잡록』(내제:『계서잡록』권지일), 총 77장, 매면 10행, 매행 20자. 성균관대 도서관 소장.

2)『계서잡록』亨(내제:『계서잡록』권지이), 총 95장, 매면 10행, 매행 20자. 이가원교수 소장.

　　『계서잡록』利(내제:『계서잡록』권지삼), 총 66장, 매면 10행, 매행 20자. 이가원교수 소장.

3)『계서잡록』(내제:『계서잡록』속), 총 84장, 매면 10행, 매행 20자. 서울대 일사문고 소장.

4)『계서잡록』四, 총 70장, 매면 10행, 매행 24~27자 不均一. 정명기소장.

5)『계서잡록』2권 2책, 권지일 총 92장, 권지이 총 105장, 매면 10행, 매행 20자. 국립중앙도서관 소장 1본. 附「呈舊僚俳諧文」.

6)『계서잡록』92장, 매면 10행, 매행 20자. 국립중앙도서관 소장 2본.

7)『계서잡록』(내제: 계서잡록』속 권지단), 총 39장, 매면 10행, 매행 35자 내외. 정신문화연구원 소장(구 장서각본). 반흘림체.

8)『계서잡록』(내제:『계서잡록』속 권지초) 52장, 매면 10행, 매행 23~25자 不均一. 서울대 가람문고 1본.

9)『계서잡록』34장, 매면 15행, 매행 35자 내외. 서울대 가람문고 소장 2본.

10)『계서잡록』41장, 매면 12행, 매행 17 ~ 24자 불균일. 유재영교수소장. 附「銀愛旌閭事蹟」.

11)『계서잡록』(내제:『계서잡록』권지이), 총 96장, 매면 10행(3장까지는 11행, 4장 이하는 10행) 매행 18~21자 불균일. 연세대 도서관 소장 1본. 己卯 至月 初二日 梅舍書라는 刊記.

12)『계서잡록』33장, 매면 14행, 매행 20자. 연세대 도서관 소장 2본.

13)『계서잡록』(내제:『계서잡록』권지이), 총 47장, 매면 12행, 매행 18자. 一夢 李仲珪 소장본. 표제 : 丙寅 否月, 壬午九月二十三日 加衣於雲峯 一夢 後記

14) 『계서잡록』 2권 2책, (내제:『계서잡록』 권지일·권지이·보유), 권乾 총 92장, 권 坤 95장 + 33장, 매면 10행, 매행 20자. 고려대 도서관 소장.

15) 『야록』 62장 가운데 3장·50장 낙장, 매면 12행(45장까지는 매면 10행, 46장 이하 매면 12행임), 매행 25~33자 不均一. 조동필 소장본.

위에 든 이본 가운데 2)·3)·5)·6)·10)·15)는 아직껏 야담 학계에 소개된 적이 없는 이본들인데, 이 가운데 특히 이가원교수 소장 2)의 존재[5)]는『계잡』의 원래 면모를 파악하는 데 매우 중요한 자료라 할 수 있다.

1)은『계잡』의 원 형태를 알게 해주는 자료인 동시에, 또 실제로 그에 부합하는 자료라는 점, 나아가 이 자료를 제외하고서『계잡』의 권지일에 해당하는 자료는 아직껏 알려진 바 없다는 점 때문에 매우 중시해야할 자료이다. 1화는 서문에서 밝히고 있듯이 '先祖牧隱先生 當國革命之時'로 시작하고, 총 76화[6)]로 이루어져 있는데, 그 대부분은 이희평의 가간세적 또는 그것과 어떻게든 결부되어 있는 이야기들이다.

2) 가운데 권지형(卷之亨)은 '成廟 時或微行'부터 시작하여 '湖中 古有一士人'으로 끝나는데, 총 76화로 이루어져 있고, 권지리(卷之利)는

---

5) 이가원 교수 소장의『계서잡록』은 현재 卷之亨과 卷之利에 해당하는 부분만이 남아 있는데, 여기서 이 자료가 원래는 元·亨·利·貞의 형태, 곧 성균관대 소장『계서잡록』의 서문에서 분명히 밝히고 있는 바와 같이 전 4 권으로 이루어졌으리라는 점을 어렵지 않게 추단할 수 있다. 이런 점에서 현재 그 所傳 여부가 불확실한 남은 자료에 대한 탐색이 한시바삐 요청된다. 또한 이 자료를 통해 우리는『계서잡록』의 계열을 보다 정치하게 나눌 수 있는 근거도 갖게 되는데 이에 대해서는 후술한다. 한편 이 자료 가운데 卷之利는 「열상고전연구」 10집(열상고전연구회, 1997.)에 영인의 형태로 필자의 간단한 해제와 함께 제공된다.

6) 김상조는 앞의 논문에서 이 자료가 도합 78화로 이루어져 있는 것으로 거듭 주장하고 있는데(60·65쪽), 76화의 잘못으로 파악된다.

'靈城君 朴文秀'부터 시작하여 '郭思漢 玄風人而忘憂堂後孫也'로 끝나는데, 총 52화로 이루어져 있다.

3)과 4)는 공히 『계잡』 4로 기재되어 있고, '楊蓬萊士彦之父'로부터 시작하여 '古有武弁 以宣傳官'으로 끝나는데, 총 30화로 이루어져 있다. 이 이본 자료의 특징으로 다른 권 소재 이야기들에 비하여 보다 장형화되어 있다는 것을 지적할 수 있다. 한편 3)은 4)에 비할 때 27화에서 29화 사이의 2장이 낙장되어 있는 차이를 제외하고서는 완전히 같은 면모를 지니는 바, 해당 이본들은 동일 조본 아래서 파생된 것으로 보여진다.

5)와 14)를 제외한 나머지 이본들은 『계잡』의 권2·4 가운데 어느 한 권에 해당하는 자료들인 바, 검토 결과[7]를 여기서 우선 들어보이면 다음과 같다.

먼저 『계잡』의 권2(바로 2)의 권지형(卷之亨)와 관계가 있는 이본들을 들면, 6)·9)·11)·12)·13)·15)의 6종이 이에 해당하는데, 이들 이본들은 각기 지닌 면모에 따라 다시 갈래 지을 수 있다. 이 가운데 6)과 11)의 이본은 6)에서 36화인 '尼尹以背師見棄' 이야기가 탈락된 경우를 제외하고서는 완전히 동일한 이본임이 확인되었다. 한편 12)와 13)의 이본은 76화로 이루어진 2)의 권지형(卷之亨) 가운데 12)는 42화까지 한 편 누락 없이 수락되어 있는 반면에, 13)은 이 가운데 28화와 44화에서 49화까지 7화의 이야기가 탈락되고 50화에서 끝나 총 43화가 수록되어 있는 이본으로 파악되었다. 그런데 12)와 13)의 이본들은 9)와 15)의 이본들에 비하여 6)과 11)의 이본들에 보다 가까운 이본들로 생

---

7) 정명기, 「야담 연구를 위한 한 제언-꼼꼼한 자료 읽기의 중요성」(『열상고전연구』 10집, 열상고전연구회, 1997.)에서 이에 대한 소략한 논의를 펼쳐보인 바 있다. 본고는 그 부분을 확대한 것이다.

각되는데, 그 이유로는 9)와 15)의 이본들이 공히 〈이사관(李思觀) 이야
기〉를 갖고 있는 것으로 드러나는 데 비하여, 이들 이본들은 문제의
〈이사관 이야기〉 이전에 끝나고 있다는 점(이것은 『계잡』의 계열을 구분
짓는 한 계기로 작용하는 바, 이 점 후술한다.)과 아울러 9)·15)와는 달리
전면적인 발췌본으로서의 면모를 띠고 있다는 점을 들 수 있다.

한편 9)와 15)의 이본들은 2)의 권지형(卷之亨)이 76화로 이루어져
있는데 비하여, 9)의 경우 총 77화로 이루어져 있고, 15)의 경우 권지
형(卷之亨) 가운데 15·23·26화가 탈락되어 있음에도 총 74화로 이루
어져 있다는 점을 여기서 주목해야 한다. 이러한 차이가 발생한 직접
적 계기는 바로 〈이사관 이야기〉에 있는데, 문제의 〈이사관 이야기〉
는 9)와 15)에서 73화와 70화로 나타나고 있다. 15)에서 3화가 탈락되
어 있는 것을 제외하고서는 이들 두 이본은 완전히 그 체재가 동일한
것으로 드러났다. 이런 점에서 15)는 9)를 전재하는 가운데서 마련된
이본으로 생각된다.

한편 『계잡』의 권4[바로 3)·4)]와 관계가 있는 이본들을 들면, 7)·
8)·10)의 3종이 이에 해당하는데, 이들 이본들 또한 각기 지닌 면모
에 따라 다시 갈래 지울 수 있다. 특히 이들 3종의 이본들은 『계잡』
3)·4)의 10화가 공통되게 탈락되어 있다는 특징을 갖고 있어 언뜻 보
면 한 계열군에 속하는 이본으로 생각하기 쉽다. 그러나 이들 이본들
은 다음과 같은 면모의 공유 여부에 따라 다시 7)·8)과 10)으로 나누
어진다. 그점은 이들 자료 사이의 친연성의 정도에서 확연히 드러나
는데, 7)의 경우 그 내제가 '『계서잡록』속 권지단'으로, 8)의 경우, '『
계서잡록』속 권지초'로 되어 있다는 점이 바로 그것이다. 한편 7)과 8)
은 『계잡』 3)·4)의 10화가 탈락되어 있다는 점과, 이후 하나 빠짐없
이 7)의 경우 23화까지, 8)의 경우 20화까지 수록되어 있다는 공통점

에서 보면, 8)은 그 형태상 3)・4) 가운데 한 이본을 전재하는 가운데 파생한 이본이 아니라, 7)을 수용・전재하는 가운데 나온 이본으로 보는 것이 마땅하다고 본다. 그에 반해 10)은 7)・8)의 경우와는 달리 3)・4) 가운데 한 이본을 전재의 대본으로 삼고, 그중 총 19화에 달하는 이야기만을 발췌・전재하고 있는 이본으로 보여진다. 그러나 10)의 경우 다른 여러 이본들의 경우와는 달리, 특히 3)・4)의 19화와 23화에 해당하는 자료-곧 〈이완이야기〉와 〈염희도이야기〉임-에서 두드러진 개변의 면모를 드러내고 있어 흥미를 끄는 자료라 하겠다.

앞에서 다루지 아니했던 5)와 14)의 이본적 면모에 대해서 논의를 진행할까 한다. 먼저 이 가운데 14)의 이본에 대해서는 일찍이 김상조가 몇 가지로 나누어 그 특징을 지적한 바[8] 있다. 첫째, 이야기의 배열 순서가 매우 특이하다는 점. 둘째, 2군(연대본군-일몽본・연대 31장본・가람 68장본[9]・연대 98장본)과 3군(정명기군-장서각본・가람 51장본・정명기본)의 이야기들이 상당히 섞여 나온다는 점. 셋째, 이 본에만 나오는 이야기들이 상당히 있다는 점[10]. 그는 이러한 고대본의 특징을 바탕으로 '고대본은 『계잡』의 이본 중에서 늦게 다른 이본들을 참고하여 만들어진 것으로' 주장한다. 이 부분만은 정곡을 기한 것으로 보여진다.

---

8) 김상조의 논문, 64쪽의 주장이 그것인데, 그 세부 특징은 필자가 나름대로 요약・정리한 것임을 밝혀둔다.

9) 김상조는 해본이 68장으로 되어 있다고 했으나 실제 장수는 34장인 바, 이는 잘못된 주장이다.

10) 이점을 그는 註에서 다시 다음과 같이 풀어 설명하고 있다. "이 고대본에는 여타의 이본에 없는 이야기들이 거의 반에 이르는 64편이나 나오는데 이중에서 『야담』에도 없는 이야기가 25편이나 된다. 또 전체적으로 볼 때는 『야담』에 없는 이야기가 총 41편에 이른다. 이것은 이 고대본은 여타의 이본에 비하여 첨삭이 매우 심하게 이루어졌다는 증거라 하겠다."(64쪽)(밑줄 : 필자 표시)

그러나 김상조가 14) 이본의 특징으로 들고 있는 몇몇 항목은 그 자
신이 14)의 원거(原據) 자료가 되는 이본을 미처 검토치 못한 데서 나
온 오류임이 확인되었다. 곧 5)의 존재가 우리에게 알려지기까지는
14)가 『계잡』 이본군 내에서 갖는 위치와 특징은 사실 매우 특이한 현
상으로 이해되었던 것이 사실이다. 그러나 5)의 존재가 비로소 드러남
으로 해서 14)에 대한 그간의 평가가 얼마나 그릇된 것이었나를 우리
는 알게 되었다. 5)는 권지일에 64화, 권지이에 48화가 수록되어 총
112화로 이루어져 있는 이본인데 반하여, 14)는 권지일에 64화, 권지
이에 37화, 보유에 35화(11화+24화)가 수록되어 총 136화로 이루어져
있다. 이점에서 보면 이들 두 이본은 별 관계가 없는 것으로 생각하기
쉽다. 그러나 좀 더 꼼꼼히 살피면, 이 두 이본은 그 친연성의 정도가
매우 강한 것으로 확인된다. 검토 결과 14)는 5)를 기반으로 하여 이
루어진 이본임이 분명히 드러났다. 어떠한 이유에서인지는 분명치 않
지만 5)에서 탈락된 이야기 26화 가운데 2화를 제외한 나머지 전부를
14)의 찬자가 5)가 아닌, 전래하던 다른 이본들을 다시 참조하면서 시
대적으로 뒤에 이루어낸 이본임을 확실히 알 수 있었다.

먼저 이 문제를 구체적으로 다루어보기로 하자. 앞에서 필자는 14)
의 보유편 35화를 11화와 24화로 다시 나누어둔 바 있다. 그 가운데
11화[11]는 다름아니라 5)의 권지이의 38화에서 48화까지의 그것이다.

---

11) 참고로 해당 이야기의 앞 부분만을 들어보이면 다음과 같다.
　102(38). "光海時　男巫福同(童?)　無鬚髥　貌類婦人"
　103(39). "政院老隷語人曰　吾之供役政院"
　104(40). "癸亥反正日　夜三鼓　有一宮女　號哭於庭中曰"
　105(41). "癸亥反正日　首相朴承宗　書諸片紙曰　事君無狀　致有今日"
　106(42). "龍洲趙判樞絅　在亞卿班時　往一宰家"
　107(43). "顯廟　於一日夜　猝有藿亂之候　急召在直醫官疹候"
　108(44). "有一士族登科　賀客滿堂"

그럼 이제 보유편 가운데 남은 24화만이 논의의 대상이 되는데, 이 24화는 2)의 권지이(卷之利)와 3)·4)의 이야기 중 5)에서 탈락되어 있는 26화 가운데 5)와 14)에서 다 같이 탈락된 〈이익저(李益著) 이야기〉와 〈제주목사(濟州牧使)를 지낸 무변선전관(武弁宣傳官) 이야기〉를 제외한 나머지 전부이다. 이런 체재 상의 면모만으로도 14)는 분명히 5)를 모본으로 하여 이루어진 이본임이 분명히 드러난다.[12]

앞서의 논의를 토대로 14)가 지닌 특징으로 김상조가 밝힌 바 있는 주장의 오류를 검토할까 한다. 그는 14)의 특징으로 첫째, 이야기의 배열 순서가 매우 특이하다는 점을 들고 있는데, 사실은 전혀 그렇지 않은 것으로 드러났다. 다만, 두 군데에 걸친 차서의 뒤바뀜만이 나타나고 있을 뿐이다. 14)의 44화까지는 2)의 권지형(卷之亨) 76화 가운데서 발췌·전재하고 있는 것인데, 그 가운데 44화의 경우만이 그 차서가 바뀌어 있고, 또 14)의 권지일의 63화는 2)의 권지이(卷之利)의 40화까지에 해당하는데, 오직 그 가운데 14)의 2-13화만이 그 차서를

109(45). "金歸溪佐明 爲兵判時"
110(46). "仁祖朝 麟平大君 以當宁親王子 尊貴極矣"
111(47). "仁祖丙子冬 清兵猝至"
112(48). "戊戌 五月十三日 麟平大君卒 孝廟臨哭"

12) 여기서 14)의 경우 5)가 아닌 여타의 『계잡』 이본군을 모본으로 하여 이루어진 이본으로 볼 수도 있지 않을까 하는 반론이 제기될 수 있다. 그러나 이 반론은 다음 두 가지 점을 유념할 때 타당한 것은 아닌 것으로 보여진다. 첫째, 14)의 찬자가 5)가 아닌 여타의 『계잡』 이본군을 모본으로 하여 이루어진 것이라면 구태여 보유편이라고 따로 붙일 하등의 이유가 없다는 점(여기서 보유편이라고 따로 붙인 이본이 오직 14)에서만 발견되고 있다는 점을 생각해 볼 필요가 있다.) 둘째, 14)의 경우 여타의 『계잡』 이본군의 차서와 다른 경우가 두 군데에 걸쳐 발견되고 있는데, 여기서 만약 14)가 여타의 『계잡』 이본군을 모본으로 하는 가운데 파생된 이본임이 분명하다면 그 차서가 뒤바뀌는 오류를 저지르지 않았을 것이라는 점을 들 수 있다.(곧 보유의 12화와 13화의 경우 2)의 卷之利에 해당하는 자료 가운데 4화와 3화이고, 보유의 56화·57화·58화의 경우 동 자료의 21화·19화·20화의 순으로 되어 있다.)

유달리 달리하여 2)의 권지이(卷之利)의 27화로 그 차서가 뒤바뀐 경우를 제외하고서는 완전히 그것과 차서를 같이하고 있다는 점에서 이점 확인된다. 둘째, 2군(연대본군으로 대표되는)과 3군(정명기군으로 대표되는)의 이야기들이 상당히 섞여 나온다는 점을 들고 있는데, 이 또한 정확치 못한 주장으로 보여진다. 그의 주장에 의하면, 문제의 2군에 해당하는 이본들은 필자가 검토하고 있는 2)의 권지형(卷之亨)에 해당하는 자료들이고, 3군에 해당하는 이본들 또한 3)·4) 곧 권지사에 해당하는 자료임이 분명하다. 그는 바로 『계잡』의 권지삼(곧 2)의 권지이(卷之利)에 해당하는 이본을 검토치 못한 결과, 이와 같은 결정적 오류를 저지르게 된 것[13]으로 보인다. 셋째, 이 본에만 나오는 이야기들이 상당히 있다는 점을 들고 있는데, 이 주장 또한 완전히 틀린 것이다. 『계잡』이본군 가운데 14)만이 유일하게 갖고 있는 이야기는 오직 1화(〈扶安妓 桂生 이야기〉)밖에 없다는 점에서도 이 주장의 오류는 확연히 드러난다고 하겠다.

이제까지 번다할 정도로 『계잡』의 이본군[14]에 대해 살펴보았다. 여기서는 이를 토대로 『계잡』의 계열을 살펴볼까 한다. 그런데 우리는 이미 앞에서 몇몇 이본들의 독자적 면모를 간략히 제시해둔 바가 있어 논의를 펴는 데 한 도움을 얻을 수 있다. 독자적 면모를 지닌 『계잡』의

---

13) 이런 요인으로 해서 김상조는 가람 68장본(실은 34장본의 오류이지만)의 존재를 과대 평가하여 "『계서잡록』은 권1(성대본)에 78화 권2·3 합본(가람 68장본)에 77화 권4(정명기본)에 30화 등 총 185화가 수록된 책이 된다."(65쪽)라고 까지 주장하는 결정적 오류를 저지르게 된다. 또 가람 34장본(필자의 분류에 따르면 9)인 가람 1본이 된다.)은 앞에서도 밝혔듯이 〈이사관이야기〉를 제외하고서는 전부 다 권지이에 해당하는 이야기로 이루어진 자료라는 점에서, 가람 34장본이 권2·3 합본이라고 주장하고 있는 점 또한 그릇된 것임이 확연히 드러난다고 하겠다.

14) 『계잡』이본군의 이본 대비표는 정명기, 앞의 논문, 부록으로 제시해 두었기에 여기서 다시 보이지 않았다. 해당 부분을 참조하라.

이본으로는 5)와 14), 그리고 9)와 15)를 들 수 있다. 이들 가운데 9)와 15)의 이본은 같은 계열에 드는 이본들[곧 2)의 卷之亨임]의 일반적인 경우와는 달리 〈이사관 이야기〉를 갖고 있다는 점에서 마땅히 주목받아야 한다. 그 내용은 다음과 같다.

> "李相思觀 少時作湖中行 過省墓 遇大風雪 幾不得作行 路傍一儒生 率內眷而行 下轎於路 氣色蒼黃罔措 李相怪而問之 則儒生答曰 拙莉作歸寧之行 到此有産漸 前不近村 後不及店 而雪寒如此矣 李相仍下馬 解毛裘而言曰 當此酷寒 産母及兒有難言之慮 殆同難離中 何暇顧男女之衣 願以此裘 急裹産母云 〃 而又使奴子 並力擔轎 疾走向店 以自家盤 備貿藿及米 而以行中艮醬 急備飯羹而進之 由是得免凍餓 此儒乃是驚興府院君金漢耉也"

이 이야기는 필자가 검토한 자료대상만을 근거로 살핀다면, 원래 2)의 권지이(卷之利) 35화에 속했던 이야기로 보여진다. 그런데 이들 두 이본의 경우 앞서 밝힌 바와 같이 2)의 권지형(卷之亨)과 차서를 같이 하는 가운데 이루어진 이본임에도, 유달리 이 이야기만 각기 73화와 70화로 그 차서를 달리하면서까지 나타나고 있다는 점은 쉽게 이해되지 않는다. 여기서 해당 이야기의 각 권 내에서의 앞 뒤 이야기를 살펴볼 필요가 제기된다. 권지이(卷之利)에서의 〈이사관 이야기〉의 앞 이야기는 〈이재형(李在亨) 이야기〉이고, 뒷 이야기는 〈김기서(金基敍) 이야기〉의 체재로 이루어져 있다. 한편 이들 이본에서의 그것은 〈유진항(柳鎭恒) 이야기〉와 〈홍봉한(洪鳳漢) 이야기〉 사이에 위치하고 있는 것으로 드러난다. 이는 바로 권지형(卷之亨)의 차서와 부합하는 것이기도 하다. 사정은 이런데, 이들 이본의 찬자가 권지형(卷之亨)을 그대로 전사하면서 권지이(卷之利)에 실려 있는 많은 이야기 가운데서 유

독 문제의 〈이사관 이야기〉만을 따로 떼어내어 여기에다 귀속시켜야
했던 어떠한 근거도 해당 이본의 체재를 통해서는 발견할 수 없다. 또
그렇게 했어야 할 찬자 나름의 이유도 상정하기 어려운 것이 사실이
다. 그렇다면 이들 이본의 조본은 우리가 아직 입수치 못한『계잡』의
또 다른 이본일 수도 있을 듯하다. 곧 권지형(卷之亨)과는 그 차서를
달리하는 이본의 존재 가능성도 있지 않을까 생각한다. 이런 점에서
이들 이본은『계잡』내에서 따로 그 계열을 설정해도 좋을 개연성을
충분히 갖는다.

마지막으로 5)와 14)의 경우를 주목해 보기로 하자. 5)와 14)는 〈부
안기 계생이야기〉를 권지일의 마지막인 64화로 지니고 있다. 이 자료
의 원 출전은 홍봉사만종(洪奉事萬宗)[15]이 엮은 것으로 알려진『속고금
소총(續古今笑叢)』[16]으로 되어 있다. 그런데 이 이야기는 필자가 위에
서 검토한 바 있는 15종에 달하는『계잡』의 이본군 가운데 오직 이 두
이본에서만 나타나고 있을 뿐이다. 번다한 감이 있지만 해당 원문을
제시하면 다음과 같다.

　　"扶安妓桂生 工詩善謳彈 號梅窓 以選上京 貴遊子弟 莫不邀致 爭
　　先與之酬唱 一日 柳斯文塗 往訪之 金崔兩姓 以狂俠自負者 已先在
　　座 桂生設酌以待半醺 三人皆注目 欲挑之 桂生笑而擧令曰 諸君各誦

---

15) 기록에 따라 '洪奉事金宗'으로 달리 나타나는 것도 있다.

16) 이 자료의 찬자와 성격, 그리고 그 존재의 진위 여부에 대한 논의가 최근 정용수에
　　의해 이루어진 바 있다. 그의 주장을 간추려 보이면 다음과 같다. 곧 "이 자료(필자
　　주 : 〈부안기 계생이야기〉)는「시화유편」(일명『詩話彙成』)에 의하면 원래 홍만종의
　　〈명엽지해〉에 소수되었던 것이 분명하다. … 그렇다면「속고금소총」의 문제는「고금
　　소총」의 뒷편에 붙은 부록편 〈명엽지해〉를 속편으로 오해한 것이 아닌가도 생각된
　　다."(정용수,「홍만종의『古今笑叢』考」,『동양한문학연구』10집, 동양한문학회, 1996.)
　　의 184쪽의 본문과 주 7)을 참조하라.)

風流場詩 以助一歡 至於(如?)玉臂千人枕 丹脣萬口香 爾身非刀釰 何
處斷剛腸 且足舞三更月 衾生一陣風 此時無限味 惟有兩人同等詩 乃
是賤隷走卒之誦 不足傾耳 若有傳誦前所未聞 當於我心者 當與一歡
三人曰 諾 金生誦金命元七言絶句曰 '窓外三更細雨時 兩人心事兩人
知 新情未洽天將曉 更把羅衫問後期'崔繼鳴沈喜壽七言絶句曰 '抱向
紗窓弄未休 半含嬌態半含羞 低聲暗聞相思否 手整金釵笑點頭'桂生
曰 前詩太拙 後詩差妙 而手段俱低 皆未足聽 凡律詩 〃之精者 而七
言近體 響韻意趣俱難 吾當取其難者(精?) 金遂唱鄭子堂七言律曰 '年
纔十五窈窕娘 名滿長安第一坊 蕩子恩情深似海 花長威令嚴如霜 蘭
窓日晏朝粧急 松峴風高夕履忙 相別每多相見少 襄陽雲雨惱襄王'崔
曰 此詩雖佳「又有佳」於此者 仍謂高嶠峯 立馬沙頭別故遲之句 桂生
曰 此詩眞是魯衛以下詩 雖有淸光風韻 亦不足動人 因顧謂柳曰 此間
子 獨無吟乎 柳曰 我本無文 但嫪毒貫輪之才耳 桂生微笑 崔怫然曰
子雖有長才 今日之事 當行詩令 金頗有自矜之色 顧謂左右曰 一律可
以壓倒諸詩 卽朗吟鄭之升七言律曰 '秋宵已曙莫言長 但(促?)向燈前
解繡裳 獨眼微開晴吐氣 兩胸纔合汗生香 脚如螻蟈翻波急 腰似蜻蜓
點水忙 强健向來心自負 愛娘深淺問娘 〃'桂生吟咏 稱意柳曰 諸君所
誦「皆是」已陳芻狗 何足刮目 我當占新詩一律 立幟於今日席上 遂令
桂娘呼韻 應聲而對曰 探春豪士氣昂然 翡翠衾中結好緣 撑去玉莖雙
脚屹 貫來丹穴兩弦圓 初看嬌眼渾如霧 更覺長天小似錢 這爾若論滋
味別 一宵高價直金千 桂生詠歎曰 不料尊公 臨此陋地也 曾聞公狂心
猶未已 白馬又黃昏之詩 仰慕者久矣 今幸遇之 乃酌進一杯曰(酒?) 若
使眼如霧天似錢 則其價 豈獨千金而止哉 向者諸公 許多小吟 不直一
杯冷水 金崔「皆」憮然皆退去"(續古今笑叢 洪奉事萬宗著)[17]

---

17) 14)의 경우 5)와는 달리 '續古今笑叢 洪奉事萬宗著' 부분이 누락되어 있는 바, 이를
통해서도 14)가 5)에 비해서 시대적으로 뒤늦게 나온 이본임을 어렵지 않게 알 수
있다.

그러나 자료집에 따라서는 해당 이야기를 위의 책에서 인용했음을 분명히 밝히고 있는 것들도 있어 우리의 관심을 끌고 있다. 연대 1본 『기문총화(記聞叢話)』(4권 4책본) 권1~70화와 동양문고 2본 『기문총화(紀聞叢話)』의 83화, 『아동기문(我東奇聞)』의 50화 등이 바로 그것이다. 이들 자료집들 또한 국도 1본 『계잡』의 해당 기록 말미에서 밝히고 있는 것과 같이, 이 자료를 『속고금소총(續古今笑叢)』에서 전재한 것처럼 기록하고 있다. 그런데 여기서 이 문면에 대해 우리는 다음과 같은 의문을 제기할 수 있다. 곧 이 자료집들 전부가 『속고금소총』을 직접 전재한 것인가? 아니면 『속고금소총』을 전재했던 어느 특정의 자료집을 수용·전재한 것인가?, 곧 간접 영향인가 하는 점이다. 애초에는 야담집 찬술 당대까지 전래하던 『속고금소총』을 전재했던 한 자료가 있었을 것이라는 점 또한 여기서 부인할 수는 없을 듯하다. 나아가 여타 대부분 자료들의 경우, 이와는 달리 『속고금소총』으로부터 바로 전재한 것이 아니라, 그 이야기를 수록하고 있던 특정한 자료집의 기록을 그대로 다시 전재했을 가능성 또한 여러 정황상 부정하기는 어렵다. 그러나 현재 『속고금소총』의 존재는 우리에게 전혀 알려진 바 없다. 이런 점에서 우리들은 남은 자료들을 가지고 그 관계를 추론할 수밖에 없는 형편에 있다. 여기서 이들 다섯 자료의 문면을 검토한 결과 다음과 같은 몇몇 차이를 드러내고 있었다.

	연대본	동양 2본	아동기문	국도 1본	고대본
1	"吾當取其難而精者"	국도와 仝	"吾當取其難"	"吾當取其難者"	좌와 仝
2	"此詩雖佳又有佳於此者"	좌와 仝	"此詩雖佳尤有佳於他詩者"	"此詩雖佳佳於此者"	좌와 仝
3	"諸君所誦皆是已陳蒭狗"	좌와 仝	"柳(諸?)君所誦皆是已陳蒭狗"	"諸君所誦已陳蒭狗"	좌와 仝
4	"幸慕者久矣"	국도와 仝	국도와 仝	"仰慕者久矣"	"仰暮者久矣"
5	續古今笑叢洪奉事金宗著	국도와 仝	未出現	續古今笑叢洪奉事萬宗著	未出現

이들 다섯 자료 모두 『속고금소총』으로부터 해당 자료를 직접 인용·전재한 것이 분명하다면, 위에서 제시한 표에서 보이듯 1)·2)·3)과 같은 오류는 결코 있을 수 없다고 본다. 이런 점에서 필자는 『기문』을 제외한 다른 자료들의 경우, 『속고금소총』에서 해당 자료를 직접 전재한 것이 아니라, 해당 자료가 실려 전하는 『기문』을 그대로 전재하는 가운데 해당 이야기를 자료집 내에 수록했던 것이 아닐까 한다. 이런 점에서 본다면 고대 1본과 국도본의 경우, 김상조가 주장하였듯이 시대적으로 뒤늦게, 조금 더 범위를 좁혀 말한다면 『기문』이 이루어진 시대로부터 조금 더 시대가 내려와서 산출된 자료로 봐도 좋지 않을까 한다.

그렇다고 하더라도 5)와 14)의 이 이야기는 여타의 『계잡』 이본군 내에서는 전혀 찾아볼 수 없는, 이들 이본만이 지니고 있는 자료라는 점에서, 또 다른 하나의 독자적인 계열로 마땅히 설정해야 한다고 본다. 이제까지 앞에서 『계잡』의 이본과 계열을 검토해 왔는 바, 그것을 간추려 보이면 다음과 같다.

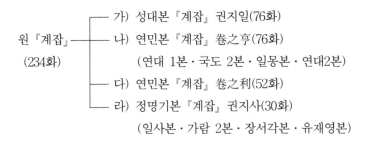

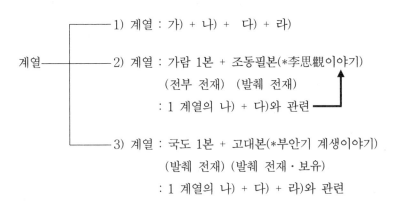

4. 『계서잡록』의 전승양상
- 『기문총화』 · 『계서야담』에 끼친 영향

야담(집)의 형성 · 전승 과정에 대한 그 동안의 논의는 크게 둘로 이 야기되어 왔다. 하나는 임형택에 의한 '강담형성설'[18]이며, 다른 하나 는 김상조에 의해 주장된 '전대문헌 전재설'[19]이다. 실상 많은 야담집

---

18) 임형택, 「18 · 9 세기 이야기꾼과 소설의 발달」,(『한국학논집』 2집, 계명대 한국학연 구소, 1975.)과 「한문단편 형성과정에서의 강담사」,(『한국소설문학의 탐구』, 일조각, 1978.) 참조.

19) 김상조, 앞의 논문, 20~56쪽 참조.

의 경우 강담에 의해 형성된 자료의 실체를 현재의 상황에서는 제대로 규명해내기 어렵다는 점에서, 또한 근자에 들어와 전대문헌을 전재하여 이루어진 야담집의 면모와 성격을 밝히려는 시도[20]가 계속적으로 이루어지고 있음을 여기서 유념할 때, 이 방면에 대한 관심은 앞으로도 계속되어야 한다고 본다. 이에 여기서는 논의의 초점을 『계잡』계로 국한하여 그 후대적 수용·전재의 면모가 어떠했는지, 곧 『계잡』의 전승양상은 어떠한지를 간략히 살펴볼까 한다.

  물론 이들 계열 자료들에 대한 관심이 전혀 없었던 것은 아니다. 그러나 아직은 이 문제에 대한 구체적인 합의점을 도출해내지 못한 것으로 보여진다. 이에 먼저 선학들의 주장을 살펴보기로 하자. 김기동은 "이 국립도서관본-필자 주: 『기문총화』(2권 2책)- 은 卷上에는 56화가 수록되어 있는데, 『계서야담』에 그 56화가 전부 수록되어 있는 것으로 보아 <u>卷上은 『계서야담』의 발췌본이 아닌가 한다.</u> 『계서야담』에 간단한 해제가 있는데, 『계서야담』을 '或曰 『記聞叢話』'라고 한 것으로 보아 알 수 있고, 또 『계서야담』에는 7·8언의 話題가 없으나, 卷上에는 화제를 책의 앞에다 제시해 놓은 것으로 보아도 알 수 있다."[21](밑줄: 필자 표시)고 하여, 『계서야담』(이하 본문에서는 『계야』로 줄임)이 『기문』보다 선행하여 나타난 자료인 것으로 파악하고 있다. 그러나 조희웅은 이들 자료들의 관계에 대해 "『記聞叢話』를 비롯한 여러

---

20) 김동욱, 「조선후기 야담집의 유변양상과 유형」, 基谷 강신항박사 정년퇴임기념 『국어국문학논총』, 태학사, 1995, 467~495쪽.
    정명기, 「『청구야담』에 나타난 전대문헌의 수용양상 연구」, 『한국야담문학연구』, 보고사, 1996, 356~407쪽.
    임완혁, 「『계서야담』의 서술방식에 대한 일 고찰」, 『한국한문학연구』 19집, 한국한문학회, 1996.
21) 김기동 편, 『한국문헌설화전집』 5, 태학사, 1991. 해제 1쪽.

類書의 자료들이 『溪西野譚』으로 집성되고 있다는 사실, 후술하겠거
니와 『東野彙輯』의 편자도 『記聞叢話』를 즐겨 읽었다는 사실 등을 종
합해 보면, <u>『記聞叢話』는 『溪西野譚』보다 앞선 것으로</u>, 계서가 이 책
을 읽었으리라는 추정은 확신해도 좋을 것 같다.[22]"(밑줄 : 필자 표시)고
주장한다. 한편 이현택은 다시 몇 가지 근거 아래, 조희웅과는 또 다
른 주장을 펴는 가운데 아래와 같은 계보를 제시한다. 그 근거는 바로
첫째, 계서에 수록되지 않은 3 편의 한산 이씨 관련 설화가 선언에 수
록되어 있다는 점. 둘째, 기문에 수록된 한산 이씨 관련 설화의 전거
는 계서가 아니고 선언이라고 판단되기 때문이라는 점. 셋째, 기문에
는 계서와 선언에는 없는 화제가 붙어 있다는 점[23] 등[24]이다.

> 『계서잡록』(1833) ― 『溪西野譚』― 『選諺篇』― 『記聞叢話』― 『靑
> 邱野談』― 『해동야서』(1864) ― 『東野彙輯』[25]

임형택은 "한산 이씨 가계에 연관된 이야기들이 『기문총화』에도 더
러 보인다. 이들은 그대로 『계서야담』에 실려 있는 것들임이 물론이
다. 그렇다면 아무래도 <u>『계서잡록』 또는 『계서야담』에서 『기문총화』</u>
<u>쪽으로 옮겨졌다</u>고 보는 편이 타당할 듯 싶다.[26]"(밑줄 : 필자 표시)고

---

22) 조희웅, 『조선후기문헌설화의 연구』, 형설출판사, 1981, 28쪽.
23) 이현택, 「계서 이희평 문학연구」, 국민대 석사논문, 1983, 87~92쪽.
24) 이현택의 주장은 자료 자체에 대한 정보의 부족과 정확한 이해가 결여된 가운데 이
   루어진 잘못된 주장으로 생각된다. 그것은 그가 다루고 있는 『選諺篇』이 다름 아니라
   연대 소장 『瑣語』의 발췌본에 불과하고, 이 『쇄어』의 경우 단지 『기문』의 파생본으로
   만 보기에는 쉽게 이해되지 않는 점이 있다는 점, 그리고 화제가 붙어 있는 『記聞』(국
   도본 2권 2책)의 면모가 원 『記聞』의 그것이 아니라는 점, 나아가 『계잡』에 대한 본격
   적인 검토가 결여되어 있다는 점 등을 고려할 때 그 점 확인된다고 하겠다.
25) 이현택, 앞의 논문, 94쪽.

하여 『계잡』 또는 『계야』가 『기문』보다 선행한 것이라 주장한다.

이들 자료의 관계에 대한 보다 정치한 논의는 김상조에 의해 비로소 마련되었다. 그는 먼저 『계잡』과 『기문』의 관계에 주목하면서, 다음의 두 근거—첫째, '가간사적'이 『계잡』의 경우 78화(76화의 오류임)에 이르는데 비하여, 『기문』에는 8편만이 나타나고 있다는 점. 둘째, 전자에서 보이는 노골적인 당색의식이 후자에는 상당히 약화되어 있다는 점—를 들어 『계잡』이 『기문』에 비하여 선행한 것으로 주장한다. 이어 다시 『계야』의 권1·2·3·4와 권5의 20화까지와 권6의 6화까지는 『계잡』과 『기문』을 모본으로 하여 이루어진 것이라고 주장한 뒤, 한 걸음 더 나아가 『기문』과 『계야』의 관계를 다음의 네 근거—첫째, 『기문총화』 3권 3화인 '李文淸秉泰 監司□之侄子也'에서 □ 부분이 『계서야담』에도 같이 나타나고 있다는 점. 둘째, 『기문』 권1의 짜임새에서 알 수 있다는 점. 셋째, 권1에 실린 『어우야담(於于野譚)』이 출전인 이야기(12화)가 한결같이 『계야』에서는 누락되어 있다는 점. 넷째, 권1의 51화 ~ 53화까지에서 『계야』의 경우에는 52화가 누락되어 있는데도 53화의 경우 그대로 상동이라고 쓰고 있다는 점—를 들어 『계야』가 『기문』을 텍스트로 하여 일부 이야기를 가감하여 이루어 놓은 것[27]이 아닌가 주장한다.

김상조의 이에 대한 분석은 그동안의 이 문제에 대한 논의의 잘잘못을 바로 해결하는 데에 큰 힘을 가한 것으로 보인다. 여기서는 김상조가 미처 고려치 않고 있는 몇몇 문제점을 중심으로 그 논의를 보완코자 한다. 필자 또한 『記聞』이 『계야』에 비해 선행하여 나온 것으로 보고 있다. 그 근거는 첫째, 『계야』의 경우 4권으로 이루어진 『기문』 가운데

---

26) 임형택, 『서벽외사 해외수일본 기문총화』, 아세아문화사, 1990. 해제 8~9쪽.
27) 김상조, 앞의 논문, 70~87쪽의 주장을 필자 나름대로 요약·정리한 것임.

권지일(184화 중 158화)·권지이(78화 전부)·권지삼(56화 중 40화)만을 전재의 대상으로 삼고 있다는 점과 아울러 특히 권지일 가운데 155화까지는 몇 이야기가 누락되어 있는 경우를 제외하고서는『기문』의 배열 순서와 완전히 일치하고 있다는 점.―오직 단 하나의 예외로『기문』1권 85화가 일반적인 경우와는 달리『계야』의 4권 152화로 그 차서가 바뀌고 있는 경우만을 들 수 있을 뿐이다.― 둘째,『기문』의 1권 중『계야』에 탈락되어 있는 이야기는 모두 26화에 달하는데, 그중 13화가『어우야담』을 원거(原據)로 하고 있는 이야기들인 바,『기문』1권의 군데군데 수록되어 있든 특정한 자료집, 곧『어우야담』의 이야기만 집중적으로 탈락될 이유는 따로 찾아지지 않는다는 점. 셋째,『기문』의 1권 161화는 정효준에 얽힌 이야기로, 이 이야기의 경우 서사적으로 편폭이 훨씬 확장되어 동 자료 3권 28화에 거듭 실려 있기도 한데,『계야』가 앞에서 이미 밝힌 바와 같이『기문』의 차서를 충실히 따르는 가운데 형성된 자료임에도 이 이야기가『계야』에서 탈락된 데에는 나름의 이유가 있었을 것이라는 점(곧 각편에 몰이해의 작용?). 넷째,『기문』의 1권 184화는 유심(柳淰)이란 인물에 대한 이야기인데, 이 이야기는 연대본『기문』에 의거할 때, 아래 부분[28]이 결락되어 있고, 그것이『계야』에 공교롭게도 탈락되어 있다는 점.(이 이야기가 완형의 이야기가 아니라는 점에서,『기문』의 차서를 최대한 따르고자 했던 태도를 보인 찬자가『계야』

---

28) 연대본『기문』의 184화는 "柳參判淰 全昌尉胤子也 嘗定女婿 誠備婚具 置於內室 樓上 而樓中又有大瓮 滿儲旨酒 一日 柳之內外 室中同寢 忽有歌聲 似在耳邊 諦 聽"으로 중단되어 있는데, 이는 "之 發自樓上 柳公大驚 急蹙起婢子 燃燭照之 呼召 衆婢 上樓看之 則有一大漢 髯髮赤面 醉倚衣袂 一手持瓢 一手鼓脾 凝睗睨人而歌 曰 平沙落鴈江村日 暮漁舟歸白鷗眠 何處一聲長笛聲 醉夢慢調 寥亮屋樑可憾 歌 而又歌 畧無聞覩 上下莫不驚駭 結縛投下樓窓 致之中庭 兀然醉倒 認之而不對 黎 明視之 是居在不遠之地 常民之素不潔者也 柳公笑曰 此是盜賊中豪傑 遂解而逐 之"부분이 탈락된 것이다. 왜 이런 현상이 발생했는지는 정확히 판명되지 않는다.

내에서 부득이 나름의 원칙을 파기하면서까지 제외시켰던 데서 초래한 결과?)
다섯째, 『계야』 소재 이야기의 경우 『계잡』·『기문』 소재 이야기가 아
닌 것은 단 한 편 〈홍순언 이야기〉[29]의 경우를 제외하고서는 전혀 나타
나지 않고 있다는 점들에 있다.

이러한 여러 근거를 통해 볼 때, 우리는 『계야』가 『기문』보다 결코
선행할 수 없음을 확인하게 되었다.

그렇다면 『계잡』과 『기문』의 관계는 어떠한지를 살필 차례가 되었
다. 그런데 이에 대해서는 이미 김상조가 나름대로 몇 논거를 들어 타
당한 주장을 개진한 바 있다. 필자 또한 『계잡』이 『記聞』에 비해 선행
하여 나온 것으로 보고 있다. 그 주장의 타당성은 여러 각도에서 확인
이 가능한데, 이에 여기서는 번다함을 피하기 위해 다만 『계잡』 1 권
소재 이야기가 『기문』에 수용된 양상만을 들어 그것을 증명해 보일까
한다. 아래에 따로 붙인 표에서 확인되듯이, 『계잡』 소재 권1 가운데
『기문』에 실려 있는 이야기는 5화에 이른다. 이들 두 자료집의 차이점
을 몇 가지로 나누어 드러내 보이면 다음과 같다.

먼저, 서사주인공에 대한 기술방식의 차이[30]를 들 수 있다.

---

29) 천리대본·규장각본·연대본 『계야』에 공히 실려 있는 이 자료의 경우, 『기문』 4
권 256화에도 같은 인물의 같은 사건에 얽힌 이야기가 수록되어 있으나, 『기문』의 그
것과 면모를 달리하고 있다. 곧 다른 하나의 각편이라고 할 수 있겠는데, 사실 『계야』
의 이 이야기는 『통문관지』에서 전재한 것으로 되어 있다. 『계야』의 찬자가 『기문』
소재 해당 이야기를 최대한 그 차서까지도 가능한 한 그대로 따르고자 했던 그 자신의
일반적인 찬술태도와 달리 『기문』 소재 해당 이야기를 그대로 전재하지 아니하고, 이
와 같이 유달리 이 이야기의 경우에만 개변을 행하고 있는 이유는 무엇인지? 또 이런
현상이 어디에서 기인한 것인지에 대한 의문은 쉽게 해결될 문제는 아닌 듯하다.

30) 김상조도 이 점에 대해서만은 일찍이 다음과 같이 지적한 바 있다. "『계잡』에서는
기록자와 이야기 주인공의 관계를 중심으로 이야기되고 있으며, 『기문』에서는 보다
객관적으로 소개되고 있다."(71쪽) 나아가 그는 "우리는 『기문』이 『계잡』보다 늦게

① "土亭 諱之涵 九代祖考之弟也"(성대본 『계잡』 1권 2화)

"李土亭之涵"(『기문』 3 권 1화)

② "七代祖考 佐郎公(성대본 『계잡』 1 권 3화)

"李公慶流"(『기문』 3 권 2화)

③ "六代祖考(2와 상동)

"公子"(2와 상동)

④ "八代祖妣"(2와 상동)

"公之母親"(2와 상동)

⑤ "從曾大父 文淸公 諱秉泰氏 高祖考 監司公之侄子也"(성대본 『계잡』 1 권 5화)

"李文淸秉泰 監司■[31](澤?)之侄子也"(『기문』 3 권 3화)

⑥ "三山族大父 判書公之"(성대본 『계잡』 1 권 13화)

"李三山台重"(『기문』 3 권 5화)

둘째, 표현방식상의 차이를 들 수 있다.

① 則果有「老嫗之願買」者(願買之老嫗)[32] (성대본 『계잡』 1권 2화)

② 則可「以」捧十五兩錢「而來」(汝可賣來) (위와 같음)

③ 「喉渴而病患中 謂侍者曰 何由得喫一橘」(喉渴思橘) 若得喫 則「渴」[33]
病可解矣 無由得橘[34] (성대본 『계잡』 1권 3화)

이루어졌으며, 『계잡』 소재 이야기를 이야기 시작 부분만을 고쳐 실었다는 것을 알
수 있다."(73쪽)고 주장하고 있는데, 이것은 필자가 다시 나누고 있는 조항 가운데 첫
째 조항에만 적용 가능한 일면적 주장에 불과한 것으로 보인다.

31) 원문에서 결락된 부분을 표시한 것이다.

32) 「 」부분은 성대본의 경우를 가리키고, 바로 이어 붙인 ( ) 부분은 『기문총화』부분
에서의 변이된 모습을 가리키는 것이다. 이하 다 같다.

33) 「 」만 있고 ( )가 없는 경우는 성대본의 해당 부분이 탈락된 것을 가리킨다.

34) 특정 부분에 밑줄 그은 부분은 『기문총화』에서만 나타나는 부분을 가리키는 것이다.

④ 「向我言 自家」(語人曰 吾) (성대본 『계잡』 1권 3화)

⑤ 所見「悶迫」(甚悶) (성대본 『계잡』 1권 6화)

⑥ 「以簡紙三幅來納之意 分付寺僧矣 各房齊會 每人一次搗砧 以十幅
來納之」(責納三幅簡紙 則寺中各房僧以十幅來納) (성대본 『계잡』
1권 6화)

⑦ 仍拔(留)置三幅 「而還給七幅」(餘皆還給)而送之 (성대본 『계잡』 1권
6화)

⑧ 「似無以刻之」(可刻之道) (성대본 『계잡』 1권 6화)

셋째, 특정한 단어 또는 문장이 탈락되고 있다는 차이를 들 수 있다.

① 當壬辰倭「寇之」亂(성대본 『계잡』 1권 3화 ⇒ 『기문』 3권 2화)

② 時則「五」六月間也(위와 같음)

③ 此是傳來之事 而「向於海印寺之行 欲審其題名處而不得 其已刓而
然歟」(성대본 『계잡』 1권 6화 ⇒ 『기문』 3권 4화)

위에 든 예문들만으로도 『기문』이 『계잡』보다 선행하여 나왔을 가
능성은 결코 없음이 확인된다.(특히 셋째의 예문 3)은 그것을 결정적으로
증거하는 좋은 보기이다.)

앞에서의 논의를 통하여 우리는 『계잡』계 야담집의 경우, 『계잡』을
시초로 하여 그것을 모본으로 하는 가운데 『기문』, 『계야』의 순으로
이루어진 것임을 알 수 있었다.

이제 마지막으로 『계잡』의 『기문』과 『계야』에 끼친 영향의 정도를
분명히 밝히는 것으로 이들 계열군 자료에 대한 논의를 끝낼까 한다.
아래에 따로 붙인 표에서 추출 가능한 결론만을 제시하고, 자세한 사
항은 해당 표로 미루어둔다. 이들 계열군에 드는 자료집의 수용·전재

양상을 검토한 결과, 다음과 같이 드러났다. 곧『계잡』과『기문』·『계야』에 공통적으로 나타나는 이야기가 모두 103화에 달하고, 또 여기에『계잡』과『기문』에서만 나타나는 이야기 6화를 합하면『계잡』과『기문』은 총 109화가 겹치는 자료임을 알 수 있다. 그 구체적인 양상은 연세대본『기문』의 경우,『계잡』의 1권 76화 가운데 5화. 2권 76화 가운데 47화. 3권 52화 가운데 27화. 4권 30화 전부로 나타난다. 이는『기문』 소재 자료 중『계잡』과『계야』그 어느 것과도 관련이 없는 것으로 파악된『기문』 4권 소재 320화를 제외한 총 318화 가운데 정확히 반에 해당하는 바, 이에 덧붙여 아울러『기문』 1권 소재 184화 대부분이 짧은 인물일화에 그치고 있다는 점을 유념할 때, 순연한 야담의 수용·전재란 점에서만 본다면『계잡』의『기문』에 대한 영향은『계잡』의『계야』에 대한 영향보다는 조금 못하지만, 마찬가지로 상당히 큰 비중을 점하고 있다고 하겠다. 한편『계잡』에는 없되,『기문』에만 있는 이야기로『기문』 2권 58화에서 78화까지의 21화의 자료들[35]을 들 수 있다. 한편『계야』의 경우, 세 자료에 공히 나타나는 103화에 덧붙여『계잡』과『계야』에서만 나타나는 이야기 32화를 합하면『계잡』과 총 135화나 겹치는 자료임을 알 수 있다. 그 구체적인 양상은 천리대본『계야』의 경우,『계잡』의 1권 가운데 10화. 2권 가운데 60화. 3권 가운데 41화. 4권 가운데 24화의 수용·전재로 나타난다. 이는『계

---

35) 그 목록을 제시하면 다음과 같다. <梁承旨某>·<金公汝岬>·<安東權某>·<錦南鄭公>·<天將李提督如松>·<金尙書某>·<東岳李公 新娶後>·<李節婦 忠武公後裔也>·<許生者 方外人也>·<金衛將大甲>·<江陵金氏一士人>·<金尙公某>·<韓安東光近>·<李東皐僕人有皮姓者>·<林將軍慶業>·<李提督如松東征時>·<李叅判塏>·<南斯文允默長子某>·<嶺南某郡有一士人>·<安東有姜錄事>·<仁祖朝 倭功琉球國>. 이들 이야기는 바로『계야』에도 아울러 나타나고 있는데,『기문』 소재 이들 이야기의 출전이 무엇인지는 아직껏 밝혀내지 못했다.

야』 소재 314화 가운데 135화에 해당하는 바, 『기문』1권 소재 184화
중 『계야』에 수록된 158화, 그리고 앞에서 이미 밝혔듯이 『계잡』이 아
니라 『기문』으로부터 영향을 받은 것이 분명한 21화의 자료 등을 아울
러 고려할 때, 순연한 야담의 수용·전재란 점에서만 본다면 『계잡』의
『계야』에 대한 영향은 『계잡』의 『기문』에 대한 영향보다 더 큰 것임을
알 수 있다.

이제까지의 논의를 간략히 요약해 보이면 다음과 같다.

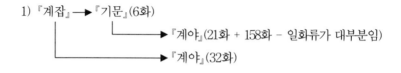

1) 『계잡』 ——▶ 『기문』(6화)
　　　　　　　　　　　　　　▶ 『계야』(21화 + 158화 - 일화류가 대부분임)
　　　　　　　　　　　▶ 『계야』(32화)

2) 『계잡』 ——▶ 『기문』 ——▶ 『계야』(103화)

결론적으로 밝힌다면, 『계야』는 『계잡』의 절대적 영향(135화)과 『기
문』의 부분적 영향(21화) 아래 나타난 자료이고, 『기문』 또한 『계잡』의
절대적 영향(109화) 아래 파생된 자료였다고 할 수 있다. 이런 점에서
아직껏 그에 걸맞는 평가를 제대로 받지 못하고 진행되었던 『계잡』계
에 대한 접근은 근본적인 시각의 교정을 필요로 한다. 이런 작업이 마
련될 때, 『계잡』의 진정한 가치와 야담문학사 내에서 이 자료가 갖는
위상[36] 또한 제대로 규명될 수 있다고 본다.

---

36) 조희웅이 앞의 책 5쪽에서 『溪西野談』을 『청구야담』·『동야휘집』과 아울러 19세기
　　의 3대 설화집 가운데 하나로 평가하고 있는 것은, 이런 점에서 그 실상을 왜곡한 주
　　장이 아닐 수 없다고 하겠다.

5. 맺는말

앞에서 『계잡』계를 중심으로 그 간행과, 이본, 나아가 그 전승양상을 다루어왔다. 논의한 바를 먼저 간추린 뒤, 향후의 과제와 전망을 간단히 진술하는 것으로 결론을 대신할까 한다.

성대본 『계잡』1권에 실린 2편의 서문을 통하여, 『계잡』의 체재가 4권으로 이루어져 있고, 또 첫 이야기는 '목은선조'에서 비롯된다는 것과 『계잡』 간행의 일반적 정황을 추찰할 수 있었다.

한편 이본 및 계열에서는, 이가원 교수본 『계잡』권지형(卷之亨)과 권지이(卷之利)의 존재를 새롭게 발굴·소개함으로써 그동안 그 실체가 제대로 규명되지 못하고 잘못 알려졌던 『계잡』이 지니고 있는 원체재를 새롭게 조정(措定)하였고, 아울러 15종에 달하는 『계잡』이본군을 검토하여 원 체재를 제1계열로, 또 이들 가운데 〈이사관 이야기〉를 지니고 있는 조동필본과 가람1본을 제2계열로, 다시 〈부안기 계생이야기〉를 지니고 있는 국도 1본과 고대본을 제3계열로 나눌 수 있다고 주장하였다.

이어 전승양상에서는 『계잡』계 자료들—『계잡』·『기문』·『계야』—의 선후 관계를 먼저 규명한 뒤, 실제적으로 『계잡』이 『기문』과 『계야』에 상당히 많은 영향을 끼치고 있는 자료집임을 증명해 보였다.

마지막으로 향후 과제 및 전망을 제시하고 논의를 끝낼까 한다.

그 동안 제출된 야담 연구의 대부분은 그 기초가 되는 원전 확정 작업을 애써 간과한 채 진행되어 왔다고 해도 과언은 아니다. 동일 야담집의 이본들에 대한 서지 작성 작업부터 시작하여, 이들 이본들에 대한 보다 철저한 검토, 나아가 아직껏 소개·발굴되지 아니한 야담집을 발견하려는 진지한 학적 노력 등이 요청된다. 이런 작업이 일차적으로 이루어질 때, 우리의 야담 문학연구는 이제까지와는 달리 보다 더 정확하고도 의미 있는 작업을 비로소 시행할 수 있을 것으로 기대된다. 여기서 역설적이게도 야담 연구의 전망이 매우 밝다는 사실이 확인된다.

	자료제목	연민	천리	기문
1	成廟時或微行	2-1	3-1	2-1
2	成廟 夜又微行	-2	3-2	-2
3	成廟 夢見黃龍	-3	3-3	-3
4	徐孤靑起	-4	1-62	
5	鄭北窓礦	-5		
6	北窓之年友	-6	3-4	-4
7	郭再佑	-7		
8	金德齡	-8		
9	李月沙廷龜	-9		
10	月沙夫人	-10	3-5	-5
11	李石樓慶全	-11		
12	鄭忠州百昌	-12		
13	徐花潭敬德	-13	3-6	-6
14	朴曄 光海時人也	-14	3-7	-7
15	朴曄有嬖妓	-15	3-8	-8
16	朴曄之按關西	-16	3-9	-9
17	癸亥 李延平諸人	-17	3-10	-10
18	癸亥 三月反正後	-18	3-11	-11
19	鄭錦南忠信	-19	3-12	-12
20	李起築	-20	3-13	-13
21	丙子南漢下城	-21		
22	白沙 在光海朝	-22		
23	錦南 以捕將	-23	3-14	-14
24	宣廟幸灣上	-24		
25	李鼇城恒福	-25	3-15	-15
26	宋龜峯翼弼	-26	4-163	

	자료제목	연민	천리	기문
27	月沙赴燕京	-27	3-16	-16
28	東陽尉申翊聖	-28	3-17	-17
29	東陽尉 善推數	-29		
30	洪相沂川命夏	-30	1-63	
31	孝廟朝 議仁廟謚	-31		
32	鄭陽坡 少時	-32	3-18	-18
33	孝廟 亦間間微行	-33	3-19	-19
34	孝廟朝 尤庵先生	-34	4-165	
35	尤翁 遭遇孝廟	-35	4-166	
36	尼尹以背師見棄	-36	1-60	
37	尼尹之不貳尤門	-37	1-61	
38	肅廟朝於春塘臺池邊	-38	3-20	-20
39	肅廟朝有患候	-39	3-21	-21
40	尹判書絳	-40		
41	柳常者肅廟朝名醫也	-41	1-64	
42	一儒生	-42	3-22	-22
43	金進士某者	-43	3-23	-23
44	趙持謙	-44	1-65	
45	文谷金公諱壽恒夫人	-45	3-24	-24
46	二憂堂 趙忠翼公	-46	3-25	-25
47	兪文翼公拓基	-47	3-26	-26
48	三淵金先生	-48	3-27	-27
49	竹泉每每主試	-49	1-66	
50	老峯閔公鼎重	-50	3-28	-28
51	有一武擧子	-51		
52	申判書銋	-52	3-29	-29
53	陜川守某	-53	3-30	-30
54	柳生某者	-54	3-31	-31
55	洪東錫者	-55	3-32	-32
56	連山人 金銖者	-56	3-33	-33
57	景廟患候彌留	-57	4-164	
58	張武肅公 諱鵬翼	-58	3-34	-34
59	高王考 致祭時	-59	4-4	3-14

	자료제목	연민	천리	기문
60	張武蕭公	-60	4-5	
61	申大將汝哲	-61	4-6	3-15
62	世傳若通內侍之妻	-62	1-44	3-16
63	金鉉者	-63	1-45	3-17
64	英廟戊申	-64	1-46	3-18
65	時 賊報日至	-65		
66	麟佐之起兵也	-66	1-47	3-19
67	尹判書汲	-67	1-48	3-20
68	崔相奎瑞	-68		
69	李兵使源	-69	1-49	3-21
70	英廟 每幸毓祥宮	-70	1-50	3-22
71	李判書鼎輔	-71	1-51	3-23
72	柳統制鎭恒	-72	2-1	3-24
73	洪翼靖公鳳漢	-73	1-57	
74	盧同知者 南陽人也	-74		
75	禹六不者	-75	2-2	3-25
76	湖中 古有一士人	-76	2-3	3-26

	자료 제목	연민	천리	기문
1	靈城君朴文秀	3-1		
2	耆隱朴文秀	-2	3-45	3-10
3	尹判書游	-3	4-1	-11
4	李臺敏坤	-4	4-2	
5	李益蓍	-5	1-54	
6	金相若魯	-6	4-3	-12
7	金尙魯 若魯之弟也	-7		
8	尹祭判弼秉	-8	4-3	-13
9	延安文進士者	-9	3-35	2-35
10	有一宰相之女	-10	1-55	
11	李忠州聖佐	-11	3-36	
12	趙侍直泰萬	-12	1-53	

	자료 제목	연민	천리	기문
13	泰億之妻沈氏	-13	3-37	2-36
14	李大將潤城	-14	3-38	-37
15	李正言彦世	-15	1-1	-38
16	金鐘秀之慈母	-16		
17	李兵使逸濟	-17	1-2	-39
18	李相性源	-18	1-3	-40
19	關北一人 喪配後	-19	1-52	
20	金應立者	-20	1-4	-41
21	大金者 吾家古奴也	-21	1-16	
22	原州蔘商有崔哥者	-22	1-5	-42
23	李觀源	-23	1-56	
24	趙判書雲逵	-24	1-6	-43
25	趙判書 在完營時	-25	1-7	-44
26	趙判書 在北營時	-26		
27	英廟 辰謁東陵	-27		
28	正廟 幸永陵	-28	1-8	-45
29	金鐘秀 沈煥之輩	-29	4-168	
30	洪格者 水原人也	-30	4-169	
31	正廟 爲今上	-31	4-170	
32	李進士寅炯	-32		
33	朴綾州右源	-33	1-9	-46
34	正廟朝 李在簡	-34		
35	李相思觀	-35		
36	金基敍者	-36		
37	梅花者 谷山妓也	-37	1-10	-47
38	洪大湖元燮	-38	1-11	-48
39	西賊之亂魁	-39	1-67	
40	尹某 卽有地閥	-40	1-68	
41	柳棽判誼	-41	1-12	-49
42	柳棽判河源	-42	1-13	-50
43	永川儒生閔鳳朝	-43	1-14	-51
44	古人有喪配	-44	1-15	
45	橫城邑內 有一女子	-45	1-17	-52

	자료 제목	연민	천리	기문
46	金化縣村人父子	-46	1-69	
47	平壤有一妓	-47	1-18	-53
48	巫雲者 江界妓也	-48	1-19	-54
49	金叅判應淳	-49	1-20	-55
50	洪判書象漢	-50	1-21	-56
51	金進士錡	-51		
52	郭思漢 玄風人	-52	1-22	-57

	자료 제목	저초	천리	기문
1	楊蓬萊士彦之父	4-1	2-4	3-27
2	海豊君鄭孝俊	-2	2-5	-28
3	沈一松喜壽	-3	2-6	-29
4	洪宇遠 少時	-4	2-7	-30
5	燕山朝 士禍大起	-5	2-8	-31
6	湖中一士人	-6	2-9	-32
7	金監司緻	-7	2-10	-33
8	鄭桐溪蘊 少時	-8	2-11	-34
9	禹兵使夏亨	-9	2-12	-35
10	淸風金氏祖先	-10	2-13	-36
11	柳西崖(厓?)成龍	-11	2-14	-37
12	驪州地 古有許姓	-12	2-15	-38
13	宣廟壬辰之亂	-13	2-16	-39
14	金倡義使千鎰之妻	-14	2-17	-40
15	盧玉溪禛	-15	2-18	-41
16	延原府院君李光庭	-16	2-19	-42
17	安東權進士某者	-17	2-20	-43
18	古有一宰相	-18	2-21	-44
19	李貞翼公浣	-19	2-22	-45
20	貞翼公 少時	-20		-46
21	崇禎甲申以後	-21		-47
22	廣州慶安村	-22		-48
23	許積以領相當局時	-23		-49
24	權判書적	-24		-50

	자료 제목	저초	천리	기문
25	黃判書仁儉	-25		-51
26	趙豊原顯命	-26	2-23	-52
27	高裕 尙州人也	-27	2-24	-53
28	古有一宰相	-28	2-25	-54
29	古有外邑一士人	-29	2-26	-55
30	古有武弁以宣傳官	-30	2-27	-56
	土亭 諱之涵	1-2	3-39	3-1
	七代祖考佐郎公	1-3	3-40	-2
	從曾大父 文淸公	1-5	3-41	-3
	文淸公 初除嶺伯	1-6	3-42	-4
	族大父三山判書公	1-9	3-43	
	三山族大父判書公	1-13	3-44	-5
	英廟幸春坊	1-11	1-58	
	文淸公 奉使按廉	1-21	1-70	
	中和縣有一殺獄	1-42	1-71	
	正廟乙卯 卽惠嬪	1-51	4-167	

천리대본『계야』권지일(10/76)・권지이(60/76)・권지삼(41/52)・권지사(24/30)　　　　　　　　　　　　　　　총(135/234)
연세대본『기문』권지일(5/76)・권지이(47/76)・권지삼(27/52)・권지사(30/30)　　　　　　　　　　　　　　　총(109/234)

『황패강선생고희기념논총 설화문학연구』상, 단국대출판부, 1998.

완질 『溪西雜錄』(일사(1)본)의
출현에 따른 제 문제

1. 들어가는 말

　『계서잡록(溪西雜錄)』이 4책으로 이루어졌다는 언급은 일찍이 심능숙(沈能淑)이 남긴 서문[1]을 통해 알려졌다. 그의 언급 이래 이후의 연구자들은 4책본『계서잡록』의 존재를 탐문해 왔다. 그러나 현재까지도 원『계서잡록』에 가까운 4책본의 존재는 전혀 드러난 바 없다. 당시까지 알려진 『계서잡록』의 여러 이본들을 토대로 하여 4책본의 면모가 어떠했을 것인가에 대한 계속적인 논의 결과, 연구자들은『계서잡록』이 성균관대 소장 권1, 연민본 권亨과 권利[2], 그리고 서울대 규장각 소장의 일사본 권4 등, 총 234화로 이루어졌을 것으로 재구(再構)하였다.

　필자 또한 이러한 성과를 소중히 생각하고 있지만, 그렇다고 이것으로『계서잡록』이본에 대한 논의가 마무리 된 것은 아니다. 물론 당시까지 알려진『계서잡록』이본들을 대상으로 하여 재구한『계서잡록』에

---

1) "上自牧隱先公 下至近世諸公 苟有一事一言之奇 可以傳後者 無不錄焉 編爲四冊"(성대본 권1)의 서문 2.

2) 어찌 된 연유인지는 자세히 알지 못하지만, 현재 이들 두 권은 임형택 교수가 소장하고 있다(2014.2.10에 직접 확인). 여기서는 편의상 연민본이라고 잠칭한다.

대한 논의들은, 완질 『계서잡록』이 알려지지 않은 한계 속에서 거둔 소중한 성과임에 틀림없다. 그러나 논의들 가운데는 선뜻 받아들이기 어려운 면도 없지 않아 있고, 재구본이 아닌 4책본의 존재에 대한 탐문의 과정을 수반하지 않았다는 점에서 『계서잡록』에 대한 논의는 앞으로도 상당 기간 계속될 필요가 있다.[3]

지금까지 알려진 『계서잡록』 이본들에 대한 논의를 바탕으로, 이후 필자가 새롭게 확보한 12종의 『계서잡록』 이본군을 추가, 소개하는 과정에서 드러날 완질 『계서잡록』의 존재를 알리고, 그 의의를 범박하게나마 밝혀, 학계에 제공하려는 것이 본고의 궁극적 목표이다.

2. 新出 『溪西雜錄』 이본의 서지상황과 계열

『계서잡록』에 대한 그동안의 연구로 우리에게 알려진 이본으로는 가람 1본·2본, 국도 1·2본, 일몽본, 조동필본 『野錄』, 장서각본, 유재영본, 연대 1본·2본, 고려대본, 성대본, 연민본, 저초본, 일사본 등이 있다. 논의의 과정에서 필요하다고 생각하는 범위 내에서만 이들 자료 가운데 몇몇 자료들에 대한 기존의 논의를 인용하되, 여기서는 필자가 새롭게 확보한 12종의 『계서잡록』 이본들의 서지상황과 그 계열에 대해 간략히 살펴보기로 한다.[4]

---

3) 필자 또한 이 문제에 대한 견해를 일찍이 「야담집의 간행과 전승양상-『계서잡록』 계를 중심으로」, 황패강선생 고희기념논총 『설화문학연구』 (상)(단국대학교 출판부, 1998, 671~703면)에서 천명한 바 있다. 여기서는 완질 『계서잡록』의 발굴을 계기로 해서 앞선 필자의 해당 논문을 부분적으로 수정·보완하여 새로운 논의를 펴고자 한다.

4) 이런 과정 속에서도 필자가 미처 구체적으로 살피지 못한 이본으로는 성균관대 존경각 소장 『계서잡록』, 성암고서박물관 소장 『계서잡록』 권 상, 화봉문고 소장 2종의

먼저, 필자가 새롭게 확보한 12종의 『계서잡록』 이본들의 서지상황
을 간단히 소개한다.

〈표 1〉

	약칭	소장처	서지상황	특징	비고
1	일사 (2)본	서울대 중도	15장 매면 10행 매행 31~34자	권2에서 17화(19화)만 순서 도치 수록	6화 : 34화와 35화의 합성 9화 : 5화와 6화의 합성
2	명지대 본	명지대 중도	54장 매면 11행 매행 23~29자	권2에서 8화 미출	구 尹南漢 장서 『溪西雜記』, 序文(1909) 있음
3	버클리대 본	버클리대 리치몬드 본	46장 매면 10행 매행 16~21자	권2에서 44화만 발췌 수록	
4	저초 (1)본	정명기	70장 매면 12행 매행 19~23자	권2에서 76화만 미출	丁未(1907) 十月 日
5	저초 (2)본	정명기	46장 매면 12행 매행 25~35자	권2에서 10화 미출	丙午(1906) 八月
6	국도 (3)본	국립중앙 도서관	23장 매면 13행~25행 매행 18~41자	연민본 권利와 차서 완전 부합	甲申(1884) 『金氏世孝瓚圖序』
7	저초 (3)본	정명기	53장 매면 12행 매행 23~26자	연민본 권亭 1~54와 차서 동일 (16화 후반 부분 미출). 55화~61화는 일사(가)본 권4에서 6화만을 발췌· 수록	주인공의 본관을 대괄호로 보이고 있는 점
8	원광대본	원광대 중도	2권 2책. 건권(49장) 곤권(44장). 매면 12행, 매행 32~38자	건권은 연민본 권亭의 77 화, 곤권은 일사(가)본 권 4의 30화(순서는 도치)로 이루어져 있음.	甲辰(1904) 四月 晦日 畢書.

『계서잡록』(인터넷에서 제공하고 있는 사진에 의거하여 보면, 1종은 권2, 다른 1종은
권3에 해당하는 것으로 추정된다) 등이 있다.

9	하버드대본	하버드대	2권 1책. 상권(57장) 하권(53장) 매면 12행 매행 26~28자	건권은 연민본 권후의 77화, 곤권은 일사(가)본 권4의 30화(순서는 도치)로 이루어져 있음	甲申(1884) 冬雪下.
10	계명대본	계명대본 중도	40장 매면 10행 매행 20자	일사(가)본 권4의 발췌본(19화만 수록). 순서는 도치.	8), 9)의 발췌·수록본
11	대구카톨릭대본	대구카톨릭대 중도	42장 매면 14행 매행 24~28자	일사(1)본, 저초본 권4와 차서 동일	내제에 권 續 卷 4 『聞見錄』 합철
12	일사(1)본[5]	서울대 중도 (권1~3) 규장각본 (권4)	매면 10행 매행 20자	**일사(1)본 권1 : 76장** **일사(1)본 권2 : 94장** **일사(1)본 권3 : 67장** 일사(1)본 권4 : 84장	일사 818 y56g v.1 일사 818 y56g v.2 일사 895.14 G 998g 일사 고 818 G 998j

논의의 번거로움을 피하기 위해서 위에 제시한 이본들에 대한 소개

5) 이 자료에 대해서는 다음과 같은 보충설명이 필요할 듯하다. 곧 이들 가운데 권1~3은 서울대 중앙도서관, 권4는 규장각에 각기 소장되어 있다. 그런데 서울대 중앙도서관에 소장된 권1~3조차도 그 청구번호가 달리 나타나고 있어 그동안 연구자들이 별반 크게 주목하지 않았던 듯하다. 곧 권1, 2는 일사 818 y56g v. 1~2로, 권3은 일사 895.14 G 998g가 그것인데, 이 책의 형태 서지(책의 크기, 본문 아래 부분에 찍혀 있는 방형 형태의 세 개의 인장, 책 표지의 하단 장황 부분에 共 四로 표기되어 있다는 점) 등을 고려할 때, 권1부터 권3으로 이어지는 동일한 이본이 어떠한 사유에서인지는 몰라도 청구번호를 달리하여 보관된 것으로 여겨진다. 한편 일찍부터 알려진, 서울대 규장각에 소장되어 있는 일사본 권4 또한 지금껏 알려져 왔던 것과 같이 零卷 형태의 자료가 아니라, 앞서 밝힌 권1에서 권3까지의 이본들에서 나타나는 형태 서지와 동일한 면모를 지니고 있다는 사실을 고려할 때 서울대 중앙도서관 소장의 위 3책과 계속 이어지는 것으로 여겨진다. 곧 청구번호를 달리하여 소장되어 있는 서울대 중앙도서관 소장의 『계서잡록』 권1~3과 규장각 소장의 『계서잡록』 권4가 완질 『계서잡록』의 면모를 우리에게 보여주는 것이라 하겠다. 앞으로의 논의 과정에서는 이들 자료를 함께 묶어 일사(1)본으로 지칭하되, 필요한 범위 내에서 일사본 권4의 경우만은 따로 떼어 언급할 수도 있다. 권2 가운데서 낙장 여부를 확인하기 위하여 서울대 중앙도서관 소장에 다시 2014년 3월 6일 확인한 결과, 현재 그 소재가 분명치 않은 것으로 드러났다. 뒤에 다시 구체적으로 살펴볼 필요가 있다.

와 해당 이본이 어느 계열에 속하는지를 간략히 제시한다.

일사(2)본은, 일사(1)본 권2 가운데 17(19)화[6]만을 발췌·수록하고 있다. 17(19)화의 경우, 〈白沙在光海朝 疏陳廢母而謫〉이하 내용[7]이 나타나지 않고 있다. 이야기의 차서는 다음과 같이 도치되어 있다. 즉 1화(일사(1)본 2-1)[8], 2화(일사(1)본 2-68), 3화(일사(1)본 2-57), 4화(일사(1)본 2-56), 5화(일사(1)본 2-42). 6화(일사(1)본 2-34·35), 7화(일사(1)본 2-2), 8화(일사(1)본 2-3), 9화(일사(1)본 2-5·6), 10화(일사(1)본 2-8), 11화(일사(1)본 2-13), 12화(일사(1)본 2-14), 13화(일사(1)본 2-16), 14화(일사(1)본 2-15), 15화(일사(1)본 2-18), 16화(일사(1)본 2-19), 17화(일사(1)본 2-22)가 그것이다. 17화(19)만 발췌·수록하고 있다는 점 이외에도 다음 몇몇 서술문맥이 출현하지 않거나(①, ②) 오자가 두루 보인다(③, ④)는 점에서 이 자료의 이본적 가치는 그리 크지 않다고 하겠다.

① 而同坐壯元峯下「只觀光矣 日稍晩 榜幾出時 多士會于壯元峰下」
   : 일사(2)본 8화
   而同坐壯元峯下 只觀光矣 日稍晩 榜幾出時 多士會于「壯元」峯下
   : 일사(1)본 2-3
   而同坐壯元峯下 只觀光矣 日稍晩 榜幾出時 多士會于「壯元」峰下

---

6) 이는 일사(1)본 2-34, 35화가 6화로, 소 2-5, 6화가 9화로 함께 묶여진 것을 가리키는 것으로, 이러한 합성은 이들 이야기의 서사주인공이 동일 인물인 북창 정렴과 우암 송시열이기에 가능했던 것으로 보여진다.

7) 이 부분을 뒤이은 다음 서술문면이 탈락되어 있다. 참고삼아 제시한다. <于北青 有病而飮啖之節 不適於口 每思尾井之水枉尋里之沉菜 而遠莫致之 恨歎而已 一日錦南在京 仰見天星大驚曰 鰲城大監 將不幸矣 仍急轝馬 而一器盛尾井水 一器盛枉尋里沉菜 駄之而晝夜兼程 而行到北青之謫所 姑使勿通 而先以尾井水作茶飮 枉尋里沉菜作饌而進 白沙啖茶飮水而問曰 鄭忠信來矣 何不入見我乎云>

8) 일사(1)본 2-3는 일사(1)본 2권 3화를 줄여 표현한 것이다. 이하 다 같다.

: 연민본 亨-3

② 花潭曰 "汝知其僧乎?" 「曰 "不知矣" 花潭曰」 : 일사(2)본 11화

花潭曰 "汝知其僧乎?" 曰 "不知矣" 花潭曰 : 일사(1)본 2-13, 연민
본 亨-13

③ 金曰 "無論<u>言之忘與不忘</u> 第以此爲證"云 : 일사(2)본 4화

金曰 "無論 <u>之妄與不妄</u> 第以此爲證"云 : 일사(1)본 2-56, 연민본 亨
-56

④ 則有一<u>虎</u>頭和尙 披竹林而來 : 일사(2)본 5화, 연민본 亨-42

則有一<u>禿</u>頭和尙 披竹林而來 : 일사(1)본 2-42

한편 17(9)화만 남아있는 현실적 상황 속에서 일사(2)본이 어느 계열에 속하는지를 밝히는 작업은 그리 용이한 일이 아니다. 그러나 조금 더 세심히 살펴보면, 이 이본은 일사(1)본 권2보다는 연민본 권 亨과 더한 친연성을 갖고 있는 자료로 확인된다.

① 崔相奎瑞 約諸友 : 일사(2)본 2화, 연민본 亨-68

崔相奎瑞 <u>少時</u>約諸友 : 일사(1)본 2-68

② 湖西金某 還「歸」故土而更不出門 : 일사(2)본 4화, 연민본 亨-5

湖西金某 還歸故土而更不出門 : 일사(1)본 2-56.

③ 滿的射去 一矢正中和尙之禿頭頂門上揷去 : 일사(2)본 5화, 연민본
亨-42

滿的射去 「一矢」正中和尙之禿頭頂門上揷去 : 일사(1)본 2-42

명지대본은 그 제명이 『溪西雜記』로 달리 표기되어 있다는 점과 아울러 이 이본을 향유했던 이가 작성한 서문이 남아 있다는 점에서 그 의미를 부여받을 수 있다. 일사(1)본 2권 가운데서 다음 9화, 곧 67화,

69화, 71화, 72화, 73화, 74화, 75화, 76화, 77화 등이 수록되어 있지 않다. 병든 노인네(病叟)인 청담(淸潭, 생몰년 미상)이란 호를 지닌 분이 1909년도에 쓴 서문이 남아 전한다. 그 서문을 제시한다.

余於丙午(1906)八月 偶以風症 左部手足不仁 仍以爲沉痼者 于今四周矣 至於門庭出入 一步不能運動 而連且積氣橫肆 坐臥亦不能隨意安舒 則非但一身之困悴 其於長夏蠅蚋之中 晝夜臥起 全無暫時忘憂之處 而難以消遣長晷 故以此陳情于隣友趙□□矣 趙友送一冊子而言'爲病枕臥笑之資云' 則果是吾東諸賢事實 而平日願一得見之書也 其所著述者 雖不知其何許姓氏篇 題書以溪西雜記云 則溪西二字 似是別號 而亦不詳也 然而觀(?)其辭意 則大抵能善於判是非·辨善惡 而果有得於記述之筆也 若非此溪西所記 則如彼名節卓行 俱爲泯滅 而只作靑山枯骨 長堤腐草已耳 豈不爲後世有志慕古之士所飮恨者哉? 惟幸此賢記存諸□往蹟以傳後世 則其有功於東邦激勵立志之士者 大矣 嗚呼 天生斯人 同是人也 而其中有善惡悖逆孝悌之不同者 何也? 盖立志之初 不能辨決善惡故也 是以凡人日用行事 不外乎三綱五倫之中 則隨處隨行 各盡其道 無有一毫些麼欠虧處 則有何慊欲不足之歎哉? 後之學者 觀於此書 而感發興起 則孝悌忠信之節 自無不合於吾心之中矣 可不勉哉? 嗟爾 後學勿以此書泛忽如俚語俗說看過 至於節節異事 句句奇行 看看警着 則他日施用之節 豈爲少補云爾 隆熙三年(1909) 己酉四月 病叟 淸潭題

명지대본 또한 일사(1)본에 비하여 9화나 탈락되어 있다는 점과 아울러 많은 부분에서 서술문면의 탈락(①, ②), 대체(③, ④) 또는 오자(⑤, ⑥) 등이 나타나고 있다는 점 등을 고려할 때, 이본적 가치는 그리 높지 않다고 하겠다.

① 臣之師 偶飽「米肉 猝患關格 而不得入來 故小臣懷其私草而來矣."
  上默然良久 使之退盡 盖所賜米肉 過飽」於飢腸而生病也 : 명지대
  본 1화
② 「其人漸近 趙相乃以扇掩「面」而臥 知舊之在傍者嘲之曰 "汝是金生
  乎? 何爲聞其聲而避臥也?" 趙生不答而臥矣」 : 명지대본 62화
③ 不幸某年疾疫 汝家俱爲病死 : 명지대본 3화
  某年疾疫 汝家闔門病死 : 일사(1)본 2-3, 연민본 亨-3
④ 以文字間事 大不相善 : 명지대본 9화
  以文字間事 大端得罪 : 일사(1)본 2-9, 연민본 亨-9
⑤ 賊將冷笑曰 "如渠腐儒鼠雛 何足汚我刃也 : 명지대본 32화
  賊將冷笑曰 "如渠腐鼠孤雛 何足汚我刃也 : 일사(1)본 2-32, 연민본
  亨-32
⑥ 其後 産二子仁趾・慶趾 皆顯達 : 명지대본 40화
  其後 産二子趾仁・趾慶 皆顯達 : 일사(1)본 2-40, 연민본 亨-40

  명지대본이 어느 계열에 속하는지를 판별하는 것 또한 결코 용이한
작업은 아니지만, 그렇다고 전혀 불가능한 것만은 아니다. 다음에 드
는 예문은, 명지대본이 일사(1)본과 친연성이 높은 자료라는 사실을
일러준다.

① 上命入侍而問曰 "此是汝作乎?" 李石對以實 : 명지대본 3화, 일사(1)
  본 2-3
  上命入侍而問曰 "此是汝作乎?" 李石以實稟達 : 연민본 亨-3

  그러나 다음 예문은 오직 명지대본에서만 드러나는 독자적 서술문
면으로, 부분적으로나마 개변의 양상을 드러내고 있다는 점에서 주목
할 필요가 있다.

① 胡將僕 〃謝曰 "從今以往 不敢復與爭衡矣" 曄曰 "一番勝敗 固是常
事" : 명지대본 15화

胡將僕 〃謝曰 "從今以往 不敢復與爭衡矣" 曄笑而起 : 일사(1)본
2-15, 연민본 亨-15

버클리대본 리치몬드본 또한 일사(1)본 권2 가운데서 44화만 수록하
고 있는 발췌본에 불과한 이본이다. 곧 20화, 27화, 28화, 30화, 31화,
32화, 36화, 37화, 38화, 40화, 41화, 42화, 43화, 44화, 47화, 49화,
51화, 57화, 58화, 59화, 62화, 63화, 66화, 68화, 69화~77화 등 총
33화가 수록되어 있지 않다는 점, 나아가 많은 부분에서 서술문면의
탈락(①, ②), 대체(③, ④) 또는 첨가(⑤), 오자(독 : ⑥) 등이 나타나고 있다
는 점 등을 고려할 때 그 이본적 가치는 그리 높아 보이지 않는다.

① 今夜汝有大厄 汝若依吾言 則可免矣 不然則「不可免矣 其兒曰 "敢
不如命乎?" 曄曰 "第姑俟之" : 리치몬드본 16화
② 海印寺有一大師「僧 自前親熟 往來衙中矣 一日 來言而言曰 "阿只
年幾成童 尙不入學 將何以爲之?" 倅曰 "雖欲敎文字 而慢不從命
不忍楚撻 以至於此 深以爲恨" 大師曰 "士夫子弟 少而失學 則將爲
世棄人 全事慈愛而不事課工 可乎? 其人物凡百 可以有爲 而如是
抛棄 甚可惜也 小僧將訓學矣 官家其許之乎?" 倅曰 "不敢請固所願
也 大師若教訓而使之解蒙 則此豈非萬幸也?" 大師曰 "若然 則有一
事之可質者 以生死惟意爲之 只可嚴立課程之意 作文記 踏印以給
小僧 且一逕山門之後 限等內 官隷之屬 一不相通 割斷恩愛然後 可
矣 至於衣食之供 小僧自辦之 如有所送者 僧徒往來便 直送于小僧
許爲宜 官家其將行之乎?" 倅曰 "惟命是從矣" 仍如其言 書文記給
之 自伊日 送兒于山門而絶不相通 其兒上山之後 左右跳踉 慢侮老
僧 辱之頰之 無所不爲 大師」視若不見 任其所爲 : 리치몬드본 36화

③ 上怪而問曰 "如許實才 <u>空老不擢</u> 此則有司之責也": 리치몬드본 1화
　　上怪而問曰 "如許實才 <u>尙未決科</u> 此則有司之責也": 일사(1)본 2-1,
　　연민본 亨-1.

④ 千人乃<u>金自點兒名</u> : 리치몬드본 17화
　　千人乃<u>具仁垕少字</u> : 일사(1)본 2-17,
　　千人乃<u>其仁垕少字</u> : 연민본 亨-17

⑤ 此是金汗也 後其子順治 <u>果代皇明而</u>爲天子矣 : 리치몬드본 19화 此
　　是金汗也 後<u>果代皇明而</u>爲天子 : 일사(1)본 2-19, 연민본 亨-19

⑥ 一慶徵 尙不得<u>罪正</u> 何況上國乎 : 리치몬드본 27화
　　一慶徵 尙不得<u>正其罪</u> 何況上國乎 : 일사(1)본 2-33, 연민본 亨-33

위의 예문 가운데, ④와 ⑤는 일찍이 조동필본『야록』에서도 동일하
게 출현하고 있음을 김준형 또한 언급한 바 있다.[9] 그러나 이들 문면
을 공유하고 있음에도, 두 이본에 수록된 이야기들의 차이와 서술문
면의 차이 등을 고려할 때 두 이본 사이의 친연성은 그리 높아보이지
않는다. 나아가 수록된 이야기들의 문면만으로는 이 이본이 어느 계
열에 속하는지 또한 분명히 밝힐 수 없다.

한편 저초(1)본은 연민본 권亨 가운데서 오직 1화, 곧 76화만 탈락
되어 있다.[10] 뒤에 따로 붙인 〈표 3〉을 통해 확인되듯이, 이 이본은

---

9) 김준형,『기문총화』계 야담집의 문헌학적 연구, 고려대 석사논문, 1997, 20쪽.
10) 원 책의 상태로 보았을 때, 75화의 마지막 부분이 "捕將不得已出送 以紅絲結縛
　　校卒十餘人隨之[後]로 나타난다. 곧 이하 부분 - <而來 六不見趙相而泣曰 願大監
　　活我 趙相曰 汝犯死罪 吾何「以」活之 然而汝旣死矣 吾欲把手而訣 可解縛 校校以
　　大將令爲難 趙相怒叱曰 斯速解之 捕校不得不承命而解縛 趙相執其手 而仍上置
　　「于」其軺軒踏板上 仍分付御廳執事曰 如有追來之捕廳所屬 一倂結縛 軍卒唱諾
　　而回車疾馳而還 留之家中 而不使出門 趙相死後 侍其子趙相載浩 常見有不是事
　　諫之 則趙相叱曰 汝何知而敢如是乎云 "六不直入祠堂 呼大監而哭曰 大監宅 不
　　久必亡 小人從此辭退云 而仍更不往其家 及到壬午年酒禁之令至嚴 六不以酒爲粮

연민본 계열에 속하는 자료이다. 그 근거는 일사(1)본, 원대본, 하버드대본, 가람(1)본과는 달리 〈이사관(李思觀) 이야기〉[11]를 수록하고 있지 않다는 점 때문이다. 서술문면의 탈락(①, ②), 대체(③, ④), 첨가(⑤, ⑥), 오자([독]: ⑦)[12]가 두루 나타나고 있다는 점 등을 고려할 때 그 이본적 가치는 그리 높아 보이지 않는다. 한편 이 이본이 연민본 계열에 속해 있다는 점은 부인할 수 없는 사실이지만, 그렇다고 서술문면까지 완전히 동일한 것은 아니다.

① 其人曰 必不然矣 曰 汝何以知之「曰 主上無威斷 此等大事 何以辨之乎 曰 汝又何爲而知之」: 저초(1)본 33화

② 一日罷衙 歸路 〃逢「一」騎牛客「衣弊縕而過 彼此見 而俱下軺下牛 執手而問上來之由 騎牛客」曰 : 저초(1)본 67화

③ 君是富平金生乎 何不趂卽來訪而相見互晚耶 : 저초(1)본 62화
　君是富平金生乎 何不趂卽來訪而 〃今始來也 : 일사(1)본 2-62,
　君是富平金生耶 何不趂卽來訪 : 연민본 亨-62

④ 行人「數日」不通數日矣 到家 則其子已死 : 저초(1)본 71화
　行人數日不通到家 則其子已死 : 일사(1)본 2-71, 연민본 亨-71

斷飮已久 仍以成病 有朝夕難保之慮 莫大潛醮一小缸 夜深後勸之 則驚「問」曰 此物何處得來 曰 爲君之病潛醮矣 仍呼裹六而出外 以手握渠之鬐 而拿入曰 禹六不捉入矣 渠自作分付曰 汝何爲而犯禁醮酒乎 又對曰 小人焉敢乃爾 小人無識之妻 爲小人「之」病而醮之矣 官又分付曰 可斬 仍作斬頭樣曰 如此則何如 吾以小民 何敢冒犯國禁乎 大是不可 仍破瓮而不飮 仍臥病而不起〉이 낙장된 형태를 띠고 있다. 그런 점에서 본다면 이 이본 또한 본래는 연민본 권 亨과 같은 話數를 지니고 있었을 가능성이 없지 않다.

11) 〈이사관 이야기〉의 수록 권수가 몇 권이 맞는지에 대한 고찰은 뒤에서 따로 다루기로 한다.

12) 이 가운데서 특히 여러 군데에서 일일이 들 수 없을 정도로 상당히 많은 오자가 보이는데, 이점만으로도 저초(1)본의 이본적 가치는 그리 높지 않다는 사실을 알 수 있다.

⑤ 傍有白髮老儒 **執手而頻** 〃 **熟視** : 저초(1)본 3화

傍有白髮老儒頻 〃 熟視 : 일사(1)본 2-3, 연민본 亨-3

⑥ 盖大師預知有此厄 「而」故使上佐代受故也 **而上佐 則此時亦有殺**
越之擧也而然也 其後 功名壽限 皆符大師之所推數矣 : 저초(1)본
53화

盖大師預知有此厄 而故使上佐代受故也 其後 功名壽限 皆符大師
之推數矣 : 일사(1)본 2-53, 연민본 亨-53

⑦ 其人曰 無論吾言之病風<u>否與</u> : 저초(1)본 13화

其人曰 無論吾言之病風<u>與否</u> : 일사(1)본 2-13, 연민본 亨-13

한편 저초(2)본은 일사(1)본 권2 가운데서 다음의 11화, 곧 18화, 43
화, 44화, 45화, 68화, 72화, 73화, 74화, 75화, 76화, 77화 등이 나타
나지 않는다. 이 이본 또한 많은 부분에서 오자가 나타나는 등 선본이
되기에는 분명한 한계를 지닌다[13]. 그러나 이 이본은 개변의 부분적인
흔적이 드러나고 있어 흥미를 끈다[14]. 그런 가운데서도 많은 부분에서
저초(1)본과 상당히 친연성을 드러내고 있는 자료로 확인된다. 특히
앞에서 인용한 ⑥의 서술문면이 이 이본과 저초(3)본에서 공히 나타나
고 있다는 점만으로도 그 점 확인 가능하다. ①, ②, ④, ⑤ 또한 그것
을 증명하는 좋은 예이다. 곧 저초(2)본은 연민본 권 亨 계열 가운데

---

13) 다음 두 경우만을 들어 이 사실을 간략히 증명한다. 곧 10화의 <主人公主 <u>急倒庭</u>
<u>下</u>>는 다른 이본에 공통되게 나타나는 <主人公主 倒雇下迎>, 23화의 <朝臣中有名
望者柳西崖成龍李<u>翰林</u>德馨李白沙恒福 皆人心所歸云> 또한 마찬가지로 <朝臣中
有名望者柳西崖成龍李<u>漢陰</u>德馨李白沙恒福 皆人心所歸云>의 오기임이 분명하다.
14) 그 구체적인 보기에 해당하는 경우로 58화의 후반부 서술문면을 들 수 있다. 곧 <果
登是科 以此每 〃 見嘲於親知中云 〃 [爾]>로 끝나는 대부분의 이본들과는 달리, 저초
2본은 그에 덧붙여 <而以此見之 則通宦侍之妻 則登科之說 果不虛妄矣>란 문면이
유일하게 나타나고 있다.

서도 저초(1)본 계열에 해당하는 이본이다. 다음의 문면은 그것을 구체적으로 보여준다. 번거로움을 줄이기 위해 한 예문만 제시한다.

① 宦侍致疑曰 "君是富平金生乎? 何不趁卽來訪<u>而相見之晚也?</u>" 「曰 "今夕始來" 伊時 適有科期 宦者曰 "今者乃」欲見科而來乎?" 曰 "然矣": 저초(2)본 58화

宦侍致疑曰 "君是富平金生乎 何不趁卽來訪<u>而相見互晚耶</u>「曰 "今夕始來" 伊時 適有科期 宦者曰 "今者乃」欲見科而來乎?" 曰 "然矣": 저초(1)본 62화

宦侍致疑曰 "君是富平金生乎 何不趁卽來訪「曰 "今夕始來" 伊時 適有科期 宦者曰」 "而今者乃 欲見科而來乎?" 曰 "然矣": 연민본 亨-62

宦侍致款曰 "君是富平金生乎? 何不趁卽來訪<u>而 〃 今始來也</u>? 何時 入來乎?" 曰 "今夕始來<u>矣</u>" 伊時 適有科期 宦侍曰 欲見科而來乎 曰 然矣 : 일사(1)본 2-62

宦侍致疑曰 "君是富平金生乎 何不趁卽來訪 <u>今始來而何時入城 乎?</u>" 曰 "今夕始來<u>矣</u>" 伊時 適有科期 宦侍曰 欲見科而來乎 曰 然矣 : 하버드대본 上-62, 원광대본 乾-62

한편 국도(3)본은 지금까지 살펴본 이본들이 권2에 속하는 자료들임에 비하여, 상대적으로 희소하게 전하는 권3에 해당하는 자료라는 점에서 일단 그 가치를 부여받을 수 있다. 연민본 권利을 통해서만 확인 가능했던 『계서잡록』 권3의 면모가 이제 이 이본과 일사(1)본 권3의 출현으로 인하여 이본 대교까지도 가능한 상황에 이르게 되었다는 점은 매면 13~25행, 매행 18~41자로 다른 이본들에 비하여 유달리 정제되지 못한 면모를 지니고 있는 근본적인 한계를 넘어서게 한다.

이는 연민본 권利의 체재와 완전히 부합하고 있다. 그러나 구체적으로 서술문면을 비교 검토한 결과, 국도(3)본은 연민본 권 利보다 일사(1)본 권3과 친연성이 높은 이본임이 드러났다. 그 구체적인 증거 몇몇만 제시한다.

> ① 及其榜出 見屈而閔弘燮<u>爲壯元</u> 閔姓之閔<u>字</u> 即門內有文：국도(3)본 9화
>
> 及其榜出 見屈而閔弘燮<u>爲壯元</u> 閔姓之閔<u>者</u> 即門內有文 : 일사(1)본 3-9
>
> 及其榜出 見屈而閔弘燮<u>而做夢者也</u> 之閔者 即門內有文 : 연민본 利-9
>
> ② 而仍問客子京華人也 必知題<u>旣成矣</u> 幸爲我書之如何：국도(3)본 21화, 일사(1)본 3-21
>
> 而仍問客子京華人也 必知題<u>主矣</u> 幸爲我書之如何 : 연민본 利-21
>
> ③ 榮川儒生盧<u>某</u> 有一子：국도(3)본 43화, 일사(1)본 3-43
>
> 榮川儒生<u>閔鳳朝</u> 有一子 : 연민본 利-43

한편 저초(3)본은 이제껏 앞에서 살펴본 이본들과는 차이나는 색다른 면모를 지니고 있어 흥미를 끈다. 그것은 일사(1)본 권3 가운데 오직 16화[15]가 탈락된 점을 제외하고 54화까지는 차서가 완전히 일치하

---

15) 곧 김종수에 관련한 다음 이야기이다. <金鐘秀之慈母 卽洪相之從妹 鐘秀兄弟 皆養育於其外家 無異親舅甥也 自論議岐貳之後 仇視洪家 尤甚於他 洪相之帶御將也 鐘秀 時居憂 而其奴見捉於御廳<松禁>(禁松)矣 鐘秀兄弟曳纏而席藁於洪相之門外 時洪相入闕 而其諸胤在第 聞而驚訝 使人傳喝而使之入來 則辭日："犯法之罪人 不可入去" 諸人誹笑而置之矣 洪相晩後出來 見其狀 下軺而責之日："汝奴見捉於松禁 則以書通之 可也 何爲作此駭擧也?" 仍挽袖而借入 則終不聽(請) 洪相使放其奴而入門 聞諸胤不出見招而責之日："汝輩何爲不出見也?" 皆對日："其駭擧 還可笑也 屢次邀來而不聽矣" 洪相日："旣不入 則何不出見而挽止吾家? 必危於此人之

면서도, 55화부터는 61화까지는 일사(1)본 권4 가운데서 7화, 곧 23, 25, 26, 27, 28, 29, 30화를 발췌·수록하고 있다는 사실을 가리킨다. 『계서잡록』 가운데서도 대중적인 호응을 가장 많이 받았던 것은 오늘날까지 남아 전하는 이본들의 면모를 통해 볼 때, 권2와 권4이다. 이 이본의 필사자는 이런 점을 주목하여 그 나름의 한계는 있지만, 권2를 주축으로 삼는 가운데서도 권4의 이야기들 가운데서 흥미로운 몇 편의 이야기들을 나름대로 발췌·수록하여 색다른 이본을 창출한 인물로 보여진다. 이런 면모의 완성은 곧 이어 다루게 될 히버드대본과 원광대본에서 찾아진다. 나아가 서사주인공에 대한 인정기술 부분에서 대괄호로 그 본관을 따로 표기하고 있는 면모[16] 또한 이 이본만의 후대적 특징이다. 이 이본 또한 선본이 되기에는 다음과 같은 근본적 한계를 지니고 있다. 곧 앞에서 누차 밝혔듯이, 서술 문면의 탈락, 대체, 첨가 등이 매우 많이 드러난다는 점(자세한 예문은 생략한다), 특히 16화에서 박엽이 친지 재상의 아들을 호환(虎患)으로부터 구해준다는 이야기의 후반부가 "此下落 不見"이라는 언급 아래 "寺中 則老僧尙在 道其狀 僧叱日 汝何違令 其虎日 非不知令 而餓已三日 見肉而何可放送乎 雖違令 而此則不可放送矣 老僧日 然則給代可乎 日 然則幸矣 僧日 從東行半里許 則有一人 着氈笠而來矣 可作汝療飢之資也 其虎依其言 出門數食頃後 忽有咆聲之遠出 僧笑日 厥漢死矣 其兒問其故 僧日 渠是我之卒徒 不從令「故」俄使往東 給砲手矣 盖着氈笠人云者 卽砲手故也 其兒辭而出洞 則天曉而騾氈草矣 仍騎而還見朴曄 而言其狀 曄點頭 而治送其家 其後 此兒果大達云爾"부분이 전혀 출현하지 않고 있다는

手矣" 仍咄歎不已>

16) 예문 하나를 들어 이해를 돕고자 한다. 52화 申判書鉌【平山人】과 같이 나타나는 것을 가리킨다.

점에서 익히 확인된다. 이 이본의 54화까지는 연민본 권亨보다는 일
사(1)본과 친연성을 지닌 것으로 드러난다. 다음의 예문이 그것을 잘
보여준다.

　　兩世寡居 只有遺腹子一人 年纔<u>六七</u>歲 而未經<u>痘</u>者也 : 저초(3)본 41화
　　兩世寡居 只有遺腹子一人 年纔<u>六七</u>歲 而未經疫者也 : 일사(1)본 2-41
　　兩世寡居 只有遺腹子一人 年纔<u>五六</u>歲 而未經疫者也 : 연민본 亨-41

　위 예문과 같은 서술문면을 지니고 있는 이본으로는 저초(1)·(2)·
(3)본, 하버드대본, 원광대본 등을 들 수 있다. 이는 일사(1)본 계열에
이들 이본들이 속하는 결정적 요인으로 기능한다. 그러나 조금 더 이
들 이본들의 서술 문면을 세밀히 주목한다면, 이들 이본들은 넓은 의
미에서 같은 계열에 속하는 가운데 앞의 세 이본은 다시 작은 한 계열
로 묶여져야 한다. 왜냐하면 앞에서 저초(1)본을 언급하면서 이미 제
시했던 다음 문면이 오직 이들 세 이본에서만 공통되게 출현하고 있
다는 사실 때문이다.

　　盖大師預知有此厄「而」故使上佐代受故也 **而上佐 則此時亦有殺越**
　　之擧也而然也 其後 功名壽限 皆符大師之所推數矣 : 저초(1)본·(2)
　　본·(3)본 53화
　　盖大師預知有此厄 而故使上佐代受故也 其後 功名壽限 皆符大師
　　之推數矣 : 일사(1)본 2-53, 연민본 亨-53

　한편 하버드대본과 원광대본, 계명대본은 함께 묶어 설명해도 좋을
만큼의 상동성을 지니고 있다. 특히 앞의 두 이본은 분권 체재의 차
이[17]를 제외하고서는 완전하다고 할 정도로 동일한 면모를 지니고 있

다. 그 필사년대(하버드대본은 甲申(1884) 冬雪下, 원광대본은 甲辰(1904) 四月 晦日 畢書)와 기타 원광대본에서 이루 헤아릴 수 없을 정도로 두루 발견되는 오자 등을 고려할 때, 하버드대본이 원광대본에 비하여 분명 선행하는 이본으로 보여진다. 이들 두 이본이 한 계열에 속해야 하는 근거와 그것을 구체적으로 증명하는 몇몇 예를 제시한다. 먼저 4화와 55화는 주인공 또는 주인공의 처지를 이제껏 알려진 이본들과는 전혀 다르게 표현하고 있다. 곧 "徐孤靑起 <u>李評事慶長</u>家私奴也"로 나타나는 하버드대본·원광대본 4화와 달리, 다른 본들에서는 모두 "徐孤靑起 <u>沈相悅</u>家私奴也"로 나타나고 있다는 점, 나아가 "<u>鄭東錫</u>者 惠局之吏 而二憂堂傔人也"로 나타나는 하버드대본·원광대본 55화와 달리, 다른 본들에서는 모두 "<u>洪東錫</u>者 惠局吏 而二憂堂傔人也"로 나타나고 있다는 변별성이 바로 그것이다.[18] 나아가 다음의 서술문면들 또한 오직 이 두 이본에서만 공히 탈락하고 있다는 점 또한 그것을 방증한다. 곧 48화의 "李公含笑<u>而隨後下來 到庵坐定 淵翁又責之 戒之</u> <u>李公笑</u>而對日 岳翁以洞房僧之爲虎所噬"과 75화의 "對日 <u>欲一言而死</u> <u>願暫解縛 公命解縛 盧君起而對日</u> 小人卽南陽擧子也" 가운데 밑줄친 문면이 바로 그것이다.

여기서 다시 원광대본이 하버드대본보다 후행하는 이본이라는 점을 보여주는 구체적인 몇몇 예를 제시하여 그 사실을 분명히 하고자 한

---

17) 하버드대본은 2권 1책, 곧 권 상과 권 하로 이루어져 있다. 권상은 일사(1)본의 권2에 해당하고, 권 하는 일사(1)본의 권4의 순서를 도치하여 수록하고 있는 반면에, 원광대본은 2권 2책(乾, 坤)의 형태로 이루어져 있는데, 그 내제에는 권지일, 권지이로 달리 나타나고 있다. 또한 각 책의 마지막 장에는 다시 권 상, 권 하로 적혀 있어 다소간 혼란스런 모습을 드러내고는 있지만, 하버드대본과 모든 면에서 완전히 부합하고 있다.

18) 이와 같은 변이가 어떻게 해서 이 두 이본에서만 나타나게 되었는지는 현 단계에서 정확히 판단하기 어렵다.

다. 서술문면의 탈락(①, ②), 오기(③, ④), 첨가(誤添 : ⑤) 등의 양상으로
다기하게 나타난다.

① 一人曰 「吾則」不願仕宦 : 원광대본 건-32

　一人曰 吾則不願仕宦 : 하버드대본 상-32

② 而我朝臣 無一人「知」主辱臣死之義 : 원광대본 건-21

　而我朝臣 無一人知主辱臣死之義 : 하버드대본 상-21

③ 小兒以都<u>令</u>座直 : 원광대본 건-10

　小兒以都<u>承旨</u>坐直 : 하버드대본 상-10

④ 則年前以王子守江華時 金慶<u>全</u> 何不斬頭 : 원광대본 건-33

　則年前以王子守江華時 金慶<u>徵</u> 豈不斬頭 : 하버드대본 상-33

⑤ 此士人 獨知之 呈券而<u>呈</u>之登第 : 원광대본 건-2

　此士人 獨知之 呈券而 登第 : 하버드대본 상-2

　한편 계명대본은 비록 권차 표시는 없지만, 이들 두 이본의 권 坤(下)
에 해당하는 30화 가운데 19화까지만을 발췌·수록하고 있는 자료로
확인된다. 이들 두 이본에서 드러나는 권4의 도치된 순서까지 완전 동
일한 면모를 띠고 있다. 이런 점에서 본다면, 계명대본은 하버드대본이
나 원광대본을 모본으로 하여 시대적으로 뒤에 출현한 이본인 바, 큰
의미를 부여받기 어려운 자료로 여겨진다. 자세한 검토는 생략한다.
　대구카톨릭대본(이하 대카본으로 줄임)은 그 내제에 권續 卷4로 적혀
있다. 오늘날까지도 『계서잡록』 권4의 존재는, 일사(1)본의 권4와 저
초본 권4 두 종류의 이본[19]만이 알려져 있었다. 여기에 다시 한 種이

---

19) 김준형, 위에서 든 논문, 23~24쪽. 이 두 이본 중에서 일사(1)본 권4가 저초본 권4에
　비하여 선본이라는 점을 구체적인 문면을 들어 증명한 바 있다. 필자 또한 그 주장에
　대해서는 일부 동의하지만, 그러나 일사(1)본 권4가 가지고 있는 여러 오류 등을 고려

덧보태어졌다는 점만으로도 그 가치를 인정받아야 한다. 나아가 하버드대본 권下나 원광대본 권坤의 경우처럼 이야기 차서가 도치된 것이 아니라, 앞의 두 이본과 차서가 완전히 부합한다는 점에서 더욱 그렇다. 또한 이들 두 이본의 많은 곳에서 드러나는 상당한 오자 내지 오기 등을 통해 대교 검토의 본격적인 발판을 마련해주고 있다는 점에서 이 자료집의 가치는 결코 무시할 수 없는 것으로 보여진다.[20]

대카본 또한 여러 군데에서 일사(1)본 권4, 저초 권4의 서술문면과 차이를 드러내고 있는데, 그것은 대략 이들 두 이본의 오자를 바로 잡는 경우(①), 또는 그 반대되는 경우(②), 특정 문면의 대체(③, ④), 탈락(⑤,⑥) 등으로 구현된다. 대표적인 보기 몇몇을 제시하는 것으로 설명을 대신한다.

① 海豊猝然而言曰 吾有衷曲之言 君其信聽否 : 대카본 4-2, 저초 4-2
　· 海豊猝然而言曰 吾有衷曲之言 君其信聽不 : 일사(1)본 4-2

할 때 이 이본 또한 선본의 위치에 놓일 수는 없다고 보고 있다(후술한다).
20) 이 자료의 가치는 무엇보다도 국도 1본이나 고대본(권4의 경우로 국한하여)이 대본으로 삼고 있는 본이 무엇인가를 구체적으로 밝혀주는 부분을 갖고 있다는 점에서 드러난다. 그것은 곧 권4-3에 실려 전하는 <일타홍이야기>의 마지막 부분에 도망시(悼亡詩)의 구체적인 내용이 두 이본의 문면과 완전히 동일하게 나타나고 있다는 사실을 말한다.
　有錦江秋雨銘旌濕 疑是佳人泣別時之悼亡詩 【此四者 當作蓋(盖?)悼亡之詩】: 일사 4-3
　有錦江秋雨銘旌濕 疑是佳人泣別時之悼亡詩 : 저초 4-3
　有錦江秋雨銘旌濕 疑是佳人泣別時之悼亡詩
　一朵紅蓮載柳車 香魂何處可跰躚 錦江秋雨丹旌濕 疑是佳人泣別餘(대카 4-3)
　해당 문면은 국도 1본 2-15와 고대본 2-15를 포함하여 『계서잡록』 권4의 이야기들을 대본으로 삼고 있는 본이 무엇인가에 대한 작은 언질을 제공할 것으로 기대된다. 이에 대한 논의는 본고의 범위를 넘어서는 것이기에 자세한 검토는 훗날의 작업으로 미룬다.

② 惟明心勿誤 : 대카 4-11, 저초 4-11

　惟銘心勿誤 : 일사(1)본 4-11

③ 過十餘日後 大駕又視于夢曰 : 대카본 4-2, 저초 4-2

　過十餘日後 大駕又臨于夢曰 : 일사(1)본 4-2

④ 謂下隷曰 行次之肉米支米 「自」吾家辦出矣 : 대카본 4-1

　謂下隷曰 行次進皮【當作支】支米 自吾家辦出矣 : 일사(1)본 4-1

　謂下隷曰 行次進支米 自吾家辦出矣 : 저초본 4-1

⑤ 四男 「五男」 俱是玉堂 : 대카 4-2

　四男五男 俱是玉堂 : 일사(1)본 4-2, 저초 4-2

⑥ 對金公而言曰 男子手中 無錢穀 則百 「萬之」 事 「都皆」 不成 「矣」 何不念及於此「乎」 : 대카 4-14

　對金公而言曰 男兒手中 無錢穀 則百「萬之」事「都皆」不成「矣」何不念及於此「乎」 : 일사(1)본 4-14

　對金公而言曰 男兒手中 無錢無穀 則百萬之事 都皆不成矣 何不念及於此乎 : 저초 4-14

　위에 든 것과 같은 서술문면에서의 많은 차이에도, 대카본은 일사(1)본 권4, 저초 권4의 문면과 기본적으로 동일한 양상을 지니고 있다. 다음의 예문은 앞으로 이들 세 이본을 묶어 교합해야 할 필요성이 있음을 보여주는 좋은 예이다.

① 無 「論」 僧俗 : 대카본 4-27, 일사(1)본 4-27

　無論僧俗 : 저초본 4-27

② 宰相適出補安東倅 其友來見 乘間而言曰 : 대카본 4-28, 일사(1)본 4-28

　宰相適出補安東倅 今則見 乘間而言曰 : 저초 4-28

3. 완질 『溪西雜錄』(일사(1)본)의 출현과 의의

1) 완질 『계서잡록』의 서지상황과 이본적 면모

일사(1)본은 4권 4책, 가로 19×세로 30.5cm의 균일한 크기로 되어 있다. 1권은 76장, 2권은 94장(91장). 3권은 67장, 4권은 84장 총 321 장(318장)으로 각권마다 분량의 차이는 있지만, 매면 10행, 매행 20자 균일한 형태의 필사본 자료로 현재 전한다. 권1~3은 서울대 중앙도서 관, 권4는 규장각에 분산 소장되어 있다. 이 중 권4의 존재는 일찍부 터 우리들에게 알려졌었다. 여기서 새롭게 소개하는 권1~3의 존재에 다 이미 널리 알려진 권4의 이 이본을 포함하면 총 4권 4책의 완질본 『계서잡록』이, 심능숙의 언급 이후 최초로 출현하는 셈이 된다. 이 이 본이 출현하기 전까지 연구자들은 그동안 남아 전하는『계서잡록』의 이본들을 대상으로 하여, 그 실체의 규명을 위해 노력하여, 성균관대 소장 권1(76화), 연민본 권亨(76화), 권利(52화), 그리고 서울대 규장각 소장의 일사본 권4(30화) 등 총 234화로 구성된 형태를 지닌 것으로 『계서잡록』을 재구(再構)한 바 있다. 그런데 일사(1)본의 필사자는 권1 부터 3까지는 매 이야기를 시작할 때마다 ○ 표시를 하여 앞, 뒤 이야 기를 구분 짓고 있다.[21] 이에 따르면 권1은 78화로 되어 있다. 그 동안 연구자들은『계서잡록』의 권1이 76화로 되어 있다고 주장하여 왔다.[22] 화수(話數) 산정에서 이처럼 차이가 나게 된 까닭은 일사(1)본의 1화를

---

21) 한편 권4의 경우, 이런 표시가 전혀 나타나지 않고 있다. 이것은 권4가 권1~3을 이 은 속편의 형태로 엮어지는 과정 속에서 나타난 차이로 생각된다.

22) 한편 김상조만은 대부분의 연구자들과 달리『계서야담계 연구』, 고려대 박사학위논 문, 1991.에서 정확한 근거를 밝히지 않는 가운데 일찍이 권1의 화수가 78화라고 거듭 주장한 바 있다. 60쪽과 65쪽을 참조. 그가 해당 논문에서 언급하고 있는 이본들로 봐서는 그 자신이 일사(1)본의 존재를 직접 보았거나 검토했던 것 같지는 않아 보인다.

3화로 일사(1)본의 찬술자가 나눈 데서 파생한 결과로 보여진다. 2화
와 3화에 해당하는 이야기를 참고삼아 제시한다.

○ 2-성(1) 鄭寒岡 問於退溪曰: "曺南溟 嘗以鄭圃隱出處爲疑 鄙意圃
隱一事 頗可笑 爲恭愍朝大臣 十三年 於不可測之道 已爲可愧 又事
辛禑父子 謂以禑爲王出歟? 則他日放出 已亦預焉 何也? 十年服事
一朝放殺 是可忍乎? 如非王出 則呂政之立嬴氏已亡而乃尙無恙 又
從而食其祿如是 有後日之死 深所未曉" 退溪答曰: "程子曰: '人當於
有過中 求無過 不當於無過中 求有過' 圃隱大節 可謂經緯天地 棟樑
宇宙 而世之好議論 喜攻伐者 不樂成人之美 曉〃不已 每欲掩耳而不
聞也" 圃隱之立禑 如是光明正大 而南溟‧寒岡 俱是儒賢 尙不無致
訝 至有退溪之辨破 則牧隱先祖 雍容就義 有非後生所可測 見而妄議
者也

○ 3-성(1) 牧隱先生文稿 皆遺失於毀板之餘 開刊時 鳩聚佛家所在碑
石之文而謄刊 以是之故 佛氏文字居多 而且俱是奉敎撰也 非私自阿
好而然也 後之人 不知此狀 或指以爲崇佛云 良可歎也

한편 일사(1)본 권2는 35장부터 37장까지 총 3장이 낙장되어 있다.
이야기로는 35화부터 38화까지의 4화에 해당한다. 해당 부분만이 굳
이 낙장이 될 이유가 없다는 점과 아울러 이들 이야기들 또한 다른 이
본들과 대비해 보면 권2에 수록되어 있는 것이 분명한 사실이라는 점
에서 권2는 현재 남아 있는 73화에다 낙장으로 인하여 원문이 확인
불가능한 4화를 덧붙여 총 77화로 이루어졌을 것이다. 권2가 76화로
이루어져 있다는 연구자들의 주장과는 다시 수록 화수에서 1화의 차
이가 발생하고 있다. 이는 바로 〈이사관 이야기〉의 존재 때문이다.
〈이사관 이야기〉를 해당 권 내에 수록하고 있는지, 아닌지의 여부에

따라 이런 차이가 발생했다. 당시까지 〈이사관 이야기〉를 수록하고 있는 이본집들은 사실 그리 많지 않았었다. 연민본 권利의 존재가 알려지기 전까지 가람 1본, 조동필본『야록』, 고려대본 등에서만 확인되는 이 이야기는 별반 그리 주목받지 못했다. 그러다 연민본 권利의 존재로 해서 해당 이야기가 『계서잡록』권3에 원래부터 수록되었다는 주장[23]이 그 힘을 얻게 되었다. 그렇다면 〈이사관 이야기〉는 애초에 『계서잡록』몇 권에 수록되어 있었던 것일까? 〈이사관이야기〉를 수록하고 있는 이본집으로는 지금까지 알려진 것 이외에도 다음과 같은 것들이 더 있다. 곧 일사(1)본 권2와, 하버드대본 권상. 원광대본 권건, 국도(3)본 등이 그것이다. 앞의 3자에는 해당 이야기를 권2에 수록하고 있는 반면에, 연민본과 국도(3)본에서는 권3에 싣고 있다. 물론 이미 알려진 가람 1본과『야록』본까지 함께 묶어보면 〈이사관 이야기〉를 권2(또는 그 계열)에 수록하고 있는 이본들이 권3에 싣고 있는 이본들보다 이본의 종수에서도 큰 차이를 드러낸다. 이런 정황적 근거만으로 해당 이야기의 권 귀속 여부를 결정할 수는 없으므로, 해당 이야기의 서사문면을 구체적으로 검토하면서 이 문제에 대한 해답을 얻어 보자.

① 李相思觀 少時作湖中行 過省草 遇大風雪 幾不得作行 路傍一儒生
率內眷而行 下轎於路 氣色蒼黃罔措 李相怪而問之 則儒生答曰:
"拙荊作歸寧之行 到此有産漸 前不及村 後不及店 而雪寒如此 方
在危急之中矣" 李相仍下馬 解毛裘而言曰: "當此酷寒 産母及兒有

難言之慮 殆同亂離中 何暇顧男子之衣? 願以此裘 急裹産母云〃"
而又使奴子 幷力擔轎 疾走向店 以自家盤備 貿薑及米 而以行中艮
醬 急備飯虀而進之 由是得免凍餓 此儒 乃是鰲興府院君金漢耉也
(일사(1) 본 2-69(73)화)

李相思觀 少時作湖中行 過省墓 遇大風雪 幾不得作行 路傍一儒生
率內眷而行 下轎於路 氣色蒼黃罔措 李相怪而問之 則儒生答曰 拙
荊作歸寧之行 到此有産漸 前不近村 後不及店 而雪寒如此矣 李相
仍下馬 解毛裘而言曰 當此酷寒 産母及兒有難言之慮 殆同難離中
何暇顧男女之衣 願以此裘 急裹産母云〃 而又使奴子 並力擔轎 疾
走向店 以自家. 盤備貿薑及米 而以行中艮醬 急備飯虀而進之 由是
得免凍餓 此儒乃是鰲興府院君金漢耉也(연민본 利-35)

일사(1)본 2-69(73)화에서 굵게 표시한 문면은 연민본 권利의 서사
문면에서는 나타나지 않고 있으나, 이야기의 자연스러운 서술전개에
는 꼭 필요한 부분이다. 연민본 권利에서는 위에 굵게 표시한 부분이
전사(轉寫) 과정에서 누락된 듯하다. 이와 동일한 문면이 하버드대본,
원광대본, 가람(1)본, 조동필『야록』본에서도 거듭 나타나는 반면에,
연민본과 거의 같은 문면은 고려대본과 국도(3)본에서만 확인된다.
일사(1)본과 그 외의 이본들이 알려지기 전까지는 연민본 권利의 면
모가 원『계서잡록』 권3에 가까운 것으로 여겨졌으나, 위에서 검토한
범위에서 본다면, 이런 주장은 실상과 어긋나는 잘못된 견해에 불과
한 듯하다.[24] 결국 〈이사관 이야기〉는 원래 『계서잡록』의 권2에 수

---

24) 현재까지 전하는 이본들 가운데, 〈이사관 이야기〉를 권2에 수록하고 있는 이본들은
연민본처럼 권3에 수록하고 있는 것들에 비하여 더 많다. 만약 이런 주장이 타당한
것이 되려면 많은 이본들이 해당 이야기를 권2에 수록하고 있는 현상을 예외적인 것
으로 치부해야 한다는 어려움에 봉착할 수밖에 없게 된다.

록·전승되어 왔던 것으로 보인다.

2) 완질 『계서잡록』 출현과 의의

일사(1)본은 아직껏 알려지지 않았던 완질본 『계서잡록』의 면모를
지니고 있다는 점만으로도 그 가치를 인정받아 마땅하다. 그렇다고
일사(1)본이 『계서잡록』의 이본군 가운데 선본(善本)의 지위까지 점유
하는 것은 결코 아니라는 점에서 해당 이본 또한 그 한계를 분명히 지
닌다. 그것은 일사(1)본 권1~4의 많은 곳에서 확인되는 서술문면의
탈락(①) 대체(②, ③,④) 오자(독)(⑤, ⑥) 등을 통해 익히 드러난다. 대표
적인 몇몇 예문을 통하여 그 점을 간략히 정리해 본다. 여기서는 번거
로움을 피하기 위해 우선 권1만을 대상으로 하되, 일사(1)본에 나타난
오류를 중심으로 제시한다.

> ① 民情「於斯」(일사(1)본 1-45) : 民情於斯(성대본 1-43)
> ② 金山地 有假太守之行 午人年少輩 流來之戲劇也 金倅李廷書大驚
> 而發捕儒生七十餘人枷囚 而星夜秘報 先君笑而敎曰："此必是太守
> 戲也" 仍題送曰(일사(1)본 1-37화)
> 金山地 有假太守 作弊民間 此是年少儒生 弄假成眞之致也 金倅發
> 捕捉囚而報營 事甚難處 仍題送曰(성대본 1-35)
> ③ 時有一宰相(일사(1)본 1-61) : 兵判沈象奎(성대본 1-59)
> ④ 受錢十二緡(일사(1)본 1-39) : 受錢二十緡(성대본 1-37)
> ⑤ 此是傳家之事(일사(1)본 1-8) : 此是傳來之事(성대본 1-6)
> ⑥ 其聞不過五六日云(일사(1)본 1-16) : 其間不過五六日云(성대본 1-14)

그렇다면 여기서 이런 반론이 제기될 수도 있다. 곧 그동안 연구자

들의 노력으로 인하여 재구(再構)의 대본이 되었던 본들, 예컨대 성대본, 연민본 권亨과 권利 등이 과연 일사 (1)본에 비하여 선본(善本)으로서의 지위를 차지한다는 것인가 하는 의문 말이다. 결론부터 제시하면 결코 그렇지 않다.

　권3으로 국한하여, 일사 (1)본의 권3과 연민본 권利에 나타나는 서사 문면의 출입을, 앞에서와 같이 대체(①, ②, ③, ④), 오기(독 :)(⑤, ⑥) 등으로 나누어 정리하되, 대표적인 경우 몇몇만 제시한다.

① 老嫗曰 "君之顔面 恰似前前等內朴<u>書房</u>主樣「子」 故怪之矣": 일사 (1)본 3-1

　老嫗曰 "君之顔面 恰似前前等內朴<u>文秀</u>主樣子 故怪之矣 : 연민 권형-1

② 問其委折 則見逐於其外家前前<u>使道家</u> : 일사 (1)본 3-1

　問其委折 則見逐於其外家前 〃 <u>書房主</u> : 연민 권형-1

③ 出入於時「宰相之門」 宰相多許可者 **宰相之門** 其在湖中也 : 일사 (1)본 3-40

　出入於時宰相之門 宰相多許可者 其在湖中也 : 연민 권형-40

④ 蓬頭垢面 拍手頓足 狂叫亂嚷 或哭或笑「或哭」 : 일사 (1)본 3-37

　蓬頭垢面 拍手頓足 狂叫亂嚷 或笑或哭 : 연민 권형-37

⑤ 吾之此行 初欲殺<u>汝</u>而來矣 : 일사 (1)본 3-13

　吾之此行 初欲殺<u>吾</u>而來矣 : 연민 권형-13

⑥ 奪<u>人</u>眼目(일사 (1)본 3-13) : 奪<u>又</u>眼目(연민 권형-13)

　마지막으로, 완질 『계서잡록』 출현의 의의를 간추리는 것으로 논의를 정리한다.

　첫째, 이 자료를 통해 우리는 이 자료집 전체의 화수(話數)에 대한 정확한 정보를 비로소 얻게 되었다는 사실과 〈이사관 이야기〉를 두고 빚어졌던 그간의 오류를 시정할 수 있게 되었다는 점을 들 수 있다. 곧 완질『계서잡록』은 권1(78화), 권2(77화), 권3(51화), 권4(30화) 등 총 236화로 이루어졌으며, 〈이사관 이야기〉는 이본들의 전승양상 등을 고려할 때, 원래 권2에 수록되어 있었다는 사실 또한 새롭게 확인 가능했다.

둘째, 완질『계서잡록』의 출현으로 인해『계서잡록』이본군의 정확한 계열을 파악할 수 있게 되었다는 점을 들 수 있다. 연민본 권후과 권利를 축으로 삼아 진행되었던 이본군의 계열화 작업이 일정한 한계를 지니고 있다는 점과 아울러, 저초(1)·(2)·(3)과 하버드대본·원광대본이 거의 같은 모본을 바탕으로 하여 출현했음에도, 그들 이본들을 다시 작은 계열로 묶어 나누어 고찰해야 한다는 사실을 최초로 밝힐 수 있었다는 점 또한 작은 성과라 하겠다.

셋째, 완질『계서잡록』의 존재로부터, 지금까지 알려졌던 여러 이본들 또한 여러 가지의 한계를 지니고 있는 이본임을 파악하게 되었다는 점을 들 수 있다. 마찬가지로 완질본『계서잡록』또한 많은 부분에서 오류를 지니고 있음이 확인된 이상, 이 이본과 이번에 새롭게 학계에 제공한 여러 이본들(기왕에 소개된 이본들까지 다 포괄해야 함은 물론)을 두루 통괄하는 가운데 해당 자료집 소재 이야기들에 대한 보다 정확한 교감의 필요성이 높음을 환기해주었다는 점이 바로 그것이다.

4. 맺는말

본고는 완질『계서잡록』의 존재를 학계에 최초로 소개하고, 이 이본

을 포함하여 다른 이본들의 계열화를 중심으로 살펴보려는 궁극적인
의도 아래 이루어졌다. 본고에서 새롭게 소개한 12종의『계서잡록』이
본들에 나타난 서술문면의 탈락, 대체, 오기(독), 첨가 등을 통하여 그
계열을 살펴본 결과, 그들 이본은 대체로 일사(1)본을 선행 모본으로
하여 형성된 것으로 확인되었다. 물론 일사(2), 저초(1)본 등은 그런
가운데서도 연민본 권후 계열에 속하는 것으로 확인되었지만….

나아가 완질『계서잡록』의 출현에 따른 의의를 다음 세 가지로 정리
하였다.

첫째, 완질『계서잡록』을 통해 우리는 이 자료집 전체의 화수에 대
한 정확한 정보를 비로소 얻게 되었다는 사실과 〈이사관 이야기〉를
두고 빚어졌던 그간의 오류를 시정할 수 있게 되었다는 점.

둘째, 완질『계서잡록』을 통해『계서잡록』이본군의 계열을 보다 정
확히 파악할 수 있게 되었다는 점.

셋째, 완질『계서잡록』을 통해 일사(1)본뿐만 아니라, 지금까지 알
려졌던 여러 이본들 또한 여러 가지의 한계를 지니고 있는 이본임을
파악하게 되었기에 대교의 필요성이 더한층 높아졌다는 사실을 제고
했다는 점 등이 그것이다.

(補論) 앞에서 필자는 주 20)에서 대카본과『계서잡록』4권을 대본
으로 하여 이루어진 국도본·고대본 소재 일부 이야기들의 친연성에
대한 검토는 뒷날의 과제로 돌린다고 했었다. 여기서 이 자료들간의
친연성 여부를 거칠게(?) 검토한 결과, 대카본은 〈일타홍(一朶紅) 이야
기〉 가운데 〈도망시(悼亡詩)〉를 이들 두 이본과 공유하고 있음에도 국
도본과 고대본의 선행 모본이 아니었다. 예상 밖에도(?) 저초본 권4가
국도본과 완전히 동일한 면모를 지니고 있는 것으로 드러났다. 한편

대카본과 고대본은 대카본과 국도본에 비해 더 밀접한 관련 양상을 띠고 있는 것으로 또한 드러났다. 그것은 국도본에서 누락된 특정 서술문면의 거의 대부분이 고대본과 대카본에서 동일한 양상으로 나타나고 있다는 점에서 익히 확인된다. 물론 고대본과 국도본간의 친연성 또한 어느 정도 인정해야겠지만, 고대본과 대카본의 관계에 비해서는 상대적으로 약하다고 할 수 있다. 대카본·국도본·고대본에 공히 나타나는 〈일타홍(一朶紅) 이야기〉 소재 도망시(悼亡詩)의 존재를 통해 필자는 이들 이본간의 관계가 다른 이본들에 비하여 상대적으로 친연성이 강할 것으로 기대했으나, 검토 결과는 전혀 그렇지 않았다. 이에 대한 보다 세밀한 검토가 요청되는 까닭이다(특히 고대본-4권에 국한한-의 선행 모본을 찾는 일은 이런 점에서 보다 시급한 과제이다).

▶ 첨부자료

〈표 2〉

	대카본	국도본 = 저초본 권4	고대본
3	一日 又往赴權宰宴席	「一日」又赴權宰宴席	一日 又赴權宰宴席
	今日某宰「相」家宴會	今日某宰相家宴會	대카와 동
	與之周旋於筆墨書箱之間	與之周旋於筆硯書籍之間	좌동
	如聞登科之報 則須當卽地還來「矣」仍起而拜辭	「如聞登科之報 則須當卽地還來矣 仍起而拜辭」	대카와 동
	近則五六年間事也	近則四五年間事也	좌동
	此是妾之一夜	此「是」妾之日夜	此是妾之日夜
4	「洪視」若不見	洪視若不見	좌동
	仍以行中麻索	仍以「行中」麻色	대카와 동
	小留 則恐有禍延之慮 小人亦從此逝矣	「小留 則恐有禍延之慮 小人亦從此逝矣」	대카와 동
	今將出去 君須於明朝 來訪吾之所住處	「今將出去 君須於明朝 來訪吾之所住處」	대카와 동
7	則金公曰 吾曾借見他人「之」綱目而未及還	則金公曰 吾曾借「見」他人之綱目 而「未及」還	대카와 동
8	桐溪立馬而言曰 過此數十餘里地	桐溪立馬而言曰 過此卄餘里地	좌동
9	吾有積年所聚銀貨「皆」至六百兩 以此贐之矣 可備鞍馬及行資	吾有積年所聚銀「貨 皆至六百兩 以此贐之矣 可備鞍馬及行」資	대카와 동
11	今則小僧之死期 已迫矣 何可一毫相欺乎 小僧果是日本人也	今則小僧「之死期 已迫矣 何可一毫相欺乎 小僧」果是日本人也	今則小僧之死「期」已迫矣 何可一毫相欺乎 小僧果「是」日本人也
12	婢則「給」一器粥給之曰	婢則給一器曰	좌동
13	提督大怒	提督不勝「忿」怒	提督不勝忿怒
15	則妾謹當洗垢理粧 復其本形後 相見好矣 玉溪依其言遲留矣 過十餘日後	「則妾謹當梳洗理粧 復其本形後 相見好矣 玉溪依其言遲留矣 過十餘日」後	則妾謹當洗垢理粧 復其「本」形後 相見好矣 玉溪依其言遲留矣 過十餘日後

17	其人乃以權少年之客店奇遇作妾之事	其人乃以權年少之酒店奇遇	其人以權少年之客店奇遇
	且曰 一有違背之事 子婦「以」父母之「血」肉 可以坐啗矣	且曰 一有違背之事 子婦之血肉 亦有歸忘矣	且曰 一有違背之事子婦父母之肉 可以生啗矣
18	「母曰 吾亦不問 彼亦不言而去矣 妓呑聲而責其」謂母曰	母曰 吾亦不問 彼亦不言而去矣 妓呑聲而責其母曰	母曰 吾亦不問 彼亦不言而去矣 妓呑聲 而責其母曰
19	汝若隨我而去 則富貴何足道也 厥童曰 老母在堂 此身未敢以許人也	汝若隨我而去 「則富貴何足道哉 厥童曰 老母在堂 此身未敢以許人」也	汝若隨我而去 則富貴何足道也 厥童曰 老母在堂 此身未敢以許人也
22	望遠山而坐	「望遠山而坐」	대카와 동
22	其人「曰 吾」本無妻子	其人曰 吾本無妻子	좌동
23	及到山門 則[門楣果以月海庵懸額 喜道暗」稱奇 入門則卽一破落廢寺 = 저초 권4	及到山門 則「門」楣果以月梅庵懸額 喜道暗 〃 稱奇 入門 則卽一破落廢寺	及到山門 則門楣果以月海菴懸額 喜道暗 〃 稱奇 入門 則卽一破落廢寺
26	一日與而	一日與之	좌동
	面貌頭髮	面貌髮頭	대카와 동
28	其友來見	今則見	대카와 동
	首吏依其言爲之 自是日	首吏自是日 依其言爲之	대카와 동

〈표 3〉 이본대비표-권2

	자료제목	일-1	하-상	화-건	가-1	아벽	연민	자-1	연-1	화명	연-2	고려-1	영자	자-2	자-3	하-리	일-2	고-2
1	成廟朝時武啟行	2-1	"	"	"	1	"	1	1	1	1	×	1	1	1	1	1	1
2	成廟朝 夜又啟行	-2	"	"	"	2	"	2	×	2	2	×	2	2	2	2	7	×
3	成廟 嘗見光龍	-3	"	"	"	3	"	3	2	3	3	×	3	3	3	3	8	2
4	徐居帝起	-4	"	"	"	4	"	4	3	4	4	×	4	4	4	4	×	3
5	鄭北窓曄	-5	"	"	"	5	"	5	4	5	5	1	5	5	5	5	9-3	4
6	北窓之平生	-6	"	"	"	6	"	6	5	6	6	2	6	6	6	6	9-3	5
7	鄭麟祉	-7	"	"	"	7	"	7	6	7	7	×	7	7	7	7	×	6
8	金德齡	-8	"	"	"	8	"	8	7	8	8	3	8	8	8	8	10	7
9	李月沙廷龜	-9	"	"	"	9	"	9	8	9	9	4	9	9	9	9	×	8
10	月沙夫人	-10	"	"	"	10	"	10	9	10	10	5	10	10	10	10	×	9
11	李石潭廷全	-11	"	"	"	11	"	11	10	11	11	6	11	11	11	11	×	10
12	蘇洽州百昌	-12	"	"	"	12	"	12	11	12	12	7	12	12	12	12	11	11
13	徐花潭敬德	-13	"	"	"	13	"	13	12	13	13	8	13	13	13	13	12	12
14	朴燁 光海時入也	-14	"	"	"	14	"	14	13	14	14	9	14	14	14	14	14	13
15	朴燁有聲妓	-15	"	"	"	×	15	15	14	15	15	×	15	15	15	15	13	14
16	朴燁之族閔西	-16	"	"	"	15	16	16	×	16	16	10	16	16	16	16	×	×
17	宋文 李延平諸人	-17	"	"	"	16	17	17	15	17	17	11	17	17	17	17	15	15
18	宋文 三月反正德	-18	"	"	"	17	18	18	16	18	18	12	18	×	18	18	16	16
19	鄭頤庵忠信	-19	"	"	"	18	19	19	17	19	19	13	19	18	19	19	×	17
20	李起築	-20	"	"	"	19	20	20	18	20	20	14	20	19	20	×	17	18
21	丙子南漢下城	-21	"	"	"	20	21	21	19	21	21	×	21	20	21	30	18	19
22	白沙 在光海朝	-22	"	"	"	21	22	22	20	22	22	×	22	21	22	21	19	20
23	姤南 以遺狀	-23	"	"	"	×	23	23	×	23	23	15	23	22	23	22	20	21
24	宜爾幸濱上	-24	"	"	"	22	24	24	22	24	24	×	24	23	24	23	×	22
25	李慕波□輻	-25	"	"	"	23	25	25	23	25	25	16	25	24	25	24	×	23
26	宋龜峯翼弼	-26	"	"	"	×	26	26	24	26	26	17	26	25	26	25	×	24
27	月沙趙德林	-27	"	"	"	24	27	27	25	27	27	×	27	26	27	×	×	25
28	某歸蔚山明堂	-28	"	"	"	25	28	28	26	×	28	18	28	27	28	25	×	26
29	某歸蔚山明堂數	-29	"	"	"	26	29	29	27	28	29		29	28	29	26	×	27

번호	제목																	
30	洪相國沂川命夏	-30	〃	〃	〃	27	30	30	30	28	30	29	30	19	30	29	×	27	28
31	李漢明擢亡顯誕	-31	〃	〃	〃	28	31	31	31	29	31	30	31	20	31	30	×	28	29
32	鄭陽坡少時	-32	〃	〃	〃	29	32	32	32	30	32	31	32	21	32	31	×	29	30
33	李漢明亦問闢賑行	-33	〃	〃	〃	30	33	33	33	31	33	32	33	22	33	32	27	6	31
34	李漢明北渚先生	-34	〃	〃	〃	31	34	34	34	32	34	33	34	23	34	33	28	×	32
35	北渚遭遇孝廟	-35	〃	〃	〃	32	35	35	35	×	35	34	35	×	35	34	29	×	×
36	尼甲以耳語見愛	-36	〃	〃	〃	33	36	36	36	33	36	35	36	×	×	35	×	×	×
37	尼甲之不哭北門	-37	〃	〃	〃	34	37	37	37	34	37	36	37	×	×	36	×	×	33
38	兩漢明於拳棚臺池邊	-38	〃	〃	〃	35	38	38	38	35	38	37	38	24	×	37	30	×	34
39	兩漢明有果儂	-39	〃	〃	〃	36	39	39	39	36	39	38	39	25	×	38	×	×	35
40	宇判書	-40	〃	〃	〃	37	40	40	40	37	40	39	40	26	×	39	×	×	36
41	柳常甫□□名醫也	-41	〃	〃	〃	38	41	41	41	38	41	40	41	27	×	40	31	×	37
42	一襤生	-42	〃	〃	〃	39	42	42	42	39	42	41	42	28	×	41	32	×	×
43	金進土某甫	-43	〃	〃	〃	40	43	43	43	×	43	42	43	29	×	42	×	×	38
44	趙持謙	-44	〃	〃	〃	41	44	44	44	38	44	×	×	30	×	43	33	×	39
45	交谷金公議籍巨夫人	-45	〃	〃	〃	42	45	45	45	39	45	×	×	31	×	44	×	×	×
46	二峯堂趙夢翼公	-46	〃	〃	〃	43	46	46	46	40	46	×	42	×	×	45	34	×	40
47	節文宣公祈奏	-47	〃	〃	〃	44	47	47	47	41	47	×	43	32	×	46	×	×	×
48	三明金先生	-48	〃	〃	〃	45	48	48	48	42	48	×	44	33	×	47	35	×	41
49	竹泉每每主試	-49	〃	〃	〃	46	49	49	49	43	49	×	45	×	×	48	36	×	42
50	名案門公奏畫	-50	〃	〃	〃	47	50	50	50	44	50	×	46	34	×	49	37	×	43
51	有一武舉子	-51	〃	〃	〃	48	51	51	51	45	51	×	47	35	×	50	×	×	×
52	申判書拓	-52	〃	〃	〃	49	52	52	52	46	52	×	48	36	×	51	38	×	44
53	陜川守某	-53	〃	〃	〃	50	53	53	53	47	53	×	49	37	×	52	×	×	×
54	柳生某甫	-54	〃	〃	〃	51	54	54	54	48	54	×	50	38	×	53	39	×	45
55	洪某鐵甫	-55	〃	〃	〃	52	55	55	55	49	55	×	51	×	×	54	×	4	46
56	連山人金某者	-56	〃	〃	〃	53	56	56	56	×	56	×	52	×	×	55	39	3	47
57	襄陽垂城嗣留	-57	〃	〃	〃	54	57	57	57	×	57	×	53	39	×	56	×	×	48
58	張氏情公趙鏞襄	-58	〃	〃	〃	55	58	58	58	×	58	×	54	44	×	57	×	×	49
59	嘉王考敦寧時	-59	〃	〃	〃	56	59	59	59	×	59	×	55	40	×	×	40	×	×
60	張武體公	-60	〃	〃	〃	57	60	60	60	×	60	×	56	41	×	×	×	×	×
61	申大將後哲	-61	〃	〃	〃	58	61	61	61	×	61	×	57	×	×	×	41	×	×

	자료제목	일-1	하-상	필-간	가-1	아-복	열민	자-1	연-1	일몽	연-2	일-1 고대	경지	자-2	하-리	일-2	고-2
62	世傳若通內待之業	-62	〃	〃	〃	59	62	62	×	×	×	42	62	58	×	×	×
63	金鎧脅	-63	〃	〃	〃	60	63	63	50	×	×	×	63	59	×	×	50
64	美麗戊申	-64	〃	〃	〃	61	64	64	51	×	×	×	64	60	42	×	51
65	時 賊襲日至	-65	〃	〃	〃	62	65	65	52	×	×	×	65	61	43	×	52
66	驪佐之起兵也	-66	〃	〃	〃	63	66	66	×	×	×	×	66	62	×	×	×
67	申判書汲	-67	〃	〃	〃	64	67	67	53	×	×	×	67	63	44	2	×
68	崔相李端	-68	〃	〃	〃	65	68	68	×	×	×	×	×	×	×	×	53
69	李兵使源	-69	〃	〃	〃	66	69	69	54	×	×	×	68	64	×	×	×
70	美麗 每幸轍辨冒	-70	〃	〃	〃	67	70	70	×	×	×	×	×	65	×	×	54
71	李判書衡輔	-71	〃	〃	〃	68	71	71	55	×	×	×	×	66	×	×	×
72	細紙割織海	-72	〃	〃	〃	69	72	72	×	×	×	×	×	×	×	×	55
73	李相思觀	-73	〃	〃	〃	70	×	×	×	×	×	×	×	×	×	×	×
74	洪翼靖公鳳漢	-74	〃	〃	〃	71	73	73	×	×	×	×	×	×	×	×	×
75	盧同知者 南醒人也	-75	〃	〃	〃	72	74	74	×	×	×	43	×	×	×	×	×
76	禹六不害	-76	〃	〃	〃	73	75	75	×	×	×	×	×	×	×	×	×
77	湖中 古有一士人	-77	〃	〃	〃	74	76	×	×	×	×	×	×	×	×	×	×

〈표 4〉 이본대비표-권4

	자료 제목	월-1	저-4	대가	하-하	필곤	계명	가-2	정서	춘강	국-1	고대	저-3
1	楊蓬萊士彥之父	4-1	좌동	〃	3	좌동	×	1	1	×	×	13X-속1)	
2	洪灘翁鄭澤使	-2	〃	〃	22	〃	×	2	2	×	2-14	좌동	
3	沈一松喜壽	-3	〃	〃	2	〃	〃	3	3	×	-15	〃	
4	洪宇遠 少時	-4	〃	〃	12	〃	〃	4	4	×	-16	〃	
5	燕山朝 士禍大起	-5	〃	〃	13	〃	×	5	5	1	-17	〃	
6	湖中一士人	-6	〃	〃	27	〃	〃	6	6	2	-18	〃	
7	金監司鑊	-7	〃	〃	24	〃	〃	7	7	3	-19	〃	
8	鄭相桐溪 少時	-8	〃	〃	9	〃	〃	8	8	3	-20	〃	
9	禹兵使夏亨	-9	〃	〃	10	〃	×	9	9	4	-21	〃	
10	淸風金氏祖光	-10	〃	〃	26	〃	〃	×	×	×	-22	〃	
11	柳西崖(運?)成龍	-11	〃	〃	5	〃	〃	10	10	5	-23	〃	
12	麟州地 古有李姓	-12	〃	〃	6	〃	〃	11	11	6	-24	〃	
13	宜寧王民之運	-13	〃	〃	7	〃	×	12	12	7	-25	133-속2)	
14	金僉樞于鍵之妻	-14	〃	〃	25	〃	〃	13	13	8	-26	좌동	
15	潘玉秀幗	-15	〃	〃	8	〃	×	14	14	9	-27	134-속3)	
16	延厚府院君李光庭	-16	〃	〃	23	〃	〃	15	15	10	-28	135-속4)	
17	安東權進士禹賓	-17	〃	〃	11	〃	〃	16	16	11	-29	좌동	
18	古有一幸相	-18	〃	〃	1	〃	〃	17	17	12	-30	〃	
19	李貞翼公浣	-19	〃	〃	15	〃	〃	18	18	*13	-31	136-속5)	
20	眞翼公 少時	-20	〃	〃	19	〃	〃	19	19	14	-32	〃	
21	樂鎭甲申汲後	-21	〃	〃	18	〃	〃	×	20	15	×	〃	
22	廣州德安村	-22	〃	〃	4	〃	×	×	21	*16	-33	〃	
23	許積以得招金局時	-23	〃	〃	14	〃	〃	×	22	×	-34	〃	55
24	樓判書穡	-24	〃	〃	28	〃	〃	×	×	×	×	〃	×
25	黃判書仁儉	-25	〃	〃	16	〃	×	×	×	×	-35	〃	56
26	祖豊軍韓命	-26	〃	〃	17	〃	〃	×	×	×	-36	〃	57
27	嘉裕 陶州人也	-27	〃	〃	29	〃	〃	×	×	17	37	〃	58
28	古有一幸相	-28	〃	〃	20	〃	×	×	×	18	×	〃	59
29	古有外是一士人	-29	〃	〃	30	〃	〃	×	×	19	×	〃	60
30	古有武弁申汲直廳官	-30	〃	〃	21	〃	×	×	×	×	×	〃	61

제2부

야담의 원천과 전승

동패락송 연구 (2)

- 국문본『동패락송』에 나타난 번역양상 -

1. 들어가는 말

본 소고(小攷)는 필자가 일찍이 발표한 바 있는 「동패락송 연구(1)-이본의 관계양상을 중심으로」[1]의 연장선 위에 놓이는『동패락송(東稗洛誦)』에 대한 필자 나름의 계속적인 작업 가운데 하나로서, 여기서는 논의의 초점을 그 당시에 뒷날의 과제로 남겨두었던 문제 가운데 한 부분인 국문본『동패락송』에 나타난 번역양상을 구체적으로 검토해 보고자 한다.

필자의 과문한 탓인지는 모르겠지만, 많은 야담집 가운데서 전체적으로, 또는 부분적으로나마 국역되어 현재까지 전하는 자료는 우리가 알고 있는 몇몇 자료들, 예컨대 구황실 소장 국역『어우야담(於于野談)』[2], 규장각 소장 국역『청구야담(靑邱野談)』[3], 소재 불명의『부담(浮談)』[4],

---

1) 정명기, 「「동패락송 연구(1)-이본의 관계양상을 중심으로」,『원광한문학』4, 원광한문학회, 1991. 이후『한국야담문학연구』(보고사, 1996)에 재수록.

2) 국문학자료 제4집,『어우야담』상·하, 통문관, 4293.

3) 이 자료는 최근 김동욱·정명기의『청구야담』상·하(교문사, 1996.)와 최웅의『주해 청구야담』1·2·3(국학자료원, 1996.)으로 교합·대교·주해의 형식을 띠고 학계에 제출되었다.

그리고 본 소고에서 검토해 보고자 하는 고(故) 나손 선생(羅孫先生) 소장 (所藏) 국역『동패락송』외에는 없는 것으로 사료된다. 이러한 자료의 영성(零星)한 사정과 아울러 보다 근본적인 문제로 위에 거론한 몇몇 국역 야담집들에 대한 피상적이고 근거 없는 이해의 탓으로 인해 이들 국역 야담집들에 대한 학계의 관심은 그리 적극적으로 나타나지 않았던 것으로 생각된다.

그러나 이들 국역 야담집들은 야담집의 대중화를 우리들에게 극명하게 보여주는 나름의 존재 가치와 엇물려 이러한 분야에 대한 관심은 원 야담집에 대한 번역자 나름의 번역양상의 태도를 다양하게 드러내 보여줄 것으로 기대된다는 점에서도 한 번쯤은 충분히 주목받아 마땅한 과제 가운데 하나라고 볼 수 있다.

필자가 본 소고에서 구체적으로 살펴보려고 하는 자료는 앞에서도 밝힌 바 있듯이 국역『동패락송』으로 국한된다. 그러므로 여기서 얻어지는 나름의 결론이 여타의 국역 야담집에도 다 같이 적용될 것인지는 여전히 한 의문으로 남는다고 하겠다. 나아가 이 국역『동패락송』의 경우 현전하는『동패락송』의 전체 역이 아니라 부분 역에 불과하다는 점 또한 이 자료를 통하여 번역양상의 제반 면모를 살펴보려는 본고의 목적이 제대로 이루어지리라고 기대할 수 없는 한 한계로 작용한다고 하겠다. 그러나 이러한 한계를 지니고 있음에도 본 소고는 국역 야담집의 번역양상이 어떠한 면모로 나타나는지에 대한 유익한 정보를 일정 부분 우리들에게 제공할 것으로 기대되기에 나름의 의미마저 완전히 부정할 수는 없다고 하겠다.

국역『동패락송』은 고 나손선생 소장 필사본인『육신전』[5]의 말미에

---

4) 김동욱,『국문학사』, 민중서관, 1976, 162쪽 참조.
5) 이 자료는『나손본 필사본 고소설자료총서』48(보경문화사, 1991) 407~474쪽에 영

부록 형태로 『원싱몽유록』과 더불어 전하고 있는 자료로서, 해본(該本) 내에 번역·수록된 자료는 다음의 3화 곧 〈구히쟝튱신손획보〉(「救解獐忠臣孫獲報」)[6](연대본:「獐夢報恩江券致富」), 〈혼궁환니몽시됴〉(「婚窮鰥異夢示兆」)(연대본:「皇靈勸婚福祿盈門」), 〈고튱신이인뉴셔〉(顧忠臣異人遺書)(연대본:推奴遇仙得碑定議) 등이다.

2. 국역 『동패락송』의 저본(底本)과 그 번역양상

1) 국역 『동패락송』의 저본 탐색

이들 세 자료는, 필자가 연전(年前)에 원 『동패락송』의 체재에 형태상 가장 근접한 이본으로 파악한 바 있는 연대본 『동패락송』의 서차(次序)에 의할 때 28화, 50화, 15화에 해당한다. 여기서 이들 자료의 『동패락송』 이본군 내에서의 출현 양상을 검토해 본 결과, 권1에 해당하는 부분이 현전치 않아 그 구체적 양상을 알 수 없는 이화여대본과 임형택본을 제외한 나머지 3종의 이본 가운데서 동양문고본 『동패락송』과 국립중앙도서관본 『동언초(東諺抄)』, 그리고 천리대본 『동패락송』

인·수록되어 있다. 표제는 『六臣傳』, 내제는 "뉵문졍튱결힝녹" 권지단으로 되어 있는데, 『원싱몽유록』(448~458쪽)에 이어 『동픠낙송』(458~474쪽)이 합철된 형태로 되어 있다. 현재 원본은 단국대학교 천안캠퍼스 도서관에 나손문고로 소장되어 있는데, 이 자료의 영인본은 몇몇 군데에 걸쳐 인쇄 상태가 극히 불량하여 제대로 판독할 수가 없다. 이에 지난 1996년 7월 8일 천안도서관을 방문하여 위 자료를 직접 열람하여 판독 불가능했던 부분을 제대로 메꿀 수 있었다. 이 자리를 빌어 자료 열람에 적극적으로 협력해 주신 위 도서관 사서 김쟁원 선생님의 배려에 대해 감사한 마음을 표한다.

6) 위 자료는 한글 제목으로만 되어 있는 바, 위의 한문은 필자가 그 내용을 고려하여 揣定한 것임을 밝혀둔다.(이하 다른 자료들 또한 이와 같다.)

의 경우에는 각기 15화와 50화, 15화, 50화에 해당하는 이들 자료들이
나타나지 않고 있다는 특징을 지니고 있다. 이러한 사실로부터 우리는
일단 나손본 국역『동패락송』의 번역자가 번역의 대본으로 삼았을 이
본으로 연대본『동패락송』과 현재 비록 권1에 해당하는 이본이 전하지
않기는 하지만, 그 형태상 15화와 28화를 분명히 갖고 있었을 것으로
짐작되는 이화여대본·임형택본『동패락송』가운데 어느 하나의 이본
(또는 이런 세 종을 포함하는 이본이거나, 아직껏 학계에 전혀 소개·보고된
바 없는 제3의 이본)일 가능성이 상대적으로 높다는 사실을 우선 지적할
수 있다. 이런 점에서 우리는 이들 세 이본 가운데 어느 하나의 이본이
국역『동패락송』의 저본에 해당하는지를 구체적으로 살펴볼 필요가
있다. 그런데 앞에서 이미 밝힌 바와 같이 이화여대본·임형택본『동
패락송』의 경우 권1에 해당하는 부분이 잔존하지 않기에 우리는 부득
이 나머지 권2만을 대상으로 하여 이 문제를 살펴야 한다는 한계를 갖
게 된다. 그렇기는 하지만, 여기서 우리의 이러한 작업에 한 도움이
될 해당 이야기 내에서의 문면의 출현 유·무로부터 이들 세 이본들과
국역『동패락송』과의 거리가 어느 정도 분명히 드러나리라 본다.〈정
효준(鄭孝俊) 이야기〉를 수록하고 있는 해당 이본들 가운데서 우선 임
형택본『동패락송』의 경우, 다음 두 군데에 걸쳐 어떠한 이유에서인지
는 분명히 알 수 없지만 문면이 탈락하고 있는 것을 확인할 수 있는데,
그것은 곧 "眞卿氏對搏 眞卿氏 卽判書俊民之孫"(밑줄: 필자 표시)과 "吾
之窮凶 身數已出場 何以問爲 術士瞥看海豊之貌 請問四柱 海豊曰 吾之
窮命 如是如是"(밑줄: 필자 표시) 부분이다.

그런데 이 두 문면이 이화여대본·연대본『동패락송』에는 한결같이
나타나고 있다는 점과 아울러 국역『동패락송』의 경우에도 다음과 같
이 나타나고 있다는 점["진경(眞卿)의 집의 가 쟝긔 두기로 소일(消日)

ᄒᆞ니 진경은 판셔(判書) 쥰민(俊民)의 손ᄌᆡ(孫子이)라.”와 “나의 궁(窮)
ᄒᆞᆫ 신쉬 임의 판이 낫시니 다시 무러 무엇ᄒᆞ리오? 슐시 어도로(?) 히
풍의 얼굴을 보고 ᄉᆕ 보기를 쳥ᄒᆞ거늘 히즁(풍?)왈 ᄂᆡ 궁흔 팔ᄌᆞ(八
字) 니러ᄒᆞ녀]으로부터 임형택본『동패락송』이 국역『동패락송』의 저
본에 놓일 가능성은 상대적으로 여타 두 이본에 비해 떨어지는 것임
이 분명히 드러난다고 할 수 있다. 그렇다면 이제 이화여대본·연대본
『동패락송』 가운데 어느 한 이본이 국역『동패락송』의 저본에 해당한
다는 이야기가 된다. 먼저 그 문제를 다루고, 이어 국역『동패락송』에
나타난 번역양상을 구체적으로 다루어볼까 한다. 그런데 연대본『동
패락송』의 경우 흥미로운 현상으로 원『동패락송』의 편찬자에 대한
정보를 담지하고 있는 것으로 보이는 다음 두 부분의 문면이 이화여
대본·임형택본『동패락송』의 경우와는 달리 탈락하고 있다는 점을
들 수 있다. 그것은 곧 “卽余曾王母之外祖考也 至今擧國 號爲大福人”
(밑줄: 필자 표시) 부분과 “余之曾王考進拜於妻外祖父母 則李夫人軀幹
豊肥 太沒姿色 宜其受福出凡也” 부분을 말하는 바, 위의 두 부분은 국
역『동패락송』의 경우에 후자의 경우는 완전히 탈락하여 있고 그리고
전자의 경우는 밑줄 친 해당 부분이 탈락하고 있다는 점에서 보면, 연
대본『동패락송』이야말로 국역『동패락송』의 저본에 해당하는 이본임
이 분명히 드러난다고 하겠다.

이제 이와 같은 필자의 검토 결과를 토대로 하여, 국역『동패락송』
에 나타난 번역양상의 실제적 면모를 연대본『동패락송』의 그것과 견
주는 가운데 항을 달리 하여 밝혀보기로 하자.

2) 국역 『동패락송』에 나타난 번역양상

필자가 국역 『동패락송』의 실제적 문면을 검토한 결과, 여기서 대체로 보아 다음과 같은 번역 양상이 나타나고 있음을 알 수 있었다. 곧 탈락·대체·오역·첨가[첨가의 경우 그 구체적인 양상은 두드러져 보이지 않기에 여기서는 생략한다.] 등이 그것이다. 첫째, 탈락은 한문본 『동패락송』의 문면을 번역하는 과정 속에서 어떠한 이유에서인지는 분명히 알 수 없지만 특정 문면이 국역 『동패락송』의 경우에 나타나지 않는 것을 가리키는데, 이것은 다시 구체적인 특정 문면이 탈락하는 경우와 단순한 어구 내지 어사(語辭)가 탈락하는 경우로 나누어 살필 수 있다. 둘째, 대체는 한문본 『동패락송』의 문면을 번역하는 과정 속에서 이 자료를 번역한 사람이 갖고 있었던 나름의 태도로 인하여 한문본 『동패락송』과 다르게 문면이 국역 『동패락송』에 나타나는 것을 가리킨다. 셋째, 오역은 한문본 『동패락송』의 문면을 번역하는 과정 속에서 이 자료의 특정 문면을 그릇 수용한 결과 국역 『동패락송』에 나타난 오류를 가리킨다. 이 경우는 한문본 『동패락송』을 국문으로 번역한 계층의 교양 정도가 그다지 깊지 않았다는 점과 아울러 국역 『동패락송』이 한문본 『동패락송』에 비하여 시대적으로 뒤에 출현했다는 사실을 밝히 보여주는 좋은 증거라 하겠다. 넷째, 첨가는 한문본 『동패락송』의 문면을 번역하는 과정 속에서 이 자료를 번역한 사람이 갖고 있었던 나름의 태도로 인하여 한문본 『동패락송』에 비하여 문면이 덧보태어진 것[그 실상은 미약한 정도의 어구 내지 어사의 첨가 등에 그치고 있는 경우가 대부분이므로 여기서는 구체적으로 검토치 않겠다.]을 가리킨다.

한편 여기서 하나 더 지적할 수 있는 사항으로 국역 『동패락송』의 경우, 한문본 『동패락송』의 해당 문면의 차례를 거의 그대로 수용하여 순차적으로 번역하는 경향을 보여주고 있는 가운데서도 비록 적은 부분에서이기는 하지만 그러한 일반적 현상과는 다르게 나타나는 부분을 갖고 있다는 특징을 갖고 있어 우리의 흥미를 끌고 있다.[이 점 후술한다.]

이제 위에서 거론한 국역『동패락송』의 번역양상을 하나하나 구체적으로 검토하는 과정을 통하여, 이러한 번역양상이『동패락송』을 번역한 인물의 어떠한 태도에서 기인하는가 하는 문제를 나름대로 살펴볼까 한다. 그런데 여기서 해당 부분을 일일이 하나 빠짐없이 다 예시하는 것은 매우 번거로운 일임에 틀림없기에 몇몇 보기만을 제시하는 것으로 그치기로 한다.

먼저 국역『동패락송』에 나타난 번역 양상 가운데 탈락의 경우를 보기로 하자. 앞에서 이미 밝혔듯이, 이것은 다시 구체적인 특정 문면이 탈락하는 경우[(가)로 표기]와 단순한 어구 내지 어사(語辭)가 탈락하는 경우[(나)로 표기]로 나누어 살필 수 있다.

1화: <구히쟝틍신손획보>(「救解獐忠臣孫獲報」)

가) "墨井申君商權是朴門外孫 故傳其事甚詳"

나) "而橫占乎", "廣幾許里", "每年" 등.

2화: <혼궁환니몽시됴>(「婚窮鰥異夢示兆」)

가) -1) "卽余曾王母之外祖考也 至今擧國 號爲大福人"

　　-2) "御將義豊之高祖也"

　　-3) "余之曾王考進拜於妻外祖父母 則李夫人軀幹豊肥 太沒姿色　宜其受福出凡也"

나) "一日", "情境", "十餘日", "聲色俱厲", "爵躋正卿 簪纓滿膝前", "吁亦異矣", "誠異矣" 등.

3화: <고튱신이인뉴셔>(顧忠臣異人遺書)

나) "千萬望也", "爲雅操 而空手歸家", "恐後婚期", "現在錢云", "使之 密傳", "事之成否", "與五臣" 등.

탈락한 이들 예문들 가운데서 특히 1-가)의 경우는 이 이야기의 제 보자에 대한 정보 기술이고, 2-가)의 경우는 이 자료집의 편찬자와 이 이야기의 서사주인공간의 관계 상황에 대한 정보인 바, 이들 두 문 면이 국역『동패락송』에 나타나지 않는다는 사실은『동패락송』을 국 역한 인물이 이러한 사항들에 대하여 별반 관심을 갖지 않았거나 아 니면 이 자료집의 편찬자와 전혀 관계가 없는 인물이었으리라는 사실 을 우리들에게 구체적으로 보여주는 것으로 여겨진다.

한편 각 화의 나)에서 제시된 몇몇 예문들은 대본으로 삼았던『동패 락송』을 번역하는 과정 속에서 탈락이 일어나고 있는 부분으로써, 이 들 부분들의 경우 해당 문면 내에서의 기능 등을 생각해 볼 때, 그것 이 국역되는 과정에서 비록 탈락이 되었다고 하더라도 그리 큰 문제 를 일으키는 것으로는 생각되지 않기에 무시해도 좋을 성질의 것이 아닌가 여겨진다.

이어 국역『동패락송』에 나타난 번역 양상 가운데 대체의 경우를 보 기로 하자. 먼저 해당 경우의 예문은 앞의 경우와 같이 일일이 제시하 지 않고 대표적인 보기만을 들어 보이기로 한다.

1화: <구희쟝튱신손획보>(「救解獐忠臣孫獲報」)

"果是其獐否" → "혹 보앗ᄂ냐?"

"的知獐所投" → "또차오ᄂ 놀늘"

"盤桓良久" → "고이타 ᄒ고 이윽고 가더라."

"意必縛歸朴廚以資盤腥矣" → "뜻ᄒ더 박싱이 반ᄃ시 놀늘 가져가랴ᄂ

가 의심ᄒ더니"

"我是獐也 蒙君全活" → "나는 그더 살닌 놀니라."

"聊此請立案矣" → "사롬의 우스물 피치 아니코 쳥ᄒᄂ이다"

"而橫走 盖其江流回轉處 舊有一阜 水抱其阜 匯折而趁下矣 一夜之間 江水決其阜 直射占新道前 所謂大江者茫然 風沙一望無際" → "녑ᄒ로 큰 두던의 미러 다른 디로 흘너가고 강 하슈 닙안ᄒ 더는 물이 변ᄒ야 들이 된지라."

"而一年庫子 亦足一生免飢云" → "일년(一年)을 치고 나면 고직이가 슈빅냥식 어더먹으니"

2話: <혼궁환니몽시됴>(「婚窮鰥異夢示兆」)

"科止小成" → "일싱궁유로 진스롤 ᄒ고"

"則誠難開口 請娶妻" → "가히 입을 열 곳이 업스니"

"許其爲婿否" → "날노 사회롤 삼으미 엇더ᄒ뇨?"

"方" → "겨유"

"警蹕喧嗔" → "시위 소리 은〃ᄒ지라."

"下堦伏地" → "따히 나려 업딘더"

"親好否" → "아ᄂ냐?"

"而鄭某與臣女 年紀近三十年差池 寧不切迫耶" → "됴쥰의 나히 신의 쏠과 샹젹지 안스오니 졀박ᄒ여이다."

"心中不平 玆" → "이리 경〃ᄒ여"

"何可相信耶" → "엇지 가히 이 혼인을 ᄒ리오"

"不必入內舍" → "안집의 드러갈 도리 업스나"

"惶㤼乃許諾" → "황겁ᄒ여 왈 샹교디로 ᄒ리이다"

"早送伴於海豊" → "ᄒᆡ풍을 쳥ᄒ여"

"晳樸俱叅判 稙植皆春坊亞憲" → "박은 디스간이오, 남은 아돌은 혹 옥당도 되고 혹 낭스(낭사)도 ᄒ야"

"以喪歸於父母生前" → "긱스ᄒ여 부모 싱젼의 참경을 끼치니"

"先海豐三年而沒" → "히풍이 여셔 삼亽년 몬져 샹亽 나니"

"夢又如前" → "또 초취 집의 니亽니"

"果是前夢" → "셰번 꿈 亽던 집이오"

"亦是自孩提 至十許歲之人也" → "과연 꿈 속의 아희와 갓흐니"

3話: <고튱신이인뉴셔>(顧忠臣異人遺書)

"豈士夫之所宜爲哉" → "亽부의 홀 비 아니라"

"忽有着平凉子常漢" → "홀연 흔 놈이"

"入告其家 卽爲引入" → "드러가 쥬인의게 고흐여 즉시 브르거눌 드러가니"

"尤認以多積金錢之賊魁 乃辭以無名與受" → "더옥 도젹의 금젼이 만코 의기 잇눈 놈인가 의심흐여 구지 亽양흐뒤"

"置之勿論" → "밧지 아니흐여도 히롭지 아니흐거니와"

"屋頗有潤" → "긔식이 주못 흔〃흐거눌"

"書中謂以初到以來徵貢贖良" → "쳐음 공 바든 거시"

"故以其來者辦具 綿有餘裕於婚用矣" → "혼슈룰 출히게 흐고 맛당이 니어 슈습흐야 쳔〃이 도로가렷노라 흐엿눈 고로 그 돈으로 목금 혼슈룰 경영흐노라"

"請以密札報議 卽招向來往還之馬前奴" → "그쩌 갓던 죵이 능히 그 길홀 분변흐리라 흐고 즉시 그 죵을 불너 편지롤 뎐홀 뜻으로 니른뒤"

"峯塋林灣 明辨在心木 何難於更訪哉" → "그 길히 눈 가온뒤 이시니 편지 뎐흐기 무어시 어려오리오"

"一鞠爲蓬蒿 變幻無跡" → "灬ㅠㄱ과 씌양이 무셩흔 곳의 기와집은 혼젹 업고"

다음으로 『동패락송』을 번역하는 과정 속에서 일어난 오역의 양상을 살펴볼까 한다. 앞에서와 마찬가지로 해당 경우의 예문은 일일이 제시하지 않고 대표적인 보기만을 들어 보이기로 한다.

　1화 : <구히쟝튱신손획보>(「救解獐忠臣孫獲報」)
“我纔跡獐” → “앗가 놀늘 ᄯᅩ차 오더니”
“獐猶不出” → “오히려 놀늘 감초고 너지 아니ᄒ니”
“明日午” → “ᄂᆡ일 아참의”

　2話 : <혼궁환니몽시됴>(「婚窮鰥異夢示兆」)
“甚奇異之” → “ᄆᆞ옴의 긔이히 넉엿더니”
“在鄭家現靈” → “뎡가의 집의 게시물 위ᄒᆞ샤 신영을 뵈야”

　3話 : <고튱신이인뉴셔>(顧忠臣異人遺書)
“則可減三十里程道” → “삼십 니롤 어더 촌졈의 다돗기 쉬오니”
“門前” → “문 알릭”

　우리는 앞에서 국역『동패락송』의 경우, 한문본『동패락송』이 지니
고 있는 해당 문면의 차례를 거의 그대로 수용하여 순차적으로 번역
하는 경향을 보여주는 가운데서도 비록 일 부분에서이기는 하지만 그
러한 현상과는 다르게 나타나는 부분을 갖고 있다는 특징을 갖고 있
다는 점을 이미 밝힌 바 있다. 이것을 여기서는 ‘도치 서술(倒置敍述)’
이라고 명명해 두고, 해당 예문만을 제시해둘까 한다.

　1화: <구히쟝튱신손획보>(「救解獐忠臣孫獲報」)
“其邊側處 不宜穀者 種之以栗 朴富世傳 雄於一路 每年所以收穀 不
　知其幾許 栗賭地恰滿千石 栗庫典奴 每年遞易 而一年庫子 亦足一生
　免飢云”(밑줄: 필자 표시)

→ "그 변지의 곡식이 맛당치 못훈 곳은 밤을 심으니 미년의 곡식 츄는 몃 쳔셕인 줄 모르고 밤도지가 쏘훈 쳔셕이나 되여 밤고직이가 쳬역하고 일년을 치고 나면 고직이가 슈빅냥식 어더먹으니 <u>대개 박셩의 유여하미 영남의 웃듬이 되여</u> 이샹훈 일노 뎐하여 니르더라."(밑줄: 필자 표시)

3話 : <고튱신이인뉴셔>(顧忠臣異人遺書)
"貫穿萬里 博通三敎"
→ "삼교를 널니 통하고 만니를 능히 아는지라."

3. 맺는말

본 소고를 통하여 필자는 우리 야담문학계에 현재까지 전혀 알려진 바 없었던 국역『동패락송』의 이본을 소개하고, 그 이본이『동패락송』가운데 어느 이본을 대본으로 하여 이루어진 것인가 하는 문제와 아울러 국역『동패락송』에 나타난 번역양상의 면모를 살펴보고자 하였다.

그런데 여기서 소개되는 자료가 현전하는『동패락송』의 전체 이야기를 번역한 것이 아니라, 그 가운데 불과 3편의 이야기만을 국역한 데 그치고 있는 미완의 자료라는 점에서 이들 자료를 통해 드러날 번역양상을『동패락송』의 그것으로 일반화시켜도 좋은가 하는 회의 또한 과연 없지 않았지만, 워낙 영성한 국역 야담 자료집의 존재를 생각해볼 때, 미미한 문제의 검토일지라도 이러한 작업은 나름의 의미를 가질 수 있다고 보아, 간략히 위의 문제에 대해 검토하게 되었다.

검토 결과 다음과 같은 몇몇 사실을 확인할 수 있었다.

첫째, 국역『동패락송』의 대본은『동패락송』의 이본군과 해당 자료의 문면에서 드러나는 출현 양상의 대비 · 검토를 통하여 연대본 『동패락송』임을 밝혀낼 수 있었다.

둘째, 국역 『동패락송』의 번역양상은 원 『동패락송(東稗洛誦)』의 해당 문면을 탈락 · 대체 · 첨가 · 오역하는 방향으로 이루어지고 있음을 밝혀낼 수 있었다. 이런 점만으로 볼 때는, 일견 국역 『동패락송』이 원 『동패락송』과는 거리가 먼 이본인 것으로 오해하기 쉽다. 그러나 실상은 그렇지 않다. 왜냐하면 이런 번역양상이 나타난다고 하더라도 그것은 원 『동패락송』의 짜임새와 문면을 적극적으로 파괴하는 방향으로 이루어진 것이 아니라, 그것은 다만 원 『동패락송』을 국역했던 사람이 갖고 있었던 소극적인 개작의 태도가 크게 작용하고 있는 소산으로 보인다는 점 때문이다. 이런 제약으로 인해 국역 『동패락송』은 원 『동패락송』을 대체로 보아 직역하는 단계에 그치고 있는 자료라고 할 수 있다. 그런 가운데서도 미약한 부분에서이기는 하지만, 원 『동패락송』의 순차서술을 '도치서술'하고 있는 경우도 나타나고 있는 점은 어느 면 매우 흥미 있는 것이라고 할 수 있다.

본 소고에서 드러난 번역양상이 여타의 야담 자료집들의 경우에도 똑같이 적용될 수 있는지에 대해서는 뒷날의 작업 과제로 남겨두기로 한다.

마지막으로, 참고에 이바지하기 위하여 국역 『동패락송』의 자료와 그 원문에 해당하는 『동패락송』의 자료를 아래에 첨부해 두었음을 밝혀둔다.

▶ 부록: 「동패낙송」(나손본)

<구히쟝튱신손획보>(「救解獐忠臣孫獲報」)(연대본: 「獐夢報恩江券致富」)

"취금헌(醉琴軒) 박공(朴公)의 화(禍) 본 후(後)의 주손(子孫)이 대구(大邱) 짜히 뉴락(流落)ᄒ여 간난(艱難)ᄒ미 심ᄒ지라. 집이 낙동강(洛東江)을 님(臨)ᄒ엿더니 가을의 마춤 마을 사름을 모화 들마당의셔 벼룰 두드릴시 홀연(忽然) 혼 놀(노루)니 뛰여와 어즈러이 ᄲᅡ힌 집동 가온디 숨거눌 이윽고 혼 산힝(사냥)ᄒᄂᆫ 사름이 총을 메고 타작(打作) 마당의 와 닐오디 앗가 놀늘 ᄲᅩ차 오더니 그 놀니 이리로 드러와시니 혹 보앗ᄂᆞ냐? ᄒᆞᆫ디, 박셩이 갈오디 놀니 만일 이리 와시면 냥반(兩班)이 엇지 놈(늠?) ᄲᅩ차오ᄂᆞᆫ 놀늘 이로이 넉여 감초리오 ᄒᆞᆫ디 녑뷔(獵夫가) 두 세번 차탄(嗟歎)ᄒ여 갈오디 이리로 오믈 진뎍(眞的)히 보앗더니 이제 업스니 고이타 ᄒᆞ고 이윽고 가더라. 녑뷔 간 후 오히려 놀늘 감초고 닉지 아니ᄒ니 타작ᄒᄂᆞᆫ 사름들이 ᄯᅳᆺᄒ디 박셩(朴生)이 반드시 놀늘 가져가랴ᄂᆞᆫ가 의심(疑心)ᄒ더니 져녁ᄯᅢ의 박셩이 막디로 집가리 룰 헤치고 노로ᄃᆞ려 일너 갈오디 즉금(卽今)이야 네 가히 다라날지어다. 놀니 여러 번 도라보아 샤례(謝禮)ᄒᄂᆞᆫ 형샹(形狀)쳐로 ᄒᆞ고 드디여 뛰여가더라. 그날 밤의 박셩이 ᄭᅮᆷ을 ᄭᅮ니 혼 노인(老人)이 와 갈오디 나는 그디 살닌 놀니 라. 덕(德)을 갑고져 ᄒᄂᆞ니 낙동강 하류(下流) 스십니(四十里)룰 혼(限)ᄒ여 녑안(立案)을 ᄂᆡ면 가히 만셕군(萬石君)이 되리라. 박셩이 ᄭᅢ여오미 그 말은 뇨료(了了)히 싱각ᄒ나 허황(虛荒)이 넉여 의ᄉᆞ(意思)의 관념(關念)치 아니 코 다시 자더니 노인이 ᄯᅩ 와 갈오디 너 그디의 큰 은덕(恩德)을 갑흐랴 ᄒᆞ거 든 엇지 그디의게 허황혼 일을 가ᄅᆞ치미 이시리오? 너일 아참의 반드시 관가 (官家)의 드러가 녑안ᄒᆞ미 가ᄒ다 ᄒᆞ거눌 박셩이 좀을 ᄭᅢ여 오히려 밋지 아니 ᄒᆞ고 ᄯᅩ 잠을 드니 꿈의 ᄒᄂᆞᆫ 말이 처엄과 갓ᄒ여 더욱 간절(懇切)ᄒᆞ거눌 박 셩이 드디여 그 잇튼날 관쳥(官廳)의 드러가 쳥(請)ᄒᆞᆫ디 티쉬(太守가) 크게 우셔 갈오디 네 병풍(病風)혼 사름이냐? 디강(大江)을 녑안ᄒᆞ미 젼(前)의 듯 지 못혼 말이로다. 박셩이 갈오디 민(民)도 ᄯᅩ혼 밍낭(孟浪)혼 줄 아나 이샹

(異常)흔 증죠(徵兆가) 잇기 사룸의 우스물 피치 아니코 청흐느이다 흔디 태
쉬 웃고 허락(許諾)흐니 어느 곳으로브터 어느 곳의 니르히 스십니 싸히 닙안
흐고 도라왓더니 열흘이 못흐야 낙동강 물이 홀연이 슈도(舊道?)룰 브리고
녑흐로 큰 두던의 미러 다른 디로 흘너가고 강 하슈(下水) 닙안흔 디는 물이
변(變)흐야 들이 된지라. 박성이 〃에 조흔 밧과 조흔 논을 넷 강 터히 긔경
(起耕)흐여 슈미(首尾) 삼빅년(三百年)의 오히려 다 긔경치 못흐고 그 변지
(邊地)의 곡식이 맛당치 못흔 곳은 밤을 심으니 미년(每年)의 곡식(穀食) 츄
눈 멋 천석인 줄 모르고 밤도지가 쏘흔 천석(千石)이나 되여 밤고직이가 체역
(遞易)흐고 일년(一年)을 치고 나면 고직이가 슈빅냥(數百兩)식 어더먹으니
대개 박성의 유여(有餘)흐미 영남(嶺南)의 웃듬이 되여 이샹흔 일노 뎐(傳)
흐여 니르더라."

<혼궁환니몽시됴>(「婚窮鰥異夢示兆」)(연대본 : 「皇靈勸婚福祿盈門」)
"히풍군(海豊君) 뎡효쥰(鄭孝俊)이 스십삼셰(四十三歲)예 세번 샹쳐(喪
妻)흐여 다만 세 쏠이 잇고 흔 아들이 업눈디라. 일싱궁유(一生窮儒)로 진스
(進士)룰 흐고 집이 적빈(赤貧)흔디 녕양위(寧陽尉)가 그 증죈(曾祖인) 고로
본집 봉스(奉祀)흐눈 밧 단종디왕(端宗大王) 봉스와 현덕왕후(顯德王后) 봉
스와 스룽왕후(四陵王后) 봉스룰 다 흐눈 고로 향화(香火)룰 니우지 못흐여
미양 졔스(祭祀)룰 당흐즉 천신만고(千辛萬苦)흐여도 흔 잔 슐을 판득(辦得)
키 어려온지라. 집에 이셔 위루(로?)홀 길이 업셔 날마다 이웃 니병스(李兵
事) 진경(眞卿)의 집의 가 쟝긔 두기로 소일(消日)흐니 진경은 판셔(判書)
쥰민(俊民)의 손지(孫子이)라. 그 쩌예 진경이 바야흐로 당하(堂下) 무변(武
弁)이라. 홀노 히풍이 니병스로 더브러 쟝긔룰 두더니 홀연이 말이 싱각지
아니흐고 뉘가 식이듯시 공연이 입으로 나와 니병스의 즈(字)룰 불너 갈오디
니 흔 말이 〃시니 그디 드룰다? 병시 왈 그디와 나 스이 못드룰 말이 〃시리
오. 이르라. 히풍왈 니 스가(私家) 봉스뿐아니라 겸흐여 나라 봉스룰 흐눈디
오십이 다흔 나히 목금 안히가 업셔 아들인들 어디로셔 나리오 졀스(絶嗣)흐

기 반둣ᄒ니 엇지 불샹치 아니리오? 그디곳 아니면 가히 입을 열 곳이 업스니 그디 능히 날을 불샹이 넉이거든 날노 사회룰 삼으미 엇더ᄒ뇨? 병신 발연변식(勃然變色)왈 그디 말이 뎡말이냐? 희롱(戲弄)이냐? 그디 나히 ᄉ십이 넘고 너 쫄의 나흔 겨유 십뉵세(十六歲)니 그 당(當)치 아니미 엇더ᄒ뇨? 니 그디가 이런 못된 말 홀 줄 싱각지 못ᄒ엿노라. 희풍이 무류(無聊)히 물너와 일노붓터 장긔룰 두라 단니지 아니ᄒ더라. 그후 병신 사랑(舍廊)의셔 자더니 쑴의 나리히(나라가?) 어가(御駕)로 강님(降臨)ᄒ샤 시위(侍衛) 소리 은〃ᄒ지라. 병신 황〃(惶惶)이 ᄯ히 나려 업듼디 져무신 님군이 디텽(大廳)의 올나 안ᄌ 하교(下敎)ᄒ샤 왈 네가 이웃집 뎡효쥰을 아느냐? 병신 디왈 그러ᄒ와이다. 또 하교왈 네 뎡효쥰으로 녀셔(女婿)룰 삼으라. 병신 디왈 셩교(聖敎)아리 엇지 위월(違越)ᄒ리잇고마는 다만 효쥰의 나히 신의 쫄과 샹젹(相敵)지 안ᄉ오니 졀박(切迫)ᄒ여이다. 또 하교왈 나히 만코 젹으문 조곰도 방히(妨害)롭지 아니ᄒ니 슈(須)히 뎡(定)ᄒ라 ᄒ시고 즉시 회가(回駕)ᄒ시니 병신 잠을 ᄶ니 쑴 속 일이 녁〃(歷歷)히 분명(分明)ᄒ지라. 심듕(心中)의 당황의혹(唐慌疑惑)ᄒ여 안흐로 드러가니 그 부인(婦人)이 또 잠을 ᄶ여 왈 밤이 깁흔디 엇진 일노 드러왓느뇨? 병신왈 너 고이ᄒ 쑴이 〃셔 이리 경〃(耿耿)ᄒ여 드러왓노라. 부인왈 너 또ᄒ 고이ᄒ 쑴이 〃셔라 ᄒ고 셔로 디ᄒ여 쑴 말을 ᄒ니 일호(一毫) 다르미 업스니 병신 왈 일이 우연(偶然)치 아니〃 실노 민망(민망)ᄒ도다. 부인왈 쑴이 본디 허황(虛荒)ᄒ 거시니 엇지 가히 이 혼인(婚姻)을 ᄒ리오 ᄒ더니 십여 일(十餘日)의 병신 쑴의 젼(前)과 갓ᄒ여 옥식(玉色)이 ᄌ못 깃거 아니샤 하교왈 젼의 분부(分付)ᄒ 일이 잇거늘 엇지 시힝(施行)치 아니ᄒ느뇨? 병신왈 맛당이 샹냥(想量)ᄒ여 뎡(定)ᄒ리이다. 이날 밤 쑴이 니외(內外) 또 갓ᄒ니 병신왈 흔번도 고이흔디 두번 이러ᄒ니 이거시 하늘이니 만일 좃지 아닌즉 큰 홰(禍가) 이실가 ᄒ노라. 부인왈 쑴은 실노 이샹(異常)ᄒ거니와 일인즉 미이 듕난(重難)타 ᄒ여 셔로 결단(決斷)치 못ᄒ 는지라. 병신 일노브터 의구(疑懼)ᄒ미 교듕(교중)ᄒ여 침식(寢食)이 불안(不安)ᄒ더라. 오리지 아냐 또 쑴의 디개(大駕가) 니림(來臨)ᄒ샤 왈 니 너룰

복(福)이 잇고 희(害) 업눈 일을 권(勸)ᄒ여든 네 종시(終始) 닉 명(命)을 좃지 아니〃 닉 장춧(將次) 네 집의 화롤 니리「리」라 ᄒ시고 긔식(氣色)이 엄여(嚴厲)ᄒ시거놀 병시 황공(惶恐) 디왈 맛당이 셩교디로 ᄒ리이다. 샹왈 오날은 반ᄃ시 안집의 드러갈 도리(道理) 업스나 쥬인(主人)의 쳐(妻)롤 브로 이리 잡아니라 ᄒ샤 형판(刑板) 우히 업지르고 하교왈 네 지아비 닉 말노 완뎡(完定)ᄒ여눈디 네 홀노 닉 영(令)을 좃지 아니문 엇지뇨? 부인이 오히려 지란(至難)ᄒ 빗치여놀 드듸여 형벌(刑罰) 슈기(數箇)롤 쓰니 부인이 황겁(惶怯)ᄒ여 왈 샹교(上敎)디로 ᄒ리이다 ᄒ더 디개 회가ᄒ시미 병시 쏘ᄒ 꿈을 ᄭᅵ니 놀난 ᄯᅡᆷ이 살의 져젓더라. 급히 안의 드러가니 부인이 무롭흘 만지며 알코 널오디 만일 그 혼인을 뎡치 아니면 반ᄃ서 큰 홰 이실 거시니 닉일은 ᄉ쥬단ᄌ(四柱單子)롤 청(請)ᄒ고 길일(吉日)을 ᄐᆨ(擇)ᄒ미 가(可)ᄒ니라. 병시 희풍을 쳥ᄒ여 즉시 왓거놀 병시 왈 엇지 그리 오러 불니(不來)ᄒ더뇨? 희풍왈 져덕 망발(妄發)ᄒ여스미 붓그러 못왓노라. 병시왈 닉 요ᄉᆞ이 반복(反復)ᄒ여 닉이 싱각ᄒ니 나곳아니면 그디 궁(窮)ᄒ 거술 불상이 넉이리 업슨디라. 닉 비록 쓸의 평싱(平生)을 그릇치나 그디의게 결혼(結婚)ᄒ려 결단(決斷)ᄒ엿노라 ᄒ고 ᄉ쥬롤 밧고 길일을 ᄐᆨᄒ여 기드릴시 이날 쳐ᄌ(處子) 꿈의 뎡진ᄉ(鄭進士) 화(化)ᄒ여 뇽(龍)이 되여 담 틈으로셔 쳐ᄌ롤 향ᄒ여 그 샷기롤 바드라 ᄒ거놀 치마 복(치마 폭)으로 뇽의 샷기롤 바드니 그 샷기 다ᄉ시라. 꿈ᄭᆞᆨᄒᄂᆞᆫ디 그듕 ᄒ나히 목이 브러져 죽으니 실(實)노 고이ᄒᆫ 일이라 ᄒ니 그 부뫼(父母가) 듯고 ᄆᆞ음의 긔이(奇異)히 넉엿더니 밋 혼인ᄒ여 뎡문(鄭門)의 드러가미 슌(順)으로 오ᄌ(五子)롤 싱(生)ᄒ니 댱ᄌ(長子)눈 익이오, 추ᄌ(次子)눈 셕이오, 삼ᄌ(三子)눈 박이오, ᄉᄌ(四子)눈 역이니 댱셩(長成)ᄒ미 문득 등졔(登第)거지 ᄒ여 익은 판셔(判書)되고 박은 디ᄉ간(大司諫)이오, 남은 아둘은 혹(或) 옥당(玉堂)도 되고 혹 낭ᄉ(낭사)도 ᄒ야 그 댱손(長孫) 듕휘 그 조부모(祖父母) 싱시(生時)의 등과(登科)ᄒ여 녀셔(女婿) 오빈이 쏘 등졔ᄒ여 참의(叅議)거지 ᄒ고 희풍이 향년(享年)을 구십여(九十餘)롤 ᄒ고 오ᄌ(五子)의 등과(登科)홈과 겸(兼)ᄒ여 공신(功臣) 승습(承襲)

으로 희풍군을 봉(封)ᄒ고 너외제손(內外諸孫)을 니로 혜지 못ᄒᄂ지라. 다
숫지 아둘이 셔댱(書狀)으로 연경(燕京)의 갓다가 긱ᄉ(客死)ᄒ여 부모(父
母) 싱젼(生前)의 참경(慘境)을 끼치니 과연(果然) 농의 삿기 목 브러져 죽으
물 응(應)ᄒ니라. 부인이 희풍으로 더브러 ᄉ십년 동쥬(同裯)ᄒ고 희풍이 여
셔 삼ᄉ년 몬져 샹ᄉ(喪事) 나니 병ᄉ의 몽듕(夢中) 쥬샹(主上)은 곳 단죵디
왕 신영(神靈)이시니 그 ᄉ당(祠堂)이 뎡가(鄭哥)의 집의 계시물 위ᄒ샤 신
영을 뵈야 가만이 도으시미 이러틋 쇼〃(昭昭)ᄒ더라. 희풍이 바야흐로 궁포
(窮途?)의 이실 제 그 친구(親舊)의 집의 갓더니 튱쳥도(忠淸道) 잇ᄂ 슐ᄉ
(術士가) 슐업(術業)이 신통(神通)ᄒ야 ᄉ쥬 보이ᄂ니 디쳥이 좁도록 모닷거
늘 슐ᄉ 미쳐 슈응(酬應)치 못ᄒᄂ디 쥬인이 희풍다려 그디ᄂ 어이 신슈(身
數)를 뵈디 아니ᄒᄂ다? 희풍왈 나의 궁(窮)ᄒ 신쉬 임의 판이 낫시니 다시
무러 무엇ᄒ리오? 슐ᄉ 어도로(?) 희풍의 얼굴을 보고 ᄉ쥬 보기를 쳥ᄒ거눌
희듕(풍?)왈 너 궁흔 팔ᄌ(八字) 니러ᄒ여 셰샹(世上)이 다 ᄇ리니 사롬의게
질졍(質定)ᄒ기를 번거히 ᄒ리오? 슐ᄉ ᄉ쥬을 구지 쳥ᄒ여 보고 침음냥구
(沉吟良久)후(後) 왈 흉(凶)ᄒ고 흉ᄒ다 너 싱뉘(生來)예 처음 보앗노라. 희
풍이 왈 흉ᄒ다 말이 흉악(凶惡)ᄒ다 말이냐? 슐ᄉ왈 됴타 말이니 즉금 비록
샹쳐(喪妻)를 ᄒ여시나 불구(不久)의 장가드러 멋십년을 히로(偕老)홀 거시
오 즉금 비록 무ᄌ(無子)ᄒ나 지샹(宰相) 명ᄉ(名士가) 슬하(膝下)의 가득ᄒ
여 그 말으믈(만으믈?) 이로 혜지 못홀 거시오, 즉금 비록 궁한(窮寒)ᄒ나
위(位)ᄂ 아경(亞卿)의 밋고 슈(壽)ᄂ 빅(百)을 ᄇ라볼 거시니 이듕의 만당
(滿堂)ᄒ신 손님이 엇지 이 복녁(福力)의 방불(彷彿)ᄒ니나 이시리오 ᄒ더니
그후 일이 셰〃(細細)히 그 말과 갓치 되니라. 희풍이 초취(初娶)홀 ᄊ의 꿈
의 동뉘연(?) 쟈리의 드러가니 안집의 비치(配置)혼 거시 묘연(묘연)ᄒ디 소
위(所謂) 쳐ᄌ(處子)ᄂ 그림ᄌ도 업ᄂ지라. 깨미 심히 괴이(怪異)ᄒ더니 지
취(再娶) ᄊ 꿈의 ᄯ 초취뎍 꿈 ᄭ던 집의 니ᄅ니 소위 쳐ᄌ 겨유 두어 셜은
먹은 어린 아히러니 밋 삼취(三娶) 꿈의 ᄯ 초취 집의 니ᄅ니 소의(위?) 쳐지
나히 십여셰(十餘歲)ᄂ 되엿더니 밋 니부인(李婦人)을 빙(聘)ᄒ미 안집이 과

연 셰번 꿈 꾸던 집이오, 쳐주의 얼골이 과연 꿈 속의 아히와 갓흐니 젼졍(前
程)이 과연 어긔지 아니흐도다."

<고튱신이인뉴셔>(顧忠臣異人遺書)(연대본 : 推奴遇仙得碑定議)

"셩승지(成承旨) 삼문(三問)의 누의 이셔 당혼(當婚)흐여시디 간난(艱難)
흐여 혼인(婚姻) 지닐 길히 업눈지라. 그 디인(大人) 승(勝)이 황희도(黃海
道)의 가 츄로(推奴)흐여 혼슈(婚需)롤 츌히랴 흐디 삼문왈 츄로흐는 길히
스부(士夫)의 홀 비 아니라 흐니 그 디인이 흐디 이 길히 아니면 자슈(資需)홀
곳이 업스니 닉 일흘 막지 못흐리라. 삼문이 디힝(代行)흐물 쳥(請)흐여 일마
일동(一馬 一僮)으로 길 난지 누일(屢日)만의 흐로난 날이 져물고 슌막(酒
幕)이 먼지라. 브야흐로 민망(憫惘)흐더니 홀연(忽然) 흔 놈이 뒤흘 짜라 고
(告)흐여 왈 만일 산듕(山中) 길노 가면 삼십 니롤 어더 촌졈(村店)의 다둣기
쉬오니 소인(小人)이 쳥컨디 젼도(前導)흐리이다. 삼문이 즐겨 조차 미〃(微
微)히 산듕을 넘어 졈〃(漸漸) 깁흔 곳으로 드러가니 디로(大路)의 가기는
임의 졀원(絶遠)흔지라. 삼문의 뜻의 도젹(盜賊)의 무리 유인(誘引)흐여 드
러온가 흐디 형셰(形勢) 홀일업셔 마지못흐여 짜라가다니 흔 뫼흘 넘은즉 모
을(마을?)이 〃여(이셔?) 너르고 그가온디 큰 기와집이 잇는지라. 그 놈이 삼
문을 문 알릭 셰우고 드러가 쥬인(主人)의게 고흐여 즉시 브릭거놀 드러가니
팔십여셰 노인(老人)이 〃셔 교위(交椅?)예 느려 마즐식 녜뫼(禮貌가) 즈못
거만(倨慢)흐여 후싱(後生)으로 디졉(待接)흐니 삼문이 쳐엄의 그 샹뫼(狀貌
가) 그 샹뫼(ΦΦΦ) 괴위(魁偉)흐물 놀나더니 밋 말을 졉(接)흐미 삼교(三敎)
롤 널니 통(通)흐고 만니(萬理)롤 능히 아는지라. 삼문이 젹연(寂然)흐여 망
양지탄(亡羊之歎)이 잇더니 듀옹(主翁)왈 그디 이번 길히 무슨 일을 위흐여
어느 곳으로 가는다 삼문이 연고(緣故)롤 고흐디 듀옹왈 독셔 쇼년(讀書 少
年)이 〃 길히 이시미 맛당치 아니흐도다. 공왈 모로는 거시 아니로디 마지
못흐미라. 듀옹왈 쁠 바 혼슈는 노한(老漢)의 집의셔 츌혀줄 거시라. 모롬즉
이 일노조차 도라갈디어다. 공이 그 말을 듯고 더옥 도젹의 금젼(金錢)이 만

코 의기(義氣) 잇는 놈인가 의심(疑心)ᄒ여 구지 ᄉ양(辭讓)ᄒᄃᆡ 듀옹왈 그러ᄒ면 밧지 아니ᄒ여도 희(害)롭지 아니ᄒ거니와 죵의 곳의 가기는 결단(決斷)코 가(可)티 아니ᄒ니 바로 동(東)으로 도라가미 가ᄒ니라. 이거시 노부(老夫)의 ᄉ랑ᄒ는 뜻이로다. 공왈 공경(恭敬)ᄒ여 가ᄅ치믈 바드리라. 셕반후(夕飯後) 불을 혀고 글발을 훑시 더옥 미〃(微微)ᄒ야 마디아니ᄒ니 삼문이 졈〃 의심을 풀고 도(道) 잇는 어룬인가 ᄒ야 왈 쟝인(長人)의 국냥(局量)과 식견(識見)으로 엇디ᄒ야 궁□(산?)의 동노(終老)를 ᄒ는다. 듀옹이 왈 노물(老物)이 긔체(氣體) 심히 □□(미쳔?)ᄒ니 셰상의 쓰이기를 엇디 ᄇ라리오? 인(因)ᄒ여 밤이 깁허시니 낭져(廊底)의 가 자고 잘 도라갈디어다. 새벽 ᄯᅥ날 적 곳쳐 보디 못ᄒ리라 ᄒ고 인ᄒ야 작별(作別)ᄒ고 왓더니 이튼날 새벽의 노옹의 말을 디(?)ᄒ고 동으로 도라갈시 몰(馬) 우희 스스로 싱각ᄒ되 노옹이 날을 인도(引導)ᄒᄆᆡ 유리(有理)ᄒ니 내 ᄌᆞ려 도라가미 해롭디 아니ᄒᄃᆡ 혼슈를 장찻 엇디 출히리오 ᄆᆞ음의 민망ᄒ더니 밋 집의 밋ᄎᄆᆡ 샹하ᄂᆡ외(上下內外) ᄇ야흐로 혼구(婚具)를 셩비(盛備)ᄒ며 긔식(氣色)이 ᄌᆞ못 흔〃(欣欣)ᄒ거눌 고이ᄒ여 무른디 그 디인(大人)이 흔 장 편디(便紙)를 너여보여 왈 이거시 네 편지라. 처음 공(貢) 바든 거시 오ᄇᆡᆨ냥(五百兩)이 되ᄆᆡ 몬져 보ᄂᆡ여 혼슈를 출히게 ᄒ고 맛당이 니어 슈습(收拾)ᄒ야 쳔〃이 도ᄅᆞ가렷노라 ᄒ엿는 고로 그 돈으로 목금 혼슈를 경영(經營)ᄒ노라 ᄒᄃᆡ 공이 그 편지를 ᄌᆞ셔(仔細)히 보니 필젹(筆跡)과 ᄌᆞ획(字劃)이 완연(宛然)이 니 손으로 난 것ᄀᆞᆺᄒ여 조곰도 ᄃᆞ란 거시 업거눌 공이 〃에 놀나 비로소 노옹이 신인(神人)〃 줄 미덧더니 밋 오신(五臣)으로 더브러 샹왕(上王)을 회복(回復)ᄒ기를 꾀훌시 공이 그 디인긔 술와 왈 이 일의 〃리(義理)는 반ᄃᆞ시 그곳 노인의게 질졍(質定)ᄒᆞᆫ 후에야 가히 결단홀 거시니 그ᄺᅥ 갓던 죵이 능히 그 길홀 분변(分辨)ᄒ리라 ᄒ고 즉시 그 죵을 불너 편지를 뎐(傳)홀 뜻으로 니른디 죵이 왈 그 길히 눈 가온디 이시니 편지 젼ᄒ기 무어시 어려오리오 ᄒ거눌 즉시 편지를 ᄡᅧ 든〃이 봉(封)ᄒ여 죵의 옷깃 속의 너허보ᄂᆡ니 죵이 드디여 이젼 갓던 마을〃 다ᄃᆞ른즉 ᄡᅲㄱ과 ᄲᅢ양이 무셩(茂盛)흔 곳의 기와집은 흔젹(痕

迹) 업고 다만 보니 그 노인의 옛 터희 새로 세운 돌비(石碑)가 잇거늘 종이 약간(若干) 글즈를 아는 고로 비 알리 나아가 쓴 거슬 본즉 붉은 글즈로 크게 뼈 갈오디 만고유명(萬古留名)ᄒ고 □□□□□(쳔츄(千秋)에 혈식(血食)을?) 홀 거시니 날ᄃ려 무러 무엇ᄒ리오? ᄒ엿거늘 종이 그 열여슷 글즈를 벗겨 가지고 도라와 공의게 고ᄒᆫ디 공이 디인긔 엿ᄌ와 왈 신인이 임의 날을 허(許)ᄒ여시니 다시 무슨 즈져(趑趄)ᄒ리오 ᄒ고 드디여 이에 의논(議論)을 뎡(定)ᄒ니라."

(朴醉琴彭年禍後 子孫流落大邱地 貧甚不振 家濱洛東江 當秋 集村夫 打稻於野場 忽有一獐 跟蹌走來 投匿於亂藁堆聚中 俄有荷銃一獵夫來到 稻場曰 我纔跡獐 入此處 果是其獐否 朴生曰 獐若有到 則兩班豈利人所跡 之獸 隱諱而橫占乎 獵夫再三歎訝曰 的知獐所投 而今乃無之 盤桓良久 而 獵夫去後 獐猶不出 打稻夫輩 意必縛歸朴廚以資盤腥矣 向夕 朴生以筑撥 藁堆 語獐曰 今可出矣 獐屢顧如致謝狀 逡趑趄而去 是夜朴夢見一老人曰 我是獐也 蒙君全活 必欲報德 此洛東江下流 限四十里 出立案 則坐以致萬 金富矣 朴覺來 記得了了 而歸之虛誑 不經意思假睡 老人更曰 吾欲報君之 恩 則豈有指君虛誑事之理乎 明日午 必入官 請立案可也 朴睡覺 而猶未信 就睡復如初夢 復如之其勸盇君若 朴遂於明日 就官庭請之 太守大笑曰 汝 無乃病風人耶 大江立案 誠是曾未聞之怪說也 朴曰 民亦知其孟浪 而竊有 異兆 聊此請立案矣 太守笑而從之 從某至某長四十里 廣幾許里 出立案歸 來 未十日 江水忽捨舊道 而橫走 盖其江流回轉處 舊有一皐 水抱其皐 匯 折而趍下矣 一夜之間 江水決其皐 直射占新道前 所謂大江者茫然 風沙一 望無際 朴氏乃墾良田美畓於舊江墟 首尾近三百年 猶未盡墾 其邊側處 不 宜穀者 種之以栗 朴富世傳 雄於一路 每年所以收穀 不知其幾許 栗畓地恰 滿千石 栗庫典奴 每年遞易 而一年庫子 亦足一生免飢云 墨井申君商權是 朴門外孫 故傳其事甚詳)

(海豊君鄭孝俊「卽余曾王母之外祖考也」至今擧國 號爲大福人 而年四十三「歲 以內」三喪配 有三女 而無一子 科止小成 家徒四壁 而寧陽尉 卽其曾祖 故本家奉祀外 端宗大王(魯山君?) 顯德權王后 思陵宋王后廟主 皆奉于其家 而香火難繼 在家「而」絶無以自慰 日就比隣李兵使眞卿家對博 眞卿氏卽判書俊民之孫 御將義豊之高祖「也」一日海豊謂李兵使曰 我有一言 君能聽施否 李曰 君我之交好 豈有可咈之事乎 第言之 海豊曰 吾非但私門奉祀 兼當朝家奉祀 而望五之年 方無妻矣 子亦何從而生乎 絶祀必矣 寧不可憐 非君則誠難開口「請娶妻」君能恤我情境 許其爲婿否 李「兵使」勃然作色曰 君言眞耶 戲耶 君年踰四十 吾女方十六歲 其不相當 果何如耶 不料君作此不成之話也 海豊無聊而退 自是不復往博 其後十餘日 李兵使寢于舍廊 夢有大駕降臨 警蹕喧嗔 李公蒼黃下堦伏地 則少年主上陞坐大廳下教曰 汝與隣舍鄭某 親好否「仰」對曰 然 又下教曰 汝以鄭某爲婿好矣 李對曰 聖教之下 何敢違拂 而鄭某與臣女 年紀近三十年差池 寧不切迫耶 上曰 年齒多少 少無妨 必須結姻也 旋卽回鑾 李公睡覺 夢境事了了 怡悅入內舍 則夫人亦已睡覺曰 深夜入來 何也 李公曰 吾有怪夢 心中不平 玆以入來矣 夫人曰 吾亦有怪夢 如是耿耿不寐矣 相對說夢 如合符節 李公曰 事不偶然 誠可悶慮 夫人曰 夢是虛境 何可相信耶 又十餘日 李公之「夢」又如前 玉色頗不悅曰 前所分付事 何不奉行 李公曰 謹當詳量決定矣 是夜內外之夢 又相同 李公語夫人曰 一之爲異 況至於再 殆是天也 不從則恐有禍矣 夫人曰 夢則誠異 而事固難重(重難?)矣 李公自是疑懼懷殆 寢食不安 不多日 又夢大駕來臨 聲色俱厲曰 吾於汝勸之有福無害之事 而汝終違拒 吾將降禍於汝矣 李公惶恐 請依教 上曰 今日則不必入內舍 捉出主人妻可也 捉出後 置刑板 教曰 汝夫已知(如?)吾言而完定 汝獨不遵吾令乎 夫人猶有持難色 遂施刑數「三」箇 惶怵乃許諾 大駕遂回 李公醒來 駭汗浹肌 忙入內舍 夫人撫膝叫痛曰不定厥婚 必有大禍 明日則請四柱 擇吉日 斷不可已也 李公早送伻於海豊 傳喝相邀 海豊卽至 李公曰 何許久斷來往耶 海豊曰 頃日所言妄發 懷慙而不來矣 李公曰 近日「吾」反覆熟思 非我則無人憐君窮

吾雖誤吾女之平生 已決歸之於君矣 卽席受柱單涓吉 是日處子 告其母曰
今夜夢中 父親博友 鄭進士化爲龍 從墻缺處 向我作語 使受其雛 吾展裳幅
受之龍雛 蜿蜿者 其數凡五 其一頸折致斃 誠爲怪事 父母聞之 甚奇異之
結縭入鄭門後 次第連生子五人 曰益 曰晳 曰樸 曰槓 曰植 纔成長 輒皆
登第 益判書 晳樸俱祭判 槓植皆春坊亞憲 孫重徽 亦於祖父母在時登科 女
婿吳변 亦登第 官祭議 海豐享年九十餘 以侍從臣 父及五子登科 加資承襲
封君 爵躋正卿 簪纓滿膝前 內外諸孫 不可勝計 末子以書狀 赴燕京 以喪
歸於父母生前 果應龍雛頸折之夢 余之曾王考進拜於妻外祖父母 則李夫人
軀幹豊肥 太沒姿色 宜其受福出凡也 夫人與海豐 同裯四十年 先海豐三年
而沒 李公夢中君王 盖是端宗大王(魯山?)之靈也 爲其祠堂之在鄭家現靈
宜(冥?)祐若是昭昭 吁亦異矣 海豐方在窮途時 往赴舊家 則湖西術士 風鑑
祿命俱神 坐在中央 名士儒生之質身數者 環坐四面 充滿三間大廳 術士不
勝酬應之勞 主人戲謂海豐曰 君何不質身命 海豐曰 吾之窮凶 身數已出場
何以問爲 術士瞥看海豐之貌 請問四柱 海豐曰 吾之窮命 如是如是 世所共
厭 何敢煩人推數乎 術士强請之 遂告四柱 術士沉吟良久曰 凶矣 凶矣 如
此命數 吾生來初見者也 海豐曰 凶云者是惡之謂耶 術士曰 善之謂也 今云
無妻 而非久當娶 久久偕老矣 今云曰無子 而宰相名士 將滿膝下 不勝其多
矣 窮寒坐躋正卿 其壽則望百 此中滿堂諸位 寧有彷彿於彼福者乎 後來事
一如術士之言云 海豐初娶時 夢入醮席 則婦家內屋位置 了然可記 而所謂
處子 元無形影 覺來甚怪之 及「喪初配至」再配時 又夢之家 所謂處子 纔成
孩提 及至三娶 夢又如前 而處子年可十許歲 及聘李夫人「也」內屋果是前
夢 所見處子顏面 亦是自孩提 至十許歲之人也 前程不爽 誠異矣)

(成承旨謹甫有小妹 當婚貧無以爲資 其大人勝時謂以海西有奴僕 當親
往收拾備婚具 謹甫白曰 推奴之行 豈士夫之所宜爲哉 其大人以爲非 此則
無處可措手 汝不可尼 吾行云則謹甫仍請代行 乃以一馬一僕 而出行幾日
日將暮 店又遠 方以爲悶 忽有着平涼子常漢 隨後告曰 若從山中路 則可減

三十里程道 小人請前導 公樂從之 靡靡踰山 轉入窮壑 去大路已絶遠 公意
謂此必是賊徒 引入賊藪 而勢同觸藩 不得不跟行 竟越一峴 則有村開豁 穹
然瓦舍 在其中 厥漢立公於門前 入告其家 卽爲引入 有年近八十老人 下交
校迎之 禮甚倨視以後生 公始驚其狀貌魁偉 及接辨論貫穿萬里 博通三教
公瞠然有望洋之歎 主翁曰 君此行爲何事 而向何處 公告之故 主翁曰 讀書
少年 不宜有此 公答曰 非不知也 勢不獲已也 主翁曰 所須婚具 當取諸老
漢家中而賙之 君須自此經(徑?)還焉 公聞其語 尤認以多積金錢之賊魁 乃
辭以無名與受 主翁曰 然則置之勿論 而往抵奴所 則決不可直爲東還 千萬
望也 公曰 敬奉教 夕飯後 張燈談理 纚纚不窮 公曰 以叟之識幹局丈解 何
以終老窮山 答曰 老物地甚微 詎望需於世 仍曰 夜向深 君且廊底就宿所
遂與敍別 翌曉依翁言 東還 馬上自思曰 翁之道人有理 吾之徑歸不害爲雅
操 而空手歸家 妹婚何爲措 及抵家門 上下內外 方盛備婚需 屋頗有潤 公
怪問之 其大人出示一札曰 此汝自奴所而送書也 書中謂以初到以來徵貢贖
良 已爲五百金 恐後婚期 先送現在錢云 故以其來者辦具 綽有餘裕於婚用
矣 公細審其書與自己手跡 毫髮不爽 始知老翁之爲神人無疑矣 及謀復上
王也 公白其大人曰 此事必質於某處老人 然後可決 請以密札報議 卽招向
來往還之馬前奴 問曰 汝能往尋某處也否 奴曰 峯壑林灣 明辨在心木 何難
於更訪哉 遂坼置書封於去奴衣領 裹而復縫之 使之密傳 奴遂走抵前去村
則一鞠爲蓬蒿 變幻無跡 但見老翁舊墟 有穹然新竪石 奴卞文字 故就審之
則以朱字大書曰 名留萬古 血食千秋 事之成否 何問於我 奴謄其十字 六歸
報於公 公復于大人曰 神人已許我矣 更何趑趄 遂與五臣定議云)

『연민학지』 5, 연민학회, 1997.

미산본(味山本) 『청구야담』의 원천과 의미 연구

1. 들어가는 말

필자는 앞선 다른 글[1]을 통하여 야담 연구에서 자료가 갖고 있는 나름의 의미를 결코 간과해서는 아니 된다는 인식 아래, 이들 자료들에 대한 '꼼꼼한 자료 읽기'가 매우 중요한 과제라는 점을 적극적으로 주장한 바 있다. 여기서 필자가 검토하려는 논제 또한 이런 주장에 대한 구체적인 논의의 하나라는 점에 대해서는 다시 췌언할 필요가 없다고 하겠다.

근자에 새롭게 보고된 미산본 『청구야담』의 색다르기까지 한 면모를 통하여 먼저, 이 자료가 어떤 전대 문헌들을 원천으로 하여 이루어진 것인지를 검토한 뒤, 계속하여 이들 자료가 해당 원천들을 어떠한 방향으로 수용하고 있는지를 아울러 검토하고자 한다. 이어 마지막으로 미산본 『청구야담』의 후반부에 위치하고 있는 약 10여 편에 달하는 자료들이 갖고 있는 서사 내용과 그 의미는 무엇인지를 확인 가능한 자료들과의 대비 검토를 통하여 구체적으로 논의하고자 한다.

---

1) 정명기, 「야담연구에서의 자료의 문제」, 『한국문학논총』 26집, 한국문학회, 2000, 27~55쪽. 이는 『야담문학연구의 현단계』 1, 보고사, 2001에 재수록.

2. 미산본 『청구야담』의 서지상황과 원천 탐색

1) 서지상황

본 논문에서 검토하고자 하는 미산본『청구야담』은, 과거 미산 박정로(朴庭魯)님의 소장본이었으나 현재는 영남대 중앙도서관이 소장하고 있는, 달필(達筆)로 된 한문필사본 자료이다. 해당 권의 권차가 표시되어 있지 않은 관계로 그것이 정확히 몇 권으로 이루어진 자료인지는 현재로서는 분명히 알 수 없다. 오늘날 남아 있는 자료는 1권 1책으로, 총 65장이며, 매면은 14행, 매행은 24~30자로 일정하지 않다. 필사자와 필사 연대를 알 수 있는 정보는 전혀 나타나 있지 않다.(청구번호 古 味 813.7 청구야담)

2) 원천 탐색

많은 야담집 이본들의 경우 거의 대부분 선행하는 전대 문헌을 그대로 전재, 수용하는 경향이 상대적으로 강하다는 것에 대해서는 우리 야담 연구자들 모두가 주지하고 있는 사실이라고 할 수 있다. 이는 결국 야담집 가운데 대부분의 이본들이, 그것을 창출해낸 필사자들이 선행하는 전대 문헌에 대한 재해석의 욕구 대신 이들 선행하는 전대 문헌이 지니고 있는 세계관이면 세계관, 또는 표현 기법이면 표현 기법 등을 그대로 준용하는 경향이 강하다는 사실을 지적하고 있는 것이라고도 달리 말할 수 있다.

그러나 야담집의 이본들을 구체적으로 검토하다 보면 이들 이본들 모두가 이런 일반적이기까지 한 경향을 그대로 준용하는 가운데 이루어진 것으로는 결코 보여지지 않는다는 점에서 해당 자료들에 대한 보다 세심한 검토가 절실히 요청된다고 하겠다. (이 점 후술한다.)

이런 점에서 이본 자료에 대한 검토는 먼저 이들 자료가 원천으로 하고 있는 전대 문헌은 무엇인지를 구체적으로 탐구하는 작업이 선결적으로 요청된다고 하겠다. 이에 먼저 미산본『청구야담』의 원천이 과연 무엇인지를 가능한 범위 내에서 검토코자 한다.

이 자료에 대한 이런 시각에서의 접근이 유독 필자에 의하여 처음으로 이루어지는 것은 아니다. 그것은 최근에 임완혁 또한 「『청구야담』의 문헌학적 연구」[2]란 논문에서 소략하게나마 이런 면모에 대해 논급한 바[3]가 있기 때문이다. 그럼에도 필자가 여기서 다시 그것을 거듭 검토하려는 까닭은 선행 논의가 거둔 일정한 성과가 있음에도 그 가운데서 나름의 일정한 오류와 아울러 해당 논의의 성격상 어쩔 수 없었겠지만 이 자료에 대한 보다 구체적인 논의가 결여된 듯한 느낌을 불식할 수 없다는 점에 있다. 이런 점에서 본다면 미산본『청구야담』의 전체적인 면모에 대한 고찰은 아직 구체적으로 이루어진 바 없다고 해도 지나친 것은 아니라고 생각된다.

여기서 우리의 논의를 보다 효과적으로 진행하기 위하여 임완혁의 주장을 먼저 검토하여 보기로 하자.

---

2) 임완혁, 「『청구야담』의 문헌학적 연구」, 『한국한문학연구』 25집, 한국한문학회, 2000, 173~204쪽.

3) 필자 또한 이와 같은 시각 아래 이 자료에 대한 간략한 해제를 집필한 바 있다. 이에 대한 해제와 원문에 나타난 변이양상 등에 대한 자세한 정보는 「한국민족문화」 19집(부산대 한국문화연구소, 2002.)을 참조하라. 한편 본 논문은 이 해제에서 미처 자세히 다루지 못한 몇몇 문제들을 보완, 확대하려는 의도 아래 마련된 것임을 이 자리에서 애써 밝혀둔다.

"미산문고본은 권수가 표시되어 있지 않으나 버클리대본 권1의 내용이 그대로 실려 있다. …(중략)… 가)그러나 미산문고본은 권1의 마지막 작품인 「呂相托辭登大闡」에 이어 어사 박문수 이야기가 나오는데 「矗石樓繡衣藏踪」(버클리 7-7)과 「矜朴童靈城主婚」(버클리 9-3) 「貸營錢義城倅占風」(버클리대 8-10) 등의 이야기가 제목 없이 잡다하게 실려 있다. 나)아울러 『계서잡록』 계통에서 확인되는 '嶺伯金相休啓跋辭' '金化縣村人父子'가 실려 있다. 다)그리고 계속해서 「背恩儂」, 「鬼幻」, 「設計占山」 등 넉 자 또는 두세 자로 제목을 단 작품이 실려 있는데 이 작품들은 『청구야담』과 직접적인 관련이 없다. 라)결국 미산문고본은 권1을 전사한 후 『청구야담』의 각 권에서 부분적으로 몇 작품을 전사하고 거기에 새로운 자료를 보충한 이본이라 할 수 있다."[4] [필자 주: 가), 나), 다), 라) 등은 필자가 표시한 것임]

앞에서도 이미 밝혔듯이 임완혁에 의해 최근 들어 우리 학계에 알려진 자료에 대해 본 논문에서 다시 검토하려는 까닭은 미산본 『청구야담』이 지니고 있는 몇몇 면모가 이본 자료에 대한 우리들의 일반적인 이해를 넘어서고 있다는 점에 있다. 그간 우리들은 어떤 자료의 이본들에 대한 정확한 고찰도 없이 이들 이본들의 가치를 지레짐작으로 폄하해 온 경향이 없지 않았던 것으로 생각된다. 그러나 구체적으로 자료들을 검토하다 보면, 야담집 가운데의 여러 이본들이 우리들의 이본에 대한 일반적 이해와는 분명 다른 면모를 지니고 있다는 것 또한 어렵지 않게 발견할 수 있다. 이런 점에서 각 야담집의 이본을 엮은 존재들의 편찬의도라든가, 또는 해당 이본들의 형성과정과 그 계통을 보다 정확히 파악하기 위해서라도 이러한 이본 자료들에 대한 꼼꼼한 탐구가 적극적으로 요청된다고 하겠다.

---

4) 임완혁, 앞의 논문, 200~201쪽.

거듭 말한다면, 미산본『청구야담』은『청구야담』이본들의 일반적인 면모와는 분명 다른 양상을 드러내 보이고 있는 자료이다. 이 자료는 총 51화로 이루어져 있는데, 이들 이야기들의 원천은 임완혁도 이미 적절히 지적하고 있듯이 그 모본이 단일하지 않다는 특징을 지니고 있다.

그것을 구체적으로 검토하기에 앞서, 먼저 임완혁의 주장에서 드러나는 문제점을 살펴보기로 하자. 그 또한 미산본『청구야담』의 체재에 대해 '불완정한 이본'이라 주장한 바 있다. 이 주장은 어느 면 맞기도 하고, 어느 면 그르기도 한 것으로 생각된다. 그것은 위에 제시한 인용문 가운데 특히 가)와 라)에서 잘 드러난다.

> 가) 그러나 미산문고본은 권1의 마지막 작품인 「呂相托辭登大闈」에 이어 어사 박문수 이야기가 나오는데 「矗石樓繡衣藏踪」(버클리 7-7)과 「矜朴童靈城主婚」(버클리 9-3)「貸營錢義城倅占風」(버클리대 8-10) 등의 이야기가 제목 없이 잡다하게 실려 있다.
> 라) 결국 미산문고본은 권1을 전사한 후『청구야담』의 각 권에서 부분적으로 몇 작품을 전사하고(밑줄: 필자 표시)

란 지적이 바로 그것이다.

이렇게 본다면, 그는 미산본 29화까지는 버클리대본『청구야담』을 전사하는 가운데 이루어진 것이라고 주장하고 있는 것으로 보여진다. 물론 이들 3화의 경우, 사실 버클리대본『청구야담』에도 수록되어 있기는 하다. 그러나 이러한 주장이 타당성을 얻기 위해서는 다음과 같은 의문에 대해 확실히 답할 수 있어야 한다고 본다.

미산본은 1화인 〈상숙은세송의자(償宿恩歲送衣資)〉부터 26화인 〈여상탁사등대천(呂相托辭登大闈)〉까지는 어느 하나 예외 없이 제목을 다

지니고 있다. 이것들은 임완혁도 이미 정확히 지적하였듯이 바로 버클리대본『청구야담』의 권1의 전부에 해당하는 것이기도 하다. 그런데 이 이야기들을 바로 뒤이어 나타나고 있는 3화, 곧 〈촉석루수의장종(矗石樓繡衣藏踪)〉(버클리 7-7)과 〈긍박동령성주혼(矜朴童靈城主婚)〉(버클리 9-3) 〈대영전의성쉬점풍(貸營錢義城倅占風)〉(버클리대 8-10) 등은 위의 26화까지의 경우와는 달리 한결같이 제목을 갖고 있지 않다는 공통분모를 갖고 있다. 이런 현상은 이하 38화까지 동일한 양상으로 나타나고 있다. 만약 그의 주장과 같이 이들 3화가 과연 버클리대본『청구야담』을 원천으로 하여 이루어진 것이라면, 첫째, 이들 3화의 원천이 이와 같이 분명한데도, 왜 미산본『청구야담』의 편자는 26화까지의 일반적인 현상과는 달리 이들 이야기의 제목을 분명하게 드러내지 않았던 것인가? 둘째, 26화까지는 버클리대본『청구야담』권1의 차서와 같이 그대로 전사하여 이루어진 것임에 반하여, 이하 3화는 하나같이 원천에 해당하는 권수를 각기 달리하고 있다는 변별성을 지니고 있는데, 이것은 미산본『청구야담』의 편자가 해당 이본의 원천인 버클리대본『청구야담』의 나머지 권 가운데서 그야말로 임의로 해당 이야기들을 발췌한 결과라고 볼 수밖에 없을 것으로 여겨진다. 과연 이런 현상을 어떻게 논리적으로 설명할 수 있을 것인가? 셋째, 27화 이하 38화까지의 이야기들은 앞에서도 이미 지적하였듯이 하나같이 제목을 갖고 있지 않다는 나름의 동일한 면모를 지니고 있는 바, 임완혁의 주장과는 달리 이들 3화를 포함한 아래 38화까지의 이야기들은 앞의 26화까지의 원천과는 분명 다른 원천을 바탕으로 하여 출현했을 개연성이 더 높다는 사실을 반증하는 것은 아닌가 하는 점 등이 바로 그것이다.

 필자의 검토 결과, 미산본『청구야담』의 1화에서 26화까지는 임완혁도 적확히 밝히고 있듯이, 버클리대본『청구야담』1권의 차서와 완전히 부합하는 면모를 보이고 있는 것으로 거듭 드러났다. 한편 27화에서 38화까지의 원천을 검토한 결과, 그의 주장과는 달리 27화부터 29화까지를 포함한 38화까지의 이야기들 모두는 바로 연민본『계서잡록』권리(卷利)[5]가 이에 해당함을 확인할 수 있었다. 그 관계 양상을 구체적으로 제시하면 다음과 같다. 곧 27화(3권 1화), 28화(3권 2화), 29화(3권 5화), 30화(3권 7화), 31화(3권 10화), 32화(3권 17화), 33화(3권 13화), 34화(3권 18화), 35화(3권 33화), 36화(3권 43화), 37화(3권 46화), 38화(3권 41화)가 그것이다. 한편 39화에서 51화까지는 위의 두 경우와는 달리 현재까지의 검토 범위 내에서만 밝힌다면, 몇몇 자료들을 제외하고서는 그 원천과 유화를 분명히 제시하기가 어려운 실정이다. 그런 가운데 필자가 이들 이야기들의 원천 또는 유화로 밝혀낼 수 있었던 이야기들은 다음과 같다.

　41화 <富翁> : 『拍案驚奇』5화 <無愁翁>, 『靑邱奇談』6화 <근심 업
　　　는 늙은이>[6]
　42화 <設計占山> : 『揚隱闡微』16화 <元相國智計葬親>[7]
　48화 <積蔭有報> : 『揚隱闡微』17화 <趙夫人感義解奇冤>[8]
　49화 <至孝感神> : 『奇觀』8화 <孝感>, 權友荇본 『탁영젼』, 『類錄』
　　　소재 <卓永傳>

---

5) 이 자료는 필자에 의해 우리 학계에 처음으로 소개된 바, 이에 대한 간략한 해제와
　원문은『열상고전연구』10집(열상고전연구회, 1997, 335~410쪽)을 참조하라.
6) 해당 원문은 이윤석·정명기 공저,『구활자본 야담의 변이양상 연구-구활자본 고소
　설의 변이양상과 비교하여』(보고사, 2001, 191~193쪽)를 참조하라.
7) 해당 원문과 번역문은 이신성·정명기 공역,『양은천미』(보고사, 2000, 140~144쪽)
　를 참조하라.
8) 해당 원문과 번역문은 이신성·정명기 공역, 바로 앞의 책(145~152쪽)을 참조하라.

필자가 그간 다양한 자료집과 이본집들을 검토해 왔음에도 이들 이 야기들의 원천과 유화를 정확히 밝혀내기가 쉽지 않았다는 사실은 이 들 이야기들이 다음 가능성 가운데 하나의 가능성에 의하여 나타났을 확률이 상대적으로 높은 것이라고 할 수 있다. 곧 첫째, 이들 이야기 의 원천에 해당하는 자료집이 아직 우리 학계에 소개되지 않았거나 또는 그것이 일찍이 망실되었을 가능성과 둘째, 이들 이야기들은 편 자 자신이 이 자료집을 엮던 당시에 유전하고 있었던 구전설화를 채 록한 것일 가능성 등이 바로 그것이다. 여기서 굳이 이 두 가능성 가 운데 하나를 들어야 한다면 필자로서는 전자의 가능성 쪽에 그 무게 중심을 두고 싶다. 왜냐하면 그것은 첫째 현전 구전설화 가운데 49화 를 제외하고서는 이들 유화에 해당하는 자료를 구체적으로 발견해내 기가 매우 어렵다는 사실, 둘째, 해당 자료집의 제명 명명법과 야담 자료집의 사적 전개 양상을 유념할 때 이 자료집 또한 망실된 자료로 부터의 전재 가능성이 상대적으로 높아보인다는 점 등 때문이다. 여 기서는 현재까지의 검토 결과를 토대로 한 필자 나름의 추론만을 제 시해두는 것으로 논의를 그칠까 한다. 이런 점에서 본다면 결국 <u>미산 본『청구야담』은『청구야담』과『계서잡록』, 그리고 제명 미상의 망실 (?) 야담집 등과 같은 이질적인 세 자료의 합성으로 이루어진 이본임 이 확인된다</u>고 하겠다. 이런 현상만으로도 미산본『청구야담』이 갖는 이본적 의미는 1종에 국한된 전대 문헌을 그대로 수용, 전재하는 가운 데 나타나는 대부분의 이본들과는 달리 충분히 확보되는 것이라고 할 수 있다. 바로 이것이야말로 미산본『청구야담』이라는 이본이 갖고 있 는 나름의 의미이자 가치라고 할 수 있다.

그렇다면 여기서 제명 미상의 망실(?) 야담집이라고만 밝히고 다른 논의로 넘어가는 것을 과연 온당한 자세라고 할 수 있겠는가? 우리에

게 주어진 조그마한 단서를 통해서나마 나름대로 진실을 규명해야 하
는 것이 진정한 학문의 목적이라고 한다면, 이러한 미온적인 규명의
자세야말로 진실을 규명하는 데에 결코 도움이 되는 방법이라고는 할
수 없을 듯하다. 이 문제에 대해 우리에게는 과연 그 실체를 규명해
볼만한 단서조차 남아있지 않는 것일까? 우리는 여기서 미산본『청구
야담』 39화에서 51화까지의 이야기들이 갖고 있는 일련의 제목을 주
목할 필요가 있다. 이들 이야기들의 제목은 하나같이 2자에서 4자로
표기되어 있다는 나름의 공통성을 지니고 있는 것으로 드러났다. 우
리는 여기서 야담 자료집 소재 이야기들의 경우, 애초 제목을 갖고 있
지 않았던 것이 일반적 면모였으나, 시대를 내려오면서『청구야담』,
『동야휘집』 등의 자료집에서 확인되는 것과 같이 7, 8자의 제목을 갖
게 되는 것으로 이행하고 있다는 현상을 여기서 새삼 주목할 필요가
있다고 본다.

그런 가운데 몇몇 자료집들은, 미산본『청구야담』의 그것과 같이 2
자 내지 4자의 제목을 지니고 있다는 점에서 우리의 흥미를 끈다고 하
겠다. 예컨대 서울대본『기관』[9]의 전반부 이야기들, 동양문고본『고금
소총』[10], 천리대본『어우야담』 소재『天倪錄抄』, 그리고 극히 최근에
우리 학계에 소개된『기리총화』[11] 또는『청구이문』이라는 야담집의 존

---

9) 이에 대한 논의는 장시광의 「『기관』의 자료적 성격」(『온지논총』 6집, 온지학회,
   2000, 73~92쪽)에서 이루어진 바 있어 한 참조가 된다.
10) 정용수 역, 『일본 동양문고 소장본 고금소총·명엽지해』(국학자료원, 1998.)를 참조
    하라.
11) 임형택, 「『기리총화』소재 한문단편」, 『민족문학사연구』 11호, 민족문학사연구소,
    1997.
    정명기, 「야담연구를 위한 한 제언」, 『열상고전연구』 10집, 열상고전연구회, 1997.
    정명기, 「야담연구에서의 자료의 문제」, 『한국문학논총』 26집, 한국문학회, 2000.
    김영진, 「『기리총화』에 대한 일 고찰」, 『한국한문학연구』 28집, 한국한문학회, 2001.

재 등이 바로 그것이다. 이와 같이 제명에서 동일한 면모를 띠는 자료
집들이 족출하고 있는 현상을 두고, 우리들 가운데 어느 누구도 이런
양상이 그야말로 우연한 일치에서 비롯된 것이라고 주장할 수는 없다
고 본다. 여기에는 필연코 무언가 나름의 연관성이 있는 것으로 생각
된다. 그런데, 이들 자료집들은 그 성격상 크게 둘로 나누어지는 것으
로 보여진다. 곧 앞의 세 자료집들이 대부분 소화 또는 음담으로 이루
어지고 있음에 반하여, 나머지 두 자료집은 위와는 근본적으로 성격을
달리하는 이야기들로 이루어지고 있다는 것이 바로 그것이다. 이런 점
에서 본다면 미산본『청구야담』의 39화에서 51화까지의 이야기들은
그 이야기들의 성격을 통하여 볼 때, 전자의 자료집보다는 후자의 자
료집과 긴밀한 연관성을 갖는 자료집인 것으로 드러난다고 하겠다.

한편 현재까지 알려진『기리총화』의 이본들로는 영남대본, 연세대
본, 이가원본 등을 들 수 있는데, 이들 가운데 어느 이본도 원전에 해
당하는 자료는 없는 것으로 검토 결과 확인된다. 여기서는 이와 같이
추단할 수 있는 두 근거만을 우선 제시해둘까 한다. 첫째, 영남대본
『기리총화』는 현재까지 알려진 이본들 가운데 가장 많은 이야기(84화)
를 지니고 있는 자료이기는 하지만, 연대본『총화』의 다음 6화[〈자하시
격(紫霞詩格)〉(21화)·〈낙지반론(樂地反論)〉(25화)·〈김생전(金生傳)〉(54화)·
〈조대린벽(措大吝癖)〉(68화)·〈발해암호(發咳暗號)〉(69화)·〈풍경매몰(風景埋
沒)〉(70화)]가 나타나고 있지 않다는 사실[특히 이들 가운데 후 5화의 경우,
연민본『기리총화』지(地)에도 아울러 나타나고 있다는 점은 이에 대한 한 참조
가 된다.]과 아울러 19화인 〈전가옹(田家翁)〉 후반부의 문면은, 이들 이
본들 중 오직 연대본『총화』에서만 나타나고 있다는 사실, 둘째 영남
대본은 그 구체적 징표는 갖고 있지 않지만, 연민본으로부터 역으로
계상하여 본다면, 연민본의 권지천(卷之天)과 권지인(卷之人)에 해당하

는 부분의 결집으로 보여진다는 사실 등이 그것이다. 이런 점에서 본
다면, 영남대본 『기리총화』 내지 그 이본군이 바로 미산본 『청구야담』
의 원천에 해당하는 전대 문헌일 가능성은 그리 높아 보이지 않는다고
하겠다. 그러면 남게 되는 단 하나의 자료는 바로 『청구이문』인 바,
이 자료는 영권(零卷)의 형태로 현재 권4만 남아 전하고 있는데, 이것
또한 앞서 살펴본 영남대본 『기리총화』와 밀접한 관련을 갖는 것으로
검토 결과 확인되었다. 그 근거는 다음과 같은 사실에서 밝히 드러난
다. 곧 『청구이문』 권4는, 영남대본 『기리총화』 84화 가운데 4화(곧 5
화·16화·17화·84화)를 제외한 모든 이야기를 차서의 뒤바뀜 없이 완
전히 그대로 전재하고 있는 자료로 드러나고 있다는 점, 나아가 이들
4화의 이야기를 대체하는 자료로 '世傳 正廟屛風詩云'(5화)·'余先君
八歲'(6화)·'肅廟時 我先祖'(17화)·〈주생전(周生傳)〉(84화)·'趙冀永 이
야기'(85화) 등이 대신 나타나고 있다는 점[결국 『청구이문』 권4는 도합 85
화로 이루어져 있음을 알 수 있다.]에서 이를 익히 알 수 있다. 이런 점에
서 본다면, 아직껏 발견되지 않고 있는 『청구이문』 권1·2·3 또한 전
래하던 전대 문헌을 전재하는 가운데 이루어진 자료집일 개연성이 상
당히 높은 것으로 드러난다는 점 등이 바로 그것이다. 이런 사실에 대
한 한 방증으로 우리는 동경대본 『청구야담』의 권1·5가 『동패락송』을
전재하는 가운데 이루어진 자료[12]라는 점을 들 수 있다고 본다.

　현존하지 않는 듯한 『청구이문』의 나머지 다른 권들의 경우, 비록
그 전대 문헌의 실체가 무엇인지를 규명할 수 없다는 현실적인 어려
움은 있지만, 이런 견지에서 본다면 이들 자료들이 바로 미산본 『청구

---

12) 이에 대한 논의는 필자의 「『청구야담』의 편자와 그 이원적 면모」, 『연민이가원선생
　　칠질송수기념논총』, 정음사, 1987, 283~299쪽)를 참조하라. 이 논문은 뒤에 필자의
　　『한국야담문학연구』(보고사, 1996, 338~355쪽)에 재수록되어 있어 이용에 편의하다.

야담』의 전대 문헌에 해당할 가능성이 상대적으로 높아 보인다고 할
수 있다.

한편 여기서 미산본『청구야담』40화 〈귀환(鬼幻) 이야기〉의 시대배경
을 주목할 필요가 있다고 본다. 그 문면은 다음과 같이 나타나고 있다.

> "古壬癸年間 年事慘歉 而癘疫大熾 京城之內 死者幾乎十室九空
> 貧寒窮困之類 不能掩葬 僵屍相續於道路 甚至以車擔屍 棄諸都門外
> 如邱 惡臭觸鼻 穢氣襲人 過者掩面慘惻"

"옛날 임계년 간에 여역이 크게 발생했다"는 문제의 서사문면은 검
토 결과, 아직 분명히 밝혀낼 수는 없었지만, 대략 1742년[13], 1753
년[14], 1822년[15], 1863년의 역사상황 가운데 어느 한 시기의 상황을 기
술하고 있는 것으로 이해된다. 이 가운데서 문면의 기술 내용에 주목
한다면['옛날'이라는 지시어가 바로 그것이다.], 이 문면은 대략 앞의 세
시기 가운데 어느 하나를 지칭하고 있는 것일 가능성이 높아 보인다
고 하겠다. 이런 사실과 아울러 야담집의 사적 전개양상 등을 묶어 생
각해 볼 때 미산본『청구야담』의 전대 문헌은 아무리 그 시대를 올려
잡는다고 하더라도 빨라야 18세기 중반 이후 19세기 초반에 산출되었

---

13) 영조실록 18년 4월 18일(정미), "장령 이봉령이 상소하여 여역의 재앙에 대해 성대
  히 아뢰고 여제를 지내기를 청하니, 임금이 그대로 따랐다. 이때에 여역이 크게 치성
  하여 경외(京外)에서 죽은 자가 몇 십만 명이나 되는지 모를 지경이었고, 팔도에서는
  장계가 서로 잇달았다." 이 기사는 바로 임술년(壬戌年:1742년)의 일이다.

14) 영조실록 29년 6월 3일(정해), "지평 이상윤(李尙允)이 상서하였는데, 대략 이르기
  를 동성(東城)을 개축할 때 동문(東門)에서 수구문(水口門)까지의 거리가 1리입니다.
  근래 여역과 두진(痘疹)으로 죽은 남녀가 몇 천 명인지 모를 정도인데 이들을 모두
  그 사이에도다 묻었습니다." 이 기사는 계유년(癸酉年:1753년)의 일이다.

15) 순조실록 22년 10월 15일(병진) "여역이 치성하여 죽음이 눈 앞에 닥쳤는데도 ---",
  이 기사는 임오년(壬午年:1822년)의 일이다.

을 가능성이 상대적으로 높은 것으로 드러난다고 하겠다.

3. 미산본『청구야담』에 나타난 원천의 수용 양상

앞에서 필자는 미산본『청구야담』의 원천에 해당하는 전대 문헌의 존재를 나름대로 밝혀 제시한 바 있다. 이제 이러한 논의를 뒤이어 이들 자료에서 확인되는 원천으로서의 전대 문헌이 어떠한 방향으로 수용되고 있는지를 구체적으로 살펴보기로 하자. 검토 결과 그 양상은 대략 전대 문헌의 서술문면을 다르게 표현하려는 데서 나타난 것으로 보이는 '대체'[그 대부분은 해당 서술문면을 전대 문헌의 그것에 비하여 보다 평이하게 바꾸려는 엮은이의 의도적 배려에서 나타날 수 있었던 것으로 보여진다.], 전대 문헌의 서술문면에 없는 단어 또는 문장을 덧붙여 표현하는 데서 나타난 것으로 보이는 '첨가'[이들 대분분은 전대 문헌에 나오는 문면의 내용을 보다 자연스럽게 하려는 엮은이의 의도적 배려에서 나타날 수 있었던 것으로 보여진다.], 그리고 전대 문헌의 특정 서술문면을 탈락시키는 데서 나타난 '탈락'[이 대부분은 전대 문헌의 문면 가운데 번다하다고 느껴지는 부분이나 또는 그 문면을 삭제하여도 그것이 달리 큰 의미상의 편차를 불러일으키지 않는 것으로 여겨지는 부분에 집중 출현하는 것으로 보여진다.], 마지막으로 전대 문헌의 전사과정에서 드러난 비의도적 또는 의도적 '오류' 등으로 나누어 살필 수 있을 것으로 생각된다. 그렇다고 해서 이러한 원천의 수용양상이 미산본『청구야담』에서 확인되는 지배적인 현상이라고 여겨서는 결코 아니 된다. 왜냐하면 그것은 미산본『청구야담』 또한 다른 대부분의 이본들과 마찬가지로 전대 문헌을 충실히 전재하는 가운데 이루어지고 있다는 특성을 강하게 견지하고 있기 때문이다.

여기서 이들 이야기들에서 나타나고 있는 수용 양상을 일일이 대비, 검토한다는 것은 자칫 논의의 번거로움이라는 비효율성을 유발할 가능성이 큰 것으로 사료되기에, 아래에서는 미산본『청구야담』에 수용된 확인 가능한 2종의 전대 문헌 가운데 편의상 버클리대본『청구야담』의 그것만을 제시하는 것으로 그치고,『계서잡록』의 수용 양상은 뒤에 따로 붙인 자료로 대신할까 한다.

버클리대본『청구야담』이 미산본『청구야담』에 수용된 면모를 나누어 제시하면 다음과 같다. 곧,

대체

6화 <行李諸具 預先等待>.(騎馬一匹 轎馬一匹 卜馬數匹 斯速備待 轎子亦爲借來)

11화 <遂謝而急歸本鄕 果不入本家 一依劉卜之言行之 則>(急歸不入其家 直向西南路上 而走行七十里許 路左果有微徑 遂由此而行)
　　麻田<之前面數十步之內 又有數間>(盡處 果有孤村)

14화 吾近日<百爾思>(千思萬)量

15화 少焉「果」進夕飯<而飯饌精潔可口喫了已畢　女童坐在房側>(持床而入 少頃果出來 坐房之一隅)
　　<與美人同>(半醉依壁而)坐
　　<須取火 燒其庄>(忙收行裝 急出門外)」

18화 <黑雲滿天 大雨暴>(上天同雲 暴雨大)注
　　<適値日昏>(遂遲待昏後)

20화 <主人通婚>(仍語之曰 君欲娶妻乎? 我有收養女焉.)

21화 投身<落草>(盜賊之魁)
　　方<進發而近處田畓>(十里內民丁)作者

22화 隣邑蔚山倅<在任所作故>(喪出)

　　左右分隊<欲追之>(飛赴於某浦某海之濱 況某大村在某海口 某
　　大村在某浦邊 彼雖累千徒衆 吾豈有敗歸之理乎)
　　<喪人一行 去其喪服>(守令裨將 喪人服人 行者哭婢 擔軍馬夫)
　　汝輩須入內<庭>(室諸房所在之物)
24화 <金漢家中有三奴 善步者>(家畜如飛善步者三奴)

첨가

5화 <義男>(厥童)「茫然不知其故」曰 何故<u>出大禍</u>也?
14화 其夫人<u>李氏</u> 先海豊三年而歿
18화 <仍>(因)細探委折 果如昨夜之所聞 誠可憐
　　<望>(君)須留連在此「若干日」以爲消<寂寥之懷>(遣之地)如何?
20화 遂與喪主偕往役處 則時已築天灰過半矣.
22화 今遭外舅蔚山倅喪變
24화 道內「守令之」新到任守令者 輒來謁而皆有限焉.
26화 <u>尙在溷上</u> 無意起身

탈락

6화 「衾枕衣服 如干錢兩 幷載一馱」
14화 李妻惶恐「而」哀乞曰「何敢違越」謹當奉教矣.
15화 「夕飯後 盤器等屬 洗滌收殺而出來矣.」
19화 「及至不救 襲斂衣衾 以至入棺 親自檢飭」<非>(靡)不用極
20화 且屢言懇<告>(請)「其季弟曰 若使彼僮往請 則於彼亦爲辱矣.
　試送觀之 亦何妨乎?」
　　　厥僮「又再三請行 仍又倏入房中 又請行數三 某也終不動 厥僮」
　突然
　　　某也「欲起而重如太山 動他不得」
22화 「輕揚飄沓 瞥眼之頃」
　　　主人遂領入群徒「爲先大室內所居房 與其他長婦房 介婦房 季

婦房 孫婦房 小室房 弟婦房 庶婦房 大女房 小女房 長狹房 短狹房
大壁欌 小壁欌 東狹樓 西狹樓 前庫舍 後庫舍」
　　「又出來外舍 大舍廊 中舍廊 下舍廊 後舍廊 中別堂 後別堂所在
物 又皆無餘盡取」
　　「主人曰 唯唯 不敢不敢」
　　「而實無一箇物故之弊 其翌 收拾驚魂 周攷失物 則無一存者 而」
23화 是秋「尹果見屈 而」李果登第
25화 而又試官分付至嚴「豈欲暫時徐緩」

오류

3화 歷<揚>(敭)名宦
5화 極<慰>(爲)感謝.
10화 <際此>(此際)
　　<厠>(側)身於諸客之末

등이 그것인데, 위에서 제시된 문면을 통해 우리들은 미산본『청구야
담』에서 일견 많은 부분에서의 변이가 빈번하게 나타나고 있는 것으로
생각할 수도 있겠으나, 그 외의 문면들을 구체적으로 검토하다 보면
결코 그렇게는 볼 수 없다는 점에서 이런 수용 양상의 의미는 총체적
인 견지에서 본다면 사소한 것으로 무시해도 결코 큰 오류는 없다고
하겠다. 미산본『청구야담』의 대부분 문면은 전대 문헌을 충실히 전재
하는 가운데 이루어지고 있다는 점에서 다른 대부분의 이본들과 마찬
가지 경향을 드러낸다고 할 수 있을 듯하다. 이런 현상은 유독 버클리
대본『청구야담』을 전재하고 있는 25화까지의 부분에만 한정되는 면
모로는 여겨지지 않는다는 점에서 나머지 다른 이야기들, 곧 26화에서
38화까지의 이야기들과 39화에서 51화까지의 이야기들의 그것들 또

한 이러한 일반적 경향에서 결코 벗어나지는 않았을 것으로 여겨진다. 결국 미산본『청구야담』의 편자 또한 다른 자료의 이본을 산출해 낸 인물들과 마찬가지로 원천을 가능한 한 그대로 전사하려는 성향을 지녔던 인물임을 알 수 있다.

이제 항을 달리하여 해당 원천을 정확히 모두 밝힐 수 없는 미산본 39화에서 51화까지의 이야기들이 갖고 있는 서사 내용과 그 의미를 검토하여 보기로 하자.

4. 미산본 『청구야담』 39화에서 51화까지의 서사내용과 그 의미

앞에서 이미 밝혔듯이 미산본『청구야담』의 39화에서 51화까지의 이야기들은 우선 다른 야담집의 이본들에서 흔히 확인되는 일반적인 경우와는 달리 그 전대 문헌의 실체를 밝혀내기가 결코 쉽지 않다는 점에서 일단 우리의 흥미를 끌기에 족한 것으로 여겨진다. 나아가 이들 13화의 서사내용 또한 결코 무의미한 것으로 간과할 만한 것이 아니라는 점에서 이들 이야기들에 대한 보다 구체적인 검토가 요청된다고 하겠다.

먼저 논의의 편의상, 이들 이야기들의 서사내용을 간추려 표로 제시하면 다음과 같다.

화번	제목	서사내용	유화
39	背恩儂	조선 사람 이씨가 使行의 일원으로 중국에 들어갔다가 興販하여 모은 돈 만 냥을 창루의 老嫗에게 다 빼앗긴 뒤, 고초를 겪게 된다. 그것을 불쌍히 여긴 노구 養女의 도움을 얻어 함께 탈출하던 중, 우연히 마주친 한 소년의 감언이설에 빠져 자신을 도와준 여인을 결국 죽음	

화번	제목	서사내용	유화
		으로 내몰고, 그 자신 또한 곤궁하게 살다 죽었다는 이야기.	
40	鬼幻	한 파락호가 귀신의 꾐에 빠져 혼몽 중의 상황에 처했다가 친구들의 도움으로 소생한 이야기.	
41	富翁	온갖 부귀를 누리던 강남 富翁이 天子가 마련한 계책에도 빠지지 아니하고, 도리어 完福을 그대로 누렸다는 이야기.	『拍案驚起』5화 <無愁翁>, 『靑丘奇談』6화 <근심 없는 늙은이>
42	設計占山	堪輿之術에 능한 僧 性之를 속여 吉地를 얻은 형제의 지략 이야기.	
43	設卦捷科	占卜대로 卦를 써서 과거에 급제한 窮儒 이야기	
44	綠林客	卦를 사용한 도적에게 재물을 다 털린 거부가 돈이 있어도 판득하기 어려운 것과 여러 해 經紀한 것이 있으면 이야기하라고 도적이 말하자, 이에 딸의 혼수를 노친의 壽衣에 앞서 말했다가 도적에게 그 자신이 爲親愛子의 輕重先後를 알 텐데도 이와같이 말했다고 하여 도리어 곤장 세 대를 맞고 그것을 부끄러워했다는 이야기.	
45	康節秘蹟	자신의 死後에 重犯罪에 처할 玄孫을 구하기 위한 邵康節의 뛰어난 예지력 이야기.	
46	奇遇父母	晩得子로 태어났다가 화족떼의 변을 만나 버려진 아이가 양부모의 도움으로 성장하던 중, 그들이 생부모가 아닌 것을 우연히 알게 되어 간청 끝에 생부모를 찾아나섰다가 중의 卜術 덕으로 결국 생부모를 만나게 되고, 이어 양부모도 모셔와 생부모와 함께 한 집에서 모시고 살면서 그들을 변함없이 섬기며 살았다는 이야기.	
47	負心儂	餓死할 지경에 처했던 생원을 여러모로 오랜 세월에 걸쳐 도와주었던 김씨 성의 사람이 뒷날 결국 패가하게 된다. 어쩔 수 없어 그 후에 중화부사가 된 생원을 찾아가 도움을 청하지만 그는 도리어 박대만 당한다. 중화부사로부터 얻어올 많은 재물을 약취하려는 賊漢을 만나 김생은 그의 도움으로 재물을 얻게 된 반면에, 중화부사는 도적에게 그 재물을 다 잃고 마침내 禁錮終身의 지경에 처해지게 된다. 전에 비하여 훨씬 더 부옹이 된 김생이 뒷날 우연히 곤경에 처해 있다는 적한을 만나 그 은혜를 갚고자 의관과 주찬을 갖추어 그와 만났던 장소에 이르니, 적한은 간 곳이 없었다. 이에 旅店에 이르른 김생 앞에 적한은 威儀가 성한 모습으로 다시 나타난다. 이	

화번	제목	서사내용	유화
		연유를 몰라 의아해하는 김생에게 적한은 이 일이 김생의 衷情을 보기 위해 자신이 거짓 꾸민 일이라고 하면서 같이 취하도록 술을 나누어 먹고 각자 보중할 것을 당부하고는 헤어졌다는 이야기.	
48	積蔭有報	수재의 讀書聲을 듣고 담을 넘어온 이웃 집 여아를 수재가 사리로 꾸짖어 내어보낸 뒤, 뒷날 그 여인은 재상의 처가 되어 두 아들을 諫官으로 키워낸다. 한편 수재 또한 뒷날 벼슬이 三台에 이르렀다가 며느리로 인하여 세상의 오해를 사게 되어 곤경에 처하게 된다. 한편 여인의 두 아들이 이 일을 듣고 그 관리의 죄상을 상소하려다가 어머니에게서 그 관리가 예전에 행했던 처사를 듣고 그것을 그만 두었다는 이야기.	『揚隱闡微』 17화 <趙夫人感義解奇寃>
49	至孝感神	부친의 병환 치료를 위해 異僧의 지시대로 자신의 아들을 죽여 부친의 병환을 치료하려다가 동자삼을 얻게 된 사람의 이야기.	서울대본 『기관』 10화 <孝感> 權友荐本 『탁영전』, 『類錄』소재 <卓永傳>
50	妻是外人	실수로 한 아이를 죽인 사람이 그 사실을 아내에게 실토했다가 뒷날 그 사이가 벌어진 아내에 의해 고발되어 목숨을 잃게 되었다는 이야기.	
51	楚玉善對	한 곤궁한 유생을 박대했다가 뒷날 통제사가 된 그로부터 죽게 될 처지에 놓였으나 巧言으로 그 위기를 모면하고 결국 그의 애첩까지 된 기생 楚玉의 이야기.	

위의 이야기들에서 드러나는 의미는 다음과 같이 요약될 수 있을 것이다. 곧 첫째, 유화의 존재가 확인되는 몇몇 이야기들을 제외한 나머지 거의 대부분의 이야기는, 이제까지 우리들에게 알려진 많은 종류의 다른 야담집에서도 전혀 드러나지 않았던 이야기라는 점에서 우리 야담문학의 편폭을 넓히는 데 일정한 역할을 담당할 수 있다는 점. 둘째, 비록 유화의 존재가 확인되는 몇몇 이야기들의 경우에라도 서사 주인공에 대한 다양한 유화의 존재를 제시함으로써 우리들에게 한 인물에 대한 이야기가 얼마나 다양하게 전승되고 있었는지를 알려주고 있다는 점 등을 들 수 있다. 예를 들면 42화 〈설계점산(設計占山)〉이

야기는 감여지술에 능한 중 성지(性之)가 형제의 지략에 속아 그들에게 길지(吉地)를 차정하여 준다는 내용인데, 이 이야기에 나타나는 중 성지는 『동야휘집』 60화 〈치혜수납득발복(癡媄隨衲得發福)〉과 『청야담수』 31화 "성지태백산산승야(性智太白山僧也)"로 시작되는 이야기에서의 중 성지(性智)에 다름 아닌 인물로 보여진다. 그렇기는 하지만, 중 성지(性之)의 행위는 위의 두 자료에서의 그것과는 그 내용면에서 상당한 차이를 드러내고 있는 바, 한 인물에 대한 전혀 다른 별개의 이야기라고도 할 수 있다. 이런 예를 통해 볼 때, 이 이야기의 편자는 변이형으로서의 이화(異話)에 대해서도 남다른 관심을 갖고 있음을 충분히 미루어 짐작할 수 있다고 하겠다.

필자는 이미 앞에서 미산본 『청구야담』이 3종의 선행하는 전대 문헌을 바탕으로 하여 이루어졌다는 사실을 거듭해서 지적한 바 있다. 한 자료의 이본에서 드러나는 이러한 면모는 일견 여타 야담집 이본들의 일반적인 생성 과정에 비추어볼 때 분명 예사롭게 보아 넘겨도 좋을 면모는 아니라고 하겠다. 몇몇 이본들에서 드러나는 이런 현상이 갖는 야담사적 의미를 어떻게 파악해야 할 것인가?

그런데 문제는 이런 현상이 유독 미산본 『청구야담』에서만 나타나는 독특한 면모가 아니라는 데에 있다. 예컨대 『기문총화』계에 속하는 이본 가운데 하나로 파악되는 하버드대본 『파수록(罷睡錄)』(2권 2책)에 실려 있는 '고담(古談)' 부분에 수록된 약 20여 편에 달하는 이야기들의 존재, 분명한 『금계필담』 이본임에도 그것과 전혀 관련이 없는 내용으로 채워진 유재영본 『금계필담』의 후반부에 속하는 126화부터 133화까지 이야기들에서 드러나는 존재, 나아가 서울대본 『기관(奇觀)』의 전반부인 27화까지 수록된 이야기들의 존재, 이가원본 『파수(破睡)』[16]와 동경대본 『청구야담』[17], 그리고 영남대본 『동국패사(東國稗史)』에서 드러나는 이원적 체계 등의 모습을 통하여, 우리들은 조선후기에 들어와 이런 현상이 어느 면 일반적이라고 할 정도로 자리 잡고 있었음을 알 수 있다. 곧 야담집 이본들의 경우, 원천을 그대로 전사하는 일반적이기까지 한 주된 경향 못지 않게 시대가 내려오면서 이러한 경향에서 벗어나 원천으로부터의 벗어남을 적극적으로 추구하고자 하는 경향 또한 일정 정도 드러내고 있다는 사실을 이들 자료들은 구체적으로 보여주고 있다고 하겠다. 결국 미산본『청구야담』의 편자 또한 이런 시대적 흐름의 영향권에서부터 결코 자유로울 수 없었던 인물로 보여진다.

이런 점에서 본다면 미산본『청구야담』의 39화에서 51화까지의 부분에 대하여 임완혁과 같이 다) '그리고 계속해서 「배은농」, 「귀환」, 「설계점산」 등 넉 자 또는 두세 자로 제목을 단 작품이 실려 있는데 이 작품들은『청구야담』과 직접적인 관련이 없다.' 라고 언급만 하고, 그 구체적인 서사내용이라든가, 원천 또는 나아가 유화에 대한 일련의 검토 과정에 대한 일련의 고찰도 시도하지 않은 채 이들 자료를 논의의 영역 밖으로 그대로 방기해둔다는 것은 이러한 당시의 일반적이기까지 한 움직임에 대한 적극적인 해명이라고 결코 할 수 없을 듯하다. 이들 이질적이기까지 한 자료들이『청구야담』이라는 하나의 제목 아래 같이 묶여져 있다는 점을 통해, 우리는 미산본『청구야담』의 편자가 최소 3종에 달하는 야담집을 섭렵할 수 있었던 식자(識者) 계층으로, 야담집에 대해 상당한 정도로 관심을 가지고 있었던 인물인 동시에, 나아가 전래하는 어느 특정의 야담집에만 국한된 서사세계(서사내용) 등에 결코 만족하지 못했던 인물이 아니었을까 추단할 수 있으리

---

16) 이 자료 또한 필자에 의해 우리 학계에 처음으로 소개된 바, 이에 대한 간략한 해제와 원문은『연민학지』5집(연민학회, 1997, 535~570쪽)을 참조하라.
17) 위의 주 12) 참조.

라고 본다. 아울러 이러한 예사롭지 아니한 면모를 통하여 그 편자가
드러내보이려 했던 야담에 대한 인식의 폭과 이해의 정도도 어느 면
추심해 볼 수 있을 것으로 기대된다고 하겠다. 그러나 남아 있는 자료
의 현재적 상황에서만 본다면, 현재 이에 대해 적절히 해명해내기란
여간 어려운 일이 아닐 수 없다. 따라서 새로운 자료가 출현하기 전까
지는 이에 대한 더 이상의 논급은 무망한 것이 아닐까 하며 논의를 마
칠까 한다.

5. 맺는말

앞에서 필자는 미산본『청구야담』이라는 자료에 대한 검토를 통하
여 다음과 같은 사실을 밝혀낼 수 있었다. 간략히 요약하는 것으로 결
론을 대신할까 한다.

첫째, 미산본『청구야담』은『청구야담』(1화부터 26화까지)과『계서잡록』
(27화부터 38화까지), 그리고 제명 미상의 망실(?) 야담집(이하 39화부터
51화까지) 등과 같은 이질적인 세 자료의 합성으로 이루어진 이본이다.

둘째, 원천으로서의 전대문헌의 존재가 무엇인지를 좀처럼 밝혀내
기가 어려운 미산본『청구야담』의 39화부터 51화까지의 이야기들은,
이것들의 제목이 하나같이 2, 4자로 되어 있다는 공통성을 지니고 있
다는 점을 주목하여, 그 원천으로 현존하지 않는『청구이문』의 나머지
다른 권이 이에 해당하지 않을까 추단하여 보았다.

셋째, 해당 이야기들에서 드러나는 전대 문헌의 수용 양상과 그 전
대 문헌의 실체를 분명히 밝힐 수 없는 이야기들의 존재를 통하여 미
산본『청구야담』의 편자 또한 다른 자료의 이본을 산출해 낸 인물들과

마찬가지로 원천을 가능한 한 그대로 전사하려는 일반적이기까지 한 주된 경향 못지 않게 한편으로는 원천으로부터의 벗어남을 적극적으로 추구하고자 하는 경향 또한 지니고 있는 인물이라는 사실을 알 수 있었다.

넷째, 미산본 『청구야담』의 편자는 최소 3종에 달하는 야담집을 섭렵할 수 있었던 식자(識者) 계층으로, 야담집에 대해 상당한 정도로 관심을 가지고 있었던 인물인 동시에, 나아가 전래하는 어느 특정의 야담집에만 국한된 서사세계(서사내용) 등에 결코 만족하지 못했던 인물일 가능성이 높은 것으로 추단할 수 있었다.

다섯째, 아래 9화의 자료들은, 그간 우리에게 알려졌었던 여러 자료집 내에서는 그 원천과 유화를 쉽게 찾아볼 수 없는 것들인 바, 앞으로도 계속 관심 갖고 천착해야 할 문제라 하겠다. 곧 39화 〈배은농(背恩儂)〉, 40화 〈귀환(鬼幻)〉, 43화 〈설괘첩과(設卦捷科)〉, 44화 〈녹림객(綠林客)〉, 45화 〈강절비적(康節秘蹟)〉, 46화 〈기우부모(奇遇父母)〉, 47화 〈부심농(負心儂)〉, 50화 〈처시외인(妻是外人)〉, 51화 〈초옥선대(楚玉善對)〉 등이 그것인데, 이들 자료의 출전을 밝히기 위해서는 위에서 서술한 이러한 각도에서의 부단한 접근 못지않게, 여기서 미처 검토치 못한 구비설화와의 관련 양상뿐만 아니라 현재 그 존재 여부가 명확히 밝혀지지 않은 몇몇 자료들에 대한 폭넓은 탐색 작업 또한 요청된다고 하겠다.

▶ 부록

1) 『박안경기』 5화 〈無愁翁〉 원문.

"古有一人ㅎ야 遊到妮菴ㅎ니 一處에 少妮百人이 聚居어늘 諉以日暮足
繭ㅎ고 寄食於一妮之房ㅎ야 夤緣媾合에 得其歡心이라. 逗遛四五朔에 轉
相汲引ㅎ야 一百少妮를 次第娶之ㅎ고 歸後十年에 並無往來러니 一日은
門前이 喧鬧ㅎ고 羣兒ㅣ 雜踏ㅎ야 一擁而入이어날 問其故ㅎ니 皆自妮菴
中來라. 羅拜於前ㅎ고 個ㅣㅣ呼父ㅎ니 是는 十年前諸妮所産也ㅣ라. 一朝間
에 有此百子ㅎ니 喜則喜矣어니와 無以衣食之故로 乃教之曰"姑就汝母處
ㅎ야 年長後種ㅣㅣ來見也ㅎ라."仍以書로 各付其母ㅎ야 使之善育이러니 其
後諸子漸長ㅎ야 有仕者農者工者商者ㅎ며 皆依其母ㅎ야 各立門戶ㅎ고 無
一箇貧寒之人이어날 諸子議之ㅎ고 乃輪回邀其父ㅎ야 每人이 奉養一日ㅎ
니 一年之內에 不過三日有餘요, 水陸之味와 衣服之奉은 雖陶朱之富라도
無以加次(此?)ㅎ니 乃自號曰"無愁翁이라."ㅎ디 鄰里傳播ㅎ야 語入禁中
ㅎ니 上曰"予以千乘之君으로도 猶未能無愁어날 何物村夫ㅣ 敢稱無愁翁
이리오?"使人으로 招待下詢ㅎ시고 後以眞珠一枚로 賜之曰"日後에 覓此
珠ㅎ리니 姑善藏之ㅎ라."ㅎ시고 仍爲出送ㅎ시며 使掖隷로 於江中에 奪珠
浸之之意로 諭送而翁則不知러라. 歸路에 在舟次矣러니 有人이 問於翁曰
"吾ㅣ 聞翁入侍時에 自上으로 有寶珠之賜云ㅎ니 願一見之ㅎ노라."屢次懇
請之ㅎ니 翁이 出示之흔디 其人이 卽以珠로 投諸江中ㅎ니 翁이 大驚叱之
나 已浸之珠를 無以更得이라. 自此로 無愁翁이 變作有愁翁ㅎ야 滿心燋
(焦?)燥에 雙眉를 不展ㅎ야 歸家而食不甘ㅎ고 寢不安이러라. 一子以奉養
當次로 見父憂愁之狀ㅎ고 問其故흔디 翁이 以失珠事로 告之ㅎ니 子曰"亦
得一珠ㅎ니 得非此珠乎잇가?"翁이 急取視之ㅎ니 果所失之珠也ㅣ너라. 問
其所得之由흔디 子ㅣ 曰"今日에 買一鯉於江邊ㅎ야 擬欲烹飪而剖其腹ㅎ
니 有此珠也ㅣ니이다."翁이 深藏之러니 未幾에 又有入侍教어눌 翁ㅣ 乃懷
壁而入ㅎ니 上이 以閑語로 語數句ㅎ시고 仍索前日所贈之珠ㅎ시거날 自袖

中으로 取出ᄒᆞ야 以雙手로 擎進之ᄒᆞ니 上이 愕然曰 "予ㅣ 聞此珠를 已失
矣라 ᄒᆞ더니 何以更完乎아?" 翁이 備陳失而復得之狀ᄒᆞ니 上이 嘆曰 "眞無
愁翁也ㅣ로다." ᄒᆞ시고 乃賜爵厚遺而送之ᄒᆞ시다."

2) 미산본 『청구야담』 49화 〈至孝感神〉 유화

가) 『기관』 8화 〈孝感〉 원문

嶺南有一生 擇言而發非禮 不行事親 有孝親 有難名怪疾 生衣不解帶 晝
夜侍側 湯藥必親嘗 祭天禱佛 願以身代 巫女卜者 百無一效 聞有神醫 將往
問之 路傍有老人 神彩奇異 風度不凡 葛巾布衣 班荊而坐 見生問之曰 眉鑽
憂親之愁 君無乃訪醫客耶 生拱手而對曰 果是矣 老人曰 君之必訪者 卽我
也 若非出天之孝 則誠難 誠難矣 生泣曰 事親疾 得以快復 則雖踏水握火
何難之有乎 伏乞尊公特賜良劑 使得回春 則生當殞首 死當結草 因匍匐 老
人曰 非人肉 不可治之 當以十歲兒烹進則得差 不然則殆哉 殆哉 倏然而逝
生歸家 將老人說話語妻 妻曰 若然則兒子可矣 有天地 然後有萬物 有父母
然後有子孫 父母根本也 子孫枝葉也 何可以枝葉 忘其根本乎 我之夫婦 年
惟少矣 皇天有知 豈無後子乎 天理人情 雖甚殘薄 其子爲親之道 不必更疑
生然其言 卽使蒼頭招之 時兒子 年過十歲 受學于山寺矣 蒼頭中路 得逢兒
子 與之偕來 父母甚喜 從容言曰 醫言非兒肉 不可治之 何以則好乎 兒子□
然對曰 旣無他兒 〃子當代之矣 卽淨洗釜鼎 火烈湯沸 兒子沐浴 投入而死
父母目下所見 景象慘團 內雖摧裂 外無愁色 因以進之 病卽差矣 已而兒子
自山寺而來 拜畢問安 父母執手 相逢接膝相對 悲喜交極 殆不成腔 兒子俯
伏而奏曰 勿藥有慶如何 過慮恐損神氣 乞垂寬懷 父母將前事首尾一遍告之
兒子頓然不知曰 安有是事乎 時人謂之老人是山靈也 兒子卽童子夢也 生之
至孝 亦足感神 故有是事也 若非出天之孝 豈能致此哉

나) 권우행본 〈탁영전〉의 원문

경상도 고령 ᄯᅡᆼ에 ᄒᆞᆫ 스람이 잇스되 셩은 탁이요, 명은 영이라. 부친을 일즉

여희고 편모를 메시고 봉양ᄒ되 천성이 부모으게 효성이 지극ᄒ여 밍종의 죽슌치와 왕샹의 잉어를 구ᄒ여 부모의게 봉양ᄒ기을 일숨고 쏘 그 안히 송씨가 시집온 제 십여연이 되엿스나 실ᄒ에 일졈혈육이 업셔 미일 실허ᄒ던니 일々은 탁영니 송씨로 더부러 목욕지게ᄒ고 졍결흔 손당을 ᄎᄌ가 지셩으로 기도ᄒ엿던이 슈연만의 송씨가 우연 퇴기 잇셔 십 삭만의 히복ᄒ니 일기옥동ᄌ라. 기골니 션명ᄒ고 셩음이 웅즁ᄒ여 완연흔 단혈(혈?)봉의 식기 갓더라. 그 아히 졈々 ᄌ러미 지죠가 비상흔지라. 탁영이 더옥 ᄉ랑ᄒ야 보덕암ᄌ라 ᄒ난 졀노 아달를 보니여 글 공부을 씩기던니 잇더 셩의 노모가 만팔쇠연에 항샹 포벙(병?)으로 눕고 니지못ᄒ난지라. 이러부로 셩이 병(병?)셕에 줌시라도 ᄯᅥ나지 안니ᄒ고 지셩으로 봉양ᄒ며 음식을 반다시 친니(1.a) 간검ᄒ고 약을 반드시 맛보와 만 가지로 구호ᄒ나 셔산에 지는 날을 인력으로 만류ᄒ기 어렵도다. 졈々 노모 근력이 쇠진ᄒ여 긔식이 엄々ᄒ니 효ᄌ의 마음으로 참아 엇지 그 형각을 줌시나 보고져 ᄒ리요? 나지면 천만 가지로 약을 구ᄒ고 밤이면 ᄒ날임게 빅비 츅슈ᄒ여 왈 "명々ᄒ신 ᄒ날임은 니 몸을 디신ᄒ여 죽이시고 노모의 병이 회츈ᄒ야 인간에 남과 갓치 완인이 도야 만슈무강ᄒ게 ᄒ옵쇼셔" ᄒ며 무슈이 발원ᄒ더니 이갓튼 효셩을 천지가 엇지 감동이 업시리오? 일々은 문 박게 흔 노승이 바랑을 지고 손에 쳥여중을 집고 목탁을 두다리며 동양을 쳥ᄒ거날 비복 등이 급피 나가 말여 왈 "이 딕에 우고가 잇셔 일실이 비황ᄒ니 문졍을 요란케 말나" ᄒ니, 노승이 "효ᄌ의 문에 엇지 우환이 잇스리요?" 비복 왈 "지금 노부인이 팔십 당년에 여러 히 포병타가 지금은 빅약이 무효ᄒ고 병셰 극즁ᄒ여 방금 디시중이라. 엇지 죤스의 디졉을 ᄒ리요?" 노승 왈 "쇼승은 슨간(1.b) 천승이라. 암즁에셔 혹 셜법할 여가에 항샹 황졔 현원씨 의학방셔을 보옵고 집믹ᄒ난 법을 짐죽ᄒ와 디강 약 씨는 이쳬을 아랏스나 흔 번도 힝슐치 못ᄒ온지라. 니갓치 위즁ᄒ온 병환을 망영되기 약을 의논치 못할 거시라" ᄒ거날 비복 등이 그 즁의 말노 급히 젼ᄒ거늘 탁영니々 말을 듯고 황망이 나와 졀ᄒ고 즁당으로 마ᄌ 좌졍흔 후에 그 즁의 긔승을 살펴본니 쳥아흔 형모와 슝셜갓튼 긔승은 완년흔 도승일너라. 탁영니 공경 문 왈

"죤스은 즈비지덕을 베풀어 싱의 노모을 살여쥬시면 ᄒᆞ희갓튼 은혜을 빅골난 망ᄂᆞ리로쇼다." 노승 왈 "쇼승니 슨간 천죵으로 직ᄒᆞ니 비록 업스오나 슝공의 졍셩니 지극ᄒᆞ기로 좀간 보기을 원ᄒᆞ나니다." 싱니 즉시 노승을 다리고 너당에 드러가 집믹ᄒᆞ니 노승니 눈셥를 징그려 왈 "기혀리(氣血이) 쇠진ᄒᆞ엿스온니 청랑의 신묘라도 씰 디 업고 믹낙니 영졀ᄒᆞ엿신니 구젼단스라도 쇼용니 업고 음허화동ᄒᆞ야 병니 골슈에 깁혀신니 비록 편작의 슐법과 기박의 신방 (神方)니라도 가이(2.a) 굿커(구하기?) 어렵건니와 세승 약 박게 신효ᄒᆞᆫ 약이 ᄒᆞᆫ 가지 잇스나 아지못게라. 슝공은 졍셩으로 능히 구하오릭가?" 탁영 왈 "천 승에 닛는 약이면 인력으로 굿치 못ᄒᆞ련니와 닌간에 닛는 약니면 쇼싱니 빅 번 죽스와도 엇지 스양ᄒᆞ오릭가?" 노승 왈 "만약 구디독즈의 간을 어더 회을 ᄒᆞ여 먹기 되면 즈연 신효 닛스리라. 그럿치 안니ᄒᆞ면 셔왕모의 천도와 천티 손 마고 션여의 슈리 닛셔도 굿치 못ᄒᆞ오리다." 탁영니 왈 "만닐 니런 아히 간을 어더 씨면 회츈할 도리 닛스오릭가?" "약으로 병을 곤치난지라. 효암(效 驗?) 업는 약을 엇지 약ᄂᆞ라 ᄒᆞ리요?" ᄒᆞ며 인ᄒᆞ여 ᄒᆞ즉ᄒᆞ고 문 밧긔 나셔 두어 거름에 닌홀불견ᄒᆞ여 간 고졀 모를너라. 탁영이 니에 그 범승ᄒᆞᆫ 즁니 안닌 줄 알고 너당의 들어가 숑씨을 디ᄒᆞ여 그 즁과 슈작ᄒᆞᆫ 말을 일ㄴ이 젼ᄒᆞ 니 숑씨가 듯고 놀너 왈 "니 즁니 반다시 신승니라. 엇지 그 말디로 구희 보지 안니 ᄒᆞ리요? 쏘 구셰 독즈은 달으미 안니라, 곳 너의 즈식닌니 엇지 구ᄒᆞ기을 근심ᄒᆞ리요?" 즉시 츙두(2.b)을 명ᄒᆞ여 왈 "네 지금 보덕암을 좃ᄎᆞ가 공부 ᄒᆞ는 도련님을 곳 다리고 지체말고 오라" ᄒᆞ니 츙두 영을 듯고 급히 가다가 보덕암 손문을 바리보니 쳔연ᄒᆞᆫ 공즈가 엄연니 나려오거늘 급히 노숭에셔 마즈 졀ᄒᆞ고 노부닌 병환 우즁ᄒᆞ멀 말ᄒᆞ이 그 체충ᄒᆞ고 황망ᄒᆞᆫ 빗쳔 스람으로 ᄒᆞ야금 감동홀너라. 잇디 공즈가 츙두와 갓치 춍ㄴ니 집에 도라온니 죠모의 병이 과연 급즁ᄒᆞ여 졍신이 혼미 즁에 숀을 줍고 실혀ᄒᆞ며 눈물얼 흘여 말을 능이 못ᄒᆞ더라. 탁영이 그 아달을 명ᄒᆞ야 외당에 나가 편니 쉬라 ᄒᆞ고 니날 밤 숨경에 탁영니 칼을 들고 즈기 아달 즈는 방을 들어간니 쇼실ᄒᆞᆫ 바람은 이마을 치고 쳬량ᄒᆞᆫ 달은 셧충에 빈취난디 아히 즈는 거동을 보니 얼고리

쥬옥갓고 기승이 빙셜갓ᄒ야 젼 〃 반칙 궁를면셔(궁글면셔?) 정신업시 ᄌ는
지라. 잇딋 칼을 줍고 ᄒ슈코져 ᄒ다가 다시 머무며 나아가고져 ᄒ다가 다시
물너셔락 ᄯ 칼을 혼 번 덜어 견우며 싱각ᄒ니 ᄉ랑혼 마음이 즁(3.a)심에
아득ᄒ고 두 번 들어 견우며 요량ᄒ니 구디에 결손ᄒ기 ᄎ마 못할 이리로다.
셔리갓튼 칼날을 이리져리 두루다가 방즁에 놋코 스스로 일너 왈 "실푸다.
우리 부모을 효성으로 셤기지 못ᄒ다가 신명이 망칙ᄒ여 ᄒ날님이 미워ᄒᄉ
이갓탄 혹화을 쥬워 맛침ᄂ 후ᄉ을 ᄅᆫ켜 ᄒ신니 이런 망극ᄒ온 이리 ᄯᅩ 어디
잇스며 가령 나무 ᄌᆨ니 도여나셔 부모 셤기은 도리가 평싱에 승슈ᄒ시기을
바려 쥬쇼로 현호지츅이 ᄉ람의게 맛당혼 근본니거늘 나는 엇지 이럿치
못ᄒ고?" ᄒ며 즁탄식 낙누ᄒ더니 잇더 그 부인 숑씨가 밧게셔 츙극으로 동정
을 엽보다가 급히 들어와 칙망ᄒ여 왈 "고시에 이르기을 욕보기덕ᄒ니 호텬
망극이라 ᄒ엿고, ᄯᅩ 옛 ᄉ람은 ᄌ기 몸에 피을 너여 그 부모을 먹겨셔 보명혼
ᄌ도 잇거늘 다만 이 아히은 군ᄌ의 일졈혈육이라. 이졔 그 부모을 살니고져
ᄒ다가 도로 그 허륙만 ᄉ랑이 ᄒ면 엇지 옛 ᄉ람으게 붓그럽지 안이ᄒ리요?"
ᄒ며 즉시 그 칼을 빗사가지고 아히 ᄇᆡ를 쎌(3.b)너 간을 너여 회를 즁만ᄒ여
모친게 드린니 슈슘 ᄎ 먹은 후에 현져혼 호험이 인난지라. 탁영이 그 아달의
신체을 졍이 써셔 압 손 승망지 〃 에 갓다 뭇고 미양 구진 비 오난 밤과 달
발근 젼역에 그 아달 무덤을 바리보며 허히당탄ᄒ더라. 이르거러(이려구려?)
슈슘 삭이 도여더니 일 〃 은 엇더혼 아히 동구에 총 〃 이 오난 모양이 천연혼
ᄌ긔 아달리라. 더옥 심ᄉ을 졍치 못ᄒ여 스스로 말ᄒ되 "누의 집 아히가 져다
지 우리 죽은 아달과 모양이 흡스ᄒ고?" ᄒ며 졍신 업시 바리보더니 ᄯᅩ 그
아히 뒤에 엇더혼 즁이 칙보을 지고 ᄯᅡ라오거날 탁영이 ᄌ셔니 본니 그 아히
은 곳 ᄌ기의 아달이라. 숑씨 ᄯᅩ혼 본니 잇편(?) ᄌᆨ식이 분명혼지라. 탁영이
졍신이 황홀ᄒ야 급히 손을 잡고 울면 왈 "이기 꿈이야? 싱시야? 너의 죽은
원혼이 너의 부모 비충ᄒ는 마음을 위로코져 ᄒ야 인형을 변화ᄒ여 오날 완난
야?" ᄒ며 안쏘 무슈이 실펴 운니 아히 그 분(부?)친의 말을 듯고 엇지혼 곡졀
을 아지못ᄒ여 울며 고ᄒ여 왈 "쇼ᄌ 실ᄒ(4.a)을 쩌난지 반년에 가간 쇼식을

젹연이 듯지못ᄒ여습더니 오날 와 뵈오니 부모임께 이다지 실허ᄒ시니 무ᄉᆞᆷ 연고온지 아지못ᄒ나이다." 이러할 ᄎᆞ에 동복이 급히 보ᄒᆞ되 "젼일 왓던 노승 이 오ᄂᆞᆫ다." 탁영이 더욱 반겨ᄒ여 분쥬이 나가 졀ᄒ고 마죠와 빅비 ᄉᆞ례 왈 "ᄎᆞᆼ쳔이 지시ᄒ와 활인지불을 만나여 모친의 병환을 회츈ᄒ고 죽은 ᄌᆞ식 을 다시 만나보오니 쇼싱의 불효지심을 엇지 쳔지가 감동ᄒᆞᆫ 일 〃리오? 이난 모다 존ᄉᆞ의 졔도즁싱ᄒᆞ시난 너부신 은덕일가 ᄒᆞ나이다." 노승이 쇼 왈 "쳔ᄒᆞ 만ᄉᆞ가 지셩이면 ᄒᆞᆫ날이 감동ᄒᆞ난지라 이른 고로 공부ᄌᆞ난 호(효?)도 일ᄌᆞ로 일빅 ᄒᆡᆼ실에 ᄉᆞ람의 근원이라 ᄒᆞ여습고 ᄌᆞᄉᆞ의 즁용지도난 졍셩 일ᄌᆞ로 근본 을 ᄉᆞᆷ아스니 이제 ᄉᆞᆼ공의 지극ᄒᆞᆫ 효셩은 귀신이 감동ᄒ고 쳔지 슌쳔이 어엽비 너긔스 봉ᄂᆡ산 불ᄉᆞ약으로 ᄉᆞᆼ공의 ᄌᆞ졔 형용을 만들아 ᄉᆞᆼ공의 지극ᄒᆞᆫ 효셩을 시험코져 ᄒᆞᆫ 일리오니 만약 ᄉᆞᆼ공의 지(4.b)극ᄒᆞᆫ 효셩이 안이면 엇지 그런 션 약을 ᄂᆞᆼ니 어들니요?" ᄒ며 언파에 두 번 졀ᄒ고 당하에 ᄂᆞᆯ여셔 두어 거름에 가는 고졀 아지 못할너라. 니날 탁영이 즉시 남손에 가 아히 무덤을 본니 손ᄉᆞᆷ 쑥이 무덤 우에 무셩ᄒ엿거늘 탁영이 스스로 일너 왈 "간이라 ᄒᆞᆫ 거션 혈믹 이 모인 비라. ᄯᅩ 만물에 졍신이 ᄉᆞ람의 졍신과 갓튼지라. 만일 동ᄉᆞᆷ이 안이면 모친의 병을 엇지 곤치리요?" ᄒ엿더라.

니가 고령현을 지나다가 길 가에 탁효ᄌᆞ의 비각이 잇기로 비음을 살펴보고 ᄉᆞ람마당 쳔츌쇼지에 ᄌᆞ연 감동ᄒᆞᆫ 마음이 업지 안니ᄒᆞᆫ 고로 즉시 비문을 쵸ᄒ 야 셰샹에 각 〃 다 부모 둔 ᄉᆞ람으로 알게 ᄒᆞ노라. 더져 셰샹에 효ᄌᆞ라 칭ᄒᆞᆫ 니 반ᄃᆞ시 황죽이 나라 집에 드러오난 것과 어름 속에 잉어 ᄯᅱ여 나오난 일를 드문 일노 말ᄒ건니와 이제 탁영의 효셩이 ᄯᅩᄒᆞᆫ 쳔고에 드문 효셩일 ᄲᅮᆫ더러 효ᄌᆞ라도 ᄉᆞ람마당 ᄒᆡᆼᄒᆞ긔 어려온 일리로다. ᄯᅩᄒᆞᆫ 그 부인 숑씨난 쳔만고에 규즁부녀에(5.a) 스승이 됨 직ᄒ도다. 실퓨다! 셰샹에 나무 메나리 도야(되 어?) 그 시부모를 박디ᄒᆞ난 ᄉᆞ람 비 〃유지(比比有之)ᄒ니 그러ᄒᆞᆫ 에ᄌᆞ(여 자?)가 숑씨의 말을 드르면 엇지 안 마음에라도 붓그러온 마음이 업실진딘 인류가 안일지라. 아람답다! 탁영의 효셩이 지극ᄒᆞᆫ 즁에 ᄯᅩ 부인 숑씨의 효셩 이 그 가즁의 빈난 일홈을 쳔츄의 빗치잇게 도온니 옛 ᄉᆞ람이 이르기를 칙ᄒᆞᆫ

덕이 잇스면 반드시 도으난 이 우지 잇다 ᄒ더니 과년 탁영의 부〃로 말ᄒ
비로다.(5.b)

다)『유록』소재 <탁영전> 원문

卓永者 高靈士人 早失嚴父 只依偏母 親執井臼 奉養惟孝 其妻宋氏歸卓
永 閱十歲無子 永與其妻 遍尋名山佛寺 祈禱數年 乃生男子 嶷〃若鸞鳳之
雛也 稱髮漸長 才學大成 生絶愛之 使送報德菴讀書焉 生老母 年至八十
以宿疾 轉擁數旬 生饘粥必親煮 湯藥必親嘗 誠敬所到 靡不用極 而牛山之
落照(輝同)將薄 桑楡之暮影漸移 雖有出天之孝 其於大命何 一日 忽有老
僧一人 肩負鉢囊 手持藜杖 形貌淸雅 道氣氤氳 叩木鐸 乞糧於門外 婢僕
輩急出禁之曰 家有憂故 勿擾門庭 老僧曰 孝子之門有何憂故耶 曰 大嫂之
髮已種〃矣 臨年衰疾 纏綿數朔 症有難醫 效無勿藥 惟其慌急之不暇矣 奚
爲尊師普施計也 曰 小僧山菴說法之暇 嘗閱黃帝遺編 診形察色 畧知投劑
然第恐馬后之罵加於俗醫也 婢輩以老僧之言 告于生 〃跣足出拜 迎入中
堂 兀然若瘦鶴高峙 老僧診脉後 長跪皺眉曰 氣血耗脫 不可以靑囊之潤滋
也 脉絡相關 又不可以丹砂之洗滌也 虛陰下沉 格陽上爛 骨髓之疾 有難除
去 三焦盡消 六氣將散 膏盲(肓?)之病 未可收效 雖然醫於不醫 藥於不藥
是眞妙診良劑 而雖愈附鴻粥 莫能乃知者也 未知大雅誠孝能致否 生祝手
曰 百身以贖 安可辭也 老僧曰 如得九世獨子生肝 膾而唅之 自有神效 不
然雖麻姑君山之醪 王母瑤池之桃 固無靈矣 生忙對曰 用此則必有效乎 老
僧曰 藥以效病 不效何藥 仍辭別出門 不見其處 生始信其非凡人 向宋氏
道一遍焉 宋氏驚曰 此必神僧 盍思求之 九世獨子 非別人也 乃吾子 則何
患得之 卽命蒼頭 送報德菴 蒼頭未及山門 儼然公子者下來 相逢於路上 聞
尊姑之病報 悽惶之色 令人感動 及到其家 祖母魂迷中 執手戲噓 戀〃不忍
捨 生命退 休宿於外堂 是夜三更 生按劍入房 悲風擧袖 悽月照窓 氷腮玉
骨 轉輾鼾鼻 遂把劍下視 欲刺復止 欲進復退 一擧而鍾愛 篤於慈天 二擧
而痛心 切於喪明 霜刀未下 悲淚先沾 忽擲劍自訟曰 嗟呼 吾事親不孝 獲

戾神明 天降酷罰 禍及胤嗣耶 懸弧之祝 本在遐齡 而刈蘭之刃 乃自父手乎
寧不若自刎而溘然也 長吁短嘆 不能定魂 宋氏自外隙窓窺見 乃知其卓永
之無奈 急入責之曰 詩不云乎 欲報之德 昊天罔極 古人有割血飼之 以保其
親者 此兒卽郞君之一塊血肉也 今欲活其親而反愛其血 獨不愧於古人乎
遂奪劍而刺腹 剖肝而膾進 病母三食之 乃有快效 卓永斂其餘骸 往瘞於前
山望眼之地 風朝雨夕 捲簾悲傷 其後數旬 儼然公子者入來 後有一衲僧 擔
負冊子而繼至 卓永視之 卽其子無異焉 宋氏視之 亦其子無異焉 卓永混然
如夢 執手泫然曰 爾之天質超邁 劫後未泯 殘魂餘魄 化爲寃鬼耶 闢地及泉
□而相見耶 其子瞠然泣告曰 小子離闈數朔 子職久廢 家間消息 寂無聞知
今承嚴敎 實無置身之地矣 于斯之際 家僮入告曰 前者老僧復至矣 卓永奔
走拜迎曰 師乎〃〃 蒼天垂憐 谷佛活命 病母還療 死子復生 此莫非濟度中
恩德 小子之菲德不孝 本無感動之誠意 何以得此過分之寶筏也 老僧笑曰
天下萬事 無誠不成 故子思子大孝之道 必以誠之一字爲本 孔夫子以孝之
一字爲百行之源 則今大雅誠孝 靡袖不格 靡鬼不居 天地山川 感于至德 採
送蓬山之靈草 幻成令胤之容貌 欲試大雅之誠孝 若非大雅之至誠至孝 其
何能得此 言畢 又拜別下堂 不見其處 卓永卽往瘞處 蔘芽苗蕪於塚上 卓永
自解曰 肝者 血脈所聚也 物之聚精 亦與人同 如非童蔘之肝 其於母病何有
余過高靈縣 路傍見卓孝碑陰記 槩此事也 遂感而敍傳

外史氏曰 世之稱孝者 必言黃雀入室 白鯉出氷 而今觀卓永 盖千古僅有
者矣 向使宋氏 終爲情愛所蔽 一如卓永擲劍之時 則安能救姑之病而成夫
之孝哉 噫 非獨永而能也 乃其婦 亦足稱矣 詩曰 形于寡妻 卓永有焉 傳曰
德不孤必有隣 宋氏有焉

3)『계서잡록』을 전대 문헌으로 하고 있는 이야기에 나타난 수용양상

대체

27화 <仍携手 入內房而請坐>(第可入吾房內)

　　　　吏隸輩<多有親熟者>(面熟)

              <御史>(文秀)<感其至誠而對>(辭)曰

              而隣邑守令「十餘」, <亦次第而>(皆)來會

28화 <如是過客>(人飢) 豈「可」不顧耶?

              對曰 <結婚, 〃 〃>(焉敢不婚?)

              小人只依分付<擧行而何敢侍坐?>(行婚禮矣)

29화 穀價<高登>(登踊)

30화 其外擧行及<供饋之節>(茶啖之屬), <天氣>(日候)晝熱

31화 <其大人>(宰相)

33화 其後 泰耇<問於其妓>(招致其妓而問)曰

36화 所聞之<傳說 無人不知>(出 亦已久矣)云.

38화 <果飽喫矣>(腹果而氣蘇)

첨가

27화 文秀聞<之>(其言) **甚矜憐之**

        老媼仍入廚炊飯

        其母曰 吾兒豈不念前日之情乎?

        面帶怒色 不得已開戶而入

        婢子携其御史之手 入其房坐定

        俄者裂破其神位而燒<火>(之)矣

        自兵使 各邑守令以下 面無人色 蒼黃迸出**時** 厥妓之狀 當復何如

        哉?, **仍畧**施笞罰

28화 **時御史在於門外** 聞之

        使汝上典 見**此凌**辱乎?

30화 每有「所」使 **呼傔從** 則新來者

32화 **諸閑良**一時從風而靡

33화 **趙判書**泰億之妻沈氏

37화 泣訴此狀 **復其父讐**

38화 童子呼奴備夕飯 御史問其年而且問是誰之家

탈락

27화 「如有近之者 則可謂積善 必獲神明之佑矣.」

　　　其女「不得已開戶而入」

　　　而隣邑守令「十餘人」

30화 金尙魯「若魯之弟也」.

　　　「巡使曰 擧措得無駭異乎? 妓曰 深夜無人矣.」

　　　其人俯伏「而」對曰「小人犯死罪矣 尙魯曰 何謂也 對曰」

31화 「數食頃無語」

36화 其孀婦朴氏「女 而亦有班閥之家也.」

　　　「從籬間」偶見朴氏之姸美

　　　「使人探知朴氏之寢房」

　　　又<月色照窓>(見窓間月色下)有人影矣.

　　　「何乃以小刀爲也? 斯速出去.」

　　　「使之運屍而去」

　　　則如生時「無異云」矣.

37화 「置之于法 余在洪邑 時金化倅 來傳此言 余聞而歎曰 渠」

오류

36화 爲<粗家>(祖述?)之婢夫

37화 卽<挾>(峽)路無人之境也

『어문학』78, 한국어문학회, 2002.

『청야담수(靑野談藪)』의 원천과 변이양상 연구

1. 들어가는 말

야담(한문단편)에 대한 연구의 역사는 그렇게 오래된 것은 아니다. 그럼에도 그 시기에 비하여 매우 괄목할 만한 연구 성과[1]가 축적되었다고 하겠다. 야담에 대한 연구 성과의 방법론은 크게 보아 셋으로 나누어 볼 수 있다. 첫째, 이우성·임형택이 해당 자료[2]를 우리에게 소개하면서 표방했던 역사·사회주의적 방법론을 들 수 있다. 둘째, 야담의 본령은 어디까지나 '이야기'에 있지, 다른 데에 있는 것은 아니라는 점을 새삼 유념하는 가운데, 일부 연구자들은 한 특정의 이야기가 전승·채록·유전되는 과정을 거치면서 여러 가지 요인의 작용[3]으로 인해, 야담 자료집에는 애초 그것이 형성된 원래의 면모와는 다르게

---

1) 그 동안의 연구 성과에 대해서는 몇 차례에 걸쳐 연구사 검토가 간략하게 이루어진 바 있어 한 참조가 된다.(이강옥과 이신성·신해진) 한편 필자는 『한국야담문학연구』 (보고사, 1996)의 부록으로 1995년 12월까지 보고된 야담 연구 성과를 목록으로나마 제시해 참고에 이바지하고자 하였다. 이후 현재까지 약 30여 편에 달하는 연구 성과가 추가로 제출된 상태임을 밝혀둔다.

2) 『이조한문단편집』 상·중·하(일조각, 1973, 1978)을 말한다.

3) 이에 대해 정명기는 "삽화의 분리와 결합의 작용과 편자의 개인적 의도의 작용"이란 점을 지적한 바 있다. 『한국야담문학연구』(14~39쪽)를 참조.

수록되고 또 계속해서 개변되는 경우도 있었을 것이라고 주장하면서 해당 이야기들이 어떠한 과정을 거쳐 형성되었고, 또 뒷날 여러 가지 모습으로 변이되었는가 하는 데에 그들 연구의 초점을 두게 된다. 이 신성 · 정명기 · 강영순[4] 등의 논의가 그것으로, 연구자에 따른 시각의 편차는 인정해야 하겠지만 범박하게 문예미학적 방법론이라고 묶을 수 있는 것을 들 수 있다.[5] 셋째, 야담집 상호간의 관련 양상을 집중적으로 검토함으로써 그 수용 · 변개 양상과 그 야담사적 의미를 밝히려는 문헌학적 · 수용미학적 방법론을 들 수 있다. 그 구체적인 성과는 최근에 들어와 비로소 정명기 · 임완혁 · 김준형[6] 등에 의해 지속적으로 이루어지고 있다. 본고 또한 이러한 방법론의 연장선에 놓이는 작업 가운데 하나이다.

---

4) 이신성, 『천예록』연구』, 보고사, 1994.
   정명기, 『한국야담문학연구』, 보고사, 1996.
   강영순, 「조선후기 여성지인담 연구」, 단국대 박사학위논문, 1995.
5) 이들 두 방법론이 지니고 있는 각각의 한계에 대해서는 정명기, 「야담연구를 위한 한 제언-꼼꼼한 자료 읽기의 중요성」(『열상고전연구』 10집, 열상고전연구회, 1997, 127~128쪽)에서 간략히 언급해 둔 바 있다.
6) 정명기, 「『청구야담』에 나타난 전대문헌의 수용양상 연구-『학산한언』을 중심으로 본」, 『연민학지』 2집, 연민학회, 1994. 이 논문은 정명기의 『한국야담문학연구』(보고사, 1996, 356~407쪽)에 재수록되어 있다.
   정명기, 「야담 연구를 위한 한 제언」, 『열상고전연구』 10집, 열상고전연구회, 1997, 127~153쪽.
   정명기, 「야담집의 간행과 전승양상」, 『황패강 선생 고희기념논총 설화문학연구』 上, 단국대출판부, 1998.
   임완혁, 「『계서야담』의 서술방식에 대한 일고찰-『동패락송』의 수용과정에서 나타난 문장기술의 변화를 중심으로」, 『한국한문학연구』 19집, 한국한문학회, 1996, 401~439쪽.
   임완혁, 「문헌전승에 의한 야담의 변모양상」, 성균관대 박사학위논문, 1997.
   임완혁, 「『동야휘집』과 『동패락송』의 관련양상(其一)-수용경로를 중심으로」, 『한국한문학연구』 20집, 한국한문학회, 1997, 391~424쪽.
   김준형, 「『기문총화』계 야담집의 문헌학적 연구」, 고려대 석사학위논문, 1997.

『청야담수』(이하『청담』으로 줄임)는 야담사의 견지에서 볼 때 시기적
으로 뒤늦게 출현한 야담집임에는 틀림없다. 그렇다고 해서『청담』의
가치가 폄하될 수는 결코 없다고 본다. 그 이유로는『청담』의 경우,
거의 유례를 찾아볼 수 없을 정도의 많은 전대문헌의 수용·변이의 양
상과 신문학기에 들어와 야담문학이 여하한 양상으로 탈바꿈하는지를
극명하게 보여주는 자료라는 점을 들 수 있다.

일련의 야담집들이 전대문헌의 수용·변이를 거치며 형성되었다는
것은 몇몇 자료들[『청구이문』·『동야휘집』서문]의 내용[7]을 통해 이미 주
지된 사실이라고 할 수 있다. 그러나 그 동안의 연구 성과들은 거의
대부분 이에 대한 관심을 구체적으로 기울이지 않았으며[8], 나아가 최
근의 연구 성과들을 통하여 일련의 야담집들 간의 관계양상이 보다
극명히 드러나게 됨으로 해서 야담 연구의 경우 보다 진전된 논의의
계기가 마련된 것으로 보인다는 점 등에서 이런 관점에서의 연구 성

---

7) "…(전략)… 乃領略其耳聞目見之事 鳩聚於家傳戶說之書 集爲若干규 弁之曰『靑
邱異聞』…(하략)…"(동경대본, 舊 소창본『청구야담』(7권 7책)
　"…(전략)… 余於長夏調병 偶閱『於于野談』『紀聞叢話』頗多開眼處 惟是記性衰
耗 無以領略萬一 遂就兩書 撮其篇鉅話長 堪證故實者 旁及他書之可資該洽者 並
修潤載錄 又采閭巷古談之流傳者 綴文以間之 每篇之首 題句標識 槪依小說之規
各段之下 輒附論斷 略倣史傳之例 …(하략)…"(대판 中之島圖書館本『동야휘집』)
　위의 자료는 필자가「『청구야담』의 편자와 그 이원적 면모」라는 논문(『연민이가원선
생 칠질기념논총』, 정음사, 1987.『한국야담문학연구』, 보고사, 1996, 337~354쪽)에 재
수록)을 통하여 처음으로 소개·보고한 것으로 당시 문면의 기록을 아무런 의심 없이
받아들여 "청구야담』의 서문인 것으로 보고 그 편자와 찬성 연대를 밝혀낸 바 있으나,
최근에 들어『청구이문』과 그 계열군의 존재를 파악해 냄으로써 이것이『청구야담』
의 서문에 해당하는 것이 아니라『청구이문』의 서문에 해당하는 것임을 알게 되었다.
이 자료에 대한 구체적인 검토는 추후의 과제로 미루어둔다.
8) 조희웅, 『조선후기 문헌설화의 연구』, 형설출판사, 1982.
　두정님, 「『동야휘집』 연구」, 서울대 석사학위논문, 1990.
　홍성남, 「『동야휘집』 연구」, 단국대 석사학위논문, 1992. 등에서 이에 대한 소략한
논의가 이루어진 바 있다.

과는 앞으로도 계속적으로 수행할 필요가 있다고 하겠다.

『청담』에 대한 기왕의 연구는 1편의 간략한 해제[9]만이 이루어졌을 뿐, 본격적인 작업은 전혀 이루어진 바 없다.

본고를 통하여 첫째, 『청담』의 일반적인 면모―편찬시기에 대한 새로운 규명을 포함한―와 아울러 201화[10]에 달하는 소재 이야기의 원천(源泉)이 무엇인지를 밝혀본다. 둘째, 『청담』에 이들 원천 자료가 수용·변이된 양상과 아울러 이런 과정을 통해 드러날『청담』편자의 편찬태도(이야기관)가 어디에 놓여 있는지를 살펴볼까 한다. 셋째, 『청담』의 야담사적 의의를 간략하게나마 밝혀보고자 한다.

2. 『청야담수』의 면모와 원천(源泉) 탐색

편자 미상의『청담』은 서울대 가람문고에 소장되어 있는 6권 6책의 필사 사본으로, 현재까지 동종에 속하는 다른 이본의 존재가 알려진 바 없는 유일본으로써, 현토본이라는 형태적 특성으로 인해 대략 '19세기 말 내지 20세기 초'에 이루어졌을 것으로 이야기되어온 자료이다. 비록 앞·뒤 부분이 결락되어 있는 상태로 전하지만, 매면 11~12행[12행이 대부분이다.], 매행 24자 균일로 이루어져 있다. 현재 남아있

---

9) 서대석 편, 『조선조문헌설화집요』(Ⅱ), 집문당, 1992, 581~582쪽.

10) 이에 대해서는 약간의 설명이 필요할 듯하다. 이제까지의 연구에서는『청담』소재 이야기는 모두 201편인 것으로 이해하여 왔다. 그러나 검토 결과 동 소재 자료 가운데 41화(권2)와 163화(권5), 그리고 25화(권1)와 112화(권4)는 같은 이야기이거나 하나의 이야기 가운데 삽화의 분리에 의해 나타난 동종의 이야기라는 점에서 결국 같은 이야기라고 할 수 있다. 이런 점에서 보면 "청담』소재 이야기의 실제적 편수는 이제껏 알려졌던 것과는 달리 201화가 아니라 199화라고 해야 맞다. 그러나『청담』의 실제적 면모를 중시한다는 점에서 여기서는 총 201화로 보고 논의를 진행하고자 한다.

는 부분만 의거하여 볼 때 총 201화가 수록되어 있는 자료집이다. 29화~37화와 75화의 10편을 제외한 나머지 전부는 이야기의 제목에 해당됨직한 기사(記事)를 갖고 있다.[그 자세한 내용은 뒤에 붙인 도표를 참조하라.]

한편『청담』의 엮은이가 누구인가 하는 문제는 현 단계에서 정확히 밝힐 수는 없다. 그러나 그 편찬 시기는 다음과 같은 문면에 의거할 때 그 상한선을 잡아볼 수 있다. 곧 160화인 〈數千金으로 使免官連ᄒ야 以圖寢郎一窠於其父〉의 원 출전은 연대본『기문총화』卷之二 260화인데, 그 가운데 다음 문면을 주목해보자. "方與外國人(倭虜?)相通ᄒ야 誘而入寇於朝鮮ᄒ고 年〃自海上으로 運送米穀ᄒ니 此一事은 可謂大罪라. …(중략)… 其爲締結外國(倭虜?)而運送米穀者ᄂ 莫非搆捏造語라." 곧 괄호 안의 표기가 원『기문총화』에 실린 문면인데,『청담』에서는 그것이 '외국인' 또는 '외국'이라는 표현으로 변개되어 나타난다. 이를 통하여 우리는『청담』의 편찬 시기가 19세기 말로는 결코 소급될 수 없다는 사실을 알게 되었다. 그렇다면『청담』의 편찬시기의 상한선은 '일제의 탄압이 실효를 거두던 1905년 이후에는 일제에 대한 노골적인 비난이 不容된 시기였다'는 점과 아울러 자연 '출판물에 대한 사전 검열과 사후 검열이라는 이중의 구속 장치'로서의 성격을 띠고 일제에 의해 마련된 '신문지법' 또는 '출판법'이 시행되기 시작한 시기가 1907년 7월·1909년 2월이라는 점 등을 고려할 때, 1905년 이전으로 소급될 가능성은 없어 보인다. 이런 점에서 본다면『청담』은 '19세기 말 내지 20세기 초'에 이루어진 것이 아니라, 20세기 초엽 경에 이루어진 야담집으로 봐야 하지 않을까 한다.

『청담』소재 이야기가 어떠한 자료로부터 유래한 것인지, 곧 그 원천자료의 실상은 무엇인지를 탐색해 보기에 앞서서 선행 연구 성과의 주장을 여기서 살펴보는 것이 우리의 논의에 편의할 듯하다.

"『청야담수』에는 총 201화의 이야기가 실려 있는데, 여타의 자료집에
는 들어 있지 않은 독차적인 자료의 수효는 그리 많지 않으며, 전대의
여러 야담집들에 실려 있던 이야기들을 두루 뽑아서 재기술한 것으로
나타난다. 『청야담수』가 모본으로 삼은 야담집들로는 『東野彙輯』·『東
稗洛誦』·『溪西野譚』 등을 대표적인 것으로 꼽을 수 있다. 책 머리의
30여 화는 『동야휘집』에서 뽑은 것이며, 가) 40화부터 76화까지의 부분
은 『동패락송』과 거의 그대로 일치한다. 나) 책의 『후반부』에는 『계서
야담』 혹은 『記聞叢話』와 겹치는 자료들이 많이 실려 있는데, 『계서야
담』의 편자인 李羲平의 이야기를 재수록한 것이 있는 것으로 보아 『계
서야담』을 모본으로 한 것으로 판단된다. 다) 책의 중간 부분에 독창적
인 이야기들이 간혹 실려 있는데, 다른 책에서 전재한 것인지, 아니면
편자가 저술한 것인지는 확실치 않다."[11] (가·나·다는 필자 표시)

위의 주장을 축조적으로 살펴 논의의 발판을 마련해볼까 한다. 먼저
가)를 검토해보자. 이 주장은 우선 『동패』[12]와 『동패락송』이 다른 종류
의 야담집이라는 점을 간과하고 있다는 점에서 그 오류를 지적받아 마
땅하다. 물론 『동패락송』의 이본 가운데는 천리대본 『동패락송』과 같
이 원 『동패락송』의 일반적 면모와 상당히 이질적인 자료들 또한 일찍
이 보고된 바 있으나, 여러 가지 근거를 통해 미루어볼 때, 이는 원
『동패락송』에 비해 상당히 후대에 출현한 후대본임이 분명하다.[13] 나

---

11) 서대석 편, 『조선조문헌설화집요』(II), 집문당, 1992, 581쪽.

12) 이 자료는 현재 연세대 도서관 소장본과 필자 소장본이 보고되어 있다. 한편 연세대
도서관 소장의 『파수록』과 김기윤 소장의 『화헌파수록』(권1)·동양문고본 『화헌파수
록』(권1·2)은 『동패』와 이본 관계에 놓이는 자료로 여겨지지만, 현재로서는 어느 자
료가 선행하여 나타난 자료인지 분명히 알 수 없다.

아가 40화에서 76화까지의 부분이 그에 해당되는 것이 아니라, 47화에서 73화까지의 자료들은『동패』를 원천으로 하고 있고, 74화는『파수록』또는 천리대본『동패락송』112화를 원천으로 하고 있음이 드러났다는 점, 사실 원『동패락송』소재 야담은『청담』의 105화–109화에 수록된 5화에 불과하다는 점에서 이 주장은 분명한 오류라 하겠다. 한편 나)의 문면에서도 마찬가지로 오류를 지적할 수 있는데, 이것은 단적으로 75화~104화까지와 128·9화의 32화는『기문총화』(이하「기문」으로 줄임)의 4권 소재 이야기들인 바, 이 이야기들의 경우 16종에 달하는『계서잡록』이본군(이하「계잡」으로 줄임)과 3종에 달하는『계서야담』이본군(이하「계야」로 줄임)에서는 전혀 나타나지 않는 자료라는 점을 통해서도 바로 확인된다. 보다 자세한 논의는 아래에서 다시 다루기로 하고, 다)의 문면을 이어 살펴보기로 하자. '책의 중간 부분에 독창적인 이야기들이 간혹 실려 있'다고 밝히고 있는데, 이 주장 또한 실상과는 차이가 있는 것으로 보여진다. 정확하지는 않지만, 이 언급은 여타 이야기들의 경우 그 원천 자료가 쉽게 확인되는데 비하여, 117화~124화까지의 이야기들은 상대적으로 그렇지 않다는 점에서 이 8화를 지칭하고 있는 것이 분명한 듯하다. 그러나 이들 자료들은 그들의 주장과는 달리 독창적인 이야기들이 결코 아니다. 이들 이야기들은 18세기 후반의 구수훈에 의해 엮어진 것으로 알려진『이순록(二旬錄)』[14]과 편자 미상인『파수(破睡)』[15]에 겹쳐 수록되어 있는 자료(4화가 해당)에 불

---

13) 정명기,「『동패락송』연구–이본의 관계양상을 중심으로」(『원광한문학』4집, 원광한문학회, 1991, 31~37쪽)에서 해당 자료가 1879년 이후 출현했을 것으로 추단한 바 있다. 이 논문은 필자의『한국야담문학연구』(보고사, 1996, 311~337쪽)에 재수록되어 있다.

14) 이 자료의 이본으로는『패림』소재본만이 있는 것으로 알려져 왔으나, 최근 들어 일본 동경대학교에도 그 이본이 있는 것으로 확인되었다.

과하다는 점이 드러났다. 이런 점에서 본다면『청담』에 대한 연구는
이제 새롭게 시작되어야 마땅하다고 본다.

검토 결과『청담』은 다음의 최소 8종에 달하는 원천자료의 영향 아래
나타난 자료집인 것으로 드러났다. 그것은 곧『동야휘집』(36화)·『동패』
(29화→27화[16])·『동패락송』(5화)·『파수록』(2화→1화)·『학산한언』(4
화)·『이순록』(8화)·『계서잡록』('계잡'에만 출현하는 자료 2화, '계잡'과 '계
야'에만 나타나는 자료 10화로 총 12화)·『기문총화』(108화)-권1(21화→20
화. '기문'에만 나타나는 자료 1화(111화), '기문'과 '계야'에 공통으로 출현하는
자료 19화. 총 20화)·권2 (36화→35화: '기문'과 '계야'에 공통으로 출현)·권
3(21화: '기문'과 '계야'에 공통으로 출현)·권4(32화: '기문'에만 출현)- 등으로
나누어진다. 앞의 6종에 달하는 야담집들의 경우는 원천자료에 대한
다른 논란거리가 있을 수 없지만, 문제는『계잡』과『기문』(『계야』를 포괄
하는)의 야담집을 두고 일어날 수 있다. 이들 세 자료집의 편찬 연대는
아직까지 구체적으로 밝혀진 바 없다. 따라서 논자들은 나름의 근거
아래 이들 세 자료집의 선후 관계를 각기 다르게 주장한 바 있다.[17]

---

15) 이 자료는 이가원 교수 소장, 1권 1책의 한문 필사본으로, 미공개의 상태로 놓여 있
다가 최근 필자에 의해 그 전모가 드러났다. 이 자료에 대한 간략한 해제와 아울러
그 원문이『연민학지』5집(연민학회, 1997, 535~570쪽)에 걸쳐 소개된 바 있다.

16) '→'는 앞 자료가『청야담수』에 그대로 수용되지 아니하고 합성·분리되어 새로운
이야기로 나타나는 경우를 가리킨다. 구체적으로 그것을 밝히면『동패』의 3·4화가
『청야담수』의 49화로,『동패』의 22화·23화가『청야담수』의 61화로 합성되는 한편으
로,『동패』의 37화가『청야담수』의 72화·73화로 분리되는 것을 말한다. 이하 '→'는
다 같다.

17) 이에 대한 대표적인 견해를 제시하면 다음과 같다.
조희웅, 앞의 책, 28쪽에서 "『기문총화』는『계서야담』보다 앞선 것으로 …(하략)…"
임형택,『기문총화』해제(아세아문화사, 1986)에서 "『계서잡록』또는『계서야담』에
서『기문총화』쪽으로 옮겨졌다고 보는 편이 타당할 듯싶다."
김상조,「『계서야담』계 연구」(고려대 박사학위논문, 1991)에서는 위 두 경우와 달리
보다 결정적인 몇 가지 근거를 제시하면서 "『계서잡록』-『기문총화』-『계서야담』의

이에 대한 정설은 아직껏 분명히 마련되지 않은 셈이라고 하겠는데, 최근 들어 보고된 몇 논의[18]는 이 문제에 대해 분명한 내적 근거를 제시하는 가운데 이제까지와는 달리 보다 타당한 견해를 피력하고 있는 것으로 생각된다.

『계잡』·『기문』·『계야』에 공통되게 나타나는 자료는 모두 39화(→38화)에 이르고 있다. 오직 『계잡』에만 나타나는 자료는 43화·44화의 2화 뿐이다. 한편 『기문』에는 탈락되어 있는 반면에 『계잡』과 『계야』에만 출현하는 자료는 모두 10화에 이르고, 『계잡』에는 출현하지 않는데 비하여, 『기문』과 『계야』에만 나타나는 자료로 33화(→32화)를 찾을 수 있다.

필자는 「야담의 간행과 전승양상」이란 논문에서 『계잡』과 『기문』의 선후 관계를 첫째, 서사주인공에 대한 기술방식상의 차이. 둘째, 표현방식상의 차이. 셋째, 특정한 단어 또는 문장이 탈락되고 있다는 차이를 통해 규명한 바 있다. 여기서 참고로 그 논의의 일단을 제시하면 다음과 같다.

먼저, 서사주인공에 대한 기술방식의 차이[19]로,

  1) "土亭 諱之涵 九代祖考之弟也"(성대본 『계잡』 1권 2화)
     "李土亭之涵"(『기문』 3권 1화)

도식을 설정하고 있다.

18) 앞에서 든 주 6)의 성과들을 가리킨다.

19) 김상조도 이 점에 대해서만은 일찍이 다음과 같이 지적한 바 있다.
  "『계잡』에서는 기록자와 이야기 주인공의 관계를 중심으로 이야기되고 있으며, 『기문』에서는 보다 객관적으로 소개되고 있다."(71쪽) 나아가 그는 "우리는 『기문』이 『계잡』보다 늦게 이루어졌으며, 『계잡』 소재 이야기를 이야기 시작 부분만을 고쳐 실었다는 것을 알 수 있다."(73쪽)고 주장하고 있는데, 이것은 필자가 다시 나누고 있는 조항 가운데 첫째 조항에만 적용 가능한 일면적 주장에 불과한 것으로 보인다.

2) "七代祖考 佐郞公"(성대본『계잡』1권 3화)

　"李公慶流"(『기문』3권 2화)

3) "六代祖考"(2와 상동)

　"公子"(2와 상동)

4) "八代祖妣"(2와 상동)

　"公之母親"(2와 상동)

5) "從曾大父 文淸公 諱秉泰氏 高祖考 監司公之侄子也"(성대본『계잡』
1권 5화)

　"李文淸秉泰 監司□[20](澤?)之侄子也"(『기문』3 권 3화)

6) "三山族大父 判書公之"(성대본『계잡』1권 13화)

　"李三山台重"(『기문』3권 5화)

을 들 수 있다.

둘째, 표현방식상의 차이로,

1) 則果有「老嫗之願買」者(願買之老嫗)[21](성대본『계잡』1권 2화)

2) 則可「以」捧十五兩錢「而來」(汝可賣來)(위와 같음)

3) 「喉渴而病患中 謂侍者曰 何由得喫一橘」(喉渴思橘) 若得喫 則「渴」[22]
病可解矣 無由得橘[23](성대본『계잡』1권 3화)

4) 「向我言 自家」(語人曰 吾)(성대본『계잡』1권 3화)

5) 所見「悶迫」(甚悶)(성대본『계잡』1권 6화)

6) 「以簡紙三幅來納之意 分付寺僧矣 各房齊會 每人一次搗砧 以十幅

---

20) 원문에서 결락된 부분을 표시한 것이다.

21) 「 」부분은 성대본의 경우를 가리키고, 바로 이어 붙인 ( ) 부분은『기문총화』부분
에서의 변이된 모습을 가리키는 것이다. 이하 다 같다.

22) 「 」만 있고 ( )가 없는 경우는 성대본의 해당 부분이 기문에서 탈락된 것을 가리킨다.

23) 특정 부분에 밑줄 그은 부분은『기문총화』에서만 나타나는 부분을 가리키는 것이다.

來納之」(責納三幅簡紙 則寺中各房僧以十幅來納)(성대본『계잡』1
권 6화)

7) 仍拔(留)置三幅「而還給七幅」(餘皆還給)而送之(성대본『계잡』1권
6화)

8) 「似無以刻之」(可刻之道)(성대본『계잡』1권 6화)

을 들 수 있다.

셋째, 특정한 단어 또는 문장이 탈락되고 있다는 차이로,

1) 當壬辰倭「寇之」亂(성대본『계잡』1권 3화 ⇒ 『기문』3권 2화)

2) 時則「五」六月間也(위와 같음)

3) 此是傳家之事 而「向於海印寺之行 欲審其題名處而不得 其已刓而
然歟」(성대본『계잡』1권 6화 ⇒ 『기문』3권 4화)

을 들 수 있다.

위에 든 예문들만으로도『기문』이『계잡』보다 선행하여 나왔을 가
능성은 결코 없음이 확인된다.[특히 셋째의 예문 3)은 그것을 결정적으로
증거하는 좋은 보기이다.]

한편 필자는「야담연구를 위한 한 제언」에서도 다시『계야』가『기문』
에 비하여 시대적으로 뒤에 출현했다는 근거로 다음의 몇 사항을 든
바 있다. 첫째,『계야』는 4권으로 이루어진『기문』가운데 권지일(182화
가운데 164화)·권지이(78화 전부)·권지삼(56화 가운데 40화)만을 전재의
대상으로 삼고 있다는 점과 아울러 특히 권지일 가운데 155화까지는
몇 이야기가 누락되어 있는 경우를 제외하고서는『기문』의 배열순서와
완전히 부합되고 있다는 점. 둘째,『기문』의 권지일에 실린 이야기 가
운데『어우야담』이 출전으로 되어 있는 12화에 달하는 이야기들이 하

나같이 『계야』에 누락되어 있다는 점. 셋째, 『기문』의 권지일 161화는 정효준에 얽힌 이야기로, 이 이야기의 경우 서사적으로 그 편폭이 훨씬 더 확장되어 『기문』 3권 28화에 또 실려 있기도 한데, 『계야』가 기문의 차서를 충실히 따르는 가운데 형성된 자료임에도 이 이야기가 『계야』에서 탈락될 이유가 따로 발견되지 않는다는 점.(유화에 대한 일정한 고려의 작용 결과 나타난 현상(?)). 넷째, 『기문』의 1권 184화는 유심(柳淰)이란 인물에 대한 이야기인데, 이 이야기는 연대본에 의거할 때 아래 부분이 결락되어 있는 상태이다. 그런데 이 이야기가 『계야』에는 출현치 않고 있다는 점 등이 그것이다. 이런 여러 사항들을 묶어 생각할 때, 『계야』와 『기문』의 관계는 『기문』에서 『계야』로 유전되었다는 사실은 인정될 수 있지만, 그 역은 위에 든 여러 사실만으로도 절대로 불가능한 것임이 명확히 드러났다고 하겠다. 이제까지의 논의를 통해 우리는 이들 야담집들이 『계잡』 → 『기문』 → 『계야』의 순으로 나타난 것임을 확인할 수 있었다.[24]

앞서의 검토 결과로부터, 이들 원천 자료집 가운데서 『청담』에 가장 많은 영향을 끼친 자료집은 『기문』이라는 점이 분명히 드러났다. 한편 『계야』는, 『청담』의 75화에서 104화, 111화, 그리고 128·9화 등 총 33화의 경우 『기문』에는 나타나고 있는데 비하여 『계야』에는 나타나지 않고 있다는 점·『기문』과 『계야』에 겹쳐 나타나는 이야기는 77화(→75화)에 이르고 있는데, 오직 111화 〈부안기(扶安妓) 계생(桂生) 이야기〉만은 이러한 현상에 비추어 볼 때 예외적이라고 할 정도로 『계야』

---

24) 김준형 또한 「『기문총화』계 야담집의 문헌학적 연구」에서 "『계서야담』은 주로 『기문 총화』의 영향 하에 있으면서 『계서잡록』의 이야기를 첨부하고 있다."는 주장을 펴는 가운데 『계야』의 편찬 시기는 이본이 4종밖에 없다는 점과 아울러 김태준이 유독 『계야』에 대해서만 '근세의' 것임을 말하고 있다는 점 등을 근거로 삼아 1880년 이후에 편찬되었을 것으로 추정하면서 필자의 이러한 견해에 동조하고 있는 것으로 보인다.

에서는 나타나지 않고 있다는 점과 아울러,『기문』에는 나타나지 않되
『계야』에는 나오는 자료로 137·8화, 167~174화 등 총 10화를 들 수
있는데, 이 경우 또한『계야』에만 출현하는 것이 아니라 그 선행 문헌
으로 여겨지는『계잡』에서도 아울러 출현하고 있다는 점 등을 고려할
때『계야』의『청담』에의 영향 관계는 전무한 것으로 보아도 좋지 않을
까 한다. 한편『계잡』의 부분적인 영향은 비록 제한된 범위 내에서이
기는 하지만, 여기서 어느 정도 인정되어야 한다고 본다.

검토 결과를 일목요연하게 보이기 위하여 원천자료의 면모를 도표
로 제시하면 다음과 같다.[해당 도표는 부록을 참조]

3.『청야담수』에 나타난 수용·변이 양상과 편자의 편찬태도(이야기관)

1)『청야담수』에 나타난 수용·변이 양상

위에서 드러난『청담』 소재 이야기들의 원천 자료들이『청담』에 어
떠한 면모로 수용·변이되고 있는지를 살피기에 앞서서 한 가지 분명
히 밝혀두어야 할 것이 있다. 곧『청담』의 원천 자료의 수용양상은 기
본적으로 단순 전재를 지향하고 있다는 사실이다. 그러나 기본 지향
점이 그렇다고 해서『청담』에서 드러나는 수용·변이 양상의 의미가
무시되어서는 아니 된다. 왜냐하면『청담』의 문면을 세심히 살펴볼 때
그에 못지않게 많은 부분에 걸쳐 개변의 양상이 나타나고 있기 때문
이다. 이점을 주목하는 가운데 논의를 전개하려 한다.

부분 개변의 양상은 다음의 네 면모, 곧 첨가·탈락·대체·오기 등
으로 나누어 살필 수 있을 듯하다. 여기서는 해당 예문을 먼저 들어

보이고, 자세한 논의는 절을 달리하여 살펴보기로 한다.

A) 첨가 : 『청담』에서의 첨가로는 몇몇 이야기에서 평결부가 나타나고 있다는 점을 들 수 있다. 논의의 편의를 위해 보기만을 제시한다.

1) "評曰 武弁之不善風鑑云者ᄂ 恐似不然ᄒ니 瞥見着衰服 步過店門之一儒生이 能決來後年에 持繡斧殺我之相 則其鑑이 不可謂不善也ㅣ라. 人之吉凶善惡이 曰 惟心耳니 吉凶은 由於善惡ᄒ고 善惡은 由於義利 而義利之分이 在於一心上矣라. 武弁之待李生이 先何其厚며 後何其薄고? 先後厚薄이 只因知利 而不知義故로 風鑑之眼이 亦爲利心所蔽ᄒ야 但能辨色이오, 不能察氣宅心原ᄒ니 自不正操術ᄒ야 隨而未精ᄒ니 其及也ㅣ 固宜矣로다" (109. <初知來後御史ᄒ고 後生反疑라가 必受其禍>)

2) "筆者曰 具之已惡은 浮於任士洪 而非但免死라. 乃能轉禍爲福ᄒ니 當時三大將處事之疎ᄂ 由此而可想見矣로다." (175. <具壽永轉禍爲福 三大將達宵露坐>)

3) "著者ㅣ 曰 人之死生이 本在於天ᄒ니 雖有百許沆이나 其能殺一忍齋哉아! 洽與沆은 其可以魯衛로 視之哉ㅣ져!" (176. <洪忍齋語侵安老 許大憲獨啓省獄>)

4) "著者ㅣ 曰 夫親病斷指者多 而今以九歲小兒로 行之而不計身命ᄒ고 不求聲聞ᄒ며 不知痛苦ᄒ니 實出天之誠孝라. 宜其感動神明하야 以續父命也ㅣ니 若無誠心이면 雖斷十指 血而和進이나 豈有死者復生之理也ㅣ리오? 推此見之컨더 金公之孝ᄂ 盖出於天者也ㅣ로다." (188. <號泣禱天 亂斫衆指ᄒ고 誠感冥府ᄒ야 許續父命ᄒ다>)

B) 탈락 : 탈락은 크게 보아 평(評) 기능부(機能部) 또는 증시부(證示部)의 탈락·삽화의 탈락·문면의 탈락 등으로 나누어 살필 수 있을

것으로 보인다. 그 가운데 문면의 탈락은 상당 부분이 나타나므로, 하나하나 번다하게 들지 않고 대표적인 경우만을 들어 보일까 한다. 1)~5)까지가 평 기능부 또는 증시부의 탈락(제보원에 대한 정보기록)에 해당되고, 6)~11)까지가 삽화의 탈락에 해당되고, 12)~16)까지가 문면의 탈락에 해당하는 부분으로 이외에도 많은 예문을 들 수 있지만 여기서는 같은 글자 아래에서 탈락되는 경우만을 제시해두었다.

1) "此事載其年譜 余曾未得見 而只憑傳者之言 以錄之<奎瑞卽崔錫鼎 初字也>」"(44. <崔相奎瑞ㅣ 於廢舍에 得銀瓮ᄒ야 移葬于郞干父子>)

2) "誠亦異哉이라"(48. <靑海伯 李芝蘭의 字號ᄂ 永川金百鍊이 知之>)

3) "「自古有道士 隱於賤執事者 往往有之 冶匠必是大隱 而世莫知焉 可歎也」"(54. <成廟ㅣ 微行이라가 聞冶匠父子ㅣ 論天象ᄒ고 訪之不得>)

4) "於此可見古人之立身 不爲身謀 必專爲國家 東皐婦翁 未得其名 後當考諸李氏世譜 則可知 而其識深先見 有如是云"(69. <東皐李浚 慶이 與岳翁으로 議明廟建儲>)

5) "大抵我國人才之盛 必稱穆廟時 肅廟之時爲其次也."(120. <會酒 席ᄒ야 出酒命>)

6) "「萬家杵一時鳴者 爲得擧動也 人君之行 謂之擧動 是乃人君之像 也 破屋中 負三椽者 終負王氏之像也」"(49. <太祖ㅣ 得異夢ᄒ고 訪 無學僧ᄒ야 建大刹 享神祇>)

7) "「其」後에 六臣禍作ᄒ니 「申叔舟爲委官 成三問臨刑而呼叔舟曰 汝忘集賢殿月夜之事乎 世祖聞而不豫 使叔舟避之 不聞其說矣」 誠 亦異矣러라."(53. <文宗抱端宗ᄒ고 托六臣>)

8) "「至暮 南溟(冥?)還入房中 則惡臭觸鼻 見而大笑曰 此必李徐二人 過此也 盖南溟(冥?)末年 雖道成德立 年少豪氣 猶有未消磨者歟」" (58. <南溟이 因求名姬라가 殺淫女後에 放馬折劍ᄒ고 讀書成大儒>)

9) "「專意丹學 尸解去云 礇(礦?)亦能文章 爲黃海監司 見芙蓉堂懸板

古今題詠 盡掇其板 破爲側木 渠獨以一絶揭之 詩曰 荷香月色可淸宵
更有何人弄玉簫 十二空欄無夢寐 碧城秋思正迢迢云”(68. <北窓이
不能救其親ㅎ고 退去果川>)

10)“中朝之人 請見此賦 許筠以爲篇末無味 尾亂數句示之 稱賞不已
但曰 亂言不如無矣 我人始言其由 盖其鑑識 亦神以此”(118. <白馬
江賦로 下第而復得嵬捷>)

11)“又曰 平生別無未忘人 惟徐花潭進士掛念矣 居在同鄕 頻〃相逢
且於余甚加眷愛 然不命侍寢 故余嘗嘲以無閫客 一日命來宿曰 果無
閫乎 第不作房事 余又嘲以痿疾人 又大動陽莖曰 果痿疾人乎 然終不
許薦枕 余又嘲曰 是頑然石矣 笑答曰 試看吾室內 果有幾子姓乎 雪
恥汝言足矣 余以此 終不能忘耳”(121. <松岳精이 分爲男女>)

12)“五山이 痛飮數十鍾ㅎ며 入坐屛內ㅎ야「使石峰 屛外展十張連幅
大華牋 濡筆臨之 五山於屛內」 以鐵書鎭ㅎ고 連叩書案ㅎ야 鼓動吟
諷이러니 (22. <朱使舘中和詩韻>)

13)“少婦「晨春月在西 一人取紙 書其下曰 夫婿遠出 少婦」ㅣ 獨宿落
月「在」西을”(101. <晚起長發할식 忽聞馱豆人吟詩>)

14)“鄭曰「所失物 圓圍大小何如 封裹以何物 厥漢曰 如此如此 鄭曰
君」隨我「而」來ㅎ라.”(108. <拾遺還給ㅎ니 大賊이 遷善>)

15)“主人曰「吾雖武弁 豈受此物耶 願勿復言 主人曰」 積年營心於此
者는 只爲今日이니 公何出此言이리오?”(127. <兩人이 捕一虎ㅎ니
一孝一義>)

16)“其後夫人之喪에「上下啼號 不離殯所 及葬而行喪」 坐于柩上ㅎ야
到山下ㅎ야 又坐墓閣上而噪之不已ㅎ고”(133. <微物도 亦知其恩>)

C) 대체 : 대체는 원 자료의 특정한 단어 또는 문면이 다른 단어 또
는 문면으로 바뀌어 나타나는 현상을 가리키는데, 『청담』을 통틀어서
다음 3 개처에만 나타나는 것으로 확인된다. 이점에서도 『청담』의 기

본적 지향성이 단순 전재에 놓여있다는 점이 쉬 확인된다고 하겠다.

1) "方與外國人(倭虜?)相通ᄒ야 誘而入寇於朝鮮ᄒ고 年〃自海上으로 運送米穀ᄒ니 此一事ᄂᆫ 可謂大罪라. …(중략)… 其爲締結外國(倭虜?)而運送米穀者ᄂᆫ 莫非搆捏造語라."(160. <數千金으로 使免官逋ᄒ야 以圖寢郎一窠於其父>)

2) "鎭恒이 「承命而退」歸家ᄒ야 以袖로 掩面而臥ᄒ니 「其嬖」妾이 問何故오?"(曰 何爲而如是忽〃不樂也?) (46. <統制兪鎭恒이 曾受命捉酒ᄒ고 活人得後報>)

3) "置床卓於前ᄒ며 出囊中「木枝 刻」五箇童子ᄒ야 塗以五色ᄒ며 列置「於」床上호ᄃᆡ 靑者ᄂᆫ 居東ᄒ며 其餘ᄂᆫ 亦隨其色ᄒ고(白者居西 赤者居南 黑者居北 中央黃者也?)"(66. <花潭이 從神僧ᄒ니 神僧이 爲殺九尾狐ᄒ야 以免厄>)

D) 오류 : 원 자료를 전사하는 과정 속에서 나타난 오독(誤讀) 또는 오기(誤記), 잘못된 띄어쓰기 등에 의한 잘못을 가리키는 것으로, 다음의 예들이 그에 해당한다.

1) "江水村舍(江氷將合?)에 禍迫目前이오"(2. <「三士ㅣ 成仁明大義」>)

2) "十四日에 到畿甸ᄒ니 崔命(鳴?)吉이 到沙峴ᄒ야"(2. <「三士ㅣ 成仁明大義」>)

3) "時에 公이 以不參廷請으로 大爲奸黨의 所搆라 與申相景禛으로 出萬死爲宗社計할ᄉᆡ 李公이 貴ᄒ니(李公貴?) 諸人이 合推公ᄒ야 爲盟主ᄒ다."(24. <「贊大業因畵托契」>)

4) 承旨洪鳳瑞ㅣ(洪瑞鳳?) 以問安來啓ᄒ더"(24. <「贊大業因畵托契」>)

5) "又列書錢穀筆墨ᄒ야 以示之曰 從欲(汝?)所欲이라 ᄒ니"(4. <「感恩遇에 竟夕哭泣」>)

6) "時에 都尉家蒼頭ㅣ 橫悖辱人호디 人(橫甚衆辱 人人?)莫敢誰何
라."(6. <「決死報恩揮刀柄」>)

7) "是夜에 忽聞室中에 有呼云 次奇아! 汝ㅣ 誠感上天호야(汝誠l 感
上天호야?) 冥府에 已許汝父之生호고 且延汝壽命호니 汝其放心勿
悲也호라."(8. <「幼童爲親伸寃獄」>)

8) "十餘歲에 悉誦二經호며 讀盡通鑑通鑑(φφ)호고(20. <「紗幗督課
登金榜」>)

9) "簡易이 大驚호야 問伏侍者(大驚服 問侍者?)曰 老爺ㅣ 往常如此
否아"(21. <「弇州席上玩文辭」>)

10) "心自語曰 吾奕이 可獨步當時러니 乃爲老病(兵?)所敗호니 寧有
是理리오"(28. <「奕手逞術致橫財」>)

11) "汝輩ㅣ 馳釋敎라가 耽看雜方호야 厭佛家之寂滅호고 慕世俗之榮
華호니 十年工夫ㅣ 一朝壞了라"(29. <得福地美娥作配>)

12) "吾ㅣ 旣昧地理之糟粕호고 又無管窺之明의호야 果難力排나 衆議
(果難力排衆議?)호고 獨立己見이니 將奈何오"(32. <擧石函覩吉釋
疑>)

13) "太祖ㅣ 告이 實호니(以其事告之?)(49. <太祖ㅣ 得異夢호고 訪無
學僧호야 建大刹 享神祇>)

14) "因「挾花潭」登空面西(向西?)而去호니 但聞耳邊「有」風聲이라.(66.
<花潭이 從神僧호니 神僧이 爲殺九尾狐호야 以免厄>)

15) "及夫請丙申之獄前에(에 前?)谷倅ㅣ 辭連逮獄호니 其妻ㅣ 泣謂梅
花曰 主公이 今至此境호니 吾則已有所決於心者라."(134. <妓中豫讓
也>)

16) "彼權弇奉이 忠厚君子也ㅣ요, 家計饒足호며 喪配而無子호고 汝之
妹「氏」過는(는 過?)年未嫁호니 「亦」未知凡節之何如"(145. <徽陵犯
樵로 以成妹婚>)

17) "許生曰 吾之財 盡이(이盡?)入於鎖金巷矣요, 今將永別호니 汝以

何物로 贈行乎아?(150. <雲娘妓家에 銷盡萬金호고 得烏金爐>)

18) "主翁曰 冷笑(冷笑曰?)曰(φ) 君이 何作夢中語也오? 官司主ㅣ 何
可行次於吾家乎아? 此는 千不近萬不近之「謊」說也라.(201. <得良配
호야 藏踪柳匠家호고 革亂政호니 出仕太平朝호다>)

2)『청야담수』 편자의 편찬 태도(이야기관)

앞에서 번다할 정도로『청담』에 나타난 수용·변이 양상의 실제적
면모를 제시해 둔 바 있다. 이를 토대로 하여『청담』편자의 편찬 태도
와 아울러 이야기관에 대해 간략히 살펴보기로 하자. 먼저 평결부의
내용을 통해 그 의식세계를 다루기에 앞서, 우리는 그가『동야휘집』을
원 자료로 하고 있는 36화의 경우 하나 예외 없이 평결부를 그대로 끌
어오고 있음을 주목할 필요가 있다. 이것은 그 자신 또한『동야휘집』
의 편자 이원명이 평결부를 통하여 제시하려 했던 의도에 동조적인
시각을 지니고 있음을 명시적으로 보여주는 좋은 예[25]로 여겨진다. 이
런 점에서 본다면『청담』의 편자 또한 '유교적 이념을 기준으로 현실
과 도덕이라는 기준에 맞도록 논평을 가하고 있는' 인물이라 하겠다.
곧 작중 주인공과 그를 둘러싸고 있는 인물(또는 세계)의 행위·이념항
에 대해 동조·긍정하거나 비난·부정하는 등의 포폄적 시각을 사평
(史評)이라는 매개항을 통하여 직설적으로 드러내고 있는 것으로 판단
된다. 그러나 여기서 사평의 형태가『동야휘집』에서와 같이 '외사씨왈
(外史氏曰)'로 일관되게 나타나는 것이 아니라 '평왈(評曰)'·'필자왈(筆

---

25) 이병찬, 「『동야휘집』연구」(성균관대 박사학위논문, 1994.) 51쪽 참조. 그는『동야휘
집』의 사평을 "이원명이 야담문학의 전개에 있어서 시대적 요구에 부응한 결과"라고
파악하면서, 사평이 "야담의 독자층을 교화한다는 목적과 의식 하에 야담을 재정비하
는 가운데 출현했을 것"으로 추단한 바 있다.

者曰)'· '저자왈(著者曰)' 등으로 다양하게 나타나고 있다는 점은 역으로『청담』의 편자가 뚜렷한 사평 의식을 견지하지 못하고 있음을 보여주는 좋은 예라 하겠다. 201화 가운데『동야휘집』에서 전재하고 있는 36화를 제외한 165화 중 아래에 제시해둔 예에서 보이듯이 4화에서만 사평이 나타나고 있다는 점으로부터도 그 점 익히 확인된다. 이제『청담』에서 구체적으로 구현되고 있는 평결부의 면모를 통하여 이점 확인할 수 있다.

> 1) "…(전략)… 사람의 길흉선악은 오직 마음에서 기인한다. 길흉은 선악에서 유래하고 선악은 의리에서 유래하니 의리의 구분은 한 마음 위에 있는 것이다. 무변이 이생을 대우함이 앞서는 어찌 그리 후하며 뒤에는 어찌 그리 박하였는고? 앞 뒤의 후하고 박함이 다만 이익됨만 알고 의리를 알지 못한 연고로 풍감의 눈이 또한 利心(이익을 탐하는 마음)에 가려진 바 되어 다만 능히 때깔만을 판별했을 뿐이지, 氣宅과 心原을 능히 살필 수 없었으니 스스로 바르지 못하게 술법을 닦아 따라서 정비치 못했으니 그가 (화에) 미침이 진실로 마땅하도다." (109. <初知來後御史ᄒ고 後生反疑라가 必受其禍>)
>
> 2) "필자가 가로되 구수영이 이미 저지른 죄악은 임사홍보다 심한 것이거늘 다만 죽음을 면했을 뿐만 아니라 이내 능히 전화위복하게 되었으니 당시 3 대장의 처사의 소루함을 이로 말미암아 알 수 있다" (175. <具壽永轉禍爲福 三大將達宵露坐>)
>
> 3) "저자가 가로되 사람의 사생은 본디 하늘에 있는 것이니 비록 백 명의 허항이 있다손 치더라도 그들이 능히 한 인재(洪暹)를 죽일 수 있겠는가? 許洽과 許沆은 魯衛로써 볼진저" (176. <洪忍齋語侵安老 許大憲獨啓省獄>)
>
> 4) "저자가 가로되 무릇 양친의 병환시에 손가락을 끊는 자가 많았지만 이제 9세의 어린 아이로써 그것을 행하며 자신의 목숨을 헤아리지 않고

聲聞(명예)을 구하지 않으며 고통을 알지 못하니 실로 하늘이 낸 지극한 효심이었다. 그가 신명을 감동케 하야 아비의 목숨을 잇게 한 것은 마땅한 것이니, 만약 성심이 없었다면 비록 열 손가락을 다 끊어 피를 내어 나아온다고 하더라도 어찌 죽은 이가 다시 살아날 이치가 있겠는가? 이로써 미루어보건대 김공의 효심은 대개 하늘에서 난 것이로다."
(188. <號泣禱天 亂斫衆指ᄒ고 誠感冥府ᄒ야 許續父命ᄒ다>)

『청담』에 나타나는 전대문헌의 수용·변이 양상의 기본적 지향이 단순 전재에 있다는 점을 앞에서 분명히 언급한 바 있다. 그런 가운데서도 부분 개변의 양상 가운데 탈락의 면모가 상대적으로 많이 나타나고 있음을 아울러 지적한 바 있다. 여기서는 탈락의 양상 가운데 자연적으로 서술문면의 축약을 불러오는 해당 면모를 구체적으로 제시해두고자 한다. 그것은 대체로 보아서 부연 서술에 해당하는 부분을 과감히 줄이는 방향 아래 진행되는 것으로 파악된다.[아래 예문 1)·2)·3)의 가)·나)·다)·라) 내용을 참조] 곧 『청담』의 편자는 최소한의 서술문면만으로 하나의 이야기를 엮고자 하는 의식을 견지하는 가운데 전대문헌을 수용했던 인물로 보여진다. 최소한의 서술문면만의 구현과 이의 전달에 불필요하다고 생각되는 부연 서술을 지나칠 정도로 과감히 축약함으로써 앞 뒤 문맥이 자연스럽게 연결되지 못하는 경우도 자주 드러난다. 곧 이야기의 서사적 긴장미가 약화되는 결과를 초래하였다고 할 수 있다. 이런 현상을 통해 볼 때, 『청담』의 편자는 서술방법면에서 묘사보다는 서사에 그 편찬의도를 두고 있었던 인물이 아닌가 생각된다.[26]

---

26) 이러한 『청담』 편자의 태도는 『청구야담』 편자의 그것과도 일정한 차이를 드러내는 것으로 생각된다. 곧 전대문헌의 수용·변이라는 동일한 궤적을 지니는 양자 사이에서 『청구야담』 편자가 '인정기술의 축약(탈락)·평결부의 탈락·제보원의 정보에 대

번다함을 피하기 위하여 몇몇 예문만을 들어 이런 사실의 일단을 증
명해 보일까 한다.

1) "…(전략)… 述原이 據義責之 가)「辭氣凜烈 賊使之降則 述原憤」罵
曰 吾頭는 可斷이어니와 此膝은 不可屈「於汝」也ㅣ니라. 나)「汝以名祖
之孫 世受國恩 國家何負於汝 而汝作此擧也 獨不忝於汝祖忠節乎」, 賊
이 怒하「야」以刀脅之호디「述原終」不屈而「遂」遇害ㅎ니 다)「至死罵
不絶口」其子遇芳이 收「其」尸斂之「安于枕流亭而哭」曰「父讎未雪 吾
何生爲 且」復讐「之」後에 乃可葬也ㅣ라 ㅎ고 仍白衣起軍ㅎ야「與賊」
戰于牛頭嶺之下할시「遇芳居先力戰 夜登皐而」大呼曰 居昌「之」軍民
은 聽我言ᄒ라. 希亮은 國賊也ㅣ니 汝輩ㅣ 若從「之」이면 死亡無日이
오,「汝輩之中」如「有」縛致吾陣者는 敕「前」罪錄勳이라 ᄒ니「利害順
逆不難卜矣云 而周行倡聲 而」邑校數人이「通在賊陣」夜縛希亮 致之
「陣中」어날 라)「諸議皆以爲囚之檻車上」送大陣可也 遇芳泣曰 殺父之
讎 吾何可一時共戴天乎 仍以刀」遇芳이 刺腹「而」出肝ᄒ야 祭于父柩「
前」ᄒ니 …(하략)…" (42. <縣監 李遇芳이 復父讎 殺逆賊>).(문자:필자
표시)
2) "鎭恒이 直入酬酢後에 御史ㅣ 驚喜ᄒ야 가)「不顧而正色危坐 柳乃
問曰 御使道知此本官乎 御使沉吟不答 而獨語于口曰 本官吾何以知
之 柳曰 貴第前日 豈不在於東村某洞乎 御使微驚曰 何爲問之 柳曰
某年某月某日夜 以酒禁事奉命之宣傳官 或記有否 御使尤驚訝曰 果
記得矣 柳曰 本官卽其人也 御使急起「把手而泣ᄒ고 나)「曰 此是恩
人也 今之相逢 豈非天耶 仍命退刑具及諸罪人 一倂放之 終夜張樂

한 탈락' 등을 제외하고서는 원 출전 자료의 해당 문면을 있는 그대로 수용하는 태도
를 보이고 있음에 비할 때, 『청담』 편자의 이러한 면모는 분명 색다른 현상이라는 점
이 확인된다. 『청구야담』 편자의 이러한 태도에 대해서는 필자의 『한국야담문학연구』
(보고사, 1996, 374~388쪽)에서 구체적으로 검토한 바 있다.

娓〃論懷 更留數日而歸」仍「卽」襃啓ᄒ니 다)「繡啓之襃奬 前未有出
於此右者也 自「上이 嘉其績ᄒ야 特拜朔州府使ᄒ다."(46. ＜統制兪
鎭恒이 曾受命捉酒ᄒ고 活人得後報＞)

3) "花潭이 講道於松京할ᄉᆡ「一日」驟雨ㅣ暴至어날 有一童子ㅣ年
可十四五요, 衣服이「頗」潔ᄒ며 가)「眉眼如畫 英氣射人 擧止有法 爲
雨所逐 立於大門之中 花翁望見疑其「狀貌「之有」異어날 使人召之ᄒ
야「童入謁 花翁」問曰 秀才ᄂ 自何過此오?「童子對」曰 某ᄂ 本嶺南
人으로 家禍ㅣ孔酷ᄒ야「闔族殆盡」一身이 逃禍ᄒ야 流離至此ㅣ니
이다. 花翁이「深加悲傷」憐之ᄒ야 使留ᄒ니 童子ㅣ才識이 出倫이
라.「悟解穎異」講學數月에 無所不通ᄒ니 나)「大而天地之理 鬼神之
妙 皇王帝伯 圖書卦畫 投之所向勢若迎辦」花翁이 大奇之ᄒ야 問其
地閥 則士族이라. 다)「翁有一女 貞淑可愛 年齒與童子相若 翁決意」
欲以「童子」爲婿ᄒ야「入」言于夫人ᄒ니 夫人이 以根脚不明이오, 禍
家餘生으로 難之ᄒ니 花翁이 不聽ᄒ고 라)「此兒微賤 豪傑之士 不可
係類 猶不可拘也 況兒本嶺南士流家子孫 而非但才學出倫 視其狀貌
鳳眼龍準 重瞳風頰 必是功名富貴之像也 他不可問 乃我家事任長 君
勿復言 夫人心雖不愜 而嚴不敢復請矣」遂擇吉ᄒ야「行禮之期」迫
在一旬之內 而嘗早起ᄒ야 與之講論經旨할ᄉᆡ「暮」時에 秋雨初霽ᄒ
고 淸旭이 上窓이라. …(하략)…"(67. ＜花潭이 殺太白山老狐母子＞)
(문자:필자 표시)

그렇다면 이런 편찬 태도가『청담』에 일관되게 나타나는 현상인가를
살펴볼 필요가 제기된다. 단순 전재로 이루어진 이야기를 제외한 나머
지 대부분의 이야기들은 부분적이든 전면적이든 이러한 양상을 드러내
고 있다고 할 수 있다. 그러나 중복 수록되어 있는 이야기 가운데 41화
와 163화는 수용·변이 양상이 다르게 나타나고 있어 흥미를 끌고 있
다. 4군데에 걸친 사소한 자구 상의 차이(日→φ, 可→暇, 道→導, 疑→

意)를 제외하고서는 완전 단순전재로 이루어진 163화의 경우와는 달리, 41화는 상대적으로 많은 부분에 걸친 탈락이 드러나고 있음을 보게된다. 이해의 편의를 위하여 해당 원문을 제시하면 다음과 같다.

"金鉉은 英廟「朝」臺臣也ㅣ라. 鯁直敢言ᄒ야 人이 號曰 鐵公이라 ᄒ다. 宋淳明이 除箕伯ᄒ야 諸客이 餞于南門外할신「時有餞之者 盃盤豊厚」鉉亦在座「同盃矣」라.「撤床未幾 而」宋이 對諸人「而言」曰 吾之姑母ㅣ 家在近處ᄒ니 暫辭(拜?)而來ᄒ리라.「可少坐焉 仍出門而去」小頃에 還來 將「欲」發「行」할신「坐客皆作別 而」鉉이 正色「而言」曰 令監이 不可「發」行矣니이다.「須遲焉 宋曰 何故也 金曰 令監」以主人으로 不顧座「上之」客而出門ᄒ니「此則」大失賓主之「體」禮也ㅣ요, 飮食을 出給下隷而旋卽發程ᄒ니 下隷ㅣ 何可(暇?)得喫「餘瀝乎」이리오? 此則不通下情也ㅣ니「大失體禮 不通下情 而」何可受方面之責而「導」率列邑守宰乎아? 吾將治疏矣라.「仍起去」宋이 意其戲言而發程이러니 鉉이「歸家而」果「治」疏駁之「曰 臣於新箕伯之私席有一二事目見者 大失體禮 不通下情 不可置之方伯之任」請改差ᄒ니「上」批以依施ᄒ야「宋」纔到高陽而「見」遞ᄒ니 古之官箴「乃」如是矣라."(41. <臺臣 金鉉이 疏論箕伯宋淳明改差>).

동일한 이야기임에도 이러한 차이가 발생한다는 점은『청담』편자의 편찬 태도가 일관되게 작용하지 못하고 있는 한계로 지적당해야 한다. 그러나 이런 면모는 극히 예외적인 데 불과하다는 점에서, 서술방법면에서 묘사보다는 서사에 그 근본 시각을 두고 있는『청담』편자의 편찬 태도가 부정될 수는 없다고 하겠다.

4. 『청야담수』의 야담사적 의의

『청담』은 당시까지 전래하던 야담집 가운데 8종에 달하는 많은 야담집을 수용하는 가운데 이루어진 야담집이다. 특히 그것은 현토본이라는 형태상의 특성을 띠고 있는 몇 되지 않는 야담집 가운데 하나로, 20세기에 들어와 간행된 구활자본 야담집들 가운데 『청구긔담』(1911), 『청야휘편』(1913)을 제외한 나머지 다른 야담집들, 예컨대 『박안경기』(1913(?)·1921), 『반만년간 조선야담집』(1928), 『동상기찬』(1918), 『기인기사록』(1921) 등과 동일한 양상을 띠고 있다고 하겠다. 그러나 검토 결과 형태상의 동질성외에는 『청담』과 이들 구활자본 야담집들과의 직접적인 영향 수수 관계는 전혀 없는 것으로 드러났다.

『청담』이 야담집의 일반적인 표기양식인 한문에서 벗어나 현토본으로 간행되었다는 점은 매우 중요한 야담사적 의의를 지닌다. 곧 국한된 특정 부류에 의해 향유·전승되어 온 것으로 보이는 야담집의 전통에서 벗어나 한글본 『청구야담』에는 미치지 못하겠지만, 독자층의 확산과 함께 야담의 대중적 기반을 넓히는 데에 일정 정도 기여했을 것으로 보인다는 점을 우선적으로 지적할 수 있다.

한편 『청담』과 이들 구활자본 야담집들 가운데 어느 자료가 선행했는지는 현재로서는 정확히 밝혀낼 수 없지만, 여러 정황을 고려할 때 『청담』이 선행하여 나타난 것이 아닐까 한다. 그렇다면 『청담』을 계기로 하여 이들 구활자본 현토 야담집이 신문학기 초기에 잇달아 출현할 수 있었다는 점에서 그 사적 의의 또한 결코 무시할 수는 없다[27]고

---

27) 이러한 현상이 나타나게 된 데에는 구한말 지식인들의 현실 대응 태도와 어느 정도 밀접한 관련이 있을 것으로 여겨지지만, 이에 대한 구체적인 추론은 논제 밖의 것이기에 상론을 피한다.

본다.

　그러나 이러한 야담사적 의의 못지않게 그 한계 또한 분명히 지적되어야 한다. 그것은 첫째, 수다한 야담집을 전재하는 과정 속에서 필연적으로 발생한 현상으로도 이해되지만, 체재 면에서 통일성이 상실되고 있다는 점을 지적할 수 있다. 아주 짤막한 이야기로부터 아주 장형의 사건담에 이르기까지 일관된 원칙 없이 혼효되어 있다는 점을 말한다. 이는 역으로『청담』의 편자가 야담 문학의 개방갈래적 속성을 분명히 인식하고 있었던 것으로도 이해할 수 있겠지만, 야담사의 흐름이라는 견지에서 볼 때, 이는『청구야담』에서 성취한 높은 수준의 단계에 비해 분명 떨어지는 것이라 할 수 있다. 둘째, 야담문학의 건전한 생명력이 소거되고 있다는 점을 들 수 있다. 야담은 특히 그것이 산출되던 시기의 당시대적 의미를 제대로 구현해 낸 유산이라는 점에서 우리의 관심을 촉발시켰던 분야라고 할 수 있는데,『청담』의 경우 일제 치하라는 시대적 한계를 인정한다고 하더라도 당시대적 의미망이 완전히 소거된 채, 과거의 문학 유산을 수용·변이하는 데 그치고 있다는 점에서 분명히 퇴영적이라는 평가로부터 결코 자유로울 수는 없다고 하겠다.

5. 맺는말

　앞에서 논의된 바를 요약·제시하는 것으로 결론으로 삼으려 한다.

　총 199화로 이루어진『청야담수』는 '19세기 말에서 20세기 초엽' 사이에 이루어진 야담집이 아니라, 20세기 초에 이루어진 것임을 분명히 밝힐 수 있었다. 나아가 그것은 전체 8 종에 달하는 원 출전 자료의 영향 아래 나타난 야담집인 것으로 판명되었다. 특히 『청야담수』에 가장 큰 영향을 끼친 전대 자료는 『기문총화』라는 사실 또한 밝혀낼 수 있었다.

비록 『청야담수』에서의 수용·변이의 기본적 지향점이 단순 전재에 놓여 있기는 하였지만, 첨가·탈락·대체·오기 등으로 나타나는 변이 양상과 그 의미를 간략히 지적하였다. 먼저 평결부의 내용을 통해 『청야담수』의 편자 또한 『동야휘집』 편자의 의도에 동조적인 시각을 지니고 있음을 알 수 있었고, 이런 점에서 그 또한 '유교적 이념을 기준으로 현실과 도덕이라는 기준에 맞도록 논평을 가하고 있는' 인물임이 확인되었다. 한편 사평의 형태가 『동야휘집』에서와 같이 '외사씨왈(外史氏曰)'로 일관되게 나타나는 것이 아니라 '평왈(評曰)'·'필자왈(筆者曰)'·'저자왈(著者曰)' 등으로 다양하게 나타나고 있다는 점을 통하여 『청담』의 편자가 뚜렷한 사평 의식을 견지하지 못하고 있음을 밝혔다.

한편 탈락의 양상을 통해서는, 『청담』의 편자가 최소한의 서술문면만으로 하나의 이야기를 엮고자 하는 의식을 견지하는 가운데 전대문헌을 수용했던 인물로 파악하였다. 나아가 동일한 이야기임에도 차이가 발생하는 면모를 통하여 『청담』 편자의 이러한 편찬 태도가 일관되게 작용하지 못하고 있다는 점 또한 지적하면서, 이런 면모는 극히 예외적인 데 불과하다는 점에서, 『청담』의 편자가 서술방법면에서 묘사보다는 서사에 그 편찬의도를 두고 있었던 인물임을 알 수 있었다.

마지막으로 그 사적 의의로 첫째, 『청담』이 야담집의 일반적인 표기양식인 한문에서 벗어나 현토본으로 간행되었다는 점을 지적하였고, 둘째, 『청담』을 계기로 하여 이들 구활자본 현토 야담집이 신문학기 초기에 잇달아 출현할 수 있었다는 점을 또한 지적하였다. 나아가 그 한계로 첫째, 체재 면에서 통일성이 상실되고 있다는 점을 지적하였

다. 이는 야담사의 흐름이라는 견지에서 볼 때, 이는 『청구야담』에서
성취한 높은 수준의 단계에 비해 분명 떨어지는 것이라 할 수 있다.
둘째, 야담문학의 건전한 생명력이 소거되고 있다는 점을 지적하였
다. 『청담』의 경우 일제 치하라는 시대적 한계를 인정한다고 하더라도
당시대적 의미망이 완전히 소거된 채, 과거의 문학 유산을 수용·변이
하는 데 그치고 있다는 점에서 분명히 퇴영적이라는 평가로부터 결코
자유로울 수는 없다는 사실을 또한 주장하였다.

▶ 부록: 『청야담수』의 원천자료

청야 화번	자료 제목	동야 휘집	계서 잡록	기문 총화	계서 야담	동패	동패 락송	학산 한언	이순록 (파수)	파수록	기타
1	六臣立節仗危忠	3-1									앞落張
2	三士ㅣ成仁明大義	3-2									
3	逃世情에 淸風節義	3-3									
4	感恩遇에 竟夕哭泣	3-4									
5	轉忠思孝投金橘	3-5									
6	決死報恩揮刀柄	3-6									
7	孝子還甦說冥府	3-7									
8	幼童爲親伸寃獄	3-8									
9	節婦延命立後嗣	3-9									
10	義娥赴難扶禍家	3-10									
11	揮刀罵倅退勒婚	3-11									
12	換衣尋郎諧宿約	3-12									
13	賸碎銀圖占仕路	3-13									
14	扼猛獸救甦夫命	3-14									
15	靑衣挾鋌訴寃懷	3-15									
16	蒼頭鳴錚雪誣寃	3-16									
17	陳奏大筆振華譽	4-1									
18	擢第奇文解鈍嘲	4-2									
19	荷葉留詩贈寶墨	4-3									
20	紗幮督課登金榜	4-4									
21	弇州席上玩文辭	4-5									
22	朱使舘中和詩韻	4-6									
23	逢異才弄筆玩技	4-7									
24	贊大業因畵托契	4-8									
25	貽彤管老翁授訣	4-9									
26	投錦裳高僧爭價	4-10									
27	琴娥詁影證宿緣	4-11									

28	奕手逞術致橫財	4-12								
29	得福地美娥作配	5-3								無題
30	憎驕客癡童施術	5-4								〃
31	癡媪隨衲得發福	5-6								〃
32	擧石函覩吉釋疑	5-8								〃
33	授神訣藥鋪對話	5-9								〃
34	遠涉海邦載酒石	5-12								〃
35	洪宇遠 少時		4-4	3-30	2-7					〃
36	高裕ᄂ 尙州人也		4-27	3-53	2-24					〃
37	陜川守某ㅣ 年이		2-53	2-30	3-30					〃
38	舊奴抽劒說分義	5-13								
39	貴兒蒙皮度厄運	5-14								
40	大將申汝哲		2-61	3-15	4-6					
41	臺臣 金鉉(鉉?)이		2-63	3-17	1-45					
42	縣監 李遇芳이		2-64	3-18	1-46					
43	巡撫使 吳命恒이		2-65							
44	崔相奎瑞ㅣ		2-68							
45	英廟幸毓祥宮ᄒ야		2-70	3-22	1-50					
46	統制兪鎭恒이		2-70	3-24	2-1					
47	太祖ㅣ 遇佟豆蘭				1					
48	靑海伯 李芝蘭				2					
49	太祖得異夢				3·4					
50	太祖兄爲怪獸所咬				5					
51	長湍縣人이 善推數				6					
52	耘谷 元天錫				7					
53	文宗抱端宗ᄒ고 托六臣				8					
54	成廟ㅣ 微行이라가				13					
55	成廟ㅣ 愛鹿童ᄒ고				16					
56	退溪李滉과 河西金麟厚				17					
57	南冥 曹植이 媒大虎				19					

58	南溟이 因求名姬라가				18					
59	靜菴趙光祖ㅣ 撻處子				20					
60	退溪ㅣ 嫁送孀婦				21					
61	土亭李之涵이 好行怪詭				22·3					
62	土亭이 却不狎花潭之婢				24					
63	土亭이 行怪 着陶笠索帶				25					
64	土亭이 作鹽商할시				26					
65	進士 全禹治 得狐書ᄒ야				28					
66	花潭이 從神僧ᄒ니				29					
67	花潭이 殺太白山老狐母子				30					
68	北窓이 不能救其親ᄒ고				31					
69	東皋李浚慶이 與岳翁으로				32					
70	徐孤靑이 巖穴讀書ᄒ야				34					
71	孤靑이 與成東洲李土亭				35·6					
72	宋祀連이 上變ᄒ야				37					
73	龜峰이 遭誣告 亡命于唐津									
74	金德齡이 遇老人ᄒ야							30·1	천리대동패락송112	
75	全東屹		4-109						無題	
76	李相公時白之聘家奴彦立		4-110							
77	許積之傔人廉時道		4-119							
78	宣廟時에 李鰲城傔從이		4-120							

79	鄭子堂이 赤身儐果		4-130							
80	長城府에 有妓蘆花		4-133							
81	忠州妓金蘭		4-136							
82	以熱投江ᄒ고 以詩辭主		4-137							
83	老宰後娶ㅣ 醮夕相別		4-138							
84	李知白이 善押險韻		4-146							
85	枕石鹽商이 善押千字韻		4-151							
86	重修沁營門樓ᄒ고 開宴落成		4-152							
87	永興人金旻이 有才女ᄒ니		4-174							
88	儉折蓮花라가 賦詩贖罪		4-232							
89	感結在心ᄒ야 以緞報恩		4-256							
90	女神이 能人能詩ᄒ고		4-262							
91	星州妓 銀臺仙		4-5							
92	夢得神人之聯對ᄒ야		4-21							
93	諸儒生이 會話朴淵共賦		4-37							
94	天才女人이 能詩贈人		4-43							
95	金右丞이 善詩感人		4-64							
96	成川府伯設席會妓ᄒ고		4-134							
97	池亭美人이 贈詩贈墨		4-135							
98	西湖圖		4-145							
99	人有吟蟬未成에 同舟僧이		4-147							
100	咏牡蠣肉ᄒ고 吟子規		4-148							

101	晩起長發할식 忽聞 馱豆人		4-150						
102	一叟坐ᄒ고 一僧睡 ᄒ야		4-155						
103	仁廟ㅣ 擇嬪		4-233						
104	必踐前約ᄒ야 以活 報恩		4-216						
105	埋葬寃屍ᄒ고 椎殺 讐賊				41				
106	禍家餘生이 歸托金 姓人				52				
107	交必有孕이요 孕必 生男				54				
108	拾遺還給ᄒ니 大賊 이 遷善				57				
109	初知來後御史ᄒ고 後生反疑				67				
110	以鴻毛로 報泰山		1-162	4-141					
111	扶安妓桂生이 工詩 善謳彈		1-70						
112	筆法雖妙라도 不如 油商之注瓶		1-163	4-142					
113	兩詩皆爲大貴像		1-164	4-144					
114	金始振之先鑑		1-175	4-153					
115	面交ㅣ 不及心交		1-177	4-155					
116	薛生異趣					25			
117	古者에 衣食이 有約						上 3·4		
118	白馬江賦로 下第而 復得鬼捷						上 44		「破睡」 21
119	衣輕裘乘駿馬ᄒ고 一見金剛						上119		「破睡」 20
120	會酒席ᄒ야 出酒命						上126		「破睡」 43
121	松岳精이 分爲男女						下 41		「破睡」 5
122	弓師ㅣ 獨食河豚羹						下 70		

번호	제목								
123	弓院科路에 逢神人 吟詩							下 79	
124	殺一淫女ᄒᆞ고 活一 不辜							下 89	
125	命鋪開址라가 忽得 大缸金						53		
126	人之善惡에 天神이 莫不鑑臨						54		
127	兩人이 捕一虎ᄒᆞ니 一孝一義						90		
128	許魂이 夜哭		4-192						
129	槐山文章이 投降于 京中才子		4-214						
130	物之始也에 皆有定 數	3-18	2-40	1- 3					
131	交鬼得財요 染黃却 鬼	3-22	2-42	1- 5					
132	活命은 不可無酬恩	3-24	2-43	1- 6					
133	微物도 亦知其恩	3-33	2-46	1- 9					
134	妓中豫讓也	3-37	2-47	1-10					
135	自謂其貞ᄒᆞ고 損人 冤命	3-38	2-48	1-11					
136	一卓盛饌으로 以代 一縷	3-41	2-49	1-12					
137	梧雨聲滴에 鵲橋ㅣ 忽斷	3-44		1-15					
138	以春秋風雨楚漢乾 坤으로 題主	3-21		1-16					
139	春木이 作鬼交女	3-45	2-52	1-17					
140	妓有未忘二人	3-47	2-53	1-18					
141	自炙兩股ᄒᆞ고 託瘡 守節ᄒᆞ다가	3-48	2-54	1-19					
142	南天門開에 以示平 生休咎	3-49·50	2-55·56	1-20·21					
143	往採頭流山蔘ᄒᆞ고 召見歷代名將	3-52	2-57	1-22					
144	給香ᄒᆞ야 以結一生 緣ᄒᆞ고 進饌		2-58	1-23					

145	徽陵犯樵로 以成妹婚		2-60	1-25				
146	天使ㅣ無例討銀이라가 聞砲卽行		2-61	1-26				
147	中國閣老子ㅣ亡歸朝鮮ᄒᆞ야		2-63	1-28				
148	醉臥他人門前이라가 更結一世佳緣		2-64	1-29				
149	李氏貞烈		2-65	1-30				
150	雲娘妓家에 銷盡萬金ᄒᆞ고 得烏金爐		2-66	1-31				
151	推奴錢 數千으로 以償錦吏逋欠		2-68	1 33				
152	官至秋議ᄒᆞ야 爲鬼女雪寃		2-69	1-34				
153	新婦ㅣ救出打殺之婢ᄒᆞ고 山僧		2-70	1-35				
154	移盡兩家財ᄒᆞ야 負携入桃源		2-71	1-36				
155	樵夫ㅣ開壁待酒肉ᄒᆞ고 將軍		2-72	1-37				
156	救活都統ᄒᆞ고 願見一色		2-73	1-38				
157	押伏大虫ᄒᆞ야 分付渡海		2-74	1-39				
158	有恩申童이러니 其祖ㅣ變通于冥府		2-75	1-40				
159	徹婦ㅣ知機ᄒᆞ야 入山避禍		2-76	1-41				
160	數千金으로 使免官逋ᄒᆞ야		2-77	1-42				
161	載寶贖父라가 以寶害命		2-78	1-43				
162	女稱富平金生이오 男貪花田芳香	2-62	3-16	1-44				
163	大失體禮와 不通下情으로 司啓遞伯	2-63	3-17	1-45				
164	遇賊不屈	2-66	3-19	1-47				

165	下軺下牛ㅎ야 執手相問	2-67	3-20	1-48					
166	飮盡十牛血ㅎ고 椎殺五臺僧	2-69	3-21	1-49					
167	不堪繼母之惡ㅎ야 娚妹分袂向京		3-19	1-52					
168	占時貿麥ㅎ고 公堂投印		3- 5	1-54					
169	攔鏡大哭이라가 更逢良人		3-10	1-55					
170	辛未西亂		3-39	1-67					
171	行不義에 必有惡報		3-40	1-68					
172	臨時處變ㅎ야 以報其父讎		3-46	1-69					
173	怨積閨內에 竟致惡漢之伏法	1-21		1-70					
174	橫書左書로 竟綮會試	2-49		1-66					
175	具壽永轉禍爲福 三大將達宵露坐		1-3	4- 7					
176	洪忍齋語侵安老 許大憲獨啓省獄		1-5	4-11					
177	惶恐待罪承政院 上敎允當備邊司		1-6·7	4-12					
178	大虎咆哮欲噉人 川上巨巖忽地崩		1-24	4-26					
179	中宮藏伏魚水堂 臺帳厚饋前王妃		1-25	4-27					
180	張翰林每宴必目 金天使一遊索眞		1-63	4-61					
181	老兵使驛亭別妓 少娼妓大泣送使		1-69	4-65					
182	馬解路誤入娼家 女作辭曲傳東都		1-67	4-63					
183	風流男子爲人所縛 豪俠宗室置酒相賀		1-103	4-89					
184	東隣女乘醉行凶 金海倅迎屍親按		1-119	4-105					

185	李白沙五歲詠劒琴ᄒ고 鄭陽坡嘗時			1-164	4-143					
186	臨津江에 燒廬覓舟ᄒ고 白川邑에			1-172	4-150					
187	旅軒子上京赴役ᄒ고 道伯子下庭請罪			1-174	4-152					
188	號泣禱天 亂斫衆指ᄒ고 誠感冥府			1-183	4-161					
189	四娶得配ᄒ야 祀奉三聖ᄒ고 五子登科	4-1	3- 28	2-5						
190	蕩客이 箕營에 近名妓ᄒ고 妬婦가	3-13	2-36	3-37						
191	朴道令이 結婚座首女ᄒ고 列邑倅가	3- 2	3-10	3-45						
192	探花窺牕ᄒ다가 射和尙頭ᄒ고	2-42	2-22	3-22						
193	弔友出城타가 誤入賊窟ᄒ고 縱徒燒宇	2-43	2-23	3-23						
194	閱氣端李動蕩 爾有眼果無珠	2-45	2-24	3-24						
195	山寺曉鍾에 訪妓到浿ᄒ고	4-18	3-44	2-21						
196	掃墳歸路에 逢一奇男子 因山禮畢에	4-19	3-45	2-22						
197	貪財縛侄 亂石搗背ᄒ고 破棺行檢	4-26	3-52	2-23						
198	安東倅三載 名得神異ᄒ고 都書員一窠	4-28	3-54	2-25						
199	求山喪人이 强逼成婚ᄒ고 奔哭新婦가	4-29	3-55	2-26						
200	春塘臺前에 出大言ᄒ고 梔子餠으로	4-30	3-56	2-27						
201	得良配ᄒ야 藏踪柳匠家ᄒ고 革亂政	4-5	3-31	2-8						

서강대본 『단편야담집』(假題)의 원천(源泉)과 그 의의(意義)에 대한 소고

- 자료의 소개를 중심으로 한 -

1. 들어가는 말

본고에서 논의하고자 하는 검토 대상 자료는 서강대 도서관 소장의 『단편야담집』[1](假題: 이하 『단편야담집』으로 줄임)인 바, 이 자료는 필자의 과문한 탓인지는 몰라도 아직껏 학계에 소개된 적이 없는 자료로 여겨진다. 이런 점에서 뿐만 아니라, 이 자료는 다음과 같은 몇몇 특징적인 면모를 지니고 있다는 점에서도 매우 주목해야 할 자료로 보여진다. 첫째, 이 자료의 표기 문자가 대다수 야담집들의 그것과는 달리 한글[2]로 이루어져 있다는 사실. 둘째, 이제껏 알려진 몇몇 국문본 야담집의 이본들[3]에 대한 보다 깊은 이해를 제공할 근거를 지니고 있

---

1) 청구번호 고서 단 844로 되어 있는 자료로, 원 제목은 표지에 흐릿하게 쓰여져 있어 판독할 수 없다. 본 소고에서는 서강대도서관에서 명명한 제명을 그대로 사용한다.
2) 현재까지 남아 전하는 많은 야담집 가운데서 전체적 또는 부분적으로나마 國譯된 것으로 확인되는 자료는, 구황실 소장 國譯 『於于野談』, 규장각 소장 國譯 『靑邱野談』, 소재 불명의 『浮談』, 故 羅孫先生 所藏 國譯 『東稗洛誦』, 국민대본 『동패락송』, 국민대본 『천예록』 등에 불과하다는 점에서 『단편야담집』의 존재는 그 존재만으로도 나름의 가치를 인정받을 수 있다.

다는 사실. 셋째, 그 원천에 대한 검토를 통하여 자연스럽게 드러나겠
지만, 나름의 특징적인 모습[4]을 갖고 있다는 사실. 넷째, 필사시기와
필사자에 대한 일련의 정보를 갖고 있다는 점 등이 바로 그것이다.

그러나 본고에서는 여러 제약으로 인하여 부득이 본 자료의 원천에
대한 탐색과 아울러 그 자료적 의의에 대해서만 간략히 논급하는 것
으로 논의를 국한할까 한다.

『단편야담집』은 현재 서강대 도서관에 소장되어 있는 1책으로 이루
어진 한글 필사본이다. 총 44장(87면), 매면 12행, 매행 평균 22자, 가
로 22.5cm, 세로 32.4cm으로 이루어져 있으며, 필사기는 "슌(슝)뎡
긔원후 스병진(1856년) 냥월(10월) 한완 근셔"로 되어 있는 바, 그 구체
적인 필사시기까지도 분명히 밝혀져 있다는 점에서 주목받아 마땅한
자료라고 하겠다.

2. 서강대본 『단편야담집』의 원천 탐색

『단편야담집』은 총 17화로 이루어져 있는 야담집으로, 1화부터 10

---

3) 이것은 『단편야담집』을 통하여 고 나손선생 소장 『동패락송』과 국민대본 『동패락송』
의 이본적 소종래를 밝힐 수 있는 면모가 확인된다는 것을 가리키는 것으로, 여기서
필자가 미처 구체적으로 검토하지 못한 국민대본 『동패락송』 또한 그의 진술에 따른다
면, 고 나손선생 소장 『동패락송』과 "계통이 같은 것으로 여겨진다"는 점에서 이렇게
묶어 논의한다고 하더라도 큰 문제를 야기할 것으로는 여겨지지 않는다. 임형택, 「『동패
락송』 연구」, 「한국한문학연구」 23집, 한국한문학회, 1999, 323쪽.

4) 필자가 이미 다른 논문에서 밝힌 바 있는 연민본 『파수』와 영남대 미산문고본 『청구
야담』의 그것과 『단편야담집』의 그것이 일견 같은 면모를 띤 것으로 여겨진다는 점에
서 그 성격의 일단을 미루어 짐작할 수 있을 것으로 기대된다. 「『파수』 해제」, 「연민
학지」 5집, 연민학회, 1997, 535~570쪽. 「미산본 『청구야담』의 원천과 의미 연구」,
『어문학』 78집, 한국어문학회, 2002, 511~542쪽 참조.

화까지는 각기 7~8자로 된 제목이 있는 반면에, 11화부터 17화까지는
그 제목이 나타나고 있지 않다는 특징적 면모를 지니고 있다. 검토 결
과, 『단편야담집』의 원천으로는 전대 야담집인 『동패락송』이 11화로
많은 비중[5]을 차지하고 있는 가운데, 『기문총화』 5화, 『송와잡설』 1화
등이 해당하는 것으로 확인되었다. 그것을 알기 쉽게 표로 보이면 다
음과 같다.

〈표 1〉 『단편야담집』의 원천

話番	서강대본 『단편야담집』	나손본 『동패락송』	연대본 『동패락송』	기타 자료
1	순녕궤이실간격회치		27화	
2	치빈손혜부면부죄		10화	
3	북희선효보옹구		1화	
4	햐이자엄구지복투부		11화	
5	툐조션투쳐곤부		65화	
6	가관양노져표부		35화	
7	차일넘상좌패단		24화	
8	고틍신이인뉴셔	3화	15화	
9	지이동음관긔우		5화	
10	구희쟝틍신손획보	1화	28화	
11	<방백의 처>		44화	無題(이하 같음)
12	권판서 젹			『기문』 3-50 『계잡』 4-24
13	임빈긔 광			『기문』 1-73 『계잡』 1-24
14	윤감스 셕증			『기문』 4-7
15	남쉬			『기문』 4-112

---

5) 『동패락송』의 국문본으로는 현재까지 2종의 이본만이 알려져 있다. 그 가운데 국민
대본 『동패락송』은 총 8화로 이루어져 있는 반면에, 고 나손선생 소장 『동패락송』은
총 3화로 이루어져 있는 바, 이런 점만으로도 『단편야담집』의 존재는 주목받아 마땅
한 것으로 생각된다.

				유화
16	성용지 현			『기문』 1-43
17	윤무쥐 명은			『송와잡설』 37
18	<정효준이야기>	2화 혼궁환이몽시조	50화	

위의 〈표 1〉을 통하여, 우리는 『단편야담집』의 12화부터 17화까지의 이야기들이 당시까지 전래하던 『기문총화』 또는 『송와잡설』을 그 원천으로 하고 있음을 파악할 수 있었다. 그러나 이 가운데 『기문총화』를 원천으로 하고 있는 것으로 드러난 몇몇 이야기들[6]에 대해서는 한 가지 분명히 고려해야 할 사항이 제기된다. 그것은 곧 『기문총화』가 원천임이 분명한 이야기들은, 『기문총화』 소재 이야기의 기록을 액면 그대로 믿는다면, 『기문총화』 또한 선행하던 다른 자료를 전재, 수록한 자료에 불과한 것으로 드러난다는 점이 바로 그것이다.

『단편야담집』의 13화와 14화는 『기문총화』 1권 73화와 4권 7화를 원천으로 하여 나타난 이야기임에 틀림없다. 그런데 여기서 『기문총화』 소재 이 이야기들의 기록을 준신한다면, 13화와 14화는 정태제가 엮은 『국당배어』의 이야기를 다시 전재, 수록한 것으로 되어 있고, 16화는 유몽인의 『어우야담』을 다시 전재, 수록한 것으로 확인된다. 그렇다면, 우리는 『단편야담집』을 엮은 편자 또는 필사자 자신이 이 자료집을 엮던 당시까지 전래되던 자료 가운데, 곧 1차 자료로서의 『국당배어』와 『어우야담』을 전재, 수록하는 가운데 『단편야담집』을 엮은 것인지, 아니면 2차 자료로서의 『기문총화』를 전재, 수록한 것인지에 대한 규명 작업을 적극적으로 시도할 필요가 있다. 그것은 곧 이런 작

---

6) 이에 대한 구체적인 논의는, 김준형, 「기문총화의 전대문헌 수용양상」, 『한국문학논총』 26집, 한국문학회, 2006, 57~83쪽 참조.

업이 제대로 이루어져야만 그 원천에 대한 보다 분명한 정보를 획득할 수 있을 것으로 기대되기 때문이다. 그러나 이에 대한 보다 구체적인 정보를 『단편야담집』의 편자 자신이 남겨놓고 있지 않은 이상, 우리는 각도를 달리하여 『국당배어』, 『어우야담』, 『기문총화』의 해당 문면과 『단편야담집』의 그것과의 차이를 통하여 이 문제를 적극적으로 검토할 필요가 있다고 본다.

검토 결과, 『단편야담집』의 13화 〈임빈객 광(任賓客 絖)〉이야기는 그 후미 부분에서 『국당배어』와 다음과 같은 차이를 지닌 것으로 확인되었다. 현재 국립중앙도서관에 유일본으로 소장되어 있는 『국당배어』 소재 이 이야기[7]의 후반부는 "이상하도다! 그 집에서는 이 일을 극히 비밀로 하였는데 혹 들었던 사람들이 그 줄거리를 전하기를 이와 같이 하였다"[異哉 其家極秘之 人或得聞者 傳其槩如此]라는 증시부적 기능을 담고 있는 문면으로 끝나고 있는데 반하여, 이 문면이 『단편야담집』과 『기문총화』에는 아울러 나타나지 않는 것으로 드러났다. 이런 하나의 단서만을 통해서도, 『단편야담집』의 편자 자신이 1차 자료로서의 『국당배어』 또는 『어우야담』을 전재, 수록하는 가운데 『단편야담집』을 엮었을 가능성보다는 2차 자료인 『기문총화』를 가능한 한 그대로 전재, 수록하는 가운데 『단편야담집』을 엮었을 가능성이 보다 높은 것으로 여겨진다.

그런데 『기문총화』의 편찬 시기는 한 연구 성과[8]에 따르면, '1833~1869년'이 되는 것으로 밝혀져 있다. 앞서의 논의를 수용하여 『단편야

---

7) 국립중앙도서관본 『국당배어』 52장 앞~뒷면.
8) 김준형, 앞의 논문, 91쪽 참조. 그는 여기서 "그 하한선은 1869년보다는 1833년에 가까울 것으로 추정"하고 있는 바, 그의 주장은 이런 면에서도 나름의 타당성을 인정받을 수 있을 것으로 생각된다.

담집』의 한 원천으로『기문총화』의 존재를 분명히 인정할 수 있다면,
우리는『기문총화』의 하한선을『단편야담집』이 필사된 1856년 이전으
로 소급할 수 있게 된다. 나아가『기문총화』가 1856년에 필사된『단편
야담집』에 수록될 정도였고, 더욱이『단편야담집』의 면모가 원(原, Ur)
한글본『동패락송』에 비하여 어느 정도 거리가 있는 자료라는 점[이
점은 후술된다] 등을 아울러 고려한다면,『기문총화』의 하한선은 1856
년보다는 조금 더 소급할 가능성이 높다고 하겠다.

결국『단편야담집』의 편자 자신은『동패락송』을 포함하여『기문총
화』,『송와잡설』 등의 전래하던 야담집을 그 원천으로 하여 이 자료집
을 엮었던 인물로 보여진다. 이런 점에서 본다면, 그는 '닫혀진 시각'
이 아니라, 좀더 '열려진 시각' 아래 당대까지 전래하던 야담집 가운데
서 다수의 야담집을 바탕으로 현전『야담단편집』을 엮어낸 인물[9]이라
고 할 수 있다.

이들 이야기에 나타난 번역 양상에 대한 자세한 논의는 고를 달리하
여 살피기로 하고, 여기서는 다만 고 나손선생 소장『동패락송』(이하
나손본으로 줄임)의 존재를 통하여『단편야담집』의 위상을 밝혀볼까 한
다. 이런 선상에서 우리의 관심을 끄는 것은 나손본『동패락송』과『단
편야담집』에서 공히 확인되는 다음과 같은 면모이다. 곧 총 3화로 이
루어져 있는 전자의 경우, 그 가운데 1화와 3화의 제목이 후자의 그것
과 똑같은 것으로 나타나고 있다는 점[10]이 바로 그것이다. 이런 점만

---

9) 정명기, 앞의 논문, 528~529쪽 참조. 이런 현상에 대해 필자 자신은 일찍이 미산본
　『청구야담』을 대상으로, 그 편자가 "야담집에 대해 상당한 정도로 관심을 가지고 있
　었던 인물인 동시에, 나아가 전래하는 어느 특정의 야담집에만 국한된 서사세계(서사
　내용) 등에 결코 만족하지 못했던 인물"일 가능성이 높은 것으로 주장한 바 있다.
10) 고 나손선생 소장『동패락송』의 2화는『단편야담집』 소재 이야기에서는 출현하지
　않는 바, 이런 면모를 통해서도『단편야담집』이 이 이본을 포함한 국민대본『동패락

으로도 우리는 곧 전자의 자료가 후자와 매우 밀접한 관련 양상을 갖는 이본임을 짐작할 수 있다. 전체 17화로 이루어져 있는 후자 가운데 2화의 제목이 전자에서도 마찬가지로 나타나고 있다는 점은, 전자가 후자 또는 후자의 원본(모본)에 해당하는 이본으로부터의 발췌본일 가능성이 높음을 밝히 보여주는 좋은 예라 하겠다. 그러나 『단편야담집』에서 확인되는 몇몇 서술문면을 통해 볼 때, 이 이본은 결코 한글본 『동패락송』의 원본(모본)에 해당할 가능성이 그리 높지 않은 것으로 생각된다. 『단편야담집』은 곧 한글본 『동패락송』의 원본(모본)이 아니라, 그 원본(모본)을 뒷날 전사하는 과정 속에서 출현한 이본인 것으로 여겨진다. 이 점을 구체적으로 밝혀내기 위해서는 해당 자료들의 서술문면에 대한 검토가 요청된다. 편의상, 『단편야담집』의 8화이며 또한 나손본 『동패락송』의 3화로도 남아 있는 〈고틍신이인뉴셔〉만을 대상으로 하여 위의 논의를 증명해보일까 한다.

〈표 2〉 〈고틍신이인뉴셔〉의 서술문면 비교

서강대본 『단편야담집』 8화 : 고틍신이인뉴셔	나손본 『동패락송』 3화 : 고틍신이인뉴셔
셩승지 삼문이 누의 잇셔 당혼ㅎ얏시더 간한ㅎ여 디닐 길히 업눈지라. 그 셔(더?)인 승이 황희도의 ᄀ 튜로ㅎ여 혼슈를 출히랴 ᄒᄃᆔ 슴문이 ᄀ로ᄃᆡ "튜로ㅎᄂᆞ 길이 ᄉᆞ부의 홀 배 아니라." ᄒᆞ니 그 대인이 ᄒᆞᄃᆡ '이 길히 아니면 쟈슈홀 곳지 업스니 너 길을 막지 못ᄒᆞ리라.' 삼문이 디힝ᄒᆞ믈 쳥ᄒᆞ여 일마 일동으로 길홀 난 지 **여러날**의 ᄒᆞ로ᄂᆞ 날이 져믈고 슌(숫)막이 먼지라. ᄇᆞ야흐로 민망ᄒᆞ**여** ᄒᆞ더니 홀연 혼	셩승지 삼문의 누의 이셔 당혼ᄒᆞ여시더 간난ᄒᆞ여 **혼인** 지널 길히 업눈지라. 그 더인 승이 황희도의 가 튜로ᄒᆞ여 혼슈롤 출히랴 ᄒᆞᄃᆡ 삼문왈 "튜로ᄒᆞᄂᆞ 길히 ᄉᆞ부의 홀 비 아니라." ᄒᆞ니 그 더인이 ᄒᆞᄃᆡ '이 길히 아니면 자슈홀 곳이 업스니 너 **일홀** 막지 못ᄒᆞ리라.' 삼문이 디힝ᄒᆞ물 쳥ᄒᆞ여 일마 일동으로 길 난지 **누일만**의 ᄒᆞ로난 날이 져믈고 슌막이 먼지라. ᄇᆞ야흐로 민망ᄒᆞ더니 홀연 혼 놈이

송』의 원본에 해당할 가능성은 그리 높아보이지 않는다는 사실을 익히 짐작할 수 있다. 나아가 이 점은 『단편야담집』에서 드러나는 몇몇 오류를 아울러 생각해볼 때 거듭 확인된다. 이에 대한 구체적인 논의는 본문에서 이루어진다.

놈이 뒤흘 ᄶㆍ라 고ㅎ여 **ㄱ로디** "만일 **산노로 조츠** 가면 **ㄱ히** 슴십 이를 어더 촌졈의 다됴기가 쉬우니 쇼인이 **쳥컨디 젼도ㅎ리이다.**" 삼문이 즐겨 조츠 미미히 산을 넘어 졈졈 깁흔 곳으로 드러ㄱ니 디로의 ㄱ기는 임의 졀원ㅎ지라. 삼문이 뜻의 도젹의 무리 유인ㅎ여 드려 **오민ㄱ** ㅎ디 형셰 홀일업셔 아지 못ㅎ여 ᄯㅏ ㄱ더니 ㅎ 뫼흘 너문죽 마을이 잇셔 너르고 그 ㄱ온디 큰 기와 집이 잇는지라. 그 놈이 삼문을 문 **압히** 셰우고 드러ㄱ 쥬인의게 고ㅎ여 즉시 부르거늘 드러ㄱ니 팔십여 셰 노인이 이셔 교위의 ㄴ려 마줄시 네뵈 ㅈ못 거만ㅎ여 후성 **으로써** 디졉ㅎ니 삼문이 처엄의 그 샹뫼 괴위 ㅎ믈 놀나더니 밋 말을 졉ㅎ매 삼교를 널이 통 ㅎ고 만니를 **깁히** 아는지라. 삼문이 쳑연ㅎ여 망양지탄이 잇더니 쥬옹이 **ㄱ로디** "그디 이번 길히 무슨 일을 위ㅎ여 어닉 곳으로 ㄱ는다?" 삼문이 연고를 고ㅎ디 쥬옹이 **ㄱ로디** "독셔 쇼년이 이 길히 **심이** 맛당티 아니ㅎ도다." **삼 문이 ㄱ로디** "모로는 거시 아니로디 마지 못 ㅎ미로다." 쥬옹이 **ㄱ로디** "쁠 바 혼슈는 노한 의 집의셔 출혀줄 거시니 모름죽이 **이** 길노조 츠 도라갈지어다." 삼문이 그 말을 듯고 더욱 도젹이 금젼이 만코 의긔 잇는 놈인ㄱ 의심ㅎ 여 구지 사양ㅎ대 쥬옹이 **ㄱ로디** "그러. ㅎ면 밧지 아니ㅎ여도 해롭지 아니ㅎ거니와 종의 곳의 가기는 결단코 가티 아니ㅎ니 바로 동로 로 도라가미 **맛당**ㅎ니라. 이거시 노부의 셔로 ㅅ랑ㅎ는 뜻지로라." **삼문이 ㄱ로디** "공경ㅎ 여 ㄱ르치믈 바드리라." 셕반 후의 불을 혀고 **문이를 의논**ㅎ실시 더욱 미미ㅎ여 마디 아니ㅎ 니 삼문이 졈졈 의심을 풀고 도 잇는 어룬인ㄱ ㅎ여 **ㄱ로디** "쟝인의 국냥과 식견으로 엇지ㅎ 여 궁산의 종노를 ㅎ는다?" 쥬옹이 **ㄱ로디** "노물이 지체 심히 한미ㅎ니 셰상의 쓰이기를 어이 브라리요?" 인ㅎ여 **ㄱ로디** "밤이 임의 깁허시니 낭져의 ㄱ 자고 잘 도라갈지어다. 새 벽의 쩌날 졔 고쳐 보지 못ㅎ리라." ㅎ니 인ㅎ 여 작별ㅎ고 **나왓더니** 이튼날 시벽의 노옹의 말을 **의지ㅎ여** 동으로 도라갈시 물 우힉셔 스

뒤흘 ᄶㆍ라 고ㅎ여 왈 "만일 **산둥 길노** 가면 삼십 니롤 어더 촌졈의 다됴기 쉬오니 소인 이 **쳥컨디** 젼도ㅎ리이다." 삼문이 즐겨 조차 미″히 산둥을 넘어 졈″ 깁흔 곳으로 드러가 니 디로의 가기는 임의 졀원ㅎ지라. 삼문의 뜻의 도젹의 무리 유인ㅎ여 드러온가 ㅎ디 형셰 홀일업셔 마지 못ㅎ여 짜라가더니 한 뫼흘 넘은즉 모올(마을?)이 ″여(이셔?) 너 르고 그 가온디 큰 기와집이 잇는지라. 그 놈 이 삼문을 문 **알릭** 셰우고 드러가 쥬인의게 고ㅎ여 즉시 브르거늘 드러가니 팔십여 셰 노인이 ″셔 교위에 ㄴ려 마줄시 네뵈 ㅈ못 거만ㅎ여 후셩으로 디졉ㅎ니 삼문이 처엄의 그 샹뫼 그 상뫼(ⅩⅩⅩ) 괴위ㅎ물 놀나더니 밋 말을 졉ㅎ미 삼교롤 널니 통ㅎ고 만니롤 능 히 아는지라. 삼문이 **격연ㅎ여** 망양지탄이 잇더니 듀옹왈 "그디 이번 길히 무슨 일을 위ㅎ여 어느 곳으로 가는다?" 삼문이 연고롤 고ㅎ디 듀옹왈 "독셔 쇼년이 ″ 길히 **이시미** 맛당치 아니ㅎ도다." 공왈 "모로는 거시 아 니로디 마지 못ㅎ미라." 듀옹왈 "쁠 바 혼슈 는 노한의 집의셔 출혀줄 거시라. 모롬즉이 **일노조차** 도라갈디어다." 공이 그 말을 듯고 더욱 도젹의 금젼이 만코 의기 잇는 놈인가 의심ㅎ여 구지 ㅅ양ㅎ디 듀옹왈 "그러ㅎ면 밧지 아니ㅎ여도 히롭지 아니ㅎ거니와 종의 곳의 가기는 결단코 가티 아니ㅎ니 바로 동 으로 도라가미 가ㅎ니라. 이거시 노부의 ㅅ 랑ㅎ는 뜻이로다." 공왈 "공경ㅎ여 가르치물 바드리라." 셕반 후 불을 혀고 글발을 홀시 더욱 미″ㅎ야 마디 아니ㅎ니 삼문이 졈″ 의심을 풀고 도 잇는 어룬인가 ㅎ야 왈 "쟝인 의 국냥과 식견으로 엇디ㅎ야 궁□(산?)의 동노롤 ㅎ는다?" 듀옹 왈 "노물이 긔체 심 히 □□ㅎ니 셰샹의 쓰이기롤 엇디 브라리 오? 인ㅎ여 밤이 깁허시니 낭져의 가 자고 잘 도라갈디어다." 새벽 쩌날 젹 곳쳐 보디 못ㅎ리라 ㅎ고 인ㅎ야 쟉별ㅎ고 왓더니 이튼 날 새벽의 노옹의 말을 **디(?)**ㅎ고 동으로 도 라갈시 물 우희 스스로 싱각ㅎ되 '노옹이 날

스로 싱각ᄒ여 ᄀ로디 "노옹이 날을 인도ᄒ미
유리ᄒ니 닉 즈레 도라ᄀ미 히롭지 아니ᄒ디
혼구를 쟝ᄎ 엇지 출히리요?" 마음의 민망ᄒ
여 ᄒ더니 밋 집의 미ᄎ매 샹ᄒ 너외 ᄇ야흐로
혼구를 셩이 ᄀ초아 긔식이 ᄌ못 혼혼ᄒ거늘
고이ᄒ여 무른디 그 대인이 ᄒ 쟝 편지를 너여
뵈여 ᄀ로디 "이거시 네 편지라. 처음 공 바든
거시 오빅 양이 되니 몬져 보니여 혼슈를 출히
게 ᄒ고 맛당이 니어 슈습ᄒ여 쳔쳔이 도라ᄀ
란노라 ᄒ얏ᄂ 고로 그 돈으로 목금 혼슈를 경
영ᄒ노라." ᄒ더 삼문이 그 편지를 ᄌ셔히 보
니 필젹과 ᄌ획이 완연이 닉 손으로 난 것 ᄀ
투여 조곰도 다른 거시 업거늘 삼문이 이에 크
게 놀나 비로소 노옹이 신인인 줄 밋엇더니 밋
우신으로 더브러 샹왕을 회복ᄒ기를 꾀홀시
삼문이 그 대인게 술와 ᄀ로디 "이 일의 의리
ᄂ 반ᄃ시 그 곳 노인의게 질졍ᄒ 후야 ᄀ히
결단ᄒ 거시ᄂ니, 그쎄 ᄌ던 종은 그 길흘 가히
분변ᄒ리라." ᄒ고 즉시 종을 불너 편지 뎐ᄒ
ᄯ을 니른디 종이 ᄀ로디 "그 길이 눈 ᄀᄋ온디
잇시니 편지 뎐ᄒ기 무어시 어려우리요?" ᄒ
거늘 즉시 편지를 ᄡᅥ 단단이 봉ᄒ여 종의 옷깃
속의 너허 보니니 종이 드듸여 이젼 ᄌ던 마을
의 다다란ᄌ 쑥과 ᄲᅢ양이 무셩ᄒ 곳의 기와집
은 혼젹이 업고 다만 보니 노인 ᄉ던 옛 터히
새로 셰운 돌비ᄀ 잇거늘 종이 약간 글ᄌ를 아
ᄂ 고로 비 압히 나아ᄀ 쓴 거슬 본죽 붉근 글
ᄌ로 크게 ᄡᅥ ᄀ로디 "만고의 유명ᄒ고 쳔츄
의 혈식홀 거시니 일의 가부야 날ᄃ려 무러
무엇ᄒ리요?" 종이 그 열여ᄉ 글ᄌ를 벗겨 ᄀ
지고 도라ᄀ 삼문의게 고ᄒ디 삼문이 더인게
엿ᄌ와 ᄀ로디 "신인이 임의 날를 허ᄒ엿시니
다시 무슴 ᄌ뎌ᄒ리요?" ᄒ고 드듸여 이에 의
논을 뎡ᄒ니라.

을 인도ᄒ미 유리ᄒ니 내 즈려 도라가미 해
롭디 아니ᄒ디 혼슈룰 쟝ᄎ 엇디 츌히리오?'
ᄆ음의 민망ᄒ더니 밋 집의 밋ᄎ미 샹하 너
외 ᄇ야흐로 혼구룰 셩비ᄒ며 긔식이 ᄌ못
혼〃ᄒ거늘 고이ᄒ여 무른디 그 더인이 ᄒ
쟝 편디룰 너여보여 왈 "이거시 네 편지라.
처음 공 바든 거시 오빅 냥이 되미 몬져 보니
여 혼슈룰 츌히게 ᄒ고 맛당이 니어 슈습ᄒ
야 쳔〃이 도로가렷노라 ᄒ엿ᄂ 고로 그 돈
으로 목금 혼슈룰 경영ᄒ노라." ᄒ디 공이 그
편지룰 ᄌ셔히 보니 필젹과 ᄌ획이 완연이
닉 손으로 난 것 갓ᄒ여 조곰도 ᄃ란 거시
업거늘 공이 〃에 놀나 비로소 노옹이 신
인〃 줄 미덧더니 밋 오신으로 더브러 샹왕
을 회복ᄒ기룰 꾀홀시 공이 그 더인긔 술와
왈 "이 일의 〃리ᄂ 반ᄃ시 그곳 노인의게
질졍ᄒ 후에야 가히 결단홀 거시니 그쎄 갓
던 종이 능히 그 길흘 분변ᄒ리라." ᄒ고 즉
시 그 종을 불너 편지룰 뎐홀 ᄯ으로 니른디
종이 왈 "그 길히 눈 가온더 이시니 편지 젼ᄒ
기 무러시 어려오리오?" ᄒ거늘 즉시 편지룰
ᄡᅥ 든〃이 봉ᄒ여 종의 옷깃 속의 너허보니
니 종이 드듸여 이젼 갓던 마을 〃 다ᄃ른즉
ᄲᅮ ㅠㄱ과 ᄲᅢ양이 무 셩ᄒ 곳의 기와집은 혼젹
업고 다만 보니 그 노인의 옛 터히 새로 셰운
돌비가 잇거늘 종이 약간 글ᄌ룰 아ᄂ 고로
비 알ᄅ 나아가 쓴 거슬 본즉 붉은 글ᄌ로
크게 ᄡᅥ 갈오디 "만고유명ᄒ고 □□□□□
(쳔츄(千秋)에 혈식(血食)을?) 홀 거시니 날
ᄃ려 무러 무엇ᄒ리오?" ᄒ엿거늘 종이 그
열여ᄉ 글ᄌ룰 벗겨 가지고 도라ᄀ 공의게
고ᄒ디 공이 더인긔 엿ᄌ와 왈 "신인이 임의
날을 허ᄒ여시니 다시 무슨 ᄌ뎌ᄒ리오?" ᄒ
고 드듸여 이에 의논을 뎡ᄒ니라.

번다한 감이 없잖아 있지만, 이 두 이본의 관련 양상이 어떠한지를
보다 구체적으로 제시하기 위해서 〈표 2〉를 통하여 두 이본에서 드러
나는 사소한 차이까지도 놓치지 않고 최대한 드러내고자 했다. 위의

〈표 2〉에서의 굵은 글자 부분은 두 이본에서 나타나는 차이를 가리키는 부분인 바, 그 가운데 가장 두드러진 차이로 『단편야담집』의 "ㄱ로딕"가 나손본 『동패락송』에서는 한결같이 "왈"로, 서강대본의 "삼문"이 나손본 『동패락송』에서는 "공"으로 나온다는 사실을 들 수 있다. 이외에도 두 이본 사이에서 드러나는 대체(代替)의 서술문면들을 볼 수 있지만, 그것은 문면 내에서 커다란 의미상의 차이를 불러올 정도의 양상은 아닌 것으로 보여진다. 결국 두 이본의 서술문면은 전반적으로 같은 원본(모본) 아래 파생되어 나왔다고 보아도 될 듯하다.

그렇다면 이들 두 이본 가운데 어느 본이 원본(모본) 또는 원본(모본)에 가까운 본인가에 대해 살펴보도록 하자. 검토 결과 이들 두 이본 모두 원(原 Ur) 한글본 『동패락송』과는 어느 정도 거리가 있는 것으로 드러났다. 그것은 두 이본에서 드러나는 다음과 같은 서술문면으로부터 익히 확인된다. 곧 『단편야담집』의 경우, "아(마)지 못ㅎ여"와 "우(오)신"과 같은 결정적 오류가 나타나고 있다는 점, 나아가 나손본의 2화인 〈혼궁환이몽시조〉가 수록되어 있지 않다는 점, 14화 〈윤감스 석중〉이야기는 〈유감스 석중〉의 오표기(誤表記)라는 점, 아울러 나손본 『동패락송』의 경우, "그 샹뫼 그 샹뫼"가 중복 출현하고 있다는 점과 아울러 인칭시점의 혼란('삼문' - '공')이 일어나고 있다는 점 등을 그 근거로 들 수 있다. 그렇기는 하지만, 『단편야담집』은 나손본이나 국민대본[11]에 비하여 상대적으로 많은 편수로 이루어졌다는 점과 아울러 서술문면의 자연스러움 등을 아울러 고려한다면 이들 두 이본에

---

11) 그 실물을 직접 확인하지 못한 상태에서 임형택의 언급, 곧 "내표제가 '동패락송 권지일'로 모두 8편이 수록되었고, 말미에 〈갑인 계하 초삼 시작ㅎ야 초오 뭊다〉로 쓰여 있는데, 궁체의 달필이다. 정명기의 "동패락송 연구(2)"에서 소개한 국문본은 필자(임형택)가 접한 것과 계통이 같은 것으로 여겨진다."(임형택, 앞의 논문, 323쪽 주 23) 참조)을 그대로 끌어 썼기에, 뒷날 이에 대한 보다 자세한 논의가 요청된다.

비하여 원(原 Ur) 한글본 『동패락송』의 면모를 나름대로 보다 충실하
게 간직하고 있는 이본으로 여겨진다. 그렇다고 이 자료집이 한글본
『동패락송』이본 가운데 주도적인 위치를 점유하고 있었던 의미라는
이야기는 결코 아니다. 그것은 앞에서도 이미 밝혔듯이 이 자료집의
경우, 『기문총화』와 『송와잡설』 소재 이야기들을 또한 아울러 포괄하
고 있는 가운데 이루어져 있다는 점에서도 익히 확인된다고 하겠다.
이제까지의 논의를 요약하여 제시하면 다음과 같다.

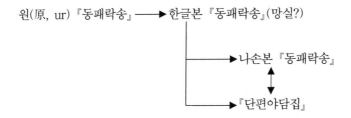

3. 서강대본 『단편야담집』의 의의(意義)

『단편야담집』의 의의를 살피기에 앞서서, 우선 필사기의 다음과 같
은 언급을 주목할 필요가 있다. 곧 "슌(슝)명 긔원후 스병진(1856년) 냥
월(10월) 한완 근셔"가 바로 그것이다. 『단편야담집』의 원천 가운데 가
장 큰 비중을 차지하고 있는 『동패락송』의 간행년도가 1773년에서
1775년이라는 한 연구자의 언급을 여기서 유념한다면, 이 『단편야담
집』은 그로부터 불과 약 80여년의 시차 아래 출현한 자료라는 점에서
그 나름의 의의를 가진다고 할 수 있다. 이런 사실은 도시 상공업의
발달, 이에 따른 자연스러운 작용으로서의 유흥문화의 발전이라고 범
박하게 묶일 수 있는 조선 후기 당대 사회의 자장(磁場)이라는 역사적

사실로부터 그 해답을 구할 수 있다. 곧 상대적으로 많은 독자층(특히 여성독자층을 포함하여)의 존재를 겨냥하여 한글로 된 이들 문예물이 충분히 출현할 수 있는 내적 분위기와 아울러 그것이 또한 활발히 유통될 만한 환경이 당대에 이미 마련되었음을 보여주는 좋은 예가 바로 그것이다. 이런 문화적 환경과 분위기 속에서 바로 뒤이어 규장각본과 가람본으로 현재까지 남아있는 한글본『청구야담』의 출현 또한 자연스럽게 이해될 수 있다고 본다.

한편,『단편야담집』의 존재를 통하여, 일찍이 소개되었던 나손본『동패락송』의 소종래를 분명히 밝힐 수 있었다는 점 또한 적극적으로 평가할 필요가 있다. 이는 곧 이러한 한글본의 출현 양상이 어느 한 개인에 의한 일시적이며 단순한 호사적 취미로부터 평지돌출식으로 비롯된 것이 아니라, 나손본『동패락송』을 포함하여 국민대본『동패락송』까지도 아우르는 가운데『단편야담집』이 출현할 만큼 하나의 도도한 흐름을 형성하고 있었다는 것을 말해준다는 점에서 그러하다. 곧 이러한 문학 환경과 사회 현상을 용인할 만한 나름의 시대적 환경과 분위기가 이미 충족되어 있었음을 반증해 보여주는 좋은 예라는 점에서도『단편야담집』의 의의는 충분히 인정받아야 하고, 또 인정받을 수 있다고 하겠다.

4. 맺는말

본 소고에서, 필자는 일찍이 알려진 바 없었던 서강대본『단편야담집』의 존재를 먼저 소개한 뒤, 이어 이 자료의 원천을 탐색한 결과, 1화부터 11화까지의 11화는『동패락송』이, 12화부터 16화까지의 5화는『기문총화』가, 17화의 1화는『송와잡설』이 각기 그에 해당함을 밝혀낼 수 있었다. 나아가 나손본 『동패락송』에도 동일하게 수록되어 있는 2화의 존재를 통하여 『단편야담집』과 나손본 『동패락송』의 밀접한 관련 양상을 파악할 수 있었다.

한편 이들 두 이본의 체재와 서술문면에 대한 구체적인 검토로부터, 이들 두 이본 모두 原(Ur) 한글본 『동패락송』과는 어느 정도 거리가 있는 자료이기는 하지만, 『단편야담집』이 原(Ur) 한글본 『동패락송』의 면모를 나름대로 보다 충실하게 간직하고 있는 이본인 것으로 파악하였다.

한편 『단편야담집』이 한글로 이룩되어 있다는 점에서, 조선 후기 당대 사회의 자장 아래 상대적으로 많은 독자층(특히 여성독자층을 포함하여)의 존재를 겨냥하여 이들 문예물이 충분히 출현 가능했음을 보여주는 데서 그 의의를 찾을 수 있다고 하였다. 나아가 다수의 전래하던 야담집들을 바탕으로 『단편야담집』을 엮어냈다는 점에서 이 편자가 '닫혀진 시각'이 아니라, '열려진 시각'을 견지하고 있던 인물이라는 점을 다른 또 하나의 의의로 들었다.

본 소고의 목적은, 서강대본 『단편야담집』에 대한 우선적인 소개에 있었기에 『단편야담집』의 필사자에 대한 사실 규명이라든가, 해당 자료에 나타난 번역양상 등에 대한 구체적인 논의를 시도하지 못했다는 점에서 나름의 한계를 갖고 있다. 이런 문제들은 미처 입수하지 못한 국민대본 『동패락송』을 아우르는 가운데 앞으로 꼼꼼히 다시 검토할 필요가 있기에, 후고를 기약하는 것으로 논의를 맺을까 한다.

▶ 부록: 서강대본 『단편야담집』

** 일러두기 **

【 】는 原註임.

( )는 원문의 잘못된 글자를 바로 잡은 부분임.

「 」는 원문의 빠진 글자를 끼워넣은 부분임.

1화 : 슌녕궤이실간젹회쳐

양봉녀 〈언의 대인이 음관으로 녕광군슈을 ㅎ엿더니 슈유ㅎ고 상경ㅎ엿다가 환관ㅎ〉 길희 녕광 고을의 일일 뎡은 남겨두고 식젼의 말ㄱ 촌낙의셔 밥을 지어 먹으랴 홀시 공방 아젼이 돗출 씨고 ㅁ을의 들어ㄱ니 그쩌 농〈을 당ㅎ여 〈 들의들 ㄴㄱ고 촌이 〈 븨엿〈디 다만 ㅎ 곳 어린 겨집아히 ㄴㅎ 겨유 십여 셰〈 되〈디 홀노 집의 머무러쓰ㄱ 공방아젼〈려 고ㅎ야 굴오디 "힝치 니 집의 드르신죽 니 맛당이 밥을 지어 드리리라." ㅎ〈 공방이 굴오디 "너ㄱ툰 어린 아히 엇지 힝츠 진지를 잘 지을ㄱ본야?" 그 아히 굴오디 "니 넉넉이 홀 거시니 념녀말나." ㅎ거늘 관힝이 드듸여 그 집으로 드러ㄱ니 그 ㅇ히 큰 박을 ㄱ지고 나와 굴오디 "힝츠 진지〈 맛당이(1.앞) 니 집 쏠노 홀 거시니 다만 ㅎ인의 양식만 너라." ㅎ니 그 아히 얼굴리 슈려ㅎ고 말소리 낭연ㅎ더라. 못츨 갈고 평임ㅎ미 민쳡ㅎ고 다졍ㅎ니 일힝 상해 다 민쳡ㅎ믈 일큿〈지라. 티쉬 무르디 "네 ㄴ히 언므〈 ㅎ뇨?" 디ㅎ야 굴오디 "올힉 열두 살리로소이다." "네 ㅇ비 무엇슬 ㅎ〈뇨?" 굴오디 "본관 장교의 슈힝ㅎ더니 앗ㄱ 어미로 더부러 기음 미라 갓〈이다." 인ㅎ야 됴반을 드리니 밥과 다못 나물 반찬이 심히 먹음죽ㅎ더라. 티쉬 쳥홍션 〈락 ㅎ 〈로를 상를 쥬고 불너 ㅇ힉 ㄴ아와 장춧 바들 즈음의 티쉬 희롱ㅎ여 굴오디 "이 부치 주믄 납치라." ㅎ디 그 아히 그 말을 듯고 즉시 방으로 드러ㄱ 즈근 불근 보흘 ㄱ지고 ㄴ와 굴오디 "쳥컨디 부치를 보의 노흐소셔." 티쉬 굴오디 "보ㅎ야 무엇ㅎ리오?" 아힉 굴오디 "납치ㄱ 즁흔 예오니 엇지 손으로 바드리뇨?" ㅎ니(1.뒤) 일힝이 더욱 괴특ᄒᆞᆷ믈 일컷더라. 티쉬 드디여 고을의 갓더니 슈년 후의 일일 문직이 드러와 고ᄒᆞ야 ᄀᆞᆯ오디 "ᄒᆞᆫ 스롬이 아모 고을 장교라 ᄒᆞ고 안젼게 뵈옵긔를 쳥ᄒᆞᄂᆞ이다." 티쉬 불너들려 ᄀᆞᆯ오디 "네 어인 스롬이며 어이ᄒᆞ여 왓ᄂᆞᆫ다?" 그 스롬이 ᄀᆞᆯ오디 "안젼이 능히 숨, 스년 젼의 환관ᄒᆞ실 ᄶᅥ 츈가의 드러ᄀᆞ 됴반ᄒᆞ시던 일을 싱각ᄒᆞ시ᄂᆞ니잇ᄀᆞ?" 티쉬 ᄀᆞᆯ오디 "니 엇지 이줄리요? 그 집 겨집 아ᄒᆡᄀᆡ이ᄒᆞ미 지금ᄭᅡ지 눈 가온디 숨연ᄒᆞ더라." ᄒᆞ니 그 스롬이 ᄀᆞᆯ오디 "그 겨집 아ᄒᆡᄀᆞ 쇼인의 ᄯᆞᆯ릴너니 올히 ᄂᆞ히 십뉵 셰옵긔 스회를 듯보은죽 졔 ᄒᆞ오디 '납치로 부치를 녕광 원님긔 바다시니 밍셰코 다른 디 ᄀᆞ지 ᄋᆞ니랴.' ᄒᆞ여 빅단으로 기유ᄒᆞ디 고집ᄒᆞ여 ᄀᆞᆯ오디 '녕광 원님이 만일 드려ᄀᆞ지 아니시며(면) 니 맛당이 쳐녀로 늙어 죽으리라(2.앞).' ᄒᆞ오니 쇼인이 졔 ᄯᅳᆺ을 아슬 길이 업ᄉᆞ와 이리 와 감이 고ᄒᆞᄂᆞ이다." 티쉬 ᄀᆞᆯ오대 "네 ᄯᆞᆯ의 알음다온 ᄯᅳᆺ을 엇지 져바리리뇨? 네 도라ᄀᆞ 틱일ᄒᆞ야 오면 니 맛당이 가 쳡녜로 취ᄒᆞ야 오리라." ᄒᆞ고 과연 길일노써 취ᄒᆞ여 아즁의 드려왓더니 티슈의 부인이 맛춤 상시 나매 드디여 그 쳡으로 ᄒᆞ야금 뎡침의 쳐ᄒᆞ고 가졍을 젼당ᄒᆞ게 ᄒᆞ엿더니 이윽고 벼술을 ᄀᆞᆯ고 셔울노 도라오매 그 쳡이 일문 종족과 비복의게 잘 쳐ᄒᆞ니 다 그 환심을 어더 경앙티 아닐 이 업고 밋 아돌 ᄒᆞᄂᆞᄒᆞᆯ 나ᄒᆞ니 이에 봉녀라. 얼골과 지죄 다 셰상의 ᄲᅱ어나 더욱 그 어미게 빗츨 더ᄒᆞ더라. 그후 양녕광이 쥬그매 종족이 셩복의 다 모혓더니 봉녀의 어미 모든 스롬 압히 졀ᄒᆞ야 ᄀᆞᆯ오디 "니 상쥬님게 와 모든 냥반긔 앙탁ᄒᆞ올 일(2.뒤)리 잇ᄉᆞ오니 그 능히 허락ᄒᆞ시리잇ᄀᆞ?" ᄒᆞᆫ디 ᄃᆞ ᄀᆞᆯ오대 "ᄃᆞ만 말를 ᄒᆞ라. 뉘 어긔우리뇨?" ᄒᆞ니 ᄀᆞᆯ오디 "니 일 골육이 이쎠 퍽 우미티 아니ᄒᆞᄂᆞ 우리ᄂᆞ라의셔 쳔산을 어대 ᄡᅳ리뇨? 덕즈님과 다못 일ᄀᆞ 냥반의 이휼ᄒᆞ시미 거의 간격ᄒᆞ미 업ᄉᆞ나 이 쳔ᄒᆞᆫ 몸이 훗날 죽은죽 덕즈님이 셔모의 복을 입으면 간격이 판연홀 거시니 니 아히 힝셰ᄒᆞ매 엇지 그 흔젹을 감쵸리뇨? 이런 고로 내 반ᄃᆞ시 나으리 셩복날 죽어 그 복졔롤 ᄂᆞ으리 상ᄉᆞ 즈음의 미봉ᄒᆞ여 내 아히 셔얼 일홈을 민멸코즈 ᄒᆞᄂᆞ니 졔 냥반들은 쳔쳡의 죽ᄂᆞᆫ ᄯᅳᆺ즐 불상히 역기ᄉᆞ 내 아히를 잘 디졉ᄒᆞ쇼셔." ᄃᆞ ᄀᆞᆯ오디 "반ᄃᆞ시 그리ᄒᆞ려니와 엇지 셩명을 결짠ᄒᆞ리뇨?" ᄒᆞᆫ디 봉녀 뫼 ᄀᆞᆯ

오디 "모든 뜻지 비록 이러ᄒ시나 죵시 니 잇써 죽음만 ᄀ지 못ᄒ다." ᄒ고 드디여 궤연 압희(3.앞)셔 먹 질너 죽으니 모든 사ᄅ이 크게 놀나고 슬허ᄒ야 ᄀ로오디 "이 사ᄅ이 죽기로써 그 뜻즐 일우고져 ᄒ니 사ᄅ이 어긔우미 인졍의 ᄎᄆ 못ᄒ리라." ᄒ고 덕형이 그 아오 디졉ᄒ기를 동복이 예셔 지「니」미 업더라. 밋 봉닉 잘라매 일홈이 일셰에 ᄀ득ᄒ고 디닌 벼슬이 다 스부의 벼슬을 ᄒ얏ᄂ지라. 이졔ᄭ지 봉닉를 셔얼리라 의심ᄒ니 거의 거즛말리 아니러라.

2화 : 치반손혜부면부죄

녕남 우도 무변 최셩인이 벼슬리 방어사ᄭ지 지너고 녀력이 과인ᄒ야 상해 철퇴로써 몸의 ᄾ로ᄂ지라. 녕남으로부터 셔울노 향홀ᄉ 장ᄎ 구스ᄒ라 ᄀᄂ 길리라. 읍희 복마 일곱 필을 몰고 힝ᄒ야 ᄒ 곳 대촌 읍희 이르러 비 심히 오고 숫막이 어긔엿ᄂ지라. 물을 몰라 촌 ᄀ온디 큰 집으로 드러(3.뒤)가니 촌즁의 늙은 할미 보고 홀노 말ᄒ야 ᄀ로오디 "뎌 냥반이 ᄯᄂ 욕을 무한이 보리로다." ᄒ거ᄂᆯ 최셩 무변이 그 말를 고이히 녀기나 오히려 둘여드러ᄀ 복마 짐을 푸러 힝낭 아리 두고 물 여듧 필을 마구의 드려미고 대쳥 우희 올ᄂ 안ᄌ니 쥬가의 남졍이 업고 다만 ᄒ 졀믄 겨집이 이써 안문을 열고 나와 마ᄌ ᄀ로오디 "힝ᄎ의 딕영이 비의 다 져져시니 원컨디 즉시 버셔 닉신즉 불의 ᄌ 말유와 드리리이다." ᄒ니 그 겨집이 나히 십구, 이십 셰 즈음ᄒ여 뵈고 용모와 거지 명슈ᄒ며 단졍ᄒ지라. 딕녕을 ᄀ지고 드러ᄀ 더운 방의 잘 몰이우고 다림질ᄒ야 구권 거셜 펴 ᄀ져와 드리고 인ᄒ야 ᄀ로오디 "힝ᄎ 비를 피ᄒ셔 길ᄀ 집의 드러오시믄 진실노 맛당ᄒ시거니와 이 집 쥬인옹이 나히 ᄇ야흐로 (4.앞) 뉵십여 셰뇨, 쳡은 쥬인의 후쳬요, 이 집의 드러온 지 겨유 슈년이 되온지라. 쥬옹의 완만ᄒ고 패악ᄒ기 텬ᄒ의 ᄲ이 업고 아달 다슷시 잇셔 울 밧 집의 버러 ᄉᄂᆫᄃ 뉵 부ᄌ의 셩품이 다 ᄉ호ᄌᄐ여 본부 원님도 ᄯ호 졔어티 못ᄒ시고 젼후 들너 디나ᄀ시ᄂ 손임이 낭픾를 보지 아니니 업ᄂ지「라」. 쥬옹이 즉금 이웃 집으로부터 도라오면 반드시 욕 보기를 면치 못ᄒ실지라. 엇지 몬져 올마 피ᄒ지 아니시리잇ᄀ?" 최 ᄀ로오디 "비 오기 이럿틋ᄒ니 장ᄎ 어디로 올마가리오?" ᄒ고 ᄯᅩ ᄀᆞᆯ오ᄃᆡ "네 엇지 능히 완만ᄒᆞᆫ 지아비를 잘 교유티 못ᄒᆞᄂᆞ뇨?" 그 겨집이 ᄃᆡᄒᆞ야 ᄀᆞᆯ오ᄃᆡ "ᄂᆡ 과연 지셩으로 교유ᄒᆞ나 종시 완악ᄒᆞᆫ 셩품을 감화ᄒᆞᆯ 길이 업노라." ᄒ고 이러틋 슈작ᄒᆞᆯ 즈음의 면목이 ᄀᆞ증ᄒᆞᆫ 늙은 놈이 프른 면듀 두(4.뒤)룽다리를 ᄡᅳ고 이웃 집으로부터 와 부루아리며 으르렁여 ᄀᆞᆯ오ᄃᆡ "엇던 손이 바로 사ᄅᆞᆷ의 안집의 드러왓ᄂᆞ뇨?" ᄒ고 이에 짐을 다 울 밧긔 더지거ᄂᆞᆯ 무변 종 일곱 놈니 다못ᄒᆞ여 막ᄌᆞ르랴 ᄒᆞ니 ᄯᅩ 일곱 몸을 다 ᄭᅳ어 울 밧긔 넘기치고 몰 곳비를 다 ᄭᆞᆫ허 채질ᄒᆞ여 쫏거ᄂᆞᆯ 최 ᄀᆞᆯ오ᄃᆡ "비 긋지면 즉시 맛당이 갈 거시어ᄂᆞᆯ 엇지 반ᄃᆞ시 이러틋시 구ᄂᆞ뇨?" 늘근 놈이 ᄀᆞᆯ오ᄃᆡ "비 오며 아니 오문 의ᄌᆞ치 말고 ᄂᆡ 집인ᄌᆞᆨ 손이 감히 머므디 못ᄒᆞ리라." ᄒᆞ고 셩낸 눈을 부릅ᄯᅳ고 섬으로 올나올ᄉᆡ 마춤 쥬인의 집 큰 개 최의 압흐로 지ᄂᆞ거ᄂᆞᆯ 털퇴를 ᄃᆞᆯ녕 ᄉᆞ매의 ᄡᅥ 밧긔 드러ᄂᆞ지 아니케 ᄒᆞ고 바로 개 코마로를 넌ᄌᆞ시 치니 그 개 ᄒᆞᆫ 소ᄅᆡ도 못ᄒᆞ고 즉시 쥬그니 그 늙은 놈이 무변의 ᄉᆞ매의 털퇴 너흐믈 혜아리지 못ᄒᆞ고 ᄃᆞ만 그 쥬머귀(5.앞) 굿셰다 일너 드듸여 쥬머귀 힘을 비교코져 ᄒᆞ야 부억문의 셔셔 ᄃᆞ른 기를 불너 쥬머귀로 개를 ᄯᅵ오니 그 개 울고 ᄃᆞ라ᄂᆞ며 쥭디 아니ᄒᆞ거ᄂᆞᆯ 그 늙은 놈이 ᄯᅳᆺᄒᆞᄃᆡ '무변의 힘이 져보ᄃᆞᆯᄀᆞ 낫다.' ᄒᆞ야 이의 ᄌᆞᆷ 두려워ᄒᆞᄂᆞᆫ 비치 잇ᄂᆞᆫ지라. 비 잠ᄭᆞᆫ 개이니 무변이 다른 마을 집으로 올마ᄀᆞ매 인ᄆᆡ 다 쥬렷ᄂᆞᆫ지라. 날리 어둡기의 이르러 무변이 종놈의 젼닙을 밧고아 ᄡᅳ고 웃거리 옷슬 벗고 다만 협슈만 닙고 몸을 ᄀᆞ비야이 ᄒᆞ야 털퇴를 ᄀᆞ지고 홀노 안ᄌᆞ 밤 들기를 기ᄃᆞ려 쟝ᄎᆞᆺ 늙은 놈을 ᄯᅡ려 쥭이고 그 쳐를 겁간코ᄌᆞ ᄒᆞ야 밤을 타 돌여ᄀᆞ기를 심중의 췌마ᄒᆞᆯ 즈음의 그 늙은 놈의 쳬 여ᄃᆞᆲ 그릇 밥과 여ᄃᆞᆲ 믈의 여물과 쥭을 출혀 두어 스룸으로 ᄒᆞ야금 ᄀᆞ지고 왓거ᄂᆞᆯ 무변이 ᄀᆞᆯ오(5.뒤)ᄃᆡ "ᄂᆡ 이곳의 머무ᄂᆞᆫ 쥴을 엇지 알고 왓ᄂᆞ뇨?" 그 겨집이 ᄃᆡᄒᆞ여 ᄀᆞᆯ오ᄃᆡ "힝ᄎᆡ 반ᄃᆞ시 ᄃᆞ른 ᄃᆡ로 ᄀᆞ지 아니ᄒᆞ믈 혜아려ᄂᆞ이 노쥬의 ᄃᆡ식을 가히 궐티 못ᄒᆞᆯ 거신 고로 ᄌᆞᄆᆞᆺ 출혀ᄀᆞ지고 왓ᄉᆞ오나 그윽이 힝ᄎᆞᆺ의셔 젼닙을 ᄡᅳ고 웃거리 오셜 벗고 안ᄌᆞ 겨시믈 보오니 그 의향을 ᄀᆞ히 ᄋᆞ올지라. 뎌 늙은 놈의 ᄉᆞ오나온 ᄌᆞ술 본ᄌᆞᆨ 혈긔 잇ᄂᆞᆫ ᄌᆞ야 뉘 ᄯᅡ려 쥬기고ᄌᆞ 안이ᄒᆞ리잇ᄀᆞ마ᄂᆞᆫ 비록 ᄒᆞᆫ 놈을 죽이나 쏘 두숫 놈이 잇시니 일시의 뉴 부즈의 인명을 두 죽이미 엇지 즁난티 아니ㅎ리잇고? ㅎ믈며 이 밧 흔 ㄱ지 의스는 더욱 되지 못홀 의스오니 엇지 망녕된 싱각이 이러ㅎ시뇨? 힝츠를 위ㅎ야 계교ㅎ건디 분ㅎ신 뜻즐 춤아 겨신 대셔 진지를 줍숩고 뎌 물을 먹이시고 이 집의셔 평아니 즈므시고(6.앞) 시벽을 기두려 힝츠를 써ㄴ신죽 엇지 후덕 쟝쟈의 만젼흔 계괴 아니리잇고?" 최 듯기를 다ㅎ여 슈즁의 털퇴를 더지고 우어 굴오디 "네 말리 진실노 올흐니 니 엇지 어긔우리뇨?" ㅎ고 밤을 지니며 발힝ㅎ여 경스의 이른 후 오리지 아냐 경상 슈스롤 ㅎ얏ㄴ지라. ㅎ직홀 ᄊᆞ예 상권이 능듕ㅎ오시거놀 슈시 우러러 엿즈와 굴오디 "아모 ㅅㅣ골의 화외 완민이 잇ᄉᆞ와 크게 공스의 해 되오니 비록 신의 영문의 소관이 아니오나 편의 죵스 ㅎ옵기를 쳥ㅎㄴ이다." 상이 윤가ㅎ시니 노졍 션문의 그 늙은 놈의 뉴 부즈를 엄ㄱ 착수ㅎ여 ᄡᅥ 대령ㅎ라 ㅎ니 그 늙은 놈의 부지 완만ㅎ야 본군의 발포ㅎ믈 막즈르거놀 이의 군됼을 발ㅎ야 그 왼 ᄆᆞ을를 에우고 결박ㅎ야 자바너야 큰 칼을 씌이(6.뒤)고 엄슈ㅎ 얏더니 슈ᄉ 힝치 본군 긱스의 이르러 형구럴 크게 베풀고 ㅎ야금 엄슈흔 죄인을 올이라 ㅎ니 그 늙은 놈의 체 몬져 머리를 풀며 발을 벗고 관졍 ㄱᆞ온디 드라드러와 쳐연흔 소리와 이긍흔 말슴으로 빅단으로 슬피 비러 굴오디 "이 놈의 죄를 소인으로 당ㅎ야 다스리라 ㅎ야도 맛당이 죽이고져 ᄆᆞ암이 이실 거시오나 쏘흔 지아비 완만ㅎ므로써 여긔 이르럿ᄉᆞ오나 뎌 늙은 놈이 형벌의 죽은죽 쇼인이 맛당이 즉시 즈결ㅎ여 ᄡᅥ 조츠랴 ㅎㄴ지라. 향너의 쇼인은 힝 츠의 큰 죄를 지으미 업ᄉᆞ오니 홀노 소인의 안면을 보시지 아니ㅎ리잇ㄱ?" 이럿투시 쳬읍 이걸ㅎ실ᄉᆡ 그 늙은 놈을 졔 아돌 두셧 놈으로 더부러 칼을 씌이 고 ㅎ긔 잡ᄋᆞ 드리니 늙은 놈이 쏘 완만흔 말을 너여 굴오디 "사롬을 엇지 다(7.앞) 뜻대로 죽이리뇨?" ㅎ고 얼굴을 졋ᄇᆞᄃᆞ ᄒᆞᆯ그시 보고 굴오디 "뎌즈음 ㄱㅣ 니 집의 들넛던 냥반이로다. 스롬을 ㄱ히 ᄃᆞ 죽이지 못ㅎ리라." ㅎ고 냥구 히 잇ᄃᆞㄱ 눈물을 드리우거놀 그 연고를 므른디 대ㅎ야 굴오디 "뎌젹 힝치 지나ㄱ신 후로 니 체 미양 날ᄃᆞ려 닐너 굴오디 '조만ㄱ의 반ᄃᆞ시 이 냥반 손의 죽으리라.' ㅎ더니 이졔 그 말리 과연 마즈니 일노ᄡᅥ 슬허ㅎ노라." 슈시 굴오디 "니 임의 너를 죽여 민간의 폐를 더욜 쓰즈로 탑젼의 뎡탈(달)ᄒ여시니 엇지 네 죽기를 도망코즈 ᄒᆞᄂᆞᆫ듸." 이윽고 늙은 놈이 ᄃᆞ시 우러 골오디 "니 이리 울믄 ᄒᆞᆫ 번 죽기를 무셔워ᄒᆞᄂᆞᆫ 거시 아니라. 오늘날 이젼은 힝악ᄒᆞᆷ을 젼혀 그른 줄 모로고 능스로 녀겨더니 오늘날 이 관ᄀᆞ 뜰의 드러와 비로소 스룸의 도리 맛당이 이러틋ᄒᆞ미 크게 그른 줄을 ᄭᆡᄃᆞ라(7.뒤)시니 지ᄂᆞᆫ 뉵십 년은 헛도이 완미ᄒᆞᆫ 가온디 디너여 다른 스룸의 ᄒᆞ로 싱셰ᄒᆞᆷ만ᄀᆞ찌 못ᄒᆞ지라. 이졔 비록 몸을 근신ᄒᆞ야 뼈 젼일의 만 가지 죄과를 속ᄒᆞ고져 ᄒᆞ오나 ᄒᆞᆫ 번 주근 후ᄂᆞᆫ ᄀᆞ히 밋츨 길히 업ᄂᆞᆫ지라. 엇지 슬프고 셟지 아니ᄒᆞ리뇨? ᄃᆞ만 업 디여 바라건디 이 말숨이 목젼의 죽기를 면ᄒᆞ랴 ᄒᆞᄂᆞᆫ 계교로 보지 마르시고 아즉 죄를 샤ᄒᆞ야 노으시고 후일를 두고 보오셔 ᄃᆞ시 고치지 아니ᄒᆞ거든 니두 의 ᄯᆞ려 죽이시미 엇지 ᄀᆞ치 아니ᄒᆞ시리뇨? 소인의 ᄌᆞ셩의 번거ᄒᆞ미 일조일 셕의 도망ᄒᆞ야 피홀 길이 업스오니 스쏘 이후의 힝츳ᄒᆞ셔 우리 부지 만일 기 ᄭᅮ짓ᄂᆞᆫ 소리ᄅᆞᆮ도 눕거든 그ᄭᅥ 죽이시미 엇지 맛당치 아니리잇ᄀᆞ? 이졔 죤명을 ᄭᅮ이셔 기과근신지도를 인도ᄒᆞ시면 그 은혜 경즁 대소를 맛당(8.앞)이 엇지 ᄃᆞ 갑ᄒᆞ리오?" 슈시 그 괴식을 술펴니 셩심으로 나ᄂᆞᆫ 듯ᄒᆞ지라. 이의 골오디 "네 ᄆᆞ음은 비록 회과 ᄌᆞ신을 ᄒᆞ나 네 ᄋᆞ들리 엇지 그러ᄒᆞ기를 밋으리 오?" 다숫 놈이 ᄃᆞ 골오디 "아비 임의 이룻틋ᄒᆞ온디 ᄌᆞ식이 혹 그러티 안인즉 ᄒᆞᄂᆞᆯ이 반ᄃᆞ시 벌ᄒᆞ시리이ᄃᆞ." 늙은 놈이 골오디 "이졔 지싱지은을 닙히시면 다만 죽기를 두루혀 싱도를 어들 ᄲᅮᆫ 아니라 이의 금슈로ᄡᅥ 인도에 드러ᄀᆞ미니 이졔로부터 원 집이 노복이 되여 이 은덕 갑기를 긔약ᄒᆞ나니 이후 힝츳 상경 ᄒᆞᆯ 째 슛막에 드지 마르시고 바로 쇼인에 집의 힝츳ᄒᆞ오셔 죵의 집쳐로 아를(르)시기를 쳥ᄒᆞᄂᆞ이ᄃᆞ." 슈시 이에 늙은 놈의 뉵 부즈를 일시에 빅방ᄒᆞ 고 슐 먹여 위로ᄒᆞ니 늙은 놈의 부쳐와 부지 울며 감격ᄒᆞ여 믈너ᄀᆞ더라. 그 후에 ᄃᆞ시 그 늙은 놈의 집(8.뒤)에 역닙ᄒᆞ니 부지 순실ᄒᆞ고 근후ᄒᆞ야 말이 눌흔 듯ᄒᆞ고 얼골이 심히 슈삽ᄒᆞ야 다시 반졈도 이젼 포악ᄒᆞᆫ 거동이 업고 의연이 향둥 졔일 냥민이 도야 동신토록 최의게 복ᄉᆞᄒᆞ미 틈노에셔 디나다 ᄒᆞ더라.

3화 : 북희션효보웅구

김장군 덕녕이 과부 집 쏠의게 쟝ㄱ 든 이튼날 악모의게 드러ㄱ 졀ㅎ야 뵈고 인ㅎ야 악웅의 상ㅅ ㄴ 희를 무른디 악뫼 울고 슬허 골오디 "ㄱ옹이 집의셔 고죵을 ㅎ여 겨시면 오히려 녜시여니와 아모 싀골의 사오나온 죵이 이시디 죡당이 강셩ㅎ더니 ㄱ옹이 게 ㄱ쳐 도라오지 못ㅎ시고 아둘도 업고 또 형데 업고 드만 이 약녀 일 골육 쑨이라. 미망인이 일야 비ㄴ 바ㄴ 오직 쏠이 졀라 비필를 구ㅎ야 어든 후 손(9.앞)을 비러 원슈를 갑기의 잇더니 동상이 신긔흔 용녁이 잇단 말를 듯고 구ㅎ야 ㅅ회를 삼으미 대강 이 연고로ㄷ." 흔디 덕녕이 디ㅎ야 골오디 "악ㄱ의 큰 원쉬 이시니 니 명일에 밧비 도모ㅎ믈 기드리쇼셔." 악뫼 골오디 "어졔 혼인흔 신낭이 엇지 반드시 이리ㅎ리오? 아직 셔셔히 ㅎ라." 흔디 덕녕이 구지 쳥ㅎ야 죵 여ㅅ슬 드리고 써나 ㅅ오나온 죵 잇ㄴ 곳의 이르니 노비 그 신낭인 줄 무러 알고 흔연이 ㄴ와 마즈 골오디 "샹뎐 뒥의 셩문이 젹연이 끈허지니 노비의 연모ㄱ 샹히 ㄱ졀ㅎ옵더니 이졔 드힝이 죠흔 바롬이 부러 새 셔방님이 강님ㅎ시다." ㅎ고 혹 속냥ㅎ며 혹 공바치기를 쳥ㅎ야 언약ㅎ미 누쳔 금의 니룬지라. 덕녕이 진실노 그 ㄱㄴㅎ믈 의심ㅎ나 흔골ㅈ치 겨의 ㅎㄴ 바를 조ㅊ 도라올 힝긔ㄱ 머지 아니(9.뒤)흔지라. 노비 고ㅎ야 골오디 "하향 노복이 ㅈ루 샹뎐을 뫼실 길이 업고 이졔 비송ㅎ기를 당ㅎ오니 ㅎ졍의 결연ㅎ믈 이긔지 못ㅎ올지라. 희샹의 션유가 장관이 오니 쇼인들이 삼현을 빌고 좀 음식을 출ㅎ와 흔 째 즐기시과뎌 ㅎ오니 셔방님이 즐기(겨) 조ㅊ시리잇ㄱ?" 덕녕이 잇ㄴ 고로 거즛 그 흉듕의 쌘지ㄴ 체ㅎ고 드듸여 그 비에 오르니 덕녕의 드려간 ㅂ 여ㅅ 죵이 쓰르고져 흔디 악노의 당듕 늙은 슈십 놈이 언덕 ㄱ의셔 여ㅅ 죵을 결박ㅎ여 두고 비를 씌워 듕뉴의 니르러 ㅅ오나온 놈드리 셩 너여 쑤지져 골오디 "네 악옹이 쟝대흔 ㅈ루도 우리 무리 손의 죽엇거늘 네 겨유 황구 면흔 아히 감히 쳐ㄱ를 위ㅎ야 츄로를 ㅎ랴 ㅎ니 엇지 그리 망녕된다? 네 스스로 주글 째니 우리 무리의 쾌흔 이리라. 네 더리이 죽(10.앞)고져 ㅎㄴ다? 조촐이 죽고져 ㅎㄴ다?" 덕녕이 머리를 구프리며 몸을 숫그러이ㅎ야 거즛 췌췌ㅎㄴ 형상을 ㅎ야 골오디 "더러이 죽으믄 엇지ᄒᆞ미며 조히 죽으믄 엇지ᄒᆞ미뇨?" 악당이 ᄀᆞᆯ오ᄃᆡ "피로써 너 칼의 무치믄 더러우미오, 네 스스로 물레 ᄊᆞᆫ뎌 죽으믄 조흐미니라." 덕녕이 ᄀᆞᆯ오ᄃᆡ "비록 죽으나 더러우믈 슬히여 ᄒᆞᄂᆞ니 원컨디 조히 죽으믈 원ᄒᆞ노라. 그러나 성찬이 압히 ᄀᆞ득ᄒᆞ얏시니 쳥컨디 잠간 느추어 ᄒᆞᆫ 번 비 불이 먹고 죽게 ᄒᆞ라." 그 듕 ᄒᆞᆫ 놈이 ᄀᆞᆯ오대 "독에 든 쥐ᄀᆞ 어대로 ᄀᆞ리오? 네 비ᄂᆞᆫ 바를 허ᄒᆞ노라." 덕녕이 먹으믈 펴이 슈이ᄒᆞ야 악당이 밧비 물의 ᄊᆞᆫ지믈 지촉ᄒᆞᄂᆞᆫ지라. 덕녕이 이에 몸을 소소와 긔운을 지어 발노쎠 비 널을 구르고 호련이 공듕의 나 솟기를 두어 길을 ᄒᆞ니 비ᄀᆞ 임의 업쳐(10.뒤)졋다ᄀᆞ 다시 뒤쳐진지라. 덕 녕이 이에 ᄂᆞ려셔니 원 비 「ᄀᆞ」온디 악당이 다 ᄊᆞᆫ겨 죽은지라. 덕녕이 홀노 비를 져어 언덕의 향ᄒᆞ니 건넌 편의 늙은놈드리 바라보고 쮜여 ᄃᆞ라나거늘 덕녕이 뭇히 ᄂᆞ려 여삿 종의 믠 거슬 플고 둣ᄂᆞᆫ 놈드를 쪼ᄎᆞ 형셰 둣ᄂᆞᆫ 바람 ᄀᆞᆺᄒᆞ여 ᄃᆞ 차이여 죽은지라. 둘녀 촌즁의 드러가니 촌듕의 남녀 노쇠 덕영의 듀머귀예 ᄃᆞ닷기여 죽지 아니리 업셔 죽엄이 쌰히미 산 ᄀᆞᆺ흔지라. 악당의 지물를 수탐ᄒᆞ매 그 쉬 만 금의 너문지라. 도라와 악모의게 고ᄒᆞᆫ대 악뫼 뜰의 ᄂᆞ려 울며 사례ᄒᆞ더라.

4화 : 햐이ᄌᆞ엄구지복투부

안동 ᄯᅡ히 권성 ᄉᆞ뷔 이시니 ᄀᆞ산이 요부ᄒᆞ고 셩품이 엄ᄒᆞ야 집안 어거ᄒᆞ기 를 위엄으로써 ᄒᆞ매 쳐ᄌᆞ와 노(11.앞)복이 다 훼뉼ᄒᆞ야 두려워ᄒᆞᆯ시 오직 독ᄌᆞ 뿐 잇고 며ᄂᆞ리 극히 ᄉᆞ오나오나 ᄯᅩᄒᆞᆫ 존구 압히 소리를 너지 못ᄒᆞᄂᆞᆫ지라. 권셩이 만일 셩 닐 일곳 잇시며(면) 믄득 명ᄒᆞ야 대쳥 ᄀᆞ온디 돗츨 펴고 좌긔 흔죽 간간이 노복이 당ᄒᆞ여 죽ᄂᆞᆫ 이 잇ᄂᆞᆫ지라. 그 독ᄌᆞ의 쳐기 ᄉᆞ십 이 밧긔 이시니 가 쳐부모를 보고 도라올시 듕노의 비를 졸련이 만ᄂᆞ 숫막의 피ᄒᆞ야 드러가니 ᄒᆞᆫ 소년 션비 몬져 그 숫막의 하쳐ᄒᆞ고 마구의 술 찐(쯘) 말 오, 뉵 필을 믜얏ᄂᆞᆫ디 ᄯᅩ 호한ᄒᆞᆫ 종놈 십여 명이 디령ᄒᆞ고 힝찬의 미주와 가회 압히 버ᄂᆞᄂᆞᆫ지라. 권소년을 마ᄌᆞ 돗츨 합ᄒᆞ고 셩명을 통ᄒᆞᆫ 후 비쥰을 ᄒᆞᆨᄌᆞ 로 홀시 술마시 극히 쳥녈ᄒᆞ고 안쥐 극히 아롬다와 두 사름이 디작ᄒᆞ매 잡고 권호야 취키의 이르러 권싱이(11.뒤) 몬져 혼도혼지라. 밤이 깁혼 후 권싱이 비로소 술을 끼야 눈을 들어 보니 앗ㄱ 동비호던 소년이 발셔 간 곳지 업고 몸만 홀노 슛막 안방의 누이엿논디 겻희 혼 소복혼 여지 이시니 나히 거의 십팔, 구 셰나 되고 용모와 틱되 극히 한아호며 단정호니 결단코 이 경수 틱우의 집 부녜라. 권소년이 놀나 물어 ᄀᆞ오디 "그대는 엇더혼 스룸이며 뉘 엇지 밧겻흐로부터 안방의 올마 누이엿논뇨?" 여러 번 괴로이 무른디 종시 디답지 아니호다ㄱ 오래거야 말호야 ᄀᆞ오디 "밤의 뉘 집 노지 업어다ㄱ 옴겨 누임이요, 나는 셔울 흰혁혼 문벌의 부녀라. 십뉵의 혼인호야 십칠의 홀노 되니 엄부는 기세호션 지 올리고 오래비 가스를 쥬댱호니 오라비 셩벽이 심히 고집호야 결단코 국속을 조츠 어린 누의을 쳥상으로 늙히지 아니랴 호(12.앞)야 스면으로 기ㄱ호야 보닐 곳을 구호니 나의 일문 종족이 괴로이 금호야 ᄀᆞ오디 '엇지 네 손으로 졸연이 우리 문호를 더러리려 ᄒᆞ뇨?' 호야 여러 의논이 이럿툿 숨엄호고 금호니 오라비 홀일업셔 날을 싯고 길 거리의 잇션 지 발셔 사, 오 년이 되엿시니 그 뜻이 대기 아모 남ᄌᆞᄅᆞ도 뜻의 드난 이랄 겁박호여 맛지고 도망호야ㄱ 나의 종젹을 종족의 이목의 엄익고져 ᄒᆞ는 계괴라. 이졔 그더 니 겻희 이시니 내 오라비는 응당 볼셔 ᄀᆞ시리라." 호고 압히 혼 봉물을 ᄀᆞ으 텨 ᄀᆞ오디 "이는 사빅 냥 은지니 머믈너 나의 싱이(이) 근본을 ᄒᆞ미라." ᄒᆞ거 놀 권싱이 밧겻 슛막의 나ㄱ 보니 그 쇼년의 노주 인매 일병 다ㄱ 자취 업고 다만 두낫 겨집 종이 쎠러뎌 잇논지라. 졀믄 남녜 심야의 동실ᄒᆞ니 엇지 환호 ᄒᆞ미 업〈(12.뒤)리오? 졍을 미즌 후 ᄀᆞ만이 싱각ᄒᆞ죽 엄부 시호의 쳔ᄌᆞ히 복쳡ᄒᆞ미 반다시 대변이 날 거시오, ᄯᅩ 안해의 투긔 졔어홀 모칙이 업스니 만난 바 조혼 일이 믄득 큰 짐녀(니) 되야 엇지홀 줄을 모로논지라. 그 녀ᄌᆞ를 아직 슛막의 머믈너 두어 시비로 ᄒᆞ야금 직희우고 도라오는 길의 평일 친구 듕 지모 잇는 혼 벗을 들러 차자 당혼 일을 ᄀᆞ초 이르고 ᄯᅩ 엄부 시호의 극히 난쳐혼 연유를 고ᄒᆞ야 방편홀 계교를 쳥혼디 그 벗이 ᄀᆞ오디 "니 수일 후의 쥬회를 베풀 거시니 그더 반다시 와 모히고 그더도 ᄯᅩ 쥬회를 베풀러 갑혼죽 우리 술이 난만ᄒᆞ믈 승ᄀᆞ호야 말슴 잘ᄒᆞ야 죤쟝의 엄ᄒᆞ신 ᄆᆞ음을 두루혀시게

홀 거시니 그대로 ᄒ라." 소년이 도라와 엄부게 반면ᄒᆫ 후 수일 후의 엄부긔
친구(13.앞)드리 쥬회예 쳥ᄒ믈 고ᄒ고 가더니 그 후 소년이 ᄯᅩ 갑는 주회를
베풀어 친구들을 쳥ᄒ야 즐기기를 엄부긔 품ᄒ고 여러 친구들을 쳥ᄒ야 그
지모 잇셔 소년을 위ᄒ여 획칰ᄒ던 친구 소년이 다른 벗을 언약ᄒ야 홈긔
이르러 몬져 늙은 권셩긔 졀ᄒ여 뵈오니 노권이 굴오디 "쇼년의 무리 ᄌ로
쥬회를 베프나 이 노부는 쳥ᄒ지 아니ᄒ니 진실노 개연ᄒ도ᄃ." 그 쇼년들이
디ᄒ야 굴오디 "존장 ᄀᆽᄌ오신 엄녕ᄒ오신 셩품의 어룬이 좌상의 겨오시면
문득 살풍경이 되ᄂᆫ지라. 이러므로 감히 우러러 쳥치 못ᄒᆞ엿ᄂᆞ이다." 늙은 권
셩이 굴오디 "오늘은 니 맛당이 그더 무리 주회의 참예ᄒ여 노쇼의 예졀을
거리끼지 말 거시니 그더 등은 혹 누으며 혹 거러 안자 언쇼(13.뒤) 달난ᄒ여
즐기믈 마옴더로 ᄒ라." ᄒᆫ디 여러 쇼년들이 디답ᄒ고 노쇠 셔로 더부러 참착
이 안자 슐이 취ᄒ고 흥이 ᄂᆞᆫ만ᄒ매 늙은 권셩이 ᄀᆞ로디 "오날 노름이 즐거우
나 쇼년들은 엇지 고담으로 노인의 귀의 ᄒ여 들여 마암을 깃거ᄒ게 아니ᄒᄂ
뇨?" 이에 그 지모 잇던 쇼년이 슛막의셔 권쇼년이 의외예 녀ᄌ 만나던 긔특
ᄒᆫ ᄉᆞ연을 짐즛 고담을 삼아 일통을 ᄀᆞ쵸 고ᄒ니 노권이 혼연이 즐겨 듯ᄂᆞᆫ지
라. 말을 파ᄒ매 그 쇼년이 ᄀᆞ로디 "만일 존쟝게셔 이럿ᄐᆞᆫ 경계를 당ᄒ시면
그 녀ᄌ로 더부러 침셕을 흔ᄀᆞ지로 ᄒ시리잇ᄀ?" 노권왈 "니 비록 평일의 죠
쉬 잇시나 이런 터를 당ᄒ면 엇지 ᄀᆞᆽ가이 아니ᄒ리요?" 그 쇼년이 ᄯᅩ 일통을
도도아 말ᄒ야 ᄀᆞ로디 "시셩 등은 ᄲᅥ 되 죤(14.앞)쟝ᄀᆞᆽ치 엄졍ᄒ신 어룬은
비록 그 녀ᄌ를 만나시나 반ᄃ시 ᄀᆞᆽᄀᆞ이 아니ᄒ실 줄노 아옵ᄂᆞ이다." 노권이
왈 "그럿치 아니ᄒ다. 당쵸의 그 쇼년이 취ᄒ여 그 방의 드러ᄀᆞ미 사람의 속이
믈 입은 배나 짐즛 부러 ᄒᆫ 일이 아니요, 그 녀지 ᄯᅩ ᄉᆞ족 녀편너라. 홀연이
공듕의 ᄂᆞ의게 의탁ᄒ고 갈 비 업스니 만일 그 원을 거스린죽 졀문 녀지 쟝ᄎᆞᆺ
엇더ᄒᆫ 상한의게 실신홀 줄 모로니 이 일이 진실노 젹션이 아니요, 인졍이
아니니 ᄉᆞ군지 엇지 차마 이럿ᄐᆞᆫ 박힝의 일를 ᄒ리요? 오날노 ᄒ야곰 이러
ᄐᆞᆫ 일을 당ᄒ야도 즉시 맛당이 동죠홀 거시요, 두 번 싱각을 기다리지 아니
ᄒ리라." 그 쇼년이 고쳐 ᄀᆞ로디 "ᄉᆞ리 진실노 그러ᄒ리잇ᄀ?" 노권이 ᄀᆞ로디

"진실노 그러ᄒᆞᆫ고 진실노 그러ᄒᆞᆯ 거「시」니라(14.뒤)." 이에 쇼년이 우어 ᄀᆞᆯ오ᄃᆡ "앗ᄀᆞ 엿ᄌᆞ온 말숨이 고담이 아니라, 곳 녕윤【눔의 아돌 일콧는 말】 벗목하 일이니 존장긔셔 임의 스리ᄀᆞ 그러ᄒᆞ여야 맛당ᄒᆞᆯ 줄노 질뎡ᄒᆞ여 말숨ᄒᆞ시기를 두, 셰 번 ᄒᆞ야 겨시니 이졔 비록 이런 일이 이시나 존장의 죄칙ᄒᆞ시미 업스리이다." ᄒᆞᆫ대 노권이 즉시 눈을 브릅쓰며 풀을 뽐ᄂᆡ여 ᄀᆞᆯ오ᄃᆡ "그ᄃᆡ 무리 일병 ᄃᆞ 물너ᄀᆞ라. 니 맛당이 쳐치ᄒᆞᆯ 일이 잇노라." ᄒᆞ고 졔 쇼년을 쪼ᄎᆞ 보ᄂᆡ고 슈로의게 ᄒᆞ령ᄒᆞ여 ᄀᆞᆯ오ᄃᆡ "돗츨 대청의 베플나." ᄒᆞ고 대청 ᄀᆞ온ᄃᆡ 안고 슈로를 ᄒᆞ령ᄒᆞ여 작도를 드리라 ᄒᆞ고 엄혼 쇼리 왼 집의 진동ᄒᆞ니 본ᄃᆡ 셩품이 엄혼 상젼의 호령 아ᄅᆡ 노복비 뉘 감히 만홀이 거힝ᄒᆞ리오? 즉각의 작도를 ᄀᆞ라 드려오니 쏘 크게 ᄭᅮ지져 ᄀᆞᆯ오ᄃᆡ "밧비 셔방님을 잡아ᄂᆡ여 작(15.앞)도 아ᄅᆡ 업지르고 수이 ᄶᅵ그라." ᄒᆞᆫ대 수로 급히 쇼상젼 셔방님을 잇그러 ᄂᆡ야 작도 바탕의 업지른ᄃᆡ 늙은 권싱이 수죄ᄒᆞ야 ᄀᆞᆯ오ᄃᆡ "네 졀문 아히로 부형긔 고치 아니코 감히 쳔ᄌᆞ히 쳡 엇기를 ᄒᆞᄂᆞ뇨? 이러틋ᄒᆞᆫ 힝실이 반ᄃᆞ시 우리 집을 망히올 거시니 나의 셰상의 이실 때를 미쳐 친히 맛당이 네 목을 ᄶᅵ어 후폐을 ᄭᅳᆫᄒᆞ리라." ᄒᆞ고 호령ᄒᆞ는 쇼리 우래 ᄀᆞᆺᄒᆞ니 늙은 권싱의 안히와 며ᄂᆞ리 ᄃᆞ 당의 ᄂᆞ려 만단으로 익걸ᄒᆞ야 ᄀᆞᆯ오ᄃᆡ "ᄒᆞᆫ낫 독ᄌᆞ를 엇지 참아 스스로 ᄶᅵ어 죽이랴 ᄒᆞ시ᄂᆞ뇨?" 노권이 쏘ᄒᆞᆫ 쇼리를 크게 질너 ᄭᅮ지져 ᄀᆞᆯ오ᄃᆡ "이 아히를 밧비 죽이라." ᄒᆞ니 그 안해 넉술 일허 ᄃᆞ라ᄂᆞ고 그 며ᄂᆞ리는 머리 털을 헤치고 기동의 머리를 부듸이져 쳬읍ᄒᆞ며 죽기로 ᄃᆞ토아 ᄀᆞᆯ오ᄃᆡ "쇼년이 비록 힝(15.뒤)실이 방ᄌᆞᆫ 죄를 범ᄒᆞ야스오나 구가의 혈속이 다만 이 사롬 ᄒᆞᆫ 몸 ᄲᅮᆫ이오니 존구는 엇지 ᄎᆞ마 이러틋 잔혹ᄒᆞᆫ 거조를 ᄒᆞ오셔 스스로 졀ᄉᆞᄒᆞᆯ 디경의 니르랴 ᄒᆞ시ᄂᆞ니잇ᄀᆞ? 쳥컨ᄃᆡ ᄌᆞ부의 몸으로 ᄃᆡ신ᄒᆞ기를 쳔만 바라ᄂᆞ이다." 노권이 ᄀᆞᆯ오ᄃᆡ "집의 패악ᄒᆞᆫ 아돌이 이셔 그 집을 망ᄒᆞ게 ᄒᆞ므로는 출하리 너 싱젼의 죽여 업시ᄒᆞᆷ만 갓지 못ᄒᆞᆫ디라. 우리 봉ᄉᆞ는 엇지 양ᄌᆞ를 쏘 ᄀᆞ히 어들 길히 업스리오?" ᄒᆞ고 더욱 셩 ᄂᆡ여 호령ᄒᆞ며 ᄭᅮ지져 밧비 ᄶᅵᆨ기를 지쵹ᄒᆞ니 종들은 다만 더답ᄒᆞ고 ᄎᆞ마 발을 드듸지 못ᄒᆞ거ᄂᆞᆯ 노권은 더욱 ᄶᅵᆨ기를 지쵹ᄒᆞ고 소ᄅᆡ 졈졈 엄혼지라. 며ᄂᆞ리 머리를 무수히 기동의 ᄶᅵ

흐니 피 흘너 낫치 ᄀᄃ특ᄒ고 간쟝이 쵸젼ᄒ야(16.앞) 일쳔 번 익걸ᄒ고 일만 번 익걸ᄒ야 손을 부븨이며 입이 틋도록 괴로이 빌기를 마지 아니ᄒ거늘 노권이 이에 ᄀᆯ오ᄃᆡ "닉 비록 참작ᄒ야 용셔ᄒ랴 ᄒ나 너의 투긔로써 반ᄃᆞ시 집을 망ᄒ이지 아닐 니 만무ᄒ니 밧비 죽김만 ᄀᆺ지 못ᄒ니라." 며느리 ᄀᆯ오ᄃᆡ "만일 일분 인심이 잇ᄉᆞ온죽 이러ᄒ오(온) 경계를 지니고 감히 투긔홀 ᄆᆞ음을 터럭만친들 닐리잇ᄀᆞ?" 노권이 ᄀᆯ오ᄃᆡ "네 비록 목젼의 엄급ᄒ여 투긔티 아니ᄒ기로 졍녕훈 말을 ᄒ나 이후 심계 져기 ᄂᆞ죽ᄒ죽 반ᄃᆞ시 요단을 닐위여 닐 거시니 너 엇지 너의 셩품을 아지 못ᄒ리오? 닉 결단코 찍어 죽여 화근을 ᄯᆞᆫ허ᄇᆞ리랴 덩ᄒᆞ엿시니 네 감히 다시 말을 말나." ᄒ고 찍기를 더욱 지촉ᄒ니 며느리(16.뒤) ᄀᆯ오ᄃᆡ "비록 개 삿기, 쇄 삿기, 믈 삿기온들 훈 번 이러ᄒᆞ온 놀납고 두려온 일을 지닌 후는 필련 긔심ᄒᆞ오려든 ᄌᆞ뷔 비록 우완ᄒ고 미련ᄒ오나 오히려 사롬의 ᄌᆞ식이오니 쳥텬빅일지ᄒᆞ의 이러틋시 질졍ᄒ여 말씀ᄒᆞ온 후 엇지 변역ᄒᆞ올 일이 잇ᄉᆞ올리잇ᄀᆞ?" 노권이 ᄀᆯ오ᄃᆡ "네 닉 셩젼은 혹 춤아 ᄀᆞ려니와 나의 죽은 후는 필연 야단을 닐 거시니 그ᄯᆡ 뉘 능히 금ᄒ리오? 나의 죽은 혼이 니러나와 금홀 길 업ᄉᆞ다니라." 며느리 ᄀᆯ오ᄃᆡ "존구 빅세 후의 ᄌᆞ뷔 만일 변역ᄒᆞᄂᆞᆫ 일이 잇ᄉᆞ온죽 반ᄃᆞ시 구가 조션 지쳔지녕이 큰 벌을 ᄂᆞ리우시리이다." 자뷔 「ᄀᆯ오ᄃᆡ, "만일 새로 오ᄂᆞᆫ 스롬을 흘긔여 보면 그 마암이 맛당이 ᄌᆞ부의 친부모를 사닉로 먹을 마(17.앞)암이니 밍셰 말슴이 이ᄭᆞ지 니르러ᄊᆞ오나 존귀 오히려 밋지 아니시니 졍시 궁ᄒ고 형세 박ᄒᆞ온지라. 실노 스스로 먹 질너 ᄌᆞ부의 뜻을 붉히고져 ᄒᆞᄂᆞ이다." 노권이 ᄀᆯ오ᄃᆡ "과연 진뎡이어든 네 뜻즐 내게 명문을 쎠 드리미 가ᄒ니라." 훈대 며느리 즉시 훈 쟝 조희를 가져와 손조 밍셰ᄒᆞᄂᆞᆫ 말을 쓰니 무릇 텬지간 밍셰 바탕의 올혼 말은 다 긔록지 아닌 말이 업ᄂᆞᆫ지라. 끗히 모년 모월 모일과 셩명을 가초 뼈 쑤러 밧드러 드리니 노권이 그 밍문을 본 후 이에 아들을 푸러 닉여보너고 슈로ᄃᆞ려 일너 ᄀᆯ오ᄃᆡ "노비 각 오 명이 직직 아모 슷막의 ᄂᆞ아ᄀᆞ 셔방님 쇼실을 실러오라." ᄒ니 노비 즉시 ᄃᆞ려와 구고긔 와 밋 닉ᄌᆞ긔 현알ᄒᆞ니 닉지 죵신토록 감이 조곰도 환심을 일치 아니ᄒᆞ야 ᄉᆞ랑ᄒᆞ기를 아오ᄀᆞᆺ(17.뒤)치 ᄒ

다 이르더라.

5화 : 됴조션투쳐곤부

우병ㅅ 샹등은 공쥐 동ㅈ산 ㅅ룸이라. 녀력이 과인ㅎ더니 쳐개 뫼 너머 잇
는지라. 쟝ㄱ 든 후의 미양 져녁 밥 후며(면) 녕을 너너 쳐가의 ㄱ 자고 이튼날
도라오던이 일일은 황혼 후의 녕을 너물 졔 큰 악회 홀연이 길을 당ㅎ여 물고
져 ㅎ거늘 샹등이 혼 발노 내쩌 ㅊ니 즉시 죽는지라. 샹등이 이에 쩌메고 그
안해 방 문 압희 니르러 줏ㅆ려 안치고 압희 큰 나무 ㅼ지로 벗쳐 산 모양쳐로
ㅎ여 두어더니 이튼날 아홈의 쳐ㄱ ㅅ룸드리 문을 열고 보ㄷㄱ 크게 놀나
악회 방 압희 와 안ㄷ다 ㅎ고 긔졀ㅎ엿ㄷㄱ 고쳐 보니 죽은 거시러라. 갑ㅈ년
괄변의 샹등이 션젼관이 되야(18.앞) 디가를 비호ㅎ야 쟝찻 공쥐를 향홀시
한강 ㄱ의 니르니 사공드리 임의 역젹을 붓조차 비를 남편 언덕의 다히고
죵시 비를 다히지 아니ㅎ는지라. 이째 쳔긔 쳐엄으로 치워 강물이 반빙ㅎ얏거
늘 샹등이 물의 쮜어드러 혼 숀으로 어름을 두ㄷ리며 또 혼 숀으로 물을 헤여
남편 언덕을 향ㅎ야 ㄱ니 사공이 샹아대로 샹등의 머리를 너쩌 친디 샹등이
물 속의셔 ㅈ의약질ㅎ야 언덕의 긔여 올나 주머귀로 다 쳐 죽이고 비를 스ㅅ
로 져어 와 디가를 밧드러 뫼시니 나라히 일노쎠 춍임ㅎ시더 그 사룸인족
극히 뇨료치 못ㅎ더라. 샹등이 츌신혼 쩌의 단긔 단노로 작힝ㅎ더니 혼 쟝수
의 말이 길 좁은 곳의셔 셔로 마죠쳐 샹즁의 죵이 언덕 아리 구렁의 밀쳐
나려치니(18.뒤) 쟝시 뒤히 쩌러졋다가 나죵의 와 숀으로 샹등의 드던 등ㅈ를
우기이 등ㅈ 쇠 샹등의 발과 ㅎ나히 되거늘 쟝시 드듸여 몰을 몰고 표연이
가는지라. 샹등이 힘이 비록 만흐나 발 ㅼ힐 모칙이 업서 죽기를 참아 괴로이
알타ㄱ 힘을 다ㅎ야 오래거야 겨유 ㅼ혓더니 그 후 샹등이 슈ㅅ를 ㅎ엿더니
부임ㅎ랴 갈 졔 길 ㄱ 언덕의 ㅅ룸이 이셔 불너 물어 굴오디 "이젼 등ㅈ의
줌기어쩐 발을 그디 엇지 ㅼ혀 너엿는뇨?" 샹등이 경회ㅎ여 손으로 불너 ㄱㄱ
이 오라 ㅎ니 이에 녯적 만나던 쟝시라. 샹등이 굴오디 "닐시 겨유 발을 ㅼ혓
거니와 그디ㄱ 녁수매 두 번 만나기를 원ㅎ더니 오날날 만나니 실노 쳔힝이로

다. 원컨디 그디는 쟝ᄉ 질을 긋치고 날과 ᄒ가지로 임소의 ᄀ비 불이 먹고 지너다ᄀ 도라굴 써 맛당(19.앞)이 ᄀ득이 시러줄 거시니 그디 뜻의 엇더ᄒ뇨?" 쟝시 굴오디 "니 오날날 오믄 다만 등즈의 발 째힌 연유를 알고겨 ᄒ미라. 니 임의로 다니기를 죠화ᄒ니 엇지 ᄀ히 스룸을 ᄯ라 두니리뇨?" ᄒ고 이별ᄒ고 ᄀ니라. 샹듕의 부인의 힘이 샹듕의셔 비ᄂ 되ᄂ지라. 샹듕이 미양 그 안해를 무셔워ᄒ야 감히 방외 범식을 두지 못ᄒ더니 밋 경상 우슈ᄉ를 ᄒ매 슈조를 쟝ᄎ 통영의 ᄀ 홀시 시임 통졔ᄉᄂ 곳 니디쟝 완이라. 샹듕이 그 부인이 먼이 잇시믈 다힝이 역여 닌읍 기셩을 슈조ᄒᄂ디 드려두ᄀ 겹히 두고 여러 날 친합ᄒ니 샹듕의 죵이 동즈산의 도라ᄀ 그 연유를 안샹젼의게 고ᄒ디 샹듕의 쳬 즉시 집신을 들메고 거러 날시 뒤히 ᄒ 죵을 드리고 가기를 슬ᄌ치 ᄒ야 ᄒ(19.뒤)로 슈빅 이식 힝ᄒ야 잇틀만의 슈조ᄒᄂ 곳의 드다라 먼이 바라보니 졍긔와 군물이 누션 우희 슘엄ᄒ고 쟝교와 관니 그 가온디 미만ᄒ얏ᄂ지라. 샹듕의 쳬 언덕 우흐로부터 소리를 우뢰ᄀ치 ᄒ야 크게 불너 굴오디 "우샹듕아! 우샹듕아! 이놈아! 이놈아!" ᄒ니 ᄒ 비의 쟝교와 군시 그 ᄉᄯᅩ 부인인 줄 알고 풍비ᄒ야 비예 ᄂ려 피ᄒ기를 어즈러이 별 훗터지덧 ᄒ니 샹듕의 쳬 비 ᄀ온디 올나 샹듕을 ᄯ어 물녀 업지르고 큰 곤쟝으로 볼기 슈십 도를 치고 ᄯ 굴오디 "이 놈의 호강ᄒᄂ 죄ᄂ 가히 ᄒᄌ 곤쟝으로만 죄 주지 못홀 거시니 맛당이 표젹을 니여 뭇 스룸의 눈의 뵈게 ᄒ리라." ᄒ고 이에 날닌 칼노 샹듕의 긴 슈염을 다 뭉쳐 ᄒ나토 남겨두지 아니ᄒ니 공연이 노파의 모양이 된지라. 샹듕의 쳬(20.앞) 즉시 비예 ᄂ려 동즈산의 도라ᄀ니 샹듕의 모양이 문득 별 사룸이 되야 머리 너밀기 어려운지라. 슈죄 통영의 브칠 긔약이 임의 드드라 군영을 어긔우기 어려운지라. 마지 못ᄒ야 통영의 가니 니공이 놀나 무러 굴오디 "슈ᄉ의 ᄂ로시 샹해 죠터니 이졔 무슴 연고로 홀연이 즁놈이 도엿ᄂ뇨?" 샹듕이 쳐음은 두루막아 말ᄒ다ᄀ 밋 니공이 여러 번 힐ᄂᄒ매 마지 못ᄒ야 바로 고ᄒ니 니공이 굴오디 "무쟝이 젼혀 위엄과 간판을 슝샹ᄒ거눌 능히 ᄒ 사오나온 쳬을 졔어티 못ᄒ니 피쟌ᄒ미 이러틋ᄒ고 쟝ᄎ 어디 쓰리오?" ᄒ고 즉셕의 계문 파출ᄒ니라.

6화 : 가관양노져표부

연원부원군 니공광졍이 양쥐목ㅅ호엿실 쩌예 응시(20.뒤)【미 산영ㅎ는 ㅅ롬이라.】 잇셔 날마듯 보니여 산힝ㅎ여 져녁마듯 도라오더니 일일은 응시 홀연 경슉ㅎ고 도라오지 아니ㅎ거늘 고이히 여기더니 잇튼날 비로소 도라오매 졀고 드러오거늘 연원이 그 연고를 무른디 응시 우셔 굴오디 "어졔 매를 놋타ㄱ 일코 날이 져물매 ᄯ라ㄱ 아무 촌 니좌슈의 문 압히 이르러 매를 밧고 도라오고져 ㅎ더니 홀연 어두온 ㄱ온디 들네는 쇼리 잇거늘 보니 이에 다숫 쳐녀 급히 오는지라. 형셰 호건ㅎ여 심히 무셥거늘 쇼인이 놀나 뛰여 시니를 넘어ㄱ두ㄱ 업드려 발을 샹ㅎ고 인ㅎ여 울 틈의 숨어 안자 드론즉 다숫 쳐녀 셔로 일너 굴오디 '오날도 ᄯ 관원의 희롱을 ㅎ미 엇더ㅎ뇨?' 모듯 굴오디 '죠타.' ㅎ고 평상을 ᄯ히 베플고 맛 쳐네 올나 안자 관원이 되고 그나마 네 쳐녀는 좌슈, 별감, 형방, 수령(21.앞) 명식을 임의 뎡ㅎ매 뭇 쳐녜 호령ㅎ여 굴오디 '니좌슈를 자바드리라.' ㅎ딘 수령 쳐녜 길게 소릭ㅎ여 딩답ㅎ고 즉시 좌슈 쳐녀를 잡아드려 평상 아리 업지르고 소리를 놉히 ㅎ여 '잡아 드렷ㄴ이다.' 좌슈를 흔딘 네재 쳐녜 형방으로 말을 뎐ㅎ여 굴오디 '분부를 드르라.' ㅎ니 그 부분의 굴오디 '혼인이 엇더흔 디ㅅ완디 네 말지 딸이 임의 과시 ㅎ야시니 그 모든 형의 완만ㅎ믄 이를 거시 업거늘 네 엇지 우유ㅎ야 결단치 아니ㅎ고 흔ㄹㄱ굿치 그 인윤을 폐코져 ㅎㄴ뇨?' 좌슈 쳐녜 딩답ㅎ야 굴오디 'ㅎ괴 지당ㅎ옵시디 집안 형셰 박ㅎ와 혼구가 망조ㅎ옵기 ㅈ연 쳔연ㅎ와 이에 이르러ㄴ이다.' 관원 쳐녜 ᄯ 굴오디 '혼상은 집의 유무를 ᄯ라 쟉슈로 셩녜ㅎ여도 ㄱ홀 거시니 엇지 금침 범구 ㄱ초믈 기드리리뇨?' 좌(21.뒤)슈 쳐녜 ᄯ 디ㅎ여 굴오디 '낭지를 엇기 어렵습기의 ㅈ연이 쳔연ㅎ엿ㄴ이다.' 관원 쳐녜 굴오디 '진실노 광구ㅎ면 엇지 ㅅ람이 업슴을 근심ㅎ리오? 내 규즁의 드론 바로뼈 니르리니 이 고을 송좌슈와 김별감과 오별감과 최별감과 뎡좌슈의 집의 다 낭지가 이시니 ᄃ숫 ㅅ롬의 쉬 죡흔지라. 흔가지 이 젼임 향쇠니 문벌이 셔로 ㄱ튼지라. 엇지 더브러 결혼치 아니ㅎㄴ뇨?' 좌슈 쳐녜 굴오디 '삼ㄱ 맛당이 듕미를 통ㅎ여 의혼ㅎ리이다.' 흔딘 관원 쳐녜 굴오디 '네 죄 맛당이

벌이 잇실 거시로디 춤작ᄒ야 방송ᄒ거니와 만일 ᄉ속히 ᄒ야 지니지 아니ᄒ
면 죄를 면키 어려우리라.' ᄒ고 인ᄒ여 쓰어 너치고 다ᄉ 쳐녀 일시의 웃고
헤여지니 그 일이 심히 우습더이다." 연원이 듯고 향소를 불너 아모 면의 니좌
슈 잇는 여부를 무른디(22.앞) ᄀᆯ오디 "잇ᄂ니다." 연원이 ᄀᆯ오디 "좌슈의 빈
뷔 엇더ᄒ며 ᄌ녜 언마나 ᄒ뇨?" 디ᄒ야 ᄀᆯ오디 "집은 젹빈이요, ᄌ녀는 언만
줄 ᄌ시 아옵지 못ᄒ오나 듯ᄌ오니 쏠이 만타 ᄒ더니다." 연원이 붉는 날 녜리
로 ᄒ야금 고목ᄒ야 니좌슈를 불너 ᄉ안ᄒ고 말ᄒ야 ᄀᆯ오디 "드르니 그디 이
젼 향임이라. 읍ᄉ를 의논코져 ᄒ여 브르랴 ᄒ디 결을티 못ᄒ얏노라." ᄒ고
인ᄒ야 무러 ᄀᆯ오디 "ᄌ녜 언마나 ᄒ뇨?" 디ᄒ야 ᄀᆯ오디 "명되 긔박ᄒ와 ᄒ
아돌도 업고 다ᄉ 쏠이 잇ᄂ니다." 연원이 ᄀᆯ오디 "언마나 셩혼ᄒ엿ᄂ뇨?"
디ᄒ야 ᄀᆯ오디 "ᄒ나토 혼인을 못ᄒ얏ᄂ이다." 연원이 ᄀᆯ오디 "년셰 다 일넛
ᄂ야?" 디ᄒ야 ᄀᆯ오디 "다ᄉ지 쏠이 임의 과시ᄒ얏ᄂ이다." 연원이 뭇기를
관원 쳐녀의 말디로 혹 좌슈의 디답이 ᄒᄀᆯ긋치 좌슈 쳐녀의 말과 ᄀᆺᄒ야
(22.뒤) 니어 낭지 어려우므로써 고ᄒ거늘 연원이 이에 관원 쳐녀의 말ᄒ던
바 드ᄉ 집 낭지를 이르니 디답ᄒ야 ᄀᆯ오디 "졔 반다시 민의 간한ᄒᄆᆯ 혐의로
이 녁여 즐기(겨) 아니ᄒ리이다." 연원이 드듸여 니좌슈를 보니고 예리로 ᄒ
야금 낭지 잇는 다ᄉ 향쇼를 부르니 드ᄉ ᄉᄅᆷ이 다 이르러거늘 어츳의 호(혼)
ᄉ 유무를 무른디 ᄃ ᄀᆯ오디 "ᄌ식이 잇셔 당혼ᄒ엿ᄂ이다." 연원이 ᄀᆯ오디
"너 그디니를 위ᄒ여 혼쳐를 ᄀᆯ르치미 ᄀᆺᄒ랴?" 다ᄉ 사람이 ᄀᆯ오디 "만ᄒᆼ이
로쇼이ᄃ." 연원이 ᄀᆯ오디 "아모 면 니좌슈의게 쏠 드ᄉ시 닛시니 그디 무리
각 ᄒ 쏠식 혼인ᄒ미 ᄀᆺᄒ다." ᄒ니 드ᄉ ᄉᄅᆷ이 듀뎌ᄒ여 즉시 허락지 아니ᄒ
거늘 연원이 크게 쇼리ᄒ여 ᄀᆯ오디 "뎌도 향쇼뇨. 이도 향쇠니 지취덕계ᄒ거
늘 그디 무리 즐겨 아니ᄒᆫ 드만 간난을 혐의ᄒ미(23.앞)라. ᄀᆫᄒᆫ 쳐녀는
드만 혼인홀 긔약이 업스리오? 니 나와 지위 그디 무리보ᄃᄀ 엇더ᄒ관디
말을 닌 후의 ᄒ여금 무료케 ᄒ니 ᄉ톄 디돈이 그르도다." ᄒ고 인ᄒ야 다ᄉ
쟝 ᄀᆫ지를 쎄혀 다ᄉ ᄉᄅᆷ 압히 더뎌 ᄀᆯ오디 "잡말 말고 각각 아돌의 ᄉ듀를
뼈 니라." ᄒ니 다ᄉ ᄉᄅᆷ이 황공ᄒ여 명을 바다 뼈 니거늘 연원이 즉시 ᄉᄉ

로 틱일ᄒ고 ᄃᆞᆺ 스롬ᄃ려 일너 ᄀᆞᆯ오디 "가난ᄒᆞᆫ 집이 엇지 뼈 혹션혹후ᄒᆞ여 디니리오? 다ᄉᆞᆺ 빵 부뷔 일시의 교비ᄒᆞ미 진실노 희흔ᄒᆞᆫ 경사라. 너 맛당이 몬져 그 집의 ᄀᆞ 범구를 칙응홀 거시니 그디 무리 이ᄃᆡ로 ᄒᆞ라." ᄒᆞ고 인ᄒᆞ여 쥬회를 ᄀᆞᆺ쵸와 먹이고 다ᄉᆞᆺ 스롬을 각각 도포 차 ᄒᆞ나식 주고 니좌슈 집의 아젼을 보니여 혼긔로뼈 고ᄒᆞ고 ᄯᅩ ᄀᆞᆯ오디 "ᄃᆞᆺ 쳐녀의 쟝속홀 것과 혼인의 연슈(23.뒤)ᄂᆞᆫ 관ᄀᆞ로셔 당홀 거시니 본집은 넘녀 말나." ᄒᆞ니 니좌슈의 왼 집이 감격ᄒᆞᄆᆞᆯ 이긔지 못ᄒᆞ더라. 젼긔ᄒᆞᆫ 이 일의 연원이 니좌슈의 말을의 나와 머물고 큰 쇼를 잡히고 관ᄀᆞ 차일과 포진 등물을 갓ᄃᆞᄀᆞ 그 집의 셩히 베풀고 ᄃᆞᆺ 탁ᄌᆞ를 ᄀᆞ온디 노핫ᄂᆞᆫ디 ᄃᆞᆺ 사나히와 다ᄉᆞᆺ 녀편너 일시의 교비ᄒᆞᄂᆞᆫ 그림재 뜰 ᄀᆞ온디 비최니 굿 보ᄂᆞᆫ 스롬이 담긋ᄒᆞ야 혀 ᄎᆞ 일쿳기를 마지 아니ᄒᆞ니 이연ᄒᆞᆫ 화긔 궁ᄒᆞᆫ 집의 ᄀᆞ득ᄒᆞ더라. 이제 니르러 뎐ᄒᆞ여 젹션이라 일너 연원의 ᄌᆞ손이 환달 번연ᄒᆞ미 이에 비로시미「라」 ᄒᆞ더라.

7화 : 차일념상좌패단

남궁두ᄂᆞᆫ 함열 사람이라. 위인이 강열ᄒᆞ여 스롬으로 더부러 ᄃᆞ토기를 됴화ᄒᆞ니 사람이 다 뮈워ᄒᆞ고 피ᄒᆞ더라. 진스(24.앞)로 태학의 거지훌시 샹히 쳔이 마를 두고 어두울 ᄠᅥ면 ᄐᆞ고 남으로 싀골의 ᄂᆞ려ᄀᆞ 그 스랑ᄒᆞᄂᆞᆫ 쳡을 보고 시벽이면 다시 셔울노 올나오더니 일일은 쳡의 집을 ᄇᆞ라보고 오더니 당듕의 등쵹이 휘황ᄒᆞ고 밧문을 닷지 아니ᄒᆞ엿거늘 ᄆᆞ암의 고이히 녁여 ᄀᆞ만이 어두운 ᄃᆡ셔 여어보니 쳡이 단쟝을 셩히 ᄒᆞ고 등계예 거니러 사람을 기ᄃᆞ리ᄂᆞᆫ 형샹이러니 이윽고 밧그로셔 ᄒᆞᆫ 놈이 드러와 그 쳡을 잇글고 방듕의 드러ᄀᆞ 희학이 낭ᄌᆞᄒᆞᄃᆞᄀᆞ 자거ᄂᆞᆯ 그 놈을 자셔히 보니 졔 외질이라. 뒤 드듸여 ᄒᆞᆫ 활과 두 살을 어더 창 틈으로 ᄡᅩ아 죽이고 거젹의 두 죽엄을 ᄡᅡ여 튼 굴헝의 너흔 후 도라왓더니 외질의 집의셔 죽엄을 엇고 ᄀᆞᆯ오디 "본디 외질을 뮈워ᄒᆞ여 무고히 죽이고 그 자최를 ᄀᆞ리우고져 ᄒᆞ야 그 쳡ᄭᅵ(24.뒤)지 죽이다." ᄒᆞ고 관ᄀᆞ의 고ᄒᆞ야 두를 틱흑의 와 잡아 관ᄀᆞ로 올시 두ᄂᆞᆫ 본디 부지라. 그 안히 두의 잡히여 오믈 듯고 듀찬을 셩히 ᄀᆞᆺ초와 ᄀᆞ지고 중노의 와 마자 먹일시

슈호ᄒᄂᆞ는 지 쏘흔 과쥐ᄒᆞᆫ지라. 체 틈을 타 민 거술 글너 ᄒᆞ야곰 도망ᄒᆞ라 ᄒᆞ니 뒤 드디여 대둔산의 드러ᄀ 반 년을 슘어더니 ᄭᅮᆷ의 ᄒᆞᆫ 스룸이 고ᄒᆞ야 굴오디 "관치 이졔 니로니 ᄲᆞᆯ이 ᄀᆞ라." ᄒᆞ거늘 ᄭᅢ여 또 ᄃᆞ라나니 관치 조ᄎᆞ 잡지 못ᄒᆞ 니라. 드디여 머리를 ᄭᅡᆨ고 듕이 되여 부셕스로 향ᄒᆞᆯ시 졀의 다ᄃᆞᆺ지 못ᄒᆞ여 길ᄒᆡ셔 져문 후 뷘 졀의 드러 밤을 지니고 ᄀᆞ랴 ᄒᆞᆯ시 ᄒᆞᆫ 즁을 만나니 그 즁이 두럴 흘긔여 보와 굴오디 "가히 앗갑다! 조흔 스람이 즁이 도엿도ᄃ. 그러나 ᄂᆞ즌 거시 흔이로ᄃ." 쏘 굴오디 "올 ᄭᅵ예 두 사람을 죽엿도다." 뒤 그 말을 신긔히 녁여 졀ᄒᆞ고 쳥ᄒᆞ여 (25.앞) 굴오디 "원컨디 션ᄉᆞ는 날을 신슐을 굴르 치라." 즁이 굴오대 "니 아는 거시 업ᄉᆞ니 엇지 그디를 ᄀᆞ르치리오?" 뒤 구지 쳥흔대 즁이 굴오디 "ᄂᆞ난 진실노 범상ᄒᆞᆫ 즁이여니와 니 스승이 치상산 가온 디 잇셔 나을 용녈ᄒᆞᆫ 지조라 ᄒᆞ고 다만 상 보는 한 지조를 ᄀᆞ르치기의 ᄃᆞ만 이 ᄲᅮᆫ 아ᄂᆞᆫ지라. 그디 실(신)슐을 비호고져 ᄒᆞᆯ딘디 니 스승을 ᄎᆞᄌ 뵈오라." 뒤 치상산의 가니 치상산이 깁도 아니ᄒᆞ고 크도 아니ᄒᆞ나 두루 찻기를 세 ᄒᆡ를 지니여 돌과 남글 다 셰디 즁이란 거슨 업ᄂᆞᆫ지라. 뒤 찻ᄃᆞᆨ 못ᄒᆞ야 ᄲᅧ ᄒᆞ디 '부셕의 즁이 날을 쇽엿다.' ᄒᆞ고 장찻 산을 나올시 홀연 보니 복셩화 ᄭᅵ 흘너 ᄀᆞᆫ슈의 잇셔 사람이 ᄀᆞᆺ 먹은 거시라. 뒤 놀나고 깃거 ᄲᅧ ᄒᆞ디 '이 복셩화 ᄭᅵ 필연 먹은 사람이 이시리라.' ᄒᆞ여 ᄀᆞᆫ슈를 년ᄒᆞ여 근원을 ᄎᆞᄌ니 져근 슈풀이 (25.뒤) 잇거늘 수풀을 헤치고 드러ᄀᆞ니 골이 잇셔 흰칠ᄒᆞ고 ᄭᅬ로 덥흔 암지 잇셔 ᄒᆞᆫ 즁이 무릅홀 셰우고 안즈 두를 본 체 아닛ᄂᆞᆫ지라. 뒤 무슈 히 졀ᄒᆞ고 신통ᄒᆞᆫ 슐을 비화지라 ᄒᆞᆫ디 쏘 드른 체 아니ᄒᆞ고 여러 번 비화지라 ᄒᆞ니 그 즁이 아모것도 모로노라 ᄒᆞ다ᄀ 쏘 ᄭᅮ지져 굴오디 "뫼 ᄀᆞ온디 깁히 잇ᄂᆞᆫ 사람이 무엇슬 알이뇨? 오신 손님이 이디도록 곤히 보채니 이런 밍낭흔 일이 어디 잇시리뇨?" 이랏톳 ᄒᆞ기를 사흘이 지나매 그 즁이 비로소 굴「오」디 "그디 ᄯᅳᆺ이 심히 근졀ᄒᆞ니 비록 ᄀᆞ르쳠죽ᄒᆞ디 그디 지죄 용녈ᄒᆞ여 ᄭᅢ치게 ᄒᆞᆯ 길이 업ᄉᆞ니 다만 죽지 아니ᄒᆞᆯ 슐을 ᄀᆞ르치려니와 밥 먹기를 ᄭᅳᆫᄒᆞ여야 ᄒᆞᆯ 거시 니 능히 ᄭᅳᆫᄒᆞᆯ가 시브냐?" 뒤 디답ᄒᆞ디 "무어시 어려우리잇ᄀ?" 그러나 뒤 본 디 만히 먹어 졸연이 졀닙ᄒᆞ기 어려운지라. 그 즁이 굴르쳐 (26.앞) 쳣날은 아춤, 져녁의 각 다숩식 ᄒ게 ᄒ고 두어 날 후ᄂ 일즁ᄒ게 ᄒ고 ᄯᆞ 두어날 후ᄂ 죽을 더ᄒ고 ᄯᆞ 두어 날 후ᄂ 아조 ᄭᅳᆫ허도 비 곫디 아니ᄒᆞᆫ지라. "ᄌᆞᆷ을 아니 젼 후 ᄒᆞᆯ 거시니 아니 잘ᄀᆞ 보냐?" 뒤 디ᄒᆞ더 "그리ᄒᆞ리이다." 즉시 구지 안자 ᄌᆞ지 아니커ᄂᆞᆯ 사나흘을 ᄒᆞ니 몸이 기우러지고 머리 무거워 견디지 못ᄒᆞᆯ너니 두어 날을 견디니 비로소 조으름이 업ᄂᆞᆫ디라. 그 즁이 져기 깃거 닐오디 "네 심녁이 능히 이럿톳 ᄒᆞ니 죡히 샹뢰 되리로다." 인ᄒᆞ여 황졍경을 너여 ᄀᆞᆯ오디 "만 번을 닑으라." 만 번을 닑으니 그 즁이 너외단 비결노 주어 ᄒᆞ여금 힘ᄯᅥ 공부ᄒᆞ기를 두어 달을 ᄒᆞ니 일만 싱각이 업셔지고 몸과 ᄲᅨ 졈졈 ᄀᆞ비얍더니 ᄯᆞ 열 달만의 홀연이 입안 웃이 모음으로셔 ᄒᆞᆫ 조고만 구술이 ᄶᅥ러지ᄂᆞᆫ지라. ᄀᆞ져 그 즁을 뵈여 ᄀᆞᆯ오디 "이 무슴 샹셰(26.뒤)니잇고?" 그 즁이 ᄀᆞ로디 "이ᄂᆞᆫ 춤동의 니른바 큰 기쟝ᄲᆞᆯ ᄀᆞ튼 거시니 이 구술이 ᄂᆞᆨ 아홉 번 구을이기 머지 아닌지라. 다만 쳔쳔이 길너 ᄡᅥ을 기ᄃᆞ리고 숨ᄀᆞ 조급ᄒᆞᆫ 의ᄉᆞ를 너지 말나." ᄒᆞᆫ달 남죽ᄒᆞ여 뒤 홀연 싱각ᄒᆞ디 '니 임의 신션 되기ᄂᆞ 판단ᄒᆞ엿거니와 다만 어ᄂᆞ ᄢᅢ 빅일승텬ᄒᆞᆯ고? 극히 답답ᄒᆞ다.' ᄒᆞ더니 홀연 구규의 불 급히 피여 올나 귀와 눈과 입과 코의 불근 피 흐르고 혼졀ᄒᆞ야 ᄯᅡ히 것구러지니 그 즁이 보고 놀나 ᄀᆞ로디 "니 일을 그릇 ᄆᆞᆫ드라도다." ᄒᆞ고 급피 단약으로써 목굼게 부어 ᄲᅵ와 ᄒᆞᆫ 보롬이 디ᄂᆞᆫ 후 겨유 능히 말ᄒᆞᄂᆞᆫ지라. 그 즁이 ᄀᆞᆯ오디 "니 간ᄒᆞᄂᆞᆫ 법이 물과 불이 고른 후의 ᄀᆞ히 능히 도의 이르ᄂᆞᆫ지라. 그런 고로 조혼 마음을 먹지 말나 ᄒᆞ엿더니 네 듯지 아니ᄒᆞ엿도다. 대범 조ᄒᆞ면 불이 동ᄒᆞ고 물이 츙각ᄒᆞᄂᆞᆫ지라. 이러므로 네 일념이 조(27.앞)동ᄒᆞ매 불이 ᄂᆞ 피 흐르도다. 그러나 네 스스로 션분이 업셔 이럿톳 ᄒᆞ니 흔이 ᄒᆞᆯ 거시 업거니와 다만 니 일을 크게 그릇치도다." 뒤 무르디 "졔지 일념이 차착ᄒᆞ여 션도를 엇지 못ᄒᆞ니 이 진실노 니 타시여니와 다만 스승님을 그릇친 거시 무어시니잇고?" 즁이 ᄀᆞ로디 "니 평성 젼말을 네 득도ᄒᆞ기를 기다려 고ᄒᆞ랴 ᄒᆞ엿더니 네 이졔 스스로 그릇쳐시니 여긔 머무러 유익ᄒᆞ미 업ᄉᆞᆯ더라. 맛당이 너여보닐 거시니 일노조차 셔로 보지 못ᄒᆞᆯ 고로 너ᄃᆞ려 니르니 삼ᄀᆞ 셰샹의 젼치 말나. ᄂᆞᄂᆞᆫ 본디 경상도 안동 사람이라. 송 신종 희령 이년의 나 열네 살의 홀연

만신 챵질을 어더 죽기를 비러도 죽지 못ᄒ고 ᄯ 답답ᄒ여 견디지 못ᄒᄂ지라. 부모긔 긴쳥ᄒ여 심산의 머여 ᄇ리니 비록 심히 알푸나 ᄯ흔 심히 주렷ᄂ지라. 누은 겻히 풀이 잇(27.뒤)셔 그 일홈은 아지 못ᄒ디 줄기와 닙히 연ᄒ고 부드러운지라. 손으로 ᄃ릐여 훌터 먹으니 인ᄒ여 비 곱흔 줄을 ᄭ닷지 못ᄒᄂ지라. ᄯ 밍회 와셔 혀로 그 챵쳐를 할트니 알푼 긔운이 골슈의 드러ᄀ거늘 내 일너 ᄀ로디 '엇지ᄒ여 날을 샬이 먹지 아니ᄒ고 알히기를 이디도록 ᄒᄂ 듯.' 핧기를 더욱 심히 ᄒ여 왼 몸을 다 핧거늘 보니 챵질 싹지 다 쎠러덧ᄂ지라. 일노조ᄎ 인ᄒ여 완합ᄒ여 ᄒ 열흘 후의 몸과 술이 희기 눈 ᄀᆺ튼지라. ᄯ 날마ᄃ 겻히 풀을 먹으니 몸이 능히 움즉이더니 잠긴 오랜족 ᄯ 눌너여 것기를 잘 ᄒ더니 더욱 오랜족 지절이 표표ᄒ여 둘니이고져 ᄒ거늘 몸을 움즉여 ᄂᄂ 형상을 지으니 ᄌ연이 ᄂ라ᄀᄂ지라. 드디여 놀기을 닉이니 졈졈 놀 매 더욱 먼니 가ᄂ지라. ᄒ로ᄂ 티빅산 ᄯᆨ다기의 ᄂ려셔니 즁(28.앞)이 잇셔 나를 보고 흔연이 마ᄌ 집의 드러ᄀ 신션의 지계를 ᄀᆯ치니 디개 텬지 ᄉ이예 두루 신션이 이시디 홀노 우리 동방의 업ᄂ지라. 그러나 법의 맛당이 팔빅 션인이 날지라. 그런 고로 젼일 쟝도시 옥인으로써 의상디ᄉ를 쥬어 동방의 신션을 ᄀᆷ알게 ᄒ니 의상디시 드디여 동방을 맛ᄐ 몃 ᄒᆡ를 지니여 나 만나던 티빅산의 잇ᄂ 즁을 어더 그 인을 뎐ᄒ여 동방을 ᄀᆷ알게 ᄒ고 의상디ᄉᄂ ᄒ늘의 올나ᄀ고 티빅산의 즁이 ᄯ 너게 뎐ᄒ고 하늘의 올나ᄀ더니 ᄂᄂ 연분이 더디여 팔빅 년 ᄂᆡ예 ᄒ 스룸도 ᄒ리를 엇지 못ᄒ여 세상의 머무러 이쎠ᄭᆡ지 하날의 올으지 못ᄒ앗다ᄀ 이졔야 비로소 너를 만나니 심녁이 ᄌ못 됴흔지라. 그 셩도ᄒ기를 기ᄃ려 쟝ᄎᆺ 뎐ᄒ고 ᄀ랴 ᄒ더니 네 ᄯ 이러ᄒ니 아지 못게라! 일노조ᄎ 어ᄂ ᄭᆡ예 몃 ᄒᆡ만의 능히 뎐홀 스룸을 어드리(28.뒤)뇨? 이 니른바 니 일을 그릇ᄒ다 말이로다." 뒤 즁의 비쏩 아리 오히려 막은 소음이 이시믈 보고 무르디 "무슴 년고로 비쏩의 소음이 잇ᄂ뇨?" 즁이 ᄀ로디 "이거시 곳 니 단방ᄒᄂ 금긔라. 네 보고져 흔족 맛당이 뵐 거시니 모름족이 놀나지 말나." ᄒ고 즉시 막은 소음을 ᄲᅡ히니 그 비치 소ᄉ나 황연이 집의 ᄀ득ᄒ여 심히 무셔운지라. 즁이 다시 막거늘 뒤 ᄯ 무러 ᄀ로디 "스승님이 여긔 겨시니 ᄒᆞᄂᆞᆫ 일이 므슴 일이뇨?" 즁이 ᄀᆞ로ᄃᆡ "다른 일이 업셔 ᄆᆡ년 졍월 초일일의 모든 신션이 샹뎨긔 됴회ᄒᆞ니 초이일은 동방 신션이 다 와 너게 됴회ᄒᆞ니 동방 디경은 이 나의 맛튼 ᄯᅡ린 고로 모든 신션이 그 직분을 닷ᄀᆞ미로ᄃᆡ 나는 인간이 더러워 됴회 밧기 어려운 고로 ᄆᆡ양 ᄒᆞᄂᆞᆯ의 올나ᄀᆞ 됴회를 밧고 도라오더니 너 년이 이졔 머지 아니ᄒᆞ고 너를 위ᄒᆞ야 예셔 됴회를 바ᄃᆞ 관광을(29.앞) 식일 거시니 네 아직 머무러 잇다ᄀᆞ 보고 가라." 졍월 초이일에 미쳐는 평명의 ᄒᆞᆫ 치셕이 등이 스스로 나무 밋희 걸이더니 이윽ᄒᆞ여 년ᄒᆞ여 ᄎᆞ례로 와 걸이기를 멋 쳔만인 줄 아지 못ᄒᆞᄂᆞᆫ지라. 공즁으로부터 션악이 은은ᄒᆞ여 금광이 찬난ᄒᆞ고 샹셔의 안개 일쳔 겹이 동구의 미만ᄒᆞ엿ᄂᆞᆫᄃᆡ 모든 신션이 난봉을 멍에ᄒᆞ고 귀룡을 ᄐᆞ며 혹 년화보련도 ᄐᆞ며 패옥이 징징ᄒᆞ고 관면이 휘황ᄒᆞ여 텬일이 ᄇᆞᆯ 이ᄂᆞᆫ지라. 녀션은 다 운무 치마와 구량으로 옥졀이 징징ᄒᆞ여 ᄂᆞ려오고 그 나마 텬뇽 디왕이 동방의 미인인 쟈ᄂᆞᆫ 아니 니르ᄂᆞᆫ 재 업셔 쳔틴만상이 긔긔괴괴ᄒᆞ여 다 니르니 즁이 안자 졀을 밧고 신션 즁 쟝위 놉고 쳬통이 즁ᄒᆞᆫ 자ᄂᆞᆫ 혹 거슈ᄒᆞ며 혹 몸도 굽히며 ᄀᆞ쟝 놉혼 자ᄂᆞᆫ 당의도 ᄂᆞ리며 녀션은 존비를 의ᄌᆞ(29.뒤)티 아니ᄒᆞ고 몸을 이러 마자 좌를 뎡ᄒᆞ매 녜뫼 엄슉ᄒᆞ여 범안의 놀나온지라. 그 슈작ᄒᆞᄂᆞᆫ 바ᄂᆞᆫ 다 아지 못ᄒᆞᆯ너라. 이윽고 등 ᄒᆞ나히 남으로부터 올나가더니 년ᄒᆞ여 올나ᄀᆞ 슈유의 다ᄒᆞ고 모든 신션도 ᄎᆞ례로 ᄒᆞ직ᄒᆞ고 올나가니 위의와 거동이 올 젹과 ᄒᆞᆫ ᄀᆞ지리[라]. 뒤 쟝ᄎᆞᆺ 산을 날시 무러 ᄀᆞ로ᄃᆡ "졔지 일노조차 맛당이 ᄒᆞᆫ ᄀᆞ지도 일우미 업스리잇ᄀᆞ?" 즁이 ᄀᆞ로ᄃᆡ "네 셰샹의 니르러 나의 경셰를 힘셔 힝ᄒᆞᆫ즉 가히 팔빅 년을 사라 견디의 신션이 될 거시니 만일 공부ᄒᆞ기를 마지 아닌즉 후텬 긔운이 션쳔 긔운을 이어 샹승ᄒᆞ기를 ᄒᆞ기를 ᄀᆞ히 긔약ᄒᆞ리라." 니별을 님ᄒᆞ여 두다려 일너 가로ᄃᆡ "네 팔지 맛당이 ᄌᆞ식 둘이 이실 거슬 너 뎐도ᄒᆞ기의 급ᄒᆞ여 강잉ᄒᆞ여 너를 ᄀᆞ르쳐시나 그 일우지 못ᄒᆞ미 맛당ᄒᆞ도(30.앞)다. 그러나 처음의 너를 ᄀᆞ르칠 ᄶᅥ 먹이던 단약이 졍슈 굼글 막아시니 만일 다시 여지 아닌즉 셩휵을 못ᄒᆞ리라." ᄒᆞ고 드듸여 단약을 너여 ᄒᆞ여금 먹으라 ᄒᆞ여 ᄀᆞ로ᄃᆡ "이 약을 먹은즉 졍혈이 열이리라." ᄒᆞ더라. 뒤 도라ᄀᆞ 그 집을 ᄎᆞᄌᆞ니 그

처눈 죽언 지 오래고 둥간의 왜난을 지니여 집과 젼답이 탕연ᄒ여 자쳑 업눈
지라. 이의 빅셩의 쏠의게 쟝ᄀ 드러 과연 두 쏠을 나ᄒ니라. ᄉ롬이 혹 무러
ᄀ로되 "오히려 능히 도를 닥눈ᄀ?" 뒤 ᄀ로되 "다 니졋다." ᄒ고 그 침식
긔거와 기욕(용) 범졀이 녜ᄉ ᄉ롬의셔 드르미 업ᄉ디 나히 빅 셰에 갓ᄀ오디
오히려 아히 얼굴 ᄀ더라.

　8화 : 고틈신이인뉴셔
　셩승지 삼문이 누의 잇셔 당혼ᄒ얏시디 간한ᄒ여 디닐(30.뒤) 길히 업눈지
라. 그 쩌(디?)인 승이 황희도의 ᄀ 츄로ᄒ여 혼슈를 출ᄒ랴 ᄒ디 슘문이 ᄀ로
디 "츄로ᄒᄂ 길이 ᄉ부의 홀 배 아니라." ᄒ니 그 대인이 ᄒ디 '이 길히 아니
면 쟈슈홀 곳지 업ᄉ니 니 길을 막지 못ᄒ리라.' 삼문이 디힝ᄒ믈 쳥ᄒ여 일마
일동으로 길홀 난 지 여러 날의 ᄒ로ᄂ 날이 져물고 슌(슛)막이 먼지라. ᄇ야
흐로 민망ᄒ여 ᄒ더니 홀연 ᄒ 놈이 뒤흘 싸라 고ᄒ여 ᄀ로디 "만일 산노로
조츠 가면 ᄀ히 슘십 이를 어더 촌졈의 다돗기가 쉬우니 쇼인이 쳥컨디 젼도
ᄒ리이다." 삼문이 즐겨 조츠 미미히 산을 넘어 졈졈 깁혼 곳으로 드러ᄀ니
디로의 ᄀᄀ는 임의 졀원혼지라. 삼문이 뜻의 도적의 무리 유인ᄒ여 드려오민
ᄀ ᄒ디 형셰 홀일업서 아지 못ᄒ여 싸라ᄀ더니 ᄒ 뫼흘 너문죽 마을이 잇셔
(31.앞) 너르고 그 ᄀ온디 큰 기와 집이 잇눈지라. 그 놈이 삼문을 문 압히
셰우고 드러ᄀ 쥬인의게 고ᄒ여 즉시 부르거눌 드러가니 팔십여 셰 노인이
이셔 교위의 느려 마쥴시 녜뫼 ᄌ못 거만ᄒ여 후싱으로ᄡ 디졉ᄒ니 삼문이
처엄의 그 샹뫼 괴위ᄒ믈 놀나더니 밋 말을 졉ᄒ매 삼교를 널이 통ᄒ고 만니
를 깁히 아눈지라. 삼문이 쳑연ᄒ여 망양지탄이 잇더니 쥬옹이 ᄀ로디 "그디
이번 길히 무슴 일을 위ᄒ여 어니 곳으로 ᄀ눈다?" 삼문이 연고를 고혼디
쥬옹이 ᄀ로디 "독셔 쇼년이 이 길히 심이 맛당티 아니ᄒ도다." 삼문이 ᄀ로
디 "모로ᄂ 거시 아니로디 마지 못ᄒ미로다." 쥬옹이 ᄀ로디 "ᄡ 바 혼슈ᄂ
노한의 집의셔 출혀 줄 거시니 모름죽이 이 길노조츠 도라갈지어다." 삼문이
그 말을 듯고 더욱 도적이 금젼이 만코 의긔 잇(31.뒤)ᄂ 놈인ᄀ 의심ᄒ여

구지 사양ᄒ대 쥬옹이 ᄀ로ᄃ "그러ᄒ면 밧지 아니ᄒ여도 해롭지 아니ᄒ거니와 종의 곳의 가기ᄂ 결단코 가티 아니ᄒ니 바로 동으로 도라가미 맛당ᄒ니라. 이거시 노부의 서로 ᄉ랑ᄒᄂ 뜻지로라." 삼문이 ᄀ로ᄃ "공경ᄒ여 ᄀ르치믈 바드리라." 셕반 후의 불을 혀고 문이를 의논ᄒᆯ시 더옥 미미ᄒ여 마디 아니ᄒ니 삼문이 졈졈 의심을 풀고 도 잇ᄂ 어룬인ᄀ ᄒ여 ᄀ로ᄃ "쟝인의 국냥과 식견으로 엇지ᄒ여 궁산의 종노를 ᄒᄂ다?" 쥬옹이 ᄀ로ᄃ "노물이 지체 심히 한미ᄒ니 셰상의 쓰이기를 어이 ᄇ라리요?" 인ᄒ여 ᄀ로ᄃ "밤이 임의 깁허시니 낭져의 ᄀ 자고 잘 도라갈지어다. 새벽의 ᄯ날 졔 고쳐 보지 못ᄒ리라." ᄒ니 인ᄒ여 작별ᄒ고 나왓더니 이튼날 시벽의 노옹의 말을 의지ᄒ여 동으로 도라갈ᄉᆡ 몰 우희셔 스스로 싱각ᄒ여 ᄀ로ᄃ "노옹이 날을 인도ᄒ(32.앞)미 유리ᄒ니 ᄂᆡ ᄌ레 도라ᄀ미 흴롭지 아니ᄒ더 혼구를 쟝ᄎᆞᆺ 엇지 출히리요?" 마ᄋᆞᆷ의 민망ᄒ여 ᄒ더니 밋 집의 미ᄎᆞ매 상ᄒ ᄂᆡ외 ᄇ야흐로 혼구를 셩이 ᄀ초아 괴식이 ᄌᆞ못 혼혼ᄒ거ᄂᆞᆯ 고이ᄒ여 무른ᄃ 그 대인이 ᄒ 쟝 편지를 ᄂᆡ여 뵈여 ᄀ로ᄃ "이거시 네 편지라. 처음 공 바든 거시 오빅 양이 되니 몬져 보ᄂᆡ여 혼슈를 출히게 ᄒ고 맛당이 니어 슈습ᄒ여 쳔쳔이 도라ᄀ랸 노라 ᄒ얏ᄂ 고로 그 돈으로 목금 혼슈를 경영ᄒ노라." ᄒᄃ 삼문이 그 편지를 ᄌᆞ셔히 보니 필젹과 ᄌᆞ획이 완연이 ᄂᆡ 손으로 난 것 ᄀᄐ여 조곰도 다른 거시 업거ᄂᆞᆯ 삼문이 이에 크게 놀나 비로소 노옹이 신인인 줄 밋엇더니 밋 우신으로 더브러 상왕을 회복ᄒ기를 꾀ᄒᆯ시 삼문이 그 대인게 술와 ᄀ로ᄃ "이 일의 의리ᄂ 반ᄃ시 그 곳 노인의게 질졍ᄒ 후야 ᄀ히 결단(32.뒤)ᄒ 거시「니」 그 ᄯ ᄀᆺ던 종은 그 길흘 가히 분변ᄒ리라." ᄒ고 즉시 종을 불너 편지 뎐ᄒᆯ 뜻을 니른ᄃ 종이 ᄀ로ᄃ "그 길이 눈 ᄀᆞ온ᄃ 잇ᄉ니 편지 뎐ᄒ기 무어시 어려우리요?" ᄒ거ᄂᆞᆯ 즉시 편지를 ᄲ 단단이 봉ᄒ여 종의 옷깃 속의 ᄂᆞ허 보ᄂᆞ니 종이 드ᄃ여 이젼 ᄀᆺ던 마을의 다다란족 ᄲᆨ과 샌양이 무셩ᄒ 곳의 기와집은 혼젹이 업고 다만 보니 노인 ᄉᆞ던 옛 터히 새로 셰운 돌비ᄀ 잇거ᄂᆞᆯ 종이 약ᄀ 글ᄌ를 아ᄂ 고로 비 압히 나아ᄀ 쁜 거슬 본족 븕근 글ᄌ로 크게 ᄲ ᄀ로ᄃ "만고의 유명ᄒ고 쳔츄의 혈식ᄒᆯ 거시니 일의 가부야 날ᄃ려 무러 무엇ᄒ리요?" 종이 그 열여숫 글즈를 벗겨 고지고 도라와 삼문의게 고혼디 삼문이 디인게 엿즈와 고로디 "신인이 임의 날를 허ᄒ엿시니 다시 무슴 즈뎌ᄒ리요?" ᄒ고 드디여 이에 의논을 뎡ᄒ니라.(33.앞)

9화 : 지이동음관긔우

경스의 네 거렁이 쟝도령이란 재 잇시이 혼 음관이 불상이 녁여 두터이 밥을 쥬니 거렁이 인ᄒ여 즈로 다니더니 그쩨 전우치 평싱의 개쟝 유세령이와 쟝도령을 무셔워ᄒ는지라. 쟝도령을 길히셔 만나면 창황이 졀을 ᄒ니 고히 쟝도령이 예스 거렁이 아닌 줄 알너라. ᄒ로는 음관이 동디문으로 나고더니 스룸이 주려 죽은 거슬 쓰으러 너여 고거늘 그 얼굴을 보니 곳 쟝도령이라. 음관이 츄연ᄒ여 탄식ᄒ기를 오릭ᄒ다고 갓더니 그 후의 음관이 녕남을 갈시 지이산 동구를 다니다고 길히 혼 쇼년을 만나니 쳥녀를 타고 달여 디니며 말 우히셔 음관의게 읍ᄒ여 고로디 "산이 깁고 날이 져무러시니 니 집의 와셔 자미 엇더ᄒ뇨? 니 집이 골 고온디 잇셔 십여 니는 되ᄂ(33.뒤)니라." 음관이 쓰라 드러고니 둑니 모옥이 쇼쇄ᄒ여 일졈 진이 업더라. 빈쥐 좌를 뎡ᄒ매 듀인이 고로디 "오릭 니별ᄒ엿다고 셔로 만나니 깃브믈 이긔지 못ᄒ노라." 음관이 고로디 "우리 언졔 친ᄒ미 잇더냐?" 쥬인이 고로디 "쳥컨디 니 얼굴을 즈셔히 보라." 음관이 오히려 즈셔히 모로거늘 쥬인이 고로디 "나는 곳 녯적 조틱의셔 밥 비러 먹던 쟝도령이로라." 음관이 고로디 "니 일즉 동디문 밧긔셔 쟝도령이 쥬려 죽어 쓰으러 너여오는 거슬 목도ᄒ엿거늘 쥬인이 스스로 쟝도령이라 ᄒ미니 밧긴 듯ᄒ도다." 쥬인이 고로디 "니 그쩨 주린 죽엄 되미 곳 시히ᄒ여 신션 되미라. 그디 말을 셰우고 탄식ᄒ는 소릭를 니 비록 죽어 누어시나 오히「려」 듯고 능히 아라 지금 감격ᄒ여 ᄒ노라. 시히혼 후로부터 팔 년의 쥬류ᄒ여 텬ᄒ의 모든 신션을 쓰라 노더(34.앞)니 이 명산을 스랑ᄒ여 집을 짓고 사디 구름을 트고 ᄇ람을 어거ᄒ여 어너 곳디 니르지 못ᄒ리요? 마춤 그디 이 산을 지나는 고로 쳥ᄒ여 녯 졍을 펴노라." 혼 번 자고 니별홀시 아춤 져녁 둙과 기쟝의 음식이 졍결ᄒ고 가히 먹엄죽ᄒ여 연화계 찬물이 예셔 드르미 업더라.

10화 : 구히쟝틍신손획보

박공 핑년이 화 본 후의 ᄌ손이 디구 ᄊᆡ히 눈낙ᄒᆞ야 ᄀᆞ난ᄒᆞ미 심ᄒᆞᆫ디라. 집이 낙동강을 님ᄒᆞ엿더니 ᄀᆞ을의 ᄆᆞ을 사람을 모화 들 마당의셔 벼를 두다릴 시 홀연이 ᄒᆞᆫ 놀이 쒸여와 어즈러 ᄡᆞ힌 집동 ᄀᆞ온디 숨엇더니 이윽고 ᄒᆞᆫ 산힝 ᄒᆞᄂᆞᆫ 스룸이 통을 메고 타작 마당의 와 ᄀᆞ로디 "니 앗ᄀᆞ 놀늘 쏘츠니 그 놀이 이리로 드러와시니 혹 보왓ᄂᆞ냐?" ᄒᆞᆫ디 박셩이 ᄀᆞ로디 "놀(34.뒤)니 만일 이리 와시면 냥반이 엇지 사람의 조ᄎᆞ오ᄂᆞᆫ 노로를 니로이 넉여 곰초리요?" ᄒᆞ니 녑뷔【산힝 ᄒᆞᄂᆞᆫ 사룸】 두, 세 번 차탄ᄒᆞ여 ᄀᆞ로디 "놀이 이리로 오믈 진덕히 보앗더니 이제 업스니 고이ᄒᆞ다." ᄒᆞ고 이윽고 도라ᄀᆞ더라. 녑뷔 ᄀᆞᆫ 후 오히려 놀늘 곰초고 너지 아니ᄒᆞ거늘 타작ᄒᆞᄂᆞᆫ 스룸들이 ᄯᅳᆺᄒᆞ디 '박셩이 반다시 놀늘 가져가랴 ᄒᆞᄂᆞᆫᄀᆞ?' 의심ᄒᆞ더니 져녁 ᄯᅢ예 박셩이 막디로 집가리를 헤치고 노로다려 닐너 ᄀᆞ로디 "시방이야 가히 ᄃᆞ라날디이다." ᄒᆞ니 놀이 여러 번 도라 보아 사례ᄒᆞᄂᆞᆫ 형상쳐로 ᄒᆞ고 드듸여 쒸여가더라. 그날 밤의 박셩이 ᄭᅮᆷ을 ᄭᅮ니 ᄒᆞᆫ 노인이 와 닐오디 "ᄂᆞᄂᆞᆫ 곳 그디 살녀닌 놀리라. 덕을 갑고져 ᄒᆞᄂᆞ니 낙동강 ᄒᆞ류 ᄉᆞ십 니를 흐ᄒᆞ여 닙안을 너면 가히 만셕군이 되리라." ᄒᆞ니 박셩이 ᄭᅢᄆᆡ 그 말은 됴됴ᄒᆞ나 허황이 넉여 의ᄉᆞ의 관념티(35.앞) 아니ᄒᆞ고 다시 자더니 노인이 ᄯᅩ 와 ᄀᆞ로디 "니 그디의 큰 은덕을 갑흐랴 ᄒᆞ거든 엇지 그디의게 허황ᄒᆞᆫ 일을 ᄀᆞ르치미 이시리요? 니일 아ᄎᆞᆷ의 반다시 관ᄀᆞ의 드러ᄀᆞ 입안 너믈 쳥ᄒᆞ미 가ᄒᆞ다." ᄒᆞ거늘 박셩이 ᄌᆞᆷ을 ᄭᅢ여 ᄯᅩ 오히려 밋지 아니ᄒᆞ고 ᄌᆞᆷ을 ᄯᅩ ᄃᆞ니 ᄭᅮᆷ의 ᄒᆞᄂᆞᆫ 말이 처음과 갓ᄐᆞ여 더욱 ᄀᆞᆫ졀ᄒᆞ니 박셩이 드듸여 그 이튼날 관졍의 드러ᄀᆞ 쳥ᄒᆞᆫ디 태쉬 크게 우셔 ᄀᆞ로디 "네 병풍ᄒᆞᆫ 스룸이냐? 디강을 입안ᄒᆞ미 젼의 듯지 못ᄒᆞ던 고이ᄒᆞᆫ 말이로다." 박셩이 ᄀᆞ로디 "민도 ᄯᅩᄒᆞᆫ 밍낭ᄒᆞᆫ 줄을 아오나 이샹ᄒᆞᆫ 딩죄 잇습기 사람의 우스믈 피티 아니ᄒᆞ고 쳥ᄒᆞᄂᆞ이다." 태쉬 웃고 허락ᄒᆞ니 어늬 곳으로브터 어늬 곳ᄭᅡ지 니르히 ᄉᆞ십 니 ᄶᆞ히라 닙안ᄒᆞ고 도라왓더니 열흘이 못ᄒᆞ야 낙동강 물이 홀연이 넷

슈도를 브리고 녑흐로 큰 두던을(35.뒤) 미러 드란 디로 흘너ᄀ고 강 ᄒ류 입안 닌 곳은 물이 변ᄒ여 들이 된지라. 박싱이 이에 됴흔 논과 됴흔 밧츨 녯 강터의 긔경ᄒ여 슈미 삼빅 년의 오히려 다 긔경티 못ᄒ야 그 변지의 곡식 맛당티 아닌 곳은 밤을 시무니 미년의 곡식 츄슈는 몃 천 석인 줄을 모로고 밤 도지ᄀ 쏘흔 천 셕이나 되야 밤 고직이ᄀ 미년의 쳬역ᄒ고 일년을 치고 나면 고직이ᄀ 쏘흔 슈빅 냥이나 어더 먹으니 디개 박싱의 부요ᄒ미 녕남의 웃씀이 되야 이상흔 일노 뎐ᄒ야 니르더라.

11화 : 無題

네젹의 두 션비 별시를 당ᄒ여 북한졀의 ᄀ ᄒᄀ지로 글 짓더니 그 흔 스룸 은 젹빈이로더 오히려 의복과 찬물이 졀등ᄒ여 ᄌ못 호귀흔 집의 지난지라. 그 흔 사람이 고이히(36.앞) 넉여 무러 여러 번 무른 후의 디ᄒ여 ᄀ로디 "니 안히 지죄 츌등ᄒ여 젹슈로 경영ᄒ여 못홀 노르시 업고 질삼과 픵임ᄒ미 됴션 의ᄂ 반ᄃ시 둘이 업슬 고로 지아비 공궤ᄒ기를 이ᄀ치 ᄒᄂ니라." 그 사람이 드른 후 원산을 브라보며 좀좀코 말을 아니터니 오라지 아냐 몬져 파ᄒ여 도라ᄀ고 그 ᄒᄂ흔 날호여 파ᄒ여 도라와 무른즉 그 스룸이 쳘ᄀᄒ여 먼니 ᄀ 향흔 바를 아지 못ᄒ여 기리 성식이 막히연 지 십 년이나 되고 흔 사람은 즉시 급뎨ᄒ여 벼스리 놉하 관셔 빅을 ᄒ여 니힝을 잇끌고 부임ᄒ여 관셔 지경의 밋지 못ᄒ여 나지 참의 드러 졈심ᄒ려 ᄒ더니 길히셔 ᄒ(흔) 스룸이 톤 물 농 ᄌ고 츄종이 구름 ᄌ고 상ᄒ의 복식이 휘황ᄒ고 긔셰 호건ᄒ거늘 각ᄀ이 술펴본죽 이 녯날 북한셔 동졉ᄒ던 션비라(36.뒤). ᄒᄀ지로 참의 드러 흔연이 쪄나 졍을 펴고 감시 무로디 "옛날 북한셔 무슨 일노 즈레 졉을 파ᄒ여 인하여 스룸으로 ᄒ야금 아지 못ᄒ게 ᄒ뇨?" 기인왈 "그쩌 그디 스스로 이로디 '그디의 안히 지조와 지혜 우리나라의 ᄒ나히라.' ᄒ니 니 그 쩌 듯고 졸연이 혹심이 「나, 니 스스로 마음의 밍셰ᄒ여 왈 '니 능히 이 스람의 안히를 앗지 못ᄒ면 셰상의 스라 무엇ᄒ리요?' ᄒ고 그 날노셔 계교를 뎡ᄒ여 집을 바리고 싀골노 ᄂ려가 젹당을 모화 부락이 일국의 편만ᄒ고 건죨이 무슈ᄒ니

이졔 ᄯᅡ라 군이 곰 ᄀᆞᆺᄐᆞ며 일희 ᄀᆞᆺᄐᆞ여 ᄒᆞᆫ 사람이 그ᄃᆡ 영속 빅 인을 당티
못ᄒᆞ리 업스니 오ᄂᆞᆯ 길흔 젼혀 길희즐니 그ᄃᆡ 안해를 아ᅀᅡ ᄀᆞ랴 ᄒᆞ믜니 그ᄃᆡ
안해 비록 승텬닙디홀지라도 면ᄒᆞ여 피홀 배 업스리니 도빅의 형셰 ᄒᆞᆫ 당낭의
ᄑᆞᆯ ᄀᆞᆺᄐᆞ니 발오 말 업셔 밧드(37.앞)러 밧치라." 감시 듯고 담이 ᄲᅥ러뎌 홀
바를 아지 못ᄒᆞ여 다만 ᄀᆞ로ᄃᆡ "드러ᄀᆞ 지어미더러 니르마." ᄒᆞ고 인ᄒᆞ여 안
흐로 드러ᄀᆞ 긔식이 참연ᄒᆞ니 부인이 고이히 녁여 연고를 무른ᄃᆡ 목을 메여
말을 드러 사오나온 숀이 와 겁틱ᄒᆞᄂᆞᆫ 형상을 베픈ᄃᆡ 부인 쇼왈 "영감이 비록
됴흔 방빅이 되엿시나 맛춤니 졸댱부를 면티 못ᄒᆞ더니 이졔 드르니 그 사람은
곳 디영웅이라. 녀ᄌᆞ 나매 영웅의 안해 되미 엇지 쾌치 아니리요? 졍히 니
원의 마ᄌᆞ니 엇지 죡히 놀나리오? 쳥컨ᄃᆡ 졈심 후의 셔로 니별ᄒᆞ리라." 감시
울어 왈 "그ᄃᆡ 엇지 이런 말을 ᄒᆞᄂᆞ뇨?" 부인이 일변으로 힝쟝을 ᄂᆞ화ᄂᆡ여
ᄡᅥ 도적을 쥴와 갈 거ᄉᆞᆯ 다스리니 감시 나와 젹괴다려 왈 "니 안해 그ᄃᆡ를
죠차가믈 원ᄒᆞ더라." 젹괴왈 "그ᄃᆡ 안히 분명히 그 피ᄒᆞ지 못홀 줄 아는 것도
디개 쏘흔(37.뒤) 일을 아는 연괴라." 인ᄒᆞ여 졔 쇼속을 불너 왈 "니힝 갈 ᄀᆞ매
임의 와 디령ᄒᆞ엿ᄂᆞ냐?" 임의 디령ᄒᆞᄆᆞ로ᄡᅥ 디ᄒᆞ니 인ᄒᆞ여 '안 집의 드러ᄀᆞ
부인을 뫼셔 ᄂᆡ라.' 도적의 시비와 교군이 부인을 쳥ᄒᆞ여 ᄀᆞ마의 드리고 젹괴
쏘흔 감ᄉᆞ로 더부러 숀을 드러 니별ᄒᆞ고 권마셩 ᄒᆞᆫ 쇼리의 쳔연이 달녀ᄀᆞ니
ᄃᆞ만 힝ᄒᆞ난 ᄯᅳᆺ글이 ᄒᆞ놀의 가리와쎌분이라. 방빅이 부인을 도적의게 아이고
비록 도임ᄒᆞ고ᄌᆞ ᄒᆞ나 니민을 디홀 낫치 업고 임의 ᄉᆞ됴ᄒᆞ엿는지라. 쏘흔 듕
노로부터 즈례 도라오지 못홀 거시매 진퇴낭난ᄒᆞ여 졍시 망극ᄒᆞ니 눈물이
비 오듯ᄒᆞ더니 두어 식경이 지나매 부인 앗ᄀᆞ 안졋던 곳을 보아 의희 샹 〃 ᄒᆞ
고져 ᄒᆞ여 니졈의 드러ᄀᆞᆫ죽 부인이 올연 단졍이 안ᄌᆞ ᄌᆞ약ᄒᆞ거늘 감시 놀나
ᄆᆞ러 왈 "앗ᄀᆞ 부인이 눈으로 보ᄂᆞᆫᄃᆡ 도적의 ᄀᆞ(38.앞)마를 ᄐᆞ고 가는 양을
보앗더니 홀연 여긔 잇스니 귀신이냐? 사롬이냐?" 부인왈 "니 엇지 도적의게
핍박ᄒᆞᄆᆞᆯ 입어 ᄀᆞ리요? 당쵸의 녕감이 말을 니를 졔 만일 니 디답이 즐겨
아닌ᄂᆞ 뜻이 이신즉 도적의 쉬 담의 ᄃᆞᄒᆞ 즉직의 의외예 변이 ᄂᆞᆯ 고로 거줏
디답ᄒᆞ여 도적으로 ᄒᆞ여곰 미더 의심치 아니케 ᄒᆞ고 인ᄒᆞ여 즉시 ᄒᆞᆫ 계교를

싱각ᄒ여 ᄀ만이 아모기란 죵을 달리여 ᄀ로디 '너의 ᄌ식이 져만ᄒ디 평싱 남의 죵 노롯ᄒ미 진실노 곤ᄒ지라. 도젹의 쟝쉬 큰 호걸이니 네 그 안히 된죽 일싱 의식이 공후의 부인과 다르미 업스리니 네 만일 너 디신의 힝ᄒ여 굿게 네 본식을 그이면 엇기 어려운 긔틀이 아니리오?' 흔연이 좃거ᄂᆞᆯ 셩쟝으로 ᄭ며ᄂᆡ여 써 도젹의 가마의 너코 ᄂᆞᆫ 병풍 뒤히 숨엇다ᄀᆞ 도젹이 먼니 ᄀᆞ기를 기(38.뒤)ᄃᆞ려 이제야 비로쇼 나와시니 이ᄀᆞᆺ치 임긔응변ᄒᆞᆯ 모칙을 싱각지 못ᄒᆞᆫ 량이면 엇지 용녈ᄒᆞᆫ 겨집을 면ᄒᆞ리오? 감시 경각 ᄉᆞ이의 돈연히 차악ᄒ던 거슬 일코 환텬희지ᄒᆞ여 흔ᄀᆞ지로 부임ᄒᆞ니라.

12화 : 無題

권판셔 젹은 년산 반곡니 사람이라. 권셕듀 필의 봉ᄉᆞ 현숀이라. 일죽 ᄉᆞ십의 상ᄉᆞᆯ 나니 발상ᄒᆞᆯ 거시로디 흉격의 실낫 만ᄒᆞ 온긔 잇셔 쵸혼을 아니ᄒᆞ고 합개 망극ᄒᆞ여 관곽과 슈의를 디령ᄒᆞ엿더니 날이 지나매 홀연 회싱ᄒ여 닐오디 "죽어 보니 명부라(란) 말이 헛 말이 아닐너라. 귀졸이 크게 쇼리ᄒᆞ며 셩명을 부르니 놀나 ᄯᆞ라ᄀᆞ며 보니 길히 너르고 기러 아모란 줄 모로더니 ᄒᆞᆫ 곳의 다다라 '권 아모 잡아왓노라.' ᄒᆞ니 년상의셔 무르디 '어디 ᄀᆞ 잡아왓ᄂᆞᆫ다?' 답ᄒᆞ디 '년산 ᄀᆞ 잡아왓노라.(39.앞).' ᄒᆞᆫ디 년상의셔 녀셩ᄒᆞ여 닐오디 '슈원 불효ᄌᆞ를 잡아오라 ᄒᆞ엿거던 년산 효ᄌᆞ를 잡아왓ᄂᆞᆫ다? 이ᄂᆞᆫ 팔십이 뎡한이니 ᄉᆞ십 년 후 올 거시니 밧비 다려ᄀᆞ고 슈원 ᄀᆞ셔 잡아오라.' 귀졸이 쳥녕ᄒᆞ고 다려올시 임의 와셔 부모긔 뵈지 못ᄒᆞᆷ믈 쳐창ᄒᆞ더니 길 알픠 두 동지 물을 ᄀᆞ지고 왕ᄂᆡᄒᆞ다ᄀᆞ 반겨 붓들고 ᄯᆞ라ᄀᆞ기를 쳥ᄒᆞ거ᄂᆞᆯ 이에 보니 다 젼일 굿긴 아둘이라. 심하의 참연ᄒᆞ여 ᄃᆞ시 드러ᄀᆞ 비러 ᄀᆞ로디 양계인이 명부의 드러와 다시 나ᄀᆞ기 어려운 일인디 임의 드러와 부모를 보지 못ᄒᆞ고 ᄂᆞᄀᆞ기 경니 통박ᄒᆞ니 뵈옵기를 쳥ᄒᆞ니 허치 아니코 닐오디 '아즉 만날 ᄡᆡ 못 밋쳐시니 그져 ᄀᆞ라.' ᄒᆞ니 여러 번 쳥ᄒᆞᄃᆡ 듯지 아니커ᄂᆞᆯ ᄃᆞ시 두 아히 ᄃᆞ려ᄀᆞ기를 익걸ᄒᆞᄃᆡ 또 듯지 아니코 닐오디 '본디 연분이 아니요, 무ᄌᆞᄒᆞᆯ 거시니 부디 ᄃᆞ려ᄀᆞ려(39.뒤) ᄒᆞ면 ᄒᆞ나흘 상쥐 아젼 김가의게 보닐 거시니 ᄎᆞᄌᆞ라.' ᄒᆞ거

눌 홀일업셔 나오더니 두 동지 쏘 울며 샌라긓기를 쳥ᄒ거눌 그 말을 ᄃᆞ 니르
고 쏘 부모 계신 디를 보지 못ᄒ여 심히 셜워 귀죨의게 쳥ᄒ여 거쳐를 무르니
먼니 ᄀᆞ르치거눌 바라보니 져근 졍ᄌᆞ ᄀᆞᆺ튼 디로더 머러 능히 뵈옵지 못ᄒ니
졍니 통원ᄒ고 두 동ᄌᆞ의 거동이 참연ᄒ고 졍신이 황홀ᄒ여 놀나 인ᄒ여 씨엿
노라." ᄒ니 사람이 다 이상이 넉이고 쉬 팔십인 줄 짐작ᄒ더니 과연 ᄉᆞ십
년 후 갑슐년의 상시 나고 아둘이 죵시 업고 ᄉᆞ후의 효ᄌᆞ 졍문을 ᄒ니 신긔ᄒᆞᆫ
일이러라. 상해 ᄉᆞ람ᄃᆞ려 닐오디 "샹줘 아젼의 ᄌᆞ식을 츳고 시부더 셩명을
ᄌᆞᆺ 딩험치 못ᄒ고 망탄ᄒ 일의 상인의 ᄌᆞ식을 츠ᄌᆞ 유익ᄒ 일이 업ᄉᆞ니
아이의 광문도 아앗노라." ᄒᆞ너라(40.앞).

13화 : 無題

임빈긱 광이 쇼현셰ᄌᆞ를 뫼시고 연경의 갓ᄃᆞᄀᆞ 병 드러 죽엇더니 그 아돌
윤셕이 그 후 현감을 ᄒ여 고을의 잇더니 홀눈 그 대인공이 엄연이 드러와
안자 말ᄒᄂᆞᆫ 것과 거동이 완연이 싱시 ᄀᆞᆺᄒ니 모든 사람드리 다 놀나 것구러
지더라. 공이 닐오디 "명부의셔 날노 안찰ᄉᆞ 벼슬을 ᄒᆞ이니 길히 이 ᄶᅡ홀 지나
니 부ᄌᆞ의 졍니야 ᄉᆞ셩이 드르리요? 너 너를 보고져 ᄒᆞ여 이리 왓노라." ᄒᆞ고
인ᄒ야 모든 죵들을 불너 닐너 ᄀᆞ로디 "너회들이 상젼의 일의 부더 ᄆᆞ음을
극진이 ᄒᆞ고 게얼니 말나." 그 아둘이 밧비 셕반을 ᄀᆞ쵸아 나오니 반향이 못ᄒ
여셔 밥상을 물녀가라 ᄒᆞ고 ᄀᆞ로디 "귀신이란 거션 긔운을 어더 비를 불이는
거시니 싱인과 ᄀᆞᆺ지 아니ᄒᆞ너라.' ᄒᆞ고 아(안)ᄌᆞ 이시히 말ᄒᆞᄃᆞᄀᆞ 이러ᄀᆞ매
두어 거름 지난 후 다시ᄂᆞᆫ 가ᄂᆞᆫ 곳을 보지 못ᄒᆞᆯ너라.(40.뒤)

14화 : 無題

윤감ᄉᆞ 셕증이 죽은 후의 그 신이 슉쳔 관노의게 ᄂᆞ려 의지ᄒᆞ여 말을 ᄒᆞ매
문득 응험이 이시니 사람이 다 공경ᄒᆞ고 밋더라. 뎡감ᄉᆞ 문익의 ᄌᆞᄂᆞᆫ 위되니
뎡묘 강화ᄒ 후의 통신ᄉᆞ를 ᄒᆞ여 장ᄎᆞᆺ 심양의 굴시 슉녕관의 이르러 힝니
길흉을 뭇고져 ᄒᆞ여 교위를 디쳥 안히 노코 불근 보를 그 우희 덥고 그 관노를

불너 셤 아리 셰우니 이윽ㅎ여 그 관노의 얼골이 먹빗 갓투여지며 공듕의셔 벽졔ㅎ는 쇼리 나니 비록 그 얼골은 보지 못ㅎ더 불근 보ㄱ 풀져겨 현연이 와 안는 거동이 잇셔 인ㅎ여 ㄱ로디 "위도는 근니예 무양ㅎ냐?" ㅎ고 녯 말을 ㅎ더 완연이 싱시 ㄱ더라. 뎡공이 ㄱ로디 "니 처음으로 봉명ㅎ여 오랑캐 나라의 드러ㄱ니 아지 못게라. 길흉이 엇더ㅎ료?" 디답ㅎ여 ㄱ로디 "힝ㅎ여 듕노의 ㄱ 잠간 경동홀 일이(41.앞) 잇시나 죡히 넘녀홀 거시 업고 ㅁ춤니 무스히 왕니ㅎ리라." 뎡공이 쏘 ㄱ로디 "니 집 쩌는 지 오리니 그 스이 안뷔 엇더ㅎ뇨?" 답왈 "니 맛당이 스롬을 부려 알아오리라." 이윽ㅎ여 ㄱ로디 "큰 딕이 평안ㅎ시고 디되 흔 ㄱ지로디 쵸당 압히 오듁이 ㄱ쟝 큰 거시 가온디ㄱ 부러 뎟더라." ㅎ니 뎡공이 쏘 무르디 '그디 오리 여긔 잇시랴?' 답왈 "니 니년이면 맛당이 듕원 졀강 스롬의 집의 환싱홀 거시니 이후는 다시 보기 어려우니 위도는 됴히 ㄱ고 됴히 ㄱ라." ㅎ고 다시 벽졔 쇼리 느며 그 관뇌 비로쇼 인식이 잇더라. 뎡공이 낭즈산의 니르러 한인의 일을 말미암아 잠간 경동ㅎ고 일을 맛고 집의 도라오매 과연 오듁 큰 거시 부러진 거슬 보니 그 말과 죠곰도 다르미 업더라.

15화 : 無題

남쉬 ㅎ느 니는 곡셩 짜 스롬이라. 졈어셔 글을 비호매 닉이(41.뒤)지 아니ㅎ여도 능히 ㅎ더라. 그 아비 권ㅎ여 글을 닑으라 흔더 쉬 ㄱ로디 "아히 일족 글을 닑지 아니흔 일이 업노라." ㅎ더라. 홀는 구름과 안기 즈옥히 찌엿더니 이윽ㅎ여 안개 그치거놀 보니 쉬 두어 스롬으로 더부러 놉흔 바회 우희 안즈 글을 닑으니 사람들이 괴이히 넉이더라. 쉬 쏘 편지를 쎠 죵을 쥬어 ㄱ로디 "네 지이산 쳥학동의 ㄱ면 두 사롬이 맛당이 디ㅎ여 안즈실 거시니 네 모로미 답장을 맛터 오라." 죵이 그 말디로 가니 과연 그림 그린 집 두어 ㄱ이 바회 우희 빗겨 졍ㅎ고 곱기 비홀 디 업더라. 흔 도인이 늙은 듕으로 더부러 졍히 바둑을 두거놀 그 죵이 편지를 드린더 도인이 웃고 ㄱ로디 "니 임의 네 올 쥴 아란노라." ㅎ고 편지 답장을 쎠 부치고 프른 옥으로 민든 바둑을 쥬어 보니거눌 그 종이 올 쎠에 구(42.앞)월 즈음이라. 쩌러지난 느무 닙히 길희 눌니이고 희미훈 눈이 공듕의 쑤리이더니 밋 흑직고 물너나 도라올시 비 골픈 줄을 씨닷지 못흐고 다만 보니 신 주최 아리 묵은 풀이 밍동훈 거시 느고져 흐거눌 그졔야 고이히 넉여 골의 느매 텬긔 화란흐고 쵸목이 다 푸여 그니 볼셔 인간 이월이 되엿더라. 쉬 그 후 과거흐여 벼슬이 젼젹시지 흐고 죽으니 죽은 후 그 바독 간 곳을 아지 못흐니라.

16화 : 無題

셩용지 현이라 흐는 수롬이 션비 젹의 싀골 들에 그 노더니 길희셔 쉬노라 말게 느려 니그의 닙흐여 안즈쩌니 이윽흐여 흔 손이 나귀를 트고 싸루 이르러 흔그지로 니그의셔 쉬더니 각각 아춤 밥을 나올시 손의 종이 보를 열고 두 그릇슬 느오니 흐나흔 불근 거시 그득훈 올창이요, 흔 그릇시는 어(42.뒤)린 아희를 술마 눈만이 닉게 흐엿더라. 현이 보고 심히 놀나더니 손이 현을 권흐여 그 반을 먹으라 흔디 현이 심히 무례히 넉여 스양흐여 먹기를 일죽 닉이지 못흐얏시니 먹지 못흐노라 흐고 아니 먹더라. 현이 마암의 심히 고이히 넉여 밧긔 나긔 그만이 손의 종두려 무러 그로디 "너의 쥬인은 엇더훈 수롬이뇨?" 그 종이 그로디 "아지 못흐노라." 현이 쏘 무르디 "어느 쎠로부터 이 수롬을 쏘라 두니뇨?" 그 종이 그로디 "텬보 심(십)스 년으로부터 시방 시지 니르러시니 몃 히 된 줄을 모로노라." 현이 쏘 무르디 "그 먹는 두 그릇시 음식은 무엇고?" 종이 그로디 "그 흔 그릇손 주지쵸요, 흔 그릇손 인슘이라." 흔대 현이 크게 놀나더라. 손이 이에 느귀를 트고 그며 그 종다려 니로디 "오날 맛당이 죠령을 너무리라." 흐고 채를 쳐 그매 향흐(43.앞)는 바를 아지 못흘너라. 현이 집의 도라와 황홀이 일흔 거시 잇는 듯흐여 그 만는 바 수롬을 상고흐니 이 녀진인이라. 디긔 텬보 십스 년은 녀진인의 틱화흐던 쎠러라.

17화 : 無題

윤무쥐 명은이 집이 동디문 안희 잇더니 그 집의 늙은 회화 남기 잇셔 몃

히 된 줄 모롤너라. 명은이 션비 졔 거러 벗의 집의 ᄀ 슐을 과히 먹고 취ᄒ야 날이 져무는 줄 모르고 어두운 후 혼ᄌ 도라오다ᄀ 것구려뎌 길가의 누엇더니 밋 슐이 ᄭᅢ매 머리를 드러 보니 달이 쩌러지고 별이 빗겻ᄂ디 죵용ᄒ여 사롬의 쇼리 업고 다만 보니 혼 어룬 스롬이 누운 겻희 안ᄌ시더 명은이 감히 셩명을 뭇지 못ᄒ고 훗거러 집의 도라올시 그 어룬 스롬이 뒤히 ᄯ라오다ᄀ 길의셔 혼 스롬을 만나 셔로 말ᄒ더니 그 스롬이 무르디 "어디 ᄌᆺ다가 오는요?" 그 어룬(43.뒤) 스롬이 디답ᄒ디 '쥬인이 나가 밤이 깁도록 도라오지 아니ᄒ기 ᄀ셔 마져오노라.' ᄒ고 집 회화 나무 아리 니르러 도라보니 ᄀ 곳지 업ᄂ지라. 비로쇼 그 어룬 스롬이 회화 나무 신녕인 줄 아니라.

숙(슉)뎡 긔원후 스병진 낭월 한완 근셔(44.앞)

『동남어문논집』 19, 동남어문학회, 2005.

필기(筆記), 야담집(野談集)에의
수용 양상(受容樣相)

-『교거쇄편(郊居瑣編)』소재 자료를 중심으로 -

1. 들어가는 말

필자는 본고를 통하여 임상원(任相元, 1638~1697)의『교거쇄편(郊居瑣編)』[이하『교거(郊居)』로 줄임] 소재 필기 자료와 조선 후기 야담집 가운데서 찾아지는 동일 소재로 이루어진 일련의 자료들을 대상으로, 필기와 야담이 갖는 관련 양상의 구체적 실상에 대해 시론적으로 검토하려 한다. 그 동안 필기 자체의 문학적 특성에 대한 논의[1] 이외에도 필기와 기타 하위 서사 갈래 등, 예컨대 일화[2], 패설[3], 야담[4] 등과

---

1) 임형택,「이조 전기의 사대부문학」,『한국문학사의 시각』, 창작과 비평사, 1984.
   임완혁,「조선전기 필기 연구」, 성균관대 석사논문, 1991.
   장영희,「난중잡록의 형성과정과 인물서사의 양상」, 성균관대 박사논문, 2003.
   신상필,「필기의 서사화 양상에 관한 연구」, 성균관대 박사논문, 2004.
2) 이강옥,『조선시대 일화연구』, 태학사, 1998.
3) 김준형,『한국패설문학연구』, 보고사, 2004.
   임완혁,「조선전기 필기의 전통과 패설」,『대동한문학』 24집, 대동한문학회, 2006.
4) 김상조,「계서야담계연구」, 고려대 박사논문, 1991.
   신상필, 위의 논문.
   김준형,「기문총화의 전대문헌 수용양상」,『한국문학논총』 26집, 한국문학회, 2006.

의 관련 양상에 대한 연구 성과가 다수 제출된 바 있다.

그럼에도, 본 발표를 통하여 다시 필기와 야담의 관련 양상을 검토하고자 하는 이유는 이왕의 연구 성과들이 다음과 같은 몇몇 문제점을 갖고 있다고 생각되었기 때문이다. 첫째, 필기가 야담에 수용되는 양상에 대한 다양한 층위가 구체적으로 다루어지지 않았다는 점, 둘째, 필기와 야담의 분화와 정착 과정이 갖는 필기사적, 야담사적 의의에 대한 보다 정치한 논의가 결여된 듯 보인다는 점 등을 지적할 수 있다.

필기류의 흐름에서 볼 때, 『교거(郊居)』는 야담집의 본격적인 출현 시점이라고 이야기되는 18C 초엽의 『천예록(天倪錄)』, 18C 중엽의 『동패락송(東稗洛誦)』에 비해 보더라도 시간적으로 그리 멀리 떨어져 있지는 않다. 이런 점에서 본다면, 필기집으로서의 『교거』와 야담집 자료에서 드러나는 동일 소재 자료의 '같고 다름'을 따져 살피는 데 다른 여타의 필기 자료집들에 비하여 보다 효과적일 것으로 기대된다. 왜냐하면 그것은 곧 필기와 야담의 분화와 정착이 어느 시점에 이르러 비로소 가능하게 되었는지를 따져 살피는 데에도 직접적인 도움을 제공할 수 있기 때문이다.

『교거』[5]는 현재 여러 종의 이본이 국내외 도서관에 남아 전하고 있다. 6책본[6], 3책본[7], 1책본[8] 등이 바로 그것인데, 논의의 편의상 본고에서는 천리대 소장 『교거』(3책본)를 주 대상 자료로 삼고자 한다.

---

5) 이본에 따라 그 제명이 『쇄편』, 『쇄편요록』 등으로 달리 나타나고도 있다.
6) 연대본, 서울대 규장각, 한국학중앙연구원본 등.
7) 버클리대 아사미문고본, 천리대 금서룡본, 이화여대본(권2~4; 영본) 등.
8) 고려대본, 연세대본 등.

2. 『교거쇄편(郊居瑣編)』 소재 필기의 면모와 그 성격

1) 『교거쇄편(郊居瑣編)』 소재 필기의 면모

검토 결과, 『교거』 소재 필기 자료 가운데 조선 후기 야담집에도 실려 전하는 같은 소재로 이루어진 자료는 다음 19편에 달한다. 그 목록만 제시하면 다음과 같다.

1. 李白沙恒福 [天卷-12뒤]
2. 沈相國喜壽 [天卷 14앞~뒤]
3. 徐孤青起母 [地卷-10앞: 生溪謾錄]
4. 成廟聞一守令有異政 [地卷 15앞: 野史]
5. 咸興妓可憐 [地卷-18뒤]
6. 李白沙恒福有馬癖 [地卷-24뒤: 於于野談]
7. 白沙嘗以護逆被劾 [地卷 24뒤~25앞: 於于野談]
8. 貞淑翁主 [地卷 26뒤: 東平尉遺閑錄]
9. 北窓鄭磏 [地卷 43앞~뒤: 遺事]
10. 全昌尉柳廷亮 [地卷 45앞]
11. 文谷金相壽恒 [地卷 45앞~뒤]
12. 朴判書筵 [地卷 48뒤: 東平遺閑錄]
13. 柳參判渶 [地卷-53앞]
14. 白沙李相公恒福 [地卷-65뒤: 暈碧筆談]
15. 李兵使眞卿 [人卷-6앞~뒤]
16. 廉希度 [人卷-9뒤]
17. 一朵紅 [人卷-10앞]
18. 洪唐陵純彦 [人卷-15뒤: 通文館 人物故事 亦多出野言]
19. 諸牧使沫 [人卷-30뒤: 菊圃瑣錄]

위의 자료 가운데 해당 자료의 출전 옆에 병기한 책명은『교거』의 편자인 임상원이 원 대본으로 삼았던 선행 자료를 표기한 것이다. 그러나 몇몇 자료들에서 드러나는 이들 책명은 오늘날 그 현존 여부가 확인되지 않고 있다[『생계만록』과『훈벽필담』등]. 해당 자료가 남아 있다면, 필기 자료와 조선후기 야담집과의 차이를 다루려는 본 발표에 보다 많은 도움이 되겠지만, 아래에 드는 예화를 통해 볼 때『교거』소재 자료의 면모가 실상 그것이 대본으로 삼았던 원 자료의 문면과 다르게 그렇게 많은 변이를 드러내는 것으로는 보이지 않는다는 점[9][물론 인정기술이나 부연 서술의 탈락 등이 나타나고는 있지만]에서 앞으로의 논의 과정에서『교거』소재 필기 자료를 논의의 대본으로 삼아도 별 무리는 없을 것으로 여겨진다. 자료의 앞에 제시한 내용은『교거』소재 자료이고, 뒤의 자료는 선행 자료로 밝히고 있는『동평위견한록(東平尉遣閑錄)』(=『공사견문록(公私見聞錄)』) 소재 자료이다.

◎ 仁 : 朴判書筵, 兒時約婚于某家未聘, 而處女中經危病, 人言兩目俱盲. 其兄欲改求他婚, 判書曰: "病盲, 天也. 盲妻猶可同居, 人無信不立." 兄奇其言, 從之. 及合巹, 目實不盲, 盖爲仇家所誣也. (地卷-48뒤: 東平遺閑錄)

◎ 朴判書遜, 乃余先君翼憲公庚友也. 兒時約婚于某處未聘, 而處女得

---

9) 김준형은, 주 4)의 논문(2006)에서, 필기의 야담집 수용 양상이 "전대 문헌의 단순 전재, 일부 전재, 변개 전재"로 나타난다고 하면서, 특히 단순 전재의 경우 "인정기술의 확대"와 아울러 "평 부분의 배제"라는 면모를 필기가 특정의 야담집 곧『기문총화』에 수용되면서 나타나는 한 특정적 면모라고 주장한 바 있다. 이는 물론 옳은 지적이기는 하지만, 같은 필기 범주에 속하는 자료집 사이에서 드러나는 변이의 면모에 대해 미처 살피지 않고, 필기와 야담집을 단순 대비하는 가운데 도출된 주장이라는 점에서 필기집 내에서의 변이를 먼저 따진 뒤, 그것의 야담집에의 수용양상을 살피려는 본고의 시각과는 일정 부분 차이가 있다고 할 수 있다.

危病復生, 有言其兩目, 因病失明者. **時朴公春府不在世, 伯氏告于慈**
闈, 欲改求他婚, 朴公曰: "病盲, 天也. 非其罪也. 盲妻猶可同居, 人無
信不立, 不可改也." 伯氏奇其言而許之. 及合巹, 目實不盲. 盖爲儺家
做謊也. (朴公卒于孝宗癸巳 年五十二)

2) 『교거쇄편(郊居瑣編)』 소재 필기의 성격

필기에 대한 연구 성과는 일일이 들 수 없을 정도로 학계에 많이 제
출되어 있다. 그 가운데서도 비교적 최근의 연구 성과라고 할 수 있는
신상필의 논의는 필기의 개념과 성격에 대해 다음과 같이 서술하고
있어 논의에 한 도움이 된다.

첫째, 우리 문학사에서 필기는 조선조 사대부 사회의 성립과 함께
발전한 견문 잡기라는 역사적 의미를 지닌 용어이다.
둘째, 필기의 하위 갈래는 시화·야승·소화로 크게 삼분할 수 있다.
셋째, 필기의 내적 속성인 '기록성'은 그 장르의 성격을 좌우하는 대
표적 특성으로, '기록성'은 그 대상과 방식이라는 측면에서의 고찰을
요구한다.[10]

위 논의에 대해 필자는 별다른 이견을 갖고 않기에, 여기서는 그것
을 잉용하는 가운데 다만 『교거』 소재 필기의 성격을 간략히 살펴볼까
한다. 그것은 『교거』의 서문을 통해 일정 정도 추출해낼 수 있다.

---

10) 신상필, 앞의 논문, 2004, 28~29쪽.

　　내가 신해년에 제도를 지켜 산에서 살 때에 그윽이 무릇 **耆舊들 사이에서 流傳하는 것**이거나 일반 풍속에서 **변개된 것**일지라도 마음에 느꺼운 바가 잇으면 때때로 붓을 놀려 대략 묶어 엮었다. …(중략)… 그러므로 이름나거나 어진 卿相 또는 **훌륭하거나 밝은 人士**들의 행동들은 비록 잗달은 것일지라도 반드시 기록하였으니 이는 그에 대한 연모의 정을 부친 것이며, 또한 비록 우스운 것일지라도 반드시 전하고자 했던 것 또한 그 풍도를 상세히 하고자 해서였다. 허물이 크더라도 드러냈던 것과 아름다움이 숨어 있더라도 자맥질했던 것은 이것들을 감히 가리거나 없앨 수가 없었기 때문이었다. …(하략)…[11]

　　『교거』 소재 필기의 성격은 위에서 제시한 내용 가운데 굵게 표시한 부분에서 익히 확인된다. 필기가 저자 개인의 개인적 견문을 충실히 수록하고 있다는 점은 주지된 사실이라고 할 수 있는데, 그것은 곧 '나이가 많고 덕이 높은 사람들 사이에서 떠다니며 전하는 것(**耆舊之所流傳**)'이거나 '일반 풍속에서 변개된 것(**謠俗之所變改者**)'이라는 언명을 통하여 익히 확인된다. 한편 그 기록 대상 또한 '이름나거나 어진 경상 또는 훌륭하거나 밝은 인사들'(**名卿賢相懿人哲士**)의 행적에 다름 아닌 것으로, 나아가 '비록 잗달은 것이거나 우스운 것', 또한 '허물이 크거나 아름다움이 숨어 있는 것'일지라도 다 포괄하는 것으로 보여진다. 이런 점에서 본다면 『교거』 소재 필기 또한 이왕의 연구 성과를 통하여 드러난 바 있는 필기의 그것과 큰 차이가 없는 것이라고 해도 과히 그른 것은 아님을 알 수 있다.

---

11) 천리대본, 천권 1장 앞면. "余於辛亥, 守制山居, 竊思夫耆舊之所流傳, 謠俗之所變改者, 而有感於心, 時時試筆, 略有編輯, …(中略)… 故名卿賢相懿人哲士之行, 雖細而必錄者, 寄其慕也. 雖詼而必傳者, 詳其風也. 過大而章者, 不敢蔽也. 美隱而潛者, 不敢沒也. …(하략)…."

3. 『교거쇄편(郊居瑣編)』 소재 필기의 야담집 수용 양상

『교거』 소재 필기 자료 가운데 동일 인물을 서사 주인공으로 하여 후대의 야담집에 수용된 자료는 앞에서 이미 밝힌 바와 같이 총 19화에 이르고 있다. 그것을 알기 쉽게 표로 제시하면 다음과 같다.

화수	교거쇄편 소재 자료	야담집 소재 자료	비고
1	李白沙恒福	어우 14 = 청구 6-23	
		기문 4-278(연)	삽화로 수용
		동야 13	삽화로 수용
2	沈相國喜壽	기문 4-290(연)	
		기문 3-29(연), 계잡 4-3(저초) 청구 7-12, 계야 3-6(규), 동상 36, 기인 10	
		동야 192	
3	徐孤青起 母	동패 34, 동패 35	
4	成廟聞一守令	동패 5	
5	咸興妓 可憐	청구 5-23, 동야 197	
6	李白沙恒福	어우 177, 청구 6-24, 동야 13	삽화로 수용
7	白沙嘗以護逆被劾	어우 177, 청구 6-24, 동야 13	삽화로 수용
8	貞淑翁主	기문 1-8(연) ⸗ 계야 6-13(규)	필기 자체로 수용
9	北窓鄭磏	동패 31, 계잡 2-5(연), 기문 4-87(연)	삽화로 수용
		동야 6	
10	全昌尉柳廷亮	청구 6-12, 송천 171	
11	文谷金相壽恒	기문 2-24(연), 동상 9	
		청구 8-12, 계야 4-31(규), 기인 15	
		동야 166	
12	朴判書筵	기문 4-160(연) = 동상 14	필기 자체로 수용
13	柳參判淰	가) 기문 4-164(연)	필기 자체로 수용
		나) 청구 1-16	
		다) 학산 21 = 청구 3-19	가), 나와 別話 기문 1-184(부분)

14	白沙李相公恒福	계잡 2-22(연)	
15	李兵使眞卿	기문 1-161(연)	필기 자체로 수용 아동 20, 계산
		기문 3-28(연) = 동상 56	
		계잡 4-2(저초)=청구 1-14, 계야 3-5 (규), 한거 곤권 90, 기인 5	
		동야 167	
16	廉希道	기문 3-49(연), 계잡 4-23(저초), 동상 60, 기인 하권 46	송천필담 권3
		기문 4-119(연) = 학산 24 = 청구 5-1	
		동야 129	
17	一朶紅	기문 4-290(연)	
18	洪唐陵純彦	기문 4-256(연), 청구 5-7, 계야 2-59 (규), 동야 134, 기인 하권 87	송천필담 권1
19	諸牧使沫	학산 67 = 청구 3-15	

註) <어우> : 어우야담, <계잡> : 계서잡록, <계야> : 계서야담, <기문> : 기문총화,
<학산> : 학산한언, <청구> : 청구야담, <동패> : 동패추록, <동야> : 동야휘집,
<송천> : 송천필담, <동상> : 동상기찬, <한거> : 한거잡록, <기인> : 기인기사록
<아동> : 아동기문, <계산> : 계산담수

위 표를 근간으로 하여 필기의 야담집에의 수용양상에 대해 항을 달
리하여 축조적으로 살펴보도록 하자.

1) 필기, 야담집에 그 자체로 수용(단순 전재)

야담집에 필기가 수용되는 것은, 현존하는 여러 야담집의 실제적
면모를 검토할 때 그리 낯선 현상은 아니다. 이에 대해서는 김상조,
김준형 또한 일찍이 살펴본 바 있다. 자세한 논의는 이들 성과로 미루
고, 여기서는 『교거』 소재 자료를 중심으로 간략히 살펴볼까 한다. 이
에 해당하는 자료로는 다음 3화를 들 수 있다. 곧 8화 〈정숙옹주(貞淑
翁主)〉, 12화 〈박판서연(朴判書筵)〉, 13화 〈유참판심(柳參判沈)〉 등이 바

로 그것이다. 논의의 번다함을 피하기 위하여 13화 〈유참판심〉만을
살펴보기로 한다. 그런데 〈유참판심〉은 후대의 야담집인『기문총화』
권4 164화,『청구야담』권1 16화,『학산한언』21화,『청구야담』권3 19
화 등에 수록된 것으로 확인된다. 그러나 이들 자료 가운데 뒤의 2화
는 동일한 인물을 서사 주인공으로 하는 이야기임에도, 실상은 앞의
자료와 완전히 다른 이야기[12)로 파악된다. 앞의 두 자료 가운데『기문
총화』권4 164화는『교거』소재 자료가 거의 그대로 수용되고 있는 것
으로 여겨진다. 구체적인 예문을 들어 그 점을 살펴보자.

> 柳參判淰, 自兒時, 每歲, 常夢往一處享祭, 門巷庭宇歷〃, 有夫婦哭
> 之. 及晩年, 只見一老婆哀哭. 及爲平安監司, 又夢如前. 而但纔出營
> 門, 便到設祭之家, 旣覺, 哭聲猶在耳. 公大異之, 使人訪之, 則果有一
> 老嫗哭子, 召而問焉. 嫗曰:"妾有兒, 才十歲, 文翰絶人, 適見監司上
> 任, 問多讀書, 則兒亦爲監司否?" 父母皆謂, "汝是賤人 那得爲之?" 兒
> 自是夕, 不食曰:"生不得爲如此官, 不如死也." 遂死. 中年又喪夫, 無
> 他子, 故尤爲至痛. 公乃往見其家, 則一如夢中所見. 遂語嫗以故, 厚遇
> 之. 公自解平安監司, 卽卒, 豈其前生所願, 適副之而已耶? 可異也. (『
> 교거쇄편』地卷-53앞)

> 柳叅判淰, 自兒時, 每歲, 嘗夢往一處享祭, 門巷庭宇歷〃, 有夫妻哭
> 之. 及晩年, 只見一老婆哀哭. 及爲西伯, 又夢如前, 而但纔出營門, 便
> 到設祭之家, 旣覺, 哭聲猶在耳. 公大異之, 使人訪之, 則果有一老婆哭
> 子, 召而問之, 嫗曰:"妾有兒, 才十歲, 文翰絶人, 適見監司上任, 問多

---

12) 이야기의 줄거리는 다음과 같다. 참판 유심이 딸의 혼인을 정하고 혼수와 술을 많이
장만하여 다락 위에 두었는데, 하루는 잘 때 다락 위에서 노랫소리가 들리기에 유공이
종으로 하여금 불을 들고 살피게 하니 멀지 않은 곳에 살고 있는 백성이었다. 이에
유공이 도적 중의 호걸이라고 하여 풀어주었다.

讀書, 則兒亦爲監司否?" 父母皆謂, '汝是賤人, 那得爲監司?' 兒自是夕, 不食曰: "生不得爲如此官, 不如死也." 遂死. 中年又喪夫, 無他子, 故尤爲至痛. 公乃往見其家, 則一如夢中所見. 遂語嫗以故, 厚遇之. 公纔解西伯, 卽卒, 豈其前生所願, 適副之耶? 可異也. (『기문총화』연대본 권4, 164화)

위의 예문에서 굵게 표시한 부분이 아래의 예문과 차이가 나는 부분이다. 그것들은 곧 '常→嘗', '平安監司 → 西伯', '嫗 → 婆', '焉 → 之', '自 → 纔', '而已 → ○' 등에서 확인되듯이, 사소한 문면의 차이에 불과한 것일 뿐 서사 구조나 서사 내용에서 나름의 의미 있는 변이를 초래할 만한 것은 아니라고 여겨진다.[13]

한편 『청구야담』 권1 16화는 위의 자료와는 달리 나름의 변개가 일어나고 있는 작품으로 생각되는 바, 이에 대해서는 후술한다.

후대의 야담집 소재 이야기들 가운데 상당수의 이야기들은 거의 대부분 이와 같은 수용 과정을 거쳐 형성되는 것으로 여겨진다. 곧 『기문총화』(연대본 4권 4책본)의 경우, 전체 648화 가운데 약 80%에 해당하는 514화가, 『계서야담』의 경우, 전체 314화 가운데 약 50%에 해당하는 164화가 전대의 필기 문헌을 거의 그대로 수용하는 가운데서 나타나는 것으로 확인된다는 점에서도 이 점 확인된다. 그러나 이들 자료보다 앞서 출현한 것으로 여겨지는 『계서잡록』은 이와는 완전히 다른 면모를 드러내고 있어 흥미를 끈다. 전체 234화 모두 순수한 야담 자료로만 이루어졌다는 점이 그것이다. 한편 『청구야담』 또한 『계서잡록』과 같은 면모를 지니고 있는 것으로 드러난다. 그러나 『청구야담』의 한 원천

---

13) 『동국쇄담』 27화와 『계압만록』 또한 그러한데, 이들 자료는 『기문총화』를 그대로 전재하고 있는 것으로 확인된다. 그러나 『아동기문』 37화의 경우, 『기문총화』를 전재하는 가운데 몇몇 부분에서 후대적 부연의 면모를 드러내고 있다.

으로 밝혀진『기리총화』[14]의 경우는 이런 면모와는 또 다른 면모를 지
니고 있다. 이 점을 어떻게 이해해야 할까? 곧 필기의 야담집에의 수
용·정착·변개 과정은 일견하면 아주 단순해 보이지만, 실상은 전혀
그렇지 않다는 점을 직시할 필요가 있다고 본다. 야담집 또는 비록 동
종에 속하는 야담집일지라도 이본에 따라서는 필기 자료가 수록되어
있거나 그렇지 않은 경우도 있다는 점을 통하여, 우리는 이런 현상이
시간의 계기적 추이에 따라 나타나는 것이 아니라 각 야담집의 찬자(편
자) 또는 전사자가 지니고 있었을 나름의 이야기관에 따라 가능한 현상
이라는 점을 추찰할 수 있다. 즉 필기와 야담을 완전히 별개의 하위
갈래로 인식하는 가운데, 선행 필기집의 체재와 형식을 그대로 본떠
필기집을 엮는 경우, 한편 그와는 달리 순정한 의미에서의 야담 자료만
으로 야담집을 엮는 경우, 나아가 야담은 필기와 야담, 또는 기타 하위
갈래를 모두 포괄하는 것으로 생각하는 가운데 야담집을 엮는 경우도
있을 수 있다는 점이다.

이런 점을 유념하는 가운데, 필기집과 야담집의 독자성 내지는 상
관관계를 굳이 살펴본다면 다음과 같이 정리될 수 있을 듯하다.

　가) 필기집 → 필기집 : 견첩록, 풍암집화 등
　나) 필기집 → 야담집(필기+야담+기타 하위 갈래) : 어우야담, 기리총화,
　　　기문총화, 계서야담 등

---

14) 임형택, 「기리총화 소재 한문단편」,『민족문학사연구』11호, 민족문학사연구소,
　1997.
　　김영진, 「기리총화에 대한 일 고찰-편찬자 확정과 후대 야담집과의 관련양상을 중
　심으로」,『한국한문학연구』28집, 한국한문학회, 2001.
　　임형택, 「기리총화와 거기에 실린 <張守果傳>-한문단편의 재인식」, 한국고전문학
　회 242차 정례학술발표회 자료집, 2007.6.

다) 필기집 → 야담집(야담) : 계서잡록, 청구야담

라) 필기집 → 야담집 → 소설 : 홍순언전, 염희도전 등

마) 야담집 → 야담집(야담) : 동패락송, 계서잡록, 청구야담, 동야휘집 등

바) 야담집 → 야담집(필기+야담+기타 하위 갈래)

2) 필기, 야담집에 삽화로 수용(부분 수용)

『교거』소재 필기 자료 가운데 후대의 야담집에 삽화로 수용되는 경우는 백사 이항복 이야기(곧 1화, 6화, 7화)와 북창 정염 이야기(곧 9화)를 들 수 있다. 논의의 편의상 여기서는 6화와 7화를 살펴볼까 한다. 그런데 이 2화의 출전은 흥미롭게도 『어우야담』인 것으로 확인된다.

◎ 李白沙恒福有馬癖. 及爲相, 坐廳, 事見客, 夫人使婢告馬豆不足, 何以爲之? 白沙正色曰: "馬豆多少 欲令議大臣乎?"(地卷-24뒤 : 於于野談)

◎ 白沙嘗以護逆被劾, 居鄕廬, 一氓來謁曰: "比(此?)以身役, 不聊生." 白沙[曰]: "吾以戶役, 與護逆同音, 不聊生."(地卷-24뒤~25앞 : 上同)

먼저 위 이야기의 원 출전 자료인 『어우야담』의 실제적 면모를 통하여, 원 출전 자료와 필기 자료의 '같고 다름'을 우선 검토해 보자.

① 李相國恒福, 有愛馬癖, 爲領相時, 待客于外廳, 夫人使婢, 傳言曰: "馬豆已竭, 喂一馬有餘, 喂兩馬不足, 何以爲之?" 相國正色曰: "馬豆多少, 欲令議大身乎?" ② 國法削職者, 雖大臣, 以及第稱, 李相國德馨, 以領相削職, 稱及第, 李相國, 以左相, 被時議曰: "吾同接, 已爲及第, 吾何時及第逮?" ③ 散居東郊, 有一氓來謁曰: "身役不料生." 相國曰: "吾以戶役, 不聊生, 時相國被護逆, 與戶役同. ④ 其善謔如此. (『어우야

담』동양문고본 177화 : 번호는 필자가 따로 붙임)

　위에서 확인되듯이 『어우야담』소재 이항복 이야기는 모두 3개의
삽화와 함께 '그가 해학을 좋아함이 이와 같았다.[其善謔如此]'라는 결
어로 이루어져 있는데 반하여, 『교거』소재 필기 자료는 3개의 삽화
가운데 2개의 삽화(곧 ①과 ③)를 택하여 각기 별개의 이야기로 독립시
키고 있다는 변별성을 드러내고 있다. 그런데 이들 2화는 다시 조선후
기 야담집인 『청구야담』권6 24화와 『동야휘집』13화에도 삽화로 수
용되고 있는 것으로 확인된다. 물론 이들 후기 야담집 소재 자료들은
『교거』가 아닌 다른 선행의 자료로부터 전재, 수용한 것일 수도 있다.
특히 『동야휘집』13화의 경우는, 그 찬자인 이원명이 밝히고 있는
바[15]와 같이 『어우야담』으로부터 전재했을 가능성 또한 분명히 상존
한다. 그러나 검토 결과 그럴 가능성은 그다지 높아보이지는 않는다.
그 근거로는 모두 14개에 달하는 백사 이항복에 대한 다양한 삽화들
의 총합으로 이루어진 『동야휘집』13화임에도, 『어우야담』소재 삽화
가운데 삽화 ①과 ②가 전혀 나타나지 않고 있다는 사정을 들 수 있다.
삽화 ③은 『교거』소재 필기 자료인 7화에 해당하는데, 이는 『동야휘
집』13화를 이루는 14개에 달하는 삽화 가운데 ⑩번째 삽화에 해당할
뿐이다. 한편 『청구야담』권6 24화는 다음과 같이 6개의 단락으로 나
누어볼 수 있는데, 이 가운데 삽화 ③과 ④가 바로 『교거』소재 필기
자료인 7화와 6화에 해당하는 것으로 확인된다.

---

15) 이원명, 『동야휘집』서문. "余於長夏調疴, 偶閱於于野談紀聞叢話, 頗多開眼處, 惟
　　是記性衰耗, 無以領略萬一. 遂就兩書, 撮其篇鉅話長, 堪證故實者, 旁及他書之可
　　資該治者, 並修潤載錄. 又采閭巷古談之流傳者 綴文以間之."

① 임금의 역적 기찰에 대한 대응

② 국법삭직(급제)

③ 同邑인 戶役과 護逆(7화)

④ 말 먹일 꼴을 대신에게 묻느냐?(6화)

⑤ 자산 이춘복과 같은 항렬이라는 이항복

⑥ 송피를 짓찧어 역적을 만듦.

우리는 이러한 점으로부터 삽화는 그 자체로 자족성을 지니고 있다는 사실을 간취해낼 수 있다. 곧 삽화는 삽화 상호간 서로 인과적으로 긴밀히 이어지지 않아도, 또한 계기적으로 상호 연결 고리가 없어도 그 자체로 독자성을 지닌 채 외따로 존립할 수 있다고 하겠다.

그러나 이러한 삽화의 특성은 야담집을 엮었던 편자들이 각기 지니고 있었을 그 나름의 이야기관(야담관)에 의해 동일한 서사주인공에 대한 다양한 면모를 전해주고 있는 일련의 삽화들을 한데 모으는 방향, 곧 이야기가 재산생되는 방향으로 전화하기도 한다는 점에서 불변성과 고유성만이 그 지배적 성격일 것이라고는 결코 생각되지 않는다.

3) 필기, 야담집에서의 변이, 개작(소극적 변이와 적극적 변이)

위에 보인 표 가운데서 자료 3), 4), 5), 10), 11), 15), 16), 17), 18), 19) 등이 바로 야담으로 변이, 개작된 이야기들로 보여진다. 그러나 논의의 번다함을 피하기 위해 이들 이야기들에서 확인되는 변이, 개작의 양상을 모두 다루지는 않으려 한다. 곧 대표적인 몇몇 자료만을 택하여 그 변이, 개작의 양상을 살펴보겠다.

그런데 필기가 야담으로 변이, 개작되는 양상은 그 정도에 따라 크게 소극적인 변이와 적극적인 변이로 나누어볼 수 있다. 그 기준의 준거로는 선행 자료의 이야기가 지니고 있는 구조적 틀이 후대의 이야기에 그대로 수용되고 있는가? 혹은 그렇지 않은가? 하는 점을 들 수 있다.

소극적으로 변이, 개작이 일어나고 있는 경우로, 여기서는 앞서 언급했던 〈유참판심(柳參判谌)〉 이야기를 검토하기로 한다. 이해를 돕기 위하여 이야기의 내용을 간추려 정리하면 다음과 같다.

1. 참판 유심은 어려서부터 매년 한 곳에서 제사 지내는 것을 보는 꿈을 꾸니, 부부가 함께 곡을 하다가 만년에는 노파 혼자 곡을 하는 것이었다.
2. 공이 서백이 된 후 우연히 제를 지내는 곳에 이르렀는데, 곡성이 여전하자 공이 이상히 여겨 사람으로 하여금 방문토록 하니 한 노파가 울고 있었다.
3. 그 까닭을 묻자, 노파는 자신에게 십세 된 아이가 있었는데 마침 감사의 행차를 보고 독서를 많이 하면 자신 또한 감사가 될 수 있느냐고 묻자, 이에 신분이 천인이라서 결코 불가능하다고 하자 아이가 그만 밥을 먹지 않고 죽었고, 이어 지아비도 세상을 떠났다고 이야기한다.
4. 공이 노파의 집을 보니 하나같이 꿈에서 보던 것과 같았다. 이에 노파에게 그 연고를 말하고 후히 대접해 주었다.
5. 공이 서백을 마치자마자 기세했다.
* 평결부(전생에 원했던 바가 이루어진 것이니 이상하도다.)

그런데 위 이야기가 『청구야담』 권1 16화에 변이되어 실려 전하고 있음을 앞에서 이미 언급한 바 있다. 변이의 정도가 어떠한지를 구체적으로 살피기 위하여 그 이야기의 내용을 제시하기로 한다.

1. 옛적에 한 중신이 어려서부터 생일날마다 꿈에 전혀 알지 못하던 아무
   곳 아무 집에 이르니, 백수 노부처가 제청 모양을 꾸며 놓고 밤새도록
   통곡하기를 매년 이와 같이 했다. 이런 일이 반복되자 모든 것이 눈에
   익었으나 사람들에게 이야기하지 않고 마음으로만 괴이히 여길 뿐이
   었다.

2. 그 후에 평안감사가 되어 행차하다가 꿈속에서 갔던 마을을 발견하고
   곧 그 집을 찾아가니 과연 노부처가 있었다.

3. 그 자식에 대해 물으니, 총명한 아들이 있었는데 감사 행차를 한번
   본 후 대장부가 마땅히 그 정도는 되어야 한다며 시름하다가 죽었기에
   매년 제삿날 음식을 차려주며 운다고 아뢴다.

4. 아이가 죽은 날이 바로 자신의 생일과 같기에 감사는 그것을 크게
   이상히 여긴다.

5. 감사가 노부처에게 전답과 제물을 후히 주고 제위답을 마련하여 주니,
   그 후로는 그 꿈을 다시 꾸지 않았다.

위 두 이야기의 기본 서사단락은 '한 관료가 어려서부터 제사 지내
는 곳에 가서 통곡하는 노인을 만나는 꿈을 꾼다.' – '자식이 감사의
행차를 보고 탄식하다가 죽고 말았다는 사연을 노인으로부터 들어 알
게 된다.' – '노인을 후히 대접하다'로 요약된다는 점에서 동일한 범주
에 속하는 이야기라고 보아도 큰 무리는 없을 듯하다. 그러나 자세히
살펴보면 이 두 이야기는 이런 공통의 단락을 지니고 있음에도 다시
아래와 같은 차이를 드러내고 있어 흥미를 끈다. 곧

첫째, 주인공의 존재가 막연히 한 중신(重臣)으로 나타나는 후자와
는 달리, 전자의 경우 유심(柳淰)이라는 구체적 인물에 얽힌 이야기로
달리 설정되어 있다는 점.

둘째, 노부부가 이야기를 추동하는 것으로 서술되고 있는 후자와는

달리, 전자의 경우 노파가 이야기를 추동하는 주된 인물로 달리 나타나고 있다는 점.

셋째, 노파의 자식이 죽게 되는 상황의 앞뒤 문면에서 아이가 죽음을 맞이하는 나이, 아이의 신분, 아이가 죽음에 앞서 탄식하는 내용 등에서 미묘한(?) 차이를 드러내고 있다는 점.[16]

넷째 노파의 지아비가 처한 상황에 대한 서술상의 차이(곧 후자에서는 같이 살아 있는 것으로 서술되고 있는데 비하여, 전자의 경우 아들을 잃고 노파의 부군 또한 바로 세상을 떠나게 되는 것으로 달리 나타나고 있다는 점)

다섯째, 유심의 후일사에 대한 서술상의 차이(곧 후자에서는 아이의 죽은 날이 바로 자기가 태어난 날이라는 점〈=아이의 후신〉과 이상한 꿈을 다시는 꾸지 않았다고 서술하고 있는데 반하여, 전자의 경우 그가 서백을 마치자마자 곧 세상을 떠났다는 상황으로 기술하고 있다는 점) 등이 그것이다.

『교거』소재 자료를 거의 그대로 수용하고 있는 『기문총화』에 비하여 『청구야담』에 나타나는 이러한 서술문면에서의 차이는 물론 주목되어 마땅하다. 그렇다면 이러한 차이가 발생하게 된 동인은 어디에서 구해야 할까? 『청구야담』 편자에 의한 개인적 창조력의 작용 하에 나타난 변이로 보아야 하는 것인지? 아니면 『교거』소재 이야기가 구

---

16) 그 구체적 차이에 대해서는 아래 제시하는 예문을 참조하라. "십오 세예 죽어시나 쇼인의 ᄌ식이 어려셔부터 총명 녕오ᄒ오미 츌듕ᄒ옵기로 농업의 미몰ᄒ기 앗갑소와 훅당의 보니여 독셔ᄒ오미 일남쳡긔ᄒ여 문일지십ᄒ니 일향 상히 칭찬 아니리 업더니 일々은 슌ᄉ도 々임ᄒᄂᆞᆫ 힝ᄎᆞ롤 구경ᄒ다가 우연이 탄식ᄒᄂᆞᆫ 말이 '대장뷔 맛당히 이러ᄒ리라.' ᄒ더니 이날부터 병 드러 누으미 졈 々 침듕ᄒ여 모년 모월 모일의 쟉고ᄒ니"(규장각본 16-3)와 "아이가 겨우 십세에 문한이 절인하더니 마침 감사의 도임 행차를 보고 독서를 많이 하면 자신 또한 감사가 될 수 있느냐고 묻는다. 이에 그 부모가 천인 신분의 자식이 어찌 감사가 될 수 있겠느냐고 하자 그 아이가 그날부터 먹지 아니하고 살아 이와 같은 벼슬을 하지 못하면 죽는 것만 못하다고 하고는 드디어 죽었다"(姜有兒, 才十歲, 文翰絶人. 適見監司上任, 問多讀書, 則兒亦爲監司否? 父母皆謂: '汝是賤人, 那得爲之?' 兒自是夕, 不食曰: "生不得爲如此官, 不如死也." 遂死.)

전되는 과정 속에서 나타난 변이를 『청구야담』 편자가 그대로 수용한 것으로 보아야 하는 것인지? 그 가능성 가운데 어느 것이 타당한 것인지를 따져볼 만한 구체적인 증거가 남아 있지 않은 이상 이에 대해 뭐라 단언하기는 어려운 실정이다.

그러나 이런 서술문면에서 드러나는 변이의 모습은 곧 이어 살피게 될 〈정효준(鄭孝俊)이야기〉[17]에서 확인되는 구조적인 변이의 면모에 비할 때 결코 두드러진 것은 아니다. 논의의 순서는, 필기류에 속하는 몇몇 자료들의 면모를 통하여 그들의 관계 양상을 우선 검토한 뒤, 그 서사단락을 정리한다. 이어서 그것이 야담집 소재 자료들에서는 어떻게 변이되어 나타나는가를 구체적으로 검토하는 단계를 밟고자 한다.

필기류에 속하는 자료로는 다음 4종을 들 수 있다. 곧 『교거』, 『한거만록(閑居漫錄)』, 『풍암집화(楓岩輯話)』, 『기문총화』 등이 그것이다. 여기서 굳이 『한거만록』, 『풍암집화』, 『기문총화』 소재 이야기까지도 아울러 검토하려는 까닭은, 『풍암집화』, 『기문총화』 소재 자료의 원천이 바로 『한거만록』이라는 언술을 결코 무시할 수 없다는 점과 아울러 『교거』 소재 자료의 경우 이들 3종 소재 자료와 비교할 때 다른 면모를 지니고 있는 것으로 확인된다는 점에 있다.

번다한 감이 있지만, 이들 이야기의 관계양상을 검토하기 위해서는 이들 자료집 소재 해당 원문에 대한 소개가 필요할 듯하다.

임상원(1638~1697)의 『교거』 소재 〈정효준 이야기〉의 원문은 다음과 같다.

---

17) 김현룡, 『한국문헌설화』 4권(건국대출판부, 1999), 33~38쪽에서 〈정효준 이야기〉를 두 계열로 나누고(곧 필기와 야담), 그들 사이에서 드러나는 차이와 그 의미에 대해 간략히 서술하고 있어 한 참조가 된다.

　　李兵使眞卿, 海豊君鄭公諱孝俊, 居同里, 海豊微時三喪耦, 困窮不
自聊, 時往來李家對博, 李有女未宇, 嘗夢外舍嗜博鄭生員俗稱書生爲
生員, 與己五卵, 已以裙子包之, 盡化爲龍. 李聞而異之, 一日, 與海豊
博, 語及四娶事曰: "君得娶如吾家者 何如?" 海豊曰: "五十窮儒, 安可
得此?" 李遂告夢兆, 以女妻之.(㉮) 生五子, 俱登第. (人卷-6앞~뒤)

　정재륜(鄭載崙, 1648~1723)의 『한거만록』(국도본) 소재 〈정효준 이야
기〉의 원문은 다음과 같다.

　　海豊君鄭公孝俊, 未娶時, 夢有人, 携往一處, 指紫衣婦人曰: "此爲汝
配, 當福汝家." 海豊覺而心識之, 旣娶, 連喪三耦, 皆無男子. 年三十七.
(㉯) 四娶全義李氏, 卽水使眞卿之女, 參贊俊民之曾孫也. 委禽之日, 默
觀其顔貌衣裳 及所居房舍, 窓櫳庭除, 宛然昔夢之所覩者也. 旣而生五
子, 植弼善益判書, 晳樸皆參判, 槙掌令, 植之子重徽, 亦參判, 而皆以文
科顯. 海豊及見其子孫之顯揚, 享年八十九(㉰) 卒于顯宗六年. 世之談
福祿者, 必首稱焉, 萬事無非前定. 而雜術之士, 或以遷改先墓, 或以祈
禳之道, 擬変其已定之禍福, 豈非妄也? 海豊初室, 只有二女, 其長爲吳
知事翻夫人, 吳公親聞海豊之言, 傳於人.(㉱) (50장 뒷면~51장 앞면)

　한편 유광익(柳光翼, 1713~1780)의 『풍암집화』(국도본) 권9에 실려 있
는 〈정효준 이야기〉는 다음과 같다.

　　鄭海豊孝俊, 海州人, 栢亭易之後, 而昭平公眉壽之四世孫也.(㉲).
未娶時, 夢有人, 携往一處, 指紫衣夫人曰: "此爲汝妻也, 當福汝家."
海豊覺而心識之, 旣娶, 連喪三耦, 皆無男子. 年三十七.(㉯) 四娶全義
李氏, 水使眞卿之女. 委禽之日, 嘿觀其顔貌衣裳 及所居房舍 窓櫳庭
際, 宛然昔夢之所覩者也. 旣而生五子, 植弼善木益判書, 晳樸皆參判,

<u>積掌令</u>, <u>植之子重徽</u>, <u>亦參判</u>, <u>皆以文科顯. 海豊及見子孫顯揚</u>, 享年八
十九.(㉰) (閑居漫錄)

『기문총화』(연대본) 권1 161화로 실려 있는 〈정효준 이야기〉는 다음
과 같다.

鄭海豊孝俊, <u>海州人</u>, <u>栢亭易之後</u>, <u>而昭平公眉壽四世孫也</u>.(㉰). 未
娶時, 夢有人, 携往一處, 指紫衣夫人曰: "此爲汝妻, 當福汝家." 海豊
覺而心識之, <u>旣娶</u>, <u>連喪三妻</u>, <u>並無男子</u>. 年四十七.(㉰) 與李兵使眞卿,
<u>居同里</u>, <u>困窮不自聊</u>, 時往來李家對博, <u>李有女未嫁</u>, 嘗夢外舍嗜博, <u>鄭</u>
<u>生員與已五妧</u>, 已以裙子包之, <u>盡化爲龍</u>. 李聞而異之, <u>一日</u>, <u>與海豊</u>
<u>博</u>, 語及四娶事曰: "君得娶如吾家者, 則何如?" 海豊曰: "五十窮儒,
安可得此?" 李遂告夢兆, 以女妻之.(㉮) 委禽之日, <u>默觀其顔貌衣裳</u>,
<u>及所居房榭</u>, 窓櫳庭除, <u>宛然昔夢之所覩者也. 旣而生五子</u>, <u>植弼木益</u>
<u>判書</u>, <u>晳樸皆參判</u>, <u>積掌令</u>, <u>植之子重徽</u>, <u>亦參判</u>, <u>而皆以文科顯</u>, <u>海豊</u>
<u>見子孫之顯</u>, <u>獨享年八十九</u>.(㉰) (紀聞叢話)

원 출전 자료인『한거만록』을 함께 전재하고 있는『풍암집화』소재
자료와『기문총화』권1 161화 자료임에도 이들 두 자료 사이에서는 공
통성 못지않게 차이점 또한 드러나고 있어 흥미를 끈다. 위에서 보인
원문 가운데 "海州人이며, 栢亭 易의 후손이고, 昭平公 眉壽의 四世孫
이다."[18](㉰), "아내를 맞이하지 못했을 때 꿈에 어떤 사람이 그를 데리
고 한 곳에 가 붉은 옷 입은 부인을 가리키며 일컫기를 이 사람이 바
로 너의 처로, 마땅히 네 집에 복이 될 것이다. 해풍이 깨어 마음으로
그것을 알았다. 이미 취처한 뒤 연이어 세 번이나 배우자를 잃었는데

---

18) 海州人, 栢亭易之後, 而昭平公眉壽之四世孫也.

도 사내아이를 두지 못했다. 나이가 37세이었다."[19](㉯), "결혼하는 날 가만히 그 여인의 얼굴과 옷, 사는 방과 창, 그리고 뜨락을 보니 완연히 예전에 꿈에서 보던 바와 같았다. 이윽고 다섯 아들을 낳았는데 植과 弼, 木益은 판서, 晳과 樸은 참판, 積은 掌令을, 그리고 植의 아들 重徽 또한 참판을 지내니 다 문과로써 드날렸다. 해풍이 자손의 드날림을 보고, 홀로 89세까지 살았다.[20]"(㉰) 부분은 『풍암집화』와 『기문총화』에서 동일하게 나타나고 있는 부분인 바, 이를 통해 이들 두 자료집간의 친연성이 확인된다. 그러나 『기문총화』 소재 자료 가운데 "같은 동리에서 살았지만 그는 곤궁하여 자생하지 못했다. 때로 진경의 집에 오고가며 바둑을 두었는데, 진경에게는 시집 가지 아니한 딸이 있었다. 일찍이 그녀가 꿈을 꾸니, 바깥사랑에 온 아버지의 바둑 친구 정생원이 자기에게 다섯 알을 주니, 치마로써 그것을 받았는데 그것들이 다 변하여 용이 되는 것이었다. 진경이 그것을 듣고 이상히 여겼다. 하루는 해풍과 더불어 바둑을 두다가 말이 사취의 일에 이르자 일컫기를 '그대가 우리 집과 같은 곳에서 취함이 어떠하냐?'고 묻자 해풍이 답하기를 '오십이나 먹은 궁핍한 유생이 어찌 이것을 얻을 수 있겠는가? 진경이 드디어 몽조를 그에게 고하고, 딸로서 처를 삼도록 하였다."[21](㉮) 부분은 『풍암집화』에서는 나타나고 있지 않다. 나아가 이 부분은 그 원전인 『한거만록』의 서사문면에서도 전혀 찾아볼 수

19) 未娶時, 夢有人, 携往一處, 指紫衣夫人曰: '此爲汝妻也, 當福汝家.' 海豊覺而心識之, 旣娶, 連喪三耦, 皆無男子. 年三十七.

20) 委禽之日 默觀其顔貌衣裳, 及所居房榭, 窓櫳庭除, 宛然昔夢之所覩者也. 旣而生五子, 植弼木益判書, 晳樸皆參判, 積掌令, 植之子重徽, 亦參判, 而皆以文科顯, 海豊見子孫之顯, 獨享年八十九.

21) 居同里, 困窮不自聊, 時往來李家對博, 李有女未嫁, 嘗夢外舍嗜博, 鄭生員與已五兜, 已以裙子包之, 盡化爲龍. 李聞而異之. 一日, 與海豊博, 語及四娶事曰: "君得娶如吾家者, 則何如?" 海豊曰: "五十窮儒, 安可得此?" 李遂告夢兆, 以女妻之.

없다. 여기서 우리는 『기문총화』 소재 자료의 형성 경로가 해당 문면의 언술과 같이 그렇게 단순하지 않다는 사실을 비로소 깨닫게 된다. 위에 보인 예문으로부터 우리는 문제의 이 문면이 『교거』 소재 자료로부터의 차용이라는 사실을 알게 된다. 곧 『기문총화』 소재 〈정효준 이야기〉의 경우 『교거』와 『한거만록』을 부분 전재, 수용한 자료임이 확인된다.[22]

한편 『한거만록』의 서사문면에서 나타나지 않았던 "海州人이며, 栢亭 易의 후손이고, 昭平公 眉壽의 四世孫이다."(㉺) 부분이 『풍암집화』, 『기문총화』에서 나타나고 있다는 점을 통하여 우리는 또한 『풍암집화』 찬자가 『한거만록』의 찬자에 비하여 서사주인공의 인정기술에 대해 보다 많은 관심을 쏟았던 존재로 추론해 볼 수 있다.[23]

그에 반하여 『한거만록』 소재 자료의 다음 문면, 곧 "顯宗 6년에 죽으니, 세상에서 福祿을 말하는 자들이 반드시 그를 으뜸으로 일컫는다. 萬事가 前定이 아닌 것이 없는데, 雜術之士들은 혹 先墓를 遷改하거나 혹 祈禳하는 道로써 이미 정해진 禍福도 바꾸게 할 수 있다고까

---

22) 『기문총화』에 나오는 '年四十七' 부분은, 다른 자료들에서 '年三十七'로 나타나고 있는 것과는 분명 차이가 있다. 의미 없는 사소한 차이라고 치부해버릴 수도 있겠지만, 이 부분을 통하여 우리는 해당 자료의 원천으로 앞에서 밝힌 『교거쇄편』, 『한거만록』 등 두 자료 외에도 또 다른 원천이 있을 가능성을 미루어 짐작할 수 있다. 그것은 곧 『한거만록』의 이본인 『공사견문록』(연대본) 권3 소재 기사에서만 '삼십칠'이 아니라 '사십칠'로 달리 나타나고 있다는 점에 근거한다. 그렇다면 『기문총화』 소재 자료의 원천으로는 이들 두 자료 외에도 『공사견문록』(연대본)의 존재를 상정할 수 있다고 본다.

23) 『풍암집화』, 『기문총화』의 경우, 그 원천인 『한거만록』의 다음 문면 곧 '四娶全義李氏 卽水使眞卿之女 參贊俊民之曾孫也' 가운데 이진경의 딸에 대한 인정 기술로서의 '參贊俊民之曾孫也' 부분이 출현치 않고 있다. 이는 서사주인공의 인정기술에 대해 더 많은 관심을 쏟았다는 위의 주장과 분명 배치되는 보기로도 생각할 수 있다. 그러나 이것은 이진경의 딸을 이 이야기의 서사 주체로 여기지 않았던 해당 자료집 찬자의 의식이 일정하게 작용한 결과로 봐야 한다고 생각된다.

지 하니 어찌 망령되지 않겠는가? 海豊은 첫 부인에게서 다만 두 딸만
두었는데, 그 장녀가 知事 吳翻의 부인이 되었다. 오공이 친히 해풍의
말을 들어 사람들에게 전하였다."[24] (翻)은 『풍암집화』, 『기문총화』에
서 탈락되고 있는 바, 이 부분은 평결부와 제보자에 대한 정보에 다름
아닌 것으로 보여진다. 김준형은 이런 현상에 대하여 '주어진 이야기
에 대해 단일한 해석의 시점을 마련하는 대신 다양한 해석의 가능태
를 열어두고 있는 것이다. 평의 배제는 평에 의한 고정된 시각보다는
하나의 이야기로 볼 수 있게끔 하므로 이야기 문학의 보다 발전된 형
태'[25]라고 하여 적극적으로 그 의미를 부여한 바 있다.

위에서 논의한 바를 통하여 『교거』, 『한거만록』, 『풍암집화』, 『기문
총화』 소재 이야기들의 관련 양상을 정리하면 다음과 같다.

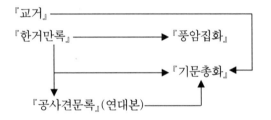

이제 『교거』 소재 자료의 서사단락을 우선 정리하여 그것이 후대의
야담집에서는 어떻게 수용, 변이되고 있는지를 살피는 데 한 도움을
제공하고자 한다.

---

24) "卒于顯宗六年. 世之談福祿者, 必首稱焉, 萬事無非前定. 而雜術之士, 或以遷改
   先墓, 或以祈禳之道, 擬変其已定之禍福, 豈非妄也? 海豊初室, 只有二女, 其長爲吳
   知事翻夫人, 吳公親聞海豊之言, 傳於人."
25) 김준형, 주 4)의 논문, 67쪽.

1. 병사 이진경과 해풍군 정효준은 같은 동리에 살았다.
2. 해풍군이 세 번 상처한 뒤 곤궁하게 지내며 때때로 이진경과 바둑을 두었다.
3. 이진경의 딸이 해풍군이 자기에게 다섯 알을 주자, 그것을 치마로 받았는데 변하여 용이 되는 꿈을 꾸었다. 이진경이 듣고 이상히 여겼다.
4. 해풍과 바둑을 두다가 말이 四娶事에 미치자 진경은 해풍에게 자신의 집과 같은 이를 얻으면 어떠하냐고 묻고, 이에 해풍은 자신이 오십이나 된 궁박한 유생인데 그것이 가능하겠느냐고 한다.
5. 진경이 몽조를 이른 뒤 딸을 해풍에게 보내니 자식 5인이 다 등제하였다.

〈정효준 이야기〉는 『계서잡록』·『청구야담』·『계서야담』·『기문총화』·『동야휘집』·『동상기찬』·『기인기사록』 등 여러 야담집에 실려 전하고 있는데, 이들 자료집 소재 〈정효준 이야기〉는 크게 다음 두 계열로 나누어진다고 하겠다. 곧 『계서잡록』·『청구야담』·『계서야담』·『기인기사록』 등이 한 계열이고, 『기문총화』·『동야휘집』·『동상기찬』 등이 다른 한 계열에 속한다. 그러나 〈정효준 이야기〉가 이와 같이 두 계열로 나누어진다고 해도 기실은 다른 이야기의 경우에서와 같이 결코 두드러진 차이를 드러내지는 않는다. 그것은 곧 주인공 정효준에 대한 서술에서 드러나는 몇몇 부분에서의 사소한 차이가 나타나고 있는 데 그치고 있음을 뜻한다. 그럼에도 이와 같이 굳이 두 계열로 나누는 것은 야담집 상호간의 전승양상에 대한 보다 깊은 이해를 도출해내기 위한 의도 때문이다. 정효준에 대한 서술에서 드러나는 차이로는 다음 세 부분을 들 수 있다. 곧 주인공의 나이, 주인공의 자녀 수, 주인공의 가자(加資) 부분 등이 그것인 바, 앞 계열의 경우 '43세, 3녀, 가일자(加一資)'로 나타나고 있는데 비하여 뒤 계열에서는 '38세, 2녀, 가이자(加二資)'로 달리 나타난다는 점이다. 그 밖의 서술문면은 두 계열 모두 동일한 것으로 확인된다. 논의의 편의상, 『청구야담』을 택하여 『교거』 소재 필기에 비하여 어떠한 변이가 일어나고 있는지를 살펴보도록 하자.

『청구야담』에서 두드러지게 드러나는 변이, 개작의 면모로는 다음 몇 특징을 들 수 있다.

첫째, 단일 삽화가 아니라, 복합 삽화로 이루어져 있다는 점.

여식(女息)의 몽사(夢事)를 전해들은 이진경이 정효준에게 사취사(四娶事)를 타진하고, 딸을 정효준에게 보낸다는 단일한 삽화로 이루어진 『교거』 소재 자료와는 달리, 『청구야담』은 크게 보아 다음의 네 삽화로 이루어져 있다는 차이를 드러낸다. 곧 몽조를 통한 단종의 혼인 강요 삽화, 여식의 몽사로 인한 결연 삽화, 정효준의 전정을 내다본 술사의 예언 삽화, '육양신부(育養新婦)' 삽화 등이 바로 그것이다.

둘째, 대화 기법을 통한 서사전개가 이루어지고 있다는 점.

하루는 해풍과 더불어 바둑을 두다가 말이 사취의 일에 이르자 일컫기를 "그대가 우리 집과 같은 곳에서 취함이 어떠하냐?"고 묻자 해풍이 답하기를 "오십이나 먹은 궁핍한 유생이 어찌 이것을 얻을 수 있겠는가?"[26]에서 유일하게 출현하는 『교거』 소재 자료에서의 대화와는 달리, 『청구야담』은 전후 8차례(자세한 내용은 생략한다)에 걸친 끊임없는 대화의 제시를 통하여 서사전개의 핍진성을 자연스럽게 확보하고 있다는 특징을 드러내고 있다.

---

26) 一日, 與海豊博, 語及四娶事曰: "君得娶如吾家者, 何如?" 海豊曰: "五十窮儒, 安可得此?"

셋째, 갈등 상황을 통한 긴장의 제고를 꾀하고 있다는 점.

정효준의 결연 과정에 따른 일련의 사건을 그야말로 밋밋하게 서사하고 있는『교거』소재 자료와는 달리,『청구야담』은 다음 두 부분에서 갈등 상황을 그려 보이고 있다. 첫째, 정효준이 이진경의 여식과 결연 맺기를 청하는 데서 빚어진 서사문면[27]에서 드러나는 갈등 상황. 둘째, 몽조를 통한 단종의 혼인 강요 삽화에서 드러난 단종과 이진경,[28] 단종과 이진경의 처,[29] 이진경과 그의 처 사이[30]의 내적(심리적) 갈등 상황 등이 그것이다. 인물들간의 갈등 상황을 점층적으로 서술하는 가운데 결연 과정이 가능한 것으로 서술하고 있다. 이는 이야기의 향유자들로 하여금 작품에 긴장감을 지닌 채 몰입하게 하려는 고도의 장치에서 배태된 것으로 이해된다.

---

27) 一日, 海豊猝然而言曰: "吾有衷曲之言, 君其信聽否?" 李曰: "君與吾, 如是親熟, 則有何難從之請乎? 第言之." 海豊囁嚅良久, 乃曰: "吾家非但累世奉祀, 且奉至尊之神位, 而吾今鰥居, 無子絶祀, 必矣, 豈不憐悶乎? 如非君, 則吾何可開口? 君其憐悶我情勢, 能以我爲女婚乎?" 李乃勃然作色曰: "君言 眞乎? 假乎? 吾女年今十五, 何可與近五十之君作配乎? 君言妄矣. 絶勿更發此沒知覺必不成之言, 可也." 부분을 참조하라.

28) 鄭某欲與汝結親, 汝意如何? 起伏而對曰: "聖敎之下, 焉敢違咈, 而但臣之女, 年未及笄, 鄭是三十年長, 何可作配乎?"(㉮) '李又夢大駕又臨, 而玉色不豫曰: "前有所下敎者, 汝何尙今不奉行乎?"(㉯) '大駕又現于夢曰: "向所下敎於汝者, 非但天定之緣, 此乃多福之人也. 於汝無害, 而有益者也. 余屢次下敎, 而終是拒逆, 此何道理? 將降大禍."(㉰) 부분을 참조하라.

29) 仍下敎拿入, 霎時間大張刑具, 拿入其妻, 數之曰: "汝之家長, 欲從吾命矣, 汝獨持難而不奉命, 此何道理?" 乃命加刑, 至四五杖而止, 李妻惶恐而哀乞曰: "何敢違越? 謹當奉敎矣." 仍停刑而還宮. 부분을 참조하라.

30) 李以夢中事言之, 其妻曰: "吾夢亦然, 大是怪事." 李曰: "此非偶然之事, 將何以爲之?" 其妻曰: "夢是虛境, 何可信之云矣?"(㉮) 李惶蹙而謝曰: "謹當商量爲之矣." 覺而言于其妻曰: "此夢又如是, 此必是天意也. 若逆天, 則恐有大禍矣, 將若之何?" 其妻曰: "夢雖如此, 事則不可成, 吾何忍以愛女作寒乞人四室乎? 此則無論天定與人定, 死不可從矣."(㉯) 부분을 참조하라.

넷째, 혼취(婚娶) 제안의 주체가 겹으로 달리 나타나고 있다는 점. 『교거』 소재 자료에서는 혼취 제안의 주체가 여식의 몽사를 전해들은 이진경이 몽사를 이상히 여겨 해풍군 정효준에게 자신의 여식과 결연을 맺을 것을 청하나, 해풍군은 자신의 처지를 들어 머뭇거린다는 서사문면[31]을 통하여 이진경 일인(一人)임이 드러난다. 그러나 『청구야담』은 혼취 제안의 주체가 그와는 달리 이인(二人)으로 나타나고 있다. 즉 단종과 이진경이 그에 해당한다. 단종의 전후 4차례에 걸친 거듭된 권유(회유)와 징치에 굴한 이진경 내외가 결국 단종의 혼취 제안을 수용하고, 이진경이 정효준에게 자신의 딸과 결연 맺기를 청한다는 데서 이 점 확인된다.

다섯째, 주제적 측면에서의 천정의식[天定意識(天定論)]이 나타나고 있다는 점.

『청구야담』이 『교거』 소재 자료와 차이나는 가장 두드러진 부분은, 천정의식(天定意識[天定論])이 작품의 전면에 걸쳐 강조되고 있다는 점을 들 수 있다. 이는 일상적 관념으로 무장된 이진경 내외의 현실주의적 세계인식[32]이 단종의 언술, 이진경의 딸이 꾼 몽사(夢事), 정효준의 전정을 미리 내다본 술사(術士)의 언술, 평결부 등에서 드러나는 천정의식[33]과의 길항(拮抗) 속에서 결국 현실주의적 세계인식의 틀을 넘어

---

31) 一日, 與海豊博, 語及四娶事曰: "君得娶如吾家者, 何如?" 海豊曰: "五十窮儒, 安可得此?" 이 부분이 바로 그것이다.

32) 그 면모는 다음과 같은 여러 문면에서 쉬 찾아볼 수 있다. '而但臣之女, 年未及笄, 鄭是三十年長, 何可作配乎?', '其妻曰: 夢是虛境, 何可信之云矣?', '其妻曰: 夢雖如此, 事則不可成, 吾何忍以愛女作寒乞人四室乎? 此則無論天定與人定, 死不可從矣.'

33) 그 면모는 다음과 같은 여러 문면에서 익히 드러난다. '授受之際, 一小龍落于地, 折項而死, 豈不可怪乎?', '術士熟視曰: "這位是誰, 今雖如是困窮, 其福祿無窮, 先窮後通, 五福俱全之人, 座上之人, 皆不及云矣. 其後果符其言.', '凡事皆有前定而然也.'

서는 천정의식(天定意識[天定論])이 작품의 주된 추동축이자 궁극적인 의미로 자리잡았음을 말해준다고 하겠다.

위에서 살펴본 몇몇 변이, 개작의 면모로부터 우리는 〈정효준 이야기〉에 대한 서사화가 이 시대에 이르러 이미 상당히 진행되고 있음을 알 수 있다. 이런 서사화를 가능케 한 몫은 『계서잡록』과 같은 야담집을 엮은 편찬자들에게 상당 부분 돌아가야 하지 않을까 여겨진다.

4. 맺는말

임상원(1638~1697)의 『교거쇄편』 소재 필기 자료와 조선 후기 야담집 가운데서 찾아지는 동일 소재로 이루어진 일련의 자료들을 대상으로, 필기와 야담이 갖는 관련 양상의 구체적 실상에 대해 검토한 결과, 그 면모가 다음 세 가지 층위로 나누어지고 있다는 점을 밝힐 수 있었다. 곧 첫째, 필기가 야담집에 그 자체의 면모 그대로 수용되는 '단순 전재'의 양상을 드러내고 있다는 점. 둘째, 필기가 야담집에 삽화로 분리되어 수용되는 '부분수용'의 양상을 드러내고 있다는 점. 셋째, 필기가 야담집에서 수용되면서 소극적 또는 적극적으로 '변이 개작'되는 양상을 드러내고 있다는 점(소극적 변이와 적극적 변이) 등이 그것이다. 이 가운데 특히 〈정효준 이야기〉를 통하여 조선 후기 야담집에서 나타나는 적극적 변이, 개작의 면모로 다음 몇 특징적 면모를 간취해낼 수 있었는 바, 곧 첫째 단일 삽화가 아니라 복합 삽화로 이루어져 있다는 점, 둘째 대화 기법을 통한 서사 전개가 이루어지고 있다는 점. 셋째 갈등 상황을 통한 긴장의 제고를 꾀하고 있다는 점. 넷째 혼취(婚娶) 제안의 주체가 겹으로 달리 나타나고 있다는 점. 다섯째 주제적 측면

에서의 천정의식(天定意識[天定論])이 나타나고 있다는 점 등이 그것이
다. 나아가 이와 같은 변이, 개작의 면모로부터 〈정효준 이야기〉에 대
한 서사화가 이 시대에 이르러 이미 상당히 진행되고 있다는 사실을
확인할 수 있었다. 이런 서사화를 가능케 한 몫은 『계서잡록』과 같은
야담집을 엮은 편찬자들에게 상당 부분 돌아가야 한다고 본다.

▶ 부록: 『교거쇄편』 소재 필기 자료

◎ 李白沙恒福 益齋齊賢裔孫. 公之孩也 傳婢置公于旁 倦而睡 夢一丈夫
鬆幘白髮 持杖而至 撞婢而罵曰 "爾何拋我孫也?" 婢覺而視公 〃方匍匐入
井 卽起而抱之 後其家曬益齋像 婢見而驚曰 "此 向者夢中所覩也"(天卷
-12-뒤)

◎ 沈相國喜壽 容儀偉麗 人皆慕悅 少時綠袍貂幘 挾書而遊於塾 有一美
姝 韶顔翠鬢 迓公於途曰 "君非沈郎乎?" 公曰 "我卽是也 爾何訪焉?" 姝曰
"熟聞郎名 久勞傾挹 願奉一日之歡 幸辱臨妾家" 公挈而往之 其姝館公淨
室 具進酒饌 遂相親昵 公亟如其家 未幾 其姝移住 公亦絶焉 過累年 公擢
第 入泮謁聖 過于東邨 有呼新來者 公下馬趍進 其人白首文臣 稱金僉知也
令坐客榻 問公姓名 笑曰 "吾已識君於新榜 君今自屈於陋巷 此殆無所爲而
成也" 因謂公曰 "余有側室 其族女脫身來依 自稱有藍橋之約 誓不好沁園
之花 余竊奇其節 君獨無所嘗戀者乎?" 卽呼而行酒 乃其姝也 公畜之 未久
而姝逝 甚悼惜之(天卷-14-앞~뒤)

◎ 明宣: 徐孤靑起母 私婢也. 世傳孤靑母醜惡無夫 嘗賣酒路傍 有醉客
過而奸之 生孤靑 幼時欲尋其父 復賣酒於故處 一人適過飮酒 語前日事 乃
携與同歸 質諸母 奉養甚至 其主大奇之 特許從良 隱居公州孤靑山下 博識
通經 從學者 甚衆 其門人後多貴顯(地卷-10-앞 : 生溪謾錄)

◎ 肅: 成廟聞一守令有異政 擢爲執義 諫臣論其不可 又除吏曹參議 三

司並爭之 又除參判 又爭之 又除吏判 三司恐其入相 不復論 後其人 果稱
職(地卷-15-앞 : 野史)

◎ 英 : 咸興妓可憐有氣節 善歌舞 尤善誦出師表 李大提學匡德 謫北時
有詩云

"咸關女俠鬢如絲 醉後高歌兩出師 唱到草廬三顧語 逐臣淸淚萬行垂"
(地卷-18-뒤)

◎ 李白沙恒福有馬癖 及爲相 坐廳 事見客 夫人使婢告馬豆不足 何以爲
之 白沙正色曰 "馬豆多少 欲令議大臣乎?"(地卷-24-뒤 : 於于野談)

◎ 白沙嘗以護逆被劾 居鄕廬 一氓來謁曰 "比(此?)以身役 不聊生" 白沙
[曰] "吾以戶役 與護逆同音 不聊生"(地卷-24-뒤~25-앞 : 上同)

◎ 貞淑翁主 宣祖[大王]女也 東陽尉申翊聖 嫌其庭除狹隘 告[之於]上曰
"隣家逼側 語聲相聞 簷宇淺露 無有碍隔 願得價而買其地" 上(宣廟)[下]敎
曰 "聲低則不聞 簾隔則不見 庭何必廣[乎]?"[人之居處 容膝足矣] 因下亂
簾二部曰 "懸此以(而)蔽之 [可也] [翁主遂不敢加占 及仁祖改玉後 始以私
財 買以益之云 翁主 東陽尉申公翊聖之內也](地卷-26-뒤 : 東平尉遺閑錄)

◎ 宣 : 北窓鄭碏 隨其父順朋赴中國 有琉球人望氣而至者 見之 再拜曰
"吾嘗卜命 某年月日入中國 當遇眞人 子眞是耶?" 仍請學易 北窓卽以琉球
語敎之 諸外國人留舘者 聞而爭至 北窓各爲其國語應之 莫不驚駭 稱爲天
人(地卷-43-앞~뒤 : 遺事)

◎ 宣 : 全昌尉柳廷亮 嘗蓄一駿乘 光海時 尉南竄 馬入內廐 一日 光海欲
乘之 馬卽咆哮啼齧 遂逸直南 馳到謫所 都尉益奇愛之 作窟室匿馬 戒馬曰
"爾一作聲 我必抵死" 馬不復一嘶 及癸亥 忽大嘶不已 尉驚懼罔措 未幾 尉
蒙釋 追聞反正之日 卽馬嘶時也(地卷-45-앞)

◎ 顯肅 : 文谷金相壽恒 婦是羅明村良佐姊 始交禮 文谷見新婦奇醜 卽
出 欲歸家 新婦使婢請新郎暫入 文谷心異之 强入內 新婦開眼熟視句 文谷
因問曰 "何爲視我?" 婦曰 "心知一出 無復入理 今故習面 期他日 尋諸地
下" 文谷感其言 遂相敬摯 農淵兄弟 皆羅氏之出(地卷-45-앞~뒤)

◎ 仁: 朴判書筵 兒時 約婚于某家 未聘而處女中經危病 人言兩目俱盲 其兄欲改求他婚 判書曰 "病盲 天也 盲妻猶可同居 人無信不立." 兄奇其言 從之 及合巹 目實不盲 蓋爲仇家所誣也(地卷-48-뒤: 東平遺閑錄)

◎ 孝: 柳參判淰 自兒時 每歲 常夢往一處享祭 門巷庭宇歷〃 有夫婦哭之 及晚年 只見一老婆哀哭 及爲平安監司 又夢如前 而但纔出營門 便到設祭之家 旣覺 哭聲猶在耳 公大異之 使人訪之 則果有一老嫗哭子 召而問焉 嫗曰 "妾有兒 才十歲 文翰絶人 適見監司上任 問多讀書 則兒亦爲監司否?" 父母皆謂 '汝是賤人 那得爲之?' 兒自是夕 不食曰 "生不得爲如此官 不如死也" 遂死 中年又喪夫 無他子 故尤爲至痛 公乃往見其家 則一如夢中所見 遂語嫗以故 厚遇之 公自解平安監司 卽卒 豈其前生所願適副之而已耶? 可異也(地卷-53-앞)

◎ 宣: 白沙李相公恒福 北謫時 病革 傍人問有憾否 白沙曰 "鄭忠信不復見 尾井水在圻營西 稱草里井 往十里芹沈茶 不復嘗 可恨" 言未已 有告客來 卽鄭忠信 左持水瓶 右持芹茶而至 白沙起坐與語 爲之飮啗 良久乃逝 (地卷-65-뒤: 暈碧筆談)

◎ 宣仁: 李兵使眞卿 海豊君鄭公諱孝俊 居同里 海豊微時三喪耦 困窮不自聊 時往來李家對博 李有女未宇 嘗夢外舍嗜博鄭生員俗稱書生爲生員 與己五卵 已以裙子包之 盡化爲龍 李聞而異之 一日 與海豊博 語及四娶事 曰 "君得娶如吾家者 何如?" 海豊曰 "五十窮儒 安可得此?" 李遂告夢兆 以女妻之 生五子 俱登第(人卷-6-앞~뒤)

◎ 蕭: 廉希道 許相積之傔人也 金淸城錫冑家 嘗賣馬 奴醉遺馬價於道 希道拾之 仍跡醉奴 納于淸城 淸城與其半 不受也 及庚申許敗 希道坐繫 淸城爲白其前事 釋之 贈銀二十兩(人卷-9-뒤)

◎ 宣: 一朶紅 本北道妓 産年十三 變男服 遊京師 擇所從 遂爲沈一松喜壽妾 明慧識道理 一松遇難事 多咨訪焉 及死 役夫擧柩 〃不可動 白一松 一松曰 "是爲余 無一言送其終也." 卽題輓辭曰 "一朶芙蓉載柳車 芳魂何事去躊躇 錦江春雨銘旌濕 應是佳人別淚餘" 於是 以挽章引之 而柩乃可運

(人卷-10-앞)

◎ 明宣：洪唐陵純彦 少落拓 有意氣 以譯官從使 至通州 有一女爲葬父母 自鬻於靑樓 洪意惻然 傾橐與之 使歸葬而不與之狎 女後爲石尙書星繼室 探洪復至 迎見厚謝之 贈以百疋 段〃皆繡報恩二字 石尙書亦於我國事 必左右之 宗系卞誣及壬辰再造 得其力爲多 洪後策光國勳卞誣功 封唐陵君 人稱其所居洞爲報恩段洞 今語傳爲古恩堂洞 或曰"美洞"(人卷-15-뒤 : 通文舘 人物故事 亦多出野言)

◎ 宣：諸牧使沫 固城人 壬辰 乘亂崛起 糾旅擊賊 所向無前 與郭將軍再祐並名 當其與賊薄戰 勇氣蜂湧 鬚髮上衝如蝟毛 賊畏之如神 朝家特授星州牧使 未幾 身死 功名不大著 至今星州先生案有諸沫名云(人卷-30-뒤 : 菊圃瑣錄)

『한국한문학연구』 41, 한국한문학회, 2008.

한국 야담류문학과 중국측 문헌자료의 관련 양상

- 『양은천미(揚隱闡微)』와 『금고기관(今古奇觀)』의
관계를 중심으로 -

1. 들어가는 말

본고에서 사용되는 '야담류문학'이란 용어는 전통적인 견지에서 본다면, 『천예록(天倪錄)』·『동패락송(東稗洛誦)』·『청구야담(靑邱野談)』등과 같은 야담 자료집은 물론이거니와 이에 덧붙여 그 출현 배경과 세계관, 향유방식 등에서 나름의 차이를 드러내는 것으로 보고된 '패설문학(稗說文學)'을 통칭(通稱)하는 의미로 사용된다.

그러나 논제로 삼고 있는 한국 야담류문학과 중국측 문헌자료의 관련 양상이라는 문제는, 한국 고전소설 작품과 중국측 문헌자료의 영향·변개에 대한 논의가 비교적 이른 시기부터 활발히 한국 학계에서 논의되어 왔던 점[1]에 비하여, 상당히 뒤늦은 시기인 극히 최근에 들어와서야 비롯되었다는 점에서 볼 때 아직은 본격적인 단계에 도달한 것으로는 여겨지지 않는다. 논제와 같은 시각을 가능토록 한 구체적인 논의는 대만문화대학(臺灣文化大學)의 김영화(金榮華) 교수에 의해

---

1) 본격적인 논의의 출발점을 대략 천태산인의 증보 『조선소설사』(학예사, 1939)로부터 따진다고 해도 꽤 오래 전부터 이런 류의 작업이 제기되었음을 익히 알 수 있다.

비로소 제기되었다. 그는 조선 후기인 1869년에 이원명(李源命)에 의해 산출된『동야휘집(東野彙輯)』소재 일련의 이야기들이, 조선의 사회 현실을 바탕으로 이루어진 다른 대부분의 이야기들과는 달리 청(淸)의 문인인 심기봉(沈旣鳳)이 엮은『해탁(諧鐸)』의 영향 아래 이루어졌다는 사실을 구체적으로 밝히고 있는 바[2], 이런 언급을 통하여 한국 야담문학과 중국측 문헌자료의 관련 양상에 대한 학계의 관심을 촉발했다는 점만으로도 그의 논의는 나름의 의미를 충분히 갖는다고 하겠다. 김영화 교수의 이런 소중한 지적을 밑바탕으로 하여, 뒷날 다시 이병찬, 이강옥 교수 등[3]은 이에 대한 보다 구체적인 논의를 개진한 바 있다.

이러한 작업과는 별도로, 최근 들어서는 한국 패설문학 작품에 영향을 준 중국측 문헌자료에 대한 논의 또한 활발히 제기되고 있는 실정이다. 그 논의의 중심축에 자리잡고 있는 중국측 문헌자료가 바로『절영삼소(絶纓三笑)』라는 자료집이라는 사실은 최용철[4]에 의하여 근자에 들어와 새로이 확인된 바 있다. 한편 그에 앞서 패설문학의 역사적 변전과 그 의미를 정치하게 따져본 김준형은, 당시까지 그 국적 문제가 분명하게 밝혀지지 못했던『종리호로(鍾離葫蘆)』라는 자료집의 실제 면모와 몇몇 방증 자료로부터 이 작품집의 국적이 한국에 있으며, 이 작품집과 『소낭(笑囊)』,『파수추(破睡椎)』등으로 대표되는 패설문학 작품들이 또한 일정한 이상의 관련성을 갖고 있는 가운데, 이들 작품집들의 원천이 바로『절영삼소』라는 사실 또한 일부 언급한 바[5] 있다.

---

2) 김영화,「해탁과 동야휘집」,『모산학보』6, 모산학술연구소, 1994.

3) 이병찬,「동야휘집연구 - 청대 문언소설집『해탁』의 수용을 중심으로」, 성균관대 박사학위논문, 1994.
   이강옥,「동야휘집의 해탁 수용 양상」,『구비문학연구』2집, 한국구비문학회, 1995.

4) 최용철,「명대 소화『절영삼소』와 조선 간본『종리호로』」, 제1회 동아우언연구 국제회의,『우언의 인문학적 지위와 현대적 활용의 가능성』, 한국학중앙연구원, 2005.2.

이런 두 방향에서의 접근을 통하여 한국 야담류문학과 중국측 문헌 자료의 관련 양상은 어느 정도 분명히 드러났다고 할 수 있다.

그런데, 본격적인 논의 전개에 앞서서 여기서 한 가지 밝혀야 할 사실은, 필자 자신 이런 비교문학적 연구방법에 대해 그동안 별도의 관심을 쏟은 바 없기에 이 논제를 다루는 데에 적임자가 아니라는 점이다. 그렇다고 해서 근자에 들어와 어느 정도 논의가 활발히 전개되고 있는 이런 분야에 대해 애써 나 몰라라 할 수도 없는 상황은 필자로 하여금 이 논제에 대해 좋든 싫든 한, 두 마디 쯤은 언급할 필요성을 갖게 하였다. 그러나 필자 자신이 이 논제를 깊이 있게 다루거나 또는 더 나아가 나름의 성과를 예비할 여건과 능력을 갖고 있다고는 여겨지지 않는다. 다만 여기서는 이러한 논의가 보다 구체적인 성과를 획득하기 위해서라도 우리들 연구자들이 지금까지의 논의에서 얻어진 성과에만 만족하고 말 것이 아니라, 그 대상 자료와 논의 영역의 폭과 깊이를 보다 심화 · 확장할 필요성이 있다는 인식을 환기하고자 할 뿐이다. 이에 침소봉대의 위험이 있음에도 필자는 한, 두 단편적인 경우를 통하여 이 논제에 대한 나름의 견해를 피력해보는 것으로 내게 주어진 책임의 일단을 메꾸고자 한다.

이런 인식의 바탕 위에서 필자는 『양은천미(揚隱闡微)』[6] 소재 4화 〈이부사계전황보고(李府使計全皇甫孤)〉의 존재를 주목하고자 한다. 이 작품은 검토 결과 명(明)나라 포옹노인(抱甕老人)이 엮은 『금고기관(今古奇觀)』 3회 〈등대윤귀단가사(滕大尹鬼斷家私)〉와 일정 정도 이상의 관

---

5) 김준형, 「조선조 패설문학 연구」, 고려대 박사학위논문, 2003.
　 김준형, 「파수추의 존재양상」, 『고전문학연구』 23집, 한국고전문학회, 2003.
　 김준형, 「종리호로와 우리나라 패설문학의 관련양상」, 『중국소설논총』 18집, 한국중국소설학회, 2003.
6) 이신성 · 정명기 공역, 『양은천미』, 보고사, 2000.

련 양상이 있는 것으로 확인되었다. 양자 사이에서 발견되는 이러한 관련 양상에 대한 비교 검토를 통하여 양국 문학의 거리와 의미는 무엇인지를 나름대로 규명해볼 때, 본 논고의 의도는 어느 정도 미약하기는 하지만 달성될 수 있을 것이라 기대된다.

2. 『금고기관』의 한국 서사문학에 끼친 영향
– 선행 연구 성과와 번역 상황을 통해 본

1) 선행 연구 성과의 검토

『양은천미』 소재 4화 〈이부사계전황보고(李府使計全皇甫孤)〉와 『금고기관』 3회 〈등대윤귀단가사(滕大尹鬼斷家私)〉를 비교하기에 앞서 그 동안 한국에서는 이 작품을 어떻게 보았는가에 대해 먼저 살펴볼 필요가 있다. 이 문제는 한국에서 『삼언(三言)』·『이박(二刻)』을 위시하여 『금고기관』을 어떻게 보았는가의 문제로 확대된다. 그렇지만 그 동안 한국에서 『삼언』·『이박』·『금고기관』 등을 대상으로 하여 이루어졌던 선행 연구 성과들을 제한된 지면 내에서 구체적으로 다 검토할 수는 없을 듯하다. 다만 대표적인 연구자들, 곧 김태준(金台俊), 이명구, 서대석, 김기동, 이상익, 이혜순, 조희웅, 신동일, 김정육, 손병국, 유연환(游娟鐶), 증천부(曾天富)[7] 등을 드는 것으로 그치고, 본고에서는

---

7) 이 중 신동일 이하 4인은 각자 다음과 같은 박사학위논문으로 그들의 관심사를 구체적으로 개진한 바 있다.
   신동일, 「한국고전소설에 미친 명대 단편소설의 영향」, 서울대 박사학위논문, 1985.
   김정육, 「삼언소설연구」, 성균관대 박사학위논문, 1987.
   손병국, 「한국고전소설에 미친 명대 화본소설의 영향」, 동국대 박사학위논문, 1989.
   유연환, 「한국고전번안소설의 연구」, 고려대 박사학위논문, 1990.

해당 작품에 대한 보다 심도 있는 이해를 위하여 검토의 범위를 〈등대
윤귀단가사(滕大尹鬼斷家私)〉에 대한 선행 연구 성과만으로 좁혀 살펴
보도록 한다. 곧 이혜순의 작업, 「한국 고대 번역소설 연구 서설-낙선
재본『금고기관』을 중심으로」[8]와 「신소설『행락도(行樂圖)』연구-중국
소설의 〈등대윤귀단가사(滕大尹鬼斷家私)〉와의 관계를 중심으로」[9]가
바로 그것인 바, 전자에서는, "이상의 소설[주: 〈兩縣令競議婚孤女〉를 포
함, 한국에서 번역된 7편의 작품들]들이『금고기관』의 다른 작품들보다
번역가들에 의해 먼저 번역된 데는 이들 작품이 포함하고 있는 어떤
요소들이 그 당시의 독자의 취향과 기호, 그리고 새로운 것을 지향하
던 시대정신과 부합되었기 때문"일 것으로 추단(推斷)하는 가운데, 다
음과 같이 구체적으로 나누어 설명하고 있다.

첫째, 번역자에 의한 내용상의 의도적인 변형이 발생한다. - 윤리
적인 차원에 바탕을 두고,

둘째, 내용의 첨가가 발생한다. - 우리 문학 전통에 접근시키기 위
한 역자의 의도적 작용,

셋째, 수사상의 첨가가 발생한다. - 이는 한국적 표현에 가깝게 하
려는 의도.

넷째, 원문의 내용을 생략한 부분이 발생한다.

다섯째, 번역상의 오역이 발생하기도 한다.

증천부, 「한국소설의 명대 화본소설 수용연구」, 부산대 박사학위논문, 1995.

8) 이혜순,『한국고전산문연구』, 장덕순선생 화갑기념논총, 동화문화사, 1981, 217~30쪽.

9) 이혜순, 「국어국문학」 84호, 국어국문학회, 1980. 이는 이혜순,『비교문학』 1(중앙출
판, 1981)에 재수록되어 있다.

이런 다양한 변이의 양상을 노정(露呈)하는 가운데 "이조 후기에 즐겨 번역된 중국소설은 대부분 인간의 성실한 노력과 지혜가 강조되었다는 것"과 "우리에게 없었던 새로운 주제의 작품들을 선택하면서도 특히 우리의 전통적 윤리관과 상충하지 않도록 가필을 하고 있다는 점", "내용에서 뿐 아니라 수사 표현에서도 외국적 요소들을 생략하고 우리식의 표현을 집어넣음으로써 번역의 냄새를 없앴다는 점" 등등의 결론을 도출해내고 있다. 한편 후자에서는 신소설『행락도』와 〈등대윤귀단가사(滕大尹鬼斷家私)〉를 비교하면서, 양자 간에는 주(主) 플롯이 일치하는 가운데서도, "새로운 부(副) 플롯의 첨가"와 "인물유형상의 변형"이 나타나고 있다는 점을 해당 문맥을 통하여 구체적으로 밝힌 바 있다. 나아가 첫째 영웅소설 구조에로의 전환, 둘째 악인모해형(惡人謀害型)의 강화의 수법을 통해서 이 번역소설이 비로소 한국의 전통적 소설 형태에 접근할 수 있었던 것으로 주장하고 있다. 이상의 주장에 대하여 필자가 다만 한 가지 이견(?)을 제시한다면, 이 교수가 주장하고 있듯이 신소설『행락도』가 〈등대윤귀단가사(滕大尹鬼斷家私)〉의 영향 아래 출현한 작품이라는 점은 결코 부인할 수 없는 사실이겠지만, 과연 이 작품이 창작, 수용되면서 한국 영웅소설 구조에로의 질적 전환이 일어나고 있는가에 대해서는 의문의 여지가 있다고 하겠다.

2)『금고기관』의 한국에서의 번역 상황

『금고기관』이 정확히 언제, 어느 때 한국에 전래되었는지에 대해서는 아직 정설은 없지만, 대략 인조조(仁祖朝) 무렵일 것으로 여겨지고 있다. 이후 오랜 세월이 흐르면서『금고기관』은 우리 독자층 사이에서 상당히 폭넓게 향유된 작품으로 보여진다. 그것은 필사본의 형태로 남아 전하는 다양한 작품들의 면모[10]로부터 그 점 익히 확인된다. 여기서는 그것에 대해 자세한 논의를 펼 수가 없기에, 다만 대표적인 몇몇 이본 자료들과 아울러 근자에 새롭게 현대어로 번역된 자료들을 제시하는 가운데, 한국에서 『금고기관』 가운데 어떠한 작품들이 번역되었는가만을 간략히 보이는 것으로 대신할까 한다.

화수	大字足本 『今古奇觀』	筆寫本		舊活字本	現代語 飜譯本		
		한중연본 『今古奇觀』	고대본 『今古奇觀』	신구서림본 『今古奇觀』	정음사판 『今古奇觀』	宋文 편역 『今古奇觀』	김용식 역 『今古奇觀』
1	三孝廉讓産立高名			2		1	6
2	兩縣令競議婚孤女				5	2	5
3	滕大尹鬼斷家私	1				3	4
4	裴晉公義還原配			4		4	
5	杜十娘怒沉百寶箱				2	5	
6	李謫仙醉草嚇蠻書			3	1		3
7	賣油郎獨占花魁				3		
8	灌園叟晚逢仙女				6	6	1
9	轉運漢巧遇洞庭紅				4	7	7
10	看財奴勻買冤家主						
11	吳保安棄家贖友			6			
12	羊角哀捨命全交			5			
13	沈小霞相會出師表						
14	宋金郎團圓破氈笠		1				
15	盧太學詩酒傲公侯				9		
16	李汧公窮途遇俠客				7		
17	蘇小妹三難新郎			8			9
18	劉元普雙生貴子		3	10			
19	俞伯牙摔琴謝知音			7			10
20	莊子休鼓盆成大道		2	9	8		

---

10) 이에 대한 보다 구체적인 논의는 앞에서 든 신동일, 김연호의 연구성과로 미루어둔다.

화수	大字足本 『今古奇觀』	筆寫本		舊活字本	現代語 飜譯本		
		한중연본 『今古奇觀』	고대본 『今古奇觀』	신구서림본 『今古奇觀』	정음사판 『今古奇觀』	宋文 편역 『今古奇觀』	김용식 역 『今古奇觀』
21	老門生三世報恩						
22	鈍秀才一朝交泰	2					
23	蔣興哥重會珍珠衫						
24	陳御史巧勘金釵鈿						
25	徐老僕義憤成家						
26	蔡小姐忍辱報仇				10		
27	錢秀才錯占鳳凰儔						
28	喬太守亂點鴛鴦譜						
29	懷私怨狠僕告主						
30	念親恩孝女藏兒				15		
31	呂大郎還金完骨肉						13
32	金玉奴棒打薄情郎		4		14		
33	唐解元玩世出奇						2
34	女秀才移花接木				16		
35	王嬌鸞百年長恨				11		
36	十三郎五歲朝天						14
37	崔俊臣巧會芙蓉屏						
38	趙縣君喬送黃柑子						
39	誇妙術丹客提金						
40	逞錢多白丁橫帶						

* 1) 한중연본 3화는 <당운용통니성혼> ⇐ 唐 裵鉶의 『傳奇』에 수록. 『태평광기』 권69.
  2) 신구서림본 『今古奇觀』 1화 <權翁智慧整家法> ⇐ 조선 후기 다수의 야담집에 수록된 <畏嚴舅猂婦出矢言>의 유화.
  3) 정음사판 『今古奇觀』 12화 <白夫人記> ⇐ 『警世通言』 28화, <白娘子永鎭雷峰塔>
     13화 <吳公子記> ⇐ 『醒世恒言』 권28, <吳衙內鄰舟赴約>

3. 『양은천미』의 서지 상황과 4화 〈이부사계전황보고(李府使計全皇甫孤)〉의 서사 내용

1) 『양은천미』의 서지 상황

논의의 편의상, 『양은천미』의 서지 상황을 우선 제시하기로 한다. 이 자료는 고 나손 김동욱 교수가 소장하고 있던 자료인데, 현재는 단국대 천안도서관에 갈아 있다. 총 230면[앞·뒤에 걸쳐 각 1-2면 정도 탈락된 상황을 고려할 때, 그 부분이 남아 있다면 총 235면 분량으로 이루어졌을 것으로 여겨진다], 매면 10행, 매행 20~24자 내외[평균 23자]로 이루어진 단권 단책의 한문 필사본으로, 현재 유일본으로 존재한다. 총 36화로 이루어져 있다. 각 화는 독립된 이야기들로 이루어져 있으며, 각 화의 제목은 대부분 7-8자로 이루어져 있으나, 18화 〈이장업거증일문경회(李長業據證一門慶會)〉와 36화 〈김연광동방재회기처(金演光洞房再會其妻)〉의 경우 9자로 이루어져 있다.

이 자료가 정확히 어떤 사람에 의해, 어느 시대에 이루어졌는지는 분명히 알 수 없다. 다만 본 자료에 실려 있는 이야기 가운데 맨 마지막 이야기인, 제36화 〈김연광이 동방(洞房)에서 아내를 다시 만나다[金演光洞房再會其妻]〉의 다음 문면을 통하여 대략 그 간행 연대의 하한선을 미루어 짐작해 볼 수 있을 뿐이다.

> "…(전략)… 하루는 집에서 책을 보는데, 대포 소리가 사방에서 일어나며 함성이 우레 같아, 크게 놀라 길거리로 달려 나오니, 행인들이 모두 미쳐 날뛰어 급히 달려가며, "난리가 났다!"고 했다. 집집의 남녀노소가 남부여대(男負女戴)하고 다투어 성 밖으로 나가니, 이는 조선 태왕(太王) 때의 임오군란(壬午軍亂)이었다. …(하략)…" [忽一日, 在家看書,

聞砲響四起, 喊聲如雷. 金生大驚, 走出街路, 則路上之人, 擧皆狂奔疾
走曰: "亂離出也." 見人家老少, 莫不男負女戴, 爭出城外, <u>此是朝鮮李</u>
<u>太王壬午軍亂也.</u>] (밑줄: 필자 표시)

'임오군란(壬午軍亂)'이 이야기의 시대 배경으로 등장하고 있다는 점
에서 이 자료집의 간행 연대는 임오군란까지는 결코 소급할 수는 없
다는 사실을 알게 된다. 그러나 이 책의 편찬 연대를 밝히는 데 이보
다 더 결정적인 문면으로 우리는 '태왕(太王)'이라는 용어에 주목할 필
요가 있다. 이에 대해서는 이신성 교수의 적절한 논급[11]이 있으므로
자세한 논의는 그리로 미루겠다.

2) 『양은천미』 4화 〈이부사계전황보고(李府使計全皇甫孤)〉의 서사 내용

『금고기관』 3話 〈등대윤귀단가사(滕大尹鬼斷家私)〉와의 비교 검토에
앞서서, 논의의 효율성을 높이기 위하여 『양은천미』 4화 〈이부사계전
황보고(李府使計全皇甫孤)〉의 서사 내용을 정리하면 다음과 같다.

1. 關東 江陵府에 사는 皇甫仁俊이라는 벼슬아치의 사람됨.(군수로 나
   이가 많고 재산도 누만금으로 산수 유람을 즐김)
2. 아들 繼善의 그른 성정. - 앞으로 있을 예비 갈등의 내재
3. 군수가 병으로 죽기에 앞서, 자신들의 처지를 슬퍼하며 통곡하는 繼

---

11) 이신성, 『천예록 연구』, 보고사, 1994, 41쪽의 주 55) 참조. "아래로는 '태왕(太王)'이
라는 명칭이 고종(1852~1919, 재위 1863~1907)이 임금 자리를 물러난 후에나 사용
이 가능한 것이고, 아울러 고종이 승하하기 전임을 의미한다. 따라서 『양은천미』의
편찬 연대는 고종이 순종(1874~1926, 재위 1907~1910)에게 양위한 1907년에서 고
종이 승하한 1919년 사이로 추정할 수 있다."

述의 모자에게 그 자신 미리 생각한 방책이 있다고 한 뒤 두루마리를 내주며 잘 간수했다가 계술이 자라 15세가 되면 부임할 명철한 사또에게 그것을 가지고 呈訴하도록 이르고는 棄世함. - 갈등을 푸는 직접적인 계기로서의 행락도의 존재, 곧 복선.

4. 부친의 기세 후 계선의 계속되는 악행으로 고난을 겪으며 살게 되는 계술 모자. - 주인공 모자의 고난.

5. 계술이 15세가 되매 그 모친이 전일의 소장과 두루마리를 신임부사 이씨에게 바침. - 해결자의 등장.

5-1. 두루마리를 보고, 억울한 사연을 알리고자 함을 알았으나 그 뜻을 분명히 알지 못해 고민하던 부사는 使童에게 차를 오게 한다. - 해결의 실마리.

5-2. 사동의 실수로 찻물이 두루마리에 떨어지자, 부사가 그것을 말리던 중 두루마리 속에 글자가 있음을 발견하게 된다. - 우연한 해결책의 마련, <行樂圖>[12]의 내용 소개.

5-3. 획책의 방도를 마련한 부사가 사리를 들어 다음날 계선의 집에 와서 처리하겠다고 한다.

6. 부사의 치밀한 책략 시도와 계선의 서약서 작성. - 구체적인 해결책의 제시와 그 성취.

6-1. 행락도를 통해 알게 된 황보인준의 모습을 그대로 재현하여 설명하는 가운데 사리를 들어 계선에게 후원에 있는 亭閣을 아우 계술에게 주면 좋을 듯하다고 타이르는 一方, 그곳에 있는 물건에 대해서는 전혀 간섭치 않겠다는 내용의 서약서를 쓰도록 명한다.

---

12) 그 구체적인 내용을 간추려 보이면 다음과 같다. 황보인준 자신에게는 두 아들이 있는데 장남은 형제간의 우애가 없어 제 아우를 노상인과 같이 여기매, 그 자신이 계술 모자를 후일을 염려하여 이런 방법을 동원했음을 이르고, 집 후원의 정각 네 벽 벽장 속에 은 몇 백 냥과 금 몇 십 냥을 감추어둔 사정을 밝힌 뒤, 그 곳에서 나온 은으로 계술 모자가 살아갈 방편을 삼도록, 금은 사또에게 바친다는 내용으로 이루어져 있다.

6-2. 잇속을 따지고 난 계선은 부사의 명을 선뜻 받아들여 서약서를
써서 준다.

7. 계술의 횡재와 계선의 낙망한 모습.

8. 부사는 금을 갖지 않고 계술에게 부친의 부탁을 어기지 말도록 당부
하고 떠나감.

9. 계선이 개과한 뒤 계술과 우애를 회복한다.

證示部[13]

4. 『양은천미』 4화 〈이부사계전황보고(李府使計全皇甫孤)〉와 『금고기관』 3화 〈등대윤귀단가사(滕大尹鬼斷家私)〉의 비교 검토

『양은천미』 4화 〈이부사계전황보고(李府使計全皇甫孤)〉와 『금고기관』
3화 〈등대윤귀단가사(滕大尹鬼斷家私)〉를 비교하기 위해 우선 두 작품
의 서사 구조가 어떻게 같고 어떻게 달리 나타나는가를 일목요연하게
살펴볼 필요가 있겠다. 논의의 편의상 두 작품을 비교하여 표로 나타내
면 다음과 같다.

---

13) 그 형태는 "有詩爲証"의 언표로 나타나는 바, 이 용어가 또한 『금고기관』 소재 이야기
들 중 5, 7, 11, (13), 17, 18, 23, 27, 30, 37화의 총 10화에서도 똑같이 나타나고 있다는
점 등만으로도, 『양은천미』와 『금고기관』의 상호 관련성은 어느 정도 확보된다고 할
수 있다. 13화에 ( ) 표시한 것은 이와 거의 같으면서도 약간 변이된 경우를 일컫는
것으로, 여기에서는 "有詩爲証"에 덧붙어 "詩曰"이 출현한다는 차이를 표시한 것이다.

일련 번호	<滕大尹鬼斷家私>	<李府使計全皇甫孤>	비고
1	序說	×	
2	永樂年間에 北直 順天府 香河縣에 倪太守(名은 守謙)가 살았는데, 집안이 부유함. 부인 陳氏와 더불어 善繼를 낳음. 예 태수가 79세가 되었지만 잡안일을 손수 맡아봄.	皇甫 仁俊에게 繼善이라는 아들이 있음.	
3	10월에 세금을 거두러 갔다가 한 여인을 보고 후처로 삼음. 여인의 梅氏로 17살임.	×	
4	태수가 후처를 얻자, 善繼 부부는 마음에 불만을 가짐.	×	
5	매씨는 9월 9일 아들을 낳고 善術이라 이름 지음. 善繼는 80세에 아들을 낳을 수 없다며 매씨를 의심함.	인준은 70이 넘어 妾에게서 繼述이라는 아들을 낳음. 계선은 아우를 미워함.	
6	일년 후 선술의 돌잔치에 선계는 일부러 나가 손님을 맞지 아니함. 이는 선계의 마음이 표악하고, 선술과 재산을 나누는 것에 대한 불만임.	×	
7	선술이 5살이 되었을 때 스승을 모시는데, 선계의 아들은 보내지 않음. 아들을 보내면 선술에게 삼촌이라고 해야 하기 때문. 그리고 선계의 아들은 다른 데서 교육을 시킴.	×	
8	태수는 갑자기 중풍을 맞음. 선계는 자신이 주인 행세를 함. 태수는 어쩌지 못함.	×	
9	태수는 선계를 불러 재산을 모두 맡기는 유언을 남김. 매씨는 선술에게 아무 것도 주지 않는 것을 보고 슬퍼함.	×	
10	절개를 지키겠다는 매씨에게 태수는 行樂圖를 줌. 그리고 며칠 후 태수는 84세로 죽음.	인준은 갑자기 병을 얻어 두루말이 축을 하첩에게 주고 죽음.	
11	선계는 선술 모자를 작은 집으로 쫓아냄. 매씨는 어려운 환경에서도 선술을 공부 시킴.	계선은 계술 모자를 행랑채로 내보냄.	
12	선술이 14세가 되는 날, 매씨에게 옷을 사달라고 함. 그러면서 부친이 남긴 재산을 왜 형만 가져야 하는가를 따짐.	×	

13	선술은 이에 선계를 찾아가 따지니, 선계는 유언장을 내보이고 이들을 쫓아냄.	×	
14	쫓겨온 선술에게 매씨는 태수가 죽기전에 행락도를 주었음을 말함.	×	
15	선술이 행락도를 보니 한 노인이 어린 아이를 안고 땅바닥을 가리키는 그림이었음.	×	
16	이후 선술은 滕府尹이 억울함을 풀어주러 왔다는 소식을 듣고, 이들은 행락도를 등부윤에게 보여줌.	15살이 된 계술은 신임부사에게 가서 인준이 남겨준 두루말이 축을 주고 처결을 구함.	
17	등부윤이 그림을 보고, 노인은 예태수임을, 아이는 선술임을 알았지만, 그 내용을 알지 못함.	신임부사는 그 내용을 알지 못함.	
18	어느 날 하인이 가져다준 찻물이 그림에 쏟아졌는데, 그 그림을 말리던 중에 그림 속에 숨어 있던 글자들이 보임.	어느날 하인이 가져다준 찻물이 그림에 쏟아졌는데, 그 그림을 말리던 중에 그림 속에 작은 글씨를 봄.	
19	그림 속에는 예태수의 유언이 들어 있었음.	그림 속에는 인준의 유언이 들어 있음.	
20	등부윤은 예선계를 불러 그동안의 정황을 듣고, 유언장을 가져오면 자신이 판결을 하겠다고 함.	부사는 계선을 불러 뒷날 판결을 하겠다고 함.	
21	다음 날 등부윤은 마치 옆에 누가 있는 것처럼 이야기를 하고 행동을 함. 사람들은 귀신과 이야기를 한다고 생각함. 예태수의 혼령으로 인식하게 함.	인준은 옆에 마치 인준이 있는 것처럼 하고 후원의 亭閣을 아우에게 주도록 함.	
22	등부윤은 모든 재산이 선계의 것이 맞다고 함. 그러면서 뒤편에 있는 허름한 집 하나가 선술의 것이라 하자, 사람들은 모두 허탈해 함. 선계는 기뻐함.	계선은 기뻐함.	
23	등부윤은 선술의 집에 은이 묻혀 있음을 말하고, 그것은 선술의 것이라 함. 그리고 자신도 이백 냥을 가짐.	그 정각에는 은이 몇 백량이 됨. 신임부사는 자신에게 주겠다는 돈도 가지 않고 감.	
24	선술은 이로써 부자가 됨. 뒤에 선술은 아내를 맞아 세 아들을 낳고 예씨 집안은 흥성함. 선계의 아들은 유탕하여 가산을 탕진함.	계선은 전의 잘못을 깨달음. 이후 형제가 가업을 지켜나감. 그 자손이 면면히 이어져 옴.	
25	선계가 죽자, 모든 일은 선술이 주관함.	×	
26	증명하는 시.	증명하는 시	

위의 표를 보면,『양은천미』4화 〈이부사계전황보고(李府使計全皇甫孤)〉와『금고기관』3화 〈등대윤귀단가사(滕大尹鬼斷家私)〉의 관계가 어떠하다는 것이 분명히 드러난다. 〈이부사계전황보고〉는 〈등대윤귀단가사(滕大尹鬼斷家私)〉의 뼈대를 그대로 따르되, 부분적인 개작만 있을 뿐이다. 즉 두 이야기는 다음과 같은 뼈대를 보여준다.

① 한 늙은 관료가 늘그막에 후처를 얻고, 후처로부터 아들을 낳음
② 본처에게서 낳은 아들은 후처에게서 낳은 아들을 미워함
③ 늙은 관료는 재산을 모두 본처에게서 낳은 아들에게 주고, 후처에게는 한 폭의 그림을 주고 세상을 떠남
④ 본처의 아들은 후처의 아들을 방치함
⑤ 후처에게서 낳은 아들이 성장하여 부친이 준 그림을 현명한 관리에게 주고, 처분을 바람
⑥ 관리는 그림을 해석하지 못하던 차에, 우연한 계기로 그림의 의미를 파악함
⑦ 관리는 죽은 관료의 자식을 불러 모든 재산을 전처의 아들에게 주고, 후처의 아들에게는 작은 건물 하나를 줌
⑧ 작은 건물에는 상당히 많은 돈이 숨겨져 있어서 결국 후처의 아들은 부자가 됨
⑨ 후일담

두 이야기 모두 위와 같은 뼈대를 가지고 있다는 점에서 두 작품의 직접적인 관련성을 부정할 수는 없다. 〈이부사계전황보고(李府使計全皇甫孤)〉에서 주인공의 이름이 계선(繼善)과 계술(繼述)로 나오는 것도 금고기관의 주인공 선계(善繼)와 선술(善術)을 직접 참조하지 않고서는 쉽게 쓸 수 없는 작명법이다. 이러한 점에서 〈이부사계전황보고(李

府使計全皇甫孤)〉가 〈등대윤귀단가사(縢大尹鬼斷家私)〉의 영향 아래 있음은 너무나도 당연하다. 그렇지만 중요한 것은 두 작품이 지닌 유사성보다도 차별성에 있다. 두 작품 사이에 나오는 차별성은 곧 하나의 이야기를 수용하는 태도에서 비롯되는 것이다. 특히 외국의 이야기를 수용할 때에는 그 나라의 특수성에 맞춰서 변개 수용하는 양상이 나타나는 것도 물론이다. 따라서 두 작품 간의 차이점을 드러내고, 그에 따라 그러한 차이가 왜 생겨났는가를 살펴보는 일이 논의의 순서가 되어야 할 것이다.

〈이부사계전황보고〉와 〈등대윤귀단가사〉를 대비해 보면 우선 세 가지 측면에서 큰 차이를 읽어낼 수 있다. 첫째, 〈이부사계전황보고〉는 〈등대윤귀단가사〉를 상당히 축약하고 있다는 점. 둘째, 작은 부분이지만 내용을 변개하고 있다는 점. 셋째, 형식적인 면에서 이야기 시작 부분의 처리 양상 등을 들 수 있다. 이 양상에 대해 순차적으로 살펴보자.

첫째 〈이부사계전황보고〉에서 〈등대윤귀단가사〉가 상당히 축약되었다는 사실은 위의 표를 통해서도 쉽게 확인할 수 있다. 그렇다면 〈이부사계전황보고〉에서 〈등대윤귀단가사〉를 수용하면서 생략한 부분은 어떠한 곳인가? 표에서만 봐도 늙은 관료가 첩을 얻는 과정, 늙은 관료와 전처의 아들 간의 갈등 양상, 후처의 아들이 전처의 아들을 찾아가는 장면 등이 빠져 있음을 알 수 있다. 그런데 이러한 부분은 이야기를 전개하는 과정에 큰 의미를 갖지 못한다. 이야기의 틀을 바꾸거나 이야기의 방향을 바꾸기보다는 단지 이야기의 흥미를 돋우는 역할을 할 뿐이다. 이 점에서 〈이부사계전황보고〉는 이야기의 큰 줄거리에만 관심을 가지고 있었고, 그 주변적인 내용에는 상대적으로 관심이 적었음을 알 수 있다. 즉 〈이부사계전황보고〉는 이야기가 지닌 흥미로운 줄거리만을 수용하였고, 그 줄거리에 영향을 미치지 않는 내용은 굳이 이야기로 수용하지 않았던 것이다. 이러한 현상은 어디에서 비롯되는가? 그 원인으로 우선 '야담'이라는 갈래가 지닌 특성을 기억할 필요가 있겠다. 야담은 삶의 한 단면을 그려내는 데, 그 배경은 일상에 두는 것이 일반적이다. 야담은 이야기 주변의 곁가지를 모두 배제하고, 오로지 그 의미를 전달하는데 필요한 궁극의 목표점을 향해서만 전일하게 나아가는 경향성을 지니고 있다. 따라서 야담에서 이야기의 주제와 직접 관련이 없는 부수 삽화가 소략하게 처리되는 것은 이러한 이유에서 비롯된다.[14] 이러한 이유로 인해 〈이부사계전황보고〉에서는 원작의 서사내용 가운데 상당 부분이 축약되었던 것으로 보여진다. 다음과 같은 경우도 그러하다.

> 過了几日, 只聽得師父說: "大令郎另聘了個先生, 分做兩個學堂, 不知何意?" 倪太守不聽猶可, 聽了此言, 不覺大怒, 就要尋大兒, 子問其緣故. 又想到: "天生活般逆種, 與他說也沒干, 由他罷了!" 含了一口悶氣, 回到房中, 偶然脚慢, 拌着門檻一跌, 梅氏慌忙扶起, 攙到醉翁床上坐下, 己自不省人事. 急請醫生來看, 醫生說是中風. 忙取姜湯灌醒, 扶他上床. 雖然心下清爽, 卻滿身麻木, 動撣不得. 梅氏坐在床頭, 煎湯煎藥, 殷勤伏侍, 連進几服, 全無功效. 醫生切脈道: "只好延框子, 不能全愈了." 倪善繼聞知, 也來看覷了几遍. 見老子病勢沉重, 料是不起, 便呼么喝六; 打童罵僕, 預先裝出家主公的架子來. 老子聽得, 愈加煩惱. 梅氏只得啼哭, 連小學生也不去上學, 留在房中, 相伴老子. 倪太守自知病篤, 喚大兒子到面前, 取出簿子一本, 家中田地屋宅及人頭帳目總數, 都在上面, 分付道: "善述年方五歲, 衣服尙要人照管; 梅氏又年少,

---

也未必能管家. 若分家私與他, 也是枉然, 如今盡數交付與你. 倘或善
述日后長大成人, 你可看做爹的面上, 督他娶房媳婦, 分他小屋一所,
良田五六十畝, 勿令飢寒足矣. 這段話, 我都寫絶在家私簿上, 就當分
家, 把與你做個執照. 梅氏若願嫁人, 聽從其便; 倘肯守着兒子度日, 也
莫强他. 我死之后, 你一一恢我言語, 這便是孝子, 我在九泉, 亦得瞑
目." 倪善繼把簿子揭開一看, 果然開得細, 寫得明, 滿臉堆下笑來, 連
聲應道: "爹休憂慮, 恁兒一一依爹分付便了." 抱了家私簿子, 欣然而
去. 梅氏見他走得遠了, 兩眼垂淚, 指着那孩子道: "這個小冤家, 難道
不是你嫡血? 你卻和盤托出, 都把與大兒子了, 教我母子兩口, 異日把
什么過活?" 倪太守道: "你有所不知, 我看善繼不是個良善之人, 若將
家私平分了, 連這小孩子的性命也難保; 不如都把與他, 像了他意, 再
無護忌." 梅氏又哭道: "雖然如此, 自古道子無嫡庶, 武殺厚薄不均, 被
人笑話." 倪太守道: "我也顧他不得. 你年紀正小, 趁我未死, 將兒子
囑付善繼. 持我去世后, 多則一年, 少則半載, 盡你心中, 揀擇個好頭
腦, 自去圖下半世受用, 莫要在他們身邊討氣吃." 梅氏道: "說那里話!
奴家也是懦門之女, 婦人從一而終; 況又有了這小孩兒, 怎割舍得抛
他? 好歹要守在這孩子身邊的." 倪太守道: "你果然肯守志終身么? 莫
非日久生悔?" 梅氏就發起大誓來. 倪太守道: "你若立志果堅莫愁母子
沒得過活." 便向枕邊摸出一件東西來, 交與梅氏. 梅氏初時只道又是
一個家私簿子, 卻原來是一尺闊一尺長的一個小軸子. 梅氏道: "要這
小軸兒何用?" 倪太守道: "這是我的行樂園, 其中自有奧妙. 你可俏地
收藏, 休露人目. 直持孩子年長, 善繼不肯看顧他, 你也只含藏于心. 等
得個賢明有間官來, 你卻將此軸去訴理, 述我遺命, 求他細細推詳, 自
然有個處分, 盡勾你母子二人受用." 梅氏收了軸子. 話休絮煩, 倪太守
又延了數日, 一夜痰撅, 叫喚不醒, 嗚呼哀哉死了, 享年八十四歲. (『今
古奇觀』, <滕大尹鬼斷家私>)

修短有命, 郡守偶嬰無何之疾, 漸至瀕死. 繼述之母, 抱子泣訴曰:

"公若不諱, 妾之母子, 何處將依乎?" 郡守愀然曰: "汝母子之情境, 吾籌之熟矣." 因自篋中, 出示一軸曰: "此乃汝救命之寶也. 愼藏之, 待繼述年至十五, 必有明官莅郡, 持此呈訴, 則可以得生矣." 母子泣而受之. 未幾, 郡守歸天. (『揚隱闡微』, <李府使計全皇甫孤>)

　장황하게 인용하였지만, 이를 통해 〈이부사계전황보고〉가 어떻게 〈등대윤귀단가사〉를 수용하고 있는가를 엿볼 수 있다. 〈등대윤귀단가사〉에서는 예태수(倪太守)가 병을 얻게 되는 장면, 병을 얻었을 때 전처의 아들인 계선의 행위, 유언을 하는 장면, 후처를 시험하는 장면과 절개를 지키겠다는 확고한 의지를 보여주는 후처의 행위 장면, 그리고 두루마리 축을 내어주는 장면 등이 세세하게 잘 그려져 있다. 이러한 내용은 이야기를 전개하는 데에 필요하지만, 경우에 따라서는 장황하고 지루하게 읽힐 수도 있다. 〈이부사계전황보고〉에서는 이렇게 장황한 부분을 불과 150자 안팎으로 요약해 놓은 것이다. 그렇지만 이야기의 전개 과정에서 결코 무리는 없어 보인다. 이는 곧 야담의 경우, 철저하게 이야기의 줄거리 중심으로 요약 정리되었음을 보여주는 한 예라 하겠다. 즉 중국의 이야기가 한국으로 수용될 때, 특히 비교적 편폭이 긴 이야기가 야담으로 수용될 때에는 상당히 축약되고 있음을 알 수 있다고 하겠다.

　둘째, 〈이부사계전황보고〉에서는 작은 부분이지만 내용을 변개하기도 한다. 특히 〈등대윤귀단가사〉에서 보여준 정서가 한국적 정서와 다를 때에는 줄거리의 큰 틀에 놓인 부분일지라도 내용을 변개시키기도 한다. 다음과 같은 것이 그 한 예다.

又分付梅氏道: "右壁還有五壇, 亦是五千之數. 更有一壇金子, 方才倪老先生育命, 送我作酬謝之意, 我不敢當, 他再一相强, 我只得領

了.”(『今古奇觀』, <滕大尹鬼斷家私>)

府使命之曰: “汝先親之, 只給小閣爲敎者, 有此銀金故也. 然而俄者 命敎 金則雖曰 送我, 我豈受此? 汝持此金銀, 母子相依, 經營産業, 勿 負汝親黃泉之托也.”(『揚隱闡微』, <李府使計全皇甫孤>)

〈등대윤귀단가사〉에서는 일을 처리한 대가로 등대윤(滕府尹)은 일 정한 액수를 보상받는다. 그러나 우리나라에서는 일을 처리하고 돈을 받는 행위는 의롭지 못하다고 본다. 때문에 〈이부사계전황보고〉에서 이부사는 일을 처리하고도 굳이 돈을 받지 않는 것으로 변개를 시킨 것이다. 또한 〈이부사계전황보고〉에서의 결말 또한 〈등대윤귀단가 사〉와 전혀 다른 양상을 보여준다.

后來善述娶妻, 連生一子, 讀書成名. 倪氏門中, 只有這一枝極盛. 善繼 兩個兒子, 都好游蕩, 家業耗廢. 善繼死后, 兩所大宅子, 都賣與叔叔善述 管業. 里中凡曉得倪家之事本末的, 無不以爲天報云. (『今古奇觀』, <滕 大尹鬼斷家私>)

繼善亦感悟前非, 兄弟相愛, 謹守家業, 至今其子孫綿仍云. (『揚隱 闡微』, <李府使計全皇甫孤>)

두 이야기의 결말은 전혀 다르다. 〈등대윤귀단가사〉에서는 선계의 가업은 황폐해지고, 결국 선술이 집안을 관장하였다고 밝힌다. 그러 나 형제간의 화해를 중시하는 우리의 입장에서는 이러한 결말에 대해 우호적인 시각을 드러내지 않는다. 따라서 〈이부사계전황보고〉에서 는 〈등대윤귀단가사〉와 달리 그 이후에도 형제간에 서로 사랑하고 가업을 지켜 나갔고, 그 결과 그 자손들이 지금까지도 이어진다고 밝히는 것으로 이야기가 종결된다. 이처럼 작은 부분일지라도 우리나라의 정서와 맞지 않는 원작의 특정 부분에 대해서는 일정한 개작이 시도되고 있는 것이다. 이러한 양상은 사소한 문제로 볼 수도 있겠지만, 그 의미는 작지 않다. 외국의 이야기가 국내로 유입되어 향유될 때에는 맹목적인 수용도 있을 수 있지만, 그렇지 않을 경우에는 대체로 그 나라의 정서에 맞게 변개될 수 있음을 적실하게 보여주기 때문이다. 〈이부사계전황보고〉에서는 이러한 양상이 극히 작은 부분에 국한되고 있지만, 경우에 따라서는 전혀 다른 이야기로 원작이 변개될 가능성은 상존한다. 이후 이 작품이 신소설 『행락도』로 변모되었던 것도 이러한 가능성의 또 다른 구체적 표출로 이해할 필요가 있다.

셋째, 형식적인 면에서 이야기의 시작 부분의 처리 양상에서도 〈등대윤귀단가사〉와 〈이부사계전황보고〉는 서로 다른 양상을 보인다. 원래 『금고기관』의 형식은 이야기 전개에 앞서 시나 사(詞)를 통해 주제를 현시한다. 그리고 이어서 입화(入話)를 드러내고 그에 따른 경구(警句)를 적는 경우가 일반적이다. 그리고 나서 본격적으로 본화(本話)가 시작되는 것이다. 그러나 우리나라 야담에서는 이러한 방식으로 이야기가 전개되지는 않는다. 바로 인물에 대한 소개, 즉 "關東江陵府, 有一官, 覆姓皇甫名仁俊, 官至郡守, 年老家居, 積貨累萬金, 山水自悞."로 시작된다. 이 점은 앞에서도 논의했지만, 야담이라는 장르가 지닌 특성에서 비롯되는 것이라 하겠다. 그것은 곧 굳이 앞부분에서 주제를 현시하는 것보다는 이야기를 읽어가면서 그 주제를 스스로 도출하게 하는 방식을 취하는 것이다. 따라서 〈이부사계전황보고〉에서 말하고자 하는 바에 대해 독자들은 누구나 각기 나름대로 해석할 여지를 갖게 되는 것이다. 즉 〈등대윤귀단가사〉에서는 이야기가 지닌 의미가 처음부터 제시되고, 그에 따라 드러나게 되는 이야기의 의미에 긴박되어 있는 방식을 취하는 것이라면, 〈이부사계전황보고〉의 경우 최종적으로 이야기가 끝맺어져야지만 이야기의 의미가 제대로 파악되는 방식을 취하는 것으로 달리 나타난다고 할 것이다.

　이상에서 〈이부사계전황보고〉와 〈등대윤귀단가사〉를 간략하게 살펴보았는데, 두 작품은 실제 큰 차이를 보이지 않는다. 그렇지만 작은 차이를 통해 중국의 이야기가 한국의 야담집에 수용되면서 어떠한 방식으로 수용되고 있고, 그 의미는 어디에서 비롯되었는가를 엿볼 수 있었다. 실제 필자가 논의한 〈이부사계전황보고〉와 〈등대윤귀단가사〉의 비교는 단순히 두 작품 간의 동이점을 찾자는 데에 최종 목적이 있는 것이 아니다. 작품 대비를 통해 다른 나라의 어떤 한 작품이 국내로 유입되었을 때, 이야기가 어떻게 변모되며 또한 우리나라의 정서와는 그것이 어떻게 변별이 되는가를 찾는 일에 있다. 그것은 동아시아 보편주의 속에서 살고 있는 우리들에게, 보편과 특수라는 층차를 어떻게 이해해야 할 것인가에 대한 해답을 구하는 문제이기도 하다. 이 문제는 앞으로 더 많은 개별 작품간의 비교를 통해 동이점을 찾아내고, 그 차이의 원인을 밝히는 일이 지속적으로 이루어질 때 가능한 일이 될 것이다.

5. 맺는말

　『양은천미』 4화 〈이부사계전황보고〉와 『금고기관』 3화 〈등대윤귀단가사〉의 비교 검토를 통하여 한국 야담류 문학과 중국측 문헌자료의 관련 양상을 살펴본 결과를 요약하면 다음과 같다.

『금고기관』 3화 〈등대윤귀단가사〉는 한국에서 번역된 고소설이 남아 있고, 나아가 신소설로까지 개변, 수용되기도 한 점으로 보아 『금고기관』 소재 다른 작품들에 비하여 한국에 끼친 영향의 정도가 매우 큰 작품이라고 할 수 있다.

〈이부사계전황보고〉와 〈등대윤귀단가사〉를 대비한 결과, 다음 세 가지 측면에서 큰 차이를 지니고 있음이 확인되었다. 첫째, 〈이부사계전황보고〉는 〈등대윤귀단가사〉를 상당히 축약하고 있다는 점. 둘째, 작은 부분이지만 내용을 변개하고 있다는 점. 셋째, 형식적인 면에서 이야기 시작 부분의 처리 양상에서의 차이가 나타나고 있다는 점이다. 한편 이러한 차이는 한국 야담이 지니고 있는 나름의 특성으로부터 기인하는 것으로 보이는 바, 곧 야담은 철저하게 이야기의 줄거리 중심으로 요약 정리하고자 한다는 점, 아울러 한국적 정서에 맞는 방향으로의 전환을 꾀하고 있다는 점, 또한 이야기의 전개 방식에서의 특성 등 제반 요인의 작용으로 인하여 이런 변이가 나타났던 것으로 파악된다.

마지막으로 논제의 성과를 더욱 담보하기 위해서는 우선적으로 논의 영역의 확장이 필요하다는 사실을 아직껏 주목받지 못했던 몇몇 자료를 통하여 제기하면서 후일의 작업을 기약하였다.

▶ 부록

〈李府使計全皇甫孤〉

關東江陵府, 有一官, 覆姓皇甫名仁俊, 官至郡守, 年老家居, 積貲累萬金, 山水自愒. 膝下有一子, 名曰 繼善. 雖粗有才識, 至於施與, 拔一毛不爲也.

郡守晚畜一妾, 年過七十, 復生一子, 名曰 繼述. 愛如寶玉, 須臾不離. 繼善
惡其弟, 常有不滿之心矣. 修短有命, 郡守偶嬰無何之疾, 漸至瀕死. 繼述之
母, 抱子泣訴曰: "公若不諱, 妾之母子, 何處將依乎?" 郡守愀然曰: "汝母子
之情境, 吾籌之熟矣." 因自篋中, 出示一軸曰: "此乃汝救命之寶也. 愼藏之,
待繼述年至十五, 必有明官莅郡, 持此呈訴, 則可以得生矣." 母子泣而受之.
未幾, 郡守歸天, 所謂繼善, 初不痛父之亡, 內外家産, 任自主掌. 過葬之後,
視繼述母子, 如不緊之物, 衣之食之, 初不周給. 甚至於迫逐外廊, 使不得居
內. 繼述母子, 含憤茹痛, 勢無奈何, 僅保殘喘. 歲月荏苒, 繼述之年, 已十五
矣. 其母抱狀往府, 探問史, 則新任府使李氏, 屢典州郡, 政治明白, 初呈寃
訴, 兼納小軸. 府使展視良久, 使之退待, 熟覽小軸, 則其中畵一老人, 鬚眉
皓白, 衣服整齊, 傍有一少婦, 抱穉子, 似有泣告之狀. 反覆思想, 莫曉其意.
沉吟思渴, 命童進茶, 茶童失手沸茶濺軸, 大驚急起, 手自向陽曝曬, 以手按
摩之際, 更詳視之, 軸中隱隱有字樣. 心甚怪之, 掛于壁上, 照燭而觀之, 蠅
頭細楷, 密密書之. 書曰: "皇甫仁俊, 再拜告于明府之下. 僕有子二人, 長男
雖年過三十, 不知友于之情, 視弟如路上人. 僕竊寒心者, 爲念孤兒寡婦, 有
此煩聒, 幸望細垂察焉. 家之後園, 有一小閣, 四壁專用塗堅, 只有小小門窓,
南北之壁藏, 片銀幾百兩, 東西之壁藏, 碎金幾十兩矣. 銀則出給穉兒母子,
以爲生活之契, 金則願爲明府獻誠焉." 府使覽畢, 默而思之, 用何方便, 解
此一門之紛紜. 心生一計, 卽招皇甫繼善, 溫辭問之曰: "汝爲人之兄, 不能
愛育穉弟, 有此呈寃之境, 誠甚慨然. 然而聽訟之法, 必審兩隻之形勢, 和冲
妥貼, 於理當然. 明朝, 吾當躬往汝家, 兩造對卞." 繼善聽令而去. 翌朝, 府
使一馬一僕, 卽往皇甫之門, 門前細柳, 左右成列, 淸溪潺溪. 駐馬移時, 忽
然作主人出迎之狀, 急下馬傍立, 擧袖揖讓曰: "事體不然如是?" 再三黽勉
徐行, 若與人幷行之狀. 及到門首, 又復謙讓而入. 至於大廳, 繼善預設府使
之座於中堂, 拱手請陞, 府使又作謙讓之狀. 及陞堂, 不坐正中, 側坐一傍,
如侍尊者之像. 互相問答, '惟命是聽.' 至於末句, 極口防塞而已. 乃招繼善,
問之曰: "吾到汝家門前, 有一老人, 相貌如許, 衣冠如許, 笑面相迎, 吾想以

爲汝之父親顯聖敎我也. 汝爲長子, 家事當主, 至於繼述, 敢有相爭之理乎? 然而彼之飢寒, 亦不可不念. 汝家後小閣, 於汝無關, 於彼得此, 則可以生活. 劃給汝弟, 其中所有物, 雖一草一木, 汝不干涉之意納侤, 可也." 繼善心思 曰: "雖半給家産, 不可拒逆, 至於小小屋子, 豈敢抵賴乎?" 卽地書納侤音記. 府使率兩人, 卽往後園小屋, 巡視形便後, 命繼述, 使之撤毁南北壁, 忽有如 雪銀片, 紛紛落來, 收入篋中, 可爲幾百兩. 又毁東西壁塗塈之中, 裹入散碎 黃金, 洽爲幾十兩. 繼善觀此, 心膽摧裂, 勢亦無奈. 默默如泥塑人. 繼述則 百拜叩頭, 收金銀而隨府使出來, 以待處分. 府使命之曰: "汝先親之, 只給 小閣爲敎者, 有此銀金故也. 然而俄者命敎 金則雖曰 送我, 我豈受此? 汝持 此金銀, 母子相依, 經營産業, 勿負汝親黃泉之托也." 於是, 府使歸衙. 繼善 亦感悟前非, 兄弟相愛, 謹守家業, 至今其子孫綿仍云.

有詩爲証. "兄弟如何無友情, 致令老父訴心誠, 若非明府周全計, 皇甫子 孫必顚傾"

보론(補論) : 논의 영역의 확장을 시급히 요청한다

한국 야담류 문학과 중국측 문헌자료의 영향 관계를 보다 구체적으로 논의·정립하기 위해서라도 그 원천이 아직껏 분명히 밝혀지지 아니한 많은 자료집들에 실려 전하는 이야기들의 소종래와 그 변용 양상 등에 대한 보다 정치한 작업을 뜻하는 것으로, 여기서는 새로이 찾아낸 몇몇 자료만을 우선 간략히 제기해두고, 이에 대한 자세한 논의는 후일로 미룰까 한다.

첫째, 『청구야담(靑邱野談)』소재 이야기 가운데 한 편인 〈수형장조대풍월(受刑杖措大風月)〉을 들 수 있다. 이 이야기는 소화(笑話)의 범주에 드는 것으로 생각되는데, 그 원천에 대해서는 일찍이 검토된 바 없다.

최근에 들어와서 『청구야담』의 원천에 해당하는 몇몇 자료들이 연구자들에 의하여 소개된 바[15] 있다. 그러나 아직도 상당수 이야기들의 원천이 확정되지 않은 상태라는 점을 유의할 때, 이런 작업은 여전히 나름의 의미를 충분히 지닌다고 할 수 있다. 그러나 한편으로는 여기서 그 원천이 아직도 밝혀지지 아니한 이야기들의 원천을 분명히 밝혀낸다는 작업은 그리 녹녹치 않은 일로 사료된다. 검토 결과, 위 이야기의 원천으로는 바로 명(明) 낭영(朗瑛)이 엮은『칠수유고 기학류(七修遺稿奇謔柳)』와 풍몽룡(馮夢龍)이 엮은『고금담개(古今譚槪)』가 해당되는 것으로 드러났다.

검토에 앞서『청구야담』소재 〈수형장조대풍월〉의 원문을 들어 보이면 다음과 같다.

> 有一鄕曲措大 短文詞 而好風月 邑倅遇旱禱雨 乃作詩曰 太守親祈雨 萬民皆喜悅 半夜推窓見明月 人有告之者 邑倅以爲嘲戲官家 捉來杖臀 又作詩曰 作詩十七字 打臀十五度 若作萬言疏撲殺 邑倅聞之大怒 論報營門 勘以土民 凌辱官長律 遠配北道 其渭陽來別 又作詩曰 遠別數千里 何時更相見 握手淚濟然三行 盖其舅眇一目故也 舅見其詩 大怒而去 彼措大者 眞所謂識字憂患 始也一作詩而受官杖 再作詩而被營配 三作詩而逢舅怒 人之不愼於文字上者 可不戒哉[16]

---

15) 조희웅,『조선후기 문헌설화의 연구』, 형설출판사, 1981.

　　정명기,「『靑邱野談』에 나타난 전대문헌 수용양상 연구」,『연민학지』2집, 연민학회, 1994.

　　임완혁,「동패락송 관련 자료의 검토」,『한문학보』1집, 우리한문학회, 1999.

　　임완혁,「청구야담에 대한 문헌학적 연구」,『한국한문학연구』25집, 한국한문학회, 2000. 등을 들 수 있는데, 이들 성과를 통하여『청구야담』의 원천으로『溪西雜錄』·『靑邱野談』·『厚齋全書』등이 새로 밝혀진 바 있다.

16) 栖碧外史 海外蒐秩本『靑邱野談』上, 아세아문화사, 1985, 384~385쪽.

한편 이 작품의 원천에 해당하는 두 종의 자료집 소재 원문은 다음
과 같다.

가)『七修遺稿』所載 <十七字詩>

正德間徽郡天旱, 府守祈雨欠誠, 而神無感應. 無賴子作十七字詩嘲
之云. "太守出禱雨, 萬民皆喜悅, 昨夜推窻看, 見月." 守知, 令人捕至,
責過十八, 止曰 "汝善作嘲詩耶?" 其人不應. 守以詩非己出, 根追作
者. 又不應. 守立曰 "汝能再作十七字詩則恕之 否則罪置重刑." 無賴
應聲曰 "作詩十七字, 被責一十八, 若上萬言書, 打殺." 守亦哂而逐之.
<u>此世之所少, 無賴亦可謂勇也</u>.[17]

나)『古今譚概』소재 <十七字詩>

正德間有無賴子好作十七字詩, 觸目成咏. 時天旱, 府守祈雨未誠,
神無感應, 其人作詩 嘲之曰 "太守出禱雨, 萬民皆喜悅, 昨夜推窻看,
見月." 守知, 令人捕至, 曰 "汝善作十七字詩耶? 試再吟之, 佳則釋爾."
卽以別號西坡命題, 其人應聲曰 "古人號東坡, 今人號西坡, 若將兩人
較, 羞多." 守大怒, 責之十八, 其人又吟曰 "作詩十七字, 被責一十八,
若上萬言書, 打殺." 守亦哂而逐之[18]

가)와 나) 이야기들은 비록 그 구체적인 서술문면에서는 약간의 출
입이 나타나고 있지만, 그 전반적인 내용은 다음과 같이 요약될 수 있
는 바, 같은 이야기 아래에서 산생·유포된 자료로 보아도 좋을 듯하
다. 곧 부수(府守)의 기우(祈雨) 행위를 조롱하는 십칠자시(十七字詩)를
지은 무뢰자(無賴者)가 수(守)의 노여움을 입어 처벌을 받게 되자, 이내

---

17)『中國笑話書 七十一種』, 世界書局, 民國 74년, 172쪽.
18) 위의 책, 301~302쪽.

다시 십칠자시를 지어 부수를 조롱하다가 결국 쫓겨나게 된다는 이야기이다. 한편 필자는 이 두 편의 이야기 가운데 그 서술단락의 출입 유무[19]를 고려, 가)가 나)에 비하여 선행하여 나타난 자료인 것으로 보고자 한다.

한편 『청구야담』 소재 〈수형장조대풍월〉의 경우, 이들 자료들에서 확인되는 것과 같은 서사상황[20]과 특정한 문맥[21]을 공유하고 있다는 점에서 이들 작품의 영향 아래 출현한 이야기임에는 틀림없어 보인다. 그러나 설혹 이들 자료의 영향 아래 이루어졌다고 해서 이 자료가 원천을 그대로 전재한 것은 아니다. 이런 점에서 그 나름의 의미는 충분히 주목받아 마땅하다. 그것은 조대(措大)가 다시 "又作詩日 遠別數千里 何時更相見 握手淚潸然三行"이라는 시를 지어 외눈백이인 그 외숙의 신체적 결함을 은연중 드러내어 외숙의 노여움을 얻게 되는 또 다른 상황을 덧보태는 가운데 그 의미가 앞의 원천이 지니고 있는 의미와 다른 방향으로 굴절·수용된다는 점에서 익히 확인된다. 곧 "人之不愼於文字上者 可不戒哉"(문짜 샹의 조심하는 재 가히 경계를 삼을지어다.)[22]에서 확인되는 평결부가 바로 그것이다.

---

19) 이렇게 추단하는 근거는 나)에는 가)와는 달리 다음과 같은 삽화 "卽以別號西坡命題, 其人應聲日 "古人號東坡, 今人號西坡, 若將兩人較, 差多."가 또한 덧붙어 있다는 점과 아울러 가)의 끝 부분에서 드러나는 "此世之所少, 無賴亦可謂勇也"(이것은 세상에서 드문 바이지만, 무뢰배 또한 용기가 있다고 이를 만하다)와 같은 평결부를 지니고 있지 않다는 점 등을 들 수 있다.

20) 그것은 이 이야기 또한 府守의 기우 행위를 조롱하는 十七字詩를 지은 한 조대(무뢰자)가 수의 노여움을 입어 처벌을 받게 되자, 이내 다시 십칠자시를 지어 부수를 조롱하다가 결국 쫓겨나게 된다는 내용으로 이루어져 있다는 점을 말한다.

21) "太守親祈雨 萬民皆喜悅 半夜推窓見明月"이라는 첫 번째 시와 "作詩十七字 打臀十五度 若作萬言疏撲殺"이라는 두 번째 시를 가리킨다. 물론 시구 상에 걸쳐 미세한 차이는 분명 존재하지만, 그 드러내고자 하는 바는 동일한 것으로 이해해도 별반 무리는 없을 듯하다.

둘째, 『기리총화(綺里叢話)』(연대본) 소재 4화 〈전사옹(田舍翁)〉의 경우, 명(明) 유원경(劉元卿)이 지은 『해록(諧錄)』에서 전재한 것으로 되어 있으나, 검토 결과 그것은 『응해록(應諧錄)』의 오류, 또는 약칭(略稱)일 가능성이 높아 보인다. 먼저 『기리총화』의 해당 원문을 들면 다음과 같다.

"明劉元卿所著諧錄曰 汝州有田舍翁 家富千金 而累世不識字 『一日』聘楚士 訓其子 楚士搦筆 書一劃曰 一字 書二劃曰 二字 書三劃曰 三字 其子輒欣然擲筆 歸告其父曰 兒得矣 兒得矣 可無煩先生重費館 穀 請辭去 其父遂遣楚士 他日 其父設小酌 欲召姻友萬氏者 令子晨 起治狀 久而不成 父趣之 子恚曰 天下姓字甚夥 奈何姓萬 自晨起寫 纔完五百劃云 聞者奉腹 [余在童齔 偕從兄舍伯及傔僕之子數人 隷學 於家塾 而余諸昆季 以學業不進曰速 世父誨責 且客或有進問者曰 貴 家芝蘭課程何如云 則世父必憂形於色曰 菁未 菁未 余曹以是悶蹙 少 效惜寸之意 而傔僕之子 則却被其父之極口獎詡 每逢人輒曰 吾兒文 史成就 已與宿儒軒輊云 其子因其言 而自滿 亦以盡美自許 不思進修 而余曹則以不及此數子 恒自枂然 而庶從祖郎廳 自兒少嬰病 未曾讀 一字 嘗憤自家無學 送其次子于楊峽再從家 以便攻書者 且十年矣 郎 廳自楊歸路 盛言其子之爲神童 日責余曹曰 何若曹之不如吾兒也 余 曹心甚愧惡 每聞此言 無地自容及 郎廳之子 以事上洛 余曹待之以師 表 仰之若神明 若得他一劃一字 則遞視嘖 〃 恨已之不若也 及余曹次 第成冠 經史旣皆訖工 而傔僕之子 則尙不出史畧二卷 通鑑三卷 誠未 知其間何所事而然也 尋又懶散 廢閣不工 至今未有一箇記姓名者 郎 廳之子 旋卽下楊近 纔入城故 討其所學 則識字不滿數百 吁亦怪矣 今者追惟 則曩日余曹所修 未必不若此數子 而徒信渠父之過獎 不暇 料己料人 只緣且愧且羞 直竪降旛甘趍下塵 噫 若非世父嚴訓 余昆季

何以辨得銀根而實 郎廳及數子之父　激而成之也　然郎廳及數子之父
可與汝州田舍翁　遙 〃 相對　故此贅筆]"

한편 그 원전에 해당하는 유원경의『응해록』의 원문은 다음과 같다.

　　<萬字>
　　汝有田舍翁 家資殷盛 而累世不識之乎 一歲聘楚士訓其子. 楚士始
訓之搦管臨朱, 書一劃訓曰 一字 書二劃訓曰 二字 書三劃訓曰 三字.
其子輒欣然擲筆 歸告其父曰"兒得矣 兒得矣 可無煩先生, 重費館穀
也, 請辭去." 其父喜從之, 具幣謝遣楚士. 逾時, 其父擬徵召姻友萬氏
姓者飮, 令子晨起治狀 久之不成. 父趣之. 其子恚曰"天下姓字伙矣,
奈何姓萬? 自晨起至今 才完五百劃也." 初機士偶一解, 而卽訑訑自矜
有得, 殆類是已.

　『기리총화』(연대본) 소재 4화 <전사옹>에서, 그 출전이 명 유원경이
지은『해록』임을 밝히고 있는 이상, 이 두 자료 사이에서 발견되는 거
리는 그다지 커 보이지 않는다. 그럼에도 완전 전재가 아니라 부분 부
분 다른 문면을 사용[23]하고 있다는 점과 아울러 후반부에 별도의 삽화
가 첨입되어 있다는 점 등에서 본다면, 이 이야기 또한 그 원천의 수
용 과정 내에서 나름의 변이를 겪는 방향으로 나아가고 있음을 알 수
있다.
　셋째, 일제 강점기에 간행된『월간 야담』에 실려 있는 중국 야담 자

---

23) 家資殷盛(家富千金), 其父喜從之, 具幣謝遣楚士(其父遂遣楚士), 天下姓字伙矣,
　　奈何姓萬(天下姓字甚夥 奈何姓萬) 등과 같이 문맥을 한국적 상황에 맞는 방향으로
　　보다 평이하게 고쳐 기술하고 있다는 점이 바로 그것이다. (괄호 안의 부분이『綺里叢
　　話』(연대본)에서 드러나는 문면이다.)

료의 원 모습과 이 자료에 수용된 자료들 사이에서 발견될 수용·굴
절·변형의 모습을 보다 꼼꼼히 따져볼 필요가 있다. 그러나 여기서는
해당 작품의 목록을 거칠게나마 제시하는 것으로 그치기로 한다. 그
목록은 다음과 같다.

　　　金濯雲, 중국야담 怪人封三娘, 『월간야담』 39호(소화 13년 3월 10일)[24]
　　　　　　　　　怪人封三娘(2), 『월간야담』 40호(소화 13년 4월 10일)
　　　　　　　　　夢娶公主, 『월간야담』 43호(소화 13년 7월 10일)[25]
　　　尹白南, 可憐杜十娘, 『월간 야담』 25호(소화 11년 12월 10일)
　　　梁白華, 中國野談 長恨歌, 『월간 야담』 1권 4호(소화 10년 1월 10일)
　　　　　　　　　薄情郎, 『월간 야담』 2권 3호(소화 10년 3월 10일)
　　　　　　　　　李白의 一生, 『월간 야담』 2권 4호(소화 10년 4월 10일)
　　　　　　　　　莊子의 안해, 『월간 야담』 2권 5호(소화 10년 5월 10일)
　　　　　　　　　盜跖의 心事, 『월간 야담』 2권 6호(소화 10년 6월 10일)
　　　　　　　　　閨房秘話, 『월간 야담』 2권 7호(소화 10년 7월 10일)
　　　　　　　　　賣油郎 上, 下, 『월간 야담』 2권 9~10호(소화 10년
　　　　　　　　　9월-11월 10일)
　　　　　　　　　劍俠, 『월간 야담』 2권 11호(소화 10년 미상)
　　　　　　　　　劍俠 續, 『월간 야담』 3권 1호(소화 10년 12월 10일)
　　　　　　　　　紫蘭宮의 飛劍, 『월간 야담』 3권 3호(소화 11년 3월
　　　　　　　　　10일)
　　　　　　　　　知音, 『월간 야담』 3권 6호(소화 11년 6월 10일)
　　　　　　　　　雙松장, 『월간 야담』 25호(소화 11년 12월 10일)
　　　　　　　　　女子의 一念 상, 하, 『월간 야담』 27~8호(소화 12년
　　　　　　　　　2-3월 10일)

---

24) 『김탁운야담집』(성문당서점, 1943), 102~153면.
25) 위의 책, 55~75면.

楊貴妃 1-7,『월간 야담』29~35호(소화 12년 4-11월
10일)

太公望의 안해,『월간 야담』36호(소화 12년 12월 10일)

紅線傳,『월간 야담』48호(소화 14년 2월 10일)

飛刀奇譚,『월간 야담』49호(소화 14년 3월 10일)

一波(生), 中國野談 馮燕傳,『월간 야담』46호(소화 13년 11월 10일)

無聲學人, 中國野談 富翁과 名畵,『월간 야담』51호(소화 14년 5월 10일
(?))

牧丹燈記 51호,『월간 야담』(소화 14년 6월 10일)

杏村洞人, 中國怪談 娶鬼女爲駙馬,『월간 야담』44호(소화 13년 8월
10일)

이상에서 든 목록을 통해서도, 우리는 중국 야담을 한국에 소개하는
데에 가장 적극적인 태도를 지니고 있던 인물이 양백화(梁白華, 백화는
호, 본명: 梁建植)임을 알 수 있다. 그 밖에도 김탁운(金濯雲), 윤백남(尹白
南), 일파(생)[一波(生)], 무성학인(無聲學人), 행촌동인(杏村洞人) 등이 주
로 그 역할을 담당했던 것으로 보여진다. 그러나 이들 간에도 일정한
나름의 편차는 있었던 것으로 생각된다. 그 근거로는 다음과 같은 사실
을 들 수 있다. 곧 오로지 중국 야담만을 소개하는 데에만 많은 노력을
쏟고 있던 양백화에 비하여, 김탁운의 경우 그 자신이 당시에 몸담고
있던 시대적 환경의 영향, 또는 세계관의 차이를 드러내고 있는 것인지
는 모르겠지만, 내지(內地) 야담에도 일정 부분 관심을 경주하고 있는
것[26]으로 보인다는 점이다. 검토 결과 우리는 이런 편차의 양극단에
양백화와 구송(丘松)이란 인물이 버젓이 자리 잡고 있다는 사실을 알게

---

26) 그 구체적인 증거로 바로 앞의 책에 실린 <軍國어머니>를 들 수 있다.

되었다. 일제 강점기 시대에 중국 야담의 적극적 소개자로서 양백화를 거론해야 한다면, 그 대극점(對極點)에 해당하는 존재로 우리는 내지 야담의 적극적 소개자로서의 구송(丘松)이란 인물을 또한 주목할 필요가 있다고 본다. 그러나 양백화와는 달리 특히 구송이란 인물이 과연 누구인지? 또 그 자신의 삶의 행적이 현재 거의 남아 있지 않은 오늘의 현실 아래서 이들 인물들의 사상적 궤적과 아울러 이야기관, 야담에 대한 인식 등에 대한 검토는 현재로서는 거의 무망(無望)한 일로까지 비쳐진다. 다만 여기서는 왜 이러한 현상이 나타나게 되었는가, 곧 그 요인(환경)은 무엇이며 나아가 아울러 그로 인하여 우리 야담이 어떻게 질적으로 변화를 맞이하게 되었는가에 대한 진지한 고민이 요청된다는 점만을 제기하며 발표를 맺을까 한다. 이해를 돕기 위하여 구송이 남긴 내지 야담 자료의 목록을 제시하면 다음과 같다.

> 內地野談 雨夜劍光, 『월간 야담』 47호(소화 14년 1월 10일),
> 雄鷄의 暗示, 48호(소화 14년 2월 10일),
> 妖艶花, 49호(소화 14년 3월 10일),
> 山中奇遇, 51호(소화 14년 5월 10일(?)),
> 墻內의 賊, 51호(소화 14년 6월 10일),
> 金剛神의 妖變, 52호(소화 14년 7월 10일),
> 刀劍觀相, 53호(소화 14년 8월 10일),
> 讓金兄弟, 54호(소화 14년 9월 10일),
> 繪馬의 疑問, 55호(소화 14년 10월 10일).

제2회 한중 국제학술대회 발표문, 중국 항주사범대학, 2005
『어문학교육』 31, 한국어문교육학회, 2005.

일제 치하 재담집에 대한 재검토

1. 들어가는 말

근자에 들어와 일제 치하에 간행된 재담집에 대한 학적 성과[1]가 꾸준히 계속되고 있음은 우리 서사문학의 폭과 깊이를 넓히는 데 긍정적 기여를 했다고 할 수 있다. 나아가 같은 분야에 관심을 갖고 있는 필자 또한 이로부터 많은 학적 자극을 받았음을 실토하지 않을 수 없다. 이런 학적 관심의 결과, 이들 재담집에 대한 성격 규명 또한 나름대로나마 어느 정도는 파악된 것으로 보여진다.

---

1) 서대석, 『한국구비문학에 수용된 재담 연구』, 서울대 출판부, 2004.
  서대석 외, 『전통 구비문학과 근대 공연예술』 I · II · III, 서울대 출판부, 2006.
  서대석, 『한 · 중 소화의 비교』, 서울대 출판부, 2007.
  조동일, 『한국문학 이해의 길잡이』, 집문당, 1996.
  황인덕, 『한국기록소화사론』, 태학사, 1999.
  김준형, 『한국패설문학연구』, 보고사, 2004.
  김준형, 「조선조 稗說文學 연구-골계류를 중심으로」, 고려대 박사논문, 2003.
  김준형, 「근대 전환기 패설의 존재양상-1910~1920년대 패설집을 중심으로-」, 『한국문학논총』 41집, 한국문학회, 2005, 289~329쪽.
  김준형, 「근대 패설의 흐름과 이명선의 이야기」, 『대동한문학』 24집, 대동한문학회, 2006, 109~142쪽.
  김정연, 「1910년~1920년대 소화집 연구」, 덕성여대 대학원 석사논문, 2003.
  김효연, 「『仰天大笑』 연구」, 서강대 교대원 석사논문, 2006.
  이홍우, 「일제 강점기 재담집 연구」, 서울대 대학원 석사논문, 2006.

그럼에도 이들 재담집에 대한 선행 연구는 여러모로 이에 대한 기본적인 몇몇 문제들과 아울러 이들 재담집들이 과연 어떠한 경로를 통하여 형성되었는가에 대한 문제 등에 대해 그동안 별다른 관심을 쏟지는 않았던 것으로 여겨진다.

이런 문제 인식 아래, 필자는 본고에서 다음 몇몇 문제를 검토하여보고자 한다. 그것은 첫째, 즉『우순소리』를 두고 전개되어 온 그 동안의 선행 연구성과를 오늘날까지도 액면 그대로 받아들여야만 하는가 하는 문제, 둘째, 어느 누구도 주목하지 못했던『요지경』과 같은 자료의 소개를 통해서 재담사(才談史)의 새로운 정립도 가능하지 않을까 하는 문제, 셋째, 일제 치하 재담집에 영향을 끼친 선행 자료는 과연 무엇인가를, 〈대한매일신보〉의 존재를 통해 밝혀보려는 문제 등이 바로 그것이다. 여기서 필자가 특히 관심을 갖는 문제는 〈대한매일신보〉의 존재이다. 그러나 〈대한매일신보〉에 대한 관심은 사실 어제오늘에 비롯된 것은 아니다. 일일이 들 수 없을 정도로 많은 학적 성과가 여러 학문 분야에서 다양하게 제기되었다는 점을 통해서도 그 점익히 확인된다. 한편 범위를 문학으로 좁혀 살피더라도, 대부분의 근대문학 연구자들이 〈대한매일신보〉에 수록된 서사물 가운데 근대소설의 성격을 지니고 있는 일련의 자료들에 대해 집중적인 관심[2]을 쏟아왔던 것에서도 거듭 확인된다. 그러나 〈대한매일신보〉에는 이런 자료 뿐만 아니라 재담집과 관련하여 주목할 만한 많은 단형서사체가수록되어 있는 것 또한 사실이다(후술한다). 아울러 이들 자료들이 바로 뒤이어 간행된 재담집들과도 밀접한 관련 양상을 지니고 있는 것

---

2) 김영민 외, 『근대계몽기 단형 서사문학 자료전집』 상·하, 소명출판, 2003.
   김영민, 『한국 근대소설의 형성과정』, 소명출판, 2005.
   김영민, 『한국의 근대신문과 근대소설』 1, 대한매일신보, 소명출판, 2006.

으로 확인된다는 점에서 그 존재 의의는 기존 논의와는 다른 각도에서도 충분히 인정받을 수 있다고 하겠다.

이들 문제에 대한 본격적인 검토에 앞서서, 필자가 그 동안 도서관의 서지 목록이라든가 선행 연구성과 또는 소설 작품의 뒷면에 실려 있는 광고 문안 등등을 통하여 구체적으로 확인한 일제 치하에 간행된 재담집들은 약 30여 종에 달하는 것으로 확인된다(자세한 목록은 뒤에 따로 붙인 참고 자료 (1)을 참조하라). 그러나 이들 자료집 가운데는 물론 현전 여부가 분명하지 않은 자료집들 뿐만 아니라, 필자가 미처 검토하지 못한 자료집들 또한 포함되어 있다. 앞으로 이에 대한 계속적인 탐색이 요청된다고 하겠다.

여기서는 위에서 언급했듯이 재담집에 대한 그 동안의 연구 성과가 간과했던 몇몇 문제들에 대하여, 필자의 견해를 밝히는 것으로 논의의 범의를 국한할까 한다.

2. 『우순소리』의 성격에 대한 새로운 이해

윤치호의 『우순소리』는 1908년 7월 30일에 간행되었는 바, 선행 연구자들[3]은 이 책을 일제 치하에 최초로 간행된 재담집일 것으로 파악

---

3) 대표적인 경우로 조동일·황인덕을 들 수 있는데, 편의상 여기서는 황인덕의 주장만을 들어 보일까 한다. "이 시기 소화사가 보여준 모습의 하나로서 마지막으로 짚고 넘어갈 것으로, 근대적 소화집의 공간(公刊)이 이때 최초로 이루어졌다는 사실이다. 윤치호(尹致昊:1864~1946)가 펴낸 <우순소리>(1908년)가 그것이다. <u>이름으로 보아 소화집이 분명한 이 책은</u> 현재로서 정확한 체재나 내용상의 특징을 확실히는 알 수 없다. …(중략)… 그렇다면, 이 소화집은 그 무렵 고조되었던 소화를 통한 사회 비판적인 기능의 연장이라는 의미를 지닌다고 이해돼야만 할 듯하다."(밑줄: 필자 표시) 황인덕, 앞의 책, 279쪽 참조.

하는 태도를 보여 왔다. 그러나 불행히도 이 책은 출간되고 바로 이어 일제에 의해 금서로 지정된 탓인지, 그 현존 유무와 작품적 실상에 대한 일련의 정보조차 우리에게 전혀 알려져 있지 않은 상태이다. 이런 점에서 본다면 『우순소리』가 선행 연구자들이 주장하고 있는 것처럼 과연 재담집으로서의 성격을 지니고 있는 자료집인지조차 의문이 아닐 수 없다고 할 수 있다. 왜냐하면 그것은 이러한 주장이 자료집에 대한 분명한 검토를 바탕으로 이루어진 것이 아니라, 그 제목으로부터 쉽게 유추해 낸 주장에 불과한 듯한 느낌이 있다는 점 때문이다. 우리들이 선행 연구자들의 이런 주장을 액면 그대로 계속하여 수용해야 할 것인지에 대해 이제 한번쯤은 진지하게 생각해 볼 필요가 있다고 본다. 다음의 광고 문안들은 이러한 필자의 회의적 시각에 대한 나름의 논거를 뒷받침해 주는 한 증거로 기능한다.

　　　우슨 소리 ------ 이 칙은 우리나라 교육계에 유명흔 윤치호씨의 져슐흔 바 익국 사상을 니르키며 독립졍신을 빙양ᄒᆞᄂᆞᆫ 비유소셜이라.[4]
　　　우슨 소리 ------ 이 칙은 교육 대가 윤치호의 져슐흔 유익흔 비유소셜인디[5]

　이런 광고 기사를 액면 그대로 믿는다면, 우리는 『우순소리』를 더이상 재담집의 성격을 지니고 있는 작품집이라기보다는 '익국 사상을 니르키며 독립졍신을 빙양ᄒᆞᄂᆞᆫ 비유소셜'으로 보아야 하는 것이 마땅한 태도가 아닐까 한다. 나아가 재담집의 문학적 성격을 유념할 때,

---

4) <신한국보>, 융희 4년(1910)년 4월 5일의 광고 기사.
5) <신한국보>, 융희 4년(1910)년 4월 12일의 광고 기사. 이와 같은 내용은 같은 해 4월 19일와 4월 26일의 광고 기사에서도 거듭 나타난다.

❶압재가녀사 경시텽에셔 각
칙사에슌사도과숑늘야한국인민
이보아셔의국사샹이남만혼서칙
율모도압슈얏눈듸그셔젹은듸
좌ᄒᆞ다라
동국사략　유년필독 二十세
과뎡션문　월남망국사·…슈
최의뒤　우소운소리쇼셜

(1909년 6월 9일)

그것이 비록 부분적으로는 '이국 사샹을 니르키며 독립정신을 빙양ᄒᆞ
는' 순기능 또한 지닐 수도 있겠지만, 이런 면모는 재담집에 수록된
작품의 면면과 그 문학적 성격 등을 유념할 때 결코 쉽게 수용하기 어
려운 것으로 여겨진다. 이런 점에서 본다면 『우순소리』는 통설로까지
자리잡은(?) 선행 연구자들의 주장과는 달리 재담집이 아니라, '비유소
설'(풍자소설)적 성향을 지니고 있는 작품으로 보아야 한다고 본다. 여
기서 『우순소리』가 순수한 재담집으로서의 성격이 강한 작품집이었다
면, 일제가 굳이 이 작품집에 대하여 금서 조처를 취하였겠느냐는 앞
뒤의 상황까지도 고려하더라도, 선행 연구자들의 주장은 『우순소리』
의 실상과는 거리가 먼 견해로 보아야 하지 않을까 싶다.

　이러한 필자의 주장 또한 다른 연구자들과 마찬가지로 이 책을 직접
검토한 데서 도출된 견해가 아니라, 당시의 광고 기사를 토대로 도출
된 견해에 불과하다는 점에서 이에 대해 계속적인 검토가 요청된다고

하겠다.

이 책이 일제에 의하여 금서 조처를 받은 뒤, 멀리 떨어진 미국의 우리 동포들에 의하여 다시 간행되었다는 사실을 전하는 아래와 같은 몇몇 단편적인 기사를 여기서 새삼 주목할 필요가 있다. 우리의 노력 여하에 따라서는 앞으로 이 책의 성격 규명에 대한 성과 또한 어렵지 않게 이루어지리라 본다. 향후 관심 있는 동학들의 분발이 요청되는 까닭이다. 그것은 **전후 6차례에 걸쳐 〈신한국보〉에 실린「우슨(순) 소리」광고**에서 익히 확인되는 바, 융희 4년(1910) 5월 10일과 5월 17일의 기사는 『우순 소리』가 1910년 5월 10일에 신한국보사의 노재호에 의해 간행되었음을 분명히 일러 주고 있다.

이해를 돕기 위해 해당 광고 기사를 보이면 다음과 같다.

교육대가 윤치호씨 져작 定价金 二十五錢
우순 소리
흔 더슨 二元 二十五 錢. 흔 번에 二 더슨 이샹을 쳥구ᄒ시ᄂ 이외게 ᄂ 특별 렴가로 슈응ᄒ겟습고 특별히 五百 권 위ᄒ고 **義士** 안즁근씨 의 샤진 일 폭식 텸부홀 터이니 속속히 쳥구ᄒ시오.
五月 十日 發行 新韓國報社內 로지호[6]

3. 『요지경』의 재담사적 위치와 그 가치

그렇다면 오늘날 우리가 구체적으로 그 실물을 확인할 수 있는, 가장 이른 시기에 출간된 재담집은 어떤 작품집이며 또 그것이 우리 재

6) 〈신한국보〉 융희 4년(1910)년 5월 10일, 5월 17일의 기사 참조.

담사에서 어떠한 위치와 가치를 점유하고 있는 것인가에 대한 의문을
갖지 않을 수 없다.

『요지경』[7]의 저술자는 앞부분에서는 '박영진'으로 명기되어 있는 반
면, 말미의 출간 사항에서는 그와 달리 '져작권겸 발힝쟈'라고 하며
'京城 西部 夜珠峴 二十五統 十六戸'에 거주하는 '박희관'으로 밝히고
있어 뭔가 모호한 부분이 있다. '박영진'이나 '박희관' 등에 대한 일련
의 정보 또한 현재까지는 별로 밝혀진 바가 없는 실정이다. 혹 대정(大
正) 6년 19월에 세창서관에서 간행한 『능견난사(能見難思)』의 작자로
'경성부 종로통 4丁目 卅一번지'에 살고 있는 '박영진'과 동일 인물일
가능성도 잇으나 이마저도 분명치는 않다. 이에 대한 세심한 천착이
요청된다고 하겠다.

『요지경』의 초판은 '明治 43년(1910) 12월 10일'에 발행되었지만, 현
재 그 초판본은 전해지지 않고, 국립중앙도서관에 다음해인 '명치 44
년(1911년) 11월 4일'에 재판으로 간행된 단행본이 소장되어 있다. 처음
부터 온전히 한글로 되어 있고, 총 185화가 수록되어 있다. 통설을 그
대로 따른다면, 『요지경』은 현재까지 확인된 재담집들 가운데 윤치호
의 『우순소리』를 제외하고서는 시기적으로 가장 일찍 출간된 자료집
으로 파악된다. **이 자료집 소재 재담은 후대에 간행된 여타 자료집들
의 그것과 달리 대화체가 아닌 서술체로 되어 있다는 특징적 징표를
지니고 있다.** 한편 77화에 달하는 이야기들의 결미부에는 저자인 박
영진의 주관적 평이 첨부되어 있어 흥미를 끌고 있다. 여기서는 대표

---

7) 이 자료집에 대한 학적 언급은 일찍이 三枝壽勝의 「笑話集과 話藝-한국문학 이해
  를 위한 시론-」(『국어국문학』 136호, 국어국문학회, 2004, 67~102쪽)에서 이루어진
  바 있지만, 그 자신 또한 이 자료집을 재담집의 맥락에서는 파악하고 있지 못한 태도
  를 드러내는 것으로 여겨진다.

적인 몇몇 경우만을 들어 그것을 보일까 한다. 〈이 량반이 모음에 분 ᄒ여 곳 신문샤에 가셔 질문ᄒ더라니 **실업의아ᄃᆞᆯ**〉(2화), 〈관쇽을 호령 ᄒ여 '이 가관쟝을 디경 밧그로 축츌ᄒ라 -.' ᄒ니 **이런 똥항아리 보 게**〉(4화), 〈우리나라 사롬들은 아츔에 니러나면 세상 업셔도 옷브터 몬져 닙고야 셰슈흔다." ᄒ니 **양인의 코가 납쪽 ᄒᆞ겟쇼**〉(12화), 〈쥬인 이 ᄯᅩᄒᆞᆫ 그 쯧을 짐작ᄒ고 짐을 덕당ᄒ게 실어 주더라니 **말이나 ᄉᆞ룸 이나 원형리졍이 졔일이지**〉(40화).

한편 『요지경』은 필사본으로도 유통되었는 바, 이로 본다면 당시에 많은 관심을 끌었던 작품집임을 알 수 있다. 그 체재는 (앞 부분 탈락)/ 終結/學術講習說/雄辯家/雄辯家 되는 法方(方法?)/演說者 態度(총 13 장 분량) 등의 글에 이어 『요지경』(총 51장)으로 이루어져 있다. 활자본 『요지경』과 필사본 『요지경』의 두 자료에서 발견되는 표기법에서의 차이 등을 고려할 때, 필사본 『요지경』은 활자본 『요지경』보다는 시대 적으로 후행하여 출현한 자료로 생각된다. 가로 15cm, 세로 20cm이 며, 저초(貯初)가 소장하고 있다. 56화로 이루어져 있는데, 그 가운데 50화까지는 활자본 『요지경』을 순차적으로 전재하는 방식으로 이루 어지지만, 51화부터는 활자본 『요지경』의 순서를 임의로 선별하는 방 식으로 구성되어 있다-예 : 51화(100화), 52화(102화), 53화(79화), 54 화(175화), 55화(170화), 56화(168화)-

활자본 『요지경』에 비하여 필사본 『요지경』은 다음과 같은 표기상 의 차이를 드러내고 있다는 점에서 나름의 독자성을 담보받을 수 있 다. 곧 그것은 다음과 같은 방식으로 구현된다. 첫째, 우리말을 일본 어로 바꾸어 표현하는 방식, 둘째, 우리말을 한자어로 바꾸어 표현하 는 방식 등이 바로 그것이다.

첫째, 우리말을 일본어로 바꾸어 표현하는 방식.

그 人ガ(이 스롬이) : 8화(17화)   ヒトガ(사롬이) : 19화(42화)

クタサイ(주시오) : 20화(43화)   겁이 テテ(나셔) 다라나고 : 22화
(46화)

主人ガ(이) : 22화(46화)   쇼년이 와서 見テ(보고) 무러 : 36
화(124화)

둘째, 우리말을 한자어로 바꾸어 표현하는 방식.

바놀 一介(흔 기) : 10화(19화)   大川(큰 닉)ガ 잇거눌 : 11화(20화)

五, 六 歲(칠, 팔 세) : 16화(37화)   一日은(하로는) : 18화(39화)

餠價ㅋ(떡갑) : 20화(43화)   不知(아지 못)ㅎ고 : 20화(43화)

大희ㅎ야(깃거ㅎ여) : 22화(48화)   솟을 開見ㅎ이(열고 보니) : 22화
(48화)

滿酒(술이 가득)ㅎ거늘 : 22화(48화) 不知ㅎ고(몰나보고) : 22화(48화)

油家(기름집)에셔 : 24화(53화)   昔者(녯젹)에 : 37화(125화)

술이 大醉(잔ㅅ득 취)흔 모양이라 : 44화(149화)

한편 활자본 『요지경』은 뒷날인 1918년에 강의영에 의하여 영창서
관에서 간행된 『팔도재담집』[8]과 1928년에 간행된 『십삼도재담집』에
도 상당한 분량이 그대로 수용되는 것으로 확인되었다. 먼저 『팔도재
담집』은 총 145화로 이루어져 있는 재담집인 바, 그 중 20~24화,
30~50화, 74화~82화, 117~145화를 제외한 나머지 81화가 바로 활자
본 『요지경』을 그대로 전재·수용한 것임이, 한편 『십삼도재담집』의

---

8) 이 자료집의 원문과 간단한 해제가 이홍우에 의해 이루어진 바 있다. 이홍우, 「문헌
자료 『팔도재담집』, 원문과 해제」, 『웃음문화』 창간호, 한국웃음문화학회, 2006, 26
9~336쪽.

경우, 이들 두 재담집, 곧 『요지경』과 『팔도재담집』을 전재·수용한 이야기가 52화에 이르고 있는 점에서 익히 확인된다. 이런 점만으로도, 활자본 『요지경』의 야담사적 위치와 그 가치가 결코 적지 않음을 익히 알 수 있다. 향후 활자본 『요지경』에 대한 본격적인 접근과 해석이 요청된다고 하겠다.

위에서 지적한 몇몇 사항들을 통해, 우리는 그 동안 진행되어 온 재담집에 대한 연구 성과가 해결한 성과 못지않게 해결하지 못한 많은 과제를 또한 내포하고 있음을 알게 되었다. 그것은 특히 〈대한매일신보〉 소재 단형서사체와 일제 초기 재담집 간의 관련성을 주목한 성과가 일찍이 제출된 바 없다는 점에서 더욱 극명히 잘 드러난다. 항을 달리하여 이 문제를 검토하기로 한다.

4. 〈대한매일신보〉와 일제 치하 재담집의 관련 양상

여기서는 논의의 범위를 재담사에서 볼 때 비교적 초기에 출간된 것으로 생각되는 다음 3종의 재담집—곧 『絶倒百話』, 『開卷嬉嬉』, 『笑天笑地』—으로 국한하여 살펴보기로 한다. 그 이유는 이들 3종의 재담집이 '신문관'이라는 동일한 출판사에서 간행되었다는 점, 나아가 초기 〈대한매일신보〉의 그것과 같이 한문이 주가 되는 표기 방식을 취하고 있다는 점, 이들 3종의 재담집의 관련 양상에 대한 선행 연구성과가 일찍이 제기된 바 있다는 점 등을 두루 고려하였기 때문이다. 선행 연구 성과에 따르면, 『소천소지(笑天笑地)』는 총 322화로 이루어져 있는 재담집인 바, 그 가운데서 120화~219화까지의 100화는 『절도백화(絶倒百話)』를, 220화~315화까지는 『개권희희(開卷嬉嬉)』 가운데 아래 5

화-五十. 〈擧本戱鄭〉(削), 五十六. 〈男一女九〉, 五十八. 〈自願打殺〉
(削), 八十六. 〈翁試婿才〉(削), 九十四. 〈雨中放溺〉(削)-를 제외한 나
머지 전부를 그대로 수록하고 있다는 점이 밝혀진 바[9] 있다. 그러나
『소천소지(笑天笑地)』의 1화부터 119화까지의 이야기들의 원천은 아직
껏 밝혀진 바 없다. 『소천소지(笑天笑地)』의 이런 면모를 통하여, 우리
는 해당 자료집의 1화부터 119화까지의 이야기들 또한 아직 알려지지
아니한 다른 자료집으로부터의 전재·수용일 가능성이 높음을 추론하
게 된다. 이런 점을 고려하여 일제 초기에 간행된 근대신문을 두루 검
토하던 중, 필자는 〈대한매일신보〉의 아래와 같은 단형서사체의 존재
에 대해 주목하게 되었다. 그 결과 필자는 〈대한매일신보〉에 수록된
〈笑話〉(우슴거리) 또는 〈利於藥〉이라는 단형서사체가 일제 초기 재담
집과 밀접한 관련 양상을 지니고 있음을 발견하게 되었다.

검토한 내용의 결론부터 밝혀 제시하면 다음과 같다.

『소천소지(笑天笑地)』가운데 그 출전이 아직 정확히 밝혀진 바 없는
1화부터 119화까지의 이야기들 가운데 다음 20화가 〈대한매일신보〉
에 수록된 〈笑話〉(우슴거리)와 완전히 동일한 이야기(4화, 8화, 9화, 10
화, 11화, 14화, 15화, 16화, 17화, 18화, 19화, 20화, 38화, 40화, 41화, 43화,
44화: 총 17화)이거나 정황의 유사성을 드러내고 있는 이야기(21화, 66
화, 103화: 총 3화)라는 사실을 알게 되었다. 이해를 돕기 위해 〈표〉로
제시하면 아래와 같다.

---

9) 김준형, 위의 책, 231~234쪽. 『소천소지』에 대한 몇몇 특징적 내용을 서술한 뒤, 이
책을 '『절도백화』와 『개권희희』의 증보판으로 이해해도 무방할 듯하다. 즉 『절도백화』
와 『개권희희』를 한데 묶고, <u>이후 수집된 이야기 126편을 더 보태어 보완한 책</u>'으로
보아야 한다고 주장한 바 있다(밑줄 : 필자 표시). 밑줄 친 부분을 통해 볼 때, 『소천소지』
의 원 출전이 무엇인지를 처음으로 규명한 그조차 『소천소지』를 포함한 다른 일제
초기 재담집의 원전이 무엇인지에 대해 미처 신경을 기울이지 못했던 것으로 파악된다.

화수	『笑天笑地』	문체	대한매일신보 소화(우슴거리)	문체	관련 양상
1	覓屍有道	한문	1912-03-08	한글	완전동일
2	母女相戲	한문	1912-03-10	한글	완전동일
3	水解皺紋	한문	1912-03-10	한글	완전동일
4	睡裡能見	한문	1912-03-09	한글	완전동일
5	乘屋乘鏡	한문	1912-03-09	한글	완전동일
6	不返車票	한문	1912-03-07	한글	완전동일
7	是父是子	한문	1912-03-07	한글	완전동일
8	先生是惰	한문	1912-03-06	한글	완전동일
9	死後感崇	한문	1912-03-06	한글	완전동일
10	記而不知	한문	1912-03-03	한글	완전동일
11	敎拜遲路	한문	1912-03-01	한글	완전동일
12	可讀舊新聞	한문	1912-03-08	한글	완전동일
13	夢見周公	한문	1912-10-26	한글	정황의 유사
14	以死自處	한문	1912-03-12	한글	완전동일
15	失驢忘名	한문	1912-03-13	한글	완전동일
16	牽犢呼父	한문	1912-03-13	한글	완전동일
17	可畏新聞	한문	1912-03-14	한글	완전동일
18	兄弟談月	한문	1912-03-14	한글	완전동일
19	掛在絶半	한문	1912-03-15	한글	정황의 유사
20	見狗亦拜	한문	1912-10-14	한글	정황의 유사

표기법 상의 엄연한 차이가 발생하고 있음에도, 『소천소지』와 〈대한매일신보〉 소재 기사의 대부분이 완전히 동일한 이야기란 점에서, 『소천소지』에 수록된 다른 두 재담집, 곧 『절도백화(絶倒百話)』와 『개권희희(開卷嬉嬉)』와의 표기법 상의 통일을 꾀하기 위하여 『소천소지』의 엮은이가 〈대한매일신보〉 소재 〈소화〉(우슴거리)를 한문투로 바꾸어 표기했다는 정도 이상의 다른 의미를 부여하기는 힘들 것으로 파악된다.

여기서는 이 두 경향(곧 완전 동일한 이야기와 정황의 유사성을 지니고 있는 이야기)의 구체적 면모를 보이기 위하여 한두 예만을 들어 보인 다. 전자의 보기로 제시된 〈대한매일신보〉 1912년 3월 6일자에 수록 된 아래의 〈笑話(우숨거리)〉는, 1912년 2월 11일자로 신문사 측에서 내 건 현상공모에서 3등으로 뽑힌 작품 가운데 하나인데 〈京城 中部 宮 洞 七十一統 一戶〉에 살던 가가생(呵呵生)이 투고한 것으로 확인된다.

▲ 한 사롬이 그 으둘의 게으른 것을 보고 하로는 경계홀 추로 압헤 불너 안치고

(부) "이익! 너 단이는 학교에는 누가 데일 게으르더냐?"

(즈) "몰나요. 누가 게른지 알 슈 잇슴닛가?"

(부) "네가 아마 알 듯ᄒ다. 상학 시간에 남들은 글도 익고 글시도 쓰는듸 감안히 안져 아모것도 안이ᄒ는 사롬이 누구더냐? 그 사롬이 게으 른 것이 안이냐?"

(즈) "예 -, 션싱님이지오."

이 이야기는 앞서 밝힌 바와 같이, 『소천소지』의 16화에 〈선생시타 (先生是惰)〉라는 제목으로 다음과 같이 나타나고 있다.

子. 甚怠惰

父. 問曰 爾學房에 誰最怠惰

子. 如何是怠惰

父. 他人은 讀書ᄒ여도 근는 不讀ᄒ고 他人은 習字ᄒ되 근는 不習ᄒ고 無事閒坐가 是怠惰

子. 是怠惰면 我先生이 果怠惰

한편 후자의 경우로 제시하는 다음 이야기는 〈대한매일신보〉에 〈一笑話〉라는 항목 아래 1910년 10월 26일에 실려 있는데, 그 제목은 〈몽견공부자(夢見孔夫子)〉로 되어 있다.

一 村學究가 書案을 對ᄒ야 垂頭而眠ᄒᄂᆫ 學童을 以鞭打頭ᄒ고 且戒之曰 "昔者 孔夫子끠셔 宰予 晝寢홈을 見ᄒ시고 柯木은 不可雕也라 ᄒ셧스니 爾等은 切勿晝眠ᄒ라." ᄒ더니 未幾에 學究가 垂頭而眠ᄒᄂᆫ지라. 前述 學童이 大呼曰 "先生은 何爲晝眠고?" 學究曰 "余ᄂᆫ 忘却ᄒᆫ 字가 有ᄒ기로 夢見공夫子ᄒ고 其 字義를 問ᄒ얏노라." 學童이 其 言을 聞ᄒᆫ 後 '一 口實을 得ᄒ얏다' ᄒ고 故意 睡眠ᄒ니 學究가 又來 打頭ᄒ거ᄂᆯ 學童曰 "小童이 接見공夫子ᄒ고 先生의 來不來를 稟問ᄒᆫ즉 先生을 引見ᄒᆫ 時가 頓無ᄒ다 ᄒ더이다."

한편 이 이야기는 『소천소지』의 21화로 다시 수록되는데, 그 제목이 〈몽견주공(夢見周公)〉으로 바뀌어 나타난다.

學童. 方晝眠
先生. 責怠惰ᄒ고 翌日에 偶坐睡
學童. 先生은 胡爲晝眠
先生. 我欲夢見周公
學童. 翌日에 又睡
先生. 又責之
學童. 我亦夢見周公
先生. 周公何言
學童. 周公言內 昨日에 不見爾先生

나아가 원 출전이 『절도백화』인 이야기들 가운데 많은 이야기들 또한 〈대한매일신보〉의 〈利於藥〉 소재 기사에 비할 때, 제목이 새롭게 나타난다는 차이점을 제외하고서는 이들 소재 기사와 완전히 동일한 이야기(123화, 128화, 130화, 160화, 165화, 200화, 218화, 219화 : 총 8화)이거나, 자구 상에서의 사소한 차이를 드러내고 있는 동일한 이야기들(총 28화)이라는 사실을 또한 알 수 있었다. 이에 『절도백화』 소재 이야기 가운데 약 30%가 넘는 이야기들이 바로 〈대한매일신보〉로부터 전재·수용된 이야기에 다름 아니라는 사실이 새롭게 드러났다고 할 수 있다.

대부분의 이야기들은 단순 전재·수용되고 있는 반면, 다음 2화는 나름의 변이(誤讀, 縮約)가 발생하고 있는 바, 해당 문면을 구체적으로 제시하면 다음과 같다.

성격	利於藥(1910년 12월 13)	『笑天笑地』 196화(=『絶倒百話』77화)
誤讀	禹老. 與楊老同座 少年. 入拜禹老而不拜楊老 楊老. 爾何拜禹而不拜我 少年. 我는 見牛(禹)코 未見羊(楊)	<<禹楊何擇>> 禹老. 與楊老同座 少年. 入拜禹老而不拜楊老 楊老. 爾何拜禹而不拜我 少年. 我는 見禹(牛)코 未見楊(羊)

성격	利於藥(1910년 12월 15일)	『笑天笑地』 197화(=『絶倒百話』 78화)
탈락 축약	甲. 會友飲酒ㅎ다가 自擅地閥曰 "吾儕가 幷是三韓甲族之孫 子■對三韓甲族之孫 乙. 憎其傲驕ㅎ야 遂屬對曰 我姓은 丁이니 一齊丁氏之子가 如何	<<有奇必偶>> 甲. 會友飲酒ㅎ다가 自擅地閥曰 吾儕가 幷是三韓甲族之孫 乙. 憎其傲驕ㅎ야 請曰 我屬對乎 甲. 諾 乙. 我姓은 丁이니 一齊丁氏之子가 如何

한편 〈대한매일신보〉 소재 단형서사체는 다시 일제 강점기에 필사
되거나 간행된 일련의 단행본들에도 그 영향을 끼치고 있음을 어렵지
않게 확인할 수 있었다. 먼저 국립중앙도서관에 소장된 필사본 『花世
界 · 金紫洞』 합부(合部)에 합철된 〈笑話〉를 보면, 여기에 수록된 다음
6화 또한 〈대한매일신보〉 소재 단형서사체의 전재 · 수용에 다름 아닌
것으로 확인되었다. 위에서와 마찬가지로 〈표〉로 대신한다(자세한 내
용은 뒤에 따로 붙인 참고 자료 (2)를 보라).

화수	『花世界 · 金紫洞』소재 소화	대한매일신보
1	自錢自喫 何足慮	1910년 10월 21일
2	價高호 洋鞋	1910년 10월 20일
3	狼狽莫甚	1910년 10월 19일
4	飜覆之理	1910년 10월 16일
5	每事不成	1910년 10월 15일
6	무제명	1910년 10월 14일

한편 동미서시(東美書市) · 회동서관(滙東書舘) · 광익서관(廣益書舘)에
서 대정 7년(1918년)에 공동 간행한 『일됙장관』에 합철되어 있는 〈진미
잇는 이약이〉 소재 33화 또한 〈대한매일신보〉에 실려 있는 〈笑話〉(우
슘거리)의 단순 전재에 지나지 않는 것으로 확인되었다. 위와 마찬가지
로 〈표〉로 간추려 제시한다(구체적인 내용은 뒤에 따로 붙인 참고자료 (3)을
참조하라).

화수	진미 잇는 이약이	대한매일신보 〈笑話〉(우슘거리)	지은이
1		1912년 7월 24일	金聲子
2		1912년 8월 22일	金東爕

3		위와 같음	위와 같음
4		1912년 11월 2일	金㼐培
5		1912년 8월 20일	姜斗熙
6		위와 같음	위와 같음
7		1912년 3월 12일	白樂允
8		위와 같음	위와 같음
9		1912년 3월 13일	無名氏
10		위와 같음	위와 같음
11		1912년 3월 14일	無名氏
12		1912년 3월 10일	無名氏
13		1912년 3월 3일	孫定龍
14		1912년 8월 13일	李養薰
15		위와 같음	위와 같음
16		1912년 8월 21일	金東熙
17		위와 같음	위와 같음
18		1912년 7월 20일	李玉貞
19		1912년 5월 17일	李玉貞
20		위와 같음	위와 같음
21		1912년 5월 11일	金聲子
22		위와 같음	위와 같음
23		1912년 4월 2일	咸熙晶
24		위와 같음	위와 같음
25		1912년 4월 14일	유견등(??)
26		위와 같음	위와 같음
27		1912년 4월 10일	李基豊(?)
28		위와 같음	위와 같음
29		1912년 7월 4일	利川私立長英學校
30		1913년 3월 13일	
31		위와 같음	
32		1912년 9월 25일	金龍寺
33		위와 같음	위와 같음

위의 표에서 보이는 지은이의 출현 빈도를 고려하여, 그것을 정리하면 다음과 같다. 곧 김성자(金聲子), 이옥정(李玉貞)이란 인물은 각기 3화를. 한편 김동섭(金東燮), 강두희(姜斗熙), 백락윤(白樂允), 무명씨(無名氏), 이양훈(李養薰), 김동희(金東熙), 함희정(咸熙晶), 유전등(?), 이기풍(李基豊[?]), 금용사(金龍寺) 등의 인물들은 각기 2화를 지어 투고, 선정되었음을 확인할 수 있다. 그럼에도, 이들의 존재는『직미 잇는 이약이』에서는 전혀 출현하지 않고 있다. 곧 그들의 저작권(?)은 박탈당한 것에 다름 아니라고 하겠다. 당시까지 저작권법에 대한 인식이 박약했음을 보여주는 또 다른 증좌라 하겠다.

비록 위에서 거칠게 살펴보았지만, 일제 치하 재담집에 끼친 〈대한매일신보〉의 영향력은 우리가 미처 생각할 수 없을 만큼 매우 크고도 심대했다는 사실이 새롭게 확인되었다. 이런 점에서 볼 때, 일제 치하 재담집의 원천은 상당 부분 〈대한매일신보〉로부터의 전재・수용일 가능성이 높다고 하겠다. 아직 그 원천을 밝히지 못한『笑天笑地』・『絕倒百話』소재 남은 이야기들의 원천에 대한 계속적인 탐색이 요청된다.

5. 맺는말

본 논문의 궁극적 의도는, 재담집에 대한 선행 연구에서 미처 주의 깊게 살피지 못했거나, 잘못된 주장인 것으로 여겨지는 몇몇 문제들에 대한 수정과 아울러 이들 재담집들이 과연 어떠한 경로를 통하여 형성되었는가에 대한 문제 등을 살펴보는 데에 있었다. 특히 일제 치하에 간행된 몇 종의 재담집에 끼친 〈대한매일신보〉의 존재 양상은 본고에서 새롭게 밝혀낸 성과라고 할 수 있다.

검토 결과, 최초의 재담집으로 그간 막연히 이야기되어 왔던 『우순소리』는 몇몇 증거로부터 그것이 결코 재담집이 아니라는 사실이, 곧 풍자소설적 성격을 지닌 작품이라는 점이 새롭게 밝혀졌다. 한편 현재까지의 검토 범위 내에서 볼 때, 『요지경』은 우리 재담 자료집 가운데 가장 이른 시기에 출현한 것으로 확인되며, 나아가 이 자료집이 후대의 몇몇 재담집들에 끼친 영향 또한 상당함을 알 수 있었다.

한편 〈대한매일신보〉 소재 일련의 〈笑話〉[〈우슴거리〉와 〈利於藥〉 등 일제 치하에 간행된 몇 종의 재담집(단행본)]에 많은 영향을 끼친 한 원천으로 작용하고 있음 또한 새롭게 확인할 수 있었다.

그럼에도 본 논의에서는 각 재담집의 성격, 그 위상 등에 대한 본격적인 접근, 나아가 이들 자료집들이 후대의 재담집과 어떠한 관련 양상을 갖고 있는지 등에 대해서는 미처 구체적으로 다루지 못했다. 이에 대한 구체적인 논의는 향후 계속될 후속 작업으로 미루어 두기로 한다.

▶ 부록: 참고자료

〈참고 자료 1〉

자료집 목록

번호	제목	찬자및 발행자	발행년도	화수	문체	출판사	소장처	비고
■ 1	우순소리	윤치호	1908	?			?	不傳?	신한국보사, 1910.05.10
2	요지경	박희관	1910	185	국문	슈문서관	국도	1911 : 재판
3	絶倒百話	최창선	1912	100		신문관	연세대	

4	開卷嬉嬉	최창선	1912	100		신문관	연세대	5화는 목록상
5	仰天大笑	선우일	1913	102		문명사	연세대	1917 : 재판
■ 6	기담과 재담 V, 1~2 고금괴담	박건회	1914,5(?)			동미서시	국도 불명	1916,7,29~ 1917,1,22 간행?
7	쌀쌀우슴	남궁설/ 홍순필	1916	72	국문	조선도서	한중연	1926 : 8판
8	笑天笑地	長春道人	1918	322		신문관	고려대	
9	八道才談集	강의영	1918	145	국문	영창서관	조동일	1919 : 재판
10	요절초풍 익살주머니	송완식/ 강의영	1921	120	국문	영창서관	서울대	1925 : 재판
11	珍談奇話 東西古今	崔演澤	1922	100		文昌社	정명기	
12	講道奇談	안병한	1922	33		具乙理書 舘	한중연	
13	고금기담집	고유상	1923	93	국문	회동서관	서울대	1923.1.20 초판
14	萬古奇談	조시한	1924	289		광명서관	한중연	야담 · 재담만 입력
15	諸傑奇蹟 海星集 前編 附 笑奇談	金達炯	1925	20	국문	金星舘	영남대	附만 入力
■16	滑稽美談 우슴거리	姜殷馨	1926			大成書林	不傳?	26,1,7~10,13 중
◎17	우슴거리 명텅구리재담	姜範馨	1926		국문	和光書林	불명	26.6.15 초판 발행 32.11.20 재판 발행
◎18	笑聲 우순소리 (우수운 이약이)	姜義永	1926		국문	영창서관 한흥서림	불명	26.11.10 인쇄 26.11.15 발행
19	조선팔도 익살과 재담	김동진	1927	70	국문	덕흥서림	서울대	
20	十三道才談集		1928	112	국문	신구서림	정명기	1934 : 재판
■21	세계소화집	崔仁化	1934	169		宗敎時報 社	不傳?	1935 : 증보재판 (신문당,208화)
22	걸작소화집	崔仁化	1939?	329		新文堂	한중연	

◎23	익살주머니 웃음동산	박진규	1946			?	국도	미입수
24	조선상말전집	丁大一	1947	150	국문	향토문화 연구회	정명기	
25	재담 기담 꽃동산 상편	羅秉箕	1949	100	국문	東洋社	정명기	
26	고금기담집	신태삼	1952	93		세창서관	조동일	(13)과 동일함
27	깔깔 우슴주머니	신태삼	1952	133		세창서관	서강대	
☆	日鮮滑稽話							
☆	日鮮長話							
☆	日鮮笑話							
☆	拍掌大笑							
☆	回天奇談						광덕서관	1910/10/11 이전 간행 <신한국보사>

** ■표는 현재 전하지 않는 자료(일련번호 1, 6, 16, 21 등), ◎표는 미입수 자료(일련번호 17, 18, 23), ☆ 표는 앞으로 더 탐문해야 할 자료임.

〈참고 자료 2〉

『花世界・金紫洞』합철 <笑話>(국립중앙도서관 소장 필사본)

1. ○ 自錢自喫 何足慮 ← 每申 1910-10-21

某生員이 一宰相家의 訪往ᄒ여던이 適其時 該家 婢女의 幼兒가 白銅貨 一枚을 吞下ᄒ여다고 無數 憂慮ᄒ난지라. 某生員이 問曰 "該 白銅貨난 是誰 家錢인고?" 婢女答曰 "本是 渠의 所持者이올시다." 生員이 曰 "勿慮ᄒ라. 汝의 大監宅은 他人의 錢을 一時 幾千圓式 吞下ᄒ야도 無慮히 消化되거든 汝의 子息이야 自己의 白銅貨 一枚 씀 吞下ᄒ야난디 무삼 念慮가 有ᄒᆯ손야?"

2. ○ 價高혼 洋鞋 ← 每申 1910-10-20

或人이 洋鞋을 失ᄒ고 小管 警察署의 告訴ᄒ야 卽時 搜得ᄒ기을 請ᄒ난

지라. 警官이 其 洋鞋價을 問호디 其人이 答曰 "七十圓이라." 호거날 警官이 其人의 衣服 襤樓호늘(믈) 見호즉 弊衣 破帽로 그갓치 價高호 洋鞋을 신을 身分이 못 되난지라. 엇지호야 七十圓 價値나 되난 洋鞋을 買得호야닷(든)가?" 호(흔)즉 其人이 答曰 "數十年 前의 三圓 價値 되난 洋鞋을 買得호야난디 每年 改造 修繕호 金額을 計算호닛가 七十圓이 되야삼나이다."

3. ○ 狼狽莫甚 ← 每申 1910-10-19

一 砲手가 獵銃을 메고 終日 단이다가 谷中으로 긔여가난 山鷄을 見호고 手脚이 慌忙호야 急히 銃을 放호난디 見樣을 誤호야덧(던)지 銃聲이 탕〃호며 山鷄난 후두〃 飛去호난지라. 其 砲手가 杖銃而立호야 飛去호난 山鷄을 無心히 望見호다가 大呼호야 曰 "이 놈아! 今日 月收난 어덧케 호라고 爾가 飛去호난다?"

4. ○ 飜覆之理 ← 每申 1910-10-16

一人이 有호야 家勢가 豊裕호야 生活上 困難이 少無호던이 家計가 漸次 困窮호야 田답 器皿等 家産을 盡數 매却호고 終末에난 所住家屋을 매却호여 該 價金으로 一飮大醉호고 長歎一聲에 曰 "一世 飜覆之理난 實所難側(測)이로다. 已往에난 余가 爾 腹中의 入호엿던이 今日에난 家 爾가 我에 腹中에 入호여실 줄 엇지 預測호리요?"

5. ○ 每事不成 ← 每申 1910-10-15

衆人이 一 小船을 同乘호고 大海을 渡호던이 俄然 風浪이 大作호야 幾乎 覆船이러니 舟中人이 皆風止波息홈을 祈호되 其中 一人은 風浪이 尤甚호야 急速覆船호기을 祈호거날 衆人이 憤怒호야 當場 其人을 水中의 推入호고 십흐나 元來 搖湯이 不定호난 小舟의 動作이 果難호는 故로 不得已 含憤忍怒矣려니 不久에 泊舟登陸호야 其人의게 質問호즉 其人이 答曰 "余가 行年四十에 所願호난 事가 一無成就호기로 或者 今回之事나 成就될가 홈이로라."

6. ○ ← 每申 1910-10-14

一 村生員이 狗皮冠을 着ᄒ고 其 知友를 對ᄒ야 兩班의게 拜ᄒ라 ᄒ거날 其人이 庭下로 疾走ᄒ야 一 小狗을 見ᄒ고 無數俯拜ᄒ난지라. 村生員이 其 理由을 問ᄒᄃ 其人이 答曰 "他皮을 着ᄒ 者의게도 號令을 當ᄒ엿거던 渠皮을 着ᄒ 者의게야 不拜ᄒ여다가 何 地境에 至ᄒ나고?" ᄒ더라.

〈참고 자료 (3)〉

『일더장관』 소재 <ᄌ미 잇는 이약이>(東美書市·滙東書舘·廣益書舘, 대정 7년=1918년)

1. ← 每申 1912-07-24 笑話(우슘거리) 金聲子

ᄒ 스롭이 그 안희와 싸홈을 ᄒ고 분졍지도에 그 안희다려

부 너가 그ᄃ의 꼴을 보기 슬으니 니 집에셔 살 싱각 말고 가거라.

쳐 날 다려다 이쩌까지 살다가 가라기 윈 일이오?

부 가라면 갈 것이지 잔소리가 무슨 잔소리야?

쳐 가기는 웨 가? 손톱 발톱이 잡바지게 이날 이쩌까지 버러노혼 살님은 엇던 년의 죠혼 일 ᄒ라고 너가 가?

부 그럴 것 무엇 잇느냐? 이 집 안에 무론 무엇이던지 네 마음에 니놋키 앗가온 물건이 잇던지 네 싱각ᄃ로 가져가려무나.

쳐 그럴 테면 니가 〃리다. 그러나 니가 긔위 가는 터이니 니 손으로 차려니는 슐이나 ᄒ 잔만 망종 잡셔 보시오.

부 그는 그리 ᄒ라.

그 안희가 독쥬를 연히 권ᄒ야 그 ᄌ가 졍신을 모른 뒤에 교군에 쩌 메여 압셰우고 ᄌ긔 친졍으로 왓더라. 그 자가 슐이 ᄭᅢ야 본즉 몸이 쳐가의 와 잇거날 그 안희를 향ᄒ야 질문ᄒ되

부 오면 네나 왓지 ᄂᄂ는 웨 다려왓나?

쳐 당신의 말이 마음에 놋키 앗가온 것을 가지고 가라 ᄒ기 니 마음에는

　　당신이 니놋키 앗가웨(와)셔 다리고 왓쇼.
허 〃 우숩다.

2. ← 每申 1912-08-22 笑話(우슴거리) 金東變
　　흔 스룸이 당혼흔 아달이 잇셔 혼인을 졍흐랴 흘시 규슈에 집의셔 랑자의
션을 보려 왓는디 그 아달은 밧게셔 작란을 흐다 무슨 큰 일이 잇는 듯이
급히 쮜여드러와 말흐기를
　　자 아부지 져 건너 남산을 삽시다.
　　부 그것은 무엇흐게?
　　자 느모를 다 비지오.
　　아비는 무신 의스나 니는 줄 아고 션 보려온 스룸 보는디 즈랑흐랴고
　　부 나모는 비여 무엇흐게?
　　자 불 터워 슛 만들지오.
　　부 슛은 만드러 무엇흐게?
　　자 콩 복짜 먹지오.

3. ← 위와 같음.
이왕에 엇던 관장이 숑스가 드럿는디 원고의 말을 듯고
　　관 네 말이 꼭 올타 흐고
피고의 말을 듯고도
　　관 네 말이 꼭 올타
흐고 판결을 못흐니, 그 부인이 안문 틈에셔 엿듯다가
　　부 무슨 숑스 판결을 그러케 흐시오? 둘다 올타 흐면 누가 그르단 말이오?
　　슉시슉비가 되여야 판결흐지오.
　　관 글셰 부인의 말도 꼭 올쇼.

4. ← 每申 1912-11-02 笑話(우슴거리) 金龜培
싀골 흔 농부가 숑아지를 길너 밧 갈기를 시작흐엿는대 나히 어린 숑아지

라. 밧골로 일정호게 가지를 아니호고 좌우로 방황호는지라. 그 농부의 부친이 압헤셔 곱비로 송아지를 끌고 아달은 뒤에셔 밧을 가는대 부친이 압헤 잇는대 이리져리 호지 못홀지라. 송아지가 이 편으로 다라나면 '에구! 져리로 가십시다.' 송아지가 져 편으로 다라나면 '에구! 이리 가십시다.' 그 모양으로 밧을 힐마다 갈앗더니 그 소가 졈〃 커셔 혼자 녁〃이 밧을 가는대 드른 쇠 몰듯이 '이라, 져라' 호면 못 아라 듯고 '이리 가십시다, 져리 가십시다' 힉야 쇠가 말을 듯더라.

5. ← 每申 1912-08-20 笑話(우습거리) 姜斗熙
식골 혼 스름이 싱활의 곤란을 인호야 집안 식구가 각거호랴고 셔로 싱니별을 홀시 그 쳐가 가쟝더려

　쳐 여보시오, 어머님은 어대로 가시라오?
　가쟝 어머님은 스돈 집으로ㄴ 가시라지.
　쳐 그러면 아히들은 엇지 호랴 호오?
　가쟝 아히들은 외가로ㄴ 보너지.
　쳐 ㄴㄴ 어디로 가오?
　가쟝 자네ㄴ 친졍으로 가게 그려.
　쳐 그러면 아히 아부지는 어대로 가시려 호오?
　가쟝 ㄴㄴ 쳐가 집으로ㄴ 가깃네.
　쳐 그러면 ㄴ도 그리로 가깃쇼.

6. ← 위와 같음.
엇던 션비가 인마를 갓쵸와 타고 길을 가다가 엇의 곳의 일으러 호인다려 일으기를

　션비 이이 이곳에 망건 쟝슈가 만어셔 깍딕호면 말 쑈리를 잘니기가 식우니 졍신 차려 가자 호엿더니 호인이 감안이 싱각혼즉 대단 념녀가 되는지라. 미리 방비를 호리라 호고 말 쑈리를 잘ㄴ 엽구리에 차고 얼마즘 가다가 션비가 도라다 본즉 말 쑈리가 업셔 졋는지라. 쌈작 놀ㄴ

션비 이 놈아 쪄 먹듯시 일으닛가 말 꼬리를 잘난단 말인야?

흑인 잘느가긴 언의 놈이 잘느 가오? 쇼인이 넘녀가 되야 미리 잘느 꽁문에 찻슴니다.

7. ←每申 1912-03-12 笑話(우슘거리) 白樂允

흔 건망증 심흔 스람이 느귀를 일코 차져가다가 어대로 갓는지 알지를 못흐야 답〃흔 중에 지느가는 힝인을 맛느 느귀를 보앗느냐 뭇고져 흐느 느귀 일홈을 이져셔 졍히 이를 쓰며 스면 두로 보니 맛춤 길가에 느귀 쏭이 잇는지라. 집어 들고 '여보! 이것의 쎱더기가 어대로 다라느는 것을 보지 못흐엿쇼?

8. ← 위와 같음.

향촌 흔 농부가 송아지를 먹이는대 흐로는 송아지의 곱비 쓴어져 다라느거날 급히 좃츠가더니 그 송아지가 실족을 흐야 동리 압 큰 우물에 가 쌔져 드러가는지라. 두 손으로 급히 송아지 꼬리를 잡아 다리느 힘이 부죡흐야 그 부친과 갓치 쓰러닐 작정으로 송아지 꼬리를 힘써 잡아다리며 크게 소리를 질너 '아버지! 어셔 느오시오.' 흐더라.

9. ← 每申 1912-03-13 笑話(우슘거리) 無名氏

흔 학동이 신문을 보다가 깜작 놀느며 제 부친다려

학동 아버지 오날 신문에 우리 집 험담이 낫슴니다.

아비가 눈이 동그리지며

부 이이 남 볼느 고긔만 쌈앗케 흐려라

흐더라

10. ← 위와 같음.

형제 두 스롭이 갓치 잇는대 맛춤에 비가 온잇가

아오 언니 오날 밤에난 달이 웨 안니 쩌요?

형 그러흘 터이지, 비가 오닛가.

아오 올치! 달도 역시 져질갑아 못 느셧는 것이지오
ᄒ더라.

11. ← 每申 1912-03-14 笑話(우슴거리) 無名氏
엇더ᄒ 싀골 스룸이 셔울을 올ᄂ 오ᄂ대 셔울은 외누리가 갑졀된단 말 듯고
미리 잡도리를 ᄒ더니 흔 스룸을 맛ᄂ 셔로 인ᄉ를 ᄒ는대
싀골자 뉘 딕이시오?
셔울 스룸 예, ᄂ는 흔셔방이오.
싀골자 올치! 흔 셔방이랄 계는 필경 반셔방인 게로고! 엇의 살으시오?
셔울 스룸 예, 삼쳔동 사오.
싀골자 올치! 삼쳔동이랄 계는 일쳔오빅동 밧게 안이 되ᄂ 게로고ᄂ? 딕
식구가 몃 명이ᄂ 되시오?
셔울 스룸 다셧 식구요.
싀골자 알 슈 업다. 다셧 식구라 ᄒ 계는 두 식구 반이 분명한데 식구도
반이 잇슬가?

12. ← 每申 1912-03-10 笑話(우슴거리) 無名氏
엇더흔 스룸이 부인의 희복ᄒᆯ 쩌 고통홈을 보고 미우 가이업셔 부인다려
'ᄌ식 낫는 것이 극히 위험ᄒ니 임의 흔아를 느앗슨즉 쏘 낫치 말자.' ᄒ고
그 드음은 각쳐터니 야심 후 누가 방문을 흔들거날
부 누가 이 밤에 와셔 문을 잡아 다리오?
쳐 문좀 열어 쥬셔오.
부 문은 무신 일노 열ᄂ ᄒ오?
쳐 일은 별노 업쇼만은 오날 밤은 니가 죽을 작졍ᄒ얏쇼
ᄒ더라.

13. ← 每申 1912-03-03 笑話(우슴거리) 孫定龍
엇던 고을에셔 리방이 그 골 원님이 부르신다난 말을 듯고 급히 드러가셔

동헌 영창 밧게 업드려셔 원님이 무슴 분부ㅎ기만 기다리ᄂᆞ던 군슈가 ᄌᆞ긔가 부르던 싱각은 못ㅎ고 미다지를 열고 ᄂᆞ다보면셔

군슈 무신 일로 드러왓ᄂᆞᆫ냐?

무르니, 리방도 쏘흔 불녀드러온 것을 이진지라. 창황이 쑴여더ᄂᆞᆫ 말이

리방 지금 셔울셔 ᄂᆞ려온 스룸에게 말슘를 드른즉 샷도 더부인 마님이 도라가셧다 ㅎ옵기에 드러와셔 알외옵난이다.

군슈가 쌈작 놀나셔 상투 고를 툭 넘기고 '익고, 〃〃' 우ᄂᆞᆫ대, 리방이 싱각ㅎ즉 원님을 속이고 큰 탈을 당홀 듯ㅎ여 다시 드러가셔 알외ᄂᆞᆫ 말이

리방 셔울 쇼문을 드른즉 샷도 대부인 마님끽셔 도로 살아나셧다 ㅎ옵니다.

군슈가 울음을 끈치고 흔참 싱각ㅎ더니 ㅎᄂᆞᆫ 말이

군슈 대부인 마님끽셔 도라가신 지 십 년이라. 니 고이 울음이 승겁더라 ㅎ더라.

14. ← 每申 1912-08-13 笑話(우슘거리) 李養薰

싀골 흔 무식흔 스룸이 미양 ᄌᆞ긔의 무식홈을 흔ㅎ다가 그 ᄌᆞ식을 천ᄌᆞ를 사 쥬어 글방에 보ᄂᆞ고 불과 일 삭에 엇의셔 편지가 왓거늘 글방에 가 ᄌᆞ식을 불녀다가 편지를 보라 ㅎ즉 천ᄌᆞ 몃 장을 못 비혼 아희가 초셔로 쓴 흔문 편지를 엇지 보리오? 편지를 바다 들고 묵〃히 잇시니

부 이 ᄌᆞ식 글방을 일 삭이나 단이고 편지도 못 보나냐?

자 …

그 모가 겻히셔 그 남편의 ᄌᆞ식 칙망ㅎᄂᆞᆫ 소리를 듯고

모 공연이 아희만 그르다고 칙망ㅎ지 마오. 너가 글방에 가 본즉 션싱이 아침에 글을 비화 쥬엇다가 져녁에ᄂᆞᆫ 영낙업시 도로 밧으니 무엇이 남어셔 편지를 본단 말이오? 션싱을 가 보고 시비를 좀 ㅎ구려

ㅎ더라.

15. ← 위와 같음.

싀골 흔 농부가 농우 흔 필을 미고 농ᄉᆞ를 부질런이 짓더니 그 처남이 불양

ᄒᆞ야 잡기로 종ᄉᆞ를 ᄒᆞ다가 그 ᄆᆡ형의 농우를 팔아 먹은지라. 오, 륙월 장마를 당ᄒᆞ야 농부ᄂᆞᆫ 소를 일코 어이가 업셔 ᄒᆞᄂᆞᆫ 말이

농 이런 장마를 당ᄒᆞ야 소가 업셔져셔 ᄊᆞᆯ을 비러가지 아니ᄒᆞ니 ᄒᆡ롭지 안타.

쳐 그게 다 뉘 덕인 줄 알으시오?

ᄒᆞ더라.

16. ← 每申 1912-08-21 笑話(우슴거리) 金東熙

엇던 디방에 ᄒᆞᆫ ᄉᆞᄅᆞᆷ이 압 일을 아ᄂᆞᆫ 쳬ᄒᆞ고 미리 말ᄒᆞᄂᆞᆫ 자가 잇셔〃 어리셕은 ᄇᆡᆨ셩을 속이어 ᄌᆡ물을 ᄲᆡ아셔 먹거ᄂᆞᆯ 군슈가 듯고 그 ᄌᆞ를 죽이려고 잡아드려 셰우고 군슈가 과연 그 놈이 압 일을 아ᄂᆞᆫ가 시험ᄒᆞ려고 뭇ᄂᆞᆫ 말이

군슈 너ᄂᆞᆫ 몃 살ᄭᆞ지나 살깃ᄂᆞᆫ냐?

압 일 말ᄒᆞᄂᆞᆫ ᄌᆡ 져ᄂᆞᆫ 군슈 령감보다 삼일 젼에 죽깃슴니다.

군슈가 그 말을 듯고 ᄉᆡᆼ각ᄒᆞ되 '만일 져 놈을 죽이면 삼일 후에ᄂᆞᆫ 나도 죽을 터이니 불가불 져 놈을 무ᄉᆞ 방면ᄒᆞ여야 ᄒᆞ깃다.' ᄒᆞ고 즉시 ᄇᆡᆨ방을 ᄒᆞ더라.

17. ← 위와 같음.

ᄒᆞᆫ ᄉᆞᄅᆞᆷ이 슐집에 드러가 슐을 사 먹을ᄉᆡ 쥬인이 슐을 잔에 차지 못ᄒᆞ게 치거ᄂᆞᆯ

ᄀᆡᆨ 여보! 슐을 좀 잔에 차게 치시오.

쥬인 늙은 ᄉᆞᄅᆞᆷ이 눈이 어두어 그리 ᄒᆞ얏쇼.

쥬인의 아달 아ᄒᆡ가 말ᄒᆞ기를 '아버지ᄭᅴ셔ᄂᆞᆫ 눈이 어두어셔 그런다 ᄒᆞ시면셔도 ᄒᆞᆫ 번도 슐이 잔에 넘게 불 젹은 업던 걸이오.'

18. ← 每申 1912-07-20 笑話(우슴거리) 李玉貞

엇더ᄒᆞᆫ 풍 잘 치ᄂᆞᆫ ᄉᆞᄅᆞᆷ이 셔울 구경을 ᄒᆞ고 ᄂᆡ려와 동리 ᄉᆞᄅᆞᆷ을 향ᄒᆞ야 ᄒᆞᄂᆞᆫ 말이

풍 치ᄂᆞᆫ ᄌᆡ 압다! 이번에 셔울 갓더니 ᄒᆞᆫ강 물이 경셩 안으로 드러와셔 이 골목 져 골목 물이 쏘다지데.

동리 스룸 에! 이 밋친 스룸 혼강 물이 셩안으로 드러오다니?

풍 치는 지 니 거즛말을 ᄒ면 쇠아들, 기아들이다.

동리 스룸이 대경 소괴를 ᄒ여 멋 명이 분쥬이 셔울로 올나와 본즉 강물이 드러오기커녕 아모 일이 업는지라. 도라와 풍 치던 즈를 보고

동리 스룸 이 밋친 즈식! 빅판 거즛말을 ᄒ고 기즈식, 쇠즈식 밍셰를 ᄒ얏ᄂ냐?

풍 니가 거즛말이냐? 슈도 구녕에 가 좀 무러보렴으나. 혼강 물이 드러오나 아니 드러오나 ᄒ더라.

19. ← 每申 1912-05-17 笑話(우슘거리) 李玉貞

싀골 늙은이가 쳐음으로 셔울을 구경와셔 종로 엇던 가〃에 와셔 류셩긔 소리를 듯고 ᄂ려와 즈긔 마누라다려

늙 여보! 이번에 셔울 갓다가 별 구경을 다 ᄒ얏소.

마 무슨 구경을 ᄒ셧셔오.

늙 지금 기명이 되야 쳔하 각국이 교통ᄒ엿다 ᄒ더니 동즈국에셔도 스람이 왓나 봅듸다.

마 동즈국이라니?

늙 압다! 우리 어려셔 이약이 못 드럿소? 동즈국에셔난 고초 나모에다 그네를 미고 뛴다 아니합듸가?

마 그리오. 이번에 그런 스룸을 보셧셔오.

늙 그 스룸은 보지는 못ᄒ얏셔도 보나 다름업셧ᄂ걸. 우리 베루집 만흔 궤에 큼즉흔 라팔을 올녀 노앗ᄂ대 그 속에 동즈국 스룸이 드러 안져 소리를 ᄒ는대 압다! 조고만흔 것이 목통은 대단이 크던 걸

ᄒ더라.

20. ← 위와 같음.

싀골 어리셕은 스룸이 셔울 와셔 긔차통 나오는 것을 보고 분쥬히 제 싀골 로 ᄂ려오더니 젼답을 분〃히 팔랴 ᄒ거늘 그 친구가 연고를 무른대

싀골자 여보! 싀골셔 맛 모르고 농스만 짓고 잇슬 시럽에 아들 놈 업소.

셔울 집 갑이 엇지 고등ᄒ던지 남중 ᄉ룸들은 그 싹을 몬져 보고 긔계를 노코 집을 십여 치식 작고 쓸어 올녀 옵듸다. 나도 쌍을 팔아 긔계를 노코 우리 든 집, 니 아오의 집, 니 ᄉ촌의 집, 우리 삼대 묘막ᄭ지 모졸이 쓸어 올녀다가 팔아셔 리를 남겨 보깃소.

친 실상 그럴 터이면 우리 집도 옴막살이나마 그 편에 붓쳐 봅시다

ᄒ더라.

21. ← 每申 1912-05-11 笑話(우슙거리) 金聲子

엇더ᄒ 눈봉 ᄒ나이 날마다 쥬식장으로만 단이고 집안 일을 엇지 등ᄒ히 보앗던「지」집이 ᄉ여 비가 오닛가 방에 물이 굿득 괴엿ᄂᆞᆫ지라. 그 안ᄒᆡ가 웃묵에 가 비켜 셔〃 '사나히라고 살님살이에 엇지 탐탁ᄒ지 집도 이지를 안니 ᄒᆞ야 방 안에셔 시위가 나깃네.' 그 ᄌᆞᄂᆞᆫ 아리묵에 가 쥬춤〃〃 셔〃 '압다! 그 년, 나로빅가 잇시면 타고 건너가셔 경을 ᄒ 바탕 쳐 쥬깃구면' ᄒ더라.

22. ← 위와 같음.

심ᄉ 괴악ᄒ 쥬막 쥬인이 힝인 ᄒ나히 드러 돈짐을 맛기고 ᄌᆞᄂᆞᆫ 것을 보고 슬몃이 욕심을 너여 '엇더케 ᄒ면 져 나그네가 닉게 맛긴 돈을 잇고 그져 가게 ᄒᆞᆯ고?' ᄒᆞ야 무슈 연구ᄒ다가 호박씨를 만히 먹으면 졍신이 업셔진다ᄂᆞᆫ 말이 싱각이 나셔 러년의 심으리라고 둔 호박씨를 몰슈히 ᄭᆞ셔 그 나그네다려 '비밀이 먹으라.' ᄒ고 돈짐을 잇고 가기만 기다리더니 급긔 잇ᄒᆞᆫ 날 조반 후의 그 향인이 돈짐을 령낙업시 ᄎᆞ져 가지고 가ᄂᆞᆫ지라. 쥬막 쥬인이 긔가 막혀 아모 말도 못ᄒ고 보닌 후 혼ᄌᆞ 싱각을 ᄒᆞ여 보더니 무릅을 탁 치며 '그러면 그러치! 그 놈이 호박씨를 먹더니 졍신은 참 업셔지기는 ᄒᆞ얏다. 돈짐은 ᄎᆞ져 갓구면 두 ᄊᆡ 밥갑은 니져바리고 그대로 갓구나' ᄒ더라.

23. ← 每申 1912-04-02 笑話(우슙거리) 咸熙晶

ᄒ 빈한ᄒ ᄉ룸이 ᄒ로ᄂᆞᆫ 지강 죽을 쑤어 먹고 엇던 친구의 집으로 가셔 ᄒ담ᄒ고 잇더니 얼골이 졈〃 붉어오ᄂᆞᆫ지라.

친구 즈네 얼골이 우이 져다지 불근가?

빈한흔 스룸이 아춤 밥 먹을 쎄에 반쥬 흔 잔을 먹엇네 흐더니 속이 불편흐여 토흐는대 민지검이만 나오는지라.

친구 즈네 반쥬를 먹엇다더니 엇지흐야 민지검이만 게오나?

빈한흔 스룸 지검이 먹은 도야지 고기를 안쥬로 먹엇네

흐더라.

24. ← 위와 같음.

흔 못 싱긴 스룸이 잇는대 여러 스룸들이 써〃로 조롱을 흐는대 이 스룸은 분흐물 견대지 못흐야 싱각흐기를 '쏘 엇던 놈이 조롱을 흐거든 니 그 놈의게 뒤집어 쓰이리라.' 흐더니 흐로는 흔 친구가 문간에 와 부르는지라. 나아가니

친구 즈네 식후인가

흐니

못 싱긴 스룸은 져다려 쏘 무슨 조롱흐는 줄 알고 대답흐기를 '졔가 식후인감? 남다려 식후라 흐게.' 흐더라.

25. ← 每申 1912-04-14 笑話(우슴거리) 유젼등(??)

싀골 흔 어리석은 즈가 쳐음으로 셔울을 올나왓는대 인력거 병문을 지나가더니 무엇이 둥그럿코 반짝〃〃흔 거이 량편의 잇거놀 마음에 이상시러워셔

싀골 스룸 이것이 무엇이오?

병문 스룸 고모 인력거오.

싀골 고모 인력거라니? 동싱 아쥬머니 인력거오.

병문박 아싀골 박가〃 안이라, 강가오.

병문 칙쇼

싀골 우리 집에 칙소는 업고 얼녁소가 잇소.

병문 나니

싀골 나이오? 느히 스물 여섯 살이오.

26. ← 위와 같음.

흔 스롬이 무식ᄒ고 정신이 업ᄂᆫ대 원을 ᄒ얏던지 고을의 나려가 도임흔 후에 관쇽의 셩명을 ᄎ례로 뭇ᄂᆫ다.

원 이이! 네 셩명이 무엇인고?

관쇽 예, 소인의 셩명은 숑가올시다.

원이 숑곳을 그려노코 쏘 뭇ᄂᆫ다.

원 이이! 네 셩명은 무엇이냐?

관쇽 쇼인의 셩명은 비가올시다.

원이 비를 그려노코 쏘 뭇ᄂᆫ다.

원 이이! 네 셩명이 무엇이야?

관쇽 소인의 셩명은 리가올시다.

원이 니를 그려 노앗더니 그 잇흔날 조사에

원 네 셩이 쥐 쏘리가지?

관쇽 안니올시다. 숑가올시다.

원 올치! 〃〃! 즈루를 안니 그렷구나.

원 이이! 네 셩이 공가지?

관쇽 안니올시다. 비가올시다.

원 올치! 〃〃! 꼭지를 안니 그렷구나.

원 이이! 네 셩은 찌가지?

관쇽 안니올시다. 리가올시다.

원 올치! 올치! 발을 안니 그렷구나

ᄒ더라.

27. ← 每申 1912-04-10 笑話(우슴거리) 李基豊(?)

엇던 아희가 공을 가지고 놀다가 물독 속에 ᄲᅡ트리고 물독을 드려다 본즉 져와 갓흔 아희가 잇거놀 그 어머니를 불너 공을 ᄎ져 달ᄂ ᄒ니 어미가 물독을 드려다 본즉 쏙 져와 갓흔 로파가 셧거놀 어미 '당신이ᄂ 니ᄂ 직식 귀ᄒ기ᄂ 일반인대 웨 공을 안이 쥬오?' 독 속의 잇ᄂ 로파ᄂ 입만 벙긋 〃〃ᄒ며

입니만 니고 대답하는 쇼리는 업스니 쥬인 여편네가 분이 느셔 스랑으로조추 느가 그 남편다려 그 말을 혼대 쥬인이 의관을 졍졔ㅎ고 물독 엽혜 가서 '이리 오너라, 이리 오너라.' 슈츠 불너도 대답이 업거눌 감안이 드려다 본즉 즈긔와 갓혼 로인이 셧는지라. 대단이 칙망을 ㅎ고 공을 달느 ㅎ야도 또흔 입너만 니는 모양이오, 대답 소리는 업거눌 분을 참지 못ㅎ여 큰 돌을 들어셔 입너 〃는 로인을 짜리니 물독이 씨여지며 공이 굴너 느오는대 독 속의 안즌 로인 은 간 곳이 업는지라. 쥬인이 허〃 우스며 '오냐! 미 우에 장스가 잇다더냐? 도망만 안이ㅎ얏스면 마져 죽엇스리라.' ㅎ더라.

28. ←위와 같음.

한 싀골 선비가 과거를 보려 셔울 가는 길에 쥬막에 드러간즉 힝인이 만흔 지라. 넘녀가 되야 로즈 낭을 보다리 속에 싸고 싸셔 아모도 모로게 벽장 문을 살작 열고 보다리를 얼는 집어 너흔 후엥에 마음 노코 잠을 즈고 식젼에 이러 느셔 벽장 문을 열고 보니 힝길이어눌 깜짝 놀느 주인을 부르며 '여보! 밤 사이에 벽장이 웨 문허졋소?' 쥬인 '거긔는 벽장이 안너라, 길노 는 들창이오.' ㅎ더라.

29. ← 每申 1912-07-04 笑話(우슘거리) 利川私立長英學校

흔 스룹이 양지군 부홍리라 ㅎ는 마을 초힝으로 갈시 즁노에셔 길을 일코 방황ㅎ더니 이 씨 맛춤 슈〃밧 가에셔 흔 아희가 쏭을 누거눌 향인이 반가워 셔 길을 뭇는다

향인 이이! 말 좀 무러 보자.

아히 예, 무슴 말삼이야요?

향인 부홍이가 얼마느 되니?

아히 부홍이가 솔기보다 조곰 더 크지오.

향인 누가 그런 부홍이 말이냐? 양지 부홍이 말이지.

아히 예 양지 부홍이 말이오. 음지 부홍이와 갓지오.

향인이 ㅎ도 긔가 막혀 뭇던 길은 제쳐노코 ㅎ는 말이

향인 이익! 너 어대 잇늬?

아희 예, ㄴ눈 슈〃밧 가에 쏭 눕니다.

향인 이 놈! 네 집이 엇던 마을에 잇셔?

아희 우리 집이오. 산 밋 잉도 ㄴ모 엽헤 잇셔요.

향인 이 놈아! 네 집이 엇던 말 잇셔?

아희 예, 우리 집이 타작 말도 잇고 시게 말도 잇지요.

향인이 골이 불쓴 ㄴ셔 ᄒᆞ는 말이

향인 졸언 망측ᄒᆞᆫ 것 보아.

아희 왜요? 졸은 망측ᄒᆞᆫ가요? 장긔 슈만 잇시면 졸 장군도 외통이롭니다
ᄒᆞ더라.

30. ← 每申 1913-03-13 우슴거리

부친 너는 무신 일노 버리를 안니ᄒᆞ고 낫잠만 이러케 자ᄂᆞ냐

ᄌᆞ식 엇져녁에 길에셔 돈 쳔 원을 어덧다가 도로 일허바려셔 그것을 밤시도
록 ᄎᆞ지려 단니노라고 밤에는 ᄒᆞᆫ 잠도 못 잣셔요

ᄒᆞ더라.

31. 위와 같음.

은힝 ᄉᆞ무원다려 날마다 로형은 돈 속에셔 파뭇쳐 지니닛가 참 좃키소?

ᄉᆞ무원 날마다 돈 속에셔 지니닛가 인졔는 돈이라면 멀미가 ㄴ요. 돈 만
지〃 안니홀 지방 학교에 교사로 가고 십흔데 로ᄌᆞ가 잇셔야지오?

ᄒᆞ더라.

32. ← 每申 1912-08-25 笑話(우슴거리) 金龍寺

싀골 엇던 ᄉᆞ롭이 졍신 업시 과거를 보려 셔울을 왓다는 번〃히 ᄒᆞᆼ구 ᄒᆞᆫ
가지식을 일코 ᄂᆞ려오ᄂᆞᆫ지라. 그 부친이 큰 ᄌᆞ루 ᄒᆞ느를 지어 쥬며

부 이번에는 무론 무신 물건이던지 이 ᄌᆞ루에다 너어셔 일허바리ᄂᆞᆫ 폐단이
업게 ᄒᆞ여라.

ㅈ 예 -, 그리 ㅎ오리다.

급기 과거를 보고 도라온 뒤에 그 부친이 아들다려 ㅊ례로 뭇기를

부 베루 엇지 힛느냐?

ㅈ ㅈ루에 너엇지오.

부 스집은 엇지 힛느냐?

ㅈ ㅈ루에 너엇지오.

부 붓과 먹은 다 엇지 ㅎ엿느냐?

ㅈ ㅈ루에 너엇지오.

부 ㅈ루는 엇지 힛나냐?

ㅈ 앗츠! 자루를 니져 바럇나이다

ㅎ더라.

33. ← 위와 같음.

싀골 엇던 계집이 극히 사아나온더 졔 가장의 젹은 것을 업슈히 넉이어 싸홈을 ㅎ다가 고작읆 들어 힘껏 둘 넘어치니 뒤간 집웅 우에 가 쩌러젓는지라. 그 가장이 집웅 우에 동리 사룸이 붓그러워셔 그 곁헤 박 덩굴을 뒤젹거리며 음셩을 크다라케 남이 드를 만치 '큰 박을 똘가? 젹은 박을 똘가?' ㅎ더라.

『골계잡록(滑稽雜錄)』에 대하여

1. 들어가는 말

『골계잡록(滑稽雜錄)』을 펴낸 동기에 대해서는 연민 선생(이하 연민으로 약칭) 자신이 책의 서문에서 간단히 언급한 바 있기에 우리의 이해에 한 도움이 된다.

> "나는 나이가 어렸을 때부터 諧謔을 너무나 극성스럽게 즐겼다. 몇몇 동무들과 어울리면 아까운 시간이 흐르는 줄을 모름은 물론이요, 가끔 10여년 이상 되는 분에게도 농담을 붙이곤 하였다. 어느 날의 일이었다. 王考 老山翁께 峻嚴한 꾸중을 모셨다. (중략)
> 그러나 나는 마침내 그 버릇을 완전히 고치지 못한 채, 가끔 祖訓을 망각하고는 馬遷의 <滑稽傳>을 애독하였고, 또 우리나라 著籍 중에 흩어져 실려 있는 滑稽類를 耽玩하였다. 드디어 지난 一九六一年 一월부터 「月刊中央」지에 「滑稽雜錄」을 싣기 시작하여 七十一年 一二월에 이르기까지 무릇 三五回를 連載하였다. 四佳 徐居正의 「太平閑話滑稽傳」으로부터 逸名氏의 「奇聞」에 이른 十二種의 방대한 자료 중에서 三七0여편이 精選 수록되었다."(밑줄: 필자)

이를 통해서 연민 개인의 호기적 습성-해학을 즐기는-이, 이 책을 비교적 이른 시기에 출간토록 한 직접적인 동기로 보여진다.

『골계잡록(滑稽雜錄)』은『고금소총(古今笑叢)』소재 11종의 자료와『담정총서(潭庭叢書)』소재 〈송실솔전(宋蟋蟀傳)〉·〈이홍전(李泓傳)〉·〈가련(可憐) 이야기〉 가운데서 흥미 있는 골계담-성담론(性談論)-을 가려 뽑아 번역한 것인 바, 서문의 언급에 따른다면,『골계잡록』의 간행은 우리 문학의 일견 고답적이기까지 한 세계의 이면을 과감히 표면으로 끄집어냄으로써 우리 선조들의 골계담-성담론(性談論)-에 대해 열려진 이해의 시각을 비로소 갖게 한 점만으로노 그 나름의 가치를 충분히 부여받을 수 있다 하겠다.

본고에서는 먼저『골계잡록』의 간행 의의를 그 이후 출간된『고금소총』관련 서적을 통하여 그것이 이들 저작에 끼친 영향에 대해 간략히 살펴보고, 이어서『골계잡록』소재 이야기들에 나타난 번역양상을 거칠게 살펴보면서 향후 우리들의 과제를 생각해보는 계기를 간략히 언급하는 순서를 밟을까 한다.

2.『골계잡록』의 간행 의의
-'속(이면)에서 겉(표면)으로의 끄집어 냄'

『골계잡록』소재 이야기들의 원 저본은 민속간행위원회에서 1958년에 펴낸『고금소총』으로 보여진다. 물론 그 이전인 1947년 6월과 8월에 송신용(宋申用)이『조선고금소총(朝鮮古今笑叢)』제1회, 2회 배본으로 정음사에서 각기 「어수록(禦睡錄)」, 「촌담해이(村談解頤)」·「어면순(禦眠楯)」·「속어면순(續禦眠楯)」을 펴내면서『고금소총』가운데 일부의 존재가 대중들에게 알려지게 되었지만, 그것이 보다 많은 대중들의 관심을 끌게 된 것은 위의 책이 등사본의 형태로나마 간행된 이후의 일이었다. 『고금소총』 소재 11종에 실려 있는 이야기들은 모두 830화인데, 『골계잡록』은 이 가운데 약 363화(『담정총서』 소재 7화 제외)만을 번역, 수록하고 있다. 곧 『고금소총』의 발췌·번역본이라고 할 수 있는데, 이들 이야기들의 거의 대부분은 웃음과 그를 통해 당대인들에게 권계(勸誡)를 아울러 유발하고자 했던 이야기들로, 그 웃음의 기저를 이루는 바탕은 조선 후기 우리 선인들이 향유했던 '성담론'으로 생각된다. '성(性)'에 대한 이야기, 곧 '성담론(性談論)' 그것은 열려진 공간의 밝음 속에서 자연스럽게 운위하고 향유하기보다는 닫혀 있는 공간의 어두움 속에서 뭔가 조금은 더 은밀하게 향유하고, 비밀스럽게 공유해야만 하는 성질의 문학으로 오랜 세월에 걸쳐 유전되었다고 하는 것이 실상에 맞는 일이었다고 생각된다.

그러나 동방(東方) 유학(儒學)의 두 거성인 율곡(栗谷) 선생과 퇴계(退溪) 선생에 얽혀 있는 한 음담(淫談)의 문면은, 이 이야기 자체를 액면 그대로 받아들이기에는 많은 난관이 분명코 있겠지만, 그것은 기실 유학자들의 '性'에 대한 인식의 틀을 어느 일면으로만 폐쇄적으로 이해해서만은 아니 된다는 점을 말해주는 한 좋은 예로 여겨진다.[1]

어찌 되었든 연민의 『골계잡록』은 1962년에 간행된 조영암의 『고금소총』(379화 번역)과 더불어 우리 고전문학 유산 가운데 한동안 그 가치가 몰각되거나 애써 무시되었던 분야에 대한 새로운 관심을 촉발케 한 업적이라는 점만으로도 분명코 그 가치를 인정받을 수 있다고 본다. 이는 훗날 많은 후학들에게 이 분야에 대한 관심을 불러일으키는 기제로 작동한 바, 차상보의 『고금소총』(전4책, 1994), 정용수의 『고금소총·명엽

---

1) 이 내용은 【자료 1】참조.

지해』(1998), 박경신의 『대교(對校)·역주(譯註) 태평한화골계전(太平閑話滑稽傳)』(전2책, 1998), 이월영의 『고금소총』(「골계전」·「촌담해이」·「어면순」·「속어면순」·「명엽지해」·「파수록」 6종, 1998), 이신성의 『교수잡사(攪睡襍史)』(2003), 김현룡의 『고금소총』(전5책, 2008), 김영준의 『파수록(破睡錄)』(2010)·『어수신화(禦睡新話)』·『진담록(陳談錄)』(2010), 김준형의 『한국성소화선집』(2010) 등은 그 자장권 내에서 영향을 받아 산생한 작업들로 보여진다. 그간 간행되었던 이들 작업 성과들을 모두 묶어 살펴보더라도, 『고금소총』 소재 자료집들 가운데 완역이 아직껏 이루어지지 않은 자료들로 우리는 「성수패설(醒睡稗說)」·「기문(奇聞)」 등 2종을 들 수 있다. 한편 이 가운데 김준형의 작업은 일찍이 드러나지 않았지만, '패설(稗說)'로 지나칠 정도로 경도된 몇몇 자료집들을 새롭게 발굴·보고하고 있다는 만으로도 여타의 성과들과 변별되는 성격을 지닌다고 하겠다.

연민이 『골계잡록』을 번역하던 당시까지만 하더라도 이런 골계담-성담론(性談論)-에 대한 시각이 오늘날과는 달리 결코 우호적인 것만은 아니었음을 그 자신 다시 서문의 끝자락에서 다음과 같이 밝히고 있다.

> "하나는 내가 이 글을 連載하는 途中에 어떤 讀者에게서 匿名書를 보내온 일이다. <u>儒家의 後輩로서 치신없이 이런 猥褻的인 글을 써서는 아니 된다는 叱責이요, 또 하나는 出版倫理에 저촉이 있다 해서 몇십 편의 削除를 당한 일이다.</u>"(밑줄: 필자)

골계담-'성담론'-을 단지 외설적(猥褻的) 내용의 이야기로만 치부하고 애써 그 존재 가치를 무시, 외면하려는 닫혀진 시각과 아울러 오늘날까지도 그 잔영을 짙게 드리우고 있는 출판윤리의 망령이라는 이중

제약(二重制約)으로 인하여 각기 남녀의 성기를 형상화한 「어면순」 소재 〈주장군전(朱將軍傳)〉과 「속어면순(續禦眠楯)」 소재 〈관부인전(灌夫人傳)〉 등의 명편을 수록, 출간하지 못했던 것이 아니었을까 추론할 수 있을 뿐이지, 실제로 연민이 번역했던 작품들 가운데 어느 작품이 삭제되었는지에 대해서는 현재의 상황 아래서 자세히 알 수 없다는 점은 우리들에게 한 안타까움마저 갖게 한다.

3. 『골계잡록』에 나타난 번역 양상

『골계잡록』 소재 모든 이야기들에 나타난 번역 양상을 꼼꼼히 살펴보는 것은 소기의 성과를 거두기 위해서라도 마땅히 필요한 일이겠지만, 논의를 지나치게 번다하게 할 가능성이 크기에 아래에서는 그 번역 양상을 아래와 같이 대표적인 몇몇 항목으로 나누어 간략히 검토하는 것으로 논의를 대신한다.

첫째, 제명(題名) 표기의 비일관성(非一貫性)이 나타나고 있다.

『교수잡사(攪睡襍史)』만을 대상으로 살펴보더라도 이런 문제점을 어렵지 않게 확인할 수 있는 바, 곧 『골계잡록』 소재 이야기들의 거의 대부분은 원전에 해당하는 『고금소총』 소재 자료의 제목을 그대로 잉용(仍用)하는 경우보다는 해당 이야기의 내용을 잘 드러내는 것으로 여겨지는 적절한 단어를 연민 자신이 골라 재명명하고 있는 많은 경우를 통하여 쉬 확인된다.

그러나 그 명명의 기준이 무엇인지가 제대로 드러나지 않고 있다는 점은 약간의 아쉬움을 우리에게 주고도 남는다. 원전 소재 이야기들의 제목을 그대로 쓰든지, 아니면 각각의 이야기의 내용을 고려하여 일관되게 전체의 제명을 다시 명명하든지의 과정이 제대로 이루어지지 않고, 연민에 의해 그것이 극히 자의적으로 명명된 듯한 혐의가 없지 않다는 점은 한 문제라고 생각된다. 즉 『교수잡사(攪睡襍史)』소재 40화 가운데 3화와 30화에서 40화까지의 12화를 제외한 나머지 이야기들은 원전의 제목과는 다른 제목으로 표기되어 있다는 점을 통하여 이 점은 확인 가능하다.

둘째, 원문의 본문이 까닭 없이 탈락되고 있다.[2]

고전 작품의 번역은 작업의 저본이 된 해당 원전의 문맥을 가능한한 훼손하지 않는 가운데, 그 면모를 액면 그대로 보여주며 오류를 최대한 줄이려는 노력이 수반할 때 그 나름의 역할을 다한 것이라고 할 수 있다. 그런 견지에서만 본다면 연민의 『골계잡록』은 문제가 있는 것으로 보여진다. 많은 부분에 걸쳐 원문의 본문이 탈락된 경우를 어렵지 않게 찾아볼 수 있다는 점만으로도 그렇다고 하겠는데, 그 자세한 내용은 아래에 따로 붙인 【자료 2】로 미루어 둔다.

【자료 2】의 예문은 『골계잡록』에서 어떠한 이유에서인지는 분명히 알 수 없지만 해당 문면이 탈락된 경우인데 반하여, 다음 문면은 쉽게 이해가 가지 않는 경우에서 발생한 오류라 할 수 있다. 곧 「기문(奇聞)」 32화 〈송이접신(松茸接神)〉(← 61화)의 굵게 표시한 부분은 『골계잡록』의 해당 원문에서도 마찬가지로 누락되어 있는데, 위의 경우들과는 달리 버젓이 그 번역이 다음과 같이 나타나고 있다. 〈앞날 체 고친 값을 받아 쓰더라도 난 조금도 不平을 하지 않을 테야 하고 소리치는 것이었

---

2) 【자료 2】 참조.

다. 그 親舊는 곧 그 寡婦의 집을 찾아서 곧 '덕거동'을 불렀더니, 말이
끝나지 못해서 별안간 한 物件이 突出하여 그를 때려 누이고는 방망이
처럼 생긴 物件이 줄곧 그의 肛門을 찌르는 것이었다. 그는 "사람 살려
다오." 하고 高喊을 치는 것이었다. 체 장수가 멀리 서서 그 꼴을 바라
보다가 비웃는 語調로 "만일에 그다지 모질고 毒하지 않다면 어찌 가벼
이 체 고친 값을 네게 讓步하겠다고 했을꼬?" 하고는 돌아보지도 않은
채 줄행랑을 쳤다.〉[3] (篩商曰 "君若不信 第往其家後 篩價 君受用之 吾無他言
矣." 友商卽往其家 又呼德巨動 言未畢 忽有一物 突出而攝仆友商 如鎚之物 直衝
糞穴. 故友商大呼救人 篩商遠立望見 嘲笑曰 "若非如此猛毒 則吾豈讓篩價於汝
乎?" 不顧而走去).

  셋째, 원문 가운데 평결(「촌담해이」, 「어면순」, 「속어면순」, 「명엽지해」,
「파수록」)-【자료 3의 (가) 참조】 또는 내용의 요약 제시 부분(「진담록」)-
【자료 3의 (나) 참조】이 탈락되고 있다.

  평결부분을 애초부터 갖고 있지 않거나 이야기들의 요약 제시 부분
을 갖고 있지 않는 자료집을 제외한 나머지 대부분의 자료집-예컨대
「촌담해이」, 「어면순」, 「속어면순」, 「명엽지해」, 「파수록」과 『진담록』
등-의 경우, 『골계잡록』에서는 거의 모든 이야기들에서 해당 부분이
나타나고 있지 않는 바, 이는 원전의 전 면모를 통하여 독자들에게 전
달하고자 했던 작품의 총체적인 의미를 연민 자신이 의도적으로 소거
하고 있는 듯하다는 점에서, 고전 작품 번역의 기준이 어떠해야 하는
지를 새삼 되묻게 하는 경우로 여겨진다.

---

3) 이가원, 『골계잡록』, 일신사, 1977, 616쪽.

넷째, 원문의 오역이 발생하고 있다.

아주 드물기는 하지만, 다음 몇몇 번역문은 분명한 오역으로 생각되는 바, 「태평한화골계전(太平閑話滑稽傳)」 36화 〈비이몽야(非李蒙也)〉의 "士子 李蒙"을 "선비집 아들 李蒙"(선비)으로 번역하고 있는 것, 동 45화 〈비호이독(非虎而犢)〉의 "犢子漸近 牟然而啼"를 "송아지가 점차 가까이 이르자, <u>그는 으앙하고 울음을 터뜨렸다.</u>"('움메'하고 울었다)와 「어수신화」 19화 〈도적양반(盜賊兩班)〉의 "恐傷我目耳"를 "내 <u>눈과 귀가 다치겠구나.</u>"(내 <u>눈</u>이 다칠까 두렵다), 동 23화 〈십칠자시(十七字詩)〉의 "齋宿之所 適與妓家 相近"을 "齋戒하여 합숙하는 곳이 <u>妓生 집이라. 妓生</u>과 서로 가까웠다."(齋戒하여 합숙하는 곳이 <u>妓生</u> 집과 더불어 서로 가까웠다)와 『교수잡사(攪睡襍史)』 15화 〈채편안주(菜片安酒)〉(← 24화 〈求菜安酒〉)의 "想必死矣 欲極出埋之"를 "아이가 <u>이미 곤드레만드레가 되었으리라</u> 생각하고는 건져내려 했다"(반드시 죽었으리라 생각하고 그 아이를 빨리 끌어내어 묻어버리려 했다), 동 34화 〈용계득관(用計得官)〉(← 34화)의 '邊地武弁'을 "<u>兵房</u>에 태어난 武弁으로서"(<u>邊方</u>에 태어난 武弁) 등의 경우가 그것인 바, 이런 결정적인 오류는 훗날 가능하다면 한시바삐 수정해야 할 문제라 하겠다.

다섯째, 원문의 본문을 번역하지 않고 넘어간 경우가 나타나고 있다. 『골계잡록』에 수록된 11종의 자료집 소재 이야기들의 문면은 대부분 직·의역의 형태 아래 번역되고 있다. 그러나 이들 이야기들 가운데 많은 부분들(비록 그 의미를 무시해도 좋다고 생각할 수도 있는 부분이겠지만) 또한 미처 제대로 된 번역이 이루어지지 않고 있다는 점을 우리는 또한 안타깝지만 확인하게 된다. 번다함을 피하기 위해서, 여기서는 「교수잡사」만으로 범위를 국한하여 대표적인 보기 몇몇만을 제시한다. 21화 〈능욕삼대(凌辱三代)〉의 "卽今 三代獨兒子之辱 自此始出云爾", 24화 〈이계위봉(以鷄爲鳳)〉의 "一雞之價 多不過七八兩 汝旣云俸(捧)二十兩 此非賊漢耶? 以此觀之 彼漢之給五十兩云者 豈非虛語也, 一雞之捧二十兩者 豈不捧五十兩乎?", "秋堂終以廛人 推捧五十兩而出給鄕軍, 鄕軍百拜稱謝而退. 盖人之至奸 訟亦難辨 聞者傳笑.", 34화 〈용계득관(用計得官)〉의 "武人 自此永爲心服之人, 宰亦以力主奬用, 武人 官至統制後 爲閫帥云爾." 외에도 수많은 부분에 걸쳐 번역이 이루어지지 않고 있는 바, 해당 이야기들의 서사문면에 대한 정확한 이해를 위해서도 이러한 오류는 허용되어서는 아니 될 문제라 하겠다.

여섯째, 원문의 분명한 오류를 바로잡는 경우가 나타나고 있다.

필사본의 형태로 우리들에게 전해진 자료들은 의도적이든 비의도적이든간에 나름의 오류를 지닐 수밖에 없겠는데, 이런 현상은 『골계잡록』의 원전인 『고금소총』에서도 예외없이 나타난다. 다음 네 경우가 이런 보기에 해당하는데, 「기문」 6화 〈궐서하재(厥書何在)〉의 '婦翁問之 → 婦翁悶之', 동 22화 〈호린멸촉(呼隣滅燭)〉의 '以爲唱家失火 → 以爲娼家失火', 그리고 『교수잡사(攪睡襍史)』 29화의 '沒計取寡 → 設計取寡', 동 36화 〈염상도처(鹽商盜妻)〉의 '房俠矣 → 房狹矣' 등이 그것이다. 전자의 분명한 오자를 후자에서 바로 정확히 고쳐잡는 경우를 통하여, 연민 스스로 고전 번역의 태도를 여하히 견지해야 하는지를 몸소 보여준 좋은 경우가 아닌가도 여겨진다.

일곱째, 원문의 세주(細註) 부분이 탈락되고 있는 경우가 나타나고 있다.

『골계잡록』 소재 이야기들 가운데서는 오직 다음 두 경우만이 해당

되는데, 곧 「파수록」 4화 〈삼차위지(三次爲之)〉의 '劣物(方言 좁것), 爲
之矣(方言에 허여)', 동 9화 〈진서자야(眞鼠子也)〉의 '幾里(方言 몃 이), 席
子(方言 자리), 咬物(方言 물것) 打臀(方言 때려)'에서 밑줄 친 부분이 한
결 같이 탈락되고 있는 점이 바로 그것으로, 좀더 세심한 주의를 쏟았
어야 좋지 않을까 싶다.

여덟째, 『고금소총』 이본에 대한 고려를 찾아볼 수 없는 경우가 나
타나고 있다.

다음 문면은 「속어면순」 8화 〈사인축객(四人逐客)〉(←32화)인데, 이
이야기의 발화 주인공은 '士·醫·僧·妓' 등 4인인 바, 『골계잡록』의
원전인 민속간행위원회 간행의 『고금소총』에는 이 가운데 '士·醫·
妓' 3인의 발화 내용만 서술되고 있을 뿐, 중[僧]의 다음과 같은 발화
내용은 누락되어 있음을 볼 수 있다.

> "僧吟曰:"天有天堂 地有地獄 二十四齋齋佛日 韓齋柳齋皆誦經 其
> 餘福田來不來 吾不關"

『골계잡록』 또한 위와 같은 양상을 띠고 있음은 당연하기까지 한데,
이런 문제는 『고금소총』 이본에 대한 나름의 관심을 연민 자신이 갖고
있었다면 보다 자연스럽게 해결할 수도 있었던 경우라는 점에서 아쉬
움을 주는 것 또한 사실이다.

4. 향후의 과제

『골계잡록』의 간행에 국한시켜 보더라도, 연민의 개방적(?)이고도

도전적인 시각은 오늘날까지도 여전히 유효하다. 우리 후학들은 앞으로도 이런 진지한 유효함을 계속하여 지켜나가는 가운데, 위에서 거칠게 살펴본 데서 확인된『골계잡록』에서 드러나는 몇몇 문제점 등을 관계 여러 이본들을 두루 고려하는 가운데 해당 원문 자료에 대한 주밀(綢密)한 대교(對校)·검토(檢討)와 함께 보다 세심하고도 정확한 번역을 다시 시도할 필요가 있다고 본다. 그래야만 연민이『골계잡록』을 통하여 우리들에게 제시하려 했던 인간과 사회에 대한 깊이 있고도 풍요로운 성찰, 그것이 더욱더 우리들 곁에 다가오는 것이 아닐까 생각하면서, 이 자리를 빌려 후학들에 의한『골계잡록』에 대한 보완 수정·간행 작업이 한시바삐 이루어져, 연민의 골계담-'性談論'-에 대한 인식의 재평가 작업이 적극적으로 이루어지기를 희망한다.

▶【자료 1】

<선생의 밤 작란>

　그때 당시 률곡 이이 선생(栗谷 李珥)이라는 학자님이 있었는데 문장으로나 도덕으로나 퇴계 선생과 서로 억개를 견줄 만치 거룩한 대선생이였습니다. 지금가지도 세상에서 퇴계와 률곡은 사상이 같으며 도학(道學)이 숭고한 점으로 보아서 동방의 쌍벽(東方之雙璧)으로 누구나 잘 아는 거룩하신 어룬들입니다. 그럼으로 률곡 선생도 역시 멋千 명 제자를 가지고 있었습니다.

　옛날이나 지금이나 二十 내외 되는 공부하는 청년들의 작란이야 말할 것도 없지요만은 그때 률곡(栗谷) 문하에 잇는 여러 청년들 중에도 어지간히 작란꾼이 모혀 잇든 모양이올시다. 하로는 자긔네들끼리 몬지가 부엿토록 작란을 치다가 그 중의 한 사람이

　『얘 - 우리 선생님은 도학이 높으시기로도 우리 나라에서 제 一 고명하지

만은 그러키로서니 평일에는 좀 탈속하게 구는 것이 아니라 엇지나 점잔코 위엄이 잇는지 그 앞에 가기가 무시무시하고 해서 보통 사람 같이는 보이지 않으니 그 어룬이 밤에 잠잘 적에도 과연 그러케 점잔은가 우리 언제 한번 가만이 엿을 보는 것이 어떠하냐?』

이러한 문제를 제출하니까 여기서 저기서 손바닥을 치면서 찬성 찬성 만장 一치로 가결이 되엿습니다. 그러고 나서 작란군들은 그날 밤붙어 률곡 선생의 안방 행차를 고대고대 기다리엿습니다. 어느날 밤인지 선생의 안방 행차가 과연 그네들의 눈치에 들켓습니다. 선생의 뒤를 따라 몃 사람은 숨을 죽이고 가만가만이 안으로 드러가서 안방 뒷문에다가 귀와 눈을 대이고 선생의 내외가 잠자리하는 거동을 엿보앗습니다. 그랫더니 과연 과연 거룩하신 도덕군자(道德君子)이시라. 단 두 분이 만나서 이불 속에서 노는데도 정중한 태도와 장엄(莊嚴)한 위용(威容)으로 엇지나 점잔케 구는지 밧게서 보는 작란군들도 별로 더 볼 자미도 없고 하니까 그냥 바로 나아와서는 그네들끼리 서로서로 주거니 밧거니 률곡 선생의 덕이 높은데 탄복(歎服)하엿습니다. 그 이튿날 그 작란군들은 퇴계의 제자들을 만나든 길로 바로 자기네 선생님은 내외 잠자리 하는데도 그러케 점잔케 위엄잇게 하신다는 자랑을 입에 춤이 말으도록 하엿습니다. 이 말을 들은 퇴계 선생의 제자들은 도라와서 인제 자긔네들끼리

『자— 률곡 선생은 이리이리 하신다니 우리 선생님은 어떠하신가 우리들도 한번 엿보기로 하자.』

『오냐! 그것 참 좋은 말이다!』

이러한 군호를 맞훈 연후에 역시 밤마다 선생의 동정을 살피다가 어느날 밤 퇴계의 안방 출입을 발견한 여러 청년들은 바로 안방 뒤로 도라가 뒤ㅅ문에다가 침을 발러 구멍을 뚜르고 가만이 드려다 보니까 이것은 아주 률곡과 딴 판이엿읍니다.

그만 바로 뛰여 나아와서 자긔에 선생님과 률곡 선생을 비교해 보며 이리로 저리로 비평도 해 보고 하느라고 잠을 바로 자지를 못햇습니다. 그리다가 『우리 선생님이 률곡 선생보담 점잔키는 아주 못한 것인가. 어느 편이 올타고

해야 할가?』토론 끄테 결국『자 - 그럴 것 없이 래일 아츰(츰)에 단도직입으로 선생님한테 무러보기로 하자.』는 것으로 결론(結論)을 마치엿읍니다.

그 이튼날 아츰에 선생이 강당에 좌정 후에 한 제자가 대표로 나아와서 자기네가 엿보앗다는 사실을 사죄(謝罪)하고 나서 률곡 선생의 그것이 올흔가? 선생님의 그것이 정당한가를 무럿습니다. 이약이를 자초지종 들은 후에 퇴계 선생은 빙□(그)레 우스면서

『응 …… 숙헌(叔獻 - 률곡의 字)은 그 뒤가 없을진저! 叔獻其無後乎』

뒤가 없을 것이란 말은 자손이 없을 것이란 말입니다. 제자들이 그 이유를 무르니까

『남녀의 교합(交合)이란 천지(天地) 간에 비(雨) 되는 이치와 한가지이라. 비가 오려면 바람이 일어나고 구름이 나려 밀고 번개불이 번쩍번쩍 우뢰가 우루루 한참 야단법석을 하다가 비가 나리는 것이며 또 이러케 해서 와야 초목곤충(草木昆蟲)과 오곡(五穀)이 되는 잘 [되는] 법이라. 풍운이 일지 않고 뢰전(雷電)이 없이 비가 되는 이치가 없으니 딸아서 五穀이 풍등하는 법은 없은즉 이치에 합당치 않고서 어찌 그 뒤가 잇슬 것인가?』

이것이 퇴계 선생의 철언(哲言)이엿엇더니 과연 률곡 선생은 혈손(血孫)이 없엇다고 합니다. -(끝)-[4]

▶【자료 2】

1. 「太平閑話滑稽傳」

가. 10화 ← 11화/12화

孔平生不露齒 拜監察 乘醉 落帽而露. 殿中作孔髡贊曰 "銅頭不毛之地 凜 〃然童 〃然 如鑑之明. 燭之而妍蚩自現 如磬之磨 叩之而音韻若在. 脫有 利天下之事 摩頂放踵猶可爲也 拔一毛不可能也(후반부 탈락)

4) 김진구, <巨儒의 揷話>, 『야담』 제2권 6호, 1936.6.1.

나. 72화 ← 97화

庚辰武科 二千八百人 不能彎弓制馬者亦中. 瞽者行路 忽爲過騎之所觸 陷泥濘中 大臥不起 路人曰 "是何等人物耶?" 人曰 "服戎服腰弓矢 似是武夫." 瞽者曰 "唉豎子 我知之 必庚辰武科也. 不爾 何能制馬至此乎?" (앞 부분 탈락)

拂袖而徑去 衆妾絶倒. 時人以爲元海有謏諫風(후반부 탈락).

2. 「禦眠楯」

16화 ← 17화

舅瞋目良久曰: "出傲爾者 反乎爾 尙誰咎哉?"

史臣曰: "待下以禮 則奉上以誠 理固然也. 巨民之待媳婦 非徒無禮. 又從而陷之 爲其媳婦者 豈能奉之以誠而不思所以大其報乎? 然則禮者 誠之本也."

3. 「蓂葉志諧」

가. 27화 ← 15화

兩人相顧錯愕 大懟而散 聞者捧腹.

나. 34화 ← 42화

盖誤認尙饗爲上香. 聞者大噱.

다. 38화 ← 50화

父死不哭 非禮也 爾勿用此禮.' 聞者絶倒.

라. 40화 ← 52화

盖嬰兒未能立[者] 匍匐而膝行故云矣 一時傳笑.

4. 「禦睡新話」

10화 ← 27화

翌朝 起坐連打腦後曰 "吾三十年行房 未見如此之切妙滋味也 吾之所謂室人 不知婦女之應行搖本 可歎不出之甚矣"

5. 「奇聞」

가. 3화 ← 5화

厥女躍起曰 "眞良醫也" 仍爲夫婦 連生二子一女而善爲偕老云矣.

나. 32화 ← 61화

篩商曰 "君若不信 第往其家後 篩價 君受用之 吾無他言矣." 友商卽往其
家 又呼德巨動 言未畢 忽有一物 突出而攝仆友商 如錮之物 直衝糞穴. 故
友商大呼救人 篩商遠立望見 嘲笑曰 "若非如此猛毒 則吾豈讓篩價於汝
乎?" 不顧而走去.

▶【자료 3 (가)】

1. 「村談解頤」 4화. <繫頸住持>

太史公曰: "人[之]內多慾而外施仁義者 比其終也 鮮不敗露矣 慧能之守
戒而檢身也 似可以超色相而粂佛祖也. 卒中於烟花之巧計 禪心席徹 陷於
慾浪而不自扶 其與世之沽名矯節之類 竟至淪溺於宦海迷津者 奚異哉! 良
可笑也."

2. 「禦眠楯」 15화 <妓第甲乙> ← 3화 <韓生秉筆>

史臣曰: "甚矣! 娼女之術也! 以韓之風流 豈下於鄕吏甲士而初利其財 委
身事之 財旣盡然後 敕而逐之 則豈如是沒人情之人乎?"

3. 「續禦眠楯」 3화 <一握再握> ← 7화 <黠婢鉤情>

史臣曰: 諸婦之擯斥盧婦 初出於怒 已責人而反聞盧婢之詭辭 恐其敗露
담然畏縮 其與世人 陰爲不善 好言人過而反自取敗者 奚以異哉? 可戒也
夫!

4. 「蓂葉志諧」 1화 <妓籠方伯> ← <妓籠藏伯>

野史氏曰: "世間最難知者 人之情僞也. 其平居[也] 談道義飾禮容 以名節自任者 不必有其實也 或混於常流 不以名節自處者 亦未必無其實也. 當其前席之論人 何其峻也? 一見尤物 便作籠中物 良可笑也. 世之不自量而徒責人者 其不爲此方伯之類(流) 幾箇人哉?"

5. 「破睡錄」 2화 <春夢虛事> ← 9화

副墨子曰 噫! 娼妓賤流 豈以人道責之耶! 臂同傳舍之枕, 脣若靑帘之杯 狐媚騙人 貪財忘情 賢愚皆知. 自古番番良士·赳赳武夫 亦多駸駸然 入于迷魂之陣 失其守操者 指不勝屈 可謂惑之甚矣

▶【자료 3 (나)】

1. 「陳談錄」
1화 <石猶多矣> ← 2화 <飯石>

言 雖曰 米多 猶不如石之多矣 言不善其淅米之意也

○ 石多之言 統實之言也, 米多之言 諧謔之言也.

4화 <三醉同行> ← 9화 <三醉客>

言 此卽沒精神者也 這彼也 猶不記俄者同行之人 以何樣而來耶? 又曰 "絶項者 不如梟首之狀 此何難之重過耶?"

○ 目前之事 猶有疑眩 徙宅而忘其妻者 誠非虛語也

20화 <鼠耳速治> ← 48화 <鼠耳>

○ 死何畏焉而 欲親其夫耶? 若將覺悟其味 則雖云親近者必死 亦難疎遠矣.
** 이하 줄임 **

제3부

야담 연구와
새로운 자료

해제 미산본(味山本)『청구야담(靑邱野談)』

　　여기서 약간의 해제를 붙여 소개하려는 미산본『청구야담』은, 박정
로님의 소장본이었으나 현재는 영남대 중앙도서관이 소장하고 있는
달필(達筆)의 한문필사본 자료이다. 권차가 표시되어 있지 않아 해당
자료가 정확히 몇 권으로 이루어진 자료인지는 분명히 알 수 없다. 남
아 있는 자료는 1권 1책으로, 총 65장이며, 매면은 14행, 매행은
24~30자로 일정하지 않다. 필사자와 필사 연대를 알 수 있는 정보는
전혀 나타나 있지 않다.[청구번호 古 味 813.7 청구야담]

　　이 자료는 최근 임완혁 교수가 「『청구야담』의 문헌학적 연구」[1]란 논
문에서 그 면모의 일단을 소략하게 검토하였을 뿐, 그 전체적인 면모
에 대한 고찰은 아직 구체적으로 이루어진 바 없다. 우리의 논의를 보
다 효과적으로 진행하기 위하여 여기서 임완혁의 주장을 먼저 검토하
여 보기로 하자.

　　　"미산문고본은 권수가 표시되어 있지 않으나 버클리대본 권1의 내용
　　이 그대로 실려 있다. …(중략)… 가) 그러나 미산문고본은 권1의 마지막

---

1) 임완혁, 「『청구야담』의 문헌학적 연구」, 『한국한문학연구』 25집, 한국한문학회,
　2000, 173~204쪽.

작품인 「呂相托辭登大闡」에 이어 어사 박문수 이야기가 나오는데 「蠹石樓繡衣藏踪」(버클리 7-7)과 「矜朴童靈城主婚」(버클리 9-3), 「貸營錢義城倅占風」(버클리대 8-10) 등의 이야기가 제목 없이 잡다하게 실려 있다. 나) 아울러『계서잡록』계통에서 확인되는 '嶺伯金相休啓跋辭' '金化縣村人父子'가 실려 있다. 다) 그리고 계속해서 「背恩儂」, 「鬼幻」, 「設計占山」 등 넉 자 또는 두세 자로 제목을 단 작품이 실려있는데 이 작품들은『청구야담』과 직접적인 관련이 없다. 라) 결국 미산문고본은 권1을 전사한 후『청구야담』의 각 권에서 부분적으로 몇 작품을 전사하고 거기에 새로운 자료를 보충한 이본이라 할 수 있다."[2](필자 주 : 가), 나), 다), 라) 등은 필자가 표시한 것임)

여기서 이미 부분적으로 알려진 자료에 굳이 해제를 붙여 소개하려는 까닭은 미산본『청구야담』이 지니고 있는 몇몇 면모가 이본 자료에 대한 우리들의 일반적인 이해를 넘어서고 있다는 점에 있다. 그간 우리들은 어떤 자료의 이본들에 대한 정확한 고찰도 없이 이들 이본들의 가치를 지레짐작으로 폄하해 온 경향이 없지 않다. 그러나 구체적으로 자료들을 검토하다 보면, 야담집 가운데의 여러 이본들이 우리들의 이본에 대한 일반적 이해와는 분명 다른 면모를 지니고 있다는 것 또한 어렵지 않게 발견할 수 있다. 이런 점에서 각 야담집의 이본을 엮은 존재들의 편찬의도라든가, 또는 해당 이본들의 형성과정과 그 계통을 보다 정확히 파악하기 위해서라도 이러한 이본 자료들에 대한 꼼꼼한 탐구가 요청된다고 하겠다.

미산본『청구야담』은 일반적인『청구야담』의 면모와는 분명 다른 양상을 드러내보이고 있는 자료이다. 총 51화로 이루어져 있는데, 이

---

2) 임완혁, 앞의 논문, 200~201쪽.

들 이야기들의 원천은 임완혁도 적절히 지적하고 있듯이 그 모본이
단일하지 않다는 특징을 지니고 있다.

그것을 제시하기에 앞서, 먼저 임완혁의 주장에서 드러나는 문제점
을 살펴보기로 하자. 그 또한 미산본『청구야담』의 체재에 대해 '불완
정한 이본'이라 주장한 바 있다. 이 주장은 어느 면 맞기도 하고, 어느
면 그르기도 한 것으로 생각된다. 그것은 위에 제시한 인용문 가운데
가)와 라)에서 잘 드러난다. '가) 그러나 미산문고본은 권1의 마지막
작품인 〈여상탁사등대천(呂相托辭登大闡)〉에 이어 어사 박문수 이야기
가 나오는데 〈여상탁사등대천(呂相托辭登大闡)〉(버클리 7-7)과 〈긍박동
령성주혼(矜朴童靈城主婚)〉(버클리 9-3), 〈대영전의성쉬점풍(貸營錢義城
倅占風)〉(버클리대 8-10) 등의 이야기가 제목 없이 잡다하게 실려 있다.'
라) '결국 미산문고본은 권1을 전사한 후 <u>『청구야담』의 각 권에서 부분
적으로 몇 작품을 전사하고</u>'(밑줄: 필자 표시)란 지적이 바로 그것이다.

이렇게 본다면 그는, 미산본 29화까지는 버클리대본『청구야담』을
전사하는 가운데 이루어진 것이라고 주장하고 있는 것으로 보여진다.
물론 이들 3화는 사실 버클리대본『청구야담』에도 수록되어 있기는
하다. 그러나 이러한 주장이 타당성을 얻기 위해서는 다음과 같은 의
문에 대해 확실히 답할 수 있어야 한다고 본다. 미산본은 1화인 〈상숙
은세송의자(償宿恩歲送衣資)〉부터 26화인 〈여상탁사등대천(呂相托辭登
大闡)〉까지 어느 하나 예외 없이 제목을 다 지니고 있다. 이것들은 바
로 버클리대본『청구야담』의 권1의 전부에 해당하는 것이기도 하다.
그런데 이 이야기들을 바로 뒤이어 나타나고 있는 3화, 곧 〈촉석루수
의장종(矗石樓繡衣藏踪)〉(버클리 7-7)과 〈긍박동영성주혼(矜朴童靈城主
婚)〉(버클리 9-3) 〈대영전의성쉬점풍(貸營錢義城倅占風)〉(버클리대 8-10)
등은 위의 26화까지의 경우와는 달리 한 결 같이 제목을 갖고 있지 않

다는 공통 분모를 갖고 있다. 이런 현상은 이하 38화까지 동일한 양상으로 나타나고 있다. 만약 그의 주장과 같이 이들 3화가 과연 버클리대본『청구야담』을 원천으로 하여 이루어진 것이라면, 첫째, 이들 3화의 원천이 이와 같이 분명한데도, 왜 미산본『청구야담』의 편자는 26화까지의 일반적인 현상과는 달리 이들 이야기의 제목을 분명하게 드러내지 않았던 것인가? 둘째, 26화까지는 버클리대본『청구야담』권1의 차서와 같이 그대로 전사하여 이루어진 것임에 반하여, 이하 3화는 하나같이 원천에 해당하는 권수를 각기 달리하고 있다는 변별성을 지니고 있는데, 이것은 미산본『청구야담』의 편자가 원천인 버클리대본『청구야담』가운데서 그야말로 즉흥적으로 해당 이야기들을 발췌한 결과라고 볼 수밖에 없을 듯하다. 과연 이런 현상을 어떻게 논리적으로 설명할 수 있을 것인가? 셋째, 27화 이하 38화까지의 이야기들은 앞에서도 이미 지적하였듯이 하나같이 제목을 갖고 있지 않는 나름의 동일한 면모를 지니고 있는 바, 임완혁의 주장과는 달리 이들 3화를 포함한 아래 38화까지의 이야기들은 앞의 26화까지의 원천과는 분명 다른 원천을 바탕으로 하여 출현했을 개연성이 더 높다는 사실을 반증하는 것은 아닌가? 하는 점 등이 바로 그것이다.

필자의 검토 결과, 미산본『청구야담』은 임완혁도 적확히 밝히고 있듯이, 1화에서 26화까지는 버클리대본『청구야담』1권의 차서와 완전히 부합하는 면모를 보이고 있는 것으로 거듭 드러났다. 이어, 27화에서 38화까지의 원천을 검토한 결과, 그것은 바로 연민본『계서잡록』卷利[3]가 이에 해당함을 확인할 수 있었다. 그 관계 양상을 구체적으로 제시하면 다음과 같다. 곧 27화(3권 1화), 28화(3권 2화), 29화(3권 5화),

---

3) 이 자료는 필자에 의해 우리 학계에 처음으로 소개된 바, 이에 대한 간략한 해제와 원문은『열상고전연구』10집, 열상고전연구회, 1997, 335~410쪽을 참조하라.

30화(3권 7화), 31화(3권 10화), 32화(3권 17화), 33화(3권 13화), 34화(3권 18화), 35화(3권 33화), 36화(3권 43화), 37화(3권 46화), 38화(3권 41화) 가 그것이다. 한편 39화에서 51화까지는 현재까지의 검토 범위 내에 서만 밝힌다면, 몇몇 자료들을 제외하고서는 그 원천과 유화를 찾아 보기 어려운 실정이다. 그간 다양한 자료집과 이본집들을 검토했음에 도 이들 이야기들의 원천과 유화를 밝혀내기가 쉽지 않다는 사실은 다음 가능성 가운데 하나일 가능성이 상대적으로 높아 보인다. 곧 첫 째, 이들 이야기의 원천에 해당하는 자료집이 아직 우리 학계에 소개 되지 않았거나 일찍이 망실되었을 가능성과 둘째, 이들 이야기들은 편자 자신이 당시에 유전하고 있었던 구전설화를 채록하는 과정 속에 서 살아남았을 가능성 등이 바로 그것이다. 그 가능성 가운데 어느 것 이든지 간에 결국 **미산본 「청구야담」은 위와 같이 이질적인 세 자료의 합성으로 이루어진 이본**이라고 하겠다.

그런데 문제는 이런 현상이 유독 미산본 『청구야담』에서만 나타나는 독특한 면모가 아니라는 데에 있다. 예컨대 하버드대본 『파수록(罷睡 錄)』(2권 2책)의 「고담(古談)」 부분에 수록된 이야기들, 유재영본 『금계 필담(錦溪筆談)』의 후반부에 속하는 126화부터 133화까지의 이야기들, 나아가 서울대본 『기관(奇觀)』[4]의 전반부인 27화까지의 이야기들, 이 가원본 『파수(破睡)』[5]와 동경대본 『청구야담』[6], 그리고 영남대본 『동

---

4) 이에 대한 논의는 장시광, 「『기관』의 자료적 성격」, 『온지논총』 6집, 온지학회, 2000. 73~92쪽에서 이루어진 바 있어 한 참조가 된다.

5) 이 자료 또한 필자에 의해 우리 학계에 처음으로 소개된 바, 이에 대한 간략한 해제 와 원문은 『연민학지』 5집, 연민학회, 1997, 535~570쪽을 참조하라.

6) 이에 대한 논의는 필자의 「『청구야담』의 편자와 그 이원적 면모」, 『연민이가원선생 칠질송수기념논총』, 정음사, 1987, 283~299쪽을 참조하라. 이 논문은 뒤에 필자의 『 한국야담문학연구』, 보고사, 1996. 338~355쪽에 재수록되어 있어 이용에 편의하다.

국패사(東國稗史)』에서 드러나는 이원적 체계 등의 모습을 통하여, 우리들은 조선후기에 들어와 이런 현상이 어느 면 일반적이라고 할 정도로 자리 잡고 있었음을 알 수 있다. 곧 **야담집 이본들의 경우, 원천을 그대로 전사하는 주된 경향 못지않게 나아가 원천으로부터의 벗어남을 추구하고자 하는 경향 또한 일정 정도 드러내고 있음**을 이들 자료들은 구체적으로 보여주고 있다.

이런 점에서 본다면 미산본『청구야담』의 39화에서 51화까지의 부분에 대하여 임완혁과 같이 다) '그리고 계속해서 〈배은농〉, 〈귀환〉, 〈설계점산〉 등 넉 자 또는 두세 자로 제목을 단 작품이 실려 있는데 이 작품들은『청구야담』과 직접적인 관련이 없다.' 라고 언급만 하고, 그 서사내용이라든가, 원천 나아가 유화에 대한 일련의 검토 과정 없이 이들 자료를 논의의 영역 밖으로 그대로 방기해둔다는 것은 이러한 당시의 일반적이기까지 한 움직임에 대한 적극적인 해명이라고는 할 수 없을 듯하다. 이들 이질적이기까지 한 자료들이『청구야담』이라는 하나의 제목 아래 같이 묶여져 있다는 점을 통해, 우리는 미산본『청구야담』의 편자가 최소 3종에 달하는 야담집을 섭렵할 수 있었던 식자(識者) 계층이라는 사실을 어렵지 않게 추측할 수 있으리라고 본다. 나아가 이러한 이질적이기까지 한 체재를 통하여 그 편자가 드러내보이려 했던 야담에 대한 인식의 폭과 이해의 정도도 어느 면 추심해 볼 수 있을 것으로 기대된다. 그러나 남아 있는 자료의 현재적 상황에서만 본다면, 이에 대해 적절히 해명해내기란 여간 어려운 일이 아닐 수 없다고 본다. 다만 여기서 한 가지만 지적한다면(그 일단은 원천에 해당하는 버클리대본 권1과『계서잡록』권 리(利)의 수용양상을 통해 잘 드러난다고 하겠다.), 미산본『청구야담』의 편자 또한 다른 자료의 이본을 산출해 낸 인물들과 같이 원천을 가능한 한 그대로 전사하려는 성향을 지녔던 인물로 여겨진다는 사실이다.

앞에서 해제자는 39화에서 51화까지의 자료들의 원천으로 두 가능성을 주목한 바가 있다. 어찌 되었든 40화 〈귀환(鬼幻)〉의 "古壬癸年間 年事慘歎 而癘疫大熾 京城之內 死者幾乎十室九空 貧寒窮困之類 不能掩葬 僵屍相續於道路 甚至以車擔屍 棄諸都門外如邱 惡臭觸鼻 穢氣襲人 過者掩面慘惻" 문면으로부터, 이들 이야기들의 원천에 해당하는 자료는 최소한 '임계년간(壬癸年間)' 이후에 산생되었을 가능성이 높다는 사실만을 우선 밝혀두고, 이에 대한 더 이상의 논급은 줄이기로 한다.

여기서는 다만 39화에서 51화까지의 이야기들이 지니고 있는 각각의 서사내용만을 간추려 제시한 뒤, 이어 간략하게나마 그 원천과 유화를 제시하는 것으로 해제를 마칠까 한다.

39화 〈背恩儂〉

조선 사람 이씨가 使行의 일원으로 중국에 들어갔다가 興販하여 모은 돈 만 냥을 창루의 老嫗에게 다 빼앗긴 뒤, 고초를 겪게 된다. 그것을 불쌍히 여긴 노구 養女의 도움을 입어 함께 탈출하던 중, 우연히 마주친 한 소년의 감언이설에 빠져 자신을 도와준 여인을 결국 죽음으로 내몰고, 그 자신 또한 곤궁하게 살다 죽었다는 이야기.

40화 〈鬼幻〉

한 파락호가 귀신의 꾐에 빠져 혼몽 중의 상황에 처했다가 친구들의 도움으로 소생한 이야기.

41화 〈富翁〉

온갖 부귀를 누리던 강남 富翁이 天子가 마련한 계책에도 빠지지 아니하고, 도리어 完福을 그대로 누렸다는 이야기.

42화 〈設計占山〉

堪輿之術에 능한 僧 性之를 속여 吉地를 얻은 형제의 지략 이야기.

43화 <設卦捷科>

占卜대로 꾀를 써서 과거에 급제한 窮儒 이야기.

44화 <綠林客>

꾀를 사용한 도적에게 재물을 다 털린 거부가 돈이 있어도 판득하기 어려운 것과 여러 해 經紀한 것이 있으면 이야기하라고 도적이 말하자, 이에 딸의 혼수를 노친의 壽衣에 앞서 말했다가 도적에게 그 자신이 爲親愛子의 輕重先後를 알 텐데도 이와같이 말했다고 하여 도리어 곤장 세 대를 맞고 그것을 부끄러워했다는 이야기.

45화 <康節秘蹟>

자신의 死後에 重犯罪에 처할 玄孫을 구하기 위한 邵康節의 뛰어난 예지력 이야기.

46화 <奇遇父母>

晩得子로 태어났다가 화족떼의 변을 만나 버려진 아이가 양부모의 도움으로 성장하던 중, 그들이 생부모가 아닌 것을 우연히 알게 되어 간청 끝에 생부모를 찾아나섰다가 중의 卜術 덕으로 결국 생부모를 만나게 되고, 이어 양부모도 모셔와 생부모와 함께 한 집에서 모시고 살면서 그들을 변함없이 섬기며 살았다는 이야기.

47화 <負心儂>

餓死할 지경에 처했던 생원을 여러모로 오랜 세월에 걸쳐 도와주었던 김씨 성의 사람이 뒷날 결국 패가하게 된다. 어쩔 수 없어 그 후에 중화부사가 된 생원을 찾아가 도움을 청하지만 그는 도리어 박대만 당한다. 중화부사로부터 얻어올 많은 재물을 약취하려는 賊漢을 만나 김생은 그의 도움으로 재물을 얻게 된 반면에, 중화부사는 도적에게 그 재물을 다 잃고 마침내 禁錮終身의 지경에 처해지게 된다. 전에 비하여 훨씬 더 부옹이 된 김생이 뒷날 우연히 곤경에 처해 있다는 적한을 만나 그 은혜를 갚고자 의관과 주찬을 갖추어 그와 만났던 장소에 이르니, 적한은 간 곳이 없었다. 이에 旅店에 이르른 김생 앞에 적한은 威儀가 성한 모습으로 다시 나타난다. 이 연유를 몰라 의아해하는 김생에게 적한은

이 일이 김생의 衷情을 보기 위해 자신이 거짓 꾸민 일이라고 하면서 같이 취하도록 술을 나누어 먹고 각자 보중할 것을 당부하고는 헤어졌다는 이야기.

48화 <積蔭有報>

수재의 讀書聲을 듣고 담을 넘어온 이웃 집 여아를 수재가 사리로 꾸짖어 내어보낸 뒤, 뒷날 그 여인은 재상의 처가 되어 두 아들을 諫官으로 키워낸다. 한편 수재 또한 뒷날 벼슬이 三台에 이르렀다가 며느리로 인하여 세상의 오해를 사게 되어 곤경에 처하게 된다. 한편 여인의 두 아들이 이 일을 듣고 그 관리의 죄상을 상소하려다가 어머니에게서 그 관리가 예전에 행했던 처사를 듣고 그것을 그만 두었다는 이야기.

49화 <至孝感神>

부친의 병환 치료를 위해 異僧의 지시대로 자신의 아들을 죽여 부친의 병환을 치료하려다가 동자삼을 얻게 된 사람의 이야기.

50화 <妻是外人>

실수로 한 아이를 죽인 사람이 그 사실을 아내에게 실토했다가 뒷날 그 사이가 벌어진 아내에 의해 고발되어 목숨을 잃게 되었다는 이야기.

51화 <楚玉善對>

한 곤궁한 유생을 박대했다가 뒷날 통제사가 된 그로부터 죽게 될 처지에 놓였으나 巧言으로 그 위기를 모면하고 결국 그의 애첩까지 된 기생 楚玉의 이야기.

이들 13화의 서사내용으로부터 우리는 미비한대로나마 이들 이야기의 원천과 유화를 탐색할 수 있을 것으로 보여진다. 여기서는 다만 그 검토 결과만을 제시하고, 이에 대한 자세한 논의는 별고로 미루어둔다. 먼저 그 원천과 유화가 밝혀진 자료는 다음 4편을 들 수 있다.

41화 <富翁> : 『拍案驚奇』 5화 <無愁翁>, 『靑邱奇談』 6화 <근심 업
는 늙은이>

42화 <設計占山> : 『揚隱闡微』 16화 <元相國智計葬親>

48화 <積蔭有報> : 『揚隱闡微』 17화 <趙夫人感義解奇冤>.

49화 <至孝感神> : 權友荐본 『탁영전』, 『類錄』 소재 <卓永傳>.

한편 아래 9화의 자료들은, 그간 우리에게 알려졌던 여러 자료집
내에서는 그 원천과 유화를 쉽게 찾아볼 수 없는 것들이다. 앞으로도
계속 관심 갖고 천착해야 할 문제라 하겠다. 곧 39화 <배은농(背恩儂)>,
40화 <귀환(鬼幻)>, 43화 <설괘첩과(設卦捷科)>, 44화 <녹림객(綠林
客)>, 45화 <강절비적(康節秘蹟)>, 46화 <기우부모(奇遇父母)>, 47화
<부심농(負心儂)>, 50화 <처시외인(妻是外人)>, 51화 <초옥선대(楚玉
善對)> 등이 그것인데, 이들 자료의 출전을 밝히기 위해서는 이러한
각도에서의 부단한 접근 못지 않게, 여기서 미처 검토치 못한 구비설화
와의 관련 양상을 폭넓게 탐색하는 작업 또한 필요할 것이라는 제언을
끝으로 본 해제를 마친다.

▶ 부록: 味山本 『靑邱野談』 原文

- 일러두기 -

* 猶不敢望「其」如此 : 「 」 부분은 미산본에서 원천과는 달리 출현하지 않는
것임.

* 受<此>(恩)如天 : < > 부분은 미산본에서 원천과는 다르게 나타나는
것임.

* 曾聞貴宅之居于苧洞 : 진하게 표기된 부분은 미산본에서 원천에 덧붙어

나타나는 것임.

* 天天(子?) : ( ) 부분은 미산본에서 분명한 오류로 여겨지는 글자를 나름대로 措定한 것임.

* ■은 원문 가운데 홀려쓴 관계로 판독을 미처 못한 글자임.

靑邱野談

1. 償宿恩歲送衣資

李校理某 弱冠時 往留其外舅淸州任所 觀華陽洞 歸路將欲歷省其妹而家在數十里之外 時適飢乏 而近處無酒店 四顧彷徨 見一庄戶在於前村相望之地 欲爲暫憩療飢之計 往叩其門 有一妙少主人出應 頗有款洽之色 下階迎上 納頭便拜坐訖 仍請曰 家有老祖母在堂 請謁行次矣. 某聞甚怡悅而心又自度曰 彼是老人 我則少年 似無所嫌 且其請見者 必非尋常事 故遂從少年而入 其老人 年可七八十 李某遂拜見 老人欣然迎接曰 行次非芋洞李書房耶? 對曰 然矣. 老人曰 賤家於貴宅 實有難望之恩 今日之事 誠非偶然. 又招出其子婦 與之相見 仍悽然曰 我乃此處土班也. 某年家長以推奴事往大邱得送 例托於本倅而本倅卽尊王考也. 俄而偶然嬰疾 終至不救 單身客館 四顧無親 尊王考躬檢襲斂 衣衾棺槨 全數辦備 極其精美 所用紬緞 剪出一端 各記入用之物 以示家人 以至千里運柩 出力全當 世豈有如許罕絶之恩乎? 雖親戚知舊之間 猶不敢望「其」如此 況素昧一鄕人乎? 幽明俱感存沒無憾 受＜此＞(恩)如天 圖報無地, 「此」生此世 鏤骨不忘 自此以後 姑婦同心躬勤蠶織紗枲綿布 隨其所成 一年一佊 歲以爲常 以表區〃之誠矣. 間遭家兒之喪 幹家無人 通信路絶而寸誠耿結 不能自己 年例所送 雖不得傳致 亦不敢自廢 別置箱篋 逐年儲留者 亦已久矣. 曾聞貴宅之居于芋洞 故刻心不忘 待孫兒之長成 擬卽續信矣. 向聞本倅之甥 芋洞李書房作華陽之行 心切傾聳 俄者貴駕之來臨 自然心動 敢請邀見 今日之拜 有若皇天湊合而成者 不勝憾愴 泫然泣下 仍苦挽一宿 宰牛烹鷄 朝夕之外 佳味盛饌 殆無虛時 明日告歸 出數箱以付之 卽年〃所儲芋布之屬也. 其切至之誠 圖報

之心 有足以感人 不敢辭焉. 滿載一駄而歸語其事於其舅 其舅亦嘉其誠「遂」遣吏饋問 成給座首帖 以榮其少年 其後 歲必專伻 一如前日 其孫亦種〃來訪云〃

2. 撤淫祠火燒錦緞

完南家 仍世富厚 而長子早世 孫曾仕宦顯達 而俱未享年 子<姓>(孫)<希>(稀)貴 故其家自前媚鬼禱賽 惟謹以內樓爲神舍 春秋兩節 備饌餌而祀之 又製衣服而藏之 布帛紬緞之入于門者 亦必裂一幅而掛之神前 累世爲常 而不敢廢 以是財産漸耗 家中只有兩<世>(代)老寡婦人 時有孫兒漸長 當擇婚配於湖鄕 娶權判書尙遊之女 于歸見姑 纔過三日 姑夫人捨中饋之勞 悉以家務 委之新婦 一日 老婢入告權夫人曰 某日 卽家中賽神之日也 應用物力 預先上下 可以措備矣. 權夫人曰 此何神也 而何事祈禱也? 老婢曰 此神之祈 已自先代 而春秋兩度備物行事 祈之 則家內平安 否 則災禍轉生 不可廢也. 權夫人曰 然則一番神祀諸般所入 當用幾何? 老婢意謂夫人新入 未諳前例 一〃增數以對 權夫人曰 今年 則另加優厚 凡百所入 三倍於前日 可也. 遂依數出給 老婢大喜而去. 其老大姑夫人聞之 大加憂歎曰 吾家從前以賽神 家力漸耗 意謂鄕中婦女 似或惜費節用 故結婚於湖中矣 今反三倍加之 迂濶如此 吾家之蕩敗無日矣. 及其神祀之日 灑掃陳設飮食衣服極其豊備 夫人澡潔盛服 以諺書自製祭文 頭辭 則槪以人神不可雜糅爲主 其下 則以夫人新入舅家 思變前規 盛供厚幣 行以終祭 告以謝遣之意 使他人讀之 皆懼怵 不敢讀 夫人「乃」親自焚香 跪讀畢 其前後所藏置衣服錦緞之屬 盡數撤出 積于中庭 謂婢輩曰 此物盡爲燒火 則暴殄天物 不可爲也. 其中年未久而可以穿着者 自吾先服之, 其餘汝輩亦皆衣之. 遂一〃分給諸婢 其中最久而腐敗者 并將燒之 使人取火以來 擧皆懼怵 面〃相顧 無一聽令者 不得已自取火以來 時老夫人聞之 大驚懼 急使人挽之 夫人不聽 使「婢」子回告曰 設有災禍 吾可<與>(自)當 爲舅家 永除此弊. 婢使絡<繹>(續)奔來 苦〃力挽 而終不聽 遂盡燒之 淨燒其灰 埋之屛處 其錦緞之焚也

臊羶之臭觸鼻 婢「僕」輩相顧駭諜曰 鬼物盡燒矣. 自是家中安帖 亦無灾患.

3. 鎖陰囊西伯弄舊友

昔有二士 自少相善 而一則早登科第 歷<揚>(敭)名宦 一則落拓不遇 家計亦貧 女婚定日 而無財可辦 適其友人 方莅西藩矣 其<妻>(室人)語<於>(其)丈夫曰 婚日漸迫「而」手無分錢 何不往湔營 求得婚需而來也. 其士人依其言 往見西伯 言其將過「女」婚 而苦無措手之策 願有以扶助也. 監司命下人 擇淨潔下處 又定給事官童備盛饌而待之 監司曰 〃出來 情談款洽 其士人曰 婚期漸迫 可以速去矣. 監司「苦」挽留之 一邊暗囑<幕>(一)婢 擇妓中有容色妖態者 教以如此〃〃 士人多日淹留 政爾無聊 日開前窓以觀<來往>(往來)之人 忽見對門家有年少素服之女 小開門扇 隱身而立 半露其面 出玉手而呼猫兒 姿態嬌妙 聲音嫩軟 其士人一見奪魂 招官童而問之曰 <彼>(此)是何許人家 官童答曰 小人之妹家也. 士人曰 汝之妹 何時爲寡也? 官童曰 上年爲寡. 士人曰 <俄者>(我)一見汝妹 神魂飛蕩 汝於今夕 可以招來否? <官>(厥)童應諾而去 其夕果然招來,「其」士人大喜 要與同宿而厥女百計謀避「其」士人<卽>(直)欲强逼而厥女曰 請先觀書房「主」下物 士人慾火如熾 他不暇顧 惟妓言是聽 解下袴衣 出以示之, 厥女以左手摩挲之, 以右手潛持「小」鎖金 挾陰囊而鎖之 卽飜身逃去 士人自思無計可脫 來此多日 婚需已不得 又見欺於監司 貽笑於一營 不勝忿怒之氣 坐待天明 直發京行 而陰囊牽痛 艱辛匍匐而歸 直入內舍 其室內喜色滿面 迎慰之曰 千里跋涉 何以徃還?「其」士人忿怒之氣 益加激發而答曰 吾恃舊日之情 妄作求乞之行 婚需一無所得 反得奇疾而來也. 仍作呻吟之聲 又大罵監司不已, 其室內曰 君豈不知乎? 日前 自湔營輪送數三駄封物細錄件記 盛<俱>(具)婚需 至於刷鑷微細之物 無不畢具 君豈不知乎?「其」監司之恩德無比 何故忿「怒」罵如此? 仍出示件記 於是士人大喜過望 回怒作笑 又曰 婚需則已備矣, 第<自>(有)難處之事「此」將奈何? 室內問其故 士人携室內 入挾房 細述其委折 仍出「以」示之 其室內不覺 拍掌大笑曰 件記中有空開金一箇 心

切怪之 而莫知其故矣 果然爲此故也. 「其」監司之備送婚需 不爲不感 惟此
事尤極感謝. 取來開金 以啓其鎖.

4. 裹蒸豚中夜訪神交

古有一人父子 同宮而居者 其子喜結交 日出門 與友遊 出必醉飽而返 或
經宿不還 甚至留連數日 或時不出 則<朋友>(交朋)四會 履舃盈門 杯盤
<浪>(狼)藉 嬉笑誼聒 一日 其父問之曰 是皆何如人乎? 其子曰 是皆切友
也. 其父曰 友者 天下之至難而若是多乎? 且皆是汝知己知心之人乎? 其子
曰 志同意合 契托金蘭 金財相通而禍亂相資者也. 其父曰 然則(乎)我將試
之. 一日 其父宰猪烹之 刮其毛而白之 裹以草席 待曉鍾纔罷 使其子擔之
謂其子曰 且往汝所最信友之家. 至其家 剝啄其門久之 其人出來 問曰 汝以
深夜緣何來訪? 其子語曰 吾不幸殺人 勢甚窮急 今負尸來此 幸爲我善處
之. 其友人有外示驚動之狀 嗟憐之色 且曰 諾. 入且圖之. 立食頃 仍不出來
呼之不應 顯有詘〃之意 其父歎曰 汝之切友 皆如是乎? 去而之他 又告其
友曰 吾今曉殺人 勢急輒來 與汝謀. 其友辭以有故 又去而之他 告其友如前
其友咤之曰 此何等大事而欲移禍於我耶? 勿復言速去. 遲則將連累我. 凡
擔而走之三四家 率皆不見容接, 其父曰 汝友止此乎? 吾有相親一人 居在
某洞 而不見已十年矣. 第往觀之. 遂往叩其人之門而告其人如其子之告其
友者之爲矣. 其人大驚曰 且止. 天方向曙矣. 人跡將散 急携入家中 親取斧
鋸之屬 欲毁臥室之埃而藏之, 顧曰 君亦助我幷力. 若遲 則人將見之. 其人
笑曰 汝毋用浪驚 埃不必毁也. 指席裹者曰 猪也, 非尸(人)也. 因將其事 細
述一場 其友人亦投鋸而笑 相與携手入房 <沽>(市)酒數甁 切其猪而啖之
敍其積年阻隔之懷 少焉告別曰 不知何日 更接淸範 而兩地相通 只有靈犀
一點云云. 因率其子歸家, 其子大慚悔 不敢復交友云.

5. 義男臨水喚兪鐵

鐵山知印李義男 隨其倅 由行上京 適値春和 欲玩景江邊 疎暢幽鬱 告于

其倅 出遊龍山 就高阜處 玩帆檣上下之景 忽覺困憊思睡 坐而假寐 夢一老
人 持一封書而來 授之曰 余離家已久, 家人不聞消息 幸爲我 傳此書于吾
家. 義男曰 翁家在何處? 翁曰 吾家在某山下大澤中 往澤畔 三呼兪鐵 則自
有人 從水中出來 以此書傳之. 義男許諾而覺 忽見一封書在坐傍 大驚異之,
遂藏囊中而歸 不多日 本倅還官陪來 卽日告由而出 不到渠家 直往某山下
澤邊 呼兪鐵三聲 忽見池水沸湧 果有人 從水中出來曰 汝是何人, 何故喚
我? 厥童爲傳來意 以<書封>(封書)給之 其人曰 少留以待發落. 遂飜身入
水 少頃復出來 謂曰 自水府見召 請入去. <義男>(厥童)曰 吾何能入<■>
(水) 其人曰 第瞑目而負於<我>(吾)背 則自無慮矣. <義男>(厥童)遂從其
言 水波自開 身不沾濕 而兩耳只聞風 <■>(水)聲洶湧 已而抵岸上 其人卸
負而請開目 白沙岸上 朱門屹然 其人曰 少待於此, 吾當先通矣. 旋卽復出
曰 請入矣. **義男**遂歷入<數>(水)重門 彩閣魁傑 升階而上 有年少未笄之女
欣然迎接曰 吾父久離家鄕 未聞消息 傳通音信 極<慰>(爲)感謝. 家父書中
有與君結婚之敎 未知君意如何? <義男>(厥童)喜而許之 其女又曰 我是龍
女, 得無所嫌乎? <義男>(厥童)見其美色 答曰 何嫌之有? 遂留三日 所進
飯飱 無非奇珍 又使沐浴 製給衣服 不知何名錦緞 輝煌燦爛 仍與之 同寢
三日 欲爲出來, 厥女曰 何遽歸也? <義男>(厥童)曰 受由過限 恐有罪責,
不得不出去矣. 厥女曰 君在官家 見帶何任? 曰 知印矣. 曰 知印之服色何
如? 曰 長衣之上服快子矣. 厥女卽披箱 出一別錦緞 裁縫而衣之, 又囑之曰
日後 須頻〃入來也. 遂呼兪鐵 使之負出 義男自是本倅寵愛之知印也. 由限
已過 久不還現 問於其家 則告以上京還來 初不歸家 不知去處. 本倅大怒
嚴囚其父 日督還現 其母不勝惶懼 日出路上而訪問之 第六日 始出某山下
出來 其母迎謂曰 官令嚴急 汝往何處而遲滯若是? 汝父囚繫 吾之等候 亦
多日矣. 汝必受重責 速〃入去現身. 義男亦甚惶懼 直入 走伏於官庭 官隷
告曰 李義男現身矣. 本倅大喜 開戶下視 則所着衣服 極其華異 決非人間之
所製. 心甚疑怪 不(未)暇發怒責之 遂令陞堂 進前而問曰 汝於受由之後 直
往何處 所着衣服 是從何處出? <義男>(厥童)不敢隱諱 一〃直告 其倅亦

異之 竟不<責之>(之責)焉. 又曰 汝妻旣是龍女 則想必美麗 可觀欲一見其
面, 汝能使我見之否? <義男>(厥童)曰 謹當往而議之. 又往澤畔 呼兪鐵 出
來又如前 背負而入 以<地主>(主倅)欲見之<意>(言) 傳<於>(于)龍女 龍
女初甚持難 乃曰 地主欲見 何敢拒逆? 請於某日 來臨澤邊. <義男>(厥童)
還告本倅 <〃〃>(主倅)大喜 乃於其日 大設帳幙於澤邊 大張威儀而來 邑
中鄕人與吏校 奴令「老少」 聞官家往看龍女 一幷空邑而出 漫山遍野
<本>(主)倅到澤邊坐定 送<義男>(知印)入水 招龍女出來 <義男>(厥童)
入水 請龍女出現 龍女曰 以平服乎? 以戎服乎? <義男>(厥童)出來 稟告于
本(主)倅 <〃〃>(主倅)意謂美女戎<粧>(裝) 則姸態尤別 以戎服出現「分
付之」 <義男>(厥童)又入<■>(還)傳<本>(主)倅之意 龍女大段持難 沉吟
半餉 仍曰 城主分付旣如此 無可奈何. <義男>(厥童)還告本倅 自<本>
(主)倅以下 至「於」邑村百姓 莫不注目波中 擬睹絶代美<人>(色) 俄而水
波沸盪 頭角聳出 卽一黃龍 出<■>(水)上數尺許 眼目閃電 鱗甲飛動
<本>(主)倅不意撞見 不覺驚駭 以雙手掩目而伏 觀光諸人 亦無不驚駭 龍
女見其景狀愁絶 仍卽入<■>(水)宮 官吏百姓 擧皆無聊而歸 其後 <義
男>(厥童)間〃告由 而<本>(主)倅不之怪焉 數月之後 時當六月 旱乾日甚
<本>(主)倅屢行祈禱 不得點雨 意謂龍能行雨 若請於龍女 則可以得雨. 乃
使<義男>(厥童)往請<龍女>(之) 〃〃曰 行雨雖龍之所爲 有上帝之命 然
後可以行焉. 今無帝命難矣. <義男>(厥童)屢以民情之渴望 且官令之嚴峻
力請之 龍女曰 然則不得不一往施法矣. 遂具戎裝 手持一<少>(小)瓶一楊
枝而出 <義男>(厥童)「曰」 欲觀其施法 請與偕往 龍女「又」辭曰 龍則行于
空中 君則人間凡胎 何以乘雲? <義男>(厥童)猶懇請不已 龍女不得<已>
(而)乃曰 然則緊着於吾腋下鱗甲中 固執鱗 愼勿放手也. 遂以腋挾之 騰空
而去 興雲發雷 以楊枝 點瓶中水三點而灑之 <義男>(厥童)俯視雲下 卽鐵
山地也. 悶其禾稼焦焚 田畓乾坼 三點<■>(水)太不足 從腋下 潛出手 急
挈龍女持瓶之水 盡覆全瓶 龍女大驚「謂厥童」曰 速〃出去. 大禍將至矣.
<義男>(厥童)「茫然不知其故」曰 何故出大禍也? 龍女曰 吾始慮其然 故拒

君不隨來. 夫<■>(水)府一點之水 卽人間一寸之雨 三點水已足 而今乃盡
<覆>(倒)全甁 其害可勝言哉? 我得罪於天 天罰將至, 速〃出去 如不忘今
日之情, 明日須往白角山下, 收吾頭而埋之. <義男>(厥童)大驚不得已出來
自出山 目見茫然平沙 一望無際 至邑中 一無田畓之形 聞邑中之人言 昨夜
三更 大雨暴注 不啻飜盆 有若河決 霎時之頃 平地水深丈餘 山陵崩汰 岸
谷無辨云. 始乃大悔懊焉. 明日尋往白角山下 果有龍頭落下, 遂抱而歸, 淨
洗沙土, 以單衫裹之, 以木函盛之, 埋之於白角山下, 痛哭而歸.

6. 老媼慮患納小室

昔有一宰相 內外偕老 而有一童婢 年十七八 容色不麗 性又醇良 夫人寵
愛之 宰相常欲近幸 厥女不承從 泣告夫人曰 小人將死矣. 大監屢欲以小人
薦枕 若不從命 則畢竟死於大監刑杖之下. 若從命 則小人蒙夫人子育之恩
何忍爲眼中釘乎? 一死之外 更無他道, 將欲往投江水而死. 夫人憐其志 捐
出白銀靑銅 簪珥之屬 幷與渠之衣服 裹一<裸>(袄)而與之曰 今無以在此.
人生又何可空死? 持此物往投汝所欲去之處, 以此資生. 待曉鍾纔罷 潛開
門出送之, 厥婢養於宰相家內舍 未省出門 行路持此袄裹, 不知所向 直從大
路而行 出南門 漸近津頭 時天色方曙 聞有馬鈴聲 從後而來 見有丈夫 近
前而問曰 汝是何處女兒 如此早晨 獨往何處? 「厥」女兒曰 我有悲寃之事
將欲投江而死. 其人曰 汝其浪死. 吾未娶妻 與吾居生何如? 「厥」女兒許之
遂駄之馬上而去 其後幾年 宰相內外俱歿 其子亦已死 其孫已稍長矣. 家計
剝落 無以資<活>(生) 忽思先世奴婢 散在各處者多 若作推奴之行 則可得
要賴之資 遂單身發行 先往某處 招致諸漢 示以戶籍曰 汝輩「皆」吾先世之
奴屬也. 吾今收貢次下來矣 須從汝輩人口男女之數 一〃備出. 厥漢輩口雖
應諾 心懷不良 定一房而居之 備夕飯<以>(而)待之 將於其夜 聚黨而謀殺
之 其班 則不知而困眠矣. 忽於半夜 聞窓外有多人聲跡 心竊疑之 潛聽之
則以開戶先入 互相推諉 始乃覺之 大生驚惻 潛身起來 蹴倒北壁而出, 厥漢
輩或持刀劍 或持椎杖 或從房中 或從廚後而逐來 其班無計逃生 遂超越短

籬 忽有一虎 突前捉去 <衆>(厥)漢輩見其<班>(人)爲虎「所」捉去 相顧大
喜曰 不勞吾輩之犯手 自爲虎狼所噉 豈非天哉? 永無患矣. 其虎雖捉其
<班>(人)而去 只啣其衣後領而飜其體 負背上 半夜之間 不知走幾里 往投
一處 掀飜墮地 其<班>(人)肌膚 則雖不傷 而精神昏窒 已而驚魂小甦 開睇
周視 則乃一大村中井邊 人家大門之前 而其虎尙蹲坐其傍 天色向曙矣. 井
邊家人 將欲汲水 開門而出 忽見何許人 僵臥地上 又有大虎守其傍 大驚走
入 連呼聲有虎 其家人老少 一齊持杖而出 虎見衆人齊來 始起身「欠伸」
徐〃而去 始<問>(聞)僵臥之人曰 汝是何人, 緣何到此? 斑寅又何故 相守
不去也? 其<班>(人)始述顚末 人皆嗟異之 其家老母亦出來 相見認其人容
貌 請其人 入內舍<問>(語)之曰 子非兒名某氏者耶? 其人大驚曰 吾果是
也. 老媼何以知之? 老媼遂細述兒是爲某宅婢子 受恩於夫人 今日如此居生
莫非夫人之德 吾年今七十 何日忘之? 但京鄕落〃 聲聞莫憑 今日郎君意外
到此 此天使之報舊恩也. 遂遍呼諸子諸孫 諭以此「是」吾之上典 汝輩一〃
現身 又拓「北」窓 招諸子婦 一幷現身 備盛饌而進之 製新服而衣之 挽留數
日 老媼諸子 皆是壯健傑驁 有風力 財産富饒 行號令於一鄕者 今忽不意
其母以一介流乞「之」人 稱之以上典 使渠輩 盡爲其奴屬 憤怒撑中 又爲鄕
中之羞恥 然其母性嚴 諸子莫敢違其志 不得不黽勉從令 其班謂老媼曰 吾
離家已久 可以急歸. 須爲我俾得速還. 老媼曰 姑留數日 亦何妨耶? 待夜深
後 見諸子輩睡熟 屬耳而言曰 郎君不見諸子輩氣色乎? 渠輩雖以吾命不得
<已>(不)外面順從 其心不可測也. 若單身歸去 「則」必致中路非常之禍 我
有一計 郎君「其」能從之否? 其班曰 何計也? 老媼曰 我有一孫女 年近二八
亦頗有姿色 尙未定婚 欲以此女 納于郎君 則<如何>(何如)? 其班猝聞此
言 怊悵不能答, 老媼曰 從吾言 則可以生還. 不從吾言 則必致非命之禍. 我
不忘舊主之恩 爲計至此 郎君何不聽之? 其班許之, 明日 老媼召諸子輩 言
之曰 吾以孫<兒>(女)某<女>(也) 納于「某」上典 汝於今夜 整辦婚具 無敢
違忤. 諸子輩不做一聲 唯〃而退 其夕 修理一房爲新婚之房 使其班入處 艶
粧其孫女入送 遂成婚焉. 翌早 老媼入見問安 又召諸子輩 語之曰 上典主

明將還宅 孫女又<將>(當)率去矣. <行李諸具 預先等待>.(騎馬一匹 轎馬
一匹 卜馬數匹 斯速備待 轎子亦爲借來) 汝輩某〃 亦陪行上京 受上典主書
札而來, 使吾知平安行次之奇. 諸子輩奔走應命, 一齊辦備, 遂治發上京「衾
枕衣服 如干錢兩 幷載一駄」一路「無事」平安得達 其班作書 付其回便 其
後 每年一佟限老嫗終身.

7. 夢黃龍至誠發宵寐

李叅判鎭恒 少時必欲做科 而聞夢龍 則「必」得科 乃修掃半間挾室 入處
其中 家務不許相干 賓客不許相通 便旋之外 終日不出 朝夕「之」飯 亦自穴
窓中出納 晝宵所思 無非龍也. 思其形體 思其頭角 思其鱗甲 思其爪牙 以
至於龍之所居 龍之所嗜 龍之所變化 以心想像 以心指劃 無一息間斷 至於
第三日 始得一夢 拏一大黃龍 纏于右臂 龍體大而力壯 大費氣力 艱辛纏繞
之 忽然自覺 乃一夢也. 勞力過多 遍體流汗 李<某>(丈)自是實才 得此夢
而大喜 凡龍之文字 可合科題者 無論經史雜記 無數做得 忽然庭試有命 科
前數日 親往紙纏 命纏人 出上等好品紙 積置于前 右手藏于袖間 以左手
一〃飜閱 擇其最好者 乃出右手而拔出之 又思 兄弟卽一身也. 弟之正艸 吾
何不幷擇 吾不登第 而弟若登第 則與吾登第 何間焉? 遂如前法 左手飜之
右手拔之 携二張而歸 遂與季氏 同入場中 少<焉>(頃) 成均<官>(館)員
奉御題而出來 引儀唱四<拜>(科) 滿場之人 皆屬目於臺上矣. 及展掛 以
‘草龍珠帳’命題 **時**滿場擧子 都不識解題 往來探問 不勝其紛紜 李<某>
(丈)適獨知其出處 乃專意安坐 以古賦體 一筆揮<之>(成) 兄弟兩券 次第
投呈 及其榜出 院隷呼名 四出爲首 二三人 已爲呼上 自家名字 尙不出來
心甚燥悶 少焉 先呼其季氏名字 自念 已雖不得 弟已登第 亦何恨焉? 俄而
自家名字 繼又出來 一榜六人 兄弟聯叅 幷登卿月之列 老來乃向後生輩 必
勸其致誠龍夢焉.

8. 誦斯干雄講動天聽

兪校理漢寅 少時豪放不羈 以學掌色 觀日次殿講 一夜 夢遇斯干章占科 而方覺之際 洞任來告 明日殿講有命矣. 兪校理大驚喜 蹶然起坐 蹴起在傍 睡者曰 速上大舍廊 持冠帶紗帽以來. 其人曰 大舍廊門「已」緊閉 而進 <賜>(士)主亦已就枕矣. 兪校理曰 雖然 呼廳直 速〃持來. 其人遂持來 又 送人於「其」大<宅>(家)政丞家持賜花來. 於是 衣章服 以細繩 縛賜花於帽 而着之 使二人挾腋 中庭往來 作進退之狀 時其大人曉睡朦朧之中 忽聞人 喧聲 呼傔人 驚問曰 今已夜深 是何人聲? 其傔對曰 書房主作新恩之戲矣. 其大人曰 此兒又作怪<也>(矣). 招其子「大」責之曰 此何貌樣, 是何怪聲? 兪校理乃以夢兆及明日科令 對曰 此科似可必做 故喜不自勝 果作呼新恩 「之」戲矣. 其大人忿罵曰 汝是歿知覺之近破落之人 平生不曾對案看一字 書 優遊虛浪 謾度時日而何可望科乎? 然第誦斯干詩. 兪校理乃「朗」誦 至 末章 不能成誦, 其大人又罵曰 如此而乃「曰」做科乎? 須速脫帽帶 還舍就 睡, 明日亦勿赴擧也. 兪校理唯〃而退 翌曉 乃潛身入場 遂以夢中事 語一 二知舊 皆曰 君果熟讀而入來否? 兪校理曰 末章吾未能盡誦矣. 其友曰 胡 不開卷一讀也? 兪校理曰 夢若無靈 則已如「不然」有靈 時雖不盡誦 必有 自曉之理 焉用讀爲? 諸友皆力勸 而終不聽 及出講章 乃斯干詩泰人占之句 也. 兪校理尤獨喜自負 遂突誦看〃 至末章 上以御手拍案 大加稱賞曰 善 哉! 〃〃! 不必盡誦. 速爲收<牲>(栍). 乃不誦末章 而以純通賜第, 其大人 朝來 聞其赴科 憂嘆不已 忽聞榜聲 疑慮百端 兪校理自闕出來 望家而歸 其門客之屬 方出門迎接 兪校理自馬上 以手面〃指示曰 吾雖不知斯干末 章 而今乃占科云<〃>(矣).

9. 洪尙書受挺免刃

洪尙書宇遠 於未第時 作東峽之行 日勢已晚 而店舍稍遠 無以趲程及站 路傍<邊>(偶)有數家村 洪生言其事情而請留宿焉 主人許之 其家有老翁 姑及一少婦 夕食後 老翁謂<洪生>(客)曰 爲看一家祥祭 今夜將往「他處」

而少婦獨在 望須看檢守家 而善爲安寢焉. 謂其子婦曰 吾輩出他 汝獨在家
必善待客主. 遂與老嫗出門而去 少婦應諾 <■>(閉)門而入 遂同寢一室 其
婦讓客主 宿於下炕 渠則坐於「上」炕 張燈而續絲 洪生見其婦 雖是村女 頗
有姿色 又値其舅姑不在 而與之同室 意欲挑之 假托睡困所爲 轉就其婦之
傍 試以一足 加于其婦之膝 其婦認以遠路行役眠困所致 謹以兩手 輕擧而
下之 少間 又以足復加婦膝 其婦又如前下之 洪則未悟其意 〃謂其婦不甚
牢拒 又以足加之 其婦始覺其洪生之有意於己也. 乃呼客主而覺之 洪生佯
以睡深樣 屢呼而後 始欠伸而微答 其婦使之起坐而數之曰 兩班讀書知義
理 豈不識男女之有別乎? 翁姑出去時 謂客主以兩班而信之無疑 故勤托守
家 乃於深夜之中 暗懷不美之心 兩班之行 豈如是乎? 須出「戶」外 覓得夏
楚而來. 洪生聞言 不勝<怪>(愧)板 滿面通紅 不得已出戶覓來 其婦請褰袴
而立 洪生又不得已唯令是從 其婦乃撻十數 戒之曰 明日舅姑歸來 當細陳
委折 更勿「生」妄念而安寢焉. 仍又續絲如前 翌日 老翁嫗還來 問客主安寢
「與」否 洪生無辭可答 其婦乃以夜間事告之 老翁曰 吾知汝之貞烈 故獨留
接客 而年少男子 見色而動心者 亦不是怪事 委曲其辭 開陳其不可之意 固
可也, 汝何敢撻楚兩班乎? 遂取其楚 撻其婦數十 向洪生而語曰 村女無知
使兩班受辱 不勝惶悚. 洪生不勝羞愧 稱謝而去. 其日 又行幾十里 値日暮
違<站>(店) 又尋一村舍而寄宿焉. 其家只有一夫一妻 夕後 其主人告洪生
曰 小人適有緊關事 將往十許里地 明<朝>(早)當還 請客主善爲安寢焉. 又
囑其妻 以善待客主而出去 其女閉門而入房, 其房卽上下間 而間有障子 其
女宿於下間 洪生「則」宿於上房 洪生已懲於昨夜事 更無邪念矣. 夜深後 厥
女呼客主曰 上間甚疎冷 客主得無寒乎? 須移處下間而與我同宿如何? 洪
生答以不寒 厥女數三次請入 而終不聽 觀其女所爲 必有開戶出來之慮 以
背緊帖於門扇而鎭之 俾不得推出 果然厥女轉輾 下至於門閾 百般誘說 終
欲推門而不得 乃大怒譏罵曰 年少男兒 與女子同房 而無一點情慾 無乃宦
者乎? 何其沒風味若是「乎」<浪>(狼)藉醜辱 喃〃不已曰 雖非客主 豈無他
人? 遂擧足 推蹴前窓而出去 少焉 携何許總角<以>(而)來 爛熳行淫 仍卽

相抱而熟睡 少頃 其夫還來 直入其房 一刃幷殺其男女 仍卽出來 立於洪生
「之」寢房之外 低聲呼曰 客主就寢乎? 洪生曰 汝是何人? 「厥漢」答曰 小人
卽此家之主人也. 請開門, 洪生見<其>(厥漢)行凶之<狀>(事) 心甚恐
<懼>(怖) 而又思 身無所犯 寧有他<虞>(憂)? 遂開門使入 厥漢百拜稱讚
曰 行次誠大人也. 凡年少「之」人 於深夜密室之中 與少女 隔壁伴宿而不爲
情慾所動者 能有幾人? 小人屢見厥女之行 多有可疑 而未捉眞贓 昨見行次
儀表之出常 厥女有歆慕之意 故小人故托出他 潛伏窓外 以伺察焉. 果然 厥
女以淫情 挑行次 而行次堅執不應 厥女不勝情慾 乃招隣居總角 與之同宿
故小人憤其所爲 一刃刺殺之 若非行次之牢確不撓 爲厥女所迷 則必不免
小人之刀矣. 吾見人 多矣 未有若<客主>(行次)之眞正大人也. 今不可在此
迨天未明 與小人 急速逃走. 遂相隨而出門 行至數步 厥漢「又」曰 小人有一
忘却事情 請燒其家而出來矣 請行次 少留待之. 言訖 旋卽回身入去 洪生意
謂以「待」厥漢之無義 遂獨自先去 行里許 回首視之 則遠〃地 火光亘天 其
後 洪生登科爲江原監司 行部之路 見一治道之民 擁箒而立 <監司使之
招>(使召之前)來 駐車而問曰 汝知我<否>(乎)? 厥漢對曰 小人何以識得?
監司曰 汝記得某年如<許>(是)<〃〃>(如是)之事乎? 厥漢始乃覺<之>
(得)曰 小人果記之耳. <監司>(洪)使之還營後來待 稱道不已 厚遺而遣之.

10. 呂繡衣移花接木

呂燾判東植 爲嶺南右道御史 行到晉州 偶與從人相失 且値日暮 無可投
宿處 適有一茅屋 在路傍者 往叩之 有人出應 乃班族而未冠者也. 御史告其
寄宿之意. 厥童少無難色而許之 邀入房中而款待之 回語其妹 備夕飯而進
之 「夜則」與客同寢於其上<房>(間) 其妹「則」<睡>(寢)於下間 御史觀其
言語動<止>(作) 與之酬酢 則爲人可愛 男妹同室 內外截嚴 心異之 問曰
年旣長矣. 而何故未娶? 對曰 以家貧之故 人皆不願 前村富翁「家」曾有醮
婿之議矣 亦以貧寠之故 今忽背約 更結婚於他處富家 將以明日過婚云矣.
御史又曰(問) 汝妹亦有定婚處否? 答曰 亦無<議>(定)婚處矣. 御史<卽>

(旣)憐此兒男妹之過時失婚 又慎前村富漢之嫌貧退婚 明日直往其家乞飯
焉. 門閭高大 階庭廣濶 高張遮日 盛設鋪陳 圍以彩屏 方等<俟>(待)新郎
之來 而賓客滿堂 奴僕盈庭 羅列釜鼎 盤床器皿之屬 烹飪魚肉 備設盛饌
以次進於堂上 <際此>(此際)忽聞乞客之聲 主人喚奴子 逐出之 御史乍出
旋入 高聲大呼曰 如此盛會 飮食「若」流而何不使<饑>(飢)餓窮困者 一飽
腹乎? 連聲而進于階下 主人甚苦之 命奴子 畧備一床而給之 奴子乃以殘盃
冷酌 草〃數器 盛一小盤而待之 於焉[之]頃 倏上廳上 <厠>(側)身於諸客
之末 又以**兩班**薄待「兩班」之意 多小詬罵 主人大怒 又使奴子 牽出之 適於
此時 驛卒一漢 尋御史所在 來到門前 御史瞥見 以目瞬之 驛卒遂高聲大呼
曰 御史道出<都>(道)「矣」. 一聲纔出 滿座驚散 皆抱頭鼠竄 塡門而<走>
(逃) 所謂新郎 適又來到 見此風色 亦回馬而急遁 <御史>(諸)從人「又」
次〃來會 御史遂據上座 拿入家主 跪于庭下 數<罪>(之)曰 汝以一邑「之」
巨富 旣設大會 一床盛饌 何損於汝而汝令逐出之 至於屢度懇乞 而乃以衆
人所食之餘 草〃薄待 又至於上廳 驅迫牽出 安有如許道理如許人心? 汝始
議婚於越村某道令 嫌其貧寒 臨期背約 更招他婿 是豈嶺南敦厚之風耶? 今
旣筵日 醮席亦設 速辦新郎服色 白馬紗籠 往迎於越村道令 速行醮禮. 又送
一轎 馱來其處<女>(子) 又命家主 備給華衣 速招**俄者**退去之新郎 又行醮
禮於其家 坐見兩婚禮畢而去 一邑莫不快其家主之見辱而稱其道令男妹 善
爲區處焉.

11. 訪名卜冤獄得伸

全州邑內 有一寡婦 一夜之間 不知何人 潛入其家 斷其寡婦之頭 「其」隣
人怪其日晏 而寡婦之家 寂無動靜 入其家 開戶<視>(見)之 則寡女「果」死
而血流滿地 無其頭矣. 隣人輩大驚 發狀告官 本倅出來檢屍 果如狀辭**矣**.
尋其頭去處 見血痕 點滴出於戶外 從其血點而推尋「之」 則至於西墻下而
止焉. 乃入其<隔墻>(西)家 遍搜之 則其家<東>(西)墻下 寡婦之頭落在焉.
盖變出於深夜之中 而地是幽僻之處 其家主人 亦未之覺焉. 於是 謂以其家

之所爲 乃結縛其家之主人 嚴刑究問 其人據理稱寃 而主倅<終>(一)不「回
」聽 累加毒訊 閱月嚴囚 將至死境矣. 其人有二子 不勝其寃 以爲此必有兇
犯者 而無路覈得 弟兄相與議曰 吾聞鳳山劉雲泰 國之名卜 盍往問之? 遂
厚齎卜債及路費 牽一匹馬 尋往鳳山劉卜之家 細陳情由 請得正犯「而」雪
其父寃 遂進卜債 劉卜曰 今日已晚 明曉當卜. 其翌淸晨 劉卜盥洗 着道袍
出<座>(坐)廳上 「熱火於爐 置一案於前 又」以大屛風圍之 自處其中而焚
香告祝「而」占之 旣得卦「又」良久解之 乃「出召」謂二人曰 汝以今時 急歸
本鄕 勿入汝家 直向西南間路七十里許 左邊有分岐細路 從<彼>(此)而去
則其下有麻田數十畝 其<前>(下)數十步有數間草屋矣 晝則隱身於麻田
昏後潛伏於其家籬後 則必有可<驗>(知)之事 <弟兄二>(其)人依其劉卜之
言 <遂謝而急歸本鄕 果不入本家 一依劉卜之言行之 則>(急歸不入其家
直向西南路上 而走行七十里許 路左果有微徑 遂由此而行) 果有麻田 〃〃
<之前面數十步之內 又有數間>(盡處 果有孤村)斗屋矣. <兄弟二>(其)人
乃繫馬於遠〃山<嘴>(邊) 隱於麻中 待黃昏後 潛進其籬下 自籬隙窺之 則
男漢在壚上 明火而織屨 其妻在房中 懸燈而繰絲 幷無所言 <弟兄>(二人)
一向屬耳籬邊 聚精潛聽 良久厥漢起身 收拾所業 滅火而入房 喜謂其妻曰
今則無患「矣」某也 替當屢<次>(經)刑訊 今將死矣. 二人聞此言 撤籬踴躍
而入 曳出厥漢 緊加結縛 牽來其馬 馱厥漢於馬背 又屢回纒縛 俾無墮落之
患 疾驅而還 入<官告訴>(訴官庭)曰 小人痛父非辜 今捉兇身而來矣. 主倅
亦驚喜 卽命捉入厥漢 施威嚴問 不下一杖 箇〃承服曰 小人卽其隣居皮匠
也. 慕悅其寡婦 屢次挑之 寡婦終不應 故憤而殺<之>(人) 擲其頭於西家
欲爲嫁禍之計 今已綻露 無辭可達矣. 於是 獄案成矣. 遂放西隣之家主.

12. 誇丈夫西貨滿馱

昔有一士人 因科事 入泮村 則主人適出他 獨有其妻在焉. 時適四顧無人
淫慾發動 挽執厥女 懇求歡焉 厥女以主客之<義>(誼) 不忍發聲拒之 黽勉
從之 俄而其夫自門入來 經陞廳上 開戶欲入 其<士人>(生)急以厥女之裳

履厥女之身 回顧其夫 點眼而揮之 其夫會意 遂閉門而退曰 我是老熟之人
豈不察人之氣色乎? 遂出大門而去 於是 更無所嫌 盡意行樂而罷. 士人出
去外舍 厥女往投隣家 少焉其夫又來 見其妻入來 迎謂曰 汝於其間 往何處
而今始歸家? 其妻曰 我以裁衣次 欲倩手於隣人而裁之 其人適出「他」 少待
其歸所以遲滯矣. 其夫不以爲怪 更無他言. 未幾 士人登第 又過幾年 爲平
安監司 厥漢大喜曰 今將往營乞駄矣 厥女笑「之」曰 如君下去 何物得來?
厥漢怒曰 吾不能得來 則汝往可得乎? 其妻曰 吾往 則必可得矣. 厥漢不聽
其言 遂貰馬騎去 到營而現身 監司見之 別無喜色 使營庫給飯 明日「出」給
路資 使之速還 厥漢大生<憤>(忿)怒又<憤>(忿) 無面見妻 遂不辭而走 纔
入家 大聲呼罵 忿氣勃 " 厥妻迎謂曰 得何物而來? 厥漢備述其冷落 無舊
日顔面之<誼>(意) 厥妻笑曰 吾固不言之乎? 君則雖百番下<往>(去) 無所
得, 吾必下去 然後方可得來. 厥漢忿答曰 汝言旣如此 明日須「下」去營. 厥
女自治行<俱>(具) 下浿營 使門者入通 卽時召入 厥女陞階上拜見 巡相見
之 使「之」入房 慰其遠來之意 又入送內衙 使「之」<寬>(款)待 留幾日 厥女
請欲辭去 巡相不忘舊日之情 自內舍 召入寢室 以續舊緣 命納行下紙 大筆
手題錢文幾千兩 其外綿紬 白木 「民石魚 油淸」之屬 凡係關西所産者 無物
不備 命營庫裨 出顧馬 輪送之 「馬」凡幾駄「前駄」 先到浿中前路 問平安監
司宅浿主人家 路人皆指示之 遂直向其門而入 從後諸駄 陸續盡來 最後駄
女人而來 解卜滿地 可謂塞破屋子 厥漢刱見之 一以爲大駭 一以爲大喜
次第收拾諸物 各 " 區處 從容問其妻曰 吾下去 而不得一物而汝下去而得
貨<物>(財) 若是夥然 是何故也? 厥女笑曰 君不記某年之時 使道爲觀科
入來於此「內」房 作雲雨之會乎? 其夫尋思良久 怳然大覺曰 是矣! 是矣! 第
未知其時仰臥其下者 誰也? 厥女笑曰 故是我也. 厥漢又驚悟 嘖 " 嗟歎曰
若知其時汝在其下 則吾豈不百番瞬目而今日所得 又豈但止於此耶? 遂相
與大笑.

13. 占吉地魚游石函

李判書鼎運之祖父某 於少日 讀書山寺 時值大冬 雪寒嚴酷 有一雲遊之僧 鶉衣鵠形 乞食於寺僧 〃〃饋之夕飯 其翌 欲逐之 李班憐之 謂寺僧曰 當此嚴寒之時 無衣飢餓之僧 必有凍死之慮 粮米「則」吾自備給 須加留數日, 待日氣稍解 送之爲可. 李班適換<着>(授)新衣矣. 其所脫衣服 并出而衣之 待日寒稍弛 使之下山 其僧無數稱謝而去. 其後幾年 李班遭故 纔成服 有一僧 來請弔喪 主人受弔 而未知<識>(誰)也. 僧曰 喪制主知小僧乎? 曰不知也. 僧曰 喪制主 倘思某年某寺乞食僧事乎? 小僧卽其僧也. 伊時 得蒙推食解衣之恩 得免翳桑之餓鬼 感恩如天 銘在心肝 必欲一次報<恩>(效)矣. 適聞喪制主遭艱之報 想無山地之素定者 小僧粗識風水之術 欲擇極吉之地 以爲一分報恩之地 不必喪制主親行 小僧當走 一遭初占而來矣. 伊後 與小僧偕往而完定如何? 喪人聞其言 悅然大覺以爲渠旣感恩 必欲求報 則似當盡誠求之 依其言 使往初占 數日後 其僧占一處而來 要與同往 喪人乃與僧 俱往看審 則乃平地「田野之間」也. 局格亦似不合 心竊疑之 而旣不解堪輿 又專恃此僧之言 則不可以俗眼取舍也. 遂一從僧言 擇日開基 於是 無論族戚隣里 下及役軍 擧皆訾毁 以爲林樾荒亂 山石犖确 如此山地 不可定窆云〃. 喪人雖專恃僧言 而衆毁叢集 不無疑慮之意 遂引僧靜僻處 問之曰 吾雖恃師言 決意用之 而其奈衆口皆毁 不勝喧聒 吾旣乏明知之見實無 以排衆議而用之 此將奈何? 其僧尋思良久曰 小僧之至誠 豈或泛忽 而人言旣如彼 喪制主之如是爲言 亦無怪矣. 雖然 如明「見」吉地之明驗 則可以用之乎? 喪人曰 可勝言哉? 其時 穿壙已畢 將始築灰矣. 其僧「遂」與喪人 入其壙內 緊閉掩壙窓 不使點風入內 破其壙底小許 則下有石函方正 僧乃以手微擧其上盖一隅 以燭斜照而窺之 則澄水滿函 金鮒數三尾 游泳其中 喪人見之大駭 遂急閉之 仍復依前 堅築其破土 仍開掩壙窓而出來 使之除雜談築灰 諸人等見如此擧動 遂不敢復言 仍爲完窆矣. 其僧辭去時 謂喪人曰 小僧感喪制主之恩德 擇極吉地 必欲於喪制主身發福 見其榮達矣. 不幸吉氣少<洩>(減) 當於四十年後 吉氣復完聚 然後始可發福. 當出三科而崇顯矣.

其後 四十餘年 李之孫 兄弟三人 皆登科 升運官「至」玉堂, 鼎運·益運 皆
至正卿.

14. 現宵夢龍滿裳幅

海豊君鄭孝俊 年四十三 貧窮無依 喪妻者三 而只有三女無一子 以寧陽
尉之曾孫 本家奉先之外 又奉魯陵及顯德王后權氏 魯陵王后宋「氏」三位神
主 而無以備香火 在家愁亂 每日從遊於隣居李兵使<進慶>(眞卿)家 以賭
博爲消遣之資 李卽判書俊民之孫也. 時以堂下武弁 日與海豊賭博矣. 一日
海豊猝然而言曰 吾有衷曲之言 君其信聽否? 李曰 君與吾 如是親熟「則」
有何難從之請乎? 第言之 海豊囁嚅良久 乃曰 吾家非但累世奉祀 且奉至
尊之神位 而吾今鰥居 無子絶祀 必矣豈不憐悶乎? 如非君 則吾何可開口?
君其憐悶我情勢 能以我爲女婿乎? 李乃勃然作色曰 君言眞乎? 假乎? 吾
女年今十五 何可與近五十之君作配乎? 君言妄矣. <切>(絶)勿更發此沒知
覺必不成之言 可也. 海豊滿面羞<怪>(愧) 無聊而退 自此以後 更不往其家
矣. 其後 十餘日之夜 李兵使就寢矣. 昏夢之中 門庭喧撓 遠〃有警蹕之聲
一位官服者 入來曰 大駕幸于君家 須卽出迎. 李慌忙下階 俯伏于庭 <而
已>(已而)少年王者 端冕珠旒 來臨于大廳之上 命李近前而下敎曰 鄭某欲
與汝結親 汝意如何? 李起伏而對曰 聖敎之下 焉敢違咈? 而但臣之女 年未
及筓 鄭是三十年長 何可作配乎? 王又敎曰 年齒之多少 不須較計 必須成
婚 可也. <乃>(仍)還宮. 李乃悅惚而覺 卽起入內 則其妻亦明燭而坐 問曰
夜未曉 何爲入來? 李以夢中事言之 其妻曰 吾夢亦然 大是怪事. 李曰 此非
偶然之事 將何以爲之? 其妻曰 夢是虛境 何可信之云矣? 過十餘日後 李又
夢 大駕又臨 而玉色不豫曰 前有所下敎者 汝何尙今不奉行乎? 李惶蹙而
謝曰 謹當商量爲之矣. 覺而言于其妻曰 此夢又如是 此必是天意也. 若逆
天 則恐有大禍矣. 將<如>(若)之何? 其妻曰 夢雖如此 事則不可成, 吾何
忍以愛女作寒乞人四室乎? 「此則」無論天定與人定 死不可從矣. 李自此以
後 心甚憂恐 寢食不安矣. 又過十餘日後 大駕又現于夢曰 向所下敎於汝者

非但天定之緣 此乃多福之人也. 於汝無害而有益者也. 余屢次下教「而」終
<不聽行>(是拒逆) 此何道理? 將降大禍. 李乃惶恐起伏而對曰 謹奉聖教
矣. 王又教「曰」此非汝之所爲 專由汝妻之頑. 不奉命 當治其罪矣. <乃命
左右>(仍下教)「拿入 雲時間大張刑具」 拿入<李之>(其)妻 數之曰 汝之家
長 欲從吾命矣. 汝獨持難而不奉命 此何道理? 乃命加刑 至四五杖而止 李
妻惶恐「而」哀乞曰「何敢違越」謹當奉教矣. 仍停刑而還宮 李乃驚覺而入
內「則」其妻先以夢「中」事告之 抱膝而坐 膝有刑杖痕 李之夫妻大驚恐 相
與議定 而翌日請海豊「曰 近日何久不來云 則」″″卽來矣. 李迎謂曰 君以
向日事 自外而不來乎? 吾近<百爾思>(千思萬)量 非吾 則此世無濟君之
窮困. 吾雖誤却吾女之平生 斷當送歸于君家矣. 吾意已決 寧有他議? 柱單
不必相請 此席書之 可也. 仍以一幅簡給而書之 仍於座上 披曆而涓吉 丁
寧<牢>(相)約而送之. 翌「日之」朝 其女兒起寢而<告>(言)于其母曰 夜夢
甚奇 嚴君之博友鄭生 忽化爲龍 向余而言曰 汝受吾子 <女兒>(吾)乃開裳
幅而受 小龍五箇 蜿″蛇″於裳幅之上 授受之際 一小龍<墮>(落)于地 折
項而死 豈不可怪乎? 父母聞其言而異之 及入鄭門 逐年生産 ″純男子五
人 皆長成 次第登科 一男二男 位至判書 三男<官>(位)至大司諫 四男五
男 俱是玉堂 長孫又登第於海豊「之」生前 其婿又登第 海豊以五子登科 加
一資 位至亞卿 享年九十有餘 孫曾滿前 其福祿之盛 世所罕比「其」第五男
以書狀赴燕京 回路未出柵而作故 以其柩還 時海豊尙在 果符夢中之事 其
夫人李氏 先海豊三年而歿 海豊<少>(窮)時 適於知舊之家 逢一術士 諸人
皆問前程 獨海豊「獨」不言 主人曰 此人相法神異 何不一問? 海豊曰 貧窮
之人 相之何益? 術士熟視之曰 這位是誰 今雖「如是」困窮 其福祿無窮 先
窮後<達>(通) 五福俱全之人 座上「之」人 皆不及云矣. 其後 果符其言 海
豊初娶時 醮禮之夕 夢入一人之家 則堂上排設 一如婚娶之儀 但無新婦 覺
而訝之 喪妻而再娶之夜 夢又入其家 則又如前夢 而所謂新婦未免襁褓 又
喪妻 三娶之夕 又夢入其家 則一如前夢 而稱以新婦襁褓之兒 年近十餘歲
而稍長矣. 又喪妻 及四娶 李氏門見新婦 則向來夢見之兒也. 凡事皆有前

定而然也. 李兵使夢中下教之君上 乃是端廟云.

15. 復主讐忠婢托錦湖

錦湖林校理亨秀 少時磊落有氣節 豪爽不羈 馳馬習射 好讀書 能文章 一日 觀科上京 與同接二人 聯鑣而行 中路見一素帳轎 從後而來 轎下童婢 年可<二九>(十八九) 頗有容色 編髮至踝 標致裊娜 隨轎冉冉而來 突過馬前 回顧見錦湖 行過一馬場 又一顧見 **錦湖之同行二**<人>(同伴)相嘲曰 吾輩三人<中>(同行) 君之容貌 非獨<出表>(表出) 而厥女偏**視**於君「屢次顧見」 何也? 錦湖曰 吾亦不知**矣**. 前當大村 其轎子 入於曲巷中 錦湖謂二人曰 君輩須先往前店以待之. 我則明曉當追及矣. 二人或笑或罵曰 士「大」夫科行 忽惑於一女子 棄其同行 中<路>(道)改路 寧有如許人事乎? 錦湖笑而不答 促奴子 驅馬追到 委進曲巷中 見一高柱大門 遂入門**前**下馬 繫馬於廊柱 陞堦而上 則房門閉鎖 塵埃滿廳 姑爲入坐 俄而厥童婢 <右>(一)手持一立席 <左>(一)手持火具 自內而出 鋪席于行廊 房「中」置火具于前 請錦湖入處房中 錦湖笑曰 汝安知我之必隨汝來「而設此具」也. 厥女亦笑曰 我三次顧見「而」豈有<不>(未)來之理乎? 且曰「先吸南草」將備夕飯以來**矣** 姑待之.「夕飯後 盤器等屬 洗滌收殺而出來矣.」少焉「果」進夕飯<而飯饌精潔可口喫了已畢 女童坐在房側>(持床而入 少頃果出來 坐房之一隅) 忽泫然泣下 錦湖怪而問之 厥女收淚而對曰 吾上典 家勢孤單 某年娶某宅婦女**矣** 一日 婦人觀行 歸路忽然急風捲起轎子之帳 適有一頑僧 窺見娘子之美**容** 猥生淫慾 隨轎而來 以强力逼辱 娘子遂殺上典 此後頻數往來 心切悲冤<痛憤>(憤痛) 然而量一女子無計可施 陰求有力之士 以圖復讎之擧 而<未>(不)逢其人 潛求良弓勁矢 待之久矣. 錦湖曰 然則**吾**三人同行 何故偏顧我也? 厥女曰 見行次形貌<非凡>(壯健) 足辦此事故也. 錦湖曰 厥僧今安在? 厥女曰 見在**內**房中 方與娘子戲謔. 錦湖<取弓矢>(卽加矢于絃) 使厥<女>(婢)前導指示「隨」而入「門」隱身「於」暗處「而」窺見「之」則明張燈燭「火」披衣露胸 <與美人同>(半醉依壁而)坐 錦湖彎弓滿殼 極力射去 正

中厥僧之胸膛 厥僧大叫一聲 驀然仆地而死 錦湖又欲<殺>(更射)其女人 厥婢挽止曰 彼之所行 雖如此 亦吾之上典, 不可自吾手殺之. <彼>(且)當 自斃矣 不如棄之「而」去 錦湖遂止 與厥婢出來 厥婢謂錦湖曰 小人願隨行 次而去 爲妾爲婢 唯命是從. <須取火 燒其庄>(忙收行裝 急出門外) 錦湖 與厥<婢>(女)「幷騎而行 到半里許 厥女曰 我有所忘事 更到其家 放火而 來 遂下去 錦湖駐馬而待之 俄而見其家 火光四起 烟焰騰天 而厥女旋卽回 來 遂依前」幷馬「行」趲到前店 二同行出迎 見其携「一」女子而來「又」相與 <罵嘲>(嘲罵)曰 今爲觀科而行 挾一女而來 不祥莫大矣. 錦湖笑而不答 遂 携與上京 留於旅店 留置厥婢於旅舍內間 整飭科具 入場觀光 遂擢嵬科 遊 街三日後 携厥女而還鄕 與夫人相見 夫人聞之 大加稱<讚>(嘆) 觀其爲人 不似<卑>(俾)賤「之人」遂許與作妾 厥女溫良恭遜 性又聰慧 夫人「遂」大 加愛之 相與和樂 以終平生.

16. 驗異夢西伯識前身

昔有一重臣 自兒時 每以其生日之夜 輒夢至於平生所未識何地何家 而有 白頭老夫妻 沐髮浴身 精着新衣 以豊潔庶羞 陳於床上 傍有交椅「有」若祭 廳之狀 而自家輒坐椅上 飽喫庶羞 老人內外 則達夜痛哭於床下 每年如是 雖夢中經歷 行之旣久 巷之深淺 家之大小 墻垣之周遭 樹木之疎密 至於門 戶向背 廳事濶狹 階砌屈曲 歷〃森列於眼中 雖未嘗向人說道 而心常疑怪 後爲平安監司 到任之路 未知營少許 適見部內一巷 甚慣於眼 與年〃夢往 之地 毫無差爽 監司遂異之 駐前陪 敎諭書 節越等屬於路上 獨自單騎 向其 巷而入 果有一家 恰符夢中之見 遂入其家 工房持鋪陳設於廳上 一洞駭散 其家老夫妻 莫<知>(曉)其故 奔竄不暇 監司坐於廳上 招主人老夫妻出來 老夫妻不勝<悚惶>(惶悚)「俯」伏於庭下 <使道>(監司)使之升廳 擧<顔> (眼)看之 果是夢中號哭之老人夫妻也. 遂問年「歲」幾何 有子與「孫」否 其老 翁曰 有一子 夭已久矣. 問幾歲夭促耶 對曰 十五歲亡 而其兒生而穎悟 聰明 超出羣輩 埋沒於常業 實爲可惜 故送于學房 使之受業<而>(則)一覽輒記

文理日進 一鄕上下 莫不稱讚 一日 見平安監司到任之行 喟然嘆曰 大丈夫
出於世 當作平安監司矣. 自<其>(是)日 病臥呻吟 漸〃沉重「於」某年「某」
月「某」日化去, 小人夫妻不勝悼惜 每於<其>(是)日 畧備<時>(小)饌而祭
之「矣」監司聽之 其兒之亡年月日 卽自家之生年月日也. 尤大異之 謂老
<人>(夫妻)曰 到任後 當招「汝」須卽來現也. 仍爲到營三日後 招其老夫妻
厚饋之 告夢中之事 買一家舍於營門近處以處之 又買田畓以給之 且以老夫
妻「之」無子 買一區祭位畓 付之本府作廳 以爲老夫妻終身後祭祀之需而自
作廳備行 自此以後 不復夢矣.

17. 料倭寇麻衣明見

金僉知潤身 與術人南師古相親 每往南家 則有麻衣老人在座 與南相對論
術 老人曰 靑衣木履 國事可知矣. 南思之良久曰 然矣. 老人又曰 不久「必」
有兵禍 鑾輿有離宮之厄 至于西塞而後 方可恢復舊都矣. 南又思良久曰 然
矣. <老人>(末)又言再不渡漢江 南沈思移時曰 果然矣. 金僉知在傍聽之 而
不能解得矣. 未久靑衣木履 盛行于世 盖我國古無木履 至壬辰前 始有木履
上下通着 自箕子 白衣東來之後 我國皆着白衣 至壬辰前 禁白衣 皆着靑衣
故也. 至壬辰夏 倭寇深入 宣祖大王 遂作去邠之行 駐蹕于灣上 及平定 駕還
舊京 麻衣老人之言 果幷驗<焉>(矣). 至丁酉 倭兵再動 鼓行北上 京師大震
時楊經理鎬 來在我國 宣祖大王與楊經理 出<御>(於)南大門〃樓上 與朝
臣 共議禦賊之策 金僉<知>(正)時以蔭仕微官 隨駕在末班 身困假睡 似夢
「非夢」遽大聲呼曰 再不渡漢江. 擧朝皆驚怪 上亦驚問曰 是何聲也? 遂命
招其人 近榻前 問之曰 俄者 再不渡漢江之聲 是何聲也? 金僉<知>(正)遂
將前日所聞於麻衣老人者 詳細一〃陳達 仍曰 **麻衣**老人之言 以已過者觀
之 無毫髮差爽 今者再不渡漢江之說 亦必有驗矣. 上聞之 以爲喜報 卽超資
拜<同>(僉)知 未久經理所遣麻將軍貴 遇倭于忠淸道稷山素沙坪 以鐵騎
突擊破之 追至于嶺南海邊, 再不渡漢江之說 又果驗矣.

18. 葬三屍湖武陰德

嶺南一武弁 少年登科 家資稍饒 謂初仕唾手可得 每年旅<食>(遊)京<師>(洛) 衣輕策肥 又必滿馱輸來 以爲結識豪貴 納交權門之地 見欺於奸騙之徒 受<計>(詐)於流浪之輩 惟虛<寶>(實)之是鑽 無實效之可言 一年二年 家産漸耗 斥賣庄土 四五年之<間>(後) 狼狽歸鄉 方欲斷絶仕宦之念 專意農作之事 家人誚之 鄉<人>(里)責之 以爲空破千金之産 不得一命之官 羣譏衆嘲 不勝聒耳. 其武弁一邊羞<怪>(愧) 一邊憤痛 盡將所餘田畓 賣作數百貫錢 復馱「錢」上京 更爲求仕之計而不得仕 則寧老於旅邸 永不還家 自誓於心 行到忠清道境 日色垂暮 前店尙遠 而黑雲一片 自何而起 頃刻之間 <黑雲滿天 大雨暴>(上天同雲 暴雨大)注 雷震交作 政<爾>(甚) 罔措之際 遙見一村庄 隱<暎>(映)於樹木之間 遂驅馬尋路而往投直入舍廊 與主人敍話 仍請寓宿 主人許之 遂<療>(燎)其衣服 收其行李 夕飯「之」後 仍與主人 此談彼說 不覺夜深 忽聞遠〃地有婦人哭聲甚悽<切>(絶) 驚問主人曰 此何哭聲<也>(耶)? 主人對曰 此去一馬場地 數年前 有一班來寓居 只有老夫妻及未婚子女在焉. 家計甚貧 爲人傭貰 以延性命 忽於數日前 其老夫妻皆死 其子亦爲化去 只餘一女 旣無族戚 且無資産 三尸未殯 此必是此女子之哭聲也. 武弁聞之 不勝矜惻 待天明 委往其家而訪焉. 寂無人跡 只有一女子在內應之曰 如此窮巷 誰人來訪? 仍出來接<對>(待) 武弁見其女子 雖飢餓所困 <重>(衆)以哀慽 蓬頭垢面 衣不掩體 <然而>(其) 天生資質「之」 秀麗閑雅 有不得掩者 <仍>(因)細探委折 **果如昨夜之所聞 誠可憐** 出自己行裝中錢兩 使自家奴子 貿布木 買棺槨 **親自斂之襲之** 次第深埋於其家後園 又問其女子曰 無論同**姓**異姓 「或有」族戚 居在某<鄉>(地)「者」乎? 女子曰 「某之」外<戚>(族) 姓某名某者 居在於某鄉某坊 而單身女<兒>(子) 無以就身 今幸賴大人之恩德 得埋父母之體 至恨畢矣. 更何所願? 只<願>(有)一死「之外」 更無他道云云」而已. 武弁曰 不然. 我當貰轎貰馬 陪送于某家矣. <須>(願)勿慮焉. 遂使「其」奴子 買轎貰「一」馬 治行已具<備>(坐)矣 **請女子坐于轎<內>(中)** 自作陪行 訪某鄉「某坊」某家 細說

首尾 付女子于其家 仍檢其行資 只餘一十「餘」貫錢 乃賣馬得錢五六十兩
徒步跋涉 間關上來 留寓於旅店 往尋＜前＞(向)日親知之人 則見＜此＞(其)
貧窮之狀 待之＜以＞(皆)冷落無情 誰肯出力周旋? 每當都目 旣乏調弓之才
取才非所可論 又無蟠木之容 檢擬又無可望 只得隨衆納唧 一次陳情於兵
判而歸 今年如是 明年如是 倏忽之頃 掩「過」五六年 如干盤纏 已盡罄竭 食
則以多年主客之義 姑以外上得食 而至於衣服 無以得着 欲爲下去 而非但
無面還鄕 路費實亦難辦 眞所謂登樓去梯 進退維谷 計無所出 方欲一番往
見＜騎＞(兵)判 洞陳情冤 而兵判適有事故 不見名唧 ＜實＞(客)無＜通路＞
(路通)「謁」際 聞兵判之大人同知公 年過八＜十＞(旬) 氣力尙旺 方在後舍
廊云 武弁窮無所歸 又生納交於其老人之計 而門禁至嚴 蹤跡岨峿 盡日彷
徨 亦無奈何. ＜適値日昏＞(遂遲待昏後) 門庭少寂 瞰其無人 閃入大門之內
隱身於虛廊之中 而所謂同知公所處之廊 尤爲深邃 門＜逕＞(庭)亦難的知
又瞰無人之隙 窺視 則有一垣新築 不甚高峻 自念以爲矢在弦頭不得不發.
遂抪援而上 踰越而入暗〃地窺覘 則卽是舍廊 而房中燭火明熒 寂無人譁
少焉房門乍啓 似有人跡聲 時夜已三更 月色＜滿＞(半)庭 ＜武＞(厥)弁隱身
幽暗之處 狙伏而探視 則＜有一＞(一有)老人 韶顔白髮 扶筇而下 徘徊於庭
砌之間 厥弁＜意謂＞(以爲)「此」必是同知公「也」 遂瞥地突出 俯伏於庭
＜畔＞(畔) 其老人撞見於不意「之中」 喫了一驚 問爾何人「而」何故至此? 必
是穿窬之徒也. 厥弁佯若不知曰 小人卽全羅道某邑居 出身某也. 登科幾年
未沾寸祿 棲屑京鄕 家産蕩敗 仰事俯育 不得如意 離親棄鄕 今且幾年 切
欲還鄕 而路需無辦備之道 乞食旅店 艱楚萬狀 竊伏聞大監自莅任以來 大
恢公道 冤屈沉滯者 擧皆振拔 小人＜切＞(竊)欲一次陳情 而門禁至嚴 通刺
無路 抱刺＜彷＞(徊)徨 亦旣屢日矣. 情勢窮迫 出萬死之計 敢作踰垣之行
有此呈身之擧 死罪〃〃. 殺之活之 唯命是俟「云云」. 其老人啞然而笑曰 君
似欲見吾兒而來矣. 第今夜深 無以出去 隨我上來也. 遂轉入房 ＜武＞(厥)
弁亦隨入此 老人自來無眠 消夜極難 人皆就睡 獨坐無聊之際 意外見此武
弁 遂問其來歷班閥 話了一場 饋以酒肴 時天將明矣 武弁方欲辭退而

<告>(且)曰 切欲種〃來<侍>(待) 而出入極難「將」不得如誠云〃. 其老人曰 何必出去? 吾僻在後舍 終日無人 不勝寂寥 此有挾房<望>(君)須留連在此「若干日」以爲消<寂寥之懷>(遣之地)如何? <武>(厥)弁心<竊>(切)喜之 而佯作不安非便之狀 其老人「苦」挽留之 自是 <武>(厥)弁宿於斯 食於斯 或博焉 或碁焉 兵判上來之時「則」使之避於挾房 晝夜侍坐 或說古談 一日「其」老人問曰 君奔走京鄉 必多經歷亦多 有目覩耳聞者 願一聞之. <武>(厥)弁遂將自己決科以後 求仕賣田之事 一〃細述 且將中路埋三屍 及救處<子>(女)之事 從頭至尾 說了一<遍>(通) 其老人聽之 甚娓〃 頗有異之〃意 自是朝夕饋食之節 顯勝於前 其翌 兵判上來 其老人招「出」武弁 使之除禮現謁「後」兵判又將埋屍之事 詳細詰問 又謂武弁曰 近日因身家之微恙 接應頗難 故果不許納刺致 使許多武弁 俟候門庭 有懷莫陳 極爲不安矣. 君則可謂一面如舊 從今以往 以平服來見「我」也. 其<武>(厥)弁自稱<悚惶>(惶悚)不敢 其後數日 其老人謂武弁曰 第隨我來. 由軒而塔從複道回轉數次 至一房坐定 <武>(厥)弁不曉其意 倘慌莫定 忽女婢啓戶曰「夫人」抹樓主出來矣. <武>(厥)弁尤不勝驚<感>(惑) 蒼黃起身 逡巡欲退 其老人曰 勿爲驚動 姑爲安坐. <武>(厥)弁轉益疑惶 而遽遁不得 只得拱手俯首惶蹙危坐 其夫人「盛粧」入門 向其<武>(厥)弁行拜禮 <武>(厥)弁尤極惶恐 不知所爲 慌忙起答拜 唯謹不敢游目仰視 夫人曰 大人不識小女乎? 大人不記某年某<鄕>(郡)某事乎? 伊時得蒙大人之德 父母身體 得以安葬 小女身世 亦得善處 恩深再生 銘佩不忘 而年淺心忙 智慮未周 未及記<大人>(其)居住姓名矣. 圖報一念 寤寐如結 而旣不知姓名居住 報恩無階 辜負實多 何幸天神共佑 事機湊會 有此奇遇 庶遂圖報之願. 自今以往 死可以瞑目矣. <武>(厥)弁「聞之」始覺 其夫人 卽某郡之處女也. 盖兵判喪配「去年」後 娶於湖<南>(鄕) 卽其處女也. 于歸之後 常對「其」家人 說此事 而不知其人 欲報無路 每以爲恨 其同知公及兵判 熟聞其言 嗟嘆高義之際 得聞其<武>(厥)弁之言 如合符節 遂以此事 傳于夫人 使之出拜 待以恩人 自是其供饋衣服之節 極<爲>(其)豊盛 買一家舍於隔墻之地 率來武弁之家屬

於湖南 使之入處 家産及<奴婢>(男奴女僕) 皆爲辦買 遂拜<武>(厥)弁爲
宣傳官 且兵判逢人輒說 滿朝宰相 莫不嘆賞 轉相吹噓 次〃升轉 官至亞將
云「云」.

19. 立墓石工匠感孝婦

尹氏夫人 某官某之女 而兪僉判漢簫之孫婦也. 歸兪氏 未幾爲寡 年纔二
<九>(八) 無他同氣及諸侄 只自子〃單身 一日 忽自度曰 舅家兩代諸山 墓
表床石俱不備 而家事無主管之人 吾若一朝溘然 則付托無處 苟不能迨此
不死而爲之 則死亦目不瞑矣. 然家計剝落 辦財無路 遂刻意於針線紡績之
賃 孜〃勤〃一念不懈 垂四十年 積累分錢 聚貫成緡 聚緡成百 至于今 幾
爲千金 而憂其幹事之無人 一日 其內從<姨>(甥)某官金某來見 夫人遂語
以此事 金曰 有文與筆乎? 夫人曰 有之 文則某黨某丈撰之 筆則某親某叔
書之 受置以待 亦多年「月」矣「而」吾無長子 螟孫年幼 未解事 我一婦人 又
無外人「之」可托者 方以是茹恨 君家門下 想必有人矣. 能爲我成此事否?
金「某」欽感其誠「而對」曰 姊氏誠孝 令人感激 敢不極力助之 吾家有一<可使>
人「爲」稱某主簿者 素嫺於此等事 且爲人勤實「可任此等事」若使此人董
役 則少不減於吾之躬檢也. 夫人曰 然則甚好. 須爲我勤托也. 金「某」歸家
卽地招來某主簿 飮以數盂酒 細說曰 吾有緊切事 方欲<仰>煩托於君 〃其
肯從否? <主簿>(其人)曰 如可聽施者 安敢遽<避>(辭)? 金「某」曰 吾有早
孀外從姊 卽兪僉判某丈之孫婦也. 其舅家<甚貧>(貧甚) 先山諸處 床石表
碣 皆未遑焉. 且無子孫之可主張者 <婦>(夫)人以是至恨 積儲針線之賃
經營大事 而方嘆無可任事者 爲言於我 〃感其誠孝 轉懇於君 〃能視以吾
事 着實董役 以成其美否? <主簿>(其人)聽訖 噓唏數聲 涕流潸〃 金「某」
怪而問之 <主簿>(其人)「卽」收淚而對曰 吾家於兪宅 果有難忘之恩. 兪僉
判之按<察>(節)關北也 吾之先親 曾<爲>(居)幕任 忽得染疾 <因>(仍)不
復起 自始病〃之時 兪僉判不顧忌諱 頻〃審視藥餌之節 亦爲察飭「及至不救
襲斂衣衾 以至入棺 親自檢飭」<非>(靡)不用極 畢境轉染 至於捐館 世豈

有如此恩人乎? 感結幽明 銘在心肝 每欲爲此家 效力以圖萬一之報 而其家
子孫零替 不知在何處 今聞此言 悲感如新 不覺涕零 吾於此家事 雖當水火
亦固不避 況如此微細事 寧不盡力? 金「某」曰 事之湊合 誠不偶然 今則吾
姊可遂平生之願 君亦得報恩之路 此天使「之」然也. 須往其家 以吾言 通於
內間 先世事亦詳言之 極力看檢 以成其事. <主簿>(其人)曰 諾. 卽往<其>
(某)家 「尋」見其兪兒 言其受恩不忘事 且傳金班之言 夫人聞之 亦「爲」欣然
曰 事甚奇異 豈非天哉? 遂以立石事 一以委之 <主簿>(其人)一以思報恩
之重 一以感誠孝之切 認同渠事 馬賈行資 幷皆自辦 往來留連 殫竭誠力
自初至終 極意檢督 且語於諸工匠等 以大人亦手經紀之誠曰 如此孝婦 前
古罕睹 苟聞此言 人孰不感? 汝等亦具彝心 豈無激勸之<心>(意)乎? 不可
視同尋常 須以扶助之意 諸般工價 一幷折半 可也. 工匠等 亦<不無>(無
不)動容欽歎曰 所言 誠是小人等於孝婦家事 豈可論價文之多少乎? 皆受
半價 遂竪表石於二墓 設床石於三墓 夫人「乃」曰 五十年志願 今朝始遂 從
此死可瞑目矣. 其後幾年 其孫漸長 少年登科 卽兪鎭五也. 夫人尙無恙 及
見其榮華 此由夫人誠孝感天 以致吉慶也.

20. 定佳城地師聽痴<童>(僮)

昔有某士 有親知 能風水 而家甚貧窮 資賴於某士也 多年矣 一日 某士
病將死 謂其子曰 我死之後 往見某也 懇請求山 則必爲我擇吉地. 言訖而死
成服之日 兄弟三人 相與議曰 父親遺托如此 盍往求之? 第一喪人 遂具鞍
馬 往見某也 傳其父言 請往求山 則某也說其平日情誼 仍曰 雖不來請 旣
聞汝父之喪 吾豈不往求山地乎? 雖然 今日則有故 無以起身 明當自往. 其
喪人信之而還 翌日 自朝企待 而至暮不來 明日 又使其弟<往請 則>(輔馬
而往) 某也之言「一」如前日 謂於明日當往 喪人不得已虛還 其翌待之 又
如前日而[又]不來 「其」明日 又使季弟往請焉 某也之言 <一>(又)如前日
而竟不來 於是 兄弟三人 憤嘆罵辱曰 渠之骨 雖渠父之作「之」 渠之肉 乃吾
家之所傳也. 天下安有如許無義無狀之人? 今不可復請別求地師之<意>

(外)「更無術矣」 酬酌之際 家有一僮 年纔十五六 愚騃慵懶 全不任事 朝夕
食主人之餘飯 衣不以時「而」夜不許入房 每就竈口而宿 襤褸龍鍾 不以人
類數之 適在堂下 聞主人兄弟憤罵地師之言 自請曰 小人請往邀來矣. 主人
發怒「大叱」曰 吾輩三人 連往委請而不來者 爾安得請來?「使他奴逐出之」
厥童曰 雖然 小人往 則當請來. 且屢言懇<告>(請)「其季弟曰 若使彼僮往
請 則於彼亦爲辱矣. 試送觀之 亦何妨乎?」<主人>(其兄)乃許之 厥僮常磨
一小鐵 作一尖刀 藏置囊中矣 逐鞴馬牽去 繫馬於某也之門前 入門呼之曰
生員主在乎? 某也問曰 汝自何來? 答曰 自某宅來也. 生員聞其言而觀其貌
則<乃>(卽)前日某士家中熟見之僮也. 仍問曰 何爲來乎? 答曰 欲請生員
主而來矣. 某也大怒曰 汝主不來而汝來請我乎? 吾不得往矣. 厥僮升堦上
廳請曰 請往矣. 某也高聲大叱 仍罵辱喪主 厥僮聽若不聞 又<近前>(升廳
上)曰 請生員主往矣. 某也又加叱辱 厥僮「又再三請行 仍又倏入房中 又請
行數三 某也終不動 厥僮」突然<把某也倒臥>(前進 踢倒某也) 據了胸膛而
坐 左手扼某也之<口>(喉) 右「手」抽囊中之刀 擬刺而大罵曰 汝之皮骨 雖
汝父汝母之所生 汝之<肥>(肌)膚 <乃>(皆)吾宅之所傳 汝何忍背恩若是
乎? 如此無義之漢 殺之何惜? 仍欲刺此(?) 某也「欲起而重如太山 動他不
得」大生懼怵 <乃>(仍)作强笑曰 汝之<情>(精)誠 旣如此 吾安不往? 』
矣.「往矣」. 厥僮乃起而藏刀於囊中 仍牽馬而「來」請速行 某也不得已騎馬
而來 路傍<適>(見)有葬人者 厥僮謂某也曰 彼所葬山地何如? 某也答曰
可用矣. 厥僮曰 生員主有何所知乎? 山地「則」雖好 <彼葬>(今)<乃>(則)
倒葬 凶莫大焉. 何不往見而言之乎? 某也曰 汝何「以」知之? 答曰 第往觀之
「則」可知矣. 此人家大事 速往救之 不亦一善事乎? 仍驅馬而向<進>(山)
某也旣憫於厥僮者「逐」不得已上去 弔其喪主 不忍發倒葬之說 厥僮在傍
連促「發言 其時 築天灰已過半矣.」某也又不得已言之 喪主大驚 將信將疑
某也力言之 逐與喪主偕往役處 則時已築天灰過半矣. 撤<去>(其)天灰 啓
橫帶而見之「則」果然上下倒置「卽」教以下一金井 開新壙以葬<之>(而去)
其喪<人>(主)大致感德而苦挽留之 某也曰 吾行甚忙 不可留也. 逐分手而

下山來「未至家十里許」厥僮<問>(謂)曰 吾主人宅葬地欲定於何處<也>
(乎)? 某也曰 汝宅之後 可用矣. 厥僮曰 不可. 不可. 家前有大陂池 〃中有
小島 以此爲定 可也. 某<也>(師)曰 有池水奈何? 厥僮曰 雖然「必」以此定
之. 遂下馬入弔哭 依厥僮之言 定以池中島 喪人輩大駭之 某<也>(師)亦心
「甚慌」怵 暗携厥僮 就屛處而<言>(謂)曰 雖<依>(從)汝言 定以池中
<水>(池中)如彼 何以安葬乎? 厥僮曰 勿慮. 〃〃. <須>(遂)擇吉營葬. 〃
日已迫矣. 夜半 某也潛出往視 則池忽沽涸 無一點水 大驚異之 遂削池岸
塡爲平地 局勢果好 乃行窆焉. 其夜 厥僮謂某也曰 主家必將厚幣 一切勿受
必以吾爲請率去 可也. 明日 <喪>(主)人果厚贈遺之 皆不受 唯曰 以彼僮
見遺. 主人方以彼僮之不事〃爲難處 樂聞而許之 <某也>(遂)携厥僮而辭
歸 厥僮謂某也曰 此後<有>(爲)人求山之時 必與我偕往 以我立馬箠頓脚
處爲定穴 可也. 遂從其言 到處 必依其言用之. 不久皆大發福 所得甚多 行
之十年 遂致富焉. 一日 忽厥僮「忽」辭去 某<也>(師)大驚曰 汝來吾家十年
情義甚篤 今忽無端辭去 何也? 「厥僮」答曰 今有去處 不可住矣. 生員主臨
歿「時」吾當自來 占獻山地矣. 仍卽辭去. 幾年後 忽自來現曰 今則生員主
喪日不遠 故欲擇生員主身後之地而來矣. 遂與某也 往一不遠處 指示四山
曰 此爲靑龍, 此爲白虎, 此爲案山, 以某方爲坐向. 某也曰 用之 則如何? 答
曰 生三子 必大貴矣. 又占前山一處 爲「夫」人葬地曰 用於此 則可捧賂遺而
資生矣. 仍辭去焉. 某也家中有一童婢 其母死而權厝 累年營財 將欲「待」厥
僮之來「而」得吉地 方其主與厥僮偕往 看山之時 携荃<篋>(筐)而潛隨隱
身林木之間 厥僮所指示處 一〃詳識 仍招來他處所居親戚數三人 出給所
備錢五十<金>(兩) 急〃貿灰辦粮 掘其母尸 移葬于厥僮所占處「仍卽亡去
」厥女旣自度渠爲人私婢 則無以生貴子 必欲擇配於班族 <仍逃遁于>(遂
往)某處 爲傭貰焉. 年旣長 其主人欲嫁之 厥女曰 我今雖窮賤 本是班族 不
可與常漢結婚 願得班族而嫁之. 主人聞其言而憐之 「其隣」適有鄕班洪總
角 三十而未娶者 <主人通婚>(仍語之曰 君欲娶妻乎? 我有收養女焉.) 仍
與厥女作配 連生三<子>(男) 厥女「仍」請洪上京居生 洪曰 白地京城 何以

生活? 厥女曰 雖然 天不生無祿之人 豈無生活之道乎? 遂撤家上京 多般拮据 <僅 〃 生活.>(以之資生) 於焉數十載 三子次第登科 門戶富盛 一日 夜深後 其母夫人悉屛婢屬 招其三子 詳言家世之顚末曰 我本是某<鄕>(處)某班之婢也. 汝輩雖貴 須勿忘舊主之恩. 是夜 盜入家中 方待主人之睡 屬耳窓外 適聞此言 自思曰 與其偸去些少之物件 毋寧往告其舊主之家 使之推奴而分食其半. 遂尋往某<鄕>(處)某班之家 以其所聞 一〃 詳細言之 且曰 直爲推奴之行 則必當見殺 今不可直發奴主之說 須先以親戚「之」義 往見「觀」其動靜而言之. 其主人遂從其言而往洪班家 <以>(叩)親戚之<義>(誼) 請見主人之母 厥女一見 卽認其舊主之子 佯喜而直呼之曰 吾娚兄 從何處而來乎? 厚待之 招諸子 使拜見之 留數日 厚贈遺而遣之. 當初 某也死後 其子欲葬厥僮所占處 則不知何人 已先葬之 墳形隆然 不得已遂葬於其前山所占處 其後 其子仍依於其富貴之家 以終其平生云.

21. 諭義理羣盜化良民

嶺南有一進士 以文章智謀 爲一道所稱 皆許以都元帥材目 一日初昏 適獨坐 有一人 乘駿馬 率健奴而來 與主人敍話曰 吾在海島萬里之外 其徒數千 而天性不幸 取人嬴餘之物 用人堆積之財 之食之衣 皆資他人之物 而指揮管領 只有大元帥一員 今遭喪變 襄禮纔畢 靑油遽空 殆同龍亡而虎逝. 三千徒黨 散無紀律 不農不商 生涯無路 及聞主人蘊不世之智 有濟人之才 今吾來此 非爲他也. 爲邀足下 坐大元帥之位 未知意下<如何>(何如). 苟或趑趄 則減口在於反手. 遂拔長劍 促膝而威劫之 主人自思曰 吾以士族淸類 投身<落草>(盜賊之魁) 非不羞辱 而與其減性於壯士之劍 不若暫辱身名 一以免目前之禍 一以化凶徒之習 不亦權而得中者耶? 遂快諾「之」 厥客卽稱小人 於窓外 分付來隸曰 牽來外繫之馬. 盖有二馬之來 而一則繫外矣. 請其主人 上馬聯轡而出 疾如飄風 俄頃 已到於海口 有「大紅船」一隻 大紅船 <泊於江滸>(備待矣) 遂下馬<登>(乘)船 船疾如<風>(飛) 遂抵一島 下舟陞陸 城廓樓閣 宛如一監兵營「樣」矣. 自此 坐之於肩輿 前後擁護而入「

一」大門之中 坐於大廳中交椅上 數千徒衆 以次現謁 禮畢 進茶啖一大卓
明日朝仕後 初來者 以行首軍官 從容<來>(跪)告曰 見今財力罄竭 未知處
分如何. 主將遂分付如此〃〃. <此>(其)時 全羅道有萬石君一人 其先塋在
於三十里之地 守護禁養 無異卿相家也. 一日 一喪<人>(制)行次 <來到>
(入)于其山直家 而後有服者<數三>(二)人 地官二人 幷騎鞍馬<隨>(僕)從
極其豪健 必是巨室求山之行也. 山直自下問<于從者>(之) 則乃京居<宰
相>(某)宅行次 而喪「制」主「已行」 以校理遭故服者 亦皆<仕宦>(名士)云
小憩後 一行齊上其墓後 地官放鐵於最上塚腦後一金井地 指點評論 置標
而下來 坐定後 行匣中 取出大簡四五張 揮灑修書 卽令「一」奴僕四五人 傳
納于某〃邑及監營 一〃受答以來. 分付已畢 招山直<分付>(謂)曰 宅新山定
於俄坐之地 非不知彼墓之爲某宅山所 汝之爲某宅墓奴 而禁山與否 用山與
否 在於彼此<間>(之)强弱 非汝所知矣. 然而葬日擇在於某日 <則>(而)酒
飯當爲豫備 先給三十金 以此先爲貿<來>(米)釀酒而待之. 言罷 遂卽「地」
<發行>(馳去) 山直雖欲拒之 無可奈何. 卽馳告緣由於山主「宅」〃〃笑曰
彼雖勢家 吾若禁斷 則何敢用之? 當於彼葬之日 當如是〃〃. 汝輩勿爲出他
以待之. 至是日早 主人率家丁七百餘<人>(名) 方<進發而近處田畓>(十里
內民丁)作者 民丁擧皆聞風而<來>(會)者 亦爲五六百人矣. 各持一索一杖
向其山所而來 滿山遍野 便一白「衣」行軍 領之於山上 飮之以彼家所釀之
酒 結陣而待之 終日無所見 至三更末 遙見萬餘炬火 從大野 陸續而來 柩
歌喧天 勢若萬<軍>(畢)之驅來 停柩於相望而不可見之地 山上軍擧皆納
履荷杖 鼓勇奮臂以待之 一餉之後 喧譁漸息 火光亦減 稍〃若無人 山上軍
<方>(大)疑之 急使覘之 則果虛無一人 而火則皆一枝四五頭之炬也.
<急>(忙)報「是狀」於主人 <〃〃〃>(山主)大悟曰 吾家財穀 盡<數>(爲)見
失矣. 率大<衆>(軍) 急〃「馳」還家 則「家內」人命 幸無<受>(所)傷 而財物
「則」蕩盡無餘. 此是元帥聲東擊西之謀也. 其財物盡爲劫來後 明日釀酒殺
牛 大犒羣徒 幷今行所得及庫中財物 積聚於前庭 卽令掌籌者 計其多寡 分
屬於三千人 各名之下 皆爲百餘金<之多>(許)矣. 將軍乃以一張傳令 輪示

曉諭之曰 人之異於禽獸者 以其有五倫四端 而汝輩以化外頑氓 隱伏海島
離親去國 遊手衣食 以劫掠爲生 <剽>(剝)奪爲業 嘯聚徒黨 凡不知幾許人
搆<財>(災)積孽 亦不知幾年矣. 余之來此 非爲助爾爲惡 將欲化爾歸善人.
雖有過 改之爲貴 從今以往 革面革心 東西南北 各歸故鄕 父母焉養之, 墳
墓焉守之, 浴於聖人之化 歸於樂民之<城>(域) 則其與海<浪>(上)明火賊
何如哉? 矧又所分之物 足<爲>(以)「當中人」一家産 則於農於商 何患乎
無<者>(資)乎? 於是 衆徒一時叩頭稱謝曰 誠如分付云〃. 其中一二漢
不遵令者 卽以軍令斬之 遂焚燒其城郭室屋 領三千徒衆 涉海出陸 各送
於其「道」<故>(其)鄕 自家「則」從容還家 離家之久 爲一朔半矣. 隣近之
人來問 則答以間作京行云〃.

22. 語消長偸兒說富客

嶺南有一士族 以世富有百餘萬金財 所居基址 三面皆石壁 前則大江 橫
帶於洞門外 所率廊下二百餘家矣. 此人雖積百萬之<金>(財)「而」以
<累>(屢)世<居鄕>(鄕居) 連査姻親 皆是鄕班 京洛 則初無一面之親 欲結
一有勢之家 而實無其路 適其時 隣邑蔚山倅<在任所作故>(喪出)而其甥
侄朴校理「者」來到邑府 靷行諸節 親自主張云矣 是日自江<邊>(外)沙場
一行次 以駿馬健奴 招<船>(舟)渡江「旣渡之後」下<船>(舟)<陸>(登)陸
「輕揚飄沓 瞥眼之頃」<來>(已)至於大門「之」外 遂下馬陞<廳>(堂) 主人
整衣冠迎接 施禮畢 仍問尊<姓>(啣)<且問>(伊誰)所來何幹 客對<曰 我
是朴校理矣>(以蔚山倅之甥姪) 今遭外舅蔚山倅喪變 靷行在三明 較其路
程 某日宿站 要不出於此 幸許借二三奴舍 以容一夜喪行否? 主人久欲締結
「一」勢家 以爲緩急之交矣. 今當適會 不費財力 豈非所望哉? 遂快許<諾>
(之) 客<稱>(感)謝 <以某日爲約>(再三約日) 告別而去 <主人及其約
日>(及是日)「主人」分付首奴 <擇其>(曠)三四大屋子 灑掃庭宇 塗褙窓戶
擔軍歇所 與兩班下處 屛帳之設 供饋之備 無不畢具 與諸子侄 整衣冠以待
之 是日初昏 喪行果「入」來 「方相氏先導」隨柩 行次太半 隣邑守令 而監兵

營護喪神將 <着>(以)紗笠 穿青天翼 乘白馬 分立於左右 人丁擁護 鞍馬簇匝 <墳>(充)塞於江上二十里 本道已備十餘巨艦 臨江卽渡 停柩於排設「之」所 卽聞哭聲動地「而已」 已而朴校理「者」 率五六從<人>(者) 馳馬入來 升廳高揖主人曰 多蒙盛念 利稅柩行 層雲義氣 何以相酬? 主人「答」曰 不費之事何足<稱>(曰)勞? 酬酢未了 自內急邀生員主入來 生員入去 則室內「君」跳足曰 大事出矣. 卽聞婢僕之言 所謂喪輿 初不載柩 皆是兵器云 此將奈何? 主人<雖>(遂)大悟 事已到此 誠無奈何. 遂寬慰之 出來外堂 客問之曰 「卽」見主人眉宇 滿帶憂懼之色 無或有憂患耶? 主人曰 有小兒急病 幸卽差安矣. 客微笑曰 土人量狹矣. <今吾>(吾今)所欲 不過財之輕便者 土地人畜 家舍粮穀自在 今者所失 雖云不些少 數年之內 自當充滿 何必深憂? 且財物天下公器 有積之者 則必有用之者 有守之者「則」<必>(亦)有取之者 如君可謂積之者守之者 如我可謂用之者取之者 消長之理 虛實之應 卽造化之常. 主人翁 亦造化中一寄生也. 豈欲長而不消, 實而不虛耶? 事已早覺 不必以昏夜作鬧以至傷人害命. 幸主人先入內庭 使婦女 共集一房也. 主人已知沒「可」 奈何 依指揮奉行 出而告曰 如敎矣. 客更謂主人曰 主人應有平生偏愛之物 「此則」早言之 <勿>(無)使渾失也. 主人以七百金新買靑驢言之 於焉之頃 <喪人一行 去其喪服>(守令神將 喪人服人 行者哭婢 擔軍馬夫) 皆換着狹袖軍服 持軍物 簇立於外庭 已不知幾千丈夫 而箇〃身手健壯. 人〃氣力驍勇 客乃下令曰 汝輩須入內<庭>(室諸房所在之物) 無論銀錢「衣服」器皿髢髻釵釧珠玉錦繡之屬 一幷搬出 而但婦女所聚之房 雖有億萬「金」財 愼勿近也. 財物雖重 名分至嚴 若有違令者 必用軍律. 又<令>(誡)以勿取靑驢「之意 且」謂主人曰 主人領率入去 <勿>(毋)致亂雜也 主人遂領入群徒 「爲先大室內所居房 與其他長婦房 介婦房 季婦房 孫婦房 小室房 弟婦房 庶婦房 大女房 小女房 長狹房 短狹房 大壁欌 小壁欌 東狹樓 西狹樓 前庫舍 後庫舍」 <家中所在之財寶>(房房曲曲之物) 一〃搜出 積之「於」外庭 「又出來外舍 大舍廊 中舍廊 下舍廊 後舍廊 中別堂 後別堂所在物 又皆無餘盡取」 <數>(無慮)爲億萬之金. 以三百匹健馬

駄之 乃使一時間 飛奔渡江 所謂<朴校理>(領袖)者「則」留與主人分席對坐 慰之以塞翁之禍福 譬之以陶朱之聚散 <仍>(長)揖而作別曰 如我之客一見已極 不幸再逢 非所可願. 今此一別 更會無期 唯望主人達理順懷 珍重多福 愼勿復生結交京華士「大」夫之念也. 今番所謂朴校理者 有何所益乎? <乃>(及)上馬 而又「顧」<言>(語)於主人曰 失物之人 例有追踵之擧 此則無一利益 <望須>(幸)主人毋用俗套 以致後悔. 再三<伸托>(申申)「主人曰 唯唯 不敢不敢」遂飛馬 越江「飛馬」而去 果不知去處矣. 少頃 數百家奴僕畢集 咻〃致慰 咄〃起憤 果以追踵之意爛<熳>(燥) 相議交謁 更進曰 此必是海浪之徒 宜無從陸之理, 此距某海門爲幾里. 某海口爲幾里, 急步追之<似>(宜)無不及矣. 吾儕六百「餘名」左右分隊<欲追之>(飛赴於某浦某海之濱 况某大村在某海口 某大村在某浦邊 彼雖累千徒衆 吾豈有敗歸之理乎) 上典大禁之 其中首奴知事者十餘漢 <更告於上典>(交謁更白)曰 賊將之申托勿追者 都出於威脅也. 以小人六百壯丁 空然見失億萬金財 寧不大憤? 當初「頭」不能<對敵者>(接當) 以其不虞之遭 而<今者如是預備而追之>(至若追踵) 則「已有豫備」何畏之有? 又况浦口不遠 浦村甚大 誠一追之 宜無不獲 萬一不獲 必無見敗 伏乞生員主一任小人輩周旋如何? 衆論蜂起 上典亦不能禁<上>(之?) 忽於家後 松竹之<間>(林) 遽有千餘丈夫 發喊而出 <奔>(飛)集於外堂之庭 蹴之「擠之」踏之拳之 扶髻焉 打腦焉 瞥眼之頃 六百奴丁 碎之如土犬瓦鷄 拉之如枯鼠腐鄒 勢若風雨之飜紛 疾如雷霆之馳驟 瞬息之間 擠夷踏平 一時渡江 又不知去處. 卽見近千奴僕 一〃僵仆於地 拔目者 折臂者 鼻血者「坼腦者」折脅者 拉齒者 落耳者 浮頰者「碎頭者」蹇脚者「違骨者 裂皮者 氣急者 窒塞者」直視而喪魂者 僵臥而不起者 形〃色〃 無一人不傷者矣.「而實無一箇物故之弊 其翌 收拾驚魂周欥失物 則無一存者 而」主人入見櫪上 則靑驢亦又見<失之>(亡) 其再明之曉 忽<聞>(有)驢鳴之聲 出於越江津頭「而聲甚慣耳」主人大驚 急使往觀 則所失靑驢 以白銀鞍靑絲勒 兀然獨立於江頭 而鞍<邊>(前)以「巨」繩網 盛<鮮>(一)血淋漓之一顆人頭掛<在>(於左邊) 而且有一封書「斜掛

於馬勒之右」皮封曰 江壁里普施案執事 月出島候狀. 裏面曰 <日>(月)前
再渡趂晤 出於許久經營 而勢甚忙迫 未能穩話 **歸猶茹恨** 謹未審動止 不暇
有損於不虞之患耶? 財帛之喪 竊料以執事洪量 宜無有介<於>(于)懷 而不
有臨別贈言 竟致奴僕之傷 滄浪自取 誰<咎>(尤)誰<尤>(咎)? 所可銘感者
以執事三百駄輕寶輸之 爲海島中一年之粮 多謝〃〃. 貴驢奉完 而馬鞍所
懸之物 卽犯令者也. 幸相考之如何? 不備年月日 綠林客拜. 主人見此 失物
之憤 氷消雪瀜 未或有胸中滯<芥>(介) 而人或以慰 則未嘗以逢賊答之 輒
曰 今世見傑男子 而江山眉睫 無由更睹. 尋常眷戀 頗有怊悵云.

23. 過南漢預筭虜兵

朴宣傳震憲 居在平邱村 少時能文章 又善武藝 窮居奉母 每朝持弓矢而
出 必射雉而歸 以供親饌矣. 一日 遇雉射之 雉帶箭衝起 飛落於叢薄之間
「朴」往視(見)之 雉則不<在>(見) 矢着在<於>(于)一部冊上 「朴」甚異之
披視之 卽詳論河圖洛書數者也. 遂歸家 推究其理 自是之後 「凡」人之窮達
事之吉凶 無不前知 如合符節. <時>(當)光海朝 凶人李爾瞻 卽朴宣傳之異
姓五寸叔也. 專權用事 勢焰熏天 每招致朴 使與其諸子 同做科工 朴笑諾而
退 終不往 人或問其故 則答曰 李是奸凶也. 未久必陷大戮 若出入其門 恐
及於大禍. 其後爾瞻累誘之曰 使汝登科 文衡銓長 是汝倘來之物 又以禍福
之說 恐喝之 朴懼禍 遂棄儒業 登武科**者** 蓋不欲與爾瞻諸子同工也. 官至宣
傳 蹭蹬不顯 **時**李承旨枝茂 未第時 與友人尹爃奉某 做策工於光陵齋室 一
日 朴歷訪李<於>(于)齋<室>(所) 蓋李<則>(卽)朴之<戚>(族)侄也. 李見
<朴叔之來>(其至)「遽起」下階曰 宣傳叔主來矣. 迎入升堂 尹以朴是武人
輕視之 臥而不起 朴待李如「小」兒 問曰 汝做策幾首? 李曰 僅爲五六首 仍
出以示之 朴覽畢曰 此是汝第一做, 此是汝第二做. 其餘第三第四第五第六
無不歷〃<評>(言)之 仍推筭李命曰 汝必捷今秋增廣「科」矣. 李曰 以我叔「
主」之才 若任大將 必建大<功>(勳)業矣. 朴曰 不可. 吾之命道甚奇 不可當
大任. 若得一良將而使我爲佐幕贊劃 則庶幾成功也. 尹聞之 始瞿然大驚起

而致敬 謝其前過 遂出示其策 朴曰 眞實才也. 非李侸之所及. 又箕其命「曰
」登科 則「稍」後於李侸之三年矣. 是秋 「尹果見屈 而」李果登第 其後三年
尹亦登<科>(第)云 其後 甲戌乙亥間 與人登南漢山城 大驚曰 此出降城也.
未久國有大兵禍 鑾輿必播遷到此 仍言受圍出城事甚分明. 曰 當其時 使吾
爲都元帥 可以禦敵 而吾死必在其前 設使吾不死 世無知我者. 嗟惋久之 至
丙子冬 其言果驗 而朴則先數月<已>(而)死云.

24. 宰錦城杖殺金漢

燕山朝 嬖妾之<娚>(甥) 姓金者 居在湖南之羅州 恃其妹勢 大張威福 攘
取人田畓 橫奪人奴婢 至若錢穀牛馬 用<之如>(若)己物 順之者生 逆之者
死 一道慴〃 人莫敢誰何. 道內「守令之」新到任守令者 輒來謁而皆有限焉.
遠道 則二十「內來謁」 其次十五日, 「又」其次十日 其次五日 「而」近「邑」則
不出三日 本倅 則當日來謁延命「則」雖或遲滯 而此期 則不敢違越. <金漢
家中有三奴 善步者>(家畜如飛善步者三奴) 一日半 能入京焉 守令如有不
如意者 卽報于其妹 或罪或罷 時朴訥齋祥 不勝憤痛 自求爲羅牧 到任五日
不往見 金漢潑皮 推捉三公兄及座首 朴公聞之大怒 卽發將校刑吏「官」奴「
使」令及邑內壯健人幷百餘人 使之圍繞其金漢家 分付曰 若不捉致金漢 則
當死. 良久縛以致之 朴公一邊報「于監」營 一邊以<別>(大)杖打其膝 未及
十杖 卽死 <使之>(卽)异出「之」 時監司見其<狀>(報) 大驚急令都事 往救
之 <而>(至則)已無及矣. 朴公解其印綬 <仍上>(急跨)馬登程 行踰蘆嶺 至
川院 忽然心動 捨其大路 遂取<小>(左)路 <轉>(直)向興德而行 當初 朴公「
之」捉致金漢也 其奴善步者「一人」 果一日半入京 報「于」其妹 〃〃卽通于燕
山 〃〃大怒 卽發遣禁府都事 持藥物 使之賜死 時朴公之侄在<家>(京者)
聞有是命 急貿小斂諸具 疾馳南下 先於禁府都事之行 〃到川院 逢羅州下人
始知<其叔>(朴公)由興德路行 卽往追之 及於古阜邑內 不忍直言賜藥事 紿
曰 聞叔父重治金漢 禍將不測 故欲來救耳. 朴公怪其聞之速「知」 詳問其所
聞日子 果是金漢死後之一日半也. 遂與同行上京 其侄自中路 先馳入城 見

公之親友 詳言曲折 諸親友「爭持酒」 出迎于江<頭>(外) 使之潛<留>(爲仍置于漢)江「村」舍 日〃歡飮 「使之」醉倒昏迷 時都事馳往羅州 聞朴公已上京 一邊馳啓 急回馬追之 未及至京 中興諸公 已謀擧義反正矣. 卽拜朴公爲副提學 公宿醉未醒 不知已爲反正「矣」 入城謝恩 上引見 公仰瞻曰 天顔與辭朝時不同矣. 左右告以反正事 公出闕門 卽於是日歸鄕云.

25. 窮儒詭計得科「宦」

昔有一班族 不文不筆 家且貧寠 時或赴擧 而不能自設一接 只從親友「之後」 得餘文餘筆而呈券矣. 僥倖得一監解 會圍漸迫 而旣無文筆 無以觀光 然難於坐停 乃携一張正草 單身入場 四顧無親 借述借筆 <實>(亦)無其路 政爾彷徨 忽見關西巨擘 有名於國「中」者 爲人借述 冒入場屋 曾有一面於他坐矣. 卽往其接 敍寒暄畢 <乃>(卽)曰 莫重場屋 無難冒入 吾若一言 事當不測. 其巨擘及<其接中諸>(主)人 皆滿面發赤「亦」惶怵戰栗 其士「乃」曰 詩一首 盡意善做 爲先給我 則「我」當不言矣. 其巨擘乃操紙揮毫 頃刻製出以給之 文則雖幸詭計得之 又無以寫呈 方抱券周回之際 適有能筆而短「於」文者 與人相約換手 而臨<時>(期)狼<貝>(狽) 操筆苦吟之 其士「又」乃就其座 先敍前日未一見之語 次慰同接狼<貝>(狽)之事 且言自家有文無筆 要與換手 仍示自家所持之詩 其能筆者 雖不能善文 猶能知科文體格 取見其詩 則果善做者也. 方甚罔措 猶幸得<遇>(此) <乃>(遂)許<換手>(之) 仍展<幅>(券) 磨墨揮毫寫之 頻〃回顧曰 我則當致誠善寫 須於其間 盡意做出一首詩以待也. 其人「曰」諾. 遂出草紙 <以>(若出)草書樣 颯〃書之 仍又墨圈 使他人莫可辨識 待其寫券畢 卽爲捲持 仍投暗草一張於能書人曰 呈券後 吾當卽還 姑待之. 遂抱券 直向臺上 故爲躍入於網內 時試官及軍士輩見之 以爲犯法 使之速〃押出 其士人以錢兩授軍<士>(人) 做人情曰 吾雖欲還入接中 愼勿聽之, 只顧逐出, 俾不得一刻留連於場內也. 軍<士>(人)旣受其賂 而又試官分付至嚴「豈欲暫時徐緩」 乃前引後擁 忙〃逐出 其士人<佯>(故)作哀乞「樣」於軍<士>(人)曰 吾有萬〃緊關事 幸少緩, 俾吾還入吾接中. 軍

<士>(人)輩那<里>(裡)肯從 四次五次 無數懇求 而一向牢拒 逾過其接而
出來之際 遙語能書人曰 事<已>(旣)到此 無可奈何「云云」. 仍爲出場 及其
榜出 果得嵬捷 某士旣得小科之後 又生筮仕之意 而無勢力 無挤援 莫可奈
何. 適其時 吏判新喪其近三十歲之獨子 如癡如狂 無意榮<道>(途)而雹勉
行公 某進士心生一計 細探吏判之子 年歲性<品>(稟) 才華文識及平日交遊
之爲某〃 做工於何處 遊覽於何處 一〃詳知 往懇於南山下文章之士 搆出祭
文一<篇>(通) 極其哀痛 備言<相>(詳)識於某處 同做於某<處>(家) 伴讀
於某寺 年<齒>(歲) <則>(卽)差以幾年 交分 則厚若膠漆 稱以世誼而備述
渠家世德 俾人之見者 一按可知爲年歲幾何 誰之子孫 仍備鷄酒之奠 暁吏
判之赴公 躬往其家 使奴儓輩 開几筵門 設奠斟酒 跪讀祭文而嗚咽不成聲
仍又放聲大哭 哀痛良久而去 <是日>(其夕) 吏判自公而退 還家入內 則其
夫人曰 俄者 有一士 稱以某洞某進士 稱以亡兒之切友 具奠<製>(爲)文 痛
哭半餉而去云「云」 吏判大異之 取其祭文而見之 則連篇屢幅 殆過數百行 而
文筆俱極佳 嘆曰 吾兒有如此切友佳士 而吾何以不得<知>(之)乎? 觀其世
閥 則乃是故家班族 且年近四旬 政合筮仕 且暁宰相之不在家而奠于其子之
靈筵者 其志操 尤可<賞>(尙) 遂於都政 排衆檢擬 得以筮仕焉.

26. 呂相托辭登大闈

呂政丞聖齊 治經及第也. 當會講之日 入坐講席 講紙自帳中出來 書七大
文 遂自周易 至詩書論孟中庸 幷皆純通 爲十四分 次當大學 〃〃例多請粗
爲十四分半 則卽爲及第也. 呂相不欲隨衆請粗 必欲純通 而準十六分 見其
講章 方張周思 而漠然不記. 試所屢度催促 而終不得開口 不得已心生一計
自稱後急 試官令衛軍一名 眼同率去 以爲防奸之「地」 呂相坐<在>(於)溷
上 強作放便之狀 無數思念 終不能通 只與衛軍打閒話 問衛軍曰 汝是他鄉
之軍而何時上京耶?「衛軍」答曰 小人是某邑之<軍>(人) 某月上番矣. 呂
相聞而喜之曰 某邑有妓名某者 汝知之乎?「衛軍」答曰 小人果知之 而小人
上<京>(來)時 某妓裁書付托曰 汝<入城>(上京)後 須尋訪某洞呂生員宅

傳納「此書」之意 申勤付托 而小人「不知其宅在於某洞」 尚不得傳納矣. 書
房主或知呂書房<主>(宅)乎? 呂相又喜而問曰 其書安在? 吾卽呂書房
<也>(矣). 衛軍曰 尚在囊中矣. 乃搜出以呈 盖呂「相」大人 <宰>(在)<其>
(某)邑時 「呂以衙子弟」 眄一妓 雖於年久「之後」 尚未忘情 欣然受書而見
果是厥妓之書也. 遂圻封展開滿紙長書 無非切〃情談 講章之究思 排却一
邊 遂持妓札 細〃玩來 殆過半餉 試官怪其太遲 又使他衛軍往察之 衛軍見
呂相手持滿紙細書「者」 尚在溷上 無意起身 卽以實狀 入告試官 〃〃大疑
之 連使促來 呂相不得已復入講席 試官怒呵之曰 假托便急而出去 暗考囊
中所記 科場至嚴 十習極駭 前出講章 今不可用. 當出他章 使書吏 還入講
紙 呂相佯爲悶迫之狀 無數哀乞曰 艱辛思繹 僅〃記得 而今欲應講之際 忽
換講章 試所何爲如此不忍爲之事乎? 試官連加怒叱 換出講章 又連促講誦
呂相自是雄講 俄者一章 偶未得記 其餘他章 豈有不通之理乎? 遂一口氣
高聲突誦 滿座稱善 遂得純通而乃巍捷 其後 官至議政.

27.

靈城君朴文秀 少時隨往內舅晉州任所 眄一妓而大惑 相誓以「彼此」同日
死生 一日 在<冊>(書)室 有一醜惡之婢子 汲水而過 諸人指笑而言曰 此女
年近三十「而」以醜惡之故 尚不知陰陽之理云「如有近之者 則可謂積善 必
獲神明之佑矣.」 文秀聞<之>(其言) 甚矜憐之 其夜 厥婢又過 <文秀招入房
中>(仍呼入)而薦枕 厥女<始知陰陽之理矣>(大樂而去). 文秀及還<京>
(洛) 登科十年之間 承嶺南暗行之命 到晉州 訪至所嬖之妓家 立於門外而乞
飯「則自內」一老<媼>(媼) 自內而出來 熟視之曰 怪哉! 怪哉! 文秀問老媼曰
「老媼」何爲<怪>(如是)也? 老<媼>(媼)曰 君之顔面 恰似於前「等內冊室「
朴」書房主貌樣故「怪之」<也>(矣). 文秀曰 吾果<是>(然)矣. 老媼(媼)驚曰
此何事也? 不意書房主作此<樣>(乞客)而來也. <仍携手 入內房而請坐>
(第可入吾房內) 小留喫飯而去. 老媼仍入廚炊飯 文秀「入房坐定」<曰>(問)
君之女兒安在否? 答曰 方以本府守廳「妓」長番「而」不得出來「矣云」云 <而

入廚>(方爇火)炊飯 忽有曳履聲 而其女入來「到廚下」其母曰 某處朴書房來
矣. 其女曰 何時來此而緣何故來云耶? 其母曰 其狀可矜 **頭戴破笠 身着弊衣**
卽一丐乞<人>(兒) 問其委折 則見逐於其外家「前前使道家」今方轉〃乞食而
來「以」此「處」而曾是以冊室 久留此處 吏隷輩<多有親熟者>(面熟) 故欲得
錢兩而委來云矣. 其女作色曰 此等說 何爲對我而言也? 其母曰 吾兒豈不念
前日之情乎? 欲見「汝」而「來云」既來「矣」一次「入見 可也. 其女曰見之何益?
此等人誓不願見矣. 明日 兵使道生辰 隣邑守令多會 將<張>(設)樂於矗石
樓 營本<官>(府)以妓輩衣服「事」申飭至嚴 吾之衣箱中 有新件衣裳矣. 母
氏出來 **與我也.** 其母曰 <吾不知矣.>(何以知之? 汝可入而持來也.) 其女「不
得已開戶而入」面帶怒色 **不得已開戶而入** 不轉眄而循房壁而來 開箱而出
衣服 不顧而出去 文秀乃呼<老嫗>(其母)而言之曰 主人旣如是冷落 吾不可
久留 從此逝矣. 其母挽止曰 年少不解事之<女>(妓) 何足責也? 飯幾熟矣.
少坐喫飯而去 可也.「文秀」答曰 不願喫<之>(飯) 仍出門 又尋其**汲水婢子**家
則其婢子<適>(尙)「汲水矣」汲水而來 見其**御史之狀貌** 良久熟視曰 <異
常>(怪哉)! <〃〃>(怪哉)! <御史>(文秀)「問」曰 何爲見人而稱怪?「其婢子」
答曰 客之容貌恰似向<年>(來)此邑冊房朴書房主 故心竊怪之. **御史對曰**
吾果然矣. 其婢子**聞其言** 去水盆「于地 把手」大<驚>(哭)曰 此何事也? 此何
樣也? <小人>(吾)家不遠 可偕往. <御史>(文秀)隨而往之 <乃是>(則有)數
間斗屋<也>(矣). **婢子携其御史之手** 入其房坐定 而泣問其丐乞之由 <御
史>(文秀)對如俄者「對」妓母之言答之 其女<涕泣>(驚)曰「日寒如此哉」
吾以「爲」書房主爲大達矣. 豈料<如是>(到此)哉? <旣爲來此>(今日則) 願
留吾家<焉>(云). 仍(而)出一**籠**箱子 卽紬衣一襲也. 勸使改服 <御史>(文
秀)曰 此衣從何出乎?「對曰」此「是」吾之積年汲水<之所出>(雇貰)也. 聚
錢貿<之>(此) 貰人縫衣以置 此<世>(生)若遇書房主「則」欲以表情「故」
<矣>(也). <御史>(文秀)<感其至誠而對>(辭)曰 吾於今日 以弊衣來此 而
今忽着<新衣>(此) 則人豈不怪訝乎? 終當着之 姑置之也. 其女入廚而備
夕<饌>(飯)「入後面」<仍獨言>(口)吶〃 若有<叱怨>(詬罵)者<而>(然)

又有裂破器皿之<狀>(聲) <御史>(文秀)怪而問之 「則」答曰 南中敬鬼神
矣. 吾「自」送書房主上京後 設神位「而」 朝夕祈禱 只願書房主立身揚名矣.
鬼若有靈「則」書房主豈至此境<乎>(也)? 「以」是「之」故 俄者裂破其神位而
燒<火>(之)矣. <御史>(文秀)忍笑而感其意 而已具夕飯以進 <御史>(文
秀)頓<喫>(服)而留宿 平明催飯曰 吾有所緊往處 仍出門 先往矗石樓 潛伏
於樓下「日出後」 時官吏紛〃<灑>(修)掃 肆筵設席 少焉 兵使<與>(及)本
官出來 而隣邑守令「十餘人」<亦次第而>(皆)來會 <御史>(文秀)突入<座
中>(上座)而向兵使而言曰 過去客子 欲叅盛宴而來矣. 「兵使曰」第坐一隅
觀光無妨矣. 已而盂盤浪藉 笙歌嘈轟 <厥>(其)妓立於本官背後 服飾鮮明
含嬌含態 兵使顧本官而笑曰 本官近日大惑於厥物「耶」? 神色不如前矣. 本
官笑「而答」曰 寧有是理? 只有名色<而無實>(實無)事矣. 兵使「笑曰 必無是
理.」仍呼厥妓 使之行<酒>(杯) 其妓女行盂而次〃進前 <御史>(文秀)請曰
此客亦善飮. 願請一盂. 兵使曰 可進酒. 厥妓乃酌酒 轉給知印曰 可給彼客.
<御史>(文秀)笑 此客亦是男子「也」. 願飮妓手之盂酒. 兵使與本官作色
曰 飮則好矣 何願妓手乎? <御史>(文秀)「仍」受而飮之 進饌而各人之坐前
俱是大卓 而自家之前 不「過」數器而已. <御史>(文秀)又<言>(問)曰 俱是班
也. 而飮食何可層下乎? 本官怒曰 長者之會 何「可」如是<至>(支)煩? 得喫飮
食 可斯速去矣. 何爲多言也? <御史>(文秀)亦怒曰 吾亦非長者乎? 吾已有妻
有子 鬚髮蒼〃然 則吾豈孩少<乎>(耶)? 本官怒曰 此乞客<忘>(妄)悖矣. 可
以逐出. 仍分付官隷 使之逐送 官隷立「於」樓下 呵叱曰 斯速下來. <御史>(文
秀)曰 吾何以下去? 本官「可以」下去矣. 本官益怒曰 此是狂客也. 下隷輩焉
敢不爲曳下乎? 號令如霜 而知印輩擧袖推背 <御史>(文秀)高聲曰 汝輩可
出去. 言未已 <樓下>(門外)驛卒 高聲大呼曰 暗行御史出道「矣」. 自兵使
各邑守令以下 面無人色 蒼黃迸出時 厥妓之狀 當復何如哉? <御史道>(文
秀)「高坐而笑曰 固當如是出去矣.」仍坐於<上>(兵使之)座 而自兵使以下
各邑守令 皆具帽帶請謁 一〃「入」現謁 禮罷「後」 <御史>(文秀)乃下<令>
(命) 捉入其妓 又呼妓母而分付於厥妓曰 年前吾與汝 情愛何如 「約以」山崩

海渴 而情好不變爲約矣. 今焉吾作此樣而來 則汝可念舊日之情 好言慰問
可也 何爲而發怒也? 俗云不給粮而破瓢者 政謂此也. 事當「卽地」打殺 而於
汝何誅 仍畧施笞罰 謂妓母曰 汝則稍解人事 以汝之故 姑不殺之 命給米肉而
出送. 又曰 吾有所眄之女 斯速呼來. 仍使汲水「之」婢 升<樓>(軒)而坐於傍
撫之曰 此眞有情女「子」也. 此女陞<付>(附)妓案 使行行首事 而某妓降「定」
付汲水婢 仍招入本<官>(府)吏房 無論某樣 錢二百金 斯速持來 以給其<行
首妓>(婢子)而去.

28.

朴文秀 以繡<行>(衣) 轉行<某>(他)邑 日晩不得喫<飯>(食) 頗有饑色
仍<往>(向)一人之家 則只有一童子 而年近十五六矣. 御史向前乞一<盂>
(器)飯 則童子對曰 吾<以>(則)偏親侍下「而」家計貧窮 絶火已數日 無飯與
客. <御史>(文秀)因困憊少坐 其童子屢瞻見屋漏之紙囊 微有慘然之色 而
仍解其紙囊 入內數間斗屋 戶<內>(外)卽其內堂也. 時御史在於門外 聞之
則童子呼母曰 外有過客而失時請飯 <如是過客>(人飢) 豈「可」不顧耶? 粮
米絶乏 無以供飯 以此米炊飯 可矣. 其母曰 如此 <則>(而)汝之親「之」忌「
事」將闕之乎? 童子曰 情理雖切迫 而目見人饑 <豈>(何)「可」不救乎?
其母受而炊之 <御史>(文秀)旣聞其言 心甚惻<憐>(然) 童子出來 <御
史>(文秀)問其由 則答曰 客<主>(子)旣已聞知 不得欺矣. 吾之親忌 隔在
不遠 無以過祀 故適有一升米 作紙囊入盛懸之 雖闕食「而」不喫矣. 今客
<主>(子)飢<饑>(餓) 而家無以供飯之資 不得已以此炊飯矣. 不幸爲客
<主>(子)所聞<之>(知) 不勝慙愧云「云」. 方與酬酢之際 有一奴子來言曰 朴
<道>(都)令斯速出來. 其童子哀乞曰 今日則吾不得去矣. 文秀聞其<姓>(聲)
則乃是同宗也.「又」問 <其>(彼)來者之爲誰 童子曰 此邑座首之奴也. 吾之
年紀已長 聞座首有女「故」通婚 則座首以爲見辱「云」而每送奴子 捉我而
去 捽曳侮辱 無所不至 今又推捉矣. <御史>(文秀)聞之此言 乃對其奴而言
曰 吾乃此<道令>(童)之叔也. 吾「可以」代往之 喫飯後 仍隨其奴子而往 則

座首者高坐 而使之捉入云 ＜御史＞(文秀)遂＜直＞(卽)上廳 坐而言曰 吾侄之班閥 猶勝於君 而「特」以家貧之＜致＞(故) 不得已通婚於君矣. 君如無意 則須＜退＞(置)之 可也 而何每〃捉來示辱乎? 君以邑中首鄕而有權＜勢＞(力)而然耶? 座首乃大怒 捉入其奴子而叱之曰 吾使汝捉來朴童「矣」而汝何爲捉此狂客而來 使汝上典 見此凌辱乎? 「汝罪當笞」時＜御史＞(文秀) 自袖中 露示其馬牌曰 汝焉敢若是乎? 座首一見而喫驚 面如土色 降于階下俯伏曰 死罪, 〃〃. ＜御史＞(文秀)乃言曰 汝可結婚乎? 對曰 ＜結婚, 〃〃＞(焉敢不婚?) 御史「又」曰 吾見曆書 三明卽吉日. 伊日 吾當與新郞偕來矣 汝可備婚具以待. 「座首曰」＜敢不奉行＞(敬諾) ＜御史＞(文秀)遂＞(仍)出門 直入其邑內出道 謂其本官曰 吾有族侄而在於某＜面某里＞(洞) 與此邑＜座首＞(首鄕)過婚 而期在某日 伊時 ＜諸＞(外)具＜與＞(及)宴需 自官備給爲好. 本官曰 此是＜慶＞(好)事 何不優助? ＜須＞(謹)當如命. 又請＜近＞(隣)邑守令 當日＜御史＞(文秀)請新郞於自家下處 具冠服而遂「文秀」備威儀隨後於是 座首之家 雲幕連天 ＜樽＞(盂)盤＜浪＞(狼)藉 座上御史主壁 諸守令 皆列坐 座首之家「一層」生幾層光輝矣. 行醮禮後「新郞出來」御史命「拿」入座首 〃〃叩頭曰 小人只依分付＜擧行而何敢侍坐?＞(行婚禮矣) 御史曰 汝之田「與」畓爲幾何? 答曰 爲幾石數矣. 御史曰 分半給女壻乎? 曰 焉敢不然? 御史曰 奴婢牛馬幾何, 器皿汁物「亦」幾何? 答「曰」幾口幾匹幾件幾箇矣. 御史曰 分半給女壻乎? 答曰 焉敢不然? 御史乃命書文記而證人首書 御史朴文秀 次書本官某 其次某邑＜守＞(倅)某列書而踏馬牌 仍＜而＞(以)轉向他處云.

29.

李益著 以義城宰 一日宴飮 時當夏節也 忽有一陣風過去 益著急撤樂而作營行 見巡使 請貸南倉錢五千兩 以貿车麥 時大登 市價至＜歇＞(賤) 貿麥而封置於各＜面＞(洞)各里 使洞任守直矣. 七月初夜 忽覺睡而呼官僮 使摘後園一＜葉草＞(草葉)而見之曰 然矣云矣. 翌朝見之 則嚴霜大降 草木盡凋

殘 是秋 嶺南一道 野無靑艸 仍爲赤地而設賑 穀價<高登>(登踊) 麥一石價
初夏不過三四十錢矣(者) 其秋價至三百餘錢 益著以其麥 作賑資 而又發賣
報南倉錢如數 蓋有占風之術也. 其後 移宰隣邑<時也>(而)趙顯命「時」爲
巡使矣. 益著有事往見而鬢髮未整 亂髮露於網巾 旣退後 巡使拿入其隨陪
吏 以容儀怠謾數之 益著復請謁而入 謝曰 下官年老氣衰 鬢髮未及<正>
(整)見過於上官 知罪, 〃. 如是「而」何可供職乎? 惟願啓罷. 巡使曰 尊丈
以俄者事 有此敎乎? 此不過體例間事也. 何必乃爾? 益著曰 以下官而不知
事上官之體例 則何可一日供職乎? 斯速啓罷 可也. 巡使曰 不可如是. 而益
著正色曰 使道終不「可」許乎? 答曰 不可許矣. 益著曰 使道必欲使下官作
駁擧 良可慨然也. 仍呼下隷曰 持吾<冠>(笠)袍而來. 仍脫帽帶而解符 置
之于巡使之前而大責曰 吾以佩符之故 折腰於汝矣. 今則解符矣. 汝非我故
人之<稺>(稚)子乎? 吾與<君>(若)翁 竹馬之交也. 同<袍>(枕)而臥 約以
先娶婦者 知新婦之名字而相傳矣 而汝翁先「吾」娶汝母 而以汝母之名 來
傳于<吾>(我) 言猶在耳. 而以(以而)汝翁之沒已久而待我至此 汝是忘父
之不肖子也. 鬢髮之不整 何關於上下官體例也? 吾老「不」死而以口腹之累
爲汝「之」下官 汝若念爾之亡父 「則」固不敢如是也 汝乃狗彘之不若也. 言
罷 冷笑而出 巡使半餉無語 隨至其下處 懇乞曰 尊丈此何擧也? 侍生果爾
大得罪矣. 知罪〃 幸勿强辭<焉>(也). 益著曰 以下官而叱辱上官於公堂
以何顏「而」復對吏民乎? 仍拂衣而起 不得已啓罷

30.

金尙魯「若魯之弟也」. 以大臣 丙申追奪罪人也. 性本酷「而」急 爲箕伯時
巡到各邑 道路如有石 則輒使首鄕首吏 以齒拔之 而以杖打其趾 往〃嘔血
而死. 其外擧行及<供饋之節>(茶啖之屬) 少不如意 則刑之棍之 十至八九
之死 列邑震動 行到一邑 未入境 諸吏喘〃 不知所爲. 有一妓 年少貌姸 笑
曰 巡使道 亦是人也. 何乃如是恐怵也? 巡使道豈生啗人乎? 吾若薦枕 則非
但各廳之無事 當使巡使赤身而下房門矣. 自吏廳 將厚饋我乎? 諸吏曰 若

然 則「自吾廳」當重賞汝<矣>(也).「妓曰」第觀<其妓之動靜>(之) 及巡行
入府 以其妓守廳矣. 時當八月間 <天氣>(日候)晝熱 夜深 巡使見此「其」妓
之美麗 使之薦枕 房<中>(戶)障子 未及下矣. 此妓故作寒栗之態 巡使問曰
汝有寒意乎? <答>(對)曰 房門不閉 凉氣逼人矣. 巡使曰 若然 則將使下隷
下之乎?「妓」答曰 夜已深矣. 何可呼之乎? 巡使曰 爲之奈何?「妓」答曰 小
人 則身長不及 使道主暫下之 無妨矣.「巡使曰 擧措得無駭異乎? 妓曰 深
夜無人矣.」巡使<乃>(仍)不得已赤身而起 擧障子而閉之 伊時 下屬左右
潛窺 莫不掩<口>(鼻) 此邑 則無一人受罪 無事經過 諸吏果厚賞其妓云 其
爲大臣也 有連査間宰相喪出 而傔從一人 <移>(分)差而來矣. 每有「所」使
呼傔從 則新來者 必應命而來 足蹴溺<缸>(器)硯匣等屬「而」覆之 而之東
則必之西 事〃<違>(拂)其意 尙魯不勝其苦 每責諸傔人曰 汝等何爲「而」
占便而必使新來之傔使喚? 不知向方 而必也僨事 汝輩何在而然<耶>
(也)? 諸傔輩 每每禁之 使勿出應使喚 而其人終不聽之 如有呼喚之聲 則必
也挺身先出 尙魯見輒生無明業火 必責他傔 如是者 月餘矣. 一日 惠局吏有
闕 此人俯伏于前曰 小人願得差此窠. 尙魯熟視曰 諾. 仍出紙差紙 諸傔一
時稱寃曰 小人幾年勤苦 小人幾世〃交 而初出之窠 何可讓「與」於新來之
傔乎? 尙魯曰 我生然後 汝輩可得差任. 我死之後 汝輩向誰圖差乎? 此人若
在於我前 則我當成火而死矣. 不如速爲區處. 汝輩更勿言 仍<差出>(出差)
矣. 其新來之傔 其後來謁 而如有使喚處 則無論大少(小?)事 適中其意 千
伶百俐矣. 尙魯怪而問之曰 汝之人事凡百 大勝於前日之蒙孩 爲腴任之故
耶? 其人俯伏「而」對曰「小人犯死罪矣 尙魯曰 何謂也 對曰」小人新到門
下 則傔從之數 過三十餘 而小人居末矣. 各司吏役之有闕者 循次而得差 則
小人其將老死矣. 竊伏見大監氣質嚴急 故衝怒氣 使之若不堪矣. 必也先爲
區處也. 故向者 故作沒覺之狀 以至於此矣. 尙魯大笑曰 汝之奇計 可謂諸
葛孔明. 可恨吾見欺於汝矣.

31.

有一宰相之女 出嫁未朞 而喪夫 孀婦居「于」父母之側矣. 一日 宰相自外「
而」入來 見其女 在於下房而凝粧盛飾而對鏡自照 已而擲鏡而掩面大哭 宰
相見其狀 心甚惻然 出外堂而坐「數食頃無語」適有切親之武弁「之」出入門
下者 無家無妻之人而年少<健壯>(壯健)者也. 時來拜問候 宰相屛<左
右>(人)言之曰 子之身<勢>(世)如是「其」<困窮>(窮困) 君爲吾<爲>(之)
女婿否? 其人惶蹙曰 是何敎也? 小人不知敎意「之」如何而不敢奉命矣. 宰
相曰 吾非戱言耳. 仍自櫃中 出一封銀子 給之曰 持此而往 貰健馬及轎子
時(待)今夜罷漏「後」來待于吾後門之外 切不可失期. 其人半信半疑 第受之
而依其言 備轎馬 待之「于」後門矣. 自暗中 宰相携一女子而使之入轎「中而
」戒之<而>(曰?)直往北關而居生也. 其人不知何「許」委折而第隨轎<而往
之>(出城而去)宰相仍入內下房而哭曰 吾女自決矣. 家人皆驚<惶>(遑)而
「皆」擧哀 宰相仍言曰 吾女「平」生時 不欲見人 吾自可襲斂「雖」渠之娚兄
不必入見<也>(矣). 仍獨自斂衾而裹之 作屍體樣而覆以衾 始通「于」其舅
家 入棺後 <遂>(送)葬于舅家先山之下矣. 過幾年後 其宰相子某 以繡衣 按
廉北關 某行到<北關>(一處)入一人家 則其主人起迎 而有兩兒 在傍讀書
狀貌淸秀 頗類自家之顔面「貌」心竊怪之 日勢已晩 又憊困 仍留宿矣. 至夜
深 忽自其內間「忽」有一女子出來 把某手而泣 某驚而「熟」視之 <乃>(則)「
卽」<自家>(其)已死之妹. 不勝驚訝而問之 <答>(而)以爲因親敎而居于此
已生此二兒「此是其兒」矣 <某>(繡衣)口<■>(噤)半餉無語 畧敍阻懷 而
待曉辭去 復命還家 夜侍其大人宰相「而坐」時適從容 低聲而言曰 今番之
行 有可怪訝之事矣. <其大人>(宰相)張目熟視而不言 其子不敢發說而退,
此宰相之姓名 不記之耳.

32.

李兵使日濟 判書箕翊之孫也. 勇力絶人 捷如飛鳥 自兒少時 豪放不羈 不
業文字 判書公 每憂之 十四五歲 始冠而未及娶 一日夜 潛往娼家 則袚隷

捕校之<類>(屬)滿座 盃盤<浪>(狼)藉 日濟以渺然一少年 直入座 與妓戲
座中惡少 皆曰 如此無禮乳臭之兒 打殺可也. 仍羣起蹴之 日濟以手接一人
之足 執以爲杖一揮 而諸「人」皆仆于地 仍抛置而出「門」 飛身上屋 緣屋而
走 或超五六間地 此時 一捕校 適放溺出門 不預其事 心竊異之 亦超上屋
而躡後 入于李判書門矣. 捕校卽其親知之人也. 翌朝 來傳此事 判書公杖之
而使不得出門矣. 伊後 隨伴訪花 上南山蠶頭 時閑良之習射數十人 會于松
陰 見日濟之<見>(來) 以爲「將」受喫東床禮云 而一時幷起 執其<手>(袖)
而將欲倒懸 日濟乃聳身一躍而**打**折松枝 左右揮之 **諸閑良**一時從風而靡
仍下來 自此之後 次〃傳播 入於別薦 付武職 位至亞卿 趙判書曦之爲日本
通信「日本」也. 以日濟啓幕賓 將航海 上船失火 〃焰漲天 諸人各自逃命 急
下倭人救急之船 而又有連燒之慮 仍搖櫓而避之 去上船 幾爲數十間之地
始收拾精神 相與計數各人 則獨無日濟一人. 諸人驚惶 意其爲火所燒矣. 已
而遠聞人聲 諸人立船頭 望之 則日濟立於火焰之中 擧手高聲大呼曰 暫
<住>(駐)船. 諸人始知其爲日濟 乃<住>(駐)船而待之 日濟自火焰中飛下
船上諸人 皆駭異之 蓋日濟醉睡於上船船艙之上層 不知火起 而諸人亦於
蒼黃中 未及察**救**也. **日濟**睡覺而見火勢 仍跳下**其**傍船 其神勇如此.

33.

　　趙判書泰億之妻沈氏 性本猜妬 「故」泰億畏之如虎 **故**未嘗有房外之犯矣.
泰耆之爲箕伯**也** 泰億以承旨 適作奉命之行於關西 留營中幾日 始有所眄
之妓 沈氏聞其由 乃卽地治行 使其姆陪行而直向箕營 將欲打殺其妓 泰億
聞其狀 失色無語 泰耆亦大驚曰 此將奈何? 欲使其妓避之 其妓「對」曰 小
人不必避身也. 自有可生之道 而貧不能辦矣. 泰耆問其由 **其妓**對曰 小人欲
餙珠翠於身 而無錢故恨嘆矣. 泰耆「答」曰 汝若有可生之道 則雖千金 吾自
當之矣. 唯汝所欲 可也. 仍使幕客 隨所入得給<矣>(云) **使裨將出送**「而」
中和黃州**站**「出送裨將 而」問候 且備送<供饋之物>(廚傳而支供)矣. 沈氏「之」
「之」一行 到黃州 <而>(則)云有箕營裨將「之」來待 且有支供之待「者」 **沈氏**

「乃」冷笑曰 吾<旣非>(豈)大臣別星「行次」而有問安裨將乎? 且吾之路需
優足 何用支供「爲」也? 并使退<送>(出)矣. 且到中和 又如是斥退 仍發行
過栽松院 將入長林「之中」 時當暮春 十里長林 春意方濃 曲〃見淸江 景物
頗佳 沈氏<捲>(蹇)轎簾而<玩賞>(賞玩) 過長林 〃盡而望見 則白沙如練
澄江似鏡 粉堞周繞於江岸 商<船>(舶)紛<進>(集)於水上 練光亭大同門
乙密臺超然臺之樓閣 丹靑照曜 屋宇縹緲 奪人眼目 沈氏嗟<〃>(嘆?)曰 果
爾絶勝之區 名不虛<傳>(得)矣. 且行且玩之際 遠〃地沙場之上 忽有一點
花 渺〃而來 漸近 則乃一介名妓也 綠衣紅裳 騎一匹 繡鞍駿驄 橫馳而來
心甚怪之 駐馬而見之 及<見>(近) 其<妓>(女子)下馬而以鶯聲唱諾曰 某
妓請謁矣. 沈氏聞其名「而」無<明>(名)業火 衝起三千丈矣. 仍大聲而叱責
曰 某妓. 〃〃. 渠何爲來謁?「第」使之立「之」于馬前 其妓斂容而敬立於馬
前 沈氏見之 則顔如含露之桃花 腰似依風之細柳 羅綺翠珠 飾其上下 眞是
傾城<國>(之)色. 沈氏熟視之曰 汝年幾何? 曰 十八歲矣. 沈氏曰 汝果名物
也. 丈夫見此等名<物>(妓)而不近 則可謂拙夫. 吾之此行 初欲殺汝而來矣.
旣見汝 則名物也. 吾何必下手<乎>(也)? 汝可往 侍吾家令監 而令監炭客
也. 若使「之」沉惑而生病 則汝罪當死 愼之 〃〃. 言罷 仍回馬「而」向京城
泰耆聞之 急走伻傳喝曰 嫂氏行次 旣來到城外而<何>(仍)不入城「何」也?
願暫到城內 留營中幾日而還行 可矣. 沈氏冷笑曰 吾非乞駄客也. 入城何
爲? 仍不顧而行還京「第」矣. 其後 泰耆<問於其妓>(招致其妓而問)曰 汝以
何大膽 直向虎口而反獲免焉?「其妓」對曰 夫人之性 雖悍妬而作此行於千
里之地者 豈區〃兒女輩所可辦乎? 馬之踶嚙者 必有其步 人亦如是 小人死
則等耳. 雖避之 其可免乎? 故玆凝粧而往拜 若被打殺 則無可奈何「矣」. 不
然「則」或冀有見而憐之〃意故也云<〃>(爾).

34.

李相性源 <爲東伯>(按原營)也 巡路入楓嶽 對(到?)九龍「洞」淵 欲題名
而刻手僧 皆出他矣. 高城倅以爲此下民村 有一人「之」來留者「而」頗有手

才 可刻<者>(云矣). 使之呼來而刻之「則」其人着眼鏡而鏡是絶品. 李相素
有此癖 使之持來 愛玩不已 偶爾失手 落于巖「石之」上而破碎 李相錯愕而
使給本價 則其人辭之曰 物之成敗 亦有數焉. 不必關念也. 李相謂之曰 汝
以山峽貧民 失此鏡而又何可得買乎? 此價不必辭也. 强與之 其人解示鏡匣
曰 覽此可知矣. 李相受而視之 書以某年月日 遇巡使 破于九龍淵. 李相大
驚 問曰 此是汝之所書乎? 曰 當初買之時 有此書云矣. 而終不言誰某所書
亦可異矣.

35.

朴綾州右源 門外人也. 在南中某邑「時」其<夫>(婦)人見庭樹上 鵲雛之
落下者 朝夕飼之 以飯而馴之 漸至羽毛之成 而在於房闥之間「而」不去 或
飛向樹林 而時〃來翔于夫人之肩上「矣」. 及<離>(移)長城 將發行之日 忽
不知去處矣. 內行到長城衙門 則其鵲自樑上 噪而飛下 翶翔于夫人之前 夫
人如前飼之飯 巢于庭樹而卵育之 去來如常 其後「又」移綾州 又「復」如前
隨來「及其」遞 歸京第 亦又隨來 及其夫人之喪 上下啼呼 不<移>(離)殯所
及葬而行喪 坐於樞上 到山下 又坐墓閣上而噪之不已 及下棺時 飛向樞上
啼呼不已 仍飛去 不知去處 雖是微物「盖」亦知恩矣. 時人「有」作靈鵲傳.

36.

榮川儒生閔鳳朝 有一子 過婚 未一年而身死 其孀婦朴氏「女 而亦有班閥之
家也.」執喪以禮而孝奉舅姑 隣里稱之 來時 率童奴一人 而名則萬石者. 閔家
素貧窮 朴氏躬自紡績 使奴樵汲 朝夕之供 未<常>(嘗)闕焉. 隣居有「金」祖述
者 亦有班名 家計累萬金富者也.「從籬間」偶見朴氏之姸美 心<慾>(欲)之
矣. 一日 閔「生」欲出他 借着揮項於祖述之家 而祖述<知>(乘)<閔生>(其)
之不在家「使人探知朴氏之寢房」帶其夜之月色「着驄冠」「而」入其閔生家
時朴氏 獨在「其」寢房「〃」與其姑之寢房 隔一壁而間有小戶矣. 朴氏睡覺
忽聞窓外曳履之聲 又<月色照窓>(見窓間月色下)有人影矣. 朴氏心竊疑

<之>(惻) <乃暗>(潛起)開間戶而入其姑之房 其姑怪而問之 密語其由 姑婦相對而坐 時萬石者 爲<粗家>(祖述?)之婢夫 宿於其家 寂無一人矣.「而」忽於戶外 有人厲聲曰 朴寡女 與吾有私「亦」已久「矣」斯速出<來>(逤)云〃. 其姑疾聲 呼洞人「而謂」曰 有賊入來「云」. 隣家之人 擧火而來 祖述仍還歸<渠>(其)家 朴氏姑婦 知「其」爲祖述也. 閔生歸來 聞其言而<忍>(忿)不自勝 欲呈「訴于」官雪忿 而恐致所聞之不好 <乃>(仍)[姑]忍置之矣. 其後祖述又揚言于洞中曰 朴<寡>(氏)與吾相通 孕已三四朔「矣」云〃. 傳說藉〃朴氏聞之此言曰 今則可以呈官「而」雪<冤>(恥)矣. 遂以裳掩面而入官庭 <告>(明言)其祖述之罪惡 又<訴>(言)自家受誣之<冤>(狀) 時祖述行貨於官屬 且一邑官屬 <具>(俱)是祖述之奴屬也. 刑吏「輩」皆言 此女自來行淫 所聞之<傳說 無人不知>(出 亦已久矣)云. 本倅尹彛鉉 信聽官屬之言 仍分付朴氏曰「以爲」汝若有貞節 則雖被誣於人 久則自脫矣 何乃親入官庭而自明乎? 退去 可也. 朴氏曰 自官若不卞白而「不」嚴處金哥之罪 則妾當自刎於「此」官庭「下」矣. <遂>(仍)拔所<藏>(佩)之小刀 而辭氣慷慨 本倅怒「而」叱曰 汝欲以此「而」恐動我乎? 汝若欲死 則以大刀 自刎於汝家 可也.「何乃以小刀爲也? 斯速出去.」仍使官婢 推背而逐出官門之外 朴氏「出門」放聲大哭 以其小刀 自刎「其頸」而死 左右<觀>(見)者 無不錯愕. 本倅始乃驚動焉「使之運屍而去」閔生不勝其忿 入官庭「而」語多侵逼 本倅以土民之肆惡官庭 侵逼土主報營 閔生移囚于安東「府」矣. 其奴萬石者 以其狀 上京鳴金于駕前 有下該道査啓之 判付行査 則祖述以累千金 行賂於洞人及營邑之下屬 至於朴氏之<事>(死)「則」非自刎而羞<怪>(愧)於孕胎之說 服毒致死云而貿藥之嫗 賣藥之商 皆立證 此亦祖述給<膽>(賂)於老嫗及商人而然也. 獄久不決 拖至四年之久矣. 閔家以朴氏之屍 不斂而入棺 不覆盖曰 復此讐之後 可改斂而葬「之」云 而置之於越房者 爲四年 而身體少不傷敗 面如生時 入其門 <又>(少)無穢惡之<鼻>(臭) 而蠅蚋亦不近 亦可異矣. 奉化倅朴時源 卽<朴氏>(其)之再從娚「妹間」也. 往哭其靈筵「云」故余於逢場問之 則以爲其家人「而」啓其棺盖「而」見之 則如生時「無異云」矣. 其奴萬石爲金家

之婢夫 生一男生一女「矣」而當此時也 逐其妻而訣曰 汝主殺吾主 卽讐家也. 夫婦之義雖重 而奴主之分 亦<大>(不輕)矣. 汝自還歸汝主 吾則爲吾主而死「也」云 而絶之 奔走京鄉 必欲復讐乃已. 及金判書相休之按節時 萬石又上京鳴金 啓下本道 更定査官而窮覈 閔家擔來朴氏之柩於査庭 <而自棺>(則之)中有裂帛之聲 閔家人去其棺盖而欲示之 「則」査官使官婢驗視則面色如生 兩頰有紅㫉 頸下尙有劍刺之血痕 腹帖于背 而肥(肌?)膚堅如石 少無腐傷「之意」藥物賣買之商「人」及老嫗 嚴鞫問之 則始吐實<而>(曰)祖述各給二百兩錢 而如是<行兇>(爲言)云 自營「門」以此狀啓聞 而祖述始伏法. 朴氏㫌閭 萬石給復「余在金山時 雖不得目覩 而聞査官之言 見巡營之啓草 祖述之罪 萬戮猶輕 而至曰 朴氏與萬石 有私而然云. 尤可痛也.」嶺南之士立石 記萬石之忠.

「附」嶺伯金相休查啓跋辭

爲等如各人等招辭 是白置有亦此獄段 三歲四查 端緖畢露 道啓曺讞 淑愿已判 朴氏至寃實狀 祖述窮凶情節 世皆公傳 人無不知 便屬已了之案 無煩更查之擧 是白乎矣 今此親執窮覈之 成命(名)寔出於愼獄恤刑之盛德 其在對揚盡分之道 尤切根究 或疎之慮 故臣於盤詰之際 倍加審愼之意 或「溫」言平問 或施威嚴覈 而惟彼祖述賦性淫愿 設心凶譎 無論平問與嚴覈 直以抵賴爲能事 問向春溲溺 則曰 夢亦不爲問 叩門請開 則曰 白地曖昧 問三乳腹(復)孕之說 則曰 天日在上 問買礪逼殺之誣 則曰 閔哥自唱言 〃皆謊 事〃牢諱 其至〃微細 無緊關之說 已彰露 莫敢隱之跡 忍能赤面相對 必欲白賴 乃已急 則惟願速死 作爲目下謾(漫)漶之計 比如木石之頑 難以理喻 便同禽獸之塞 莫可首服 是白如中 天道孔昭 淫禍罔逃 祖述之父金鼎源者 所著冊子名以朴寡婦致命 是非文案云者 現捉於查庭 而其中列錄 無非閔哥自先世亂倫干紀之事 而至於朴寡婦 其所醜誣 比之三乳腹(復)孕 又深一切 殆不忍汚口 而其子「則」發之於言 其文(父) 則筆之於書 子唱父和 同惡相濟之跡 和盤托出 更沒餘蘊 而彼凶祖述罔念舐犢之情 猶肆困獸之惡 乃曰 矣父作此書

欲殺矣身「作」也 又曰 此皆矣父之罪 而矣身則無罪 願以矣父之罪 殺矣身
旋又曰 矣身若以此死 則雖父子之間 尙(當)有恩怨 余觀其意 必欲以渠罔測
之罪 移之於其父 而渠則掉脫至請 嚴問其父 渠亦具人之形矣 且又頂天而立
地矣 若非別具梟獍之腸者 寧忍以此等說 萌心發口乎 本罪外 卽此一款 決
不可一日假息於覆載之間 而對(到)此地頭 雖以渠凶獰悖戾 理屈辭窮 發明
無路 叩門請開也 三乳腹(復)孕也 買礪逼殺也 諸般誣讞等事 畢竟箇〃輸款
卽納遲晚祖述之眞臟斷案 於是乎 悉具而更無可査之說 只有當置之律 是乎
所謹案(按)通編奸犯條曰 士族處女劫奪者 毋論奸未成 不待時斬 彼祖述 乘
昏夜無人之時 叩班寡獨處之門者 專出於劫奪之意 則渠烏得免 奸未成 不待
時 斬之律 是白乎旀 又曰 大明律曰 所誣之人 已決者 反坐以其律 就使朴氏
眞有三乳之事 則當擬以極律 而今以誣案已決 則以朴寡三乳之律 反坐於所
誣「之」人者 斷無可疑 則渠烏得免 反坐之極律 是白乎旀 又按律曰 若因奸
盜 威逼人致死「者斬 祖述奸淫凶怪之說 汚讞之誣 逼之以致朴氏之死 以自
明 則烏得免逼人致死」斬之罪乎 考之以法典 叅之以律文 則祖述而尙貸一
縷 不置於極律 豈非失政之大者 是白乎旀 至於朴寡 則以靑年未亡之身 堅
之死靡他之心 孝養舅姑 備修爲婦之道 玆(慈)育螟蛉 盖出立孤之誠 死固有
(自)甘 生無可樂 其「情」絶悲 其事甚韙 不可以蒼蠅之點 欲汚白玉之潔 遭忽
地之凶誣 叩皇天而罔階 暗哭藏身 雖一死之已決 公庭鳴哀 稱至冤之或擄
噫! 彼榮川「本」倅 甘聽廷敏之慫慂 祖述「則」無意嚴治 顯有愛護之意 朴氏
則有若蔑視 輒肆侮弄之說 闇者之怒 又阻叩關 薄言之愬 亦斷其路 進不得
暴冤於官 退不得雪誣於彼 遂乃決取捨於生死 擲姓(性)命於俄忽 則委身於
九街官道之上 橫屍於萬人堵立之中 暴心事於白日 立貞節於秋霜 其決烈之
氣 非但大驚 於韓市幽鬱之怨 足致久旱於東海 是白乎旀 大凡人之死也 君
蒿悽愴之氣 漸消散而歸 無「血」血肉 筋絡之形 必融化而爲土者 此其理也
萬古同然 而竊聞之 閔家以復讎 不營葬之義 朴氏之喪 殮而不絞 ▓而不釘
留停傍室 尋常啓視 而屍身已經三霜 肥膚一如始死 蠅蚋不近 虫蛆不出 而
棺中往〃有裂帛之聲 隣近之人 莫不見聞 是如非但萬石之言 丁寧可質 一道

喧傳 萬口同辭 是白乎矣(旀) 事係稀異 跡涉疑怪 是乎 等以臣別遣親信 眼
同榮川官婢 對衆開視 以驗其虛實 是白加尼 及其回古 一如所聞 而尤可詳
焉 盖以爲耳目口鼻 宛然如常 而兩點紅暈 着於雙■ 隱然可見 凶腹之形色
不變 恰如初死人一般 臀擘脚腿 肉氣不消 堅如鐵石 寂然不聞者 時(特)是柩
中激裂之聲 而其他 則無一差爽云 噫! 其異矣 聞亦竦然 若非至寃之氣 百結
不散 豈有是異而向來四朔亢旱時 側聞道路爲言 則無非(不)謂祖述不殺 朴
寃未雪 故致此譴謫 如是開口 卽說便成巷謠 天路幽玄 雖未必一如其言 而
亦可可(見)秉彝之心 公正之憤也 且以祖述之獰頑 亦以爲朴氏之不腐 眞箇
的實 則卽殺矣身 以雪其至寃 甘心無辭 如是乎 渠亦至此 已知其必死矣 法
律旣如彼 人心又如此 而祖述亦知其罪罔赦 則祖述之當施以一律 更無可論
是白乎矣 若只殺祖述而止而不施褒旌之恩於朴氏 則寃恨雖雪 然而烈行未
著 何以標千古之節 慰九幽之魂耶 亟正祖述之罪 置之一律 而兼擧(去)朴氏
喪章之典 使之暝目入地 有不容少緩 是白乎旀 所謂朴氏奴萬石者 以遐方無
識私賤 能出爲(謂)其主復讐之心 已爲奇矣 而萬石之妻 卽祖述之婢 而亦旣
抱子矣 萬石以讐人之婢 何可作配 到今夫婦之情 及輕奴主之義 爲重便
(使) 卽割恩斷慈 黜妻屛子 又以主讐之未復 三年已過 而猶不脫衰服 其所處
義 雖素稱烈丈夫 無以加此 而暗合於春秋復讐之義者 尤豈不偉 且異歟 況
以其至微賤之踪 至殘(賤)弱之身 奔走營邑 雪涕而備說其主之寃 冒犯鸞蹕
瀝血而乞 復其主之讐 指一死而自讐 歷三歲而不懈 苟非根天忠義 豈如是耶
蹟其前後事實 雖與「古」之忠臣義士 生幷其名 死同其傳 書已無愧 豈非有是
主有是奴乎 主立其節 奴效其忠 竊付史氏牽聯得書之法 玆又尾陳乞 幷賜褒
賞 俾世之人 知奴主之義 幷列三綱 則其有裨風教 大矣 是白乎旀 金鼎源段
誣錄之作 雖出爲子減死之計 其書旣已現露 則亦不可以父子幷勘爲嫌 而置
之勿問 是白乎旀 李廷敏段 腸肚相連於祖述 路線暫通於官家 朴氏之至寃
因此而未雪「祖述」之凶計 因此而將出 其時 榮川倅之誤了 皆是廷敏之所爲
則論其罪狀 不可尋常處之 是白乎旀 鄭弼周段 符同廷敏 買囑逼殺之誣 同
聲和應 同心排布 其設計之凶慘 無異於廷敏 是白乎旀 右三人「方」在臣營

獄 從重科治此(計)料 是白乎旀 其時 榮川倅尹彝鉉段 酷被廷敏之所誣 畢竟
(境)朴氏之爲朴氏 祖迹之爲祖述 則豈非該倅不善處之失 不容不重勘而前
道臣已爲論啓 姑不與(擧)論 是白乎旀 金厚京·朴坤守·林在悔等段 旣皆
輸款 幷押付原籍 官使之遠發配所 而金鼎源段 忽地逃避 今方嚴飭 鎭營使
之刻期跟捕 其餘諸人 別無可問之端 一倂放送 爲白乎旀 原獄案段 別單馳
啓<緣由事>(爲白去乎旀).

37.

金化縣村人父子 往來兎山興販 金之距兎 卽<挾>(峽)路無人之境也. 一
日 買牛於兎山場市 駄數十兩錢而歸 父在前而子在後 其子年纔十四五歲
兒也. 行到一處 忽有一健夫 突出山凹處 刺其父殺之 又<欲>(將)殺其子
〃〃哀乞曰 吾卽是「兎山」某店乞「人」食兒也. 無父母兄弟 四顧無親 行乞
於店幕矣 此人給錢而要使驅牛同行 故隨牛來者也. 殺我何爲? 若活我 則
吾當隨君而爲卒徒矣. 未知何如(如何)? 盜漢乃許之 使驅牛同行 還到兎山
邑底 將賣牛於肉直家「方」論價之際 其兒忽爾高聲曰 此是殺吾父之賊漢
吾將發告于官矣. 願諸人捉留此漢也. 諸人大驚 仍縛其盜而其兒直入官庭
泣訴此狀 復其父讎「置之于法 余在洪邑 時金化倅 來傳此言 余聞而歎曰
渠」以十餘歲兒 猝當蒼黃之際 有此處變者 可謂有膽畧而然矣. 恨未<知其
兒之>(詳其)姓名矣.

38.

柳𡮐判誼 以繡衣 行嶺南 行到晉州 聞首鄕連四五等仍任 而多行不法之
事 期於出道日打殺 方<向>(回)邑底 未及十餘里地 而日勢已晚 又有路憊
偶入一家 〃頗精潔 御史遂升堂 有「一」十三四歲童子 延之上「座」其作人
聰慧「區處奴馬 使之喂之 呼奴備夕飯」人事凡百 儼若成人矣. 童子呼奴備
夕飯 御史問其年而且問是誰之家「則」答曰「十三 卽」是座首之家也. 御史「
又」<曰>(問) 汝是座首之兒乎? 答曰 然矣. 御史曰 汝翁今在何處「去了」?

答曰 方在邑內任所矣. 其應接極詳而敬謹 <御史>(柳)奇愛之 <乃>(獨)語
<於>(于)心曰 奸鄕<寧有>(有寧)馨兒云「矣」. 至夜就寢 忽有擾「之」者 驚
覺視之 則燈火煥然 前有一大卓 魚肉饌餌 酒果之屬 皆高排矣. 起而「訝之」
問曰 此何飮食? 其兒曰 今年家翁「之」身數不吉 必有官灾云 故招巫而禳之
此其所設也. 玆庸接<對>(待)客子 願少下箸. <御史>(柳)忍笑而<啖>(啗)
之 久饑之餘 <果飽喫矣>(腹果而氣蘇). 其翌日 辭而入邑「底」出道 拿入其
座首 數其「前後之」罪惡而仍言曰 吾之此行 欲「打」殺「如」汝「者」矣 偶然昨
宿汝家 見汝子 大勝於汝矣. 旣宿汝家 又饒汝之酒食而殺之 非人情也.
<遂>(仍)嚴刑<定>(遠)配而歸 <適値座滿>(柳台曾來家中)而說(道)其事
曰 巫女禱神 亦不虛<也>(矣). 殺座首之神 卽我也 而以酒肉禱之於我而免
「其」禍云. <滿座>(盡覺)絶倒「云爾」.

39. 背恩儂

大明萬曆間 朝鮮人李姓者 爲使行伴倘 入中國 將欲興(?)販於江南 而李
生本貧寒者也. 無以■(爲)興販之資 計莫之遂矣. 同里有富商者 以千金貸
之曰 於君返程之日 利息與吾共分 可乎? 李生喜而諾之 遂寫文券而與之
卽■(臨)行 隨使登程 行到江南 安於舘舍 此時 適値新正 百隊停旗 新市初
開 諸商賈紛紜買賣於東西市肆 李生亦交易 其間剩得爲萬金 李生留於舘
舍 以歸期尙遠 或訪名山 或尋古蹟 以此排遣旅遊之懷 江南素稱大地. 山川
人物 繁華壯麗 酒肆娼樓 靑■金榜 令人留連 一日 李生探討勝槩 行到一處
則大道之傍 有特起高樓 朱甍聳空 畫棟入雲 李生往來顧瞻之際 忽聞自樓
中 淸歌一曲 引風轉出 眞遏雲之聲也. 適見樓下 有養漢的老嫗出來 李生招
而問之曰 此樓中美色 可得一見否? 嫗曰 是不難也. 此樓美人 卽吾之女 公
子若有意於此 聽吾指揮 可也. 李生大喜 以百金許送老嫗 〃〃邀李生而入
使之立於中庭 老嫗上樓 已而紗窓開 蘅璋微生 嫗手携一女子而出 倚立於
雕欄 出水芳蓮 恰露海棠 天姿仙態 雙眸亂緂 不能正視. 雖使龍眼 畫之丹
靑 不可得也. 不移時 嫗推其女入房 乃使李生出去 李生詰之曰 本約以百金

結緣 今乃一見而止 何其薄情也? 媼笑曰 百金適足爲一見之資 豈望再見
乎? 李生聞此 落莫太甚 然而一見其色 情慾已不可禁矣. 更以千金許之 媼
乃始欣然扶生上樓 坐於繡幕之內 使美人 改衣新粧 與生對坐 仍設宴樂之
珍羞盛饌 悉盡水陸之美味 羅幃翠被 窮極人間之華侈 終日罄歡 是夕 生與
美人聯衾 喜歡可掬也. 生自此沈溺於娼樓 歸期旣迫 信使返程 而生頓無歸
意. 靡日靡夜 惟與美人昵樂 日費萬錢 以爲供給之物助歡之需 未及周年 生
之萬金罄渴 更無一分繼給之資. 美人眷戀之情雖深 老媼知其財物之已盡
漸有厭飫之色 生至此 心切罔然 追悔莫及 一日 美人從容謂生曰 郎君以萬
金之財 費盡於一娼隻身 異國喫盡辛苦 豈可不憐之甚乎? 妾本良家女子 今
此老媼 卽妾之乳媼 妾生三歲 不幸父母雙亡 惟妾孩兒 子〃無依 乳媼仍稱
母養我 年纔及笄 以妾之身 許甲諾乙 汲引財物 利盡 則逐之 此等之事不
一而足矣. 妾實不樂爲 而力單勢蹙 空然爲娼女之身 心切憤愧 而無處訴寃.
今又售妾於郎君 攘盡萬金而日欲逐之 妾不忍坐而沁泄 玆設小計 潛買一
船 泊於江渚 欲與郎君 乘夜逃身 同歸朝鮮 永言配匹 白首偕老如何? 生感
泣而對曰 生我者 父母也. 活我者 娘子也. 吾以他國之身 投跡萬里 留連數
歲 東歸一念 不啻如矢 而山川脩夐 道路迫遠 囊乏一錢 無以致身 且無面
渡江東 到此地頭 有死之心 無生之樂 今娘子眷念 寔出望外. 深恩厚誼 殞
結難報 豈可以口舌盡也? 娘子豈有此意 則事貴神迷 不宜遲緩. 美人曰 自
有道理 愼勿出口. 相以某日夜爲約矣. 至其日 夜深 擧家盡宿 萬籟俱寂 美
人密開財庫 取出奇貨異寶等箱子 與生逃遁 至江渚 登船發行 恐有追人 不
計晝夜 倍道兼行 至屢日 到一處 忽見巷口 大船一隻 經遮去路 船中有一
少年 投下李生船 謂生曰 吾聞君之舟中有美人 故吾以滿船財物欲居之 君
意何如? 生掉頭曰 不可. 〃〃. 君勿復言. 吾與此美人相愛之情 篤矣. 永好
之盟 深矣. 且活我於垂死之地 濟我於甦生之域 恩莫大焉. 豈可貪財而背之
也? 其少年見生言勢之强拒 難動其意 且說且激 萬端誘之曰 子不聞富易妻
之言乎? 大丈夫豈可以一女子區〃之情 終不辦陶朱之富乎? 旣富 則佳人
美女 安往而不得也? 小不忍難大謀. 願君熟思之. 生本愚夫 安得免見物生

心之理也? 初有難意 低頭不言 反覆思量曰 吾以萬金之財 消融於此女 幾
未免生還故國 雖是老嫗之所爲 亦崇於美人 一則美人 二則美人. 今雖抽身
於我 實是爲渠謀身之策 本非爲我之計也. 同歸 何益? 若以彼滿財寶爲一
國之甲富 則豈不快哉? 遂許諾. 其少年大喜 各寫文劵而相傳之時 美人見
其許諾 卽翻身投水而死. 兩舟之人莫不驚歎其節義也. 少年曰 死者 已矣.
吾何空失財寶也? 奪其文劵而焚之 倏然而去. 李生中路逢賊 失其美人之所
持來寶物, 終身丐乞而死.

40. 鬼幻

古壬癸年間 年事慘歎 而癘疫大熾 京城之內 死者幾乎十室九空 貧寒窮
困之類 不能掩葬 僵屍相續於道路 甚至以車擔屍 棄諸都門外如邱 惡臭觸
鼻 穢氣襲人 過者掩面慘惻 是年夏間月夜 破落戶閑良數十人 會於訓鍊大
廳 飮酒諧謔 騁高談 惹豪氣 座上一人出言曰 吾儕俱是少年血氣 天下無可
畏之物 然今此深夜 誰能出光凞門外僵屍叢中而還來乎? 言猶未了 有一人
應進曰 大丈夫死且不避. 況人死則爲鬼 〃生則爲人 〃鬼一理 更有何畏怵
之心哉? 吾往之. 諸人曰 若然 則吾輩諸人各出錢兩 大設酒肉 使君醉飽. 自
此知君之大膽出人上萬〃也. 其人欣然褰衣而出 諸人又言曰 君之往彼而
來 吾何的知乎? 裂紙作小標旗而與之曰 以此往揷其處屍首而來 則明日吾
等往看信標也. 其人卽持紙旗 越城而去 至其處 則萬山松楸 微月西沈 陰風
習〃 愁雲四塞 僵屍枕籍 腥穢之氣 人所不堪 其人雖自負大膽 毛骨竦然 滿
心慘惻 遂揷旗於屍首 方欲回還之際 忽聞松林間 有女哭聲 如訴如怨 其人
自思曰 此豈有人? 其或魑魅之所爲也. 吾當往見披屍 尋聲行到其處 則年
可十五六歲女兒 倚立松樹 飄散雲髮 且唏且哭 悲不自勝 淚流被面 形如帶
雨 梨花啼 春嬌鳥 以羅巾 掛着松枝 將有自縊之狀 其人見其景光 急赴解
巾 携來玉手 其女兒兩手推却拒之 甚肅曰 何處狂暴之子敢來相逼耶? 雖是
暮夜山中 豈無男女之別? 其人見其辭色之莊嚴 不敢强脅 退立叱之曰 汝若
非狐狸之精 必是魑魅之幻. 荒山深夜 實非人跡所到之境 則況汝小女兒 何

由在此彷徨? 其女唏噓半餉 乃言曰 吾是當今某丞相之末女也. 適以婚姻間 義不可之事 逃遁至此 方欲就死 今又不幸 與爾所不知男子 露面接語 累辱 太甚 死猶餘恨. 仍復掩面悲啼 其人聞此 始知其實狀之明的 自念於心曰 吾 是窮措大 無勢賤夫. 若活此兒 納於丞相 則其受報必大矣. 卽携其女 背在 脊樑上 還爲越城 直向丞相宅 叩門而呼奴曰 吾有切緊告達事 卽爲仰禀於 相公也. 其奴答曰 吾之相公 夕間失其愛女 方在悲惶哭泣中 豈有接客迎賓 之暇乎? 其人曰 吾探處女去處而來 以此告達也. 其奴聞之此言 慌忙告急 不移時 丞相親自跣足而出 其人仍納其女 丞相顚倒抱持 率入內間 其人在 外遙聞 則悲喜之聲 鬧鬧如沸 小頃 丞相出坐外軒 召其人 〃〃進前拜謁 丞 相曰 君是何許人氏而從何率來吾女也? 其人俯伏而對曰 小人閭巷間微賤 武夫. 適因事段而往某處 如此〃〃而來矣. 悉陳其顚末如右. 丞相嗟嘆良久 曰 今君見孺子之入井 輒出惻隱之心 匍匐相救 於我恩莫大焉. 若非君之大 義 則其死丁寧 響德懷恩 無以酬報也. 然君是與吾女所昧之少年男子 於暮 夜之中 抱負而來 則此女不可更適於他人 今以吾女歸於君矣. 其人惶恐退 遜曰 大監公侯巨族 小人微賤流 門戶懸殊 人品層隔 相公何出此非分之敎 也. 小人不敢承命矣. 丞相曰 吾意已決 君勿復言. 遂涓吉納聘 贅而爲壻 登 武科 以丞相之婿郞宣薦 數年之間 超階越等 自邊地防禦使爲平安兵使 恩 寵隆重 功名日盛 後除江界府使 一日 與夫人同寢於內東軒矣. 此時 訓鍊院 諸惡少輩 苦待其人之■(還)來 鍾鳴漏盡 東方向曙而渺無形跡 諸人相謂曰 此人敢出大談而去矣. 無乃爲魍魅之所壓乎? 諸人卽齊往其處 見之 則標旗 宛揷於僵屍叢中矣. 諸人曰 旗旣在此 來則丁寧矣. 遂尋其去處 則荒阡亂陌 之中 墳塋頹落之傍 有人抱朽骨一片而堅臥 卽其人也. 諸人大驚呼之 其人 蓬頭亂髮 白着眼 揮兩手而言曰 雖是情交 豈可遽入於與夫人同寢之室乎? 太甚無禮. 速〃出去. 諸人乃知爲魍魅之所迷. 遂抱出其人 則氣已絶矣. 諸 人■(急)以藥物灌之 食頃乃甦 諸人問其故 其人悉陳其首尾, 嗚呼! 鬼神之 德其盛矣乎?

41. 富翁

大明洪武間 江南有一富翁 財産之盛 甲于天下 而生子一十八人 分掌家
事 有若一國之三公六卿各宰 以吏戶禮兵刑工之任 富翁閑在家中 惟以詩
酒絲竹爲樂 其衣服飮食居處之窮極華侈 不可殫記也. 家中若有某事 諸子
各以其職稟過 則但頷之而已. 身無所營 平生未見皺眉事矣. 此時 天子聞之
自念於心曰 一天之下 富貴行樂 吾當爲一人 而今此閭巷微物之完福 反勝
於天子 其殷富之瓦 無思無慮 高臥養閑 與吾一日萬機宵旰不寧 望之若仙
豈佛痛憎乎? 吾當使此漢 終身憂慮 不得穩享此福矣. 卽遣使 召富翁 〃〃
乘馹上來 待詔闕下 天天(子?)使之朝謁 設宴而餉之 天子曰 朕素聞汝之多
福 故嘗欲一見矣. 仍問其行樂之事 天語密爾 欽歎不已 以碧玉扇墮賞賜曰
此 朕在太子時所愛玩之物 以此賜汝者 以表其多福 此後更有推尋之日矣.
富翁稽首祗受 藏於懷中 謝恩而出 乘船還發 向江南而來 忽有一人 掉一葉
片舟 下富翁之船而致賀曰 聞君引見天陛賞賜寶玉 曠絶恩渥 人所羨艶 請
見賜物以耀人眼如何? 富翁曰 吾以遐方賤氓 特蒙聖天子不遐棄之洪恩 半
日侍宴 重蒙賞賜 榮莫大焉. 然而天子賜物 不可容易奉玩於人矣. 其人勃然
曰 君賜之物 理當誇耀於人 以光聖恩 而今乃隱諱 不見有若衣綉夜行 此豈
臣子之道耶? 富翁不得已出諸懷中 使其人暫玩 其人雙手擎玩 熟視良久 忽
擲於水中而投下 其小船若飛而走. 原來天子暗使中宦 賺投其扇墮 使富翁
懼於罪科 勞心焦思 不得安樂也. 富翁失此扇墮 魂驚膽落 如醉如痴 無奈何
之矣. 遂歸江南 垂淚謂諸子曰 今吾命若■露矣. 悉陳其事狀曰 他日天子有
還納之命 則吾當死矣. 此實富名所招 堯所以辭封人之祝 良由此也. 自此寢
食不安 不病而自病 不痛而自痛 潛消暗削 便成膏肓之疾 廢食呻痛 百物無
味 諸子婦四求水陸之珍味 以適其舅之病口 一日 得鯉魚 欲作膾 以刀割腹
有美玉一片 從刀而出 原來此玉投水之際 爲此魚之所呑也. 其婦甚異之 獻
於其舅曰 此玉得無近於所失之玉乎? 富翁受而見之 則果其扇墮也. 富翁滿
心驚喜 諸眷歡天喜地 聲聳一家 遂以彩帛裹之 深藏篋笥 富翁自此心神漸
安 憂愁快弛 厥疾尋療 雲捲靑天 縱酒歡樂 益倍平日 後十年 天子曰 此漢

失其扇墮 過用憂慮 必不能枝梧也. 復遣使召之 富翁抱玉懷中 承命上來 天子大張威儀 引見於正殿 富翁鬢毛雖變 滿面和氣 少無愁慽之色 天子心甚怪之 問曰 朕十年前有賞賜之物 汝其識否? 富翁俯伏 對曰 其時 蒙恩之物 今在懷中矣. 天子尤疑其言 使左右還納 則玉果無恙矣. 龍顔忽變 天威震疊 卽命武士 推出中宦而斬之 富翁擡頭見之 則乃奪玉投水之人也. 富翁至此 始知天子所使■(爲) 進奏其首尾如右 天子大驚異之. 遂敕中宦 笑謂富翁曰 朕使此中宦瞞投其玉 欲使汝久用憂慮也. 不意今日汝能完碧而來. 汝之完福 殆天之授 亦非吾人君之所能沮戲也.

42. 設計占山

嶺南聞慶縣 有兄弟二人 遭父喪 雖欲求山 未得地師 方以爲憂矣. 一日其兄謂其弟曰 吾聞沙門名性之者 堪輿之術最妙 盖無學後一人也. 而今爲勢家所招 明日乘藍轝 過鳥嶺云. 大名之下 本無虛士. 想此人必有神術 然而如吾鄕曲賤氓招致無路 流涎奈何? 恨歎不已 其弟曰 若然 則事可諧耳. 其兄曰 有何良策乎? 其弟曰 如此〃〃 則性之不招而自來也. 其兄大喜曰 此計甚妙. 〃〃. 翌日 兄則往鳥嶺下 弟則往鳥嶺上 各住要路以俟之 所爲性之者 着白衲 乘藍轝 左右顧眄 意氣揚〃 趁從擁■ 擬於官行 其弟 則本是力士也. 在嶺上 見性之之來 以怒目睨視曰 汝是何處頑僧 敢使俗人擡着藍轝乎? 太甚頑惡 殺母敉狞 然來赴其鋒 莫當■ 左右趁從者 拒不能■ 皆望風奔潰 其弟折其轝杠 橫拖倒曳 亂打性之 渾身流血 幾乎絶聲 又忽有一人 身着衰衣 自嶺忙步而上來 卽其兄也. 佯若不知 叱退其弟曰 此僧雖頑 汝是喪人 豈如是傷人乎? 汝亦頑悖 殺母敉者也. 乃飛足而踢其弟 〃〃佯走了數十步 蹶然仆地 其兄又作追趕之狀 其弟因走入山間 其兄謂性之曰 大師宜乎逢此辱矣. 旣爲山人而何必乘藍轝乎? 若不逢我 則殆哉! 〃〃! 其人已去 大師往其所歸處. 吾亦從此逝矣. 性之曰 知罪. 〃〃. 幸逢活佛 僅保一縷 而滿身被傷 跬(?)步難動 喪人主去後 其人若再來 則小僧必死矣. 伏乞喪人主特垂慈悲之心 更救殘命 則豈不爲終始之澤乎? 喪人曰 旣如是 則

大師隨吾而來. 性之起身而謝曰 幸不棄我 則雖死必報矣. 喪人遂率來 留諸
客室 藥物治療 素饌進饋 待之甚厚 性之深感其恩. 方思報效之策 數日後
其喪人曰 大師今則痛勢少愈否? 性之曰 渾身已快矣. 喪人曰 吾遭親喪 而
尙未占山地 故今方作求山之行而接客無人 願大師歸了所歸處如何? 性之
自念曰 主人之大恩 從此可報矣. 答曰 小僧長於山水 略知山理之粗粕 請偕
往定一福地如何? 主人大喜曰 大師若有此術 肯指葬親之地 則可謂生死難
忘. 性之曰 俗語云 一夜之宿 報以萬里之城 況受再生之恩而何憚乎少勞
也? 遂與喪人 行到一處 周覽山脉 坐一處而謂喪人曰 美哉! 此地山明水麗
龍飛虎蹲 若用此地 則必當代發福, 百子千孫 可謂百無一欠之地也. 然在喪
人主 則必不可用 可惜! 〃〃! 喪人曰 何故也? 此山勢長氣雄 若非有兄弟
者 葬其親 則當年內 主喪必死, 今此喪人主 卽是獨身云 何可用之乎? 喪人
心內大喜 謂性之曰 是乃無妨也. 古人有云 朝聞道 夕死 可矣. 今吾若■葬
親於吉地而雖夕死其身 亦無餘恨矣. 苟欲爲親 靡不用極 一死何足道哉?
性之再三挽之 更欲之他 喪人以大言折之曰 吾意已決 但請大師須卽裁穴
可也. 性之見其意甚誠 謂喪人曰 喪人主之此擧 寔出於至孝之誠心 小僧不
敢再言. 遂等時裁穴 擇日穿壙 置柩於橫杠木上 方待時下棺之際 忽有一人
具衰服 曳喪杖 自山下上來 伏在柩傍 大聲哀苦 性之心甚怪駭曰 吾聞主人
終鮮兄弟矣. 今此喪人是誰也? 進前見之 乃嶺上打自家者也. 性之始飜然
大悟其見瞞 自生羞愧之心 笑而顧喪人曰 猛(孟)浪! 〃〃哉! 喪人漢! 其喪
人亦笑而答曰 吾若不用此計 則汝能爲我占山乎? 性之更無答辭 但言孟
(猛)浪. 〃〃. 不告而走.

43. 設卦捷科

　　古有一儒生 年五十 屢擧不中 如干家山 幾盡消瀜 赴擧於往來儒所 餘者
只有百金許家垈而已. 又聞有除初試庭試云 將赴擧 而行資難辦得父 亦難
豫料 聞有明卜 能知已往未來 判決如神將 欲質問科數得失 斥賣家垈 剩得
百金 都佩其數 往尋卜者曰 五十窮儒 欲問今科之吉凶 以此百金 聊爲問卜

之禮. 因悉陳其科數蹇屯之狀 傾家破産之由 卜者曰 精誠所到 金石可透 請
虔誠設卦以質神明 固於子 夜半 焚香跪坐 致誠默禱 占得一卦曰 科數 則
必得無疑 而但用人謀 然後方可諧也. 儒生問其詳 卜者曰 上京入場時 必於
丕闈堂杏樹下捉接 而其杏樹下一丈許可攀之枝 當有江鷰之巢矣. 不必掛
念於騰題製文等事 專心射目於其江鷰巢 鷰若飛入厥巢 卽踴身手擢 而若
有人爭奪其鷰 必勿見失而若至危急之境 呼訴於試所 以此人欲奪他人之文
云〃 則自可得免 而其捷科 必在於此鷰矣. 儒生如其言 入場見之 則杏樹上
果有鷰巢 而其下已有先接者 嚴加禁斥 不許近坐 儒生多般哀乞 僅得單身
坐着一邊 只望鷰巢而坐矣. 懸題後 半餉時辰 忽有一鷰飛入巢中 儒生踴身
一躍 取其鷰 傍邊有一人 輒起爭奪 儒生匿鷰於袖中 放步而走 其人所追
幾乎不免 儒生又如卜者言 呼訴於試所 則其人不復追來 儒生仍避身於■
庭遠僻處 取鷰看之 則足有小紙繫書 乃表一首 而製述甚工 儒生心內大奇
遂寫呈券而出 及其坼榜也 乃鬼捷壯元矣. 三日遊街後 方欲下鄕 有一老儒
來見致賀 乃當日爭鷰之人也. 其人問於壯元曰 君何以知鷰足計耶? 今則君
已捷科 幸勿牢諱 盡言其所以如何. 壯元曰 亦莫知其詳矣. 但赴擧日 往推
科占 則卜者曰 若行如此〃〃之事 則必捷科云 故吾但依其言試之 則果如
其言矣. 君則有何所知而欲奪其鷰乎? 其人嘆曰 然則數也. 吾亦屢擧不中
故今科 則取巨擘以五百金爲潤筆之資 而置諸試所近處舘主人家 設場前日
善捉杏樹抱卵之鷰 付之巨擘 當日入場時 吾捉舘主人家 抱卵之鳩 袖而入
場中 捉接於杏樹鷰巢下 騰題繫鳩足而揚誌 厥鳩飛入其巢 則巨擘捉鳩見
題後 製文繫鷰足而放之 厥鷰又還入其巢 則吾捉鷰書呈 以此設計矣. 今著
龜神明 助君先着鞭 亦復奈何? 兩人與之笑罷.

44. 綠林客

湖下有一班族巨富 良田廣宅 馬畜彌滿於原野 婢僕盤居於籬落 乃積乃
倉 稻■陳〃 金帛相仍 而其衣服飮食什物 器玩之華侈豊肥 不可殫記也. 四
圍高墻 巡哨備盜 有若金城千里 飛鳥難越 一日 主人閑坐看書 忽有一少年

着青袍 乘蹇驢而來 衣(儀)表鮮明 狀貌俊雅 宛是京華士大夫家子弟也. 下
馬陞堂 與主人揖讓而坐曰 家嚴出宰某邑 方作覲行而旅店窄陋 故欲借貴
宅一宿而去. 仍呼奴 進行中酒壺饌盒 與主人對酌 仍誦路中所作諸句 文辭
爛熟 調格淸逸 與之論評 連到幾杯 酬酌之際 因問洛下消息 以至縉紳間時
耗 對答如流 言論豪俊 主客相得 娓〃不已 殊不覺日之夕矣. 守門奴入告主
人以閉門 客曰 吾之行中卜駄未及 率來者必趁晚追來矣. 姑勿閉門 以待其
來如何? 主人分付如其言矣. 到二更時辰 有健壯軍百餘人 各驅馬匹而入
盡縛其主人家奴僕 無一箇走失 仍齊進拜謁於其客曰 一從將令而來矣. 主
人始知其盜賊 心驚膽落 罔知所措 其客笑謂主人曰 吾是綠林客 欲取主人
家錢粮以犒軍卒而來矣. 君是一國之甲富 雖失傾家之財 旣有千頃之田 不
多年內 自當復舊 君其許之否? 主人不能出一言 但稱唯〃 客曰 然則士夫
家內外自別 主人先入內間 使婦人輩避匿 然後吾當入矣. 主人亦唯〃而入
移置其妻孥於後園別堂 使徒黨 傾盡倉庫 搜及篋笥所排什物 牛馬器玩之
屬 一〃搬出 堆積於內庭矣. 仍問於主人 凡人之家 或有之錢而難辦者 亦有
多年而經紀者 如此者 必入於此中矣. 主人若言之 則當還■(充)矣. 主人戰
慄而答曰 果有, 〃〃. 客曰 何物也? 主人曰 家有及筓之女息 婚日旣迫 而
婚需悉入此中 是乃有錢而難辦者也. 客令左右 還其婚需 主人置諸一邊 頓
首致謝 客曰 此外又有何物乎? 主人曰 堂上有八耋老親 而氣息奄〃 朝不
慮夕 而一襲壽衣 亦入於其中 是乃多年而經紀者也. 客又令左右 還其壽衣
卽竦身改坐 令左右 捉下主人 伏于階下 厲聲大叱曰 汝士夫家子弟 則不知
爲親愛子之輕重先後 先言婚需而後言壽衣 倫理倒致 行若狗彘 厥罪何遽?
遂決棍三度後 卽令赦之 上堂 親自執酌壓驚曰 此亦朋友責善之道也. 幸勿
見怪. 主人慘愧無言. 膝席謝罪而已 時夜將半矣. 客卽令徒黨 分排其許多
財物 悉載牛馬 又分付曰 汝等領此物 先往某處. 其徒黨 各自聽令而退 客
與主人 出坐外堂 俄已野鷄催唱 東方向曙 客自度其徒黨已遠去 乃告別主
人曰 從此更無重逢之日 悵不可言. 遂乘驢而去 主人始收拾驚魂 出看外廊
奴僕輩皆縛倒地上 駒〃之聲浪(狼)藉矣. 急解其縛而救之 則半生半死 少

頃皆甦.

45. 康節秘蹟

宋邵康節 臨終作囊書 密封與子孫曰 此囊有吾秘機 愼勿開見. 世〃相傳
至吾玄孫 然後有犯罪必死之境 臨刑始爲坼見 可也. 其子孫謹受其遺敎 自
二世三世 至于五世孫 果有犯重罪 臨刑始坼其囊書 則囊內又有緊封 寫其
面曰 此封爾勿自開 獻于法官 而亦勿上廳 使法官下庭坼見也. 其人乃告于
法官曰 小人卽邵康節之玄孫也. 而康節臨終時 有遺書在此 願一下覽也. 法
官曰 第上之. 其人曰 又有所囑 愼勿上廳云〃. 法官以爲古昔哲人之秘語
安得不從? 遂命停刑 卽親自下廳 才【纔】下中庭 忽然霹靂一聲 廳事頹壓
法官回顧 則俄者所坐之軒牕 已爲糜粉矣. 法官與左右 皆毛骨竦然 不覺骸
汗之沾背 坼見其秘書 則曰 救汝壓樑死 活我五代孫十字 法官始知下廳之
說 乃是救我死也. 敬服神明 深感再生 遂除肉刑.

46. 奇遇父母

南中有一人 家計甚豊 而不育子女 五十後 有娠生子 全愛玉憐 以爲暮景
掌上之弄矣. 纔保五六■ 夜遭暴客之變 擧家搔鬧 婦女輩各屛身避匿 未及
■(收)其兒 賊退後 卽出尋覓 則已無去處. 其父母大加驚慘 晝夜呼哭 幾乎
喪明 其時盜賊突入內堂 搜探衣衾什物之際 厥兒褁在衾裏 而賊亦不覺 暮
夜之中 取道忙步而走 因墮落於林中 天明 有一行客過去 忽見路傍林邊 有
一赤子委臥 其人怪而細審 則渾身濕 奄〃幾盡 雖不知其緣何棄之而不勝慘
惻 遂取其兒 抱在懷中 以溫其身 半餉之頃 始能啼哭 而似有飢乏之色矣.
適見年少婦女過其傍 其人呼其女 具述棄兒之事曰 惻隱之心 人皆有之 請
乳之 一飽枯腸而活之也. 其婦曰 吾不幸聞此 不覺酸鼻 何惜一乳乎? 卽受
其兒 抱而乳之 其人又曰 此兒雖在襁褓 骨格甚豊厚 多自收養之心 而吾乃
鰥夫也. 乳道沒策奈何? 今若又棄之而去 則其死丁寧 可謂爲德不卒 今子旣
乳而活之於此兒 恩固大矣. 然而仍爲收養 以終其德 則豈不爲積善之人耶?

其婦曰 吾亦爲孀有年矣. 夫死家債 難容一身 實無收養之路. 其人以辭挑之
曰 然則孀寡相遇 豈非天緣耶? 婦初似强拒 終乃含羞曰 幸不棄我 則永奉巾
櫛. 其人大喜曰 吾兩人旣爲夫婦 則此兒可養. 是鰥寡孤 各得其所 豈不美
哉? 遂相率而歸 仍與居生 光陰流邁 於焉間 其兒年至十五 爲人俊雅明敏
又能文善寫 其夫婦鍾愛甚篤矣. 其兒嘗受學於同里生員家 聰明過人 一覽
輒記 其生員心甚奇之 嘗戱之曰 汝應非乃父之子. 乃父之子 豈若是也? 其
兒常厭聽其言 乃言於其父母 〃〃責之曰 乃是戱汝耳. 汝非吾子 則汝乃從
天降乎? 從地出乎? 是誰之子也? 其兒雖然其言 猶不快於心矣. 其夫婦自生
疑慮 相與私語曰 兒非吾子之由 生員豈有所知而然耶? 市虎成於三傳 此兒
之心若變 則奈何? 兩人同(?)嘆不已. 時其兒適在窓外竊聽 始知的然非生父
母 開窓突入泣拜曰 小子旣是螟蛉之兒 則生我者 又何處在? 願父母無惜一
言之敎 以快我子之心. 其夫婦聞此 五內慘沮 不覺垂淚 而亦不可牢諱也. 汝
之生父母 吾亦不知 昔日吾夫婦 適因事 過某處 汝生髮未燥 棄在林中 而命
在頃刻 故吾夫婦憐其人生 仍收而育之 辛勤撫養 慈愛之情 實逾已出 以來
十有五載 汝枝幹頗壯 儼成巨人 吾夫婦不勝喜幸 欲托後事矣. 神妬鬼猜 事
端綻露 汝心已變 十五年之養育 終歸於虛矣. 雖然汝之生父母 實無蹤跡可
知之路矣. 其兒泣訴曰 然則父母之洪恩盛德 實逾於生父母 而人生天地間
不知天倫之親 則烏得無罔極之心乎? 伏乞父母俯察此罔極無涯之情 特賜
數年之暇 則雖磨頂放跡 必尋生父母而後更侍膝下 死無餘恨矣. 其夫婦曰
汝言旣如此 則吾何强留? 任汝爲之而惟望歸來之疾也. 其兒拜辭而出 或東
或西 便同捕風捉影 將及周歲 萬方尋覓而莫無聞焉. 嘗寓宿寺觀 有一老僧
怪其兒之行色 一日 從容問曰 秀才果是誰家姊弟而緣何旅遊留連乎? 其兒
垂淚而具告其由 僧乃慘然曰 人生世間 不如意者 十常八九 而冤抑窮天之
痛 無過於此矣. 某粗解卜術而先泄造化之機 故未嘗爲人設計矣. 今聞秀才
情景 可矜而至誠可佳 某爲秀才質問神明. 乃虔誠推占曰 秀才從此上京 則
某日必到. 其翌日晨往崇禮門等候 則門初開而必有柴艸五駄入門 而其中又
有眞荏一駄同入矣. 隨其荏駄而去 待其盡賣 而但餘一箇而喫此一箇者 卽

秀才之生父母也. 其兒大喜 厚酬其僧 如其言上京 翌日曉頭 往候南門 則門
初開而柴艸五馱先入 而其間果有一馱眞苽矣. 其兒隨往苽馱 則稅(?)於某
處而盡賣 但餘一箇矣. 其兒大異之 苦待其喫苽者矣. 忽有一婢子 挾筐而來
買其苽而去 其兒緊隨其後 往至某坊某家而入 其兒在門外窺覘 則有年可六
旬老人 閑坐外堂 見其婢 問曰 筐內有何物耶? 婢擎進其筐 老人取其眞苽
乃喫之 其兒心甚着急 卽入陞堂拜謁曰 敢問丈老貴姓. 老人曰 吾姓某氏也.
又問曰 丈老貴胤 幾兄弟而本居於洛中乎? 老人唏噓曰 吾本南中居生而素
無子女矣. 晚生一子 見失於火賊 仍移居于此者 爲一十五年 而兒之存沒無
聞矣. 汝是何處誰家之兒而緣何來問也? 其兒聞其年數事跡 仍涕泣拜曰 小
子卽當日見失之兒 其老人驚喜抱持 相與大哭 絶而更甦 若逢泉下之人. 其
兒旣尋生父母後 又陪養父母 同居一室 事之如一.

47. 負心儂

古有金姓者 本以銀木廛爲業 其家産甚豊 適移家於南村 方修裝家舍 按
排什物 忽有一班家婢子 來乞淸醬少許 金曰 有何用處也? 其婢曰 某乃越
邊李生員家婢而生員主三日絶火 方在奄〃中 故欲得淸醬 和水而進之矣.
金聞甚惻憐 以米斗醬瓶及柴束與之 其婢歡喜 致謝而去 已其婢還携其所
與之物而來曰 吾生員主叱令還完 故兹以還納矣. 金疑訝其言 使其婢 復持
其物 偕往其家 則數間斗屋 茅茨荒凉 墻壁頹落 滿目蕭然 所謂生員者 曲
肱擁衾 堅臥冷堗 面無人色 金滿心慘然曰 吾將接貴隣 得聞生員之飢 敢效
漂母進食懿義 而生員何却而不納也? 生員難作喉聲之聲曰 吾今此食而生
更有繼食之物 則好矣 而實無可繼之道 又此飢死 便成朝三暮四 空蒙隣里
之恩 少連晷刻之命 於義不可 故厚誼 則可感而不敢受也. 金聞此 尤不勝惻
然 乃曰 然則吾當有繼進之道 願生員食此而生也. 生員始作氣而起坐曰 君
能若此而救吾濱死之命 則深恩厚誼 生死敢忘? 遂進食飮 金自此 仍繼給錢
米 每朔以幾何定例 其他衣服凡節 亦皆周給 如是者 五年 生員自是屢屈場
屋者 遂捨文取弓 俄登武科 卽入宣薦 其間許爹所入裝服諸具 金亦一〃替

當 如是者 又五六年 金之萬金財産 自爾消瀜 家計一空 子女長大 無路嫁
娶 只望生員之爲雄邑巨牧 生員入■八年 以門閥物望 超薦爲中和府使 金
歡天喜地 渾家相慶 府使將赴任 謂金曰 吾之保有今日 何莫非君洪恩大德
也. 從此可以圖報其萬一矣. 趁吾到任 須卽下來也. 金唯〃拜別 伊後定女
婚 與妻商議 欲求婚需於中和 遂出債治行 卜日登程 到中和 則府使欣然迎
接 慰其鞍馬之勞 使安歇於冊室 後數日 金從容言於府使曰 吾今定女婚 日
字在邇 妻孥懸望速還 不可久留於此矣. 婚需與過活之資 從速帖下如何?
府使唯〃半餉 擧筆題紙者 不過爲五十金幷魚束脯貼而已. 金驚怪詰之曰
以此些少之物 何以當婚資生也? 府使囁囁而答曰 吾新到此處 姑無持之物
力不能過此矣. 且婚禮厚薄 稱家之有無 多則多矣 少則少矣. 持此 則亦足
以過也. 金見其言 ■■如此 怒膽撑腸 抑塞無言 自念於心曰 彼乃吾家所立
而不負恩意 若是負德 當此時 恨不令此漢 仍爲餓死之鬼也. 但摧腸叩心 而
望絶計窮 狼貝(狽)無地 且欲不受其物而往來馬貰 旣爲出債 則亦無備給之
路矣. 忍憤含痛 更無所言 卽日還發上來 中路忽有着民笠一大漢 隨至馬首
曰 行次■(果)向何處乎? 馬夫答曰 上京行次矣. 其漢曰 吾亦上京之人也.
獨行長征 寂寥太甚 願與同行. 仍請於金曰 吾適有緊用處 暫貸一緡銅 則入
京之日 卽當酬報矣. 金如其言貸之 少焉又請一緡 金又貸之 其漢多買酒肉
或與店主及店中諸人 醉飽諧謔 或與店主 付耳密語 金察其行色 必是賊漢
自多背汗症矣. 至日暮 又同入店所 夜深 將宿 又請一緡 金大生疑懼 自度
不能保所持之物 乃取其囊橐 解示其漢曰 吾本貧寒之流 行中所携之物 只
此而已. 而將擬爲女婚之資 故君之所請 更不奉副 幸勿見怪. 其漢驚訝而問
曰 君豈非從中和來之金某耶? 金某曰 果是自中和來之某也. 其漢曰 然則
中和府使之所給物 盡在何處乎? 金悉言其府使辜恩之由 自家狼貝(狽)大
事 其漢大聲叱曰 天下安有背恩忘德之人乎? 吾本綠林中人也. 素聞中和府
使之蒙君莫大恩 意以君若到中和 則中和財寶 必盡歸於君 故吾欲取此而
待之矣. 今乃聞君敗歸之狀 血氣俱動 還爲囷(?)憐 仍謂金曰 吾當爲君籌策
生活之計矣. 遂與同行 至弘濟院 使金先送人馬入城 仍與入山谷間松林中

有健漢數十人 雜坐談笑 見其漢之來 齊起排現 有若軍卒之待大將矣. 其漢
請金上坐 顧謂諸人曰 此人卽從中和來之金某也. 仍言其薄待狼貝(狽)之事
諸人莫不憤然掖腕 其漢曰 吾輩旣是血氣男子 誓不令中和一分物到京. 此
等不義之類 何足顧惜也? 然而令此金某狼貝(狽)無地 殊甚矜惻 吾輩豈不
活出此人耶? 卽令其徒黨 取松林間 狀若草殯小斂者 以刀斷繩而解之 則盡
是財寶所藏也. 更包一卜 使金負之曰 持此 則君足可以過婚資生. 吾輩當以
中和之物代立也. 後當有相見之日 保重〃〃. 金僕〃致謝 遂還家 與妻孥備
說其事 數其財寶 則洽爲萬金 仍男娶女嫁 更始廛業 比前還勝 終爲富翁.
其中和府使 則所得官物 爲盜賊見失 後入貪臟 爲禁錮終身. 其後 十餘年
偶出城外 則忽有一壯大乞漢 蓬頭垢面 懸鶉百結 隨來扯衣曰 君能識我否?
金回顧看之 則乃中和路上所逢之人也. 金常願一逢 思想之際 見此恩人 且
驚且喜 涕淚交至 握手慰之曰 君緣何以至此極也? 其人唏噓曰 吾所狼貝
(狽)之狀. 實非造次可旣.. 盖吾事機乖張 拘入捕廳 重受惡刑 僅保一縷而無
處可歸 ■塞此迫 死生未卜 金聞甚惻然曰 凡人之吉凶禍福 莫非天命 君勿
憂焉. 吾欲與君同歸吾家而以乞人之狀 不可遽入城中 願君少留於此 則吾
先持衣冠而來矣. 其人曰 君眷念寔出望外 感思(謝)無地. 金曰 是何言也?
吾安敢忘昔日之恩耶? 卽忙步歸家 與妻孥 具述其事 持衣冠 具酒饌■(急)
往其處 其人已無去處. 尋至旅店 則其人鬂着金圈子 衣冠鮮明 風彩軒昂 趍
從之人 排前列後 威儀之盛 有若官行 金異之 詰之曰 君何如彼其變幻瞞我
也? 其人笑曰 吾所以變幻瞞君者 欲觀其衷情. 今君能憐范叔之寒 可謂知
恩之人也. 金進其酒饌 其人與金 一場醉飽 遂告別曰 自此遠跡城闉 更無重
逢之日矣. 各稱保重而散.

48. 積蔭有報

古有一士族秀才 於後園草堂 明燭獨坐 方夜讀書 淸凉書聲 因風揄揚 令
人可聽 忽有一女子 啓戶而入 年可二八 姿色殊絶 秀才心甚驚怪 而佯若不
知 連讀數篇 其女近坐案頭 趑趄囁嚅 欲語未語 秀才乃掩卷推案 竦身改坐

曰 暮夜深園 實非女子所到之地 且吾與爾 所昧平生 而本無平日之期 倘非
山魈 必是木媚 雖欲惑我 不可得也. 速退速退. 其女低頭 對曰 妾非魈未魅.
卽君之隔墻家女也. 聞君咿唔 深自愛慕 果有文君之情 乘夜相投 何其相厄
哉? 所謂隔墻家 亦士夫某家也. 秀才細問其世代宗族 然後始知其丁寧爲某
家女 據理責之曰 夫男女及時之慾 孰無此心 然必待父母之命 媒妁之報 故
鑽穴踰墻 國人賤之 況汝以士夫女子 自犯行露之戒 强欲相從耶? 其女被秀
才據理之責 大生羞愧 再不敢開口. 卽掩面而去. 其後 其女爲宰相之妻 終
(?)享富. 至老年而寡 有二子 皆爲諫官 秀才亦仕宦 位至三台 而告老致官
成趣園林 寄興琹書 一日 秀才散步後庭 見其子婦 倚欄晝眠 而風動裙開
肌膚幾露 秀才恐以婢輩之嘲笑 乃以所携鳩杖 掩其裙時 諫官家婢輩 適窺
墻隙 看作撥蜂之疑 以此傳播 諫官聞知 兄弟相謂曰 吾輩身作諫官 則此等
事蔑倫之類 不可不討理. 當上疏論罪. 是夕 兄弟相議製疏 至夜分 其大夫
人適登溷 見兩子所居之房 燈燭明煜 乃至其窓前 問曰 夜已深矣. 吾兒何不
着寢乎? 答告曰 某人有新臺之醜行 故今方上疏討罪而因製疏 至夜矣. 其
大夫人聞此大驚 卽突入房中 謂兩子曰 幾乎枉害賢人 ■人有氷玉之行 在
吾亦是恩人 爾何曾比斯人? 於是也. 吾之■情 今當說之 爾其銘心. 吾曾爲
處女時 果有如此〃〃之事 斯人之節行心德 於此可見. 今汝輩誤聽婢女之
妄言 欲害淸德之人 豈不有損於汝之前程乎? 且其時 斯人若以吾之過失 傳
播於他人 吾之身世 當復如何? 而汝輩亦從何而生乎? 思念及此 終身難忘
汝輩以事吾之心 事斯人 可也. 兩子失色無言 卽焚其疏草 自此朝夕來謁於
秀才 事之如父云.

49. 至孝感神

有一鄕居人 其親有膏肓之疾 萬方醫治 百藥無效 病勢轉劇 其人身侍湯
藥 衣不解帶 罔寢廢食 夙夜焦灼(燥) 禱天齋佛 無所不至 聞有一名醫在某
處 晨往訪之 於路上 逢一白衲 老僧拜乞施主 其人曰 吾適有親癠 今方訪
醫而去 蒼猝(倉卒)路上無物可施 請大師訪吾家而來. 僧曰 敢問其患候 果

是何症? 其人曰 渾身上下 別無痛處 而自然潛消暗削矣. 僧曰 此非世間庸
醫之所能知 勿煩訪醫而烹十餘歲純■(陽?)男兒 取汁而服之 則非但患候
之差 復可期壽考之無彊 而恐得之難矣. 其人意以爲浪說 回向數步 則僧仍
忽不見 其人大異之 卽還家 謂其妻曰 俄者吾逢異僧 〃以爲得純陽男兒烹
服 則有效云. 今爲親謂殺人 子義不敢也. 勢將殺吾子而進之. 君意如何? 其
妻曰 苟利於親 則奚惜一兒子? 且吾兩人俱是年少 安知前頭生幾箇子乎?
時其子做工於山寺矣. 其人■(急)■(往)招兒 比及山底 見其兒子 自山下來
其人曰 汝今緣何來? 其子曰 粮饌垂乏 故下來耳. 其父遂率其子還家 其妻
方湯水而待之 其父乃推擠其子於釜中而覆盖 火烈水沸 已作一杯羹矣. 其
夫妻相對 心骨如碎 不忍正視 小開釜盖 以手蔽目 取汁進之於其父 精神頓
生 口味乍開 連進其汁 病症快去 數日後 忽有一闍剌(梨?)來言曰 貴胤粮
盡 使小僧持來矣. 其人心甚怪訝曰 家兒今在何處? 闍剌曰 在寺中送我 故
來耳. 其人卽往山寺 則其子果端坐讀書. 其父驚喜交至 急携兒還家. 開釜
盖見之 則初無童男形體 有一大根童子蔘 熟濃爲滓矣. 隣里以爲感神之孝.

50. 妻是外人

　古有一人 以版築爲業 一日 築墻於某處 方移擲石物之際 有一班家小童
子 適遊其傍 忽爲石所中 碎首而死 其人恐爲人知覺 卽與其兒幷土築墻以
掩其跡 久後 其人與其妻子共坐 忽提起其兒之事 心不勝癢 乃吐情曰 吾昔
日有如此〃〃之事. 至今追惟 凜然可駭. 其子嘆曰 駟不及舌 外人在座 此
非討譏之地 其父曰 言之者 夫也. 聞之者 妻與子也. 須是同心一體之人 更
有何外人之嫌耶? 其子曰 妻非外人之嫌耶而何? 其父不以爲然 其後 其人
與其妻反目 又畜他女 其妻數與爭鬧 因憤極怨詈曰 夫也不良 若是其甚 故
打殺班家貴童子而雜築於土墻 是可忍 孰不可忍也? 其班家得聞此言 卽爲
捉來 究問得情 破墻覓屍 照法償命 噫! 莫將心內事說與故人知故人之戒
也. 此人所犯 係是眚災 則神明所燭 容有可恕內始 其子之見識 則豈至於此
耶? 自古丈夫者流 不密於女 屬傾身誤事者 往〃載籍 可不歎哉!

51. 楚玉善對

古有儒生一人 家甚貧窶 簞食瓢飮 猶不能繼 其至親有爲統制使者 生將
欲求乞 董具奴馬 艱關下往 留在冊室 數日後 統制使設宴于轅門樓上 隣倅
鎭將 皆以位次定座 衣冠鮮明 劒珮華麗 生亦以弊衣破笠 叅於末席 縱酒奏
樂 有童妓 名楚玉者 年方十五 花容月態 足以蕩人心而割人腸 此妓方行杯
次及生座 生亦是少年風情 一見其色 心頗愛慕 自忌把杯 仍執手 楚玉拂手
退坐 白眼視生曰 碌〃措大 敢執誰手? 若非兩班 則雙腮無餘. 生當此景光
頭髮衝冠 怒膽撑腸 卽欲搏殺而堅忍不語 卽起下 脫其弊袍 亂手破裂曰 吾
自今捨文就弓 十年間若不爲統製(制)使殺此妓 則誓不在此世間也. 仍買着
芒鞋單衣上京. 此時 統使適見座間無儒生 問之 則左右告以忽然上去. 統使
驚訝 使人追往請來 生堅拒不聽 仍爲上京 自其日 往慕華館習射 當年內
登武科 以地閥人望 進路煊奕 功名速就 果於十年內 除拜統制使 先時 統
營之人 已知儒生投筆意在殺楚玉矣. 及聞拜統使 一營皆以爲若失楚玉 則
營中之人移被其禍. 遂收楚玉 下獄嚴囚以待統使之赴任 楚玉言於營人曰
吾之父母兄弟 皆在此中 雖欲逃命 獨自安之? 新使道赴任之日 則吾必死
矣. 請使我出獄 少盡耳目之娛而就死 則死無餘恨矣. 營人悲憐其意 保受於
渠之父母而放之 統使發行赴任 滿腔一念 都是楚玉一身 行到統營 一營所
屬 遠出迎接 統使建大將旗纛 端坐駿驄 鳴鼓角 羅弓矢 兵馬排前列後 挾
途疾馳 有紅妓數十人 頭戴氈笠 身着戎服而行羅列 而所謂楚玉者 亦叅於
其中 統使埋忿之餘 追思昔日受侮之事 ■■耽視楚玉 左右觀者莫不唐荒
楚玉顔色自若 少無懼怵諸意 統使入坐廳事 受衆將校軍禮後 仍大張風樂
而進茶啖 方欲捉下楚玉 楚玉知其氣色 故自執酌 雙手擎獻 統使尤極忿怒
不受其酌 瞋目熟視之 楚玉仍退坐 斂袵正色而言曰 使道何固滯之若是也?
使道之除統使 實是小妾之功 當日轅門樓上 若不以褻謾辭激之 則■■其
間? 或捷升學 初而猶不可期必 焉能到今日之地位乎? 今使道不賞有功之
人而反視以仇讎 非君子之以德報德之意也. 且使道以統三道水陸軍大都督
如無洪量大度 則無以鎭壓衆心 奈以睚眦之小怨 不思發蹤之大功. 竊爲使

道不取也. 旋卽洗盞 更酌而進之 統使聽此 事理當然 辭氣峻激 舊讐新恨
自爾雲散雪消 遂受其酌而飮之 此時 衆目睒〃 莫不爲楚玉危之 及見受酌
之狀 一軍皆驚 已而左右獻守聽望記 統使乃劃楚玉 仍爲愛妾 遞任之日 遂
率來云.

해제 연민 이가원 소장 『파수(破睡)』

여기서 소개하는 『파수(破睡)』는 우리 야담학계에 그 존재조차 전혀 알려지지 않았던 야담집 가운데 하나로써 야담사의 견지에서 볼 때, 여러모로 매우 주목해야 할 자료인 것으로 생각된다. 『파수』는 그 제목으로 인해 일견 우리가 쉽게 접할 수 있는 『파수록(破睡錄)』 또는 『파수편(破睡篇)』과 같은 야담집들과 같은 계열에 속하는 자료인 것으로 흔히 생각하기 쉬우나, 그 면모를 검토해 본 결과 이들 자료들과는 그 성격을 완전히 달리하는, 전혀 관계가 없는 자료인 것으로 드러났다. 『파수』에 대한 보다 구체적인 검토는 뒷날의 과제로 남겨두고, 여기서는 간단하게나마 『파수』의 형태상 특성과 아울러 다른 야담집과의 관계를 거칠게나마 밝혀 두는 것으로 해제를 마칠까 한다.

『파수』는 이가원 교수님이 소장하고 있는 단권 단책의 필사본으로, 총 34장, 매면 10~13행, 매행 약 30자~40자 내외로 이루어져 있다. 군데군데 마모된 부분이 있어 정확히 판독할 수 없는 부분도 있으나, 그 대략을 아는데 크게 지장을 줄 정도는 아닌 이본으로 보여진다. 아래 첨부한 원문의 경우 해당 부분에 대해서는 ■으로 표시해 두었다.

『파수』의 형태상 특징으로 우리는 일단 해당 자료가 이원적 체재로 이루어져 있다는 것을 지적할 수 있다. 이것은『파수』의 경우 앞의 47화(이상 24장까지임)까지는 이야기들 간의 연결 고리가 없이 단순히 나열되고 있는데 비하여, 48화부터 81화(25장 이하 나머지 마지막장까지임)까지는 소재별로 해당 유화에 속하는 자료들이 함께 묶여져 있다는 점을 말하는 것으로써, 해당 소재를 들면 다음과 같다.[氣義 · 賄賂 · 諧戲 · 詭譎 · 猜忌 · 報應 · 寃枉 등이 그것이다.] 이런 점은 야담 자료집 내에서는 흔히 찾아지지 않는『파수』만의 한 특징이라 할 수 있겠는데, 이러한 현상이 일어나게 된 구체적인 원인이 무엇인지에 대한 해명은『파수』의 저작 상황에 대한 더 이상의 정보가 나타나지 않는 현금의 상황 아래서는 거의 불가능한 것으로 생각된다.

『파수』와 다른 야담집들간의 관계 양상이 어떠한지에 대해 결론부터 이야기한다면, 아직은 분명히 제대로 밝혀낼 수 없다는 것이 정확한 이야기가 될 것이다. 필자가 현재까지 검토한 범위 내에서만 나름대로 밝혀둔다면, 다음과 같은 근거로 해서『파수』는 그런 가운데서도 동양문고본『기문총화(紀聞叢話)』·『이순록(二旬錄)』과는 일정 정도 이상의 관계가 있는 자료집이라는 점만은 분명히 해둘 수 있다고 하겠다.『파수』소재 이야기 가운데 다음 20화 · 21화 · 43화의 경우, 많은 야담집들 가운데서 위에서 밝힌 두 야담집의 경우에만 공히 출현하고 있다는 사실로부터 그 점은 분명히 확인된다고 하겠다. 그렇다고 하더라도,『파수』소재 남은 자료들의 소종래가 현재까지 분명히 확인되고 있지 않은 상황 아래서『파수』의 진정한 가치에 대한 모색은 조금 시일을 기다린 뒤에 가능한 일이 아닐까 하는 생각을 하며 간략한 해제를 마칠까 한다.

▶ 부록: 淵民本 『破睡』原文

1. 李籤 高麗忠順王時人 生未朞年 能言能步 七八歲 已爲成人 十歲身長
九尺 鬚髮過腹 見者大異之 十三爲兵部尙書 嘗隨王行獵 忽有山猪 大如牛
咆哮直犯御座 變出蒼黃 人盡奪魂 復有一塊石 自空中而下 聲如雷 中猪卽
斃 王始得無事 尋石塊所從來 籤在三百步外 望見事急 以百斤石投之矣 王
勞籤甚懇 對曰: "若侍御座前 亦可生■耳" 遂辭於王曰: "吾東偏小 難容大
才 每常自韜矣 俄當事急 不得不試用 然今旣現露 決難保身 解印拜辭" 王
挽之 不聽而去 步踤如飛 度堅越嶺 俄頃之間 不知去處 王遍尋 終不得 後
智異山頂 人跡不到處 一僧攀蘿緣壁而到 見草堂數間 有老人 大驚而問曰:
"自居此地 世人曾無尋來 僧今何到?" 僧問'何爲居此' 對曰: "我乃李籤" 仍
問世事 僧告以歷二王世事■■如此 其間已近百年 籤歎曰: "當時若不來此
我作枯骨 久矣 惟願僧歸語宦海客 須作知機 無使蹈危" 僧歸傳於世人 〃
聞而尋去 已無踪跡 只留(有)草堂而已 悵然而歸 更不聞消息

2. 金慶之 麗末人 其父兵部尙書 年十餘 文章已成 且通五行 貌如冠玉
學止儼然 若老成 時吏部尙書有女 名譽藉甚 兩家成婚 人皆謂正合配耦 洞
房翌日 慶之忽眼盲口啞 手足俱不仁 兩家驚惶 醫藥終無效 仍作病廢 過二
年 一日曉忽起立 攬衣開目 呼家人曰: "有用處 急排酒肴" 家人喜且驚 問
其由 不答之 以酒肴掛馬 獨出去曰: "若有隨我者 事不成矣" 申〃言之 直
出都門 到十里路傍 獨坐橋下 日過午 有人騎馬 自遠而來 慶之出立 拱手
俟之 及到近前 慶之拜馬首 執馬勒 請告暫憩 其人辭以行忙 慶之懇乞曰:
"日色尙遠 而吾有可告之事 願須暫休 千萬固請" 其人始下馬就坐 慶之進
酒饌 叩頭涕泣曰: "切有哀慟事 將欲仰請 庶可聽納否?" 因自袖中 出一紙
以金慶之三子 放釋生活爲書 若如行下帖者 其人展見爲怪 慶之曰: "願賜
手決" 其人不許曰: "極是虛誑" 慶之涕泣不絶 萬端哀乞 若遭慘慽者 其人
始着押給之曰: "所言旣懇 故雖有所施 事極怪矣" 慶之百拜致謝 仍各罷歸

兩家人皆會 待其還歸 慶之歸以其紙付妻曰:"洞房初日 推君數命 生子三
人 皆爲貴顯 第三子 當騈命於一日之內 故究思趁吉避凶 則大運所關 可無
免禍之道 然人情終有所餘望 更欲細思 而目有睹 口有言 四體運動 則精神
不一 故爲治沉潛 故作向來狀 聚精會神 始乃究得此文書 而我則其前死已
久矣 惟君深藏篋笥 若當危急 持此以圖生 後果得三子 皆榮貴 及革命 三
子以前朝事 當同日 騈首就戮 母夫人 以其紙 納于上 〃見之 是昔年眞跡
並皆生之 蓋我太祖微時 出行郊外 還時 腹甚飢 賴此酒饌而療 且苦被其泣
請 雖知其虛謊 當時果有此許給 及覽納紙 不得不下施踐約矣

3. 世宗友愛至篤 讓寧大君 嘗告作妙香山之行 上教曰:"關西色鄉 須愼
之"讓寧對'以謹當奉教' 遂當行而若使女色 初不掛目 自無其患 預爲下令
沿路 自來往 路上一切禁女人 使不得現形 上下密旨於平安監司 使一妓 薦
枕於大君 而未還期前 厥妓先爲上送 亦勿使大君知之 監司雖欲試之 以女
色元不敢近前 故試策無路 甚愁悶之 有妓名丁香 年纔二十 姿色過人 善唱
善舞 冠於一道 自薦試當奉行矣 大君到平壤 入處客舍 座上寂無人 只有老
通引侍立 時當三月 春色無聊 只對墻角 〃有一小門 〃外皆閭家 適門邊有
猫兒 含肉塊 從墻而走 又有一少娥 淡粧素服 蒼黃逐猫 入門而走 通引見
之大驚 急〃下庭 逐出門外 叱責曰:"是何事? 將生大事"即復還來 俯首惶
恐 若將俟罪然 大君問曰:"女是何人而居在何處 而亦何以素服耶?"對曰:
"此是小人異姓四寸 而居在彼門外 十四出嫁 卽爲寡居 冤恨徹天 無異處女
父母慘憐 至今六七年 而姑未改適 生長閭巷 不識事體 未黯分付之嚴 犯此
死罪 惶恐〃〃"大君雖有素戒 春日空館 獨坐無聊之際 意馬午動 更問曰:
"與汝情分 果何如?"對曰:"與小人同甲 且渠薄命之後 倍加傷憐 以此無異
同生"問曰:"然則似當彼言汝聽 汝言彼聽矣"對曰:"然矣"大君十分赻趄
始曰:"夕後 汝招來否?"對曰:"常日雖彼此無言不從 深閨嚴堂 村女多㤼
招來似難 然分付鄭重 試當圖之耳"大君更申托曰:"旣云'無言不聽之間
則何難之有? 汝不聞金石可透之言乎?" 通引起伏而更對曰: "小人當極

力〃〃” 屢次往復 夕後 始艱辛招來 引入房內 百端含嬌 態度綽約 果是名
物 大君牽情雲雨 數日留連 別時作詩 書於其裙曰: “立馬河橋別故遲 生憎
楊柳最高枝 佳人緣重含新態 蕩子情多問後期 桃李落來寒食節 鶬鵠飛去
夕陽時 庭前賴有丁香樹 强把春心折一枝” 難勝繾綣 更留後約 大君始發行
妙香■ 監司密〃 馳送丁香於上 上留置闕內 以待大君之回 大君歷覽諸勝
還過平壤 尋思宿緣 惟俟日暮 監司故使前者通引侍傍 大君先見通引 大喜
之 殷勤賜顏 次欲問厥妹消息之際 見通引新持服帶 問之曰: “其間汝遭何
喪耶?” 通引愴然含淚而對曰: “行次離發後 某妹不知何疾而沈綿委床 十餘
日前 終至不起 已埋於綾羅島越岸矣 只與芳草春禽 殘花野卉爲伴 渠死血
屬 香火無人 故平日香奩資粧 出付永明寺僧 以作每年一度薦魂之計矣” 大
君聞 不覺慘然 更問曰: “臨沒有何所言乎?” 對曰: “別無所言 只於無人之
時 謂小人曰: ‘我雖出嫁 無異處女 因兄之敎 遂作卜夜之奔 偶結佳緣 誓不
他適 靑春薄命 造物多猜 今尋冥司 耿〃此意 欲因小人而告達 已恨此生不
得再謁 惟願地下相逢已而(而已?)’ 仍握手而歸矣 大君尤不覺慘然 淚水盈
眶而言曰: ‘雖欲爲文而祭之 事涉如何?’ 以物多數 帖給通引曰: ‘汝妹今旣
不在 以汝視作汝妹 帖物分半 汝用之 以其半備饌 汝須代吾 祭其墓 嘿以
我意迎(?)之’” 大君初計爲路儻 且爲丁香欲數日休去 及聞丁香之死 且聞
其臨沒可憐之語 意緖慘憺 只與通引相對 轉輾不寐 到曉 仍卽發行 每當靜
夜無寐 自難忘枕上矣 及還朝之日 上使宦侍 迎候中路 以勞行李 宦侍復命
還奏曰: “大君顏貌甚瘦瘠矣” 上曰: “是 丁香之故也” 及招丁香 敎以如
此〃〃 大君入闕 上携手 迎入大內 問‘行役凡百’ 復曰: “別時吾言 果能無
負乎?” 大君諱之 則欺君 告之 則甚難處 只屢次起伏 上命宮女 進酒以慰行
勞 大君受酌見之 則分明是丁香 而丁香 則已埋荒山 然目下宛然 見丁香
且感且疑 自然顏色變改 上謂大君曰: “此宮人知之乎?” 對以不知 上復曰:
“是 新進宮人 兄須試問其名” 大君依敎 問其名 丁香仰答曰: “大君豈不知
妾名乎?” 大君愈益疑之 上復使催問 大君緣敎更問 丁香告之曰: “我是丁
香 難忘宿緣 告于玉皇 復降人世 以待大君矣” 上大笑之 大君僕〃起謝 上

笑曰: "是我所教 論人 當以酒色外 且知今行 只有一丁香 更無他昕 踐約足矣 何如是多謝?" 仍使蓄之 生子 是古亭長 其子孫蕃盛 至今有之

4. 讓寧隱于狂 日以畋獵 遊宴爲事 孝寧逃于佛 以供佛 慈悲爲事 孝寧與僧徒 素食斷飮 齋沐淨衣 方設無遮之際 讓寧滿載獵獸 大張皮妓樂而到 孝寧跪告曰: "是 佛家所忌 行次紛擾 祝手敢乞 伏願俯此苦裡" 讓寧答曰: "生爲王兄 一國奉之 死爲佛兄 十佛供之 豈非樂事乎?" 爛烹山猪頭 滿醉新稻酒曰: "西方世界 極樂世界 未之有也"(秋江冷話)

5. 松都妓珍伊 姿色傾國 文藝尤奇 與徐花潭幷時 世謂'松岳精神 分爲男女' 花潭 則更無可言 珍伊 則惜乎其出於賤女也 珍伊嘗題品當時人物曰: "今世有三大人 乃栗谷松江西涯 栗谷眞聖人 松江是君子 西涯乃小人"〃 問其故 對曰: "吾閱人萬數 絶無可意者 惟此三大監 聲望藹菀 爲官一世 故平生所願者 只是三人 而栗谷大監 則養德山林 尤無得侍之路 嘗以爲恨 嘗於天使之行 大監以遠接使出疆 將過松都 雖草〃措身之士 不接娼妓 循例工夫 故初不生謁現之計 行次入舘 意外相見 使之近坐 賜顔退歸 茶喙 又當食時 亦賜祭飯 及當昏黑 欲爲出來 則又命勿退 談話亹〃 事機若將侍寢 心中十分喜幸 一邊且怪曰: '以此大監之正身如此 他尙何說?' 及夜深 命退出曰: '身當遠役 路億甚多 如汝名物 未免空送 可惜可恨 明早更卽入來' 承此分付 愕然失心 然无可奈何 終夜耿〃 待曉入來 未起寢 故彷徨窓外矣 知已到 招命逼坐臥內 其賜顔與昨一般 及當行次啓發 拜辭馬首 以來時更逢殷勤爲教 果於回路 一如前者 然終不許寢 見余者 屢日 如是眷愛 而終不犯者 獨於栗谷見之 盖其招見非愛我也 乃愛我才也 此 眞聖人也" 其後 松江亦以償相過去 心謂此大監 素稱怪剛 必不見余 亦非意相見 而第別無愛恤之色 余自謂雖幸蒙招見 望斷侍寢矣 夕命薦枕曰: "見汝名物 豈可空度耶?" 其還歸 亦如之 見吾者 不使虛送 男兒之例事 其處事 極甚光明 此乃君子也 西涯 又以使星過行 亦招見之 其賜顔眷注 一如栗谷大監 夕後 亦

命退去 余私謂'見余而空送者 當世惟以栗谷大監一人知之 此大監 亦能如
此 亦聖人也'及夜深 送通人 招致侍寢 早曉命退去 其處事 極不明 決以此
知其小人也' 其評論 可謂的當矣 又曰: "平生別無未亡人 惟徐花潭進士掛
念矣 居在同鄕 頻〃相逢 且於余 甚加眷愛 然不命侍寢 故余嘗嘲以無闎客
一日 命來宿曰: '果無闎乎?' 第不作房事 余又嘲以瘻疾人 又大動陽莖曰:
'果瘻疾人乎?' 然終不許薦枕 余又嘲曰: '是 頑然石矣' 笑答曰: '試看吾室內
果有幾子姓乎? 雪恥汝言 足矣' 余以此 終不能忘耳"

6. 蘆花 長城妓 姿色傾城 人一見之 莫不沉惑 以此本道守令方伯 過去別
星 多有駁擧 一新進名官 白於朝曰: "湖南因此尤物爲大弊 請往殺之" 仍下
去 先命牢囚郡獄 蘆花賂給獄卒 要於中路 淡粧素服 當夕陽半照 持一段紅
錦 半露玉手 臨溪浣濯 紅光素衣 相映於水面 夕陽粧出 一朶牧丹 令人奪
精 名官到夕店 思之銷魂 欲忘不能忘 欲寐不能寐 試問於通引曰: "中路浣
紗女 是何人?" 對曰: "此乃村女 而早時喪夫 年纔二十餘矣" 復問'汝當招
來否?' 對曰: "異官府之妓生 其肯從似難 第分付如此 試以極力" 少頃 還
曰: "掉〃矣" 名官更托曰: "當此暮夜 誰當知之? 更須往去" 如此往復 殆數
四 始得率來 若如艱辛者 厥女低頭燭下 皓齒乍露 朱脣半開 含態而告曰:
"身雖下賤 矢死自貞 一夕侍寢 如不更顧 自爲路柳 不免狂蝶之患 迫於嚴
命 今雖入室 難從侍寢" 卽欲還歸 其言其態 尤心目暗銷 名官見其起立 不
覺手抱女腰曰: "陽臺之緣鄭重 白水之言那忘?" 厥女始爲聽命 新情未洽
村鷄已唱 收拾裙帶 含態告歸曰: "丈夫一言 重於千金 固知不遺矣 粗解文
字 果得詩句 願得筆跡 以作發花合鏡之資" 自呼曰: "蘆花臂上刻誰名 墨入
肌膚字〃明 願使東流〃有變 此心不復負初盟" 露出玉臂 請書其上 名官取
筆寫之 厥女因告別而去 刻其臂以墨塗之 先歸長城 依舊在囚矣 數日後 名
官果到 大具刑杖 命捉入 而以爲不見尤物 閉窓坐 蘆花哀乞曰: "何敢請生?
願得一言而死" 仍上其臂 乃厥女也 非徒不能殺 亦沉惑留連 以此見廢棄
仍以不返 居於長城 亦非久死之 葬於蘆嶺 尙今有翰林塚 其相望處 亦有蘆

妓所居遺址 去來行人 指點笑傳矣

7. 金相公命元 以進士 叅東堂初試 讀會講 而潛奸隔隣宗班之妾 越墻來往 夜嘗見捉 宗班具刑杖 使跪庭下 詰根脚 公不告 其宗曰：“觀汝貌樣 似非常漢 胡自勘重刑？”答曰：“奸人之妾 是不義 盜且不才 有此見捉 如吾眞 可謂可憐 生亦何爲？”其宗尤盛怒 懸足施亂杖 方大喝示威 公之家人 見火光喧聲 自墻視之 乃公也 大驚急告于伯氏 〃〃是命運 時爲騎郎 其宗嘗欲納交 伯公自以名官不許矣 聞此 蒼黃往去 其宗怪其急來 出門迎喜曰：“深夜 何爲枉臨？”答曰：“彼在庭者 是吾弟”其宗大驚 親自解縛而扶上曰：“早知金進士 豈知(至?)此境耶？ 事機不測”仍戲曰：“讀會講而長作如此事 豈望得科？”答曰：“然 試看吾決科”其宗曰：“如是自畵 若得科 吾以此娥當納 如落榜 尊須間三日來謁如下人狀”答曰：“如約”其宗曰：“若登第 唱榜三日內來見否？”金亦許之 其宗出酒笑罷 公果得第 其宗曰：“此人固非碌〃者 必如約 盛饌待之”第三日果往 其宗迎喜 其翌日 大辦酒肉 盛粧厥女 謂以踐約 送于公 〃多請朋友 故俟日暮 設席於庭 使厥女 遍拜座中 言告其由 進饌行杯 團圝度宵 始謂厥女曰：“初雖相奸 後與主人相交 義不可更犯 彼雖踐約 我豈受置？ 第不留一宿而還送 則彼無送之之意 若復經宿於暗室之中 則吾亦有嫌 故好度庭中 兩義俱便”遂命還去 其宗亦以爲 旣與成言 又不受之 厥女居中無歸 屬村人 娶以爲妻矣 其後 其夫死於逆宰 厥女屬婢閣 而公時以玉堂 入■■酒 徑出送別 厥女於西郊曰：“初以不義犯汝 使汝不得保居 宗班致由此■ 皆由我而然 吾故贈別矣”金以是遭禍廢錮 十餘年後 復通顯 位至相國 ■宰相稱之 此雖家法之可戒者 金與其宗之風致 足可尙

8. 器遠謀不軌 所憚者 惟綾川具公 使其黃憲李元老 乘夜潛見 如不從 仍以剪殺之 兩人 則公之麾下 又力士也 公家有前後外門 而公所居竹亭 寂近於後門 袖鐵椎 中夜叩後門 急呼曰：“有事 願使道急開門”時國家安危 在公一身 夜不能寐 攬衣急起 欲親自開納時 別室房氏侍寢挽衣曰：“大監一

身之重何如 而彼是力士 當此深夜 何爲自輕?" 兩人催呼之聲不絶 公曰:
"彼必有事而來 何以處之?" 對曰:"入番巡牢 掩後捕之 明燭而問之" 公如
其言 使跪於庭下 兩人曰:"有秘事 願辟人" 公曰:"左右皆親兵 何諱之有?"
兩人知事去 盡吐來由曰:"事已急矣" 公馳到闕下 環甲據床 急吹天鵝 扈衛
宮城 令一枝 圍器遠家捕之 以變急 未及上聞 始復待罪 上卽命入侍 問其
得兩人由 公白其事 上曰:"雖是女子 義則君臣 戚爲至親" 招見自內 留置
屢日曰:"宜乎! 丈夫之蓄 命多賜田土

9. 鍾街堅平坊 里門內 卽具氏世傳之家 而本是永膺大君之宮家也 具綾
川 以大君之獨女壻 大君臨終 以所居第給之 子孫仍居之 其第傍有池閣 仁
廟沖年 受學於草塘【思孟 子】一日不通 草堂性本嚴 莊色無言 仁廟逡巡退
縮 不知際池閣 墮下池中 池水本淸澈 見低 忽變爲幽黑 雖澄滌 卽復黝黑
人頗怪之 及仁廟反正後 親臨池閣 追想向時盤泥之厄 命設欄軒 又於巷口
立里門 免巷■民役 使屬於具家 自是 人命池閣曰:"潛龍池" 壬辰之變 八
谷【思孟 號】爲海州牧 元廟與王妃 俱在任所 仁廟誕降於其時

10. 永安尉 性本守拙 出入不使辟除 一日 往鄭公之和家 一鄕人驅馬逼去
前導自語曰:"此乃盲者" 其人大怒 逐來轎子前 發辱說 尉謝乞以下人之罪
曰:"今當路次 還家重治" 然終不止 益詬罵 隨到鄭之門外 尤辱之 鄭聞其
喧聒 問故 下人對以俄者隨來都尉之人 謂欲入謁 閽者阻當 致有喧聲 尉始
言由曰:"來時受困 已無可及 還時必將更逢 方甚苦悶" 鄭變色 卽命捉入
尉大驚曰:"彼雖駁妄 其止之" 鄭不聽 卽捉入 跪庭而數之曰:"雖以大臣之
尊 莫不敬待 若位不同品 宰相以下 皆隱避 汝一鄕谷賤士 雙前導 平轎子
前 焉敢犯馬? 且隨後凌辱 至有謝乞 終不知止 如許人事 豈可以士子待
之?" 仍令曳髮 笞踵之 尉苦挽曰:"吾當避去" 憂悶形於色 鄭不聽曰:"如此
漢 吾當斷 以愚蠢無識之罪 尉終爲不自安 卽起還家自若 聞者皆以鄭爲爽
快 而都尉爲謹愼 古之禁臠之措心如此

11. 梧里相公 當廢朝 退去廣州村舍 主倅乃大北也 非有情於公 而爲公體
來謁 公初不欲引接 以爲旣來 始許見 而更慮後日復來 着簑笠 坐於田畔暴
(曝)陽下 主倅以帽帶 進拜草間 兩手據地 公致歡曰:"遠尋鄙人 厚意敦勤
窮鄕無他可啖 只有蠱醪 尊可無咎耶?"仍取大椀酌 勸沸熱麥濁 大臣手酌
之物 不可固辭 强以盡飮 公則屢年間居 已習於此 小無難意 彼則本不習此
且其來謁 非有誠 而飮濁後 口味漸極不好 火日炙背 草間暑臭 令人難堪
卽願辭歸 多般挽留 坐到夕陽 始許歸 其倅中暑瘇累日 幾死重生 更不來謁
公甚喜

12. 月沙家 昏朝雖無所犯 盖不洒 然擧義時 可罪者 預書爲冊子 玄白洲
亦在其中 而素與延陽 無異兄弟 然延陽 亦無奈何 反正日 禍機迫頭 延陽
謂玄白洲曰:"一依吾言 如此〃〃"時當深夜 外而八道 內而百官 皆改除
事在蒼黃 敎諭等製 無人猝應 延陽呼玄白名 使之應製 玄白左酬右應 無一
留滯 以此 其時凡干文字 盡出於玄白之手 且又長執延陽腋帶 不離須臾 如
此五日 延陽謂昇平曰:"李昭漢兄弟 將何以處之耶?"昇平嘿無所答 延陽
曰:"新賜敎諭草本 皆書此人名 當急使還收 焚其名 可無汚於淸明初治"昇
平亦復嘿然 延陽曰:"旣執吾腋 〃亦汚矣 不可使吾腋 留之須先斷此腋"昇
平始笑之 自此玄白得免

13. 趙淑媛 煽撓姜嬪 又欲謀害孝宗 孝宗處變得宜 仁廟嗜生鮑饅頭 嘗當
誕日 孝宗與仁宣王后 自東宮 親造此物 曉漏問寢 手自進上 仁廟時未起寢
擁衾而坐 嘉悅其誠孝 含笑欲進御 淑媛仰告曰:"自外之饌 不可輕進"孝宗
驚惶罔措 先嘗之 遂進御 無遺復慮 出外 吐出之讒 仍俯伏 過半日 自此淑
媛 不得行其計 其罪惡如此 然孝宗曲保其兩子崇樂聖德之卓越 固不可言
後來朝臣 亦不論崇樂 盖罪在淑媛 而崇樂不預故也

14. 孝廟在藩舘 胡汗最忌 必欲害之 嘗出令獵皇城北六百里之地 卽日當

還歸命 朝鮮大君來會 如失期 獵行亦軍行 當以軍律從事 我馬無追及之勢
事將罔測 一舘上下 只淚下相對 十選中許磏·朴培(?)元·趙讓三人 相與
私議 告于孝廟曰:"小人當奉行 願勿憂"孝廟問'有何策' 對曰:"事不可漏
泄 不可煩告 但從小人而爲之"當日初昏 三人步從陪孝廟先發 到皇城北三
十里 路傍林藪 下馬休息 三人相語曰:"此地可以施謀"仍以不行 及夜半
燈火点〃 三人望見曰:"是獵騎先鋒 俄間過前 乃獵騎也"繼有汗陣隨來 胡
人兵制 不作隊伍如蜂 同陣作行 許·朴·趙三人 潛伏路邊 當其汗過 忽奮
身撘吭邊騎 一胡卒下之 以其撘吭 胡無聲卽斃 諸胡不知之 棄尸於林中 取
其馬 請孝廟乘之 趙讓執勒 許·朴左右扶護 追到獵場 日猶未明 汗問'朝鮮
大君來否' 對以已待矣 俄已日明 軍中告一騎亡 汗大驚良久 招孝宗問之
'汝何爲無據事乎?' 孝宗終不可諱 三人進對曰:"非大君之爲 乃我輩事也"
汗曰:"田獵畢 當有處分 姑退俟死"斃胡 卽汗之愛壻也 及獵畢 汗謂孝宗
曰:"汝之勘罪 當在還都後 汝等來時 旣不違令 須落後緩歸 以見於皇都"
又多賜獵獸而去 孝廟追後還歸在舘 諸人不聞消息 萬〃泄菀 見一行無事
還歸 相扶懽喜 復聞更有馬事 還復罔措 過二日 汗招孝宗及三人責之曰:
"汝何殺人?"三人對曰:"非我殺人 陛下使之殺之"汗曰:"何以云然?"對
曰:"陪臣之來 國王泣托而送之 誓欲無身而護之矣 陛下知我馬之決不能追
去而有此下令者 是必欲害我大君也 若欲害之 當宜光明 豈以天子而行此
曲陷之事乎? 臣各爲其主陪 臣出萬死 以救其急 是陛下敎之殺也"汗嘿然
良久 顧命勿問 更問曰:"我馬何在?"對曰:"在我廐矣"復曰:"何不還之?"
對曰:"馬不如人 〃猶不問於一馬 何有旣在我廐 欲留用於他日 如此危急
之時 汗笑而給之?"馬本內廐之最良者也 汗以其愛壻故命擇而給之 世人
只知有八壯士 而八人外加選二人 合爲十選 此在壯士日記中 其時保護聖
躬之功 三人尤多許磏是加選中人 汗雖欲害孝廟 心中一邊 常奇之 每於征
伐畋獵 必使隨行 北過陰山 西至蜀界 南過桂嶺 以此山川險易 道里遠近
雖生長中原之人 無如孝廟之知也

15. 朴燁十年西伯 專事威猛 每坐練光亭 辟除大同江越岸行人 故沿江十里林藪 人不敢騎馬 嘗一人 獨犯之 燁大怒捉來 數之曰: "汝以何大膽 敢犯吾座前乎?" 其人謝曰: "鄕谷寒士 不識事體 有此得罪 恭俟笞撻 粗解文字 願以詩句自贖" 燁呼韻 卽應製曰: "百尺高樓送目遙 中原王氣日蕭〃 書生白髮心猶壯 落照江天倚大刀" 時淸胡作亂瀋遼之間 故以此賦之矣 燁見之稱贊 急令賜冠上堂 使妓進酒 其人作色曰: "男兒 豈以碌〃小盂飮之耶?" 燁更令大盂 又辭曰: "尊公 以此爲大耶?" 燁曰: "何如盂 始可稱之?" 答曰: "數盆器 稍可近之" 燁壯怪之 以鑰東海酌紅露以進 始喜曰: "此器可董稱耳" 擧首欲飮 還復停之曰: "酒禮不當如是 豈有主人不酌而使客獨飮者乎?" 燁亦巨量 若不飮 慮見凌 引以先飮 及至半傾 酒器上邊 已過額遮面 不見其外 其人潛起出外 策馬而走 燁旣無分付 故下人不得挽止 一東海盡飮之間 自然移時 飮畢見之 已無踪跡 燁自歎曰: "彼不飮而使我獨飮 是罰我也 我國之人 決無簫弄我如是 〃必淸人"

16. 燁嘗坐練光亭 忽有偉然一男子 弊袍破笠 不爲刺卿 不知自何來 已上欄軒 下人驚惶 欲就執 燁命止之 相揖而坐 待以賓主之禮 其人曰: "欲請借銀子許之否?" 燁問當用幾數 答以三萬兩矣 燁不問其姓名居住 還報期限 命褊裨出給 其人告辭 卽受去 褊裨怪之 明年其日 果以銀子來報 別無他言 燁亦無所言 褊裨怪問其由 燁不答曰: "此非君輩可知之事 此事極怪" 盖燁在西舘 如此事甚多 燁於昏朝 罪犯甚多 改玉後 卽爲伏誅 雖不足惜 第其威名如神 十年在西 習知邊事 不受銀貨 縱反間 遼瀋間事 無不知之 淸胡宛忌畏之 及聞死 撫掌相賀 後於丙子 龍·馬兩胡 還歸義州 始謂我人曰: "朴燁若在 我不敢來矣" 其見憚若玆 平壤立祠堂 西人甚敬奉之 亦有畫像 爲人短小 眼彩閃〃 精神射人 人不敢直視之

17. 宋監司廷奎爲平山時 胡勅出來 鄭命壽 本以我人 投降爲通使 每勅行隨來 嚇喝我國 〃〃順從不暇 惟事姑息 命壽漸肆其惡 至對上前 有悖慢之

語 人莫不憤痛 然少哶其意 必生大事 以此其弊難支 公自請爲護行大將 往
待于道界 公爲人峭剛 顔色勁瘦 雖嚴冬大雪之中 不着揮項 長飮冷水 時當
極沍 着猪毛笠 懸白水晶纓子 服洗苧帖翼 人之見者 自生寒栗 有不可犯之
意 鄭胡依前作亂 遠接使以下 皆膝行畏伏 雖大臣 皆敬事之 公呼以■之 鄭
胡有憤言 公命捉下 數之曰:"汝本我國人 汝骨卽我國物 只汝腥肉 是彼豢
物 吾當剮剔汝肉 堅封送彼 取汝骨作粉 飄揚以表 如汝惡漢之罪 促命持來
細繩及油紙 更命屠牛坦 持利斧利劒 縛鄭胡四肢 懸於柱 急令先自頭皮剝
之"公連呼促之 鄭胡奪魄 只願乞生 公始許赦曰:"今姑不殺 汝當觀後日"
鄭胡僕〃不能起行 匍匐而出 自此戢其前習 人問曰:"公只示威 未必殺也"
答曰:"渠若不哀乞 吾當眞殺"盖我人畏弱 不能作如此擧 故賊胡視我爲無
人恣行胸臆矣 盖公之剛猛如此(命壽 卽殷山官奴)

18. 皇朝革命後 我使往燕 例有賞銀 最初使行者恥之 渡江後 棄之義州府
尹 府尹處之爲難 送于監營 〃〃不得自擅(?) 送于戶曹 〃〃亦難於處置 至
於上達 則朝家以爲本是使臣之物 給使家 還爲使臣之用 自後因以爲例 蔡
湖洲裕後 嘗使燕 及還渡江 褊裨告以賞銀出給本府 湖洲問'何以出給' 對
曰:"已有以例"湖洲答曰:"此實細人之事 如鄙而欲棄 直投之鴨水 何必帶
以越來 給於義州耶? 終知爲已用 而人皆以爲此事 吾甚憎之 君輩勿復言"
仍命取來 及到家 令奴子得利斧來出 擲厥銀於庭 使片〃斫碎 或大或小 或
輕或重 並與沙礫 而雜盛置諸壁藏中 毋論親戚知舊 若聞有婚喪難辦 不計
多少 以手掬給之 且逢酒客 不稱斤兩 多送酒家 優辦酒肴 必醉飽乃已 如
此無何而盡 此近於滑稽 而可想其氣岸也

19. 蔡湖洲在文衡時 嘗思酒 不得欲沽 無價 出大提學敎旨 付婢子曰:"須
以此典當得酒 而是重難文書 必以善藏之意 言及酒家"婢子果持往 酒媼見
其紙厚字(?) 大疑之曰:"何異於村人之文券耶?"還復曰:"大臣宅文書 當
如是矣"遂給酒以送矣 其夫自外至 見官敎在架上 驚問曰:"此紙何爲來在

耶?” 媼告其由曰: “是 某宅■■文書” 其夫曰: “汝得大提學 何處使喚乎??”
乃懷袖來納于公 〃笑曰: “近處酒家 ■吾之貧 不許外上 故果如此 待其丘
價 厚償之” 聞者絶倒

20. 我國文章 以明宣時爲盛 蓀谷李達 出於庶孼 以詩鳴世 尤長於七絶
殆逼唐調 與孤竹崔慶昌 叢桂子鄭之升 幷驅騷壇 詩(時?)人以三唐稱之 蓀
谷每欲一見金剛 貧不能辦治行具 常以爲恨 適往友人家 見輕裘掛壁 駿馬
立廐 謂主人曰: “欲迎某人返魂 而所着甚薄 且無所騎 專恃來請 主人果許
之?” 蓀谷衣裘乘馬 直出東門外 仍作金剛行 題一絶曰: “乘君之馬衣君衣
萬里湖山雪正飛 怊悵此行無道別 興仁門外故人稀” 謂東門城下人曰: “後
日若有尋裘馬者 以此指示” 其主怪其久不還 送人于其家 則其家亦不知去
處 數日後 出東門 又尋之 只有此詩 蓀谷遍踏諸勝 累月而歸 裘已弊矣 馬
則瘦矣 嘗過大丘 有房妓 〃出外而還 有愁色 蓀谷問其由 對曰: “京商方來
多有錦段 吾詩翁之故而不得買錦矣” 蓀谷笑問‘價有幾何 則能買乎?’ 妓嘲
對曰: “何作多事問?” 蓀谷解其裙 書之曰: “賣錦江南市朝日 照之生紫烟佳
人” 欲買作裙帶 手探粧奩 無直錢 給妓曰: “汝須着此 入現監司” 妓依爲之
監司見知蓀谷之過 果優給裙價 妓喜之曰: “始知一字千金” 遂買錦衣之

21. 閔立嵒齊仁 下第歸路 登南城門 行色甚憔悴 俄有一娼妓 亦上來 問
‘行次方向何’ 答曰: “居在白馬江 而今番登科之文 皆不如吾作 然吾獨下第
方尋鄕路 淚將渡■” 妓曰: “粗解文字 試道下第之文” 立嵒畧誦之 是白馬
江賦 而果絶調 妓解裙請寫 立嵒曰: “汝何爲請寫?” 對曰: “願少留路中 小
妓當其事矣” 立嵒曰: “雖留 科榜已出 更無可望 且雖欲留邸 糊口無路 奈
何?” 妓以銀釵納之曰: “此物足可經過 必依我言而留” 其言極甚訝怪 然落
榜無聊 無意還家 寫賦於裙以給之 以其銀釵 仍留京裡矣 其時宰相子得第
家設宴 滿朝來會 一代娼流皆集 厭妓亦在其中 以其賦 登於歌詞而唱之 曲
是新飜 滿座傾耳 歌畢 諸人問‘詞是何調’ 妓以裙解展於座中 乃科題而下第

者也 其時 考官亦在座 知其有遺珠之歎 請於朝 更設後庭試 復出此題 果
得立岩〃〃居在白馬江 熟知其古蹟 故以此尤佳作 其中'江花笑而出迎 隱
樓觀於層空'之句 尤其佳麗者 中朝之人 請見此賦 許筠以爲篇末無味 尾亂
數句示之 稱賞不已 但曰:"亂言不如無矣 我人始言其由"盖其鑑識 亦神以
此 〃賦流傳中朝 又入東文選 妓輩尙今歌唱之

22. 韓西平浚謙 爲己卯進士(壯) 嘗訪洪荷衣迪于讀書堂 荷衣適晝寢 學
士申光弼獨坐 西平謁之 申不爲禮曰:"君何爲者?"曰'鄕曲<武>(鄕)夫
名隷禁衛 適尋友過此 冒瀆惶恐"申曰:"無傷也"因曰:"景致甚好 吾欲作
風月 君可呼韻否(乎)?"曰:"武夫本不知風月 [焉知呼韻?]"曰:"第呼所
知之字 而必音響相同而後 可也"西平曰:"請以所業呼之"因曰:"鄕角弓
黑角弓之弓字 可乎?"[申]曰:"可"卽賦曰:'讀書堂伴(畔)月如弓'又曰:"更
呼"西平曰:"順風逆風之風字 可乎?"曰:"奇哉! 同韻"又賦曰:"醉脫烏紗
倚晚風"又呼曰:"貫中邊中之中字 可乎?"申曰:"奇哉! 〃〃! 三字同韻 君
以武人不識字而適呼一韻 眞奇才也"遂足成曰:"十里江山輸一笛 却疑身
在畫圖中"俄而荷衣睡覺 謂西平曰:"君從何來?"申曰:"韓內禁呼韻 眞奇
才〃〃"因道其事 荷衣大笑曰:"子見欺哉! 此 吾妻弟韓浚謙 卽新榜壯元
也"申愕然加敬 愧其見瞞

23. 洪暹大夫人 乃相國宋軼之女也 嘗過讀書堂 欲停轎登臨時 湖堂四五
人在院 下吏出告曰:"雖男行次 非先生 不許入"夫人曰:"我乃湖堂之女 湖
堂之妻 湖堂之母 我雖女子 豈不入乎?"吏入告其言 湖堂諸人相謂曰:"雖
是夫人 眞湖堂先生 吾謹避之"夫人果登臨而歸 可想其豪爽 而宋氏門閥之
盛 亦可知矣

24. 孝廟賓天 自闕內 大張神事於東郊 滿城奔波 鄭公知和 時爲大憲 命
禁吏曰:"某處今有神事 須捉來 大巫如不能 汝輩南走越北走胡 然後可以

得生 若捉來少遲 亦罪矣"吏承命卽往 白幕連天 日月屛中設御座 儀仗掖
隷列侍 其威儀不可勝言 大巫方張事於其中 勢莫敢下手 吏相謂曰: "吾輩
雖有後患 今若不捉 巫亦當死 〃則一也 寧死於吾職"遂大喝一聲 揮鞭超
入 打破神床 縛大巫 事出不意 掖隷相顧嘿視 不知所爲 〃觀光者 崩走如雷
吏捉巫來現 命逼跪於前 數之曰: "老臣不忠 龍髥莫攀 每恨不得死從 惟█
夢得侍 耿光以承玉音矣 今聞汝能爲 先王玉音 汝若爲道 前日對羣臣所敎
之言 吾當敬而尊之 拜手承聞矣"巫戰栗董聲曰: "何能爲玉音耶? 只願少
須臾活命"公數之曰: "先王在天之靈 若有下敎之語 宜托於近密 如吾之臣
豈可假汝█耶?"因殺之 大妣震怒 命殺公 上只推考 大妣尤怒 至(止?)御饍
上不得已命遞差 壹遞無罪名而遞職 則例不以己遞自處 鄭伏閤仰請 命遞
以何事 問之不已 上悶然曰: "卿豈不可揣知耶? 何如是索問由支離 過五日
還復仍任 上之待臺臣甚盛 公之風力亦盛 禁吏之能 如視無人 縛束大巫之
狀 亦可謂豪█萬 〃

25. 閔老峯 以大臣 居三淸洞 季氏驪陽 提擧掌苑 赴本署褒貶 坐見盤果
甚盛 思伯氏下箸 命致之伯氏宅 盖伯氏宅 與掌苑至近故也 老峯亦見而悅
之 親手分給家人 然後復命囚苑吏 〃告狀于驪陽 〃〃惶恐 且謁于伯氏請
告 答曰: "是體例間事"驪陽曰: "兄弟間 豈有體例乎?"答曰: "我乃大臣 盤
果是掌苑提調之食物 坐公廨 旣受盤果 則無論下箸與否 是提調之退物於
公座 豈可使公吏送退物於相位耶? 何不思送于君家 使私人送于我乎? 在
私室 雖食餘無妨 在公座 不可如是 〃以囚吏也"驪陽始服之曰: "罰已行矣
請放釋"答曰: "此雖似微細 不可以兄弟間偶爾事置之"翌日 始釋之 人稱
之知大體

26. 閔芝齋 剛直守法 爲刑判時 往妹氏洪燾奉禹疇家 芝齋嗜酒 妹氏進盃
味極淸烈 酒肴只一沈菜 芝齋飮悅曰: "以汝貧家 爲此旨酒 何以得之?"盖
昨日是洪燾奉大人晬日 果釀酒 又椎小犢而憚公守法 不敢出肉 只以酒進

之 心裡悵然 答曰:"尊舅晬辰 故有小釀酒"芝齋復索之曰:"必有餘瀝 須出
之"妹氏繼進之 公尤喜曰:"眞所謂有酒無肴"妹氏見此思肴 十分趑趄 仰
請曰:"有甚事 可勿咎否?"公曰:"第言之"妹氏猶復慮之 又趑趄 芝齋半醉
笑曰:"有何事而如是多心 佳肴雖典釵速辦來"妹氏始告其由曰:"尊堂素
知男兄性剛 故初不敢出肉矣"芝齋曰:"催燒以來"妹氏大喜燒進 芝齋復
以酒與肉 爛熳飮喫 妹氏當其起 牽衣更告曰:"願勿察〃"芝齋笑之而已 及
出門 命吏曰:"此家犯屠 捉囚奴子"妹氏無顏 廢食涕泣 洪崇奉大人怒之
單奴見囚 且二日十八兩贖錢 無以備納 芝齋以其丘價 代納之 洪之大人問
曰:"兄不撓法可尙 然何食反禁?"芝齋曰:"以至愛之情 妹旣勸之 何可不
食? 而旣入我耳 亦豈可拘私耶? 若不言其由 雖全牛 我可只喫而已 何論之
有?"公之如此事甚多 雖至親 少不饒貸 所費 則必自擔當 以此亦不以非人
情責之

27. 閔驪陽 未膺封號之時 以正卿謫居 興海本家 寄衣送奴 〃是隨廳於公
者 名鶴鳳 至安東 値暮爲巡軍所捉 夜禁 乃鎭營所關 而營將乃舊日門客
被公吹噓 得除是職 與鶴鳳 平日甚善 鶴鳳望呼曰:"令監豈不知我乎?"萬
端哀乞 佯若不聽 奪取封物並書封 一〃披見 更命牢鎖拘留 卽往本官 請同
見書札曰:"似有秘密之言"本官亦午人 文官金海一也 然責之曰:"父子間
書札 豈可奪見乎?"其人愧板 始出給放釋 鶴鳳收拾書卜 忿痛啓程 望見謫
所 痛哭而來 詳告其無據狀 公只付之一笑 未久有進退擧首 拜公知敦令
(寧?)上以當此危疑 不可遲滯 急〃上來爲敎 家人持傳敎 罔夜奔告 公以爲
聖敎雖如此 不可傳廚 乘駟以私行 登程到某邑 其營將爲巡閱 同日亦到其
邑 昏後 兵曹衆 自京又急來 大聲呼曰:"兵曹判書大監下處何在?"其間又
爲兵判也 一邑鼎沸 營將聞此報 卽來欲通謁 下人輩相與目笑而無應之者
營將彷徨門外之際 留守李喜茂 適過是邑 亦爲拜公而來 曾已聞鶴鳳事 見
其營將來坐門外 尤覺憤痛 睨視發唾而已 到深夜 始罷歸 營將猶獨坐 不敢
去 李大叱曰:"汝何顏面請謁? 眞■牛皮"使下人驅逐之 曉頭更來門下 終

無納刺 只自發赤而歸 人莫不唾罵 然人或有問公 〃秘而不露 亦於仕路不
枳 人服其量

28. 劉水使克良 平山人 武科陞堂上後 與其母 論人窮達 母曰:"汝本以不
可做官之人 堦已至此 若在數年 事不可知矣" 公驚 問由 母更不詳答 公疑
之 强問不已 始曰:"吾以某宅奴子 年十三 碎玉盃 恐被罪受撻 出門 到弘
濟橋 不知所向處 彷徨涕泣之際 一男子適遇前 問由 余答'見失父母 顧無依
托處' 其人憐之率去 此 果汝夫也" 公驚曰:"奴主分義 天經地緯 若不知已
旣知之 不可遲滯" 着平凉子 服賤衣 卽日造主家 立門外 告以'奴某方現身'
仍拜伏於前 主家見之 乃劉公 大驚曰:"是 何事乎?" 扶以上堂 公固辭曰:
"上典雖不知之 小人果是奴子 緣於不知多年 隱在罪當萬死 豈敢陞堂?" 主
家以所告之丁寧 使坐中堦 問其由 公詳言母媼顚末 主家卽以此事筵白 上
大獎 命免賤 教以於奴主如此 於君臣 亦當如此 官爵循例進用焉 命官至水
使 果立節於猪灘 立祠血食 主家乃洪鶴谷云耳

29. 西門外 有姜姓士人 家甚貧 一日 謂其妻曰:"洞中親友 今方會做 吾
一日 兩盃非可望 每日一飯 庶可赴做" 妻曰:"當試圖之" 姜遂往做 每日
〃中食來 第四日 過午不來 飢腸晝鳴 穿眼空待 終夕不來 仍闕食度夜 翌朝
還家 其妻長臥 幾至將死 盖自出接 日艱圖握米 付炊隣廚 三日 一次備送
其妻 則長無■食 自昨氣盡 對之自■慘憐 無意往做 仍留救病矣 一日 門外
有呼人聲 而童無應門 出戶親問 對曰:"小人乃吏曹下人 此宅進士主 今爲
叅奉 故來告耳" 此乃意外事 故答曰:"汝誤尋矣" 曹人袖納政軸 果的然 百
爾思量 莫曉其除由 心常疑訝 而自數月受祿 比向日不啻豊足 未久有大科
及入場屋 盡失同接 獨自彷徨之際 見一接 甚有器具 六七人相與酬酢(酌?)
其中一人 謂一少年曰:"春丈何爲以姜某除齋郎?" 姜某云者 卽自家也 少
年答曰:"姜乃素昧 但聞其早登小科 且盛文筆 而家貧將死 故擧以擬除" 細
聞 始知其由 少年則吏判子也 故爲不去 仍坐接側 隨從諸人 多般驅逐 姜

曰: "吾非乞文之人 無他可往處 姑觀吾之所做" 堅坐不起 及出書題 察吏判子所做 累不佳 一筆出草 示吏判子曰: "評論何如?" 少年受之 見接中諸人同見 則甚是佳作 皆稱贊不已 姜謂少年曰: "吾旣先做 尊須取用" 少年赿趄不受 姜勸之甚勤曰: "雖以彼此素昧爲疑 幸須無難" 少年果取寫 姜則全爲報恩 故更不呈券 不言姓名而去 及榜出 吏判子 果高叅 而以給文之人 不知爲何 心一疑之 且復泄菀矣 姜例陞奉事 時任提調 乃其時吏判 姜爲往投刺 其子適在傍 見入來 則是前日給文之人 彼此相逢 始知其由 吏判子未久爲宰相 姜仍廢科 以蔭終世 屢典州牧 皆出於其少年之手 彼此俱得報恩 姜乃南人 少年西人云

30. 具栢潭 修學於退溪 文章學識拔類 且儀貌淸洒 尤菴題品曰: "三代人物 兩漢文章 惜乎! 不得享年未能盡" 其用聰明尤異 嘗爲嶺伯 有金天龍者以非理呈議送 嚴辭退却矣 過一年後 巡到某邑 公事紛踏之際 有全大音者呈議送 公直捉入 不問委折 嚴加刑推曰: "焉敢變姓名?" 厥漢無辭遲晩 傍人怪之 公曰: "昨年有金天龍者呈訴 不得利 今過一周 故以全大音 換呈於紛撓之時 若或得題 則全字加二點爲金字 大字加一劃爲天字 音字加点於己 補其左爲龍 欲還爲金天龍" 人驚服其神明

31. 一守令 精神不足 俄頃之間 每事輒忘 嘗一日 京主人私通吏廳本宅奴子西同身死云 吏入告於官 而吏亦善忘者 其間已忘之 以記西之一字 伏於官前 細思不得 但囁嚅不發 太守催問之 吏以思西字 急告曰: "本宅書房主喪出矣" 太守大聲痛哭 座首驚其誤告 急入官前 太守淚水如雨 見座首曰: "世間 豈有如此情境乎?" 座首曰: "願少止哭" 太守愈往愈哭 座首高聲曰: "吏之虛妄" 太守大寤(悟?)曰: "吾則元無子 故家無書房主矣 以精神不足有此虛哭 可笑〃〃" 此必是虛謊之說 而大抵居官者 凡於下吏告課之際 宜可鎭重詳審而答之 或燥之人 不愼於聽聞之際 致有駁擧者 間多有之 宜可愼也

32. 朴判書盡奎語人曰: "世之居官者 無不見欺於下吏 而吾則非但畧有聰明 以威猛束吏 故吏亦畏戢 常以不見欺自處 曾按湖南 一營吏自其立仕 無得罪云" 余問 '汝何以能如此?' 吏曰: "平生以無自欺爲工 雖尋常休紙 無一片隱置 以此而然矣" 曰: "生計果何如?" 吏曰: "應食朔料外 更無一物得用 故長飢耳" 余曰: "雖欲盜才不足而不能也" 吏曰: "以勿欺爲工而然者 若欲欺之 豈難乎?" 余欲各試吾與吏自持(恃?)之才 因令曰: "自明朝 限定三十日 勿論某事 須作欺" 吏應諾而退 自此余別加審察 每夕 心自謂 '今日不見欺' 至限日 招問曰: "汝何不如言?" 吏曰: "一自分付之後 倍前詳察 故不得作欺 死罪 〃" 所告果然矣 余曰: "若更定三十日 汝能行之乎?" 吏曰: "當矣" 余復許之 以一如前者之不見欺 每自知矣 限滿 又招問曰: "日已過奈何?" 吏曰: "當更定之後 尤加詳察 故終不敢有試 然若復 又定三十日 庶可行矣" 余笑曰: "若過三朔 汝當受罪 我若被欺 當重賞汝" 吏唯 〃 而退 自三定之後 每自誇吾聰明 而惟俟限日 及到二十七日 吏入告靈巖郡報狀曰: "使關內本郡營吏某名人 立仕多年 以勿欺官家爲心 家甚貧窮 然不改其操 誠爲可嘉 方欲施賞 而聞渠以本邑之人 無家舍云 瓦屋十五間 造給是矣 錢物役粮 凡百以營門會減是遣 一屋內外壁 皆塗褙 俾作明潔 待畢役 使渠入處後 形止 卽爲牒報 原關還上事敎 是故 今始畢役 渠亦入處 依關辭原關 並以牒報云 〃" 余急取見之 果吾手決 印跡亦無可疑 考關子日子 乃初定翌日也 余招問 '翌日何時 能行此關?' 對曰: "朝前矣" 余曰: "願聞行計妙術" 吏曰: "詳察然後 始乃行之 凡事若有悤忙 喜意人心自然不靜 終至有不省之擧 使道時有入內酬應之事 且有出外待客之事 〃機甚悤忙紛擾 故乘此時 冒萬死混入 他文書入之 而且瞻使道眼睛 遊外之際 亦入之 旣有悤忙底意 且復游目 故未及詳察 並爲手決 〃〃之後 踏印尤易事 故如此行之矣" 余曰: "過濫如此乎?" 吏曰: "小人本無家舍 而旣有下敎 故乘此好機會 余問旣已行計 何不卽告 屢次退限?" 吏曰: "旣作家舍 故待其畢役 欲使本郡而告之 如是矣" 余旣以重賞爲約 則言不可食 復給十五石白米 以此觀之 世之不欺於吏者 其或有之否

33. 李貞翼爲平兵赴任時 路到平山本官客舍 自古傳有鬼祟 別星例宿他所 而公不聽 主倅以下 固請挽止 終不聽 夕後 又不使一人侍傍 明燭獨坐 閑讀綱目 夜半 窓外有曳履聲 一靑衣童子 開戶窺視 還復閉去 良久復有人聲 開戶入來 靑帛裹頭 着戰服 勒鬐環目 面色漆黑 偃蹇而坐 乃張飛也 後有俄來童子隨之 張飛坐於梢間 童子逼坐案頭 頻〃擡視公 張飛始曰:“長者 何無禮耶?” 公聽若不聞 只讀書而已 坐久 曉雞初唱 張飛欠伸而起曰:“甚可憎耳” 出去 公從窓隙覰(觀?)見 張飛居前 童子隨後 步入翼廂壁下 無去處 始滅燭就睡 州(主?)倅與幕屬 皆謂‘必有事’ 待曉入見 鼻息如雷 及日明 公命毀翼廂壁 覔初丹靑時 畵張飛及小童 年久紙污 每加塗其上 公曰:“此乃接邪爲祟 而人之見者 先㤼奪魂而自斃也” 仍焚燒之 自此作寧 靜塗褙 時人形畵處 必抹去 不留痕 自古有戒 無乃有此等事而然耶?

34. 我東色目 初有東西而已 東人分爲北南 有一人 坐地甚微 及登第 無色目歸屬處 友人問之 以書答曰:“投之有北 〃〃不受 欲歸于東 〃亦客也 登彼西山 我安適歸?” 遂爲西人 其文章見識如此 故不拘地處 歷敭華顯 爲士類 其子孫不念乃祖 犯凶論爲廢族 可歎

35. 華陽洞有泣弓岩 尤菴 每於神考諱日 中夜痛哭處也 以此因命名以泣弓矣 先生卒後 有僧 每於是日 亦慟哭而去 不言其名 不告其住 如此五年 更不來 可怪也

36. 肅廟庚申換局後 南人或竄或死 亦多廢錮者 李叅判堂揆之卒 兪判書夏益 以詩挽之曰:“親交屈指幾人存 半是三危半九原 怊悵世間餘老物 廣陵殘月又招魂” 辭語悲楚 己巳二月 南人復秉政 金相公壽興壽恒 俱謫遠地 仲病卒 季有後命 其伯都正壽增在村庄 挽李判書翊詩曰:“牢落人間後死悲 更無餘淚及親知 靑山好葬如君少 宜向泉坮作賀詞” 令人墮淚 其時有南人卿(?)宰 卒在殯者 李瑞雨輓詩曰:“可怜今日事 不使此翁看” 可想伊時悲

怖欣快景像矣

37. 尤菴謫濟州 金農岩【昌協】別詩曰:"篋有當年御賜貂 此翁何事此行遙 臨岐一掬孤臣淚 不爲先生爲聖朝" 李瑞雨聞而次韻曰:"貂尾不多狗續貂 此行猶近豈云遙 試看放逐驩■輩 不在堯朝在舜朝" 南人傳誦膾炙 李萬雄 獨責之曰:"經典不可引用如此" 李亦南人 其識見 亦如此

38. 李判書瑞雨 失雞詩曰:"家禽力敵野禽難 寃血沾巢落羽殘 明日啁啾 那忍見 滿庭風雨九雛寒"是將母雞失於山裡 而其詩似帶怨嘲意 臺論將發 啓 閔老峯以爲抉摘 不可挽止之 古人雖於異色 其公平如此

39. 仁顯王后在別宮時 累有刺客之變 趙君克良之兄 每夜巡墻以防其患 嘗捉一漢 送于捕廳 捕將反以爲虛誑 卽釋之 趙一日往南門外 過期不還 家 人尋覓 尸在外南山 拔其脣閣而殺之 是南人所爲云

40. 吳忠貞斗寅 己巳安置濟州 時年已七十 身被重刑 踏此劒海 人皆謂死 歸矣 於舟中題詩曰:"有時白日龍登海 無數靑山馬入雲"其意思 少無摧挫 見者 以此復知生還 果得善返(一云 申銋詩)

41. 文谷金公有六子 或以學行 或以事業 而俱有文章 其中詩才 第三胤三 淵尤主伯 一日 三淵作雪岳遊 文谷與五子賦詩梅花下 時當殘臘風雪撩亂 詩料益添 或絶或律 各韻各賦 十餘篇 〃軸甚富 合七十餘首 文谷及諸兄弟 欲困三淵 互傳評改 以待其歸 數日後 大雪中 三淵下馬趍庭 冷粉渾身成一 琉璃佛子 山肩野貌 拜於床下 文谷曰:"汝則雪裡看山 興復不淺 老父亦梅 花爛開 與汝兄弟 各賦數詩 汝當和進"三淵展軸畧看 ■石郊把筆浪吟 俄 頃無遺盡和 意思豪健 句法崎■ 篇〃壓軸 文谷笑曰:"■■■汝者 反取困 焉 曾謂數日鍊削 乃反落下於頃刻藻思耶?"

42. 退憂金公 按節關東 農淵兄弟 當秋景 作金剛遊 退憂謂兩姪曰: "汝輩
詩才 足可與此山相敵" 所得詩篇 一 〃錄來 以作老夫臥遊之資 兩公遍覽諸
勝 以詩軸歸呈 至聯句處曰: "石瘦鬼斧千層白【淵】 錦落天機一段紅【農】"
退憂覽之曰: "非獨詩才絶等 兄弟氣像 盡在此矣" 聞者 皆稱善評

43. 昔年 諸名官 會酒席 座中曰: "酒不可無令" 卽出令曰: "以詩經一句
繼以唐音五絶一隻 終之以藥名 而以詩經之韻 同於藥名之末者然後 可用
又以遲速巧拙 辨勝負 〃者不許酒" 林滄溪泳曰: "羔羊之皮 經世又經年陳
皮" 趙副學持謙曰: "野有蔓草 先遣小姑嘗甘草" 申平川■曰: "習〃谷風 日
暮掩柴扉防風" 吳尙書道一曰: "之子于歸 山中酒應熟當歸" 韓監司泰東
曰: "他山之石 江南雨初歇滑石" 朴都憲泰遜曰: "山有葛白 日來照之乾葛"
無一不及 若宿搆者然 其後 尹尙書憲柱 在北關 聞此語 甚奇之 卽繼之曰:
"何草不黃 八月邊風高大黃" 座中服其神速 而且時當八月地 又六鎭卽景
爲句 尤着題矣 大抵我國人才之盛 必稱穆廟時 其後 肅廟之時爲其次也

44. 趙叅判嘉錫 徐判書必遠 自竹馬相好 同入翰苑 趙爲上番 徐爲下番
雖是古風 趙之侵徐 實多難堪 徐不勝苦 一日作詩曰: "今年厄會寂難言 偶
與邯鄲作上番 荒手過時藏筆盡 亂髥掀處雜談繁 形容醜惡看如鬼 胸腹彭
盈望似豚 可矜密陽纖弱女 一生相對奈煩寃" 進呈于上番 趙大怒 伏徐於暴
陽下 數之曰: "豈有如許事體乎? 詩語無非可痛 而其中'望似豚'三字辱說
尤極駭然" 徐曰: "以愚意思之 此非辱也 曾拜于尊丈前 語到上番 每敎曰:
'豚兒 以此常知上番之豚字' 果爲常時稱號也" 趙尤益忿痛 而亦無奈何 還
復溫言曰: "從今 吾當更不侵謔 此詩可勿傳於人乎?" 徐曰: "作詩已極未安
〃敢傳播?" 卽歸番次 潛通于儕類 一時大播 趙益憤然 亦復奈何 盖各司 俱
有古風之例 而銀臺翰苑 金吾宣傳廳 尤最者 故古時多有如此事 近時 則人
輒怒之 故古風之廢 已久矣

45. 肅廟幸行溫泉 申汾涯 趙松谷陪從 一日夜 命兩人燕見 從容教曰: "君
臣俱是逆旅 君輩前日 雖有戒飮然 惟借此夜 以解覉愁否?" 仍命內侍 進酒
與兒猪蒸 少爲進御 退給兩人曰: "俱是酒客 今日須盡醉" 兩人俯伏而飮 命
賜一大罇 飮未半 肴盡 上問曰: "酒肴 何勿爲最?" 對以蟹■ 又命賜之 俄間
罇傾而蟹有餘 笑而教曰: "當復飮乎?" 對曰: "惶恐不敢望" 又命賜之 更教
曰: "酒不可伏飮 須平坐舒體" 又笑 退史官曰: "吾輩酒中 恐逢彼怒 須謹避
之" 兩人遂奉教 平坐相酬酢(酌?) 松谷醉倒 汾涯獨酌曰: "兒輩不可與對
酌" 上笑 教曰: "鯨量 何時可盡乎?" 對曰: "臣不聞酒星落酒泉渴矣" 上大
笑之 未久 蟹又盡 涯顧宦侍曰: "亟取蟹■來" 宦以上命之 無趙趄 有微笑色
涯擡眼睨視曰: "士大夫待接 不可如是" 上笑曰: "吾坐前 何敢自言其士大
夫 是眞士大夫也" 申亦醉倒 更漏已過半 命宦侍 扶舁兩人 送臥於溫處 覆
以衾 翌朝 又賜蟹醒酒 兩人俱感恩情 其時君臣間盛意可想 上數對羣臣燕
時 彩眉溫粹 酬酢(酌?)如響 若如家人父子間然 時復斂容 穆然如神 群臣不
敢仰視 至有汗出沾背 常教曰: "朝士雖有君臣分義 自是士大夫 有罪可殺
而不可待之以無禮

46. 英廟朝 〃廷預爲救荒之政 京畿及三南 軍類中一種 變布作米 宋左相
寅明主之 朴判書師洙 任其事 上促命成規 朴台以其數多難記 作笏記 置諸
袖中 到閤外 先上于左相 〃〃畧加展見 還給朴台 及侍上前 口奏某道某邑
軍幾數人 得米幾數 合米爲幾石 更於他郡 亦如是 合一道 合爲幾數 至他
道 亦如是 合四道 摠爲幾石幾斗幾升 無一毫差錯 左右莫不驚服 笏記 則
只在朴台袖中而已 其聰果罕於世 近日國用艱乏 得賴於軍作米 多矣

47. 上幸行明陵 入齋室後 禮判與齋郎 先爲奉審 曲墻內外 俱平安無頉矣
少頃 上〃陵曲墻 盖瓦多破碎 諸臣驚惶中 齋郎尤懼 上取視瓦片曰: "碎痕甚
新 是陵軍惡郎 欲嫁禍計" 以此命鞫 一漢果服正刑 更不蔓延 聖明如神矣

氣義(9화)

48. 洪純彦 譯官也 隨赴燕行 到通州 夜遊靑樓 見一女甚美 意悅之 托老婆媒之 見衣素問焉 曰: "父母旅宦京師 不幸遘癘俱沒 獨妾一身 返葬无路 不得已自鬻倡家 言訖 哽咽泣下 洪愍之 問葬備(費?) 曰: "當入金三百矣" 卽傾橐與之 終不近 女請姓名不言 女曰: "大人不言 妾不敢受" 卽言姓名而去 同行莫不嗤其迂 女後爲禮部侍郞石星之繼室 侍郞聞而高其義 每見東使 必問洪通官來否 時本國 以宗系辨誣事 前後十餘使 皆不得請 萬曆甲申 洪隨使臣黃芝川 到北京 望見朝陽門外 錦幕如雲 一騎馳來 問'洪通事何在' 仍傳曰: "石侍郞聞公來 與夫人迎候" 俄見 女奴十餘 簇擁一夫人 自帳中出 洪驚怪欲避 侍郞曰: "公記通州施恩事否? 我聞夫人言 公誠天下義士 今相見 大慰我心" 夫人見卽跪拜 洪俯伏固辭 侍郞曰: "此 報恩拜 不可不受" 夫人泣曰: "荷公高義 得葬父母 感結中心 何日忘之?" 仍大張宴 夫人親執盂以進 侍郞曰: "東使此來何幹?" 以宗系事對 侍郞曰: "毋慮" 留會同館 月餘 使事得準請 特命錄示新會典 皆石公爲之地也 及還 邀至其家 禮待甚厚 夫人曰: "妾有手織錦段 願獻 幸領微誠" 洪固辭 至鴨江 見擡杠軍輩十函 而本函各有鎖 又有小橫 貯開金 開視之 各有錦段十正 其端悉刺報恩緞三字 旣歸 買錦者 爭來赴 人稱其洞爲報恩緞洞云 壬辰亂 請援天朝 〃議或云 '堅守鴨江 以觀變' 或云'中國不必救夷狄' 石公時爲兵部尙書 力言救之 宜又請先賜軍器火藥 吾東得復爲國而免禽獸者 皆石公力也 洪公錄光國公封唐城君(公私聞見)

49. 李相國浣 少時隨大人西關任所 以衙童出獵 至山深處 日曛 見絶峽中有火光投之 有巨室而無人 良久有一女子 開門出迎 精備夕飯以進 公見有殊色私焉 抱臥半夜 女曰: "吾夫 綠林巨魁 至必害 君須避之" 公曰: "無傷也" 俄有呵導聲 擁一人入門 其人呼女曰: "誰來者?" 曰: "過客也" 其人大駭曰: "彼漢宜速出 喫吾刀" 公臥不起曰: "吾是客 爾宜入見 何敢速我出? 又何敢爾汝我乎?" 其人驚異之 入見披髮熟視曰: "爾 眞丈夫也" 携手出促

女供具煖酒 炙肉而來 相與劇談 各拔佩刀 以刀尖刺肉 以口受而啖之 開懷
劇談 仍謂公曰:"觀君骨相 數年後 吾必死於君手 可活我否?"公曰:"諾"
成契券與之 又謂曰:"彼女頗美 爾可帶去 吾則得此輩不難"公曰:"吾與若
不相識 故有一夜之私 旣與你結交 寧有是心?"其人卽拔劒斬女 公愕然曰:
"豈非可憐?"曰:"丈夫信義爲重 旣與你許心 留置此物 則吾必有意 不如殺
之"終夜論心 及朝 送至山外 其後 公爲捕將 一賊魁 將殺之 其人謂有可觀
文記 懇乞下來親見 公乃下見之 果其人也 遂貸其死 因使革舊習 遂善終
(漫錄)

50. 鄭三峯道傳 李陶隱崇仁 權陽村近 相與論平生樂處 三峯曰:"朔雪初
飛 貂裘駿馬 牽黃臂蒼 馳獵平原 此足樂也"陶隱曰:"山房淨坐 明囱靜几
焚香對僧 偶坐聯句 此足樂也"陽村曰:"白雪滿庭 紅日照囱 薰室溫突 圍
屛擁爐 手執一卷 大臥其間 美人纖手刺繡 時復停針 燒栗啖之 寂爲樂也"
鄭·李大笑曰:"子之樂 起余也(禦眠楯)

51. 崔山斗 字景仰 號新齋 己卯禍 以舍人謫同福 居蘗菖山下 聞本縣司
馬所宴集往焉 諸司馬未會 公取其酒 盡飮而歸 守者恐獲罪 公命取柿葉 題
詩曰:"桑椹靑紅柿葉█小園 風█屬芳菲欲知 司馬樽中盡看取"先生醉後
歸(己卯錄)

52. 高霽峯 兒時在公州大人任所 與一兒妓情密 後赴庭試 聞親兵 不待榜
馳歸 午站歷妓 妓方爲方伯之子所昵 晷刻不許外出 公使妓母 百計招之 及
出 挽公衣 泣不捨 盖妓之情愛 甚於公也 公行忙强之 還入時 營中張宴索
妓 又急妓猶牽强不還 公書一律於妓之紅裙底而送之 監司怒將刑 妓泣訴
其實 詩曰:"立馬沙頭別故遲 生憎楊柳寂高枝 佳人緣重含新態 蕩子情多
問後期 桃李落來寒食節 鵾鵠飛去夕陽時 江南雨歇春波綠 手折蘋█有所
思"監司大驚 急請公 已發行 使追躡之 牽擁而來 監司曰:"若翁之病 非可

憂 吾今發使 二日內探來 爾可少留" 時宴猶未罷 款遇無量 夜半 舘人叩門
索 公果闡魁矣 監司卽盛備應榜 具而送之 親病之安 亦已探來 應榜歸路
復請入營中大宴 以娛給其妓(上全)

53. 柳㮻奉錫俊 李芝峯妹婿也 嘗薄遊湖西 遇李達於逆旅 柳有佩刀甚善
李欲之 柳曰: "聞君能詩 若卽席賦詩 則當相與" 達輒成一句曰: "受劍同徐
子 能詩愧杜陵" 柳大喜 不待成篇 卽解贈之 次韻曰: "論文逢李白 解劒學
延陵" 其豪爽如此(類說)

54. 柳生塗於花柳間有名 久被停擧 題倡家壁上云 '十載靑樓食 薰天積謗
喧 狂心猶未已 白馬又黃昏' 一日 鵝溪 相醉人家宴會 而還借闔家止歇 卽
倡家也 旣醒 見詩大驚 逢人輒及之 一時傳誦 其膾炙落句也 而鵝相 則曰:
"靑樓食之■字 最難下云(霅湖詩話)

55. 鄭東溟君平【丁未生】任休窩孝伯【辛丑生】金栢谷子公【甲辰生】洪晩
洲元九【丙午生】俱會洪萬宗宅 時戊申年也 設女樂 小酌酒醑 東溟曰: "丈
夫生世 韶華如電 今朝一歡 可適萬鍾" 休窩先吟一絶曰: "春動寒梅臘酒濃
栢翁溟老兩難逢 ■前錦琴兼淸唱 醉對終南雪後峯" 東溟曰: "蘭亭之會 賦
者賦 飲者飲 今日之樂 亦歌者歌 舞者舞" 吾請歌之 仍作短歌 揮手大唱詩
以解之曰: "滿〃酌金樽 綠酒三百盃 浩〃發長歌 意氣橫八垓" 夕陽盡天風
吹自來 又拍案曰: "君平旣棄世 〃亦棄君平 醉狂上之上 時事更之更 淸風
與明月 無情還有情" 仍破顔微笑 素髮朱顔 眞酒中仙也 晩洲携起栢谷
蹲〃而舞 東溟謂主人曰: "人生百年 此樂幾何? 不恨我不見古之人 恨古之
人不見我"(漫錄)

56. 近世李匡輔爲南平宰 李光溥爲咸平宰 嶺南一生 與咸平至交 欲乞婚
需而去 誤到南平通名 邀入上堂 則生面也 客怪之曰: "子非咸平乎?" 曰:

"非是"曰:"吾誤聞矣"遂言其由 宰曰:"客之所知 乃咸平耳 然四海之內
皆兄弟 吾亦非親舊乎?"款遇十餘日 客請歸 主人乃列書婚具 以中品備給
可直百餘緡錢 謂曰:"吾以新交 不能優助 可更往咸平"客大驚 往咸平
〃〃所助 僅十之一耳(上全)

賄賂(3화)

57. 金安老掌銓時 一武人 以銀鑄成一童子 刻其姓名于腹上 乘晨袖往安
老 從厠穴納之 安老適如厠 見而驚喜 觀其刻名 感而欲報之 後武人通名進
謁 安老忘之 泛然接遇 武人悶其不記 逡巡微告曰:"小人之名 厠間艮伊氏
詳知矣"安老改容 款遇曰:"何不早告?"因問艮伊氏有弟否? 武人伏而對
曰:"其父當次第產矣"安老笑而頷之(禦眠楯)

58. 尹元衡爲吏判時 有一人 納繭累百斤 求補衮奉 元衡臨政疲睡 郎官秉
筆而俟 元衡久不呼名 郎卒問曰:"以何首擬?"元衡和睡而答曰:"高■"
〃〃者 繭之俗稱也 及受点 廣求高■不得 一處有遐鄕寒士 名高■者 以其
人拜之 元衡不敢卜其眞假(上全)

59. 德山地 有求仕楔 〃員各出米穀 斂散聚息 積貨充物 每値都目之時
除出累百包穀 給楔員兩人 使自求仕 其人持以賂京 無不得官而歸 每都目
殆同仕滿應遷 其中一人 得官於白沙掌銓時 而白沙非貨結者 白沙之姪擢
男宰德山 聞其事 問白沙曰:"某地某甲 何以見知而除官?"曰:"非我知之
漢陰薦我也"盖契人納賂於漢陰之妹氏 轉請漢陰也 白沙惟知漢陰之不我
欺而不知漢陰之見欺於其妹氏 展轉相誤如此(公私聞見)

諧戲(13화)

60. 孟文貞思誠 居溫陽五峰山下 恬雅公平 嘗還朝 中路遇雨 入龍仁旅院
一人騎從甚盛 先處樓上 公入處一隅 先登者 是嶺南人 欲爲錄事 取才上京
見公 招與共登 談笑博戲 且約以公字堂字 爲問答之終言 公問曰:"何以上
京公?"其人曰:"錄事取才上京堂"公笑曰:"我爲差除公?"其人曰:"嚇(?)
不堂"後日政府之坐 其人以取才入謁 公曰:"何如公?"其人伏而對曰:"死
去之堂"一坐驚怪 公以實言之 諸宰大笑 公以爲陪錄事 賴公之力 屢典郡
縣 後世稱之曰:"公堂問答"(本傳)

61. 申高靈叔舟爲領相 具綾城致寬 新拜右相 世祖急召兩相而入內殿 呼
申政丞 申卽對 上曰:"予呼新政丞 卿失對 罰一大爵"又呼具政丞 具卽對
上曰:"予呼舊政丞 卿失對 罰一大爵"又呼具政丞 申卽對 上曰:"予呼姓
卿失對 又罰之"又呼申政丞 具卽對 上曰:"予呼姓 卿失對 又罰之"又呼申
政丞 皆不對 又呼具政丞 皆不對 上曰:"人君有召 人臣不對 其禮乎?"又各
罰之 兩相極醉 上大笑(筆苑)

62. 韓上黨明會 搆亭漢水之南 名曰:"鴨鳩"將退老江湖 而顧戀爵祿 不
能去 成廟作詩別之 朝臣多和者 判事崔敬止詩曰:"三接殷勤寵渥優 有亭
無計得來遊 胸中自有機心靜 宦海前頭可押鳩"會惡之 不列懸板中(野言)

63. 趙石磵云仡 觀察海西 晨興 必念阿彌陀佛 一日 到白川郡 晨興 聞窓
外有念趙云仡之聲 乃邑宰朴熙文 問其由 朴曰:"使道每念阿彌陀佛 欲成
佛 我念趙云仡 欲作觀察使 石磵笑而不答(朝野奇聞)

64. 蔡斯文紹權 性坦率 凡於事 略不致意 常値衙仕 一足着白靴 一足着
黑靴而往 人莫不掩口 金安老笑曰:"花色淺深先後發 正謂此也"柳大憲雲
在傍 笑曰:"天下無〃對之物 古有一人 父死 上寺設齋 暫哭拭淚而已 後母

死 又往設齋痛哭 下淚不已 寺僧戲曰: '柳行高行古今栽 此正對也" 盖花與
靴 齋與栽同音 發 足稱也 淚與柳相近也(摭言)

65. 韓西平浚謙 爲己卯進壯(士?) 嘗訪洪荷衣迪于讀書堂 荷衣適晝寢 學
士申光弼獨坐 西平謁之 申曰: "君何爲者?" 曰: "鄕曲(谷?)鄕夫 名隷禁衛
適尋友過此 冒瀆惶恐" 申曰: "無傷也" 因曰: "景致甚好 吾欲作風月 君可
呼韻乎?" 曰: "武夫本不知風月 焉知呼韻?" 申曰: "第呼所知之字 而必音響
相同而後 可也" 西平曰: "請以所業 呼之" 因曰: "鄕角弓黑角弓之弓字 可
乎?" 申曰: "可" 卽賦 '讀書堂畔月如弓' 又曰: "更呼" 西平曰: "順風逆風之
風字 可乎?" 曰: "奇哉! 同韻" 又賦曰: "醉脫烏紗倚晩風" 又呼曰: "貫中邊
中之中字 可乎?" 申曰: "奇哉! 〃〃! 三字同韻 君不識字而適呼一韻 眞奇
才也" 遂足成曰: "十里江山輸一笛 却疑身在畵圖中" 俄而荷衣睡覺 謂西
平曰: "君從何來?" 申曰: "韓內禁呼韻 眞奇才〃〃" 因道其事 荷衣大笑曰:
"子見欺哉! 此 吾妻弟韓浚謙 卽新榜壯元也" 申愕然加敬 愧其見瞞

66. 韓西平有四婿 長李正幼淵 次呂粲判爾徵 次鄭玄谷百昌 次綾陽君 綾
陽卽仁祖潛邸時封號 西平嘗作別名 以戲之 皆用字戴冠者 以李稱牢之 言
其肥鈍也 以呂稱宮 取其姓也 以鄭稱蜜之 謂其性操也 以仁祖稱寵之 言
氣像非凡 鄭嫌其比之蚤 常恨之 及西平被竄 玄谷謂曰: "聘君嘗稱我蜜之
聘君則今爲竄之矣" 盖以鼠譏之也 西平發笑(幷 遣閑雜錄)

67. 邊吉州應壁 多義氣 工詩文 嘗作一詩曰: "桑田本須臾 碧海眞朝暮 潮
落又潮生 人間幾今古?" 膾炙人口 癸亥反正初 人多來賀得伸 公笑曰: "客
言則然矣 但恐蝌蚪" 時公議發也 客問之曰: "昔上帝大怒 有尾蟲 魚龍牛馬
之類 咸聚死所" 一蝦蟆 橫跳其前諸尾蟲 不勝健羨曰: "爾以何福得無尾 不
罹此禍" 曰: "今雖無尾 昔日蝌蚪 則有尾 此爲可慮云 吾亦壬子春 再入烏
臺 此吾蝌蚪時" 諸人大哭(奇聞)

68. 鄭畸庵弘溟 文雅無吏才 嘗以副學 出牧羅州 時兪㯤爲監司 殿崔題目云 '秋毫不入愛如子考上' 鄭大怒 卽日棄官發行 乘雙轎 到監營 直排正門 乘轎入庭 仰視監司而大責曰: "兪㯤 汝不識父執 恣意嘲戲 人事眞豚犬也" 罵辱不已 兪大不堪 請上堂飮酒 而終不聽 俄而營吏進曰: "某日政羅州令 監爲副學 有諭旨矣" 鄭曰: "吾今不爲汝下官無傷" 遂上堂 盡醉而歸 蓋例有秋毫不犯官庫板蕩 愛民如子 合境嗷 〃 之 下等題目也 兪果以羅州之不治 欲置下考而不忍 假用此題而隱有諷譏故也(上全)

69. 盧蘇齋爲相時 有人來乞藥 公曰: "獨臥散最良 不須他藥" 客乃傷於色 故公戲之曰: "乃養生書服藥千裹 不如獨臥之說(類說)

70. 朴祥 字昌世 號訥齋 性簡亢 嫉惡如讐 沈貞搆亭 遍求一時名作 公詩曰: "半山排案俎 秋壑閣樽罍盃" 貞啣之 公終歸田里 憤恚而死(己卯錄) 申光漢詩曰: "落葉藏秋壑 斜陽影半山" 貞未覺弟義言之云(本傳)

71. 有一人 宰湖南邑 每侍母親 作賞蓮之遊 頗貽民弊 一宰於方伯巡到時 以官婢色惡以衙婢薦枕 臺官風聞 俱駁遞 白沙在相位 適逢發啓 臺官謂曰: "兩宰俱不可深罪" 臺官曰: "烏得無罪?" 公曰: "某宰 以母近常漢 則可駁 而只爲賞蓮 何關? 其宰 以母薦枕 則萬死 而以父待客 何關?" 時以爲名談 轉聞於上 〃亦大笑 蓋賞蓮 是村女 俗稱衙婢 父子之釋也(朝野奇聞)

72. 光海丁巳 奇·李兩相 一時被竄 奇配鍾城 乘斗應注里在前 李配北靑 乘負擔在後 俱在路上 李公呼奇公曰: "斗應注里之厄蒙之亦苦 又何乘之也?" 答曰: "如此之時 眞談亦可厭 又何浮談也?" 人聞之 以爲奇公之答 理勝於李公之戲也(漫錄)

詭譎(1화)

73. 宣廟朝 判刑曹 以神明稱 人謂子定國復生 李土亭欲試之 擇廛市中大舍 自國初相傳 一不賣買者 稱以己物而訟之 刑判召家主對卞 主者曰:“此自國初相傳十餘代 文卷昭然 洛下人 皆知之 決非彼漢之家” 土亭曰:“此乃某人之家 易十一主而歸於吾祖 〃〃遭喪下鄕時 貰賣受三百銀於彼漢矣今欲還退耳 文書俱在 一見可知” 刑判莫知其詳 定日始訟 俾納文券 至其日 土亭預使數十人 服着如市塵下人樣 伏於廣通橋 土亭 則求得古休紙一塊 裹袱荷肩而過 數十漢 持杖突出 曳土亭亂打曰:“爾於往年 旣受三百銀而斥舍於我 今乃以貰斥樣 誣訴秋曹 世豈有如爾賊漢也?” 又取袱中之物亂踏於泥水中 凌辱毆打 無所不至 有頃 放之而散去 土亭僵臥移時 僅〃起來 取泥土中餘紙 收入袱 蹣跚入去 秋判見其狀 驚問曰:“爾 何人也?” 曰:“小人卽數日訟家之人也 不意廣通橋下 逢如此 〃〃之變 今則還推舊家不可望 而願憑神威 庶幾雪憤” 仍進袱中文券 皆爛破泥淤 不可卞矣 刑判捉來家主而詰之 主曰:“無此擧耳” 遂召橋邊人證之 皆曰:“不知某事 而俄有如此之事 如此之言矣” 仍詳陳所見 刑判信之 乃杖家主 奪家而給土亭〃〃處其家 數日謂主人曰:“誰謂刑判決訟之如神也? 吾欲試之耳” 乃還之 (朝野奇聞)

猜忌(2화)

74. 李陶隱崇仁 與鄭三峯道傳 同師牧隱 才名相埒 然牧老常稱陶隱曰:“此子文章 求之中國 不多得矣” 一日 牧老見陶隱‘嗚呼島詩’ 極口稱譽 數日後 三峯亦作謁牧老曰:“偶得此詩於古集中” 曰:“此 眞佳作 然君輩 亦裕爲之 至於陶隱詩不已也” 三峯自此積不平 後爲柄臣 令其私人 出宰陶隱所配邑 杖殺之 陶隱詩曰:“嗚呼島在東溟中 滄波杳〃一点碧 夫何使我雙涕零 只爲哀此田橫客 田橫氣槩橫素秋 義士歸心實五百 咸陽隆準應天人 手注天橫洗秦虐 橫何爲哉不歸來 怨血自汚蓮花鍔 客雖開之將奈何 飛鳥

依〃無處托 寧從地下共追隨 軀命如縷安足惜 同將一命寄孤嶼 山哀浦思
日色薄 嗚呼千載與萬古 此心鬱結誰能識 不爲轟霆有所洩 定作長虹跨天
赤 君不見古今多少 輕薄兒朝有同胞 暮仇敵〃三峯詩曰："曉日出海赤直照
孤島中夫子一片 心正與此日同上 去曠千載嗚呼感"余裏毛髮堅如竹 凜〃
如英風(月汀詩話)

75. 世傳麗朝金侍中富軾 與鄭學士知常 同遊山寺 鄭有'琳宮梵語罷 天色
淨琉璃'之句 金喜之 懇乞不與 乃搆而殺之 後金往一寺 登厠 忽有從後 握
囊者曰："君顏何赤?"金曰："隔岸丹楓照面紅"因病死 唐劉庭芝作白頭翁
詩曰："今年花落顏色改 明年花開復誰在?"其舅宋之問 愛其句 懇乞不與
怒以土囊壓殺之 噫! 古今人之猜才好名如此 爲詩者 不可不知(上全)

報應(2화)

76. 尙領相震 字起夫 弘治癸丑生 兒時卓越豪縱 晚而發憤學業 半年已達
文義 十朔無滯 丙子生員 己卯文科 年至七十二 諡成安 卜者洪繼灌言'吉
凶禍福 一毫不差'至於公棄世之日 亦言之 至其年 預具喪需以待 至其日無
驗 洪怪之 問曰："古人有以陰德延壽者 公之厚德 必有是也"公曰："豈有是
哉? 但修撰時 脫直還家 路上有紅袱 取而見之 乃純金盞一雙也 默而藏之
掛榜闕門曰'有失物者 訪我來'翌日 一人來曰：'小人乃大殿水刺間別監也
子姪有婚禮 竊借御廚金盞 今失之 見露 必伏法矣'乃出而給之"洪曰："公
之延壽 必以此也 後十五年卒(本傳)

77. 沈一松喜壽 修撰時 門外有皮匠 其妻有貌 公私焉 夫出 則公往焉 夫
知之 謂其妻曰："吾方貿布北道 四五朔當還"妻幸其遠出 白于公 〃喜甚往
宿 夜半 其夫持松明 手利刃 排窓據坐 公不及避 ■魄攝衣 匠曰："公多姬妾
我只一妻 何爲作此? 吾欲刃之 愛公美貌 惜公妙年 多公文學重 公有親 不
忍害 吾今遠出 日後萍水相逢 倘記今日事否?"因使妻 釃酒滿斗 巨觥自飲

且勸公曰：“壓驚耳” 公一怖一感 一吸而盡 匠待罷漏 收拾輕裝 駄妻而去 數十年後 公爲遠接使 往迎詔使 登平壤裁松亭 傍有一老婆 大聲呼曰：“我 乃昔日相公門前皮匠之妻也 夫爲人誣訴 枉被盜馬之罪 已服其死 幸相公 垂憐” 公感舊愴怳 令往待客舘 給茶啖 使分餉其夫 少頃 監司來謁 問有盜 馬之囚乎？’曰：“然 將杖殺之” 公曰：“不侫 少時有可笑事” 仍以皮匠之事 細言之曰：“豈有如此義氣之人而盜馬乎哉？ 願公爲我特宥” 監司笑而還營 釋之 公還朝時 皮匠夫婦隨來 復居大門外 盡忠服使如上典云(謏聞)

冤枉(4화)

78. 白沙李公 少時 嘗就友人空舍居業 隣居少女子 日來其家 仰視公 一 日大雨 公獨坐 女復來仰視 公怪問之 女曰：“兒本巫人 有所憑神 欲謁郎 君” 公曰：“與之俱來” 至夜 雨止月微 女曰：“神至矣” 開戶視之 完如玉雪 眉目如畫 藍袍紅帶 冉〃而來 公冠服出迎 揖讓而問曰：“幽顯路殊 何爲欲 相見？” 神噓唏曰：“我 王子福成君也【中廟王子 以朴嬪之子 死】抱冤泉壤 欲聞世間公議 而凡人氣魄類(柔?)弱 無能接我者 公雖年少 他日大貴 氣魄 能相接 其言又足徵信 故願承一言之敎” 公曰：“伸雪久矣 豈不聞乎？” 神 曰：“因祭告知之 雖然此特出於親〃之恩 所欲聞者 公議耳” 公具道世人所以 哀愍其至冤者 神泣數行下曰：“信然者 雖更九死 無餘憾矣” 仍令巫進果數 品 遂辭去 公出送之 數步而滅 公爲近誕 終身不言 晚年北謫 始爲李文惠 安訥言之(感異篇)

79. 廢主時 柳氏諸人 藉勢橫恣 一時朝紳 皆詔媚乞哀 任持平叔英 以擧 子對策 多觸諱之言 將削科 幸而中止 權石洲鞸有詩曰：“宮柳靑 〃花亂飛 滿城冠盖媚春輝 朝家共賀昇平樂 誰遣危言出布衣？” 其後有別科 朴自興 登第 自興之父承宗婦翁李爾瞻爲考官 人不敢議其循私 其時 許筠亦以試 官 取其侄 以此被罪遠竄 石洲又有詩曰：“設令科第有私情 子婿弟中侄最 輕” 獨使許筠 當此罪 世間公道果難行 及光海 親鞫逆獄 此二詩 出罪人文

書中 石洲以詩案 受刑而死(霽湖詩話)

80. 丁丑元日夜深 仁祖坐南漢圍中 忽有人 入伏床前 僕〃起拜 訴哀語多
而聲益悲 仍忽不見 而語細 故侍者不得聞 上亦終不言其事 而天顔不怡者
屢日 及還都立下 仁城君珙 復官之命 盖戊辰之獄 仁城出賊 招上■衆議 不
得已勉從 及有是命 宮中之人 始知元日訴哀者 乃仁城君也(感異篇)

81. 許相國積 爲嶺伯 巡到寧海舘 於衙軒 問其故曰: "客舍近年五六別星
繼逝 故廢之矣" 許命舘之 夜明燭而坐 三更時 大風颼〃 窓戶盡開 有物無
數入來 皆非人形 而節〃有眼光閃〃 許以大刀斫之 仍卽盡出 俄有一少年
來見曰: "吾四代獨子 寃死於此 欲憑大人神威雪寃耳" 問何寃 曰: "吾年十
六 登小科 仍眄此邑某妓有情 不幸爲妓夫某吏所殺 置此板子上者 十餘年
矣 曾有別星之過此者 欲訴寃 先以竹精試之 皆畏㤼致殞 今得大人 吾寃可
雪 俄者被斬 亦竹精耳 盖舍後多竹 故化精而來也" 明早一邑 皆謂公死 許
起坐 命捉某吏 以入械之 使下板子上 有死人 貌如生 仍杖殺男女 訪士人
父母 給其尸(稗史)

『연민학지』 5, 연민학회, 1997.

해제 『견신화(見新話)』

여기에서 소개·보고하려는 자료 『견신화(見新話)』는 극히 최근 들어 우리 학계에 새롭게 알려진 자료 가운데 하나이다. 여기서는 이 자료가 지닌 몇몇 면모를 통하여 그 원천에 해당하는 자료가 무엇인지를 먼저 밝힌 뒤, 이어 그 특징적 면모를 간략히 지적하는 것으로 해제를 대신할까 한다.

『견신화』는 현재 서울대도서관에 소장되어 있는 상백문고 가운데 한 작품집이다. 전부 2권 2책의 한문필사본인데, 권1은 58장(36화 수록), 권2는 60장(23화 수록)으로 되어 있다. 매면 10행, 매행 20자로 균일하게 필사되어 있다.[청구번호 상백고 818.56 g999. v.1~2]

『견신화』에 대한 논의는, 최근 간행된 한 자료집에서 이루어진 해제 차원의 글[1]을 제외하고서는 해제자의 짧은 견문 탓인지는 모르겠지만, 아직까지 전혀 이루어지지 못했던 것으로 파악된다. 이 자료에 대한 선행 논의는 다음과 같이 요약될 수 있을 것으로 보인다.

---

1) 서울대 규장각편, 『규장각소장어문학자료 문학편해설』II(태학사, 2001, 71~72쪽) 이 바로 그것으로, 해당 항목은 이경하에 의해 집필되었다.

　　편자 미상의 인물일화집으로, 2책의 필사본이다. 편년 및 간행 여부는
알 수 없으나, 주로 16~18세기 인물들의 일화를 수록하고 있어 18세기
이후의 저술로 보인다. 가철했을 때의 표지에 필사기가 있는데, 이를 통
해 1909년에 이천군청에서 일하던 사람이 필사한 것임을 알 수 있다.
모두 47편의 일화가 실려 있다. 일화마다 별도의 제목은 달지 않았으며,
분량은 1엽에서 5엽까지 다양하다.[2)]

　위의 해제는『견신화』에 대한 최초의 작업이라는 의미를 갖고 있음
에도, 다음과 같은 몇몇 오류를 지니고 있는 것으로 여겨진다.
　첫째, 해당 자료의 갈래에 대한 정확한 인식이 결여되어 있다는 점
　둘째, 해당 자료의 원천에 대한 진지한 논의가 결여되어 있다는 점
　셋째, 해당 자료의 찬성(撰成) 연대를 구체적인 검토도 없이 막연히
18세기 이후로 조정(措定)하고 있다는 점
　넷째, 해당 자료의 화수(話數)에 대해 전혀 그르게 파악하고 있다
는 점
　다섯째, 해당 자료의 특징적 면모를 미처 파악하고 있지 못하다
는 점
등이 그것이다. 본 자료에 대한 검토 결과,
　첫째,『견신화』는 '인물일화집'이 아니라, 선행 야담집을 충실히 전
사하고 있는 야담 자료인 것으로 드러났다. 그것은 수록되어 있는 자
료들의 면모를 통해 볼 때, 본 자료가 일견 선행하는『기문총화』이본
을 전사한 것으로 확인되기 때문이다. '인물일화집'과 '야담집'은 분명
갈래를 달리하는 것이라는 점과 아울러 해당 자료가 지니고 있는 이
런 특징을 간과한 채, 이와 같이 범박하게 지적하고 넘어가는 것은 실

---

2) 이경하, 앞의 책, 71쪽.

상을 추구해야 할 과학적 사고와는 거리가 있는 것이라는 점에서 위의 주장은 실상과는 어그러지는 것이라고 할 수 있다. 나아가 본 자료집의 본질적 성격을 규명하는 데에 그것이 한 장애로 작용할 소지를 남기고 있다는 점에서도 분명 문제를 담고 있는 주장이라고 생각된다.

둘째, 우리는 앞에서 본 자료가 선행하는『기문총화』이본을 전사한 것이라고 주장한 바 있다. 본 자료의 원천을 보다 정확히 밝힌다면, 그것은『기문총화』계열의 많은 이본[3] 가운데, 특히 천리대본『총화(叢話)』를 원천으로 하여 후대에 이루어진 자료인 것으로 확인된다. 천리대본『총화』를 전사하는 가운데『견신화』가 이루어졌을 것이라는 사실은 동 자료가 지니고 있는 다음 몇 사실에 의거할 때 보다 분명히 확인된다고 하겠다. 곧 동 자료 소재 이야기 가운데 5화 〈이삼산태중(李三山台重) 이야기〉, 16화 〈장무숙공(張武肅公) 이야기〉, 59화 〈해원 윤두수(海原尹斗壽) 이야기〉 등의 존재가 바로 그것이다. 이들 자료를 아울러 수록하고 있는『기문총화』이본은, 상당히 많은 이본이 현전하고 있는『기문총화』계 이본들 가운데서도 오직 천리대본『총화』에서만 찾아지고 있다는 사실과 아울러 동 자료 58화까지의 차서(次序)와 동일한 자료 또한 이와 마찬가지로 천리대본『총화』에서만 유일하게 드러난다는 사실 등이 바로 그것이다. 나아가 59화 〈해원 윤두수 이야기〉 또한 이들 세 이야기와 마찬가지로 천리대본『총화』 311화에서

---

3)『기문총화』계 야담집에 대해서는 김준형, 「기문총화계 야담집의 문헌학적 연구」(고려대학교 대학원 국어국문학과 석사논문, 1997)가 큰 도움이 된다. 가장 방대한 이본군을 갖고 있는 것으로 보고된『기문총화』계 이본들에 대한 치밀한 논의임에도 위의 논문에서 미처 포괄하지 못하고 있는 여러 이본들이 그 이후에도 계속적으로 발굴되고 있다. 예를 들면 국립중앙도서관본『잠동산』(상,하), 경도대 가와이문고본『계서야담』(상,중,하), 서울대 상백문고본『견신화』등이 바로 그것인데, 이런 사실을 통해서도『기문총화』계 이본의 야담사적 영향이 새삼 강조될 필요가 있다고 본다.

찾아지는 바, 이것은 『견신화』의 찬자가 『총화』라는 선행 대본을 전사하는 가운데 앞의 58화까지 빠짐없이 수록한 뒤, 공란으로 남아 있는 여백을 메꾸기 위하여 해당 이야기를 임의로(?) 보입한 결과 나타난 현상으로 파악되기 때문[4]이다.

셋째, 『기문총화』의 찬성 연대가 1833~1869년이라는 한 연구자의 주장[5]을 여기서 유념한다면, 『기문총화』계 이본을 전사하여 이루어진 것으로 확인된 『견신화』가 '주로 16~18세기 인물들의 일화를 수록하고 있어 18세기 이후의 저술로 보인다'는 주장은 크게 잘못된 것이 아닐 수 없다.

『견신화』가 천리대본 『총화』에 비해 후행하여 나타났으리라고 보는 또 다른 근거는 몇몇 부분에서 확인되는 문면의 탈락 양상을 통해서도 어렵지 않게 추단된다. 이런 사실만을 놓고 보더라도 『견신화』는 18세기 이후에 이루어진 자료집인 것으로는 보이지 않는다. 여기서는 다만 『견신화』에서 드러나는 문면의 탈락 양상만을 제시하는 것으로 대신하고, 이에 대한 상세한 논의를 그칠까 한다.(진하게 표시한 부분이 『견신화』에서 탈락된 문면인 바, 이들 부분은 대부분 같은 단어를 사이하여 비의도적으로 발생한 오류 가운데 하나로 파악된다)

---

4) 여기서 『견신화』의 찬자가 선행 대본으로 삼고 있었던 천리대본 『총화』의 전반부에 해당하는 부분(대체로 후반부의 이야기들에 비하여는 장형의 형태를 띠고 있는 것으로 보여진다.)만을 그대로 전사했는가의 문제와 아울러 후반부에 해당하는 320여편에 달하는 짧막한 이야기들 가운데서 왜, 오직 하필이면 <해원 윤두수 이야기>만을 택해 『견신화』에 수록한 것인가 하는 문제 등에 대한 원인 규명이 요청된다고 하겠다. 그러나 『견신화』를 엮었던 찬자 자신이 향유했던 독서양상을 제대로 천착할 수 없는 현재의 상황 아래서는 이에 대한 심도 있는 논의는 더 이상은 불가능할 것으로 사료된다. 뒷날 이에 대한 새로운 자료가 나타날 때 보충 논의가 필요하리라 본다.

5) 김준형, 앞의 논문, 90~91쪽.

(29화)「楊倅招使近前而問年幾許 對曰 十二歲矣 又問汝父何爲 對曰
　　 此邑將校而朝與吾母 出野鋤草矣」.

(34화) 諸人始「收拾驚魂 一齊擧火而上後岸 有少年男子 僵仆岸上 氣
　　 息將盡 諸人始」

(35화)-가 沈生欲告退 公「曰 "老夫病中 愁懷難遣 尊客幸且暫留以慰
　　 病懷 可也." 仍使之留宿 至夜深無人之時 公」

　　 　-나 「當其月正初 委送人馬 邀栢谷以來 授以一張簡而書之 栢谷
　　 曰 書以何處 久」

(37화) 入處內衙「正堂而摠家政 其女撫育其嫡子 指使其婢僕 俱有法
　　 度 恩威竝行 衙內(內衙)」

(45화) 則必鋪席於大廳「而坐 或打殺婢僕 若不至傷命 則必見血而止
　　 以此「如」鋪席於大廳」

(49화) 第向鎭岑 「見申生之何如人?" 仍向鎭岑」

　　넷째, 『견신화』는 2권 2책으로 이루어져 있는데, '모두 47편의 일화
가 실려 있'는 것이 아니라, 1권에 36화, 그리고 2권에 23화 도합 59
화가 실려 있는 야담집인 바, 이 견해 또한 오류가 아닐 수 없다.
　　다섯째, 『견신화』의 특징적 면모는 몇몇 이야기들의 후미에 찬자 자
신의 주관적 평을 덧붙여 놓고 있다는 사실에서 잘 드러난다. 물론 이
런 양상이 오직 『견신화』에서만 나타나는 독창적인 면모는 아니라는
점(『청구총화(靑邱叢話)』 등에서도 이런 양상의 일단을 찾아볼 수 있다)
에서 그 의미가 상대적으로 절하될 수도 있겠지만, 이천이라는 지방
에서 생활했던 독자가 전래하던 이야기에 대해 견지하고 있던 나름의
주관적인 평의 양상을 엿볼 수 있다는 점에서, 이 면모는 우리의 흥미
를 끌기에 족한 것이라 하겠다. 여기서는 특히 그 가운데 권지하(卷之
下)의 40(4)화[6])에서 드러나는 주관적 평어를 주목한 뒤, 해당 자료들

을 이어 제시할까 한다.

뒷 사람이 논하여 말하기를 허홍(許弘)이 부를 얻게 된 것은 지혜와
어짊과 용기라는 세 재주가 다 갖추어졌기 때문이라고 이를 만한데, 하
나 미흡한 것이 있어 보이니 그것은 무엇인가? 그가 재산을 나눌 때의
처사는 온당하다. (그러나) 심지어 궁핍할 적의 친우나 가난한 친족들에
게 양껏 주급(周急)할 지경에도 울면서 가지 않고 상전을 따라 같이 죽
고 고락을 함께 한다고 칭하던 계집종에게 마침내 한 마지기 논과 한
□□의 밭뙈기도 주지 않았으니 이것이 어찌 사람의 정으로 할 바이겠
는가? 그 처에게 준 이십 마지기 가운데 삼분의 일이라도 그 계집종에
게 나누어주고 인하여 노비의 문안(文案)을 태워 버려 평민으로 삼아
그 충성을 나타내게 하였더라면 지극히 좋았을 것을! 지극히 좋았을 것
을!(後人論曰 "許弘之致富 可謂智仁勇三才俱備 而有一未治處 何
也? 其分財之時 處事穩當 甚至於窮交貧族 量宜周給之地 泣而不去
稱以隨上典同死同苦樂之婢子 終不給一斗落一■之田土 是豈人情之
所爲哉? 其妻二十石落內三分一 分給其婢子 仍燒奴案 以作平民 表
其忠誠 至可! 至可!")

주관적 평어를 통하여, 아무도 주목하지 않았던 계집종―'상전을 따
라 같이 죽고 고락을 함께 한다고 칭하던'―에 대한 인도주의적 시각을
예사롭지 않게 토로하고 있다는 사실이야말로, 『견신화』가 지니고 있
는 문제의 특징적 면모이며, 나아가 그 찬자가 지니고 있었던 남다른
찬자의식을 드러내 보이는 계기라고 해도 과히 지나친 것으로는 여겨
지지 않는다고 하겠다.

---

6) 40(4)라는 표기는 해당 이야기를 『견신화』의 전체 화수로 따질 경우 40화에 해당하
고, 다시 권2만의 체재로 따질 때는 그것이 4화에 속한다는 사실을 표시한 것이다.
이하 다 같다.

卷之上

(11화) 爽快 〃〃

(25화) 亦符其商人之矣

卷之下

40(4) 後人論曰 "許弘之致富 可謂智仁勇三才俱備 而有一未洽處
何也? 其分財之時 處事穩當 甚至於窮交貧族 量宜周給之地 泣而不
去 稱以隨上典同死同苦樂之婢子 終不給一斗落一■之田土 是豈人
情之所爲哉? 其妻二十石落內三分一 分給其婢子 仍燒奴案 以作平民
表其忠誠 至可! 至可!"

47(11) 時運奈何? 可歎! 〃〃!

51(15) 可謂不愧姓廉矣

53(17) 爽快 〃〃

54(18) 可歎之獄

56(20) 可恨者 得拜安東ᄒ야 吏校各廳에 所徑(經)前事을 一次廣布
ᄒ고 一番徐懷 是所可恨者耳 ■■

57(21) 可謂女中君子 勝於男子之度量耳.

　여섯째, 『견신화』라는 제명은 그 명명법을 유의할 때, 결코 고유명
사일 수는 없어 보인다. 그렇다고 해서 〈新話〉(곧 새로운 이야기)라는
용어의 내용상 공분모가 무엇인지는 본 자료의 문면을 두루 검토하더
라도 별달리 드러나지는 않는 것으로 보인다. 여기서는 다만 이천(利
川)이라는 향토사회에서 생활했던 한 독자가, 자신의 독서 경험에 비
추어 이 자료집에 실려 있는 이야기들을 자신이 예전에 일찍이 경험
해보지 못했던 색다른 의미를 지닌 이야기라는 정도의 범박한 의미로
써 '신화(新話)'라는 용어를 사용했던 것이 아닌가 하는 지적을 끝으로
간략한 해제를 마칠까 한다.

▶ 부록: 서울대本 『見新話』 原文

** 일러두기 **

1) 務(豫)先知之 : 『견신화』에서는 괄호 앞의 단어로 출현한다는 것을 가리킴.

2) 一圓瓢子 : 『견신화』에서 굵은 '子' 부분이 새로 나타나는 것을 가리킴.

3) 「而」救此急也? : 『견신화』에서는 「而」 부분이 출현치 않는 것임을 가리킴.

4) <待其子趙相載侄 謂之子誤□>(侍其侄) : 『견신화』에서는 < > 부분으로 대체되어 나타나는 것을 가리킴.

5) 後人論曰 "許弘之致富 可謂智仁勇三才俱備 而有一未洽處 何也? 其分財之時 處事穩當 甚至於窮交貧族 量宜周給之地 泣而不去 稱以隨上典同死同苦樂之婢子 終不給一斗落一■之田土 是豈人情之所爲哉? 其妻二十石落內三分一 分給其婢子 仍燒奴案 以作平民 表其忠誠 至可! 至可!" : 『견신화』의 후반부에 새로 덧보태진 부분을 가리킴.

6) ■는 원문에 해당 글자가 결락된 부분을 가리킴.

7) □는 원문 가운데 판독 미심의 글자를 가리킴.

卷之上

(1) 李土亭之菡 生而穎悟 天文地理·醫藥卜筮·術數之學無不通曉 未來之事 務(豫)先知之 世皆稱以爲神人 兩足係一圓瓢子 杖下又係一圓瓢子 行于海水之上 如踏平地 無處不往 如瀟湘·洞庭之勝 皆目見而來 周行四海 以爲'海有五色 分四方中央 而隨其方位而同色'云 家甚貧寒 朝夕無以供 而不以介于心 一日 坐於內堂 夫人曰 "人皆稱'君子有神異之術'云 見今乏(之)粮 將絶火矣 何不試神術「而」救此急也?" 公笑曰 "夫「人」之言 旣如此 吾當少試之矣." 命婢子 持一鍮器而諭之曰 "汝持此器 往京營橋前 則有一老嫗 以百錢願買矣 汝可賣來." 婢子承命而往 則果有願買之老嫗 一如所指敎 仍捧價而來 又命曰 "汝持此往西小(小西)門外市上 則有蓑笠人「以」匙箸 將欲急賣矣 汝以此錢買來." 婢子又「往」 則果符其言 持匙箸來「納」

卽銀匙箸也 又命曰 "持此而往畿營前 下隷方失其銀匙箸而來求同色者 示此 則可給(捧)十五兩錢矣 汝可賣來." 婢子又往見 則又符其言 捧十五兩「而」來 更以一兩錢 給婢子而言曰 "買器之老嫗 初失食器而欲代之矣 今爲(焉)得其所失之器而欲還退 汝可還退而來." 婢子又往見 果然 仍還退其器而來 以其錢與器 傳于夫人 使作朝夕之費 夫人更請加數 則笑曰 "如斯足矣 不必添加." 其神異之事 類多如此

(2) 李公慶流 以兵曹佐郎 當壬辰倭亂而其仲氏投筆供武職 助防將邊璣出戰 時以其仲氏從事官啓下而名字誤以公書之 仲氏曰 "以吾啓下而誤書汝名 吾可往矣." 公曰 "旣以吾名啓下 則吾當往." 仍束裝而辭于慈親 蒼黃赴陣 邊璣出陣于嶺右 大敗而逃 軍中無主將 仍大亂 公聞巡邊使李鎰在尙州 單騎馳赴之 與尹公暹·朴公篪 同處幕下 又戰不利 一陣陷沒 尹·朴兩公 皆被害 公出陣外 則奴子牽馬而待之 見而泣告曰 "事已到此 願速〃還洛可也." 公笑曰 "國事如此 吾何忍偸生?" 仍索筆 告訣于老親及伯氏 藏于袍裾中 使奴傳之 欲還向賊陣 則奴子抱而泣不捨 公曰 "汝誠亦可佳 吾當從汝言 而吾飢甚 汝可得飯以(而)來." 奴子信之不意(疑) 尋人家乞飯而來 則公已不在矣 奴子望賊陣 疼(痛)哭而歸 公以得飯爲托「而」逐奴 仍回身更赴敵陣 手擊(格)殺數人而仍遇害 時年二十四 四月二十四日而尙州北門外坪也 其奴牢(牽)馬而來 擧家始聞凶報 以發書之日爲忌日而始擧哀 其奴自刎(頸)而病死 馬亦不食而斃 以新(所)遺衣冠 斂而入棺 葬「于」廣州突馬面先塋之左麓而其下又葬奴與馬 尙州士林設壇而行俎豆禮 自朝家 贈職都承旨 乙卯正宗(廟)朝以親筆書忠臣義士臺 建閣於北畔 命使三從事竝享而春秋行祀 公卒後 每夜來家中 聲音笑貌 宛如生時 對夫人趙氏酬酢 無異平昔 每具饌而進 則「飮」啖如生時而後乃見之 飮食如前 每於日昏後始來 臨鷄鳴 則出門而去 夫人問'公之遺骸在於「何」處? 若知之 則將返葬矣.' 公愀然曰 "許多白骨堆中 何由辨知乎? 不如置之爲好. 且吾之白骨所埋處 亦自無害矣." 其他家事區處 一如平昔(時) 小祥後 數(間)日降臨矣 及大祥時 乃

辭曰 "從今以後 吾將不來矣." 時公之子府使公年四歲矣 公撫而嗟嘆曰 "此
兒必登第而不幸 當不幸之時然而伊時吾當更來." 仍出門 伊後更無形影 其
後二十餘年後 光海朝 公之子登第 謁廟之時 自空中 呼新恩進退 人皆異之
公之母親 常有病患 時則五六月間也 喉渴思橘 若得喫 則病可解矣 無由得
橘 數日後 自空中有呼兄「聲」伯氏公下庭而仰視 則雲霧中 公以三介橘投
之曰 "老親念橘 故吾「於」洞庭得來矣 可以進之." 仍忽不見 以橘進之 病患
卽差 此時(是)陶菴李文正神道碑銘曰 "空裡投橘 神怳(恍)惚兮云."者 卽此
也 每當忌辰 行祀之時 闔門之後 則必有匙著(箸)聲 其庶族秉鉉語人曰 "吾
少時參祀 每聞此聲矣. 近日以來 未嘗聞云矣." 其家行祀時 餠有人毛之入
者 罷祀後 聞之 則外舍有呼奴之聲矣 家人怪而聽之 則出自舍廊 奴子承命
而入 則使捉致蒸餠婢子 分付曰 "神道忌人毛髮 汝何不察? 汝罪可撻." 仍
命撻楚 自是每當忌辰 雖年久之後 家人不敢少忽焉耳

(3) 李文淸秉泰 監司▉(澤)之侄子也 性云至孝淸儉 一毫不以取於人 位
至副學 居不容膝 衣不掩身 言議淸高 有廉頑起懦之風 自失怙之後 就養於
監司公 監司公按海西 時病患沈篤 公時副學上疏陳情 乞欲往省 特許之 借
隣戚家駑馬 與奴發行 向海營 中路馬斃 仍徒步而及抵營下 阻閽不得入 盖
閽者見其破笠弊袍 殆同乞人 阻而不許入 不知爲巡營親侄故也 公亦不自言
之 少待于門外矣 新延下隷之在京承顏者 見而驚之 迎拜前導而入「及」門
監司公見儀叱責曰 "此何貌樣? 此是辱朝廷也 汝旣請由 則時任副學也 乘
駟而來 可也 今以乞客樣 徒步下來 自此海「西」之民 以副學之位 皆如此等
人知之矣 豈不貽羞乎? 可卽退去." 公不敢入門 惶慽(蹙)而退于冊室矣 少
焉自內出送一襲「衣」笠子新件玉圈紅帶 使之改服「而」來 公迫於嚴敎 不得
已承命改服 上下一新 始乃進拜於澄軒 則監司公笑而敎曰 "乃今始知「爲」
副學矣." 留月餘告歸 臨發盡脫冠巾 別封以置而還着來時之弊衣而歸

(4) 文淸公 初除嶺伯 辭不赴 上怒之 特補陜川郡守 邸人來「見」則絶火

已屢日矣 所見甚悶 以一斗米·一級靑魚·數束薪 入送于內矣 公下直而
出見白飯靑魚湯 問家人'此物從何得?' 家人以實對 公正色曰 "何可受下隷
無名之物乎?" 仍以其飯羹 出給邸人 及到郡 一毫不近 治民以誠 時値大旱
一道皆祈雨而無驗 公行祀後 仍伏於臺下暴陽之中 失(矢)心曰 '不得雨 則
以死爲期.' 只進米飮而數日心禱矣 第三日之朝 果(一朶)黑雲 出於所禱之
山上矣 暫時大雨注下 一境周洽 接境之邑 無一點雨之過境者 一道之內 陜
川一郡(境) 獨占大登 吁亦異矣 海印寺有紙役 寺僧「每」以此爲痼弊矣 自
公上官之後 一張紙 曾不責出矣 一日 適有修簡事 責納三幅簡紙 則寺中各
房僧 以十幅來納 公命捉來僧而分付曰 "自官旣有三幅之分付 則一幅加減
俱是罪也 汝何敢加數來納乎?" 仍留置三幅 餘皆還給而送之 其僧受簡而
出給官隷 則俱不受 不得已掛之外三門楣之上而去 伊後 公適出門 見而怪
之 問而知之 笑曰 "使置案上矣." 遞歸時見之 則加用一幅 所餘六幅 置簿
於重記 公於暇日遊海印寺 見題名之多 指龍湫上特立之岩曰 "此石面題名
則好矣 而石立於水深處 無接足可刻之道云矣." 諸僧徒聞此言 七日齋戒
禱于山神 時當五月 潭水氷合 仍伐永(木)作梯而刻 此而(是)傳來之事而遞
歸時 邑中大小民遮路曰 "願留一物以爲永世不忘之資云〃." 公曰 "吾於汝
邑 一無襯身之物而製一道袍矣." 此以(以此)出給 卽麤布也 民人輩 以此立
祠而號曰 '淸白祠.' 至今春秋 享以俎豆焉

(5) 李三山台重 以言事 忤上旨 出補甲山府 時靈城朴文秀 按北關矣 公
至 坐於樂民樓上而待之 公延命後 入見巡使 則文秀曰 "令監老論中峻論也
吾亦少論中 以「峻」爲名者也 今日相逢 適又從容 請與論議 可乎?" 公曰
"諾." 文秀曰 "吾則曰(ψψψ) 老少論 俱是逆云矣." 公曰 "天下義理 無兩是
雙非 敎下(下敎)何爲(謂?)也?" 文秀曰 "少論於戊申乙亥 有擧兵之擧 此則
今朝之逆也 老論終是景廟之逆也故云爾." 公笑曰 "老論無稱兵之擧 何可
與少論同日語哉? 使道旣使之有懷無隱 則終日危言「而」無誅 可乎?" 朴曰
"諾."「公曰」"少論之中 下官以使道爲逆賊云矣." 文秀大驚變色曰 "何爲

(謂)也?"「公曰」"使道按廉三南 爲三年之久矣(也) 麟賊之醞釀 其果不知乎? 若「曰」不知 則溺職矣 若曰 知之 則豈不伏知情之罪哉(耶)? 以是 知以(其)爲逆矣."文秀面如土色曰"不必更論此等事. 名樓可張樂矣."仍呼妓設樂 極歡而罷

(6) 三山按箕臬也 崔鎭海時爲宣川任 李仁剛在中和任 崔「則」英廟外家也 李則顯隆「園」外家也 公於登程之日 語人曰"此兩人 何「可」置字牧之任也? 到卽罷黜云矣."及到中和 本倅入謁 公問曰"君爲誰?"對曰"東宮外四寸也."公張目曰"誰〃"又對如前 仍使退出 卽地修啓曰"中和府使李仁剛 毛羽未成 言語做錯 不得已罷黜云〃."到淇之後 宣川府使來延命矣 及入謁 公又問曰"君爲誰?"崔鎭海答曰"小人宣川府使也."公厲聲曰"吾豈不知宣川府使耶? 問君爲何如人也?"鎭海曰"小人門閥卑賤 而荷國厚恩 滾到于此矣 此任於小人過濫莫甚矣 使道只可知宣川府使崔鎭海而已 其餘不須問. 小人連婚接族非市井 則乃是吏胥也. 雖擧某〃名字而對之 使道何由知之乎? 此等處「分」不必下問矣."公微笑 心善之 款待而送之 自此以後 顧念異於他倅 事〃皆從 一言契合 有如是矣 兩人「之」優劣 從可知矣

(7) 李萬戶秉晋 文淸公秉泰之庶族也 以御營廳別軍官 出夜巡被酒 坐於街上 有燭燈(燈燭)導前 而一儒生橫烟竹而過 軍卒詰問其行「止」傍(旁)有一隸呵之曰"汝焉敢問也云〃?"如是之際 萬戶追到而問之 則其下隸又復如前呵之曰"副學宅從氏 方往其家 何敢問之「也」?"萬戶曰"雖是副學從氏 白衣犯夜 何爲犯法也?"其儒使之問彼來者爲誰 曰"吾牌(裨)將也."儒生曰"此牌(裨)將不解人事矣."須諭(問)其從子 又曰"此位卽副學宅從氏也 斯速退去. 牌(裨)將姓名爲誰?"萬戶曰"吾之姓名欲知「之」乎? 吾是副學之子·副學之叔·副學之從孫·副學之四寸·副學之五寸·副學之六寸也 以「此」六副學 尙此「行」牌(裨)將事 這位以單副學從氏犯夜而侮人乎?"仍使軍卒挽止 使不「得」前 其儒生始大驚而無數摧謝 久乃放送

(8) 凡人之登第也 必有見兆於夢寐者或多 李副學德重公家在「西」學峴 家本貧寒 曉將赴庭試科場 爲備曉飯 貸米於人(隣)家 不滿一升 置之木器 中矣 夫人夜夢 則其米粒〃 皆爲龍 小龍充滿于木器「之」中矣 驚覺而起 親 自舂而淅之 炊飯之際 門外有剝啄之聲而三山李公台重入來 副學公驚起 延之而問曰 "兄何爲而今始入來?" 三山公曰 "徒步而「來」 足繭而日暮未及 於昨日 宿於城外店舍 今始來到云." 與公爲三從間而時居結城故也 公入內 問有餘飯 則一器之外 無他餘者 公命使備送「于」外舍 與三從氏分喫而將 赴擧矣 夫人曰 "「此飯」決不可分食云"「公」問其故 夫人以夜夢告之 公責 之曰 "何可以此「而」獨喫 使兄飢之乎? 若有如此之心 則天神必不佑矣." 使 之出送矣 夫人不得已出送 從窓間窺之 則三山公進飯啖之 以其半許 副學 公啗之 與之入場矣 榜出 兩公俱登第

(9) 奉朝賀李公秉常 風常儀動盪 美如冠玉 朝裡(野)之人 皆稱以神仙中 人 家在圓峴下冷井洞 一日之夜 滅燭將寢 忽爾淫風入戶 冷氣逼骨 有一物 臥於前 以手撫之「則如」一塊枯木 卽使擧燭見之 則乃一小斂之屍也 心甚 訝異 使之解絞而見之 則一老嫗也 仍更結其絞而置之於廳上矣 翌朝 問 (聞?)之 洞口外賣餠家老嫗 身死三日 忽失屍體云〃 公招其子而出給 蓋此 老嫗每於公出入「之」時 瞻其儀容 欽慕(慕)不已 以至身死 而一念(心)不 (未)解 乃有此擧 亦可異也 時有一宰相 以副价 將赴燕 發行前一日 遭其母 喪 公爲其代 一夜之間 治行而發 至定州之客舍 將就枕(寢) 更深後 忽有曳 履而開戶聲 有一人嘖〃而入 以手撫之曰 "焉有不救其母病而作此行也?" 公思之 似是遭「母」喪人之翁 曾爲定州牧而得病死於此處者也 公曰 "吾則 李某也. 某也爲副使, 遭故不來, 故吾乃代行云爾." 則其人大驚而遽出門外 此其牧使之魂 意其子之作行而來故也 公之精神氣魄有如是矣

(10) 靈城君朴文秀 少時(年)隨往內舅晋州任所 眄一妓而大惑 相誓以彼 此同日死生 一日在書室 有一醜惡之婢子 汲水而「過」諸人指笑「而言」曰

“此女年近三十 而以魘惡之故 尙不知陰陽之理云 如有近之者 則可謂積善
必獲神明之佑矣.”文秀聞其言 其夜 厥女又過 仍呼入而薦枕(寢) 厥女大樂
而出 及還洛 登科十年之間 承暗行之命 到晋州 訪其所眄之妓家 立於門外
而乞飯 則自內一老嫗出來熟視曰“怪哉! 怪哉!”文秀問老嫗曰“何爲如是
也?”老嫗曰“君之顔面 恰似前〃等內朴書房主樣「子」故掻(怪)之矣.”文秀
曰“吾果然矣.”老嫗驚曰“此何事也? 不意書房主作此乞客而來也. 第可入
吾房內 小留喫飯而去.”文秀入房坐定 問君之女安在 答曰“方以本府廳妓
長番而不得出來「矣」云.”而方燕火炊飯 忽有曳履聲而其女來至廚下 其母
曰“某處朴書房來「此」矣.”其女曰“何時來此而緣何故「而」來云耶?”其母
曰“其狀可矜 破笠弊衣 卽一丏乞兒 問其委折 則見逐於其外家前〃使道
家 今方轉〃乞食而來「以」此處曾是久留處(地) 吏隷輩而(面)熟 故欲得錢
兩「而」委來云矣.”其女作色曰“此等說 何爲對我而言也(耶)?”其母曰“欲
見汝而來云 旣來矣 一次入見 可也.”其女曰“見之何益? 此等人不欲見之.
明日兵使道生辰 守令多會 張樂於蠹石樓 營本府以妓輩衣服「事」申飭至嚴
吾之衣裳箱中 有新件衣裳矣 母氏出來也.”其母曰“吾何以知之? 汝可入而
持去也.”其「女」不得已開戶而入 面帶怒色 不轉眸而開箱出衣 不顧而出去
文秀乃呼其母而言曰“主人旣如是冷落 吾不可久留 從此逝矣.”其母挽止曰
“年少不解事之妓 何足責也? 飯幾熟矣 少坐喫飯而去「可也」.”文秀曰“不
願喫飯.”仍出門 又尋其婢子之家 則其婢子尙汲水矣 汲水而來 見其狀貌
「良」久熟視之曰“怪哉! 怪哉!”文秀問曰“何爲見人而稱怪?”其婢子曰“客
之貌樣 恰似向來此邑冊房朴書房 故心竊怪之.”對曰“吾果然矣.”其婢子去
水盆于地 把手大哭曰“此何事「也」? 此何樣也? 吾家不遠 可偕往.”文秀隨
而往 則有數間斗屋矣 入其房坐定 泣問其丏乞之由 對如俄者對妓母之言
其女驚曰“一寒如此哉 吾以爲書房主大達矣 豈料到此? 今日則願留吾家
云.”而出一魘箱 卽紬衣一襲 勸使改服 文秀曰“此衣從何出乎?”「對曰」“此
是吾「之」積年汲水雇貫(賃)也 聚錢貿此 貫(賃)人縫衣以置 此生若遇書房
主 則欲以表故情也.”文秀辭曰“吾於今日 以弊衣來此 今忽着此新件衣服

則人豈不怪訝乎? 從當着之 姑置之." 其女入廚而備夕饍 入後面 口呐〃 若
有叱焉者 然又有裂破器皿之狀 文秀搔(怪)而問之 則答曰 "南中敬鬼神矣
吾自送書房主後 設神位而朝夕祈禱 只願書房主立身揚名矣 鬼若有靈 則書
房主豈至此境耶? 以是之故 俄者裂破而燒火矣." 文秀忍笑而感其意 而已
(已而?)具夕飯以進 文秀頓服而留宿 平明催飯曰 "吾有所往處." 仍出門 先
往矗石樓 潛伏於樓下 日出後 官吏紛〃 修掃肆筵設席 少焉兵使及本官出
來 隣邑守令十餘人 皆來會 文秀突入上座 向兵使而言曰 "過去客子欲祭盛
宴(筵)而來矣." 兵使曰 "第坐一隅 觀光無妨矣." 而已(已而?)盃盤狼藉 笙歌
嘈眞(轟) 其妓女立於本官背後 服飾鮮明 含嬌含態 兵使顧而笑曰 "本官近
日大惑於厥物耶? 神色不如前矣." 本官笑而答曰 "寧有是理? 只有名色, 無
實事矣." 兵使笑曰 "必無是理." 仍呼使行盃 其妓行盃而次〃進前 文秀請曰
"此客亦善飲 願請一盃." 兵使曰 "可進酒." 妓乃酌酒 給知印曰 "可給彼客."
文秀笑曰 "此客亦男子也. 願飲妓手之盃酒." 兵使與本官作色曰 "飲則好矣,
何願妓手乎?" 文秀仍受而飲之 進膳(饍)而各人之前 俱是大卓 而自家之前
不過數器而已 文秀又言曰 "俱是班也, 而飲食何可層下乎?" 本官怒曰 "長
者之會 何可如是至煩? 得喫飲食 斯可速去矣 何爲多言也?" 文秀亦怒曰
"吾亦非長者乎? 吾已有妻有子 鬚髮蒼然 則吾豈孩少乎?" 本官怒曰 "此乞
客忘(妄)悖矣 可以逐出." 仍分付官隷 使逐送 官隷立於樓下呵叱曰 "斯速下
來." 文秀曰 "吾何以下去? 本官可以下去「矣」." 本官益怒曰 "此是狂客也.
下隷輩焉敢不爲曳下乎?" 號令如霜 而知印輩擧袖推背 文秀高聲曰 "汝輩
可出去." 言未已 門外驛卒大呼曰 "暗行御史出道矣." 自兵使以下 面無人色
而蒼黃幷出 文秀高坐而笑曰 "固當如是出去矣." 仍坐於兵使之座而自兵使
以下各邑守令 皆具帽帶請謁 一〃入現 禮罷後 文秀命捉入其妓 又呼其母
而分付於妓曰 "年前吾與汝 情愛何如? 山崩海渴 而情好不變爲約矣 今焉
吾作此樣而來 則汝可念舊日之情 好言慰問 可也 何爲發怒也? 俗云'不給粮
而破瓢者' 正謂汝也. 事當卽地打殺 而於汝何誅?" 仍畧施笞罰「謂」妓母曰
"汝則稍解人事 以汝之故 姑不殺人(之)." 命給米肉 又曰 "吾有所眄之女 斯

速呼來." 仍使汲水之婢升軒而坐於傍 撫之曰 "此眞有情女子也. 此女陞付
妓案 使行〃首事 而某妓降付汲水婢." 仍招入本府吏房 毋論某樣錢二百金
(兩)「斯」速持來 以給其婢子而去「矣」.

(11) 耆隱朴文秀 以繡衣行 轉向他邑 日晚不得食 頗有飢色 仍向一人之
家 則只有一童子而年近十五六「矣」. 仍向前乞一盂飯 則對曰 "吾則偏母
(親)侍下而家計貧窮 絶火已數日 無飯與客." 文秀困憊少坐 童子屢瞻見屋
漏之紙囊 微有慼(慘)然之色而卽解囊入內 數間斗屋戶外 卽其內堂也 在外
聞之 則童子呼母曰 "外有過客 失時請飯「人飢」豈不可顧耶? 粮米絶乏 無
以供飯 以此炊飯 可也." 其母答曰 "如此而汝親之忌事 將闕之乎?" 童子曰
"情理雖切迫「而」目見人飢 何可不救乎?" 其母受而炊之 文秀旣聞其言 心
甚惻然 童子出來 文秀問其由 則答曰 "客子旣聞知 則不得欺矣. 吾之親忌
(忌)不遠 無以過祀 故適有一升米 作米紙囊懸之 雖闕食而不喫矣 今客子
飢餓 而家無供飯之資 不得已而以此炊飯矣, 不幸爲客子所聞知, 不勝慼
(慘)愧云〃." 方與酬酢之「際」有奴子來言曰 "朴道令斯速出來." 其童子哀
乞「曰」"今日則吾不得去矣." 文秀問其姓 則是仍(乃)同宗也 又問'彼來者
爲誰'曰 "此邑座首之奴也. 吾「之」年紀「已」長 問(聞)座首有女通婚 則座首
以爲見辱云 而每送奴子 捉我而去 捽曳侮辱 無所不至 今又推捉矣." 文秀
已(乃)對奴而言曰 "吾乃此童之叔也. 吾可代往." 飯後 仍隨奴子而往 則座
首者高坐而使之捉入云 文秀直上廳坐而言曰 "吾姪之班閥 猶勝於君 而特
以家貧之故 通婚於君矣 君如無意 則置之可也 何每〃捉來示辱 君以邑中
首鄕而有權力而然耶?" 座首大怒 捉入其奴而叱之曰 "吾使汝捉來朴童 而
汝何爲此捉(捉此)狂客「而」來 使汝上典見辱乎? 汝罪當笞." 文秀自袖中
露示馬牌曰 "汝焉敢若是?" 座首一見而面如土色 降于階下俯伏曰 "死罪,
〃〃." 文秀乃曰 "汝可結婚乎?" 對曰 "焉敢不婚?"「文秀」又曰 "吾見曆 三
明卽吉日 伊日吾當與新「郞」偕來矣 汝可備婚具以待." 座首曰 "敬諾." 文
秀仍出門 直入邑內而出道 謂其本官曰 "吾有族姪而在於某洞 與此邑首鄕

通婚而期在某日 伊時「婚具」及宴需 自官備給爲好."本官曰"此是好事 何
不優助? 須當如命."又請隣邑守令 當日文秀請新郞於自家下處 具冠服而
文秀備威儀隨後 座首之家 雲幕連天 盃盤浪(狼)藉 座上御史主壁 諸守令「
本官」皆列座(坐) 〃首之家 一層光生(生光)輝矣 行禮後 新郞出來 御史命
拿入座首 座首叩頭曰"小人依分付 行婚禮矣."御史曰"汝田與畓幾何?"
曰"幾石數矣."曰"分半「給」女胥(汝婿)乎?"座首告「曰」"焉敢不然?"御
史曰"奴婢牛馬幾何? 器皿什物「亦」幾何?"答「曰」"幾口幾疋(匹)幾件幾
個矣."曰"又爲分半給女(汝)婿乎?"答曰"焉敢不然乎?"御史卽命書文記
而證人首書御史朴文秀 次書本官某 〃邑倅列書而踏馬牌 仍而轉向他處 爽
快 〃〃

(12) 尹判書游 以副使奉命入燕 知舊中問公曰"「令」公之風流 歷箕城 必
有妓女之所眄矣."尹公答曰"聞無可意者 而只有一妓可合 此則將使薦枕
(寢)云 厥女妓卽時箕伯之子所壁(劈)之者也 聞此言 猶恐失之 使行入府 時
深藏而不出 副使到箕城 留二日 仍無某妓待令之言 箕伯之子以爲'傳言之
訛矣.'及其發行之時 坐於轎上而言曰'吾忘之矣. 某(其)妓卽知舊之託而未
及招見 可暫招來.'下隷傳言 則箕伯之「子」意以爲今當發行 出送固無妨云
使之出送矣 副使「問」曰'某班汝知之乎?'曰'然矣.'副使〃「之」近前 出轎
內饌盒而命喫之 其妓以手受賜之際 仍把手而入轎內 仍使之闔轎門 載于
馬 勸馬一聲 飛也似出普通門 箕伯之子聞此報 雖忿而無奈何矣 副使仍與
之 請(偕)往灣上(府) 渡江時言曰'汝若歸去 則好矣. 不然 留待明春之回
還.'其妓願留「待」明春 又偕來."聞者絶倒.

(13) 金相若魯以兵(箕)伯 移兵判時 按箕營未久 江山樓臺·笙歌綺羅
(麗)不能志(忘)懷 大發火症「揚」言曰"兵曹下隷 如或下來 則當打殺云〃."
兵曹所「屬」無敢下去者 龍虎營諸校 屬相與議曰"將令如此 固不敢下去
若緣此而不得下去 則又有晚時之嘆(罪) 此將奈何?"其中一校曰"吾當下

去, 無事陪來矣, 君輩其將「厚」饋我乎?” 皆曰 “君如下去 無事陪來 則吾輩
當盛備酒饍(饌)而待之.” 其校曰 “然則吾將治行矣.” 仍擇巡牢中身長而有
風威氣力者十雙 服色皆新造而號令之聲·用棍之法 皆使習之 與之同行 時
若魯每日設樂於鍊光亭而消遣 望見長林之中間 有三〃五〃來者 心甚訝之
而已(已而?)有一校衣服鮮明而趍入於前 使下隷告曰 “兵曹敎鍊官現身矣.”
若魯大怒 拍案高聲曰 “兵曹敎鍊官 胡爲而來哉?” 其人不慌不忙而上「階」行
軍禮而後 仍號令曰 “巡令手斯速現身(謁).” 聲未已 二十餘個(箇)巡牢趍入
拜於庭下 分東西而立 其身手也·軍服也 比箕營羅卒 不啻霄壤 其校忽又
高聲號令曰 “左右「禁」喧譁.” 如是者數次 仍俯伏而稟達曰 “使道雖以方伯
行次「於」此處 固不敢如是 今則大司馬大將軍行次也. 渠輩若(焉)敢若是喧
譁而邑校不能(得)禁之(止)乎? 「邑」校不可不拿入治罪矣.” 仍號令曰 “左右
禁亂. 邑校斯速拿入.” 巡牢承命而出 以鐵索繫頸而拿入 其校仍分付曰 “使
道行次 雖是一道方伯 不可如是擾喧 況今大司馬大將軍行次乎 汝輩焉敢
不禁<止乎>?”(其亂雜云)「而」仍使之依法 巡牢執其所持去之兵曹白棍袒
衣而棍之聲震屋「宇」 其應對之聲·用棍之法 卽京營之例 而與箕營之隷
不可同日而語矣. 若魯心甚爽然 下氣而坐 任其京校之爲 之(至)七度 其校
又稟曰 “棍不可(過)七度.” 使之解縛而拿出 若魯心甚無聊 呼營吏謂曰 “營
門付過記並持來以給京校.” 其校受之 一〃數其罪而或棍五度 或七九度而
拿出 若魯又曰 “前付過記之炎周者 並付京校.” 其校又如前之爲 若魯大喜
問京校曰 “汝年幾何而誰家人也?” 對以年幾何某家「之」人也 曰 “汝「於」箕
城初行乎?” 曰 “然矣.” 曰 “如此好江山 海(汝)何可一番不遊乎?” 仍入帖下
記以錢一百兩·米五石 書以(而)給之曰 “明日可於此樓一入遊 而妓樂飮
食 當備給矣 仍信任如熟面人 留幾日 與之上京 一時傳爲笑談矣

　(14) 尹㷱判弼秉 午人也 居抱川 以生進 將赴到記場 曉到東門外 則時尙
早 門未開 仍入酒店而少坐 伊時適有隣居人賣柴之行 「仍」坐牛輩(背)柴
上而來矣 店主出迎而問曰 “生員此行赴科而姓是尹氏乎?” 答曰 “然矣.”

店主曰"夜夢一人 牽牛而駄柴 〃上又有五彩玲瓏之一怪物 從此路而來入
于酒店 故問「其」柴上「載」何物?"則答曰"此牛産雛而乃是龍也. 故欲賣於
京市而來云."驚覺而心竊訝之 生員既從此路而又坐牛柴上 姓姓又尹氏云
嘗聞尹氏 指以爲牛而龍是科徵也 可賀登科 尹氏笑而(以)責之「而」入城
果登「是」科

(15) 李監司溭 致祭時 朝士多會 時張武肅公以漢城判尹兼訓將而恭坐
(參座)矣 大廳之上 倚席枕 吸烟竹 俞「公」拓基 以臺諫後至 及到廳邊 還下
去 會客「皆」莫知其故矣 俞相坐於小舍「而」分付諫院吏曰"大廳上橫竹倚
枕之重臣 誰也?"對曰"訓鍊使道也."俞相叱曰"今日公會也. 武將焉敢如
是無禮於公座乎?"公乃投竹而起曰"可以去矣."一蹙眉而網巾坼裂 伊後
逢俞相 以執法之意致謝而交歡而罷 俞相之執法·武肅公之氣岸 槩如此
(是)矣

(16) 張武肅公 嚴於忠逆之分「如」時相李光佐 必去姓而呼·次對 時光佐
奏曰"近日武將驕蹇 事多寒心. 臣既添(忝)在大臣之列 而武將慢侮特(忒)
甚 朝体(禮)恐不如是矣."上曰"武將誰也?"對曰"訓將也."上將欲下問之
時(際) 右相閔公鎭遠(丹巖)入來就座(坐)後 公起伏曰"小臣之敬大臣如是
矣. 彼領相 則逆賊(臣)也 臣雖武臣(將) 何事禮賊「臣」乎?"上大怒 命削職

(17) 申大將汝哲 少時 習射于訓諫(練)院 歸路都監「軍」一人 乘醉詬辱
申公仍(乃)蹴殺之 直入李貞翼公浣家通刺 使之入來而寒暄罷 李公問'何爲
來見?'申公對曰"某名某也. 俄於射亭「而」歸路都監軍士如斯如斯 某果蹴
殺之矣. 此將奈何?"李公笑曰"殺人者死 三尺至嚴 焉敢逭律?"申公曰"死
死則一也 殺「一」軍士而死 非丈夫之事「也」欲殺其大將而「死」如何?"李公
曰"汝欲殺我乎?"申公曰"五步之內 公不得恃其衆矣(也)."李公「笑」曰
"第姑俟之."仍分付「於」都監執使(事)曰"聞軍卒一人 乘醉臥於街上 托以

佯死須擔來." 下隷承命「而」擔來 則拿入決棍而出之 仍而(以)無事 李公使
留之曰 "汝大器也. 可親近往來." 愛之如「親」子侄(姪) 一日 召而言曰 "吾
親知人家在不遠而以染疾 擧家皆死 無人殮襲 諸俱(具)吾已備置 今夜汝可
往其家 躬自殮襲 可也." 申公承命而至夜執燭而往 則一房之內 有五尸 乃
(仍)「以」布木 次〃敍之 至第三尸 將斂(殮)之時 忽然尸起而打頰矣 燭又
(乃)滅矣 申公少不驚動 以手按之曰 "焉敢如是?" 公呼人 爇燭而來 其尸大
笑起座(坐) 乃是李公也. 盖李公欲試其氣膽(膽氣)而先臥尸側矣

(18) 世傳若通內侍之妻 則登科云 趙相顯命 少時聞其言而欲一試之 使
人居間而致意於壯洞一宦侍之「妻」其女許之 約以某日內侍入番後潛來矣
及期委往 果無人矣 仍與其女交歡「而」臥矣. 夜將闌 有開門聲而內侍入來
趙相驚遑 莫知所爲 其女指之曰 "但坐此 隨問隨答 可也." 已宦者着公服而
入來 其女問曰 "大監何爲夜出也?" 宦侍曰 "適承命 往毓祥宮 歸歸路爲暫
見君而來矣." 因(仍)顧見趙相「而問」曰 "此何許人也?" 其女笑以(而)答曰
"富平居吾之娚兄也." 宦侍致疑曰 "君是富平金生乎(耶)? 何不趂則(卽)來
訪而今始來而何時入來乎?" 曰 "今夕始來矣." 伊時適有科期 宦者曰 "欲有
(見)科而來乎?" 曰 "然矣." 宦者忽〃(忽忽)而起曰 "吾今入去矣. 須與君妹
敍阻懷也." 臨起托曰 "君「於」入場後 必坐於薑田上 則吾當以木(水)刺茶啖
退物得給矣." 曰 "諾." 宦者出門後 笑而與其女同寢 至曉乃去 數日後入場
而慮其來訪 坐於壯元峯下見 一內侍與紅衣者 遍訪於場內曰 "富平金生 坐
於何處云〃?" 諸人皆不知「而」趙相心獨知「之」其人漸近 趙相乃以扇掩面
而臥 知舊之在傍者嘲之曰 "汝是金生乎? 何爲聞其聲而避臥也?" 趙相不
答而臥矣. 其宦侍來訪而問之 傍人以弄談指示曰 "臥此矣." 宦者擧扇而見
之曰 "君旣在此而雖是喧擾中 何不應聲也?" 自紅衣袖中 出果肴之屬而饋
之曰 "以此作饒飢之資云〃." 一接笑 而趙相無一言矣. 果登是科 以此每〃
見嘲於親知中云爾

(19) 金鉉者 英廟朝臺臣也 鯁直敢言 人號曰"鐵公." 宋淳明除箕伯 辭朝
而出南門外 時有餞(餞)之者 盃盤豊厚 金鉉適在「座」同盃矣. 撤床未幾「而」
宋對座客而言曰"吾之姑母家在近 暫拜而來矣, 可少坐焉." 仍出門而去 未
幾還來 將欲發行 坐客皆作別 而金正色而言曰"令監不可發行, 須遲焉."
宋曰"何故也?" 金曰"令監以主人 不顧座上「之」客面而出門 此則大失賓
主之體禮也. 飮食出給下隷而旋卽出門 下隷何暇得喫餘瀝乎? 此則不通下
情矣. 大失體禮·不通下情而何可受方伯之責而導率列邑守宰乎? 吾將治
疏矣." 仍起去 宋意其戱言而發程矣 金歸家「而」卽治疏駁之曰"臣於新箕
伯之私席 有一二事目見者 大失體禮·不通下情 不可置之方伯之任 請改
差." 上以依施下批 宋纔到高陽而見遞, 古之官箴 乃如是矣.

(20) 英廟戊申 嶺「南」賊鄭希亮 起兵於安陰 以應麟佐 希亮桐溪之宗孫也.
初名遵儒而以名祖之孫 稱有學問 頗有名於嶺右者也 以其梟獍之性 敢生射
天之計 以熊輔爲謀主而先發兇檄 進兵居昌 本倅逃走 執座首李述源(原)而
使之起軍 則李述原據義責之 辭氣凜烈 賊使之降 則述源(原)憤罵曰"吾頭
可斷 此膝不可屈於汝也. 汝以名祖之孫 世受國恩 國家何負於汝而汝作此
擧也? 獨不恭於汝祖忠節乎?" 賊怒以刀脅之, 述源(原)終不屈 遂遇害 至死
罵不絶口. 其子遇芳 收其尸 斂之安葬于枕流亭而哭曰"父讐未報(雪) 吾何
生爲? 且復讐之後 乃可葬也." 仍白衣起軍 與賊戰于牛頭嶺之下, 遇芳居先
力戰 夜登皐而呼曰"居昌之軍民聽我言. 希亮國賊也. 汝輩若從之「則」死亡
無日矣 汝輩之中 如有縛致吾陣者 赦前罪錄勳 利害順逆不難卜矣云." 而周
行倡聲而邑校數人 適(通)在賊陣 夜縛希亮而致之陣中 諸議皆以爲'囚之檻
車上 送大陣 可也.' 遇芳泣曰"殺父之讐 吾何可一時共戴天乎?" 仍以刀割
(刳)其腹而出肝 祭于父柩前 仍行襄禮 自朝㫌其閭而贈職 建祠于熊陽面 名
曰"襃忠祠." 春秋享之 李遇芳「以」承傳「筮」仕官縣監

(21) 麟佐之起兵也. 初粧喪車而兵器束作棺樣 擔軍皆賊徒也. 以數十喪

車「懀」驀入淸州城內 營將南忠壯延年及幕客洪霖 言于兵使李鳳祥曰 "喪車多入城內 事甚怪訝, 請被(破)見而譏察焉." 兵使醉「而」答曰 "過去喪車何必疑訝? 君等退去 可也." 時夜將半 有一雙鵲 上下於樓上之樑而噪之 逐之不去 已而亂作 城中大亂 賊兵擁入營門 兵使昏夢之中 走避于後庭竹林之間 忠壯坐于(於)樓上而號令 賊有問兵使去處 忠壯曰 "我也." 罵賊不屈而「死」遂遇害 賊中有知面者 見之曰 "非也." 遂至竹林而又刺殺之 洪霖以身覆之 幷被害. 兵使營將及裨將 自朝家 幷施旌閭贈職之典 其後 有人題詩于淸州城外南石樓(橋)之上曰 "三更鳴鵲繞樑喧 燭滅華堂醉夢昏 裨將能全蓮幕節 元戎反作竹林魂 雲帷死耳傳唐史 陵獨何心負漢恩 堪笑漁人功坐受 一時榮寵耀鄕村." 此詩傳播 而不知誰作也. 又其後 南忠壯緬禮時 請輓於知舊之間 有兪生彦吉 卽兪知舊樞彦迬從行間也. 詩曰 "吾頭可斷膝難推 千載森〃萬仞催 是夜人能貞節辨 暮春天以雪風哀 名符漢塞張拳死 姓憶睢陽齧指回 堪笑五營巡撫使 忍能無恙戴頭來." 李氏子孫見此詩 指以淸州詩 亦此人之所作也. 至於鳴冤之境 兪生竟被謫 便(是)詩案也.

(22) 尹判書汲 美風儀 善文翰 志又亢 未嘗輕其(與)人交 其其在漢城判書(尹) 時府隸皆以爲'當今之世地處也 風儀也 言論也 文華也 無出於此大監之右云矣.' 一日罷衙 歸路〃逢一騎牛客 衣弊縕而過 彼此見而俱下軺「下」牛 執手而問上來之由 騎牛客曰 "聞美仲闕食 已三日云 而昨日吾家適受還故載米而來 將饋之云〃." 府隸莫不驚而探知騎牛客 卽臨齋尹副學心衡也 美仲李正言彦世之字也.

(23) 李兵使源 提督如松之後也. 朝家以提督之有勞於壬辰之役 收用其孫 位至兵使 有勇力 能超數仞之墻 彎一石弓 其堂叔某居于春川地而躬耕資生 亦有膂力神勇 而人皆不知 春耕(畊)時 家貧無牛 乃手自把耒耟耕(畊)田 則反勝於牛耕(畊) 以是人或怪之 其知舊有爲豊川守(倅)「者」 一日 委往見之 仍言曰 "吾有大禍 欲圖免而力不足 君以故人之情 能活我乎?" 倅曰

“何謂乎(也)?”曰“吾之氣力健實 然後可免此禍 而窮不能如意, 而來(自今?)曰君可饋我全牛乎? 喫十牛 則可免矣.”倅許之 李生每日使牢(牽)牛而「來」屠于前 飲其血 又擧肉而吮之 色白後(卽?)棄之 連日如此(是) 托于本倅曰“日間有一僧 來問吾之下來與否矣, 以姑不來爲言 而彼若不信 則吾以期日之書置矣, 出「此而」示之.”倅許之矣 過數「日」後 門者入告曰“有江原道五臺山僧請謁矣.”使人(入)來 則卽一狀貌獰悍之健僧入來 施禮而問曰“春川李生來此乎?”答曰“有約而姑不來矣.”僧曰“與小僧丁寧約會于此 而過期不來 甚可訝矣.”倅出示其書曰“有書在此 汝試見之. 某日當來云矣.”其僧見書畢辭曰「「伊日」謹當出來云.”而出門 倅怪之 問於李生 則曰“此僧卽殺我之人(者)也. 而吾氣力「尙」未充實 不得敵彼 故欲調補十餘日 始欲與之較力矣.”到伊日 其僧又來請謁(見) 時李生在座 其僧入來 又問李生之來否 李生開戶而言曰“余果來矣.”僧冷笑曰“汝旣來矣, 可出來.”李生自腰間 出一鐵椎而下堂, 與僧對立, 其僧亦(又)出「一」鐵(椎) 相與擊之(之擊) 未幾幷化爲一帶白虹 亘于天際 而空中只有椎擊之聲 而已李生自空中挾椎而落來 仰面而臥如尸 傍人皆驚駭 李生乃瞬目而使勿近 少焉其僧自雲中「又」挾椎而飛下如胡鷹之搏雉 將近李生之前 李「生」忽擧椎而擊其僧 頭碎而斃於地 李生喘息而起「曰」“吾與此僧 每較椎法 力弱「而」不得勝 今日又幾爲渠所輸 不得「已」用臥椎法 幸而渠不知而直下矣 渠若知此法而橫下 則吾不得免矣 此亦數也云 而更留數日告歸 豊川倅問僧之來歷 則不答而去 隱於春川山下云爾(耳)

(24) 英廟 每幸毓祥宮 趙判書重晦 以臺臣上疏 以爲‘歲時未行太廟之謁 先幸私廟 於禮不可云〃.’上大怒 卽以步輦 直出興化門 時當倉卒(猝)侍衛之臣 陪護之軍 皆未備 由夜峴到毓祥宮 垂涕而敎曰“以不肖之故 辱及亡親 以何面目 更對臣民乎? 予當自處 令軍兵(卒)執戟環衛而大臣以下 一勿許入「如許入 則」大將當施軍律.”又敎曰“八十老人 若坐氷上 不久當死.”仍以手足 沈之前「池」氷雪之水 時當早春「堅」氷未解之時 百僚追到而披

(被)阻「搪」不得入 正廟以世孫獨侍立 叩頭涕泣(流涕)曰(而)諫之 終不聽
少焉玉體戰慄 世孫涕泣而復諫 則上曰 "斬趙重晦頭, 來置之目前. 余(予)
當還宮." 世孫急出門 招大臣令曰 "趙重晦斯速斬頭以來." 時金相「相」福獨
立「於」衛下(外) 奏曰 "趙重晦無可斬之罪 何可迫於嚴令(命)而殺無(不)辜
乎? 惟願邸下 務積誠意 期於天意之回." 世孫頓足「而泣 又下令」曰 "宗社
之危迫在俄頃 大臣何愛一重晦而不奉令(命)乎?" 金相「對」曰 "此是太(大)
朝之過擧 何可因過中之擧 殺言官乎? 臣雖死 不敢奉令."上下相持之際 自
上下敎曰 "趙重晦姑勿斬. 先以庭「請」啓辭入之 右相仍與諸臣呼草登啓以
入 上覽之 裂書而擲「于」地曰 "此是啓辭乎? 乃是趙重晦之行狀也." 諸臣改
草以亟正邦刑入啓 上命「三」倍道 濟州安置 卽日發行(送)而仍還宮 趙未及
濟州「而」有放釋之命

(25) 李判書鼎輔 以副學遭故 一日 往省湖中先山 聞獨子病報 蒼黃復行
(路) 到省草店時(而)日暮貫目 商「人」十餘人 先入店矣. 李公處于越小房
夜深月明 不寐「而」坐 一商人開戶而出溺 仰見天象 忽呼同伴之字曰 "某
也! 出來." 已而一人又出 相對而坐 一人指示星辰曰 "畢星犯某星, 明午必
大雨, 數日不止矣, 趁早起動 越某川 可也." 一人仰視曰 "然矣." 仍與之酬
酌 一人問曰 "今日所逢守令行「次」 汝知之乎?"曰 "聞是靈光倅也."曰 "其
人如何(何如)?"曰 "風儀動盪矣."曰 "某(其)面且能無凶氣乎?"曰 "十年
之後, 必舞於車上矣, 至凶之象(像)也."曰 "今日入此店喪人知乎?"曰
"極貴人. 見今似貴 至宰相之班矣."曰 "其眉間得無所現之氣耶?"曰 "其形
極淸秀, 子宮甚貴, 必聞獨子病報而去. 然而昨日午後 已不救矣. 仍以無嗣
可慮矣." 李公聞「而」訝疑(異)之 開戶而視之 則二人仍入房內 鼾(鼻)聲如
雷 李公高聲曰 "俄者酬酌之人, 誰也? 願一見之." 連聲而無應者. 未幾鷄唱
(鳴) 行人皆起而催飯出門 李公亦秣馬而發行 過午後 大雨果注 川渠漲溢
行人數日不止(通) 到家 則其子已死 果符其言而靈光倅 卽申致雲也 乙亥
謀逆「伏」誅 亦符其商人之矣

(26) 柳統制鎭恒 少時 以宣傳官入直矣 時壬午酒禁極嚴 一日 明月之夜 上忽有入直宣傳官入侍之命 鎭恒承命入侍 則出一長劒以(而)賜之(而)敎曰 "聞閭閻尙多釀酒云 汝「須」持此劒出「去」限三日捉納則好矣 不然「則可以」汝頭可以來納." 鎭恒承命退 歸家以袖掩面而臥 其嬖妾問曰 "何爲而如是忽〃不樂也?" 曰 "吾之嗜酒 汝所知也. 而斷飮已久 喉渴欲死." 其妾曰 "暮後可圖 第姑舍(俟)之." 及夜 其妾曰 "吾知有酒之家 除非吾躬往 則無(无)以沽酒來." 仍佩壺而以裙掩面而出門 鎭恒潛躡其後 則「入」一東村「一」艸家 沽酒而(以)來 鎭恒飮而甘之 更使沽來「其妾又往其家而沽來」鎭恒佩其壺而起 其妾怪而問之 答曰 "某處某友 卽吾之酒伴也. 得此貴物 何可獨醉? 欲往與之飮云." 而出門 尋其家而入戶 則數間斗屋 不蔽風雨而有一儒生 挑燈讀書 見而怪之 起而迎曰 "何來客子 深夜到此?" 鎭恒坐定而言曰 "吾是奉命也." 自腰間出酒壺曰 "此是宅中所沽也. 日前下敎如斯如斯 旣見捉 則不可不與之同行矣." 其儒生半餉無語曰 "旣犯法禁 何可稱頉? 然而家有老親 願一辭而行如何?" 柳曰 "諾." 儒生入內 低聲呼母曰 其老親驚問曰 "進士乎? 何爲不眠而來乎?" 儒生對曰 "前旣不仰陳乎? 士夫雖餓死 而不可犯法云矣. 慈氏終不聽信 今乃見捉, 小子今方就死矣." 其老親放聲大哭曰 "天乎! 地「乎」! 此何事也? 吾之瀆(潛)釀「而」非貪財而然也. 欲爲汝朝夕粥飮之資也. 今乃如此 是吾罪也. 此將奈何?" 如是之際 其妻亦驚起 搥胸而號哭 儒生徐言曰 "事已到此 哭之何益? 但吾無子 吾死之後 子可奉「養」老親如吾在時, 某洞某兄 有子幾人 一子率養而安過." 申〃付托(託)而出, 柳在外 聞其言而心甚惻然 及儒生之出來也 問之曰 "老親春秋幾何?" 曰 "七十餘矣." 曰 "有子乎?" 曰 "無矣." 柳曰 "此等人(景)像 人所「不」忍見 吾則有二子 又非侍下 吾可以代死, 君則放心." 酒壺竝使之出來, 仍與之對酌而打破其器 埋之于庭下 臨行又言曰 "老親侍下 家計不成說 吾以此劒 聊表一時之情 須賣「而」供親 可也." 「遂」解佩刀 與之而去 主人固辭 不顧而去 主人問姓名爲誰 對曰 "吾乃宣傳官也. 姓名何須問之?" 飄然而去 翌日卽限也 入闕待罪 則自上問「曰」 "果捉酒而來乎?" 對曰 "不

得捉矣." 上怒曰 "「然則」汝頭何在?" 鎭恒俯伏無語良久 仍命三倍道 濟州
安置 鎭恒在謫幾年 始解配 十餘年落拓 晚後復職 得除草溪郡守 而在郡數
年 專事肥己 民皆嗷〃 一日 繡衣出道而封庫 直入政堂「首」鄕吏及倉色諸
人 一倂拿入 刑杖方張 柳從門隙「而」窺見 則的是向來東村酒家之儒生也.
仍使之請謁 則御史駭而不答曰 "本官何爲(以)請見? 可謂沒廉矣." 鎭恒直
入而拜 御史不顧而正色危坐「柳曰」"御史道知「此」本官乎?" 御史沈吟不
答而獨語于口曰 "本官吾何以知之?" 柳曰 "貴第前日豈不在於東村某洞
乎?" 御史微驚曰 "何爲問之?" 柳曰 "某年某月某日夜「以」酒禁事奉命之宣
傳官 或記有否?" 御史「尤」驚訝曰 "果記得矣." 柳曰 "本官卽其人矣(也)."
御史急起把手「而」淚如雨下曰 "此是恩人也. 今之相逢 豈非天耶?" 仍命「退」
刑具及諸罪人 一倂放之 終夜張樂 妮〃論懷 更留幾日而歸 仍卽褒啓 繡啓之
「褒」獎 前未有出於此右也.「自」上嘉其治「績」特除朔州府使 伊後此人位至
大臣而到此言其事 一世譁然義之. 柳鎭恒位至統制使 此是少論大臣 而忘其
姓名 不得記之

(27) 禹六不者 趙相顯命傔從也. 人甚質直而嗜酒貪色 李叅判泰永家 有婢
莫大者 人頗姸美 六不仍作妾而大惑 每出入廊下 一日 在趙相家 新統「制」
使下直而來 請古風 則給二兩 六不受而還擲于前曰 "歸作大夫人衣資." 統
「制」使含怒而熟視「之」去矣. 仍後「爲」捕將而上來 仍「出」令曰 "捕校中 如有
捉納禹六不者 吾施重賞." 過數日 果見「捉」直欲施亂杖之刑, 人急告于趙
相 趙相時帶御將 乘軒而過捕廳門外 駐軒而傳喝曰 "此是吾之傔人「也」.
渠雖有死罪 欲一面而訣 須暫出送." 捕將不得已「而」出送 紅絲結縛 校卒
十餘人隨「後」而來 六不見趙相而泣曰 "願大監活我." 趙相曰 "汝犯死罪 吾
何以活之? 然「而」汝旣死矣. 吾欲把手而訣 可解縛." 校卒以將令爲難, 趙
相怒叱曰 "斯速解縛(之)." 捕校不得不承命「而」解縛 趙相手執其手而仍上
置于軺軒踏板上 仍分付御廳執使(事)曰 "如有追來之捕廳所屬 一幷(倂)結
縛." 軍卒唱諾而回車疾馳而返(還) 留「之」家中「而」使不(不使)出門 趙相「

死後 <待其子趙相載侄 謂之子誤□>(侍其侄) 常見有「不」是事 諫之 則趙相叱曰 "汝何以知而敢如是耶云「,?」 六不直不入祠堂 呼大監而哭曰 "大監宅不久必亡 小人從此辭退云." 而仍更不往其家 及到壬午年酒禁之令至嚴 六不以酒爲粮 斷飮已久 仍以成病 有朝夕難保之慮 莫乃潛釀一小缺(缸) 夜深後勸之 則驚問「曰」 "此物何處得來乎"「曰」 "爲君「之」病潛釀矣." 仍呼莫大而出外 以手握渠之髻而拿入曰 "禹六不捉入矣." 渠自「作」分付曰 "汝何爲以(而)犯禁釀酒乎?" 又自對曰 "小「人」焉敢乃爾? 小人無識之妻爲小人「之」病而釀之矣." 官又分付曰 "可斬." 仍作斬頭樣曰 "如此則何如? 吾以小民 何敢冒犯國禁乎? 大是不可." 仍破瓮而不飮 因其病而不起云耳

(28) 湖中古有一士人 迎妹婿而三日內 仍病不起 自士人家治喪 而并孀妹送于舅家 其士人隨後渡江 士人不勝其悲慘之懷 仍賦「問「爾」江上船古又今 娶而來幾人 嫁而歸幾人 未有如此行 丹旌先素轎後 靑孀新婦 白骨新郎 江上船歸莫疾 朗魂猶自臥東床 江上船莫歸(歸莫)懶 聞有郎家 十年養孤兒之萱堂 萱堂朝萱堂暮 望子不來 "汝喪 此理誰復問 蒼" 小婢依船泣 且語彼鳥者鴛鴦 猶自雙 "飛" 水之北山之陽云 而書置于柩前 一聲長呼(號) 少焉 忽有長虹 自江中 亘于柩上 已而柩自坼裂 死者還起云 亦可異矣. 事近齊訛(諧) 而姑錄之

(29) 楊蓬萊士彦之父 以蔭官爲靈岩郡守 受由上京 還官之路 未及本郡一日程 曉起作行 未及店舍 人馬疲困 爲尋路傍閭舍 爲中火之際(計) 時當農節 人皆出野 村中一空 一箇村舍 只有一女兒 年可十「一」二歲 對下隸「而言」曰 "吾「將」炊飯矣 須暫接「於」吾家 可也." 下隸曰 "「汝」以年幼之兒 何可炊飯而供饋行次乎?" 對曰 "此則無慮 須則(卽)行次好矣." 一行無奈何 入門 則其「女子」淨掃房舍 鋪陳席而迎之 謂之下隸曰 "行次進支米自吾家辦出矣 只出下人各名之粮 可也." 楊倅細察其女兒 則容貌端麗 語音淸朗 少無村女之態 心甚異之 而已(已而?)進午飯 則其精潔踈淡 絶異常

品 上下之人 皆嘖〃稱奇「楊倅招使近前而問年幾許 對曰 十二歲矣 又問
汝父何爲 對曰 此邑將校而朝與吾母 出野鋤草矣」. 楊倅奇愛之 乃出箱中
靑紅扇各一而給之 戲言曰 "此是吾之送綵「於」汝之需 謹受之." 其女子聞
其言 卽入房中 出箱中紅色袱而鋪之前曰 "此扇置之此袱之上." 楊倅問其
故 對曰 "旣是禮幣 則莫重禮物 何可以手授受乎?" 一行上下 莫不稱奇. 楊
倅遂出門而作行 到郡後忘之 過「數」年後 門卒入告曰 "隣邑某處將校「某」
來謁次此通刺矣." 使之入來 卽(則)素昧之人矣(也). 楊倅問曰 "汝之姓名云
何而緣何事而來「而」見?" 其人伏拜(拜伏)而言曰 "小人卽某邑之校也. 官
司主再昨年京行回路 有中火於小人之家而時有一女兒炊飯接待(對)之事
乎?" 楊倅曰 "然矣." 「又曰」 "伊時或有信物之給者乎?" 曰 "不是信物, 吾愛
奇(奇愛)其女兒之伶俐 以色扇賞之矣." 其人曰 "此兒卽(ψψψ)此兒卽小人
之女也. 今年爲十五歲矣. 方欲議婚矣, 女兒以爲「吾受」靈岩官司主禮幣
吾受之 矢死不之他云云.' 故以一時戲言 何可信之? 欲使强之 則以死爲限
萬端誘之 難回其心 不得已來告耳(矣)." 楊倅笑曰 "汝女之好意 吾何忍背
之? 汝須擇日以來, 吾當迎之(來)矣." 及「吉」期 以禮迎來爲小室 時楊倅適
鰥居 以其女處內之正堂而主饋飲食衣服 無不稱意 及遞歸本第 其撫愛嫡
子女篤至馭諸婢僕 各盡其道 至於一門宗黨 無不得其歡心 譽聲溢於上下
內外 産一子 卽蓬萊也 神彩俊逸 眉目淸秀 正是仙風道骨 幾年之後 楊倅
作故 哀毁如禮 成服之日 宗族咸集 蓬萊之母 號泣而出座「言」曰 "今日列
位齊會 諸喪人在座, 妾有一奉託(托)之事, 其能肯許否?" 喪人曰 "以庶母
之賢淑所欲託(托)者 吾背(輩)安有不從之理乎?" 諸宗之答亦然 乃曰 "妾
有一子 而作人不至愚迷 然而我國之俗「自來」賤孽 渠雖成人 將焉用哉?
諸位公子 雖恩愛無間 而妾死之後 將服妾母之服矣. 如是 則嫡庶顯殊矣.
此兒將何以行世? 妾當於今日自決. 若於大喪中彌縫 則庶無嫡庶之別矣.
奉望列位 哀憐將死之人 勿使飮限(恨)於泉下." 諸「人」皆曰 "此事吾背(輩)
相議好樣道理 俾無痕跡矣, 何乃以死爲期乎?" 蓬萊母曰 "列位之下(意) 雖
可感却 不如一死之爲愈(愈)." 言罷 自懷中 出小刀 自刎於楊倅之柩前 諸

人皆大驚而嗟惜曰 “此人「也」 以賢淑之性 以死自決而如是勤託(托) 「逝者之托」 不可孤也.” 遂相議而嫡兄輩 視「若」親兄弟 少無嫡庶之別 蓬萊長成之後 位歷士大夫之職 名「滿」一國 人不知其爲庶流云爾

(30) 海豊君鄭孝俊 年三十八 貧窮無依 喪妻者三番 而只有二女無一子 以寧陽尉之曾孫 本家奉先之外 又奉魯陵及顯德王之后權氏·魯陵王后宋氏 三位神主 而無「以」備香火 在家愁亂 每日從遊於隣居李兵使進慶(卿)家 以賭博爲消遣之資 李卽判書俊民之孫也. 時以堂下武弁 日與海豊賭博矣. 一日 海豊猝然「而言」曰 “吾有心(衷)曲之言 君其聽信(信聽)否?” 「李曰」 “吾與「君」 如是親熟 則何有難從之請乎? 第言之.” 海豊囁嚅良久 乃曰 “吾家非但累世奉祀 且奉至尊之神位 而吾今鰥居無子 絶祀(嗣)必矣, 豈不矜(肯)悶乎? 如非君 則吾何可開口? 君其矜「悶」我情勢 能以我爲女婿乎?” 李乃勃然作色曰 “君言眞乎? 假乎? 吾女年今十五 何可與近五十之人作配乎? 君「言」妄矣. 絶勿更發此沒知覺必不成之言 可也.” 海豊滿面羞愧 無聊而退 自此以後 更不往其家矣. 其後 十餘日之夜 李兵使就寢矣 昏夢中 門庭喧擾 遠 "有警蹕之聲 一位官服者入來曰 “大駕幸于君家 須卽出迎.” 李慌忙而下階 俯伏于庭 而已(已而)少年王 瑞(端)冕珠旒 來臨于大廳之上 命李近前而敎曰 “鄭某欲「與」汝之結親 汝意如「何?」起「伏」而對曰 “聖敎之下 焉敢違咈? 而但臣之女 年未及笄 鄭是三十年長 何可以作配乎?” 敎曰 “年齒多小(少) 不須交(較)計 必須成婚 可也.” 仍還宮. 李乃悅(恍)惚而覺 卽起入來內 則其妻亦明燭而坐 問曰 “夜未曉(晩), 何爲入來?” 李以夢事言之, 其妻曰 “吾夢亦然, 大是怪事.” 李曰 “此非偶然之事, 將何以爲之?” 其妻曰 “夢是虛驚(境) 何可信之云矣?” 過十餘「日」後 李又夢 大駕又臨 而玉色不豫曰 “前有所下敎者 而(汝何)尙今不奉行乎?” 李惶蹙而謝曰 “謹當商量爲之矣.” 覺而言于其妻曰 “此夢又如是 此必是天意也. 若逆天 則恐有大禍矣. 將若之何?” 其妻曰 “夢雖如此 事則不可成也. 吾何忽(忍)「以」愛女 作寒乞人四室乎? 此則無論天定與人定 死不可從矣.” 李自此「之」後 心甚憂

恐 寢食不安矣. 過十餘日後 大駕又臨于夢曰 "向日下敎於汝「者」 非但天
定之緣 此乃多福之人也. 於汝無害而有益者也. 累(屢)次下敎 而終是拒逆
此何道理? 將降大禍矣." 李乃惶恐 起伏而對曰 "謹奉聖敎矣." 又敎曰 "此
非汝之所爲. 專由於汝妻之頑不奉命, 當其當治其罪." 仍下敎拿入 霎時大
張刑具 拿入其妻而數之曰 "汝之家長欲從吾命矣, 汝獨持難而不奉命, 此
何道理?" 仍命加刑 至四五杖而止 李妻惶恐而哀乞曰 "何敢違越? 謹當奉
敎矣." 仍停刑而還宮. 李乃驚覺而入內 則其妻以夢中事言之, 捫膝而坐, 膝
有刑杖之痕. 李之夫妻大爲驚恐 相「與」議定而翌日請海豐曰 "近日何久不
來云?" 則海豐卽來矣. 李迎謂曰 "君以向日事 自外而不來乎? 吾於近日 千
思萬量, 非吾 則此世無濟君之困, 吾雖誤却吾女之平生「斷」當送歸于君家
矣. 「君」爲吾家之東床. 吾意(議)「已」決 寧有他議? 柱單不必相請, 此席書
之 可也." 仍以一幅簡給而書之, 仍於座上 披曆而涓吉 丁寧相約而送之 翌
日之朝 其女起寢 而言于其母曰 "夜夢甚奇 嚴君之博友鄭生 忽化爲龍 向
余而言曰 '汝受吾子.' 吾乃開裳幅而受 小龍五箇蜿〃蛇〃「於」裳幅之上 授
受之際 一小龍而落于地 折項「而」死 豈不可怪乎?" 父母聞其言而異之. 及
入鄭門 逐年生産「生」純男子五人 皆長成 次第登科 一男二男 位至判書 三
男位至大司諫(諫) 四男五男 俱是玉堂 長孫又登科(第)於海豐之生前 其婿
又登科(第) 海豐以「五」子登科 加一(二)資 位至亞卿 享年九十餘 孫曾滿前
其福祿之盛 世所罕有(比). 其第五男 以狀書(書狀)赴燕 回路未出柵而作故
以其柩還 時海豐尙在 果符夢中之事. 其夫人 也(先)海豐三年而歿 海豐窮
時 適於知舊之家 逢一術士 諸人皆問前程 海豐獨不言 主人「言」曰 "此人
相法神異 何不一問?" 海豐曰 "貧窮之人 相之何益?" 術士熟視曰 "這位是
誰? 今雖如此窮困(困窮) 其福祿無限 先窮後達(通) 五福俱全之相, 座上人
皆不及云矣." 其後 果符其言. 海豐初娶時 配(醮)禮「之」夕 夢入一人之家
則堂上排設 一如婚娶之儀 但無新婦 覺而訝之 喪妻而再娶之夜 夢又「入」
其家「則」又如前夢 而所謂新婦 未免襁褓 又喪妻 三娶之夕 又夢入其家 則
一如前夢 而稱以新婦襁褓之兒 年近(僅)十餘歲而稍長矣. 又喪妻 及四娶

李氏門 見新婦 則卽向來夢見之兒也. 凡事皆有前定而然也. 李兵使夢中下
敎之君上 乃是端廟云爾

(31) 沈一松喜壽 早孤失學 自編髮時 專(全)事豪宕 日夜往來於狹(挾)斜
靑樓 公子王孫之宴·歌娥舞女之會 無處不往 蓬頭突鬢 破屐弊衣 少無羞
澁 人皆目之以狂童 一日 又赴權宰宴席 雜於紅綠叢中 唾罵而不顧 毆逐而
不去 妓中有一少年名妓一朶紅者 新自錦山上來 容貌歌舞 獨「步」一世 沈
童慕其色 接席而坐 紅小(少)無厭苦之色 時以秋波 微察其動靜 仍起如厠
以手招沈童 而沈童起以(而)從之 紅附耳語曰 "君家何在?" 沈童詳言某洞
第幾家 紅曰 "君須先往. 妾當隨後卽往矣, 幸俟之, 妾不失信矣." 沈童大喜
過望 先歸家 掃塵而俟之, 日未暮 紅果如約而來, 沈童不勝欣幸 與之接膝
而酬酌 一童婢自內而出來 見其狀 回告於其母夫人「母」, 夫人以其子侄之
狂宕爲憂 方欲招而責之 紅催招(呼)童「婢」而來曰 "吾將入謁於大夫人矣."
沈童如其言 呼婢使通 則紅入來拜於階下曰 "某是錦山新來妓某也. 今日某
宰家宴會 適見貴宅道令 諸人皆「以」狂童目之 而以賤妾之愚見 可知其大
貴人氣像 然「而」其氣太麤粗 可謂色中餓鬼. 今若不抑制 則將至不成人之
境矣, 不如因其勢而利導之. 妾自今日 爲道令 斂跡於歌舞花柳之場 與之周
旋於筆硯書籍之間 冀其有成就之道矣, 未知夫人意下如何? 妾如或以情欲
(慾?)而有此言 則何必取貧寒寡宅之狂童乎? 妾雖侍側 決不使任情受傷矣,
此則勿慮焉." 夫人曰 "吾兒早失家嚴 不事學業 全事狂蕩 老身無以制之 方
以是晝宵動(惱)心矣, 今焉何來好風吹送 如汝佳人 使吾家之狂童 得至成
就 則可謂莫「大」之恩也, 吾何嫌何疑? 然而吾家素貧 朝夕難繼 汝以好豪
奢之妓女 其(豈?)「能」忍飢寒이(而)留此乎?" 紅曰 "此則少無嫌 萬望切勿
慮." 遂自其日 絶跡於娼樓 隱身於沈家 其梳頭洗垢之節 終始不怠 日出則
使之狹(挾)冊 學於隣家 歸後 坐於案頭 晨夕勸課 嚴立課程 少有怠意 則勃
然作色 以別去之意恐動 沈童愛以(而)憚之 課工不懈 及到議親之時 沈童
以紅之故 不欲娶妻 紅知其意「詰其故 乃」嚴責曰 "君以名家子弟 前程萬

里 何可因一賤妾(娼)而欲廢大倫乎? 妾決不欲因妾之故而使之忘(亡)家矣
妾則從此去矣." 沈童不得已娶妻 紅下氣怡聲 洞 〃 屬 〃 事之如老夫人 使
沈童 定日限 四五日入內房 則一日許入其房 如或違期 則必掩門不納 如是
者 數年矣 沈生(童)厭學之心 尤倍「於」前 一日 投書於紅而臥曰 "汝雖勤於
勸課(學) 其於吾之不欲何?" 紅度其怠慢之心 有不可以口舌爭也, 乘沈生
出外之時 告于老夫人曰 "阿郎厭讀之心(症) 近日尤甚 妾雖以誠意 亦無奈
何矣. 妾從此告辭矣. 妾之此擧 卽激勸之策也. 妾雖出門 何可永辭乎? 如聞
登科之報 則須當卽地還來矣." 仍起而拜辭 夫人執手而泣曰 "自汝之來 吾
家狂悖之兒 如得嚴師 幸「免」蒙學者 皆汝之力也. 今何因一厭讀之微事 舍
我母子而去也?" 紅起拜曰 "妾非木石 豈不知別離之苦乎? 然勸激之道 惟
在於此一條. 阿郎歸 聞妾之告辭「而」以決科後 更逢爲約之言 則必也發憤
勤業(學)矣, 遠則六七年, 近則四五年間事, 當妾(妾當)潔身以(而)處 「以」
俟登科之期矣. 幸以此意 傳布于阿郎 是所望也." 仍慨然出門 遍訪路中 往
一老宰無內眷之家 得一處 見其主人老宰而言曰 "禍家餘生 姑(苦)無托身
之所 願得厠(側)婢僕之例(列) 婢(俾)效微誠 針線酒食 謹當看檢矣." 其老
宰見其端麗聰慧 憐而愛之 許其住接. 紅自其日 入廚備饌 極其甘旨 適其食
性 老宰尤奇愛之 仍曰 "老人以奇窮之命 幸得如汝者 衣服飮食 便於口體
今則依賴有地. 吾旣許心, 汝亦殫誠, 自今結父女之情 可也." 仍使之入處內
舍 以女呼之 沈生歸家 則紅已無去處 怪以(而)問之 則其母夫人傳其臨別
詩(時)言而責之曰 "汝以厭學之故 至於此境 將何以(以何)面目 立於世乎?
渠旣以汝之登科爲期 其爲(爲其)人也 必無食言之理, 汝若不得決科 則此
生無更逢之期, 惟汝「任意」爲之." 沈生聞而惘然 如有失矣. 數「日」遍訪於
京城內外 終無踪(蹤)跡 乃矢于心「曰」'吾爲一女之見棄, 以何面目(顔面)
對人? 彼旣「有」科後相逢爲約 吾當刻意工課 以爲故人相逢之地 而如不得
科名而不如約 則生而何爲?' 遂杜門謝客 晝宵不掇(撤)其做讀 才(纔의 誤)
過數年 嵬捷龍門 「生」以新恩遊街之日 遍訪「先進」老宰 卽沈之父執也. 歷
路拜謁 則老宰欣然迎之 敍古話今 留與從容做話 已而自內饋饌 新恩見盃

盤饌品 愀然變色 老宰怪而問之 則仍以紅之始末 詳言之 且曰"侍生之刻意做業 期於登科者 全爲故人相逢之地也. 今見饌品 則完(宛?)是紅之所爲也. 故爾自(自爾)傷心矣." 老宰問其「年」紀狀貌而言曰"吾有一箇養女 而不知所從來也(矣) 無乃此女乎?"言未畢 忽有一佳人 推後窓突入 抱新恩而痛哭 新恩起拜於主人曰"尊丈今則不可不許此女於侍生矣."主人曰"吾於垂死之年 幸得此女 依以爲命 今若許送 則老夫如失左右手矣. 事甚難處而其事也甚奇 相愛也如此 吾豈忍不許?"新恩起拜而僕〃稱謝 時日已昏黑 與紅幷騎一馬 以炬火導前而行及門 疾呼母夫人曰"紅娘來矣."「其母」夫人不勝奇喜 屨及於中門之外(內) 執(持)紅之手而升階 喜溢於堂宇 復續前好「矣」. 沈後爲天官郎 一夕 紅斂衽而言曰"妾之一端心誠 專「爲」進賜之成就 十餘年 念不及他 吾鄕父母之安否, 亦不遑聞(問)知矣, 此是妾之日夜拊心者也. 進賜今當可爲之地 幸爲妾 求錦山宰 使妾得見父母於生前「則」至恨畢矣." 沈曰"此是至易之事."乃治疏乞郡 果爲錦山倅 挈紅偕往 赴任之日 問紅之父母安否 則果「皆」無恙 過三日後 紅自官府 盛具酒饌而往其本家 拜見父母 會親黨 三日大宴 衣服需用之資 極其豐厚 以遺其父母而言曰"官府異於私室 官家之內眷 尤有別於他人. 父母與兄弟 如或因緣「而」頻數出入 則招人言 累官政 兒今一入衙之後「一入」不得更出 亦不得頻〃相通 以在京樣知之, 勿復往來相通 以嚴內外之分."仍拜辭而入 一未相通于外 幾過半年 內婢以小室之言 來請入 適有公事 未卽起 婢子連續來請 公怪之 入內而問之 則紅着新件衣裳 鋪新件枕(寢)席 別無疾恙 而顔帶悽(凄)愴之色而言曰"妾於今日 永訣進賜長逝之期也. 願進賜保重, 長享榮貴 而勿以妾之故而疥懷焉. 妾之遺體 幸返葬於進賜先塋之下, 是所願也."言罷 奄然而歿 公哭之痛(慟) 仍曰"吾之出外 只爲紅娘之故也. 今焉渠已身死 我何獨留?"仍呈辭單而圖遞 以其柩 同行錦江「有錦江」秋雨銘旌濕 疑是佳人泣別時之悼亡詩

(32) 洪宇遠 少時作鄕行 住一店幕 無男子主人而只有女主人 年可二十

(卄)餘 容貌頗美 其淫穢之態 溢於面目 見洪之年少貌美 喜笑日而迎之 冶
容納媚 殆不忍正視 洪視若不見 坐於房中 其女頻(頻)數入來 手撫房堗(突)
而問曰 "得無寒乎?" 時以秋波送情 洪端坐不答 至夜深 洪臥于上房 女則
臥于下房 微以言誘之曰 "行次所住之房漏(陋)湫(龘?) 何不來臥于此房
乎?" 洪曰 "此房足可容膝, 挨過一夜, 何處不可不必更移他房?" 女又曰 "行
次或以男女之別爲難乎? 吾儕常賤 有何男女之可別? 斯速下來爲好矣." 洪
不答 微察其氣色 則必有鑽穴來恘之慮 仍以行中緜索 縛其隔壁之戶而就
寢矣. 其女「獨語」曰 "來客無乃宦官乎? 吾以好意再三誘之, 使入於佳人之
懷中而穩度良夜 不害爲風流好事 而聽我漠 〃 甚至於縛房戶 可謂天宇怪
物 可恨 可恨." 洪佯若不聞而就寢(睡)矣. 昏夢之中 忽聞下房 有怪底聲 已
而窓外有咳嗽聲曰 "行次就寢乎?" 洪驚訝(ψ)訝而應曰 "汝是何許人而問「
我何爲」?" 對曰 "小人卽此家之主人也 今將欲開戶擧火而有所可白之事
耳." 洪乃起坐而開戶 則主人持火而入 明燭向(而)坐 進酒肴一案而勸之 洪
問曰 "此何爲也? 汝是主人 則晝往何處而夜深後始來?" 主人漢曰 "行次今
夜經無限危(厄)境矣. 小人之妻 貌雖美 而心甚淫亂 每乘小人之出他 行奸
無(ψ)無雙(常) 小人每欲捉贓 而終未如意 今日必「欲」捉奸 稱以出他 懷利
刀 匿于後面矣, 俄者行次酬酢 已悉聞之 行次如或爲其所誘 則必也殞命於
小人之劍頭矣. 行次以士夫之心事 鐵石肝腸 終是(始)牢拒 至於鎖戶門之
境 小人暗 〃 欽歎之不暇 敢以酒肴「以」表此欽服之心 厥女欲誘行次 事不
諧意「則」淫心難制 與越邊金總角同枕(寢) 故小人以一刀 斷其男女之命
事已到此 行(ψ)行次須卽地出門 可也. 少留 則恐有禍延之慮. 小人亦從此
逝矣." 洪大驚起 趍(趣)裝而出門 主人漢仍擧火燒其家 與洪同行數十里 仍
分路而作別曰 "行次早晚 必顯達 此別之後 〃會難期 萬望保重." 殷勤(慇
懃)致意而去 洪其登第後 以繡(綉)衣暗行山谷間 只有一草家(舍) 日勢已
暮 仍留宿 見其主人 則卽是厥漢也 呼而問曰 "汝知我乎?" 主人曰 "未嘗承
顔 何以知之?" 洪曰 "汝於某年某邑某地 逢一過客 有所酬酢 夜間放火其
家而與我同行數十里之事乎(也)? 汝能記憶「乎」?" 主人怳然而覺「之」迎拜

曰"行次其間必也做第而就仕矣."洪不爲(以)諱之, 以實言之, 仍問曰"汝何爲獨處於四無隣里之地乎?"對曰"小人自其後 寓居「于」隣邑 又娶一女而貌亦姸美 若在村閭熱鬧之中 或恐更有前(向)日之事 故擇居于深山無人之地云矣

(33) 燕山朝士禍大起 有一李姓人 以校理亡命 行到寶城地 渴甚 見「一」童女汲水於川邊 趁而求飮 其女兒以瓠盛水而摘川邊柳葉 浮之中而給之 心竊怪之 問曰"過客渴甚 急欲求飮 何乃以柳葉 浮水而給之也?"其女曰 對(對曰)"吾視客子甚渴 若或急飮冷水 則必也生病 故 〃以柳葉浮之 使之緩 〃飮之「之」故也."其人大驚異之 問是誰家女「則」對曰"越邊柳妓(器)匠家女云 其「人」隨其後而往柳器匠家 求爲其婿而托身焉 自以京華之貴家(客) 安知柳器之織造乎?"日無所事 以午睡爲常 柳匠「之」夫妻怒罵曰"吾之迎婿 期欲造(助)柳器之役矣. 今爲新婚 只喫朝夕飯 晝夜昏睡 卽一飯囊也云 而自伊日 朝夕之飯 半減(減半)「而」饋之."其妻憐而悶之 每以鍋底黃飯 加數而饋之 夫婦之恩情甚篤 如是度了數年之後 中廟改玉 朝著(着)一新 婚(昏)朝沈廢之流 一幷赦而付職 李生還付官職 行會八路 使之尋訪 傳說藉 〃李生聞於風便 而時適朔日 主家將納柳器於官府也(矣). 李生仍(乃)謂其婦翁曰"今番「則」官家數(朔)納柳器 吾當輸納矣."其婦翁責曰"如君渴睡漢 不知東西 何可納柳器於官門乎? 吾雖親自納之 每 〃見退 如君者 其何以無事納之乎?"不肯許之, 其妻曰"試可乃已. 盍使往諸?"柳匠始乃許之, 李乃背負而到官門前 直入庭中 近前高聲曰"某處柳匠 納器次來待矣."本官乃是「李之」平日切親之武邊(弁)也. 察其貌 聽其言 乃大驚起而下堂執手「而」延之上座曰"公乎! 公乎! 晦跡於何處而乃以此樣來此乎? 朝庭(廷)「之」搜記(訪)已久 營關遍行 斯速上京 可也."仍命進酒饌 而又出衣冠改服 李曰"負罪之人 偸生於柳器匠家 至于今延命以(而)度 豈意天日之復見也?"本官仍以李校理之在邑 成報于巡營 催發馹騎 使之上洛(京) 李曰"三年主客之誼 不可不「一」顧, 且有糟糠之情 吾當告別主翁 今將出去 君

須於明朝 來訪吾之所住處." 本官曰 "諾." 李乃換着來時衣 出門而行(向)柳
匠家言曰 "今番柳器 無事上納矣." 主翁曰 "異哉! 古語云 '鴞千(ψ)老千年
能搏一雉.'云 信非虛矣. 吾婿亦有隨人而爲之事乎 奇哉! 奇哉! 今夕當加給
數「匙」飯矣." 翌日平明 李早起灑(洒)掃門庭 主翁曰 "吾婿昨日善納柳器
今則又能掃庭 今日 〃可出於西矣." 李乃鋪藁席于庭 主翁曰 "鋪席何爲?"
李曰 "本府官司 今朝當行次 故如是耳." 主翁冷笑曰 "君何作夢中之語也?
官司主 何可行次於吾家乎? 此千不近萬不近之荒(謊)說也. 到今思之 昨日
柳器之善納云者 必是委棄路上而歸 作誇張之虛語也." 言未已 本郡(官)工
吏持彩席而喘 〃而來 鋪之房(庭)中而言曰 "官司主今方行次 「今方」來到
矣." 柳匠夫妻 蒼黃失色 抱頭而匿于籬間 少焉 前到(導)聲及門 本官騎馬
而來 下馬入房 與李生敍別來寒喧(暄) 仍問曰 "嫂氏何在?" 使之出來 李乃
使其妻來拜 其女以荊釵布裙 來拜於前 衣裳雖弊 容儀閑訝(雅) 有非常賤
女子. 本官致驚(敬)曰 "李學士身在窮途 幸賴嫂氏之力 得至「于」今日 雖義
(意)氣男子 無以過此 何不欽歎乎?" 其女斂袵而對曰 "顧以至賤之村婦 得
「侍」君子之巾櫛 全昧如是之貴人 其於接待(對)周旋之節 無禮極矣, 獲罪
大矣, 何敢當尊客之致謝? 官司今日降臨於常賤陋湫(廳?)之地 榮輝(耀)極
矣 竊爲賤妾之家 恐有損於福力也." 本官聽罷 命下吏隷 招入柳匠夫妻 饋
酒賜顔「矣」 已而隣邑守宰 絡續而來見 巡使又送幕客而傳喝柳匠之門外
人馬熱鬧 而已(已而)光觀(觀光)者如堵 李謂本官曰 "彼雖常賤 吾旣與之
敵禮(體) 必作配矣. 多年服勞 誠意備至, 吾今不可以貴而易. 願借一轎偕
行." 本官卽地得一轎, 治行具以送. 李於入闕謝恩之時 中廟命入侍而俯問
流離之顚末 李乃奏其事「甚」悉 上再三嗟歎曰 "此女子不可以賤妾待之. 特
「升」爲後夫人 可「也」." 李與此女偕老而榮貴無比 多有子女 此是「李」判書
長坤之事也云矣(耳)

(34) 湖中一士人 行子婚於隣邑五六十里「地」 新郎醮禮 夜入新房 與新
婦對坐 夜將深 一聲霹靂 後門破碎 忽有一大虎 突入房中 嚙新郎而去 新

婦蒼黃急起 乃抱虎後脚不舍 虎直上後山 其行如飛 而新婦限死隨去 不計
岩壑之高下・荊刺(棘)之叢樾 衣裳破裂 頭髮散亂 遍身流血 而猶不止 行
幾里 虎亦氣盡 仍抛棄新郞於草岸之上而去 新婦始乃收拾精神 以手撫身
體 則命門下 微有溫氣 四顧察視 則岸下有一人家 後窓微有火光 度其虎行
之旣遠 乃尋逕而下 開後戶而入 則適有五六人會飮 肴核浪(狼)藉 忽有(見)
新婦之入 滿面指(脂)粉 和血而凝 遍身衣裳 隨處而裂 望之 則卽一女兒
(鬼?) 諸人皆驚仆於地 新婦乃曰「我是人也. 列位幸「勿驚」動. 後岸有人而
方在死生未分之中 乞急救.」諸人始「收拾驚魂 一齊擧火而上後岸 有少年
男子 僵仆岸上 氣息將盡 諸人始」審察(視) 則乃主人之子也. 主人大驚 擧
而臥之房內 灌以藥水等物 過數頃「後」乃甦 擧家始也驚惶 終焉慶幸 盖
(盖)新郞之父 治送婚行而適會隣友飮酒之際而卽其家「後」也. 始知其女子
之爲新婦, 延置于房 饋以粥飮 翌日 通于婦家 兩家父母 莫不驚喜, 歎其至
誠高節. 鄕里多士 以其事 呈官呈營, 至承旋表(褒?)之典云爾

(35) 金監司緻 號南谷 栢谷金得臣之父也. 自少精於推數 多奇中神異之
事. 仕昏朝爲弘文校理 晚時(始)悔之 托病解官 卜居于龍山之上 杜門晦跡
謝絶人客 一日 侍者來告曰 "南山洞居沈生請謁云伊(矣)." 金公謝曰 "尊客
不知此漢之病廢而枉顧乎? 人事「之」廢絶已久 今無延迎, 甚可恨歎云." 而
送之. 金公平日 每以自家四柱 推數平生 則當得水邊人之力 可免大禍 忽爾
思來 客「旣」水邊姓 則斯人也. 無乃有力於我. 急使侍者 追還於路中(中路)
此是沈器遠也. 沈生隨其奴還來 則金公連忙起迎曰 "老夫具廢絶人事「者」
久矣. 尊客枉屈 適有採薪之憂, 有失迎拜之禮, 慙愧無地." 客曰 "曾未承顔
而竊聞長者精通推數云 故不避猥越 敢以來質. 某以四十窮儒 命途奇窮 今
此「之」來 欲一質定於神眼之下矣." 仍自袖中 出四柱而視(示)之, 且曰 "某
之來時 有一親切之人(友) 又以四柱托之 難以揮却 不得已持來矣." 金公一
見之 極口稱讚曰 "富貴當前 不須更問矣." 最後 客又出視(示)一四柱曰 "此
人不願富貴, 只願平生無疾恙. 且欲知壽限之如何." 已而公瞥眼一見(覽) 卽

令侍者 鋪席置案 起整冠服 斂膝危坐 以其四柱 置之「書」案上 焚香而「言」曰 "此四柱貴不可言. 有非常「人」之命 數(壽?)可不欽哉?" 沈生欲告退 公「曰」"老夫病中 愁懷難遣 尊客幸且暫留以慰病懷 可也." 仍使之留宿 至夜深無人之時 公 乃促膝而近前曰 "某實托病 老夫不幸 出身於此世(時) 曾有染跡於朝廷者 晚以(而)悔悟 杜門病蟄 而朝廷之飜覆而不久矣. 君之來質, 吾已領略, 幸勿相外而欺我, 以實言之 可也." 沈生大驚 初欲諱之 末乃告其故, 公曰 "此事可成, 少無疑慮之, 將以何日擧事乎?" 曰 "定於(于)某日矣." 公沈吟良久曰 "此日吉則吉矣, 此等大事 擇日有殺破狼之日然後 可矣.「某日」若於小事則吉「矣」,「擧」大事則不可矣(也). 某當爲君 更擇吉日「矣」." 仍披曆熟視曰 "三月十六日果吉矣. 此日犯殺破狼 擧事之際 必也先有告變之人 而少無小(所)害 畢竟無事順成矣. 必以此日擧事 可也." 沈大異之, 乃曰 "若然 則公之名字 謹當錄入於吾輩錄名冊子矣." 公曰 "此則非所願. 但明公成事之後, 幸救垂死之命, 俾不及禍, 是所望也." 沈快諾而去 及其(至)更化之日 多以金公之罪 不可原言者衆, 沈乃極力救之, 超拜嶺南伯而卒 公嘗以自家四柱 問于中原術士 則書以一句詩 〃曰 "花山騎牛客 頭戴一枝花."云〃 莫曉其意 及爲嶺伯 巡到安東 猝患痁疾 遍問譴却之方 則或以爲 '當日倒騎黑牛 則卽療.'云〃 故依其言 騎牛而周行庭中 纔下牛而臥房中 頭痛劇甚 使一妓 以按之 問其名 則一枝花也.「公」忽憶中原人詩句 歎曰 "死生有命."「乃命」鋪新席 換着新衣 盛服正枕(寢)而逝 是日 三陟某在衙 忽見公盛趨(騶)從入「門」, 驚而起迎曰 "公何爲而越他道 來訪下官也?" 金公笑曰 "吾非生人. 俄者已作故. 方以閻羅大王赴任之路 歷見君而且有所托者 某方赴任 而恨無新件章服 君念平日之誼 幸爲辦備否?" 三陟倅心知其虛誕 而因其强請 出篋中綏一疋而給之 則金公欣然受之 告辭而去, 三陟倅大驚訝 送人探之 則果於其(是)日 沒于安東府巡到所矣. 以是之故 金公爲閻羅大王之說 遍行于世. 朴久堂長遠 與金公之子栢谷切親之友也. 曾於北京推數以來 則書以'某年某月當死.'云〃矣「當其月正初 委送人馬 邀栢谷以來 授以一張簡而書之 栢谷曰 書以何處 久」堂曰 "欲得君之一書于老

(先?)尊長「前」矣." 栢谷怳(恍)惚而不書 久堂曰 "君以吾爲誕乎? 勿論誕與
不誕 第爲我書之." 再三懇請 栢「谷」不得已擧筆 久堂口(ψ)口呼而使之書
曰 "某之切友朴某壽 將止於今年矣(也). 幸伏望特垂矜憐 俾延其壽云〃."
而外封書父主前 內封書以某子白是云〃. 書畢 久堂淨掃一室 與栢谷焚香
焚其書曰 "今而「後」吾之(知)免矣." 果穩度其年, 「過」數十年後始沒(歿),
事近誕忘(妄?). 而金公之精魄 大異於人矣. 其後 每夜盛騶率 列燈燭 往來
於長洞駱洞之間 或逢知舊 則下馬而敍懷 一日之夜 一少年曉過駱洞 逢金
公於路上 問曰 "令監從何而來乎?" 金公曰 "今曉卽吾之忌日也. 爲饗飮食
而去 祭物不潔 未得歆饗 悵缺而歸." 仍忽不見 其人卽往其家 〃在倉洞 主
人罷祭而出矣, 以其酬酢 傳之栢谷,「栢谷」大驚 直入內廳 遍尋(審?)祭物
無一不潔之處(物) 而餠餌之中 有一人毛 擧家驚悚 其後 又有一人 逢於路
則金公曰 "吾曾借「見」他人之綱目 而未及還 第幾卷第幾張 有金箔紙挾置
者 日後還送之時 如或不審 則金箔有遺失之慮 須以此言傳于吾家 <使
之>(須)詳審而送 可也." 其人歸傳其語 栢谷搜見綱目 則金箔果有之, 人皆
異之. 其外多有神異之事 而不能盡記「焉」.

(36) 鄭桐溪薀 少時與洞中名下士數人 作會試之行 中路逢一素轎 或先
或後而後有一童婢隨去「而」編髮垂後及趾 容貌佳麗 冉〃作行 擧止端麗
諸人在馬上 皆目之曰 "美<而艶>(艶)而童婢頻〃顧後而去(獨)注目於桐
溪 如是而行半晌(餉) 諸人相與戱言 "文章學識 固可讓頭於輝房(彦) 而至
如外貌 何渠不若輝彦 而厥女奚獨屬情於輝彦也(乎)? 世事之未可知如此
矣." 相與之一笑 未幾 其轎子向一村閭而去 桐溪立馬而言曰 "過此卅餘里
地 有店舍 君輩且歇息而待我 〃則向此村而寄宿, 明曉當追到矣." 諸人皆
曰 "吾輩之期望輝彦者何如 而今當千里科行 聯轡同行 不可中路相離 今於
路次 逢妖女 空然爲情欲(慾?)所牢(牽) 妄生非意(義?)之心 至欲舍同行而
作此妄行 人固未易知 〃人亦難." 桐溪笑而不答 促鞭向其女之所去村 及
其門 則一大家舍 外廊 則廢已久矣. 桐溪下馬而坐於外廊之軒上矣. 其女

(童婢)隨轎入內 少焉出來 笑容可掬. 仍言曰 "行次不必坐此(於)冷軒 暫住
少婢之房." 桐溪隨入其房 則極其淨潔 已而進夕飯 亦踈淡而旨 其婢曰 "小
婢(人)入內 灑(洒)掃廚下而出來矣." 仍入去 至初更出來 揮送其親屬而避
之 促膝而坐於燭下 桐溪笑而問曰 "汝何由知吾之「來」此而有所排設也."
婢曰 "小女(人)面貌免醜而行年十七 未嘗擧眼而對人 今午路上 屬目於行
次者 非止一再 則行次雖是剛腸男兒 豈欲(或)恝然耶? 小婢(人)「之」如是
者 竊有悲寃之懷欲借行次<之來>(而)伸雪 未知行次倘能肯從否?" 仍揮淚
而顏色凄然 桐溪怪而詰其故「則」對曰 "小婢之上典 以累(屢)代獨子 娶一
淫婦 青年死於奸夫之手 而旣無强近親族(屬) 無以雪寃復讐 而只有小婢一
人知其事 而寃憤之心 結于胸隔 而自顧「以」一女子之身 無所施「計」只願
許身於天下英男(雄) 假手而雪憤矣. 今日上典之淫妻 自本家還來 故小婢
不得已隨後往來矣. 路上見行次 諸人之中 行次之容貌 頗不埋沒而膽氣有
倍於他人 眞吾所願「者」也. 以是之故 以目送情誘之「而」致此, 奸夫今又相
會 淫謔浪(狼)藉 此誠千載一時 行次幸乘機而圖之." 桐溪曰 "汝之志(氣)
槩 非不奇壯 而吾以一介書生 赤手空拳 遽行此大事乎?" 童婢曰 "吾有意
而藏置弓矢者 久矣. 行次不雖(雖不)知射法 豈不知彎弓而放矢乎? 若放失
(矢)而中 則渠雖凶獰之漢 豈有不死之理哉?" 仍出弓矢而與之, 偕入內舍,
從窓隙窺見 則燭火明亮 一胖大漢 脫衣而露胸 與淫婦 相抱戲謔 無所不至
而其坐稍近於房門 桐溪乃滿酌而從窓穴射去 一矢正中厥漢之背 洞胸而外
(仆) 又欲以一矢 射去其淫婦 童婢揮手止之 促使出外曰 "彼雖可殺 吾事之
久矣. 奴主之分旣嚴 吾何忍自吾手殺之? 不如棄之「而」去." 促行至渠房 收
拾行李 隨桐溪而出 桐溪適有餘馬 <之載卜>(載卜之)者 不得已載後而同
行 〃幾里 訪同行之科客所住處 則時天色未明 艱辛搜覓而入門 則同行驚
起而見 桐溪與一女子同行「矣」一人正色 責言曰 "吾於平日 以輝彦謂學問
中人矣 今忽於路次 携女而行 君子之有此行 吾儕意慮之所不到也. 士君子
行事 固如是乎?"「正色責之」桐溪笑曰 "吾豈有(爲)貪色之徒, 不知士大夫
(君子)之行作此擧也 簡中自有委折 從當知之矣." 仍與之上京 置之店幕 桐

溪果中會試 放榜後 還鄉之日 又與之率來 仍作副室 其人溫恭姸美 百事無不可意 「家」鄉稱其賢淑云矣

卷之下

37(1) 禹兵使夏亨 平山人也. 家貧 初登科 赴防于關西江邊之邑 見一汲水婢之免役者 貌頗免醜 夏亨嬖之 與之同處 一日 厥女謂夏亨曰 "先達旣以「我」爲妾 將何以(以何)物 爲衣食之資乎?" 對「曰」 "吾本家貧 況此千里客中 手無所持者乎? 吾旣與汝同室 則所望不過澣濯垢衣 補綻弊襪而已. 其何物之波及於汝乎?" 其女曰 "妾亦知之熟矣. 吾旣許身而爲妾 則先達之衣資 吾自當之, 須勿慮也." 夏亨曰 "此則非所望也." 厥女間日(ψψ)自其後 勤於針線紡績 衣服飮食 未嘗闕焉. 及赴防限滿 夏「亨」將還歸 厥女問曰 "先達從此還歸之後 其將留洛而求仕否(乎)?" 夏亨曰 "吾以赤手之勢 京中無親知之人 以何粮資留京乎? 此「則」無可望矣, 欲從此還鄉, 老死於先山之下爲計耳." 女曰 "吾見先達容儀氣象(像) 非草〃之人也. 前程優可至閫帥 男子旣有可爲之機 何可坐於無財而埋沒於草野乎? 甚可歎惜. 吾有積年所聚銀貨 「皆」可至五六百兩 以此贐之矣. 可備鞍馬及行資 幸勿歸鄉, 直向洛下「而」求仕焉. 十年爲限 則可以有爲也.「吾」賤人也 爲先達 何可守節 當托身於某處 「聞」先達作宰本道 然後卽日當進謁矣. 以是爲其期, 願先「達」保重保重." 夏亨意外得「重」財 心竊感幸 遂與其女 揮淚作別而行 其女送夏亨之後 轉托於邑底鰥居之一校家 其校見其人物之伶俐 與之作配而處 家頗不貧 其女謂校曰 "前人用餘之財爲幾許, 凡事不可不明白爲之." 穀數爲幾許, 錢帛布木爲幾許, 器皿雜物爲幾許 皆列書名色及數爻而作長件記, 校曰 "夫婦之間 有則用之, 無則措備 可也, 何嫌何疑而有此擧也?" 女曰 "不然." 懇請不已 校乃依其言而書給之 其女受而藏之衣箱(笥) 勤於治産 日漸富饒 女謂其校曰 "吾粗解文字 好看洛中之朝報政事 盍而爲我每〃借示於衙中乎?" 校如其言 借而示之 數年之間 政事宣傳官禹夏亨 由經歷而陞庭副正 乃除關西腴邑矣(也). 其女自其日(後) 只見朝報 某月某日 某邑倅禹夏亨辭朝矣. 其女「乃」謂校曰 "吾之來此, 非是久留計也. 從此可以永別矣."
其校愕然而問其故 其女曰 "不必問事之本末. 吾自有去處, 君勿留戀."乃
出向日物種掌(長)「件」記 以示之曰 "吾於七年之間 爲人之妻 理家産 萬一
有一箇之減於前者 則去人之心 豈能安乎? 以今較前 幸而無減 幸而(或有)
一二三四倍之加數者 吾心可以快活矣."仍與校作別 使一雇奴負卜「而」作
男子粧 着平(蔽?)陽子 徒步而行夏亨之郡 夏亨莅任 纔一日矣 托以訟民而
入庭曰 "乃有所白之事, 願陞(升)階而白活."太守怪之 初則不許 末乃許之
又請近窓前 太守尤怪而許之 其人曰 "官司倘識小人乎?"太守曰 "吾新到
之初 此邑之民 何由(以)知之?"其人曰 "獨不念某年某地赴防時同處之人
乎?"太守熟視 急起把手「而」入于房而問曰 "汝何作此樣而來也? 吾之赴任
「之」翌日 汝又來 此 誠一奇會."彼此不勝其喜 共敍中間阻懷 時夏亨喪配
矣. 因以其女 入處內衙「正堂而摠家政 其女撫育其嫡子 指使其婢僕 俱有
法度 恩威竝行 衙內(內衙)」洽然稱之 每勸夏亨 托于備局吏 給錢兩而得見
每朔朝報 女見之而揣(惴?)度世事 時宰之未及爲銓官而未久可爲者 必使厚
饋 如是之故 其「宰相」秉軸 則極意吹噓 歷三四腴邑 家計漸饒而饋問尤厚
次次陞遷 位至節度使而年近八十 以壽終于鄕第 其女治喪如禮 過成服「後」
謂其嫡子喪人曰 "令監以鄕曲武弁「位」至亞將 位已極矣. 年過稀年 壽已
極矣. 有何餘感(憾)? 且以我言之爲婦事夫 自是當然底道理, 何必自矜而積
年費盡誠力 替助求仕之方 得至于今 吾之責已盡矣. 吾以遐方賤人 得備小
室於武宰 享厚祿於列邑 吾之榮亦極矣. 有何痛(稱?)寃之懷? 令監在世之
時 使我主家政 此則不得不然 而今喪主如是長成 可幹家事 嫡子婦 當主家
政 自今日 請還家政."嫡子與婦 泣而辭曰 "吾家「之」得至于今 皆庶母之功
也. 吾輩只可依賴而仰成 今何爲以(而)遽出此言也?"女曰 "不可若不如是
家道亂矣(也)."乃以大小物件器皿錢穀等屬成件記 一幷付之 嫡子婦使處
正堂而自家退處越邊一間之房曰 "自此一入而不可出." 仍闔門「而」絶粒
數日而死 嫡子輩皆哀痛曰 "吾之庶母 非尋常人 何可以庶母待之?"初終
後「葬事」待三月「將行」別立廟而祀之 及兵使之葬期已迫 將遷柩而靷行

擔軍輩不得擧 雖十百人 無以動 諸人皆曰 "無或係意於小室而然耶?" 乃治
其小室之靷 將行同發 則兵使之柩 輕擧而行 人皆異之 葬于平山地大路邊
西向而葬者 兵使之墳也. 其右十餘步之(地) 東向「而葬」者 其小室之墳云
矣(爾)

38(2) 淸風金氏祖先 中葉甚微 金和順之父某「居」在廣州肆觀坪而甚貧
賤 人無知者 趙樂靜錫胤 適比隣而居 自京中新來冊子 多未輪來 金之家 適
有綱目 趙公問(聞)而願「借」則諾之已久 而終不送之 樂靜心竊訝之「意其」
吝借(惜)而不送(借)矣. 時當重五日 趙氏婢子 自金氏家而來言曰 "俄「者」
見金氏宅行祀之儀 眞箇行祭祀 如吾上典宅祭祀 祭需雖豊潔 不及於金氏
宅神道 必「不」享(饗?)之. 金氏宅 則神氣(其)洋〃 如降歆矣." 樂靜夫人 問
其由 則其婢曰 "俄往金氏宅 方欲行節祀 廳上階下 皆已掃灑(灑掃) 無半占
(點)塵垢 金氏(班)內外 淨洗弊衣如雪色而一身沐浴而着之 鋪新件席(席件)
于上上〃冊子 其冊子上 陳設祭物 不過飯羹蔬菜果品已而(而已?) 器「數」雖
小 而品極精「潔」出主 而其夫妻獻酌拜跪 皆有法度 誠敬備至 小人立其傍
自不覺毛髮悚然 怳見神靈之來格 吾之主人宅祭祀 比之於此 可謂有如不祭
之歎. 眞箇祭祀 今日始見之矣云(云矣)." 夫人以其言 傳于樂靜 始知綱目之
不卽借 蓋以行祀之故也. 金家無床卓 以其冊代用故也 樂靜聞而異之 卽往
見金氏而賀曰 "聞君有至行 必有餘慶 可不欽歎? 吾欲成就令胤 未可許之
否?" 金大樂而許之 金和順受學于樂靜之門 後又爲朴潛冶門人 以學行 薦
登蔭仕 自其子監司公 始顯達 後有三世五公爲大家焉

39(3) 柳西崖成龍居安東 家有一叔 爲人蠢〃無識 可謂菽麥不辨 家間號
(呼)曰 "痴叔." 心甚易之 痴叔每日 "吾有從容可道之言 而君之家 每患喧
撓 如有無客靜寂之時 可請我 〃有千萬緊說話云〃矣." 一日 適無人而從
容矣 使人請痴叔 則「叔」以弊冠破衣 欣然而來曰 "吾欲與君 賭一局棋 未
知如何?" 西崖曰 "叔父平日未嘗着棋 今忽對局 恐非侄之敵手也." 盖西崖

之棋法 高於一世者也. 叔曰 "高下何論? 姑且對局 可也." 西崖强而對局 心
竊訝之 其叔先着一子 未至半局 而西崖之局全輸 不敢下手 始知其叔之韜
晦 俯伏而言曰 "猶父猶子之間 半生同處 如是相欺 下懷不勝抑鬱 從今願
安承教." 叔曰 "豈有欺君之理「也」哉? 適偶然耳. 君旣出身於世路 則如我
草野之人 有何可敎之事乎? 然而明日必有一僧來訪而請宿矣, 切勿許之,
雖千萬懇乞 而終是(始)牢拒 指使(使指)後村草菴而寄宿 可也, 須銘心勿
誤." 西崖曰 "謹奉敎矣." 及到其日 忽有一僧通刺 使之入來 狀貌堂〃 年可
三四十許人也. 問其居 則'居在江陵五臺山矣, 爲覽嶺南山川而來 遍看名勝
今方復路而竊伏聞大監淸德雅望爲當世(今)第一云 故以識荊之願 暫來拜
謁 今則日已晩矣, 願借一席之(而)寄宿 以爲明朝發行之地「也」,' 西崖曰
"家間適有事故 今不可以生面人留宿 此村後有佛菴 可以此中宿矣. 待朝下
來 可也." 其僧萬端懇乞 而一向牢却 僧不得已隨僮(童) 向村後之菴 此時
痴叔以婢女子 粧出舍堂「樣」自家作居士樣 以繩巾布褐 出門合掌 拜而迎
曰 "何來尊師 降臨于薄陋之地?" 僧答禮而入坐定 居士精備夕飯而先以一
壺旨酒待之 僧飮而甘之曰 "此酒之淸冽非常 何處得來?"「對曰」"此老嫗
卽此邑之酒母妓老退者也. 尙有舊日「之」手法而然矣(也). 願尊師勿嫌冷淡
而盡諒(量)則幸矣." 因(仍)進夕飯 山荣野蔌 極其精潔 其僧飽喫「而」泥醉
昏倒矣. 深夜(夜深)後 始覺而胸隔悶鬱 擧眼而視之 則其居士騎坐胸腹之上
手執利刀 張目叱之曰 "賤僧焉敢「瞞我」? 汝之渡海「之」日 吾已知之「矣」汝
其瞞我乎? 汝若吐實 則或有饒貸之道 而不然 則汝命盡於卽刻矣. 從實直
告 可也." 其僧哀乞曰 "今則小僧之死期已迫矣, 何可一毫相欺乎? 小僧果
是日本人也. 關伯平秀吉 方欲發兵 謀陷本國 而所忌者 獨尊家大監 故使小
僧 先期來此 以爲先圖之地矣. 今者見(=現)露於先生神鑑之下 幸伏望寄我
一縷「之」殘命 則誓不敢復作此等事." 痴叔曰 "我國兵禍 乃是天數所定 難
容人力 吾不欲逆天 吾鄕 則雖兵革之禍 吾在矣 優可救濟 倭兵如躐此境
則俱不旋踵矣. 如汝螻蟻之命 斷之何益? 寬汝禿頭而送之「往」傳于平秀吉
使知我國「之」吾在也." 仍釋之 其僧百拜稱謝曰 "不敢, 不敢." 抱頭鼠竄而

去, 歸見平叔(秀)吉 備傳其事 秀吉大驚異 勅軍中 以渡海之日 無敢近安東
一步之地 一境賴以安過矣

40(4) 驪州地 古有許姓儒生 家貧貧寒 不能自存「而」性甚仁厚 有三子
使之勤(勸)學 自家躬自乞粮于親知之間 以繼書粮 毋論知與不知 皆以許之
仁善來 必善待而優助粮資矣. 數年之間 偶以癘疫 夫妻俱歿 其三子 晝宵號
泣 艱具喪需 僅行草葬矣. 三霜(喪)纔過 家計尤無可言 其仲子名弘云者 言
于其兄及弟曰 "曾前吾輩之幸免餓死者「曾前」只緣先親之得人心「而」助粮
資之致也(矣). 今爲三霜(喪)已過 先親之恩德(澤)已竭 無他(地)控訴 以今
倒懸之「勢」弟兄(兄弟?)閣歿之外 無他策矣, 不可不各自圖生. 自今日 兄
「弟」從各(各從)所業 可也." 其兄其弟曰 "吾輩之自少所業 不過文學(字)
已而(而已), 其外如農商之事 非但無錢可辦 且不知向方 何以爲之乎? 忍飢
科工之外 無他道矣." 弘曰 "人見各自不同 從其所好 可矣 而三兄弟 俱習儒
業 則終身之前 其將俱死於飢寒「矣」, 兄與弟「氣質」甚弱 復理學業 可也.
吾以限十年 竭力治産 以作日後兄弟賴活之資矣. 自今日破産 二嫂氏各姑
(姑 各?)還於(于)本第 兄與弟負冊上山 乞食於僧徒之餘飯 以十年後相面
爲限是可. 所謂世業 只有家垈牟田三斗落及童婢一口而已, 此是宗物也.
日後自當還宗矣, 吾姑借之 以作營産之資矣." 自伊日 兄弟灑淚相別 二嫂
送于本(其)家 兄與弟送于山寺 賣其妻之新婚「之」時資粧 其價至七八兩而
已 時適木綿(棉)豊「登」之時 以其時(錢) 盡貿甘藿 背負而遍訪其父平日往
來乞糧(粮)之親知人家 以藿立作面幣而乞綿花 諸人皆憐其意而優給不計
好否 所得爲幾百斤 使其妻 晝夜紡績 渠則出而賣之 又貿易耳牟十餘石 每
日作粥 與其妻 以一器分半而喫之 婢則給一器曰 "汝若難忍飢寒 自可出
去. 吾不汝責." 其婢泣曰 "上典喫半器 小的則喫一器 焉敢曰 '飢乎?' 雖餓
死無以(意)出去云." 隨「其」上典 勤於織布 許生則或織席 或捆屨 夜以繼日
少不休息 或有知舊之來訪者 則必賜座於籬外而言曰 "某也! 今不可以人事
責之. 十年後相面云." 而一不出見 如是者 三四年 財利稍殖 適有門前畓十

斗落田數日耕之賣者 遂準其價買之 及春畊作時 乃曰 "無多之田畓 何可雇人耕播? 不爲自己之勤力. 其中但不知農功之如何 此將奈何?" 遂請隣里老農 盛其酒食 使座(坐)岸上 親執未耟 隨其指敎而耕種, 其耕之也 鋤之也 必三倍於他人 故秋收之穀 又倍於他人. 田「則」種烟草 而時當亢旱 每於朝夕汲水而澆之 一境之烟「草」皆枯損 而獨許「田」之種苗茂 京商預以數百金買之 及其二芽之盛 又得厚價 草農之利「近」四百金 如是者 五六年 則財産漸殖 露積四五百穀 近地百里內田畓 都歸於許生 而其衣食之儉約 一如前日樣. 其兄其弟 自山寺 始下來見之 弘之妻 始■(精)備三「盂」盤(飯)而進之則弘張目叱之 使之持去 更使煮粥而來, 其兄怒署(罵)曰 "汝之家産 如此其富 而獨不饋我一盤(盂)飯乎?" 弘曰 "吾期(旣)以十年爲之(期) 十年「之」前「以」勿喫飯 盟于心矣. 兄於十年後 可喫吾家之飯, 兄雖怒我 〃不以介於懷矣." 其兄老(怒)而不喫粥 還上山寺矣. 翌年春 兄與弟聯璧而小成矣. 弘多持錢帛而上京 以備應榜之需 率倡而到門 伊日招倡優而諭之曰 "吾家兄弟今雖小成 且有大科, 又當上山而工課 汝等無益 可以還歸汝家." 各給錢兩而送「之」, 對其兄及弟「而言」曰 "十年之限 姑未及 須卽上寺 待限滿下來 可也." 仍卽日送之上山 及到十年之限 奄成萬石君矣. 仍擇布帛之細者 新造男女衣裳各二件 治送人馬於二嫂之家 約日率來 又以人馬 送之山寺 迎來兄及弟 團娶一室 過數日「後」 對兄弟而言曰 "此室狹隘 無以容膝. 吾「有」所經營者 可以入處." 仍與之偕行 行數里許 越一岡(崗) 則山下之大洞 有一甲第 前有長廊 奴婢牛馬 充溢其中 內舍 則「分爲」三區 而外舍 則只有一區而甚廣闊 三兄弟內眷 各占內舍之一區 三兄弟「則」同處一房 長枕大被 其樂融洽矣 其兄驚問曰 "此是誰家 如是壯麗?" 答曰 "此是弟所經紀者 而亦不使家人知之耳." 仍使奴隷 擧木函四五雙 置「之」于前曰 "此是田土之券, 從今吾輩均分 可也." 仍言曰 "家産之致此 荊妻之所殫竭者也, 不可不酬勞." 乃以二十石落畓卷(券) 給其妻 三人各以五十石落分之 從此以後 衣食極其豊潔 其隣里宗族之貧窮「者」 量宜周給 人皆稱之 一日 弘忽爾悲泣 其兄怪而問之曰 "今則吾輩衣食不換三公矣, 有何不足事「而」如是疚懷也?"

答曰 "兄及弟 旣隷課工 皆占小科 已出身矣 而顧我(弟) 則泪(汨?)於治産 舊業荒蕪 卽一愚蠢之人. 先親之所期望者 於弟茂如「矣」 豈不傷痛哉? 今則年紀老大 儒業無以更始 不如投筆而業武?" 自其日 備弓矢習射 數年之後 得(登)武科 上京求仕 得付內職 轉以陞品 得除安岳郡守 定赴任之期 而奄遭妻喪「弘」喟然嘆曰 "吾以(旣)永感之下 祿不逮養 猶欲赴外任者 爲老妻之一生艱苦 欲使一番榮貴矣. 今焉妻又沒矣, 奈(我)何赴任爲哉?" 仍呈辭圖遞 下鄕終老云爾. 後人論曰 "許弘之致富 可謂智仁勇三才俱備 而有一未洽處 何也? 其分財之時 處事穩當 甚至於窮交貧族 量宜周給之地 泣而不去 稱以隨上典同死同苦樂之婢子 終不給一斗落一■之田土 是豈人情之所爲哉? 其妻二十石落內三分一 分給其婢子 仍燒奴案 以作平民 表其忠誠 至可! 至可!"

41(5) 宣廟壬辰之亂 天將李提督如松 奉旨東援 平壤之捷後 入據城中 見山川之佳麗 懷異心 有欲動搖宣廟而仍居之意 一日 大率僚佐 設宴于練光亭上 江邊沙場 有一老翁 騎黑牛而過者 軍校高聲辟除 而聽若不聞 按轡而徐行 提督大怒 使之拿來 則牛行不疾 而軍校「輩」無以追到 提督不勝忿怒 自騎千里名騾 按劍而追之 牛行在前不遠 而騾行如飛 終不可及 踰山渡水行幾里 入一山村 則黑牛係於溪邊垂楊樹 前有茅屋 竹扉不掩 提督意其老人之在此 下騾仗(杖)劍而入之「則」老人起迎於軒上 提督怒叱曰 "汝是何許野老 不識天高 唐突至此? 吾受皇上之命 率百萬之衆 來救汝邦 則汝必無「不」知之理 而乃敢犯馬「於」我軍「之」前」乎? 汝罪當死." 老人笑「而答」曰 "吾雖山野之人 豈不知天將之尊貴乎? 今日之行「全爲」邀將軍而欲枉鄙所之計也. 某竊有一事之奉託(托) 難以言語導達 故不得已行此計也." 提督問曰 "所託(托)甚事 第言之." 老人對曰 "鄙有不肖兒二人 不事士農之業 恣行强盜之事 不率父母之敎訓 不知長幼之別 卽一禍根 以吾之氣力 無以制之 竊伏聞將軍神勇蓋世欲借神位(威)而除此悖子也." 提督曰 "在於何處?" 答曰 "在於後園草堂上矣." 提督按劍而入 有兩少年「共」書矣. 提督大聲叱

曰 "汝是此家之悖子乎? 汝翁欲使除去 謹受我一劒." 「仍」揮劒擧(擊?)之
則其少年不動聲色 除(徐)以手中書證竹捍之 終不得擊 已而其少年 以其竹
迎擊劒刀 劒刀鏘然一聲 絶(折)爲兩端而落地矣 「而」提督氣喘汗流 少焉老
人入來 叱曰 "小子(者)焉敢無禮乎?" 使之退坐 提督向老人「而言」曰 "彼悖
子勇力非凡 無以阻(抵?)當 敢(豈)負老人之託(托)矣(哉)." 老人笑曰 "俄言
戲耳. 此兒雖有膂力 以渠十倍(輩) 不敢當老身一人 將軍奉(迎)皇旨 東援
而來 掃除島寇 使我東 再奠基業 將軍唱凱還歸 名垂竹帛 則豈非丈夫之事
業乎? 將軍不此之思 反懷異心 此豈所望於將「軍」者哉? 今曰「之」擧 欲使
將軍 知我東亦「有」人材之計也. 將軍若不改圖而「一向」執迷 則吾雖老矣
足可制將軍之命, 勉之, 勉之. 山野之人 語甚唐突 惟將軍垂察而恕之." 提
督半晌(餉)無語 低頭喪氣 仍諾〃而出門云爾

42(6) 金倡義「使」千鎰之妻 未(不)知誰家女子 而自于歸之日 一無所事
日事晝寢 其舅戒之曰 "汝誠佳婦 而但不知爲婦道 「是」可欠也. 大凡婦人
皆有婦人之任, 汝旣出家 則治家營産 可也, 而不此之爲 「日」以午睡爲事
乎?" 其婦對曰 "雖「欲」治産 赤手空拳 何所藉以(而)營産乎?" 其舅悶(聞?)
以(而)憐之 卽以租數三十石包・奴婢四五口・牛數隻 給之曰 "如此則「足」
可以爲營産之資乎?" 對曰 "足矣." 仍呼奴婢近前曰 "今則汝輩旣屬之於我
當從吾之指揮. 汝可馱穀於此牛 入茂朱某處「深」峽中 伐木作家 以此租作
農粮而勤耕火田 每秋 以所出都數 來告於我 粟則作米儲置 每年如是 可
也." 奴婢輩承命而向茂朱而去,「居」數日 對金公而言曰 "男子(兒)手中無
錢穀 則百事不成 何不念及於此?" 公曰 "吾是侍下人事, 衣食皆賴於父母
則錢穀從何「以」辦出乎?" 婦曰 "竊聞洞中李生某家 積累萬財貨 而性嗜賭
博云 郎君何不一往以千石之露積一塊爲賭乎?" 公曰 "此人以賭博局一手
有名於世 吾則手法甚拙 此等事 何可生心賭博?" 婦曰 "此易與耳(爾). 第
以博局持來." 仍對坐而訓之 諸般妙手 隨手指揮 金公亦奇傑之人也. 半日
對局 陣法曉然 其婦曰 "今則優可賭博 君子「須」以三局兩勝爲賭 初局則佯

輸 而二三局 則僅〃決勝 旣得露積後 彼必欲更決雌雄 此時則出神妙之手
(術) 使彼不得下手 可也."金公然其言 明日 躬往某(其)家 請賭博局 則其
人笑曰"君與我居同閈 未聞君之賭博矣, 今忽來請「者」未知其故也. 且君
非吾之敵手, 不必對局."金公曰"對局行馬 然後可定其高下, 何必預(豫)先
斥罷?"仍强請 至再「至」三 其人曰"君若然則吾於平生對局 則必賭 以何
物爲賭債乎?"公曰"君家有千石露積三四塊 以此爲賭 可乎?"其人曰"吾
則以此爲賭 君賭(則)以何物爲賭乎?"公曰"吾亦以千石爲賭."其人曰"君
以侍下之人事 不少之穀 從何判(辦?)出乎?"金公曰"此則勝負判決 然後
可言之事. 吾若不勝 則十石何「足」道哉?"其人勉强而對局 以兩勝爲限 初
則金公佯輸一局 其人笑曰"然矣. 君非吾之敵手 吾不云乎?"金公曰"惟
(猶)有二局矣."第又對局 李生心易(異)之 又復對局 連輸二局 李生驚訝曰
"異哉! 異哉! 寧有是理乎? 旣許之 千石不可不給"卽當輸去之 第又更賭一
局矣. 金公許之 復對「博」局 始出神妙之手 李生勢窮力盡 不得下手矣. 金
公笑而罷, 歸對其妻而言 則其妻曰"吾已料知矣."公曰"旣得此財矣 將焉
用之乎?"妻曰"君子「之」所親人中 窮婚窮喪及貧不能資生者 量宜分給 毌
論遠近貴賤 如有奇傑之人 則與之許交 而逐日邀來 則酒食之費 我(吾)自
辦備."金公如其言而行之. 一日 其婦人「又」請于其舅曰"媳欲事農業 籬外
五日耕田 可使許耕(畊)乎?"其舅許之, 於是 耕(畊)田而遍種瓠種 待熟而
作斗容瓠 使之着漆 每年如是 充五間庫 又使冶匠 鍊出二箇如斗容瓠樣 竝
置于庫中 人莫曉其故. 及壬辰 倭寇大至 夫人謂金曰"吾之平日 勸君子以
恤窮濟貧 交結英男 欲於此等時 得其力故「也」君子倡起義兵 則舅姑避亂
之地 吾已經起(紀)於茂朱地 有屋有穀 庶不貽君子之憂矣 吾則在此 辦備
軍粮 使不乏絶也."金公欣然從之 遂起義兵 遠近之平日受恩者 皆來附 旬
日之間 得精兵四五千 使軍卒 各佩漆瓠而戰 及其回陣之時 遺棄鐵鑄之瓠
於路而去 倭兵大驚曰"此軍人〃「皆」佩此瓠 其行如飛 其勇力可知其無
量."遂相與戒飭 無敢迎其鋒 以是之故 倭兵見金公之軍 則不戰而披靡 金
公多建奇功(勳) 盖夫人贊助之力

43(7) 盧玉溪禛(禎) 早孤家貧 居在南原地 年旣長成 無以婚娶 其堂叔武
弁 時爲宣川倅 玉溪母親 勸往宣川 乞得婚需以來 玉溪以編髮 徒步作行
〃至宣川 阻閽不得入 彷徨路上 適有一童妓 衣裳鮮新者過去 停步而(立)
熟視「而」問曰 "道令從何而來?" 玉溪以實言之 妓曰 "吾家在於某洞而卽第
幾家 距此不遠 道令須定下處於吾「家」." 玉溪許之 艱辛入官門 見其叔 言
下來之由 則嚬蹙曰 "新延未幾 官債山積 甚可悶也云." 而殊甚冷落 玉溪以
出宿於下處之意 告而出門 卽訪其童妓之家 其童妓欣迎而使其母 精備夕
飯而進之 夜與同寢 其妓曰 "吾見本官 手段甚小(少?) 雖至親之間 其婚需
之優助「有」未可知 今(吾)見道令之氣骨狀貌 可以「大」顯達之狀也. 何必
自歸於乞客之行也. 吾有私儲之銀五百餘兩 留此幾日 不必更「入」官門 持
此銀直還 可也." 玉溪「不可」曰 "不可. 行止如是飄忽 則堂叔豈不致責乎?"
妓曰 "道令雖恃至親之情 而至親何可恃? 留許多日 不過被「人」苦色 及其
歸也 不過以數十金贐行 將安用之? 不如自此直發." 數日晝則入見其叔 夜
則宿於其妓之家 一日夜 妓於燈下 理行裝 出銀子 裹以袱 及曉 牽出廐上
一匹馬 馱使之促行曰 "道令「不過」十年內外 必大貴矣. 吾當潔身而俟之,
會面之期 只在一條路而已, 千萬保重." 洒(灑)淚而出門 玉溪不得已 不辭
「於」其叔而作行 平明 本官聞其故(歸?) 竊怪其行色之狂妄 而中心(心中)
也 自不妨其「費」錢兩之費也. 玉溪歸家 以其銀子 娶妻而營治産業 衣食不
苟 乃刻意科工 四五年之後登第 大爲上所知 未幾 以繡衣 按廉于關西 直
訪其妓「之」家 則其母獨在 見玉溪 認其顔面 乃執袂而泣曰 "吾女自送君之
日 棄母逃去 不知去向 于今幾年 老身晝夜思想 淚無乾時云〃." 玉溪茫然
自失 自量以爲吾之來此 全爲故人相逢矣 今無形影 心膽俱墮 然而渠必爲
我而晦跡之故也. 仍更問曰 "老嫗之女 自一去之後 存沒尙未聞知(之)否."
對曰 "近者傳聞 吾女寄跡於成川境內之山寺 藏踪(蹤)秘跡 人無見其面者
云〃 風傳之言 猶未可信 老身年衰無氣 且無男子 無以推尋矣." 玉溪聽罷
仍直往成川地 遍訪一境之寺刹窮搜 而終無形影 行尋一寺 〃後有千仞絶
壁 其上有小菴 「而」峭峻無着足處矣. 玉溪擧(攀)蘿捫藤 艱辛上去 則有數

三僧徒 問之 則以爲'四五年前 有一箇年近(可)二十之女子 以如干銀兩 付之禮佛「之」首座 以爲朝夕之費(備)而仍伏於佛座之卓下 被髮掩面而朝夕之飯 從窓穴而入送 或有大小便之時 暫出門而還入 如是「者」已有年矣 小僧皆以「爲」菩薩生佛 不敢近前矣.' 玉溪心知其妓 乃使首座僧 從窓隙而傳言曰 "南原盧道令爲娘子而來此 何不開門而迎見?" 其女因其僧而問曰 "盧道令如來 則登科乎? 否「乎」?" 玉溪遂以登科後「方」以繡衣來此云 〃 其女曰 "妾之如是積年晦跡而潔(喫)苦 全爲郞君地也, 豈不欣 〃? 然耶(卽)出迎之 而積年之鬼形 難現(=見)於丈夫行次 如爲我留十餘日 則妾謹當梳洗理粧 復其本形「後」相見好矣." 玉溪依其言遲留矣, 過十餘日後 其女凝粧盛飾 出而見之 相與執手 而悲喜交至 居僧始知其來歷 莫不嗟嘆 玉溪通于本府 借轎馬 馱之送宣川 與其母相面 竣事「畢」復令(命)之後 始送人馬 率來同室 終身愛重云爾

44(8) 延原府院君李光「庭」爲楊「州」牧 時養一鷹 使獵夫 每作山行 一日獵夫出去 經宿而還 傷足而行蹇 公怪「而」問之 笑而對曰 "昨日放鷹獵稚〃逸而鷹逃 四面搜訪 則鷹坐某村(處)李座首門外大樹上 故艱辛呼鷹而臂之 將「欲」復路之際 忽聞籬內有喧擾之聲 故自籬間規(窺)見 則有五介處女 豪健如壯畧(男)樣 相率而「來」氣勢甚猛 故意其或被打 急〃避身 足滑而「傷」時日勢幾昏 心甚訝之 隱身於籬下叢樾之中而聞之 則其五處女相謂曰 '今日適從容 又當作太守戱乎?' 僉曰 '諾.' 其中大處女 年可三十 高坐石上 其下諸處女 各稱座首・刑房・吸唱・使令名色 侍立於前 而已(已而?)太守處女出令曰 '座首拿入.' 刑房處女呼吸唱處女而傳分付 吸唱處女呼使令處女而傳分付 使令承令而捉下座首處女 拿而跪于庭下 太守處女高聲數其罪曰 '婚姻 人之大倫也. 汝之末女 年已過時 則其上之兄 從「此」可知矣. 汝何爲而使汝之五女 空然幷將廢倫乎? 汝罪當死.' 座首處女 俯伏而奏曰 '民豈不知倫紀之事(重)乎? 然而民之家計赤立 婚俱(具)「實」無可判(辦?)之望矣.' 太守曰 '婚姻稱家之有無 只俱(具)單衾 勺水成禮 有何不

可之理乎? 汝言殆(太)迂濶矣.' 座首曰 '民之女 非一二人, 郞材亦「無」可求
之處矣.' 太守口叱曰 '汝若誠心廣求 豈有不得之理乎? 以鄕中所聞言之 某
村之宋座首·吳別監 某村之鄭座首·金別監·崔鄕所「家」 皆有郞材 如是
則可定汝五女之匹矣. 此人輩與汝 地醜德齊 有何不可之理?' 座首曰 '謹當
依下敎通婚 而彼必以民「之」家貧不肯矣.' 太守曰 '汝罪當笞 而今姑十分叅
酌 斯速定「婚」而成禮 可也. 否者 後當嚴處矣.' 仍命拿出 五介處女 仍相與
大笑 一閧而散 其狀絶倒 仍而作行 寄宿於旅舍 今始還來矣." 延原聞而大
笑 召鄕所 問李座首來歷 與家勢子女之數 則以爲'此邑曾經首鄕之人 而家
勢赤立 無子而有五女 家貧之故 五女已過時 而尙未成婚矣.' 延原直(卽)使
禮吏告目請李座首以來 未幾來謁 公曰 "君是曾經鄕所而解事云 吾欲與之
議事而未果矣." 仍問子女之數 則對曰 "民命途奇窮 未育一子 只有無用之
五女矣." 問俱以(已)婚嫁否 對曰 "一未成婚矣." 又曰 "年各幾何?" 對曰
"第末女 已過時「矣」." 公乃以俄所聞太守處女之分付 一〃問之 則其答果
如座首處女之答   公乃歷數某座首·某別監·某鄕所之家而依太守處女之
言而言曰 "何不通婚也?" 對曰 "渠必以民之家貧不願矣." 公曰 "此事吾當
居間矣." 使之出去 又使禮吏 請五鄕所而問曰 "君家俱各有郞材云 然否?"
對曰 "果有之, 問已成婚(娶)否?" 對曰 "果(姑)無定婚處矣."「公曰」"吾問
(聞)某村某座首之家有五女云 何不通而結親乎?" 五人躊躇不卽應 公正色
曰 "彼鄕族, 此鄕族 門戶相適 君輩之不欲 只較貧富而然矣(也). 若然 則貧
家之女 其將編髮而老死乎? 吾之年位 比君輩 何如不少之地? 旣發說 則君
輩焉敢不從乎?" 乃出五幅簡 使置于五人之前曰 "各書其子四柱 可也." 聲
色俱厲 五人惶恐俯伏曰 "謹奉敎矣." 仍各書四柱以納 公以其年紀之多少
定其處女之次第 仍饋酒肴 又各賜白苧「布」一疋曰 "以此「爲」道袍之資."
又分付曰 "李家五處女之婚俱(具) 自官備給 本家勿慮也." 卽使之擇日 期
在數日之間 仍送布帛錢穀 使備婚需 伊日 公出往李家 屛帳(幛)布(鋪)陳之
屬 自官借設 列五卓於庭中 五女五郞 一時行禮 觀者如堵 無不欽嘆(嘆) 延
原之積善 其後 承繁衍而顯達「者」 皆由積善之餘慶云爾

45(9) 安東權進士某者 家計饒富 性且(行)嚴峻 治家有法度 有獨子而娶
婦 〃性行猂(悍)妬難制 而以其舅之嚴 不敢下氣 權如有怒氣 則必鋪席於
大廳「而」坐 或打殺婢僕 若不至傷命 則必見血而止 以此「如」鋪席於大廳」
則如家人喘喘(惴惴) 知其有必死之人矣(也) 其子之妻家在於隣邑 其子爲
見其妻父母而行 歸路遭雨 避入於店舍 先見一少年一坐於廳上而廐有五六
疋(匹)駿馬婢僕又多 若率內眷之行 與權少年 與之(仍爲)寒暄而以酒肴饌
盒勸之 酒甚淸冽 肴又豊旨 相問其姓氏與居住 權生則以實告之 先來少年
「則」只道姓氏而不肯言所在處曰"偶爾過此 避雨而入此店 幸逢年輩佳朋
豈不樂乎?" 仍與之酬酌 以醉爲期 權少年先醉倒 夜深後始■(覺) 擧眼審
視 則同盃「之」少年之 已無形影 而自家 則臥於內室而傍有素服佳娥 年可
十八九 容儀端麗 知其非常賤而的是洛下卿相家婦女也. 權生大驚訝 問曰
"吾何以臥「於」此處而君是誰家何許婦女在於此處乎?" 其女子羞陟(澁)而
不答 叩之再三 終不開口 最後 過數食頃 始低聲而言曰"吾是洛下門地繁
盛之仕宦家女子 十四出嫁 十五喪夫而嚴親又早世 娚兄主家矣 兄之性執
滯 不欲從容(俗)而執禮 使幼妹寡居也 欲求改適之處 則宗黨之是非大起
皆「以」汚辱門戶 峻辭嚴斥 兄不得已破議 因俱(具)轎馬 馱我而出門 無去
向處而作行 轉而至此 其意以爲(若遇)合意之男子 則欲委而托之 自家因以
避之 以遮諸宗之耳目者也 昨夜 乘君之醉 而使奴子 負而入臥內房而家兄
則必也遠走." 仍指在傍之一箱曰"此中有五六百銀子 以此使作妾衣食之資
云爾." 權生異之 出外而視之 則其少年及許多人馬 幷不知去處 只有■(蒙)
駭之童婢二人在傍 生還入內「室」與其處女同寢 而已(已而?)思量 則嚴父
之下 私自卜妾 必有大擧措 俱(且)其妻悍妬之性 必不相容 此將奈何? 千思
萬量 實無好箇計策 反以奇遇之佳人爲頭痛 待「朝」使婢子 謹守門戶而言
于其女曰"家有嚴親 歸當奉稟而率去(云) 姑少俟之." 申飭店主而出門 直
向親朋中有智慮者之家 以實告之 願爲之劃策 其友沈吟良久曰"大難. 大
難. 實無好策 而第有一計 君於歸家之數日 吾當設酒席而請之矣. 君於翌日
又設酒席而請我 〃當自有方便之計矣." 權生依其言 歸家之數日 其友人

送伻懇請 '以適有酒肴 諸益畢會 此席不可無兄 〃須賁臨云.' 權生稟其父
而赴席 翌日 權生稟于其父曰 "某友昨日擧酒有邀而酬答之禮 不可闕也.
今日畧其(具)酒饌而請邀諸友 則似好矣." 其父許之 爲設酒席而邀其「人」
具(又)邀洞中諸少年 諸人皆來 先拜見於權生之老父 權曰 "少年輩迭相酒
會 而一不請老我 此何道理?" 其少年對曰 "尊丈若主席 則年少侍生 坐臥起
居 不得任意爲之. 且尊丈性度嚴峻 侍生輩 暫時拜(來)謁 十分操心 或恐其
見過 何可終日侍坐「於」酒席 尊丈若降臨 則可謂殺風景矣." 老權笑曰 "酒
會豈有長幼之序乎? 今日之酒 我爲主矣, 擺脫其拘束之意(儀) 終日沉(湛)樂
君輩須(雖?)「終日」百番失儀於我 〃不汝責(責汝?), 盡歡而罷 以慰老夫一
日孤寂之懷也." 諸少年一時敬諾 長幼雜坐而擧觴 酒至半 其多智「之」少年
近前曰 "侍生有一古談之奇事 請一言之以供一□" 老權曰 "古談極好, 君試
爲我言之." 其人乃以權少年之客店奇遇 作古談而言之 老權節〃稱奇曰
"異哉! 異哉! 古者(則)或有此等奇緣 曰(而)今則未得聞也." 其人曰 "若使
尊丈當之 則當何「以」處之? 中夜無人之際 絶代佳人在傍 則「其」將何近之
乎?「否乎」既近「之」則其將率畜乎? 抑棄之乎?" 老權「曰」"既非宮刑之人
則逢佳人於黃昏 豈有虛度之理乎? 既同寢席 則不可不率畜, 何「可」等棄而
積惡乎?" 其人曰 "尊丈性本方嚴 雖當如此(是)之時「而」必不毁節矣." 老
權掉頭曰 "不然. 不然. 使吾當之 「則」不得不毁節矣. 彼之入內 非故爲也,
爲人所欺 此則非吾之故犯也, 年少之人 見美色而心動 自是常事, 彼女既以
士族 行此事 則其情憾矣. 其地窮矣. 如或一見而棄之 則彼必含羞含冤而死
豈非積惡乎? 士大夫之處事 不可如是齷齪也." 其人又問曰 "人情事理 果
如是乎?" 老權曰 "豈有他意 斷當不作薄行(幸)人 可也." 其人笑曰 "此非古
談. 卽胤友日前事也. 尊丈既以事理當然 再三質言而有敎 則胤友庶罪免
(免罪)責矣." 老權聽罷 半餉無語 仍正色厲聲曰 "君輩皆罷去. 吾有處置之
事矣." 諸人皆驚劫(怯)而散, 老權仍高聲曰 "斯速設席於大廳." 家中人皆悚
然 不知將治罪何許人矣. 老權坐於席上 又高聲曰 "急持斫刀以來." 奴子惶
(慌)忙承命 置斫刀「及」木板於庭下 老權又高聲曰 "捉下書房主 伏之斫刀

板." 奴子捉下權少年 以其項 置之刀板 權老(老權)大叱曰 "悖子以口尙乳
臭之兒 不告父母而私畜小妾者 此是亡家之行也. 吾之在世 猶尙如此 況吾
之身後乎? 此等悖子 留之無益 不如吾在世之時 斷頭以杜後弊 可也."言罷
號令奴子 使之擧趾而斫之 此時 上下惶〃 面無人色 其妻與子婦 皆下堂而
哀乞曰 "彼罪雖云可殺 何忍於目前 斫斷獨子之頭乎?"泣諫不已 老權高聲
而叱 使退去 其妻驚怯(怵)而避 其子婦以頭叩地 血流放(被)面而告曰 "年
少之人 設有放恣自擅之罪 尊舅血屬 只此而已 尊舅何忍行殘酷之事 使累
世奉祀 一時絶嗣乎? 請以子婦之身 代其死."老權曰 "家有悖子 而亡家之
時 辱及於祖先矣. 吾寧殺之於目前 更求螟嗣 可也. 以此以彼 亡則一也. 不
如亡之, 乾淨「之」爲愈也."仍號令而使斫之 奴子口雖應諾 而不忍加足 其
子婦泣諫益苦「老權曰」"此子亡家之事 非一矣. 以侍下之人「而」擅自畜妾
其「亡」兆 一也. 以汝「妻」之悍妬 必不相容 如此 則家政日亂 其亡兆 二也.
「有此亡兆」不如早爲除去之爲好也."子婦曰 "妾亦是俱(具)人面人心「矣」.
目見此等光景 何可念及於妬之一字乎? 若蒙尊「舅」一番容恕 則子婦謹當
與之同處 少不失和矣. 願尊舅 勿以此爲慮 特下廣薄(蕩)之恩."老權曰 "汝
雖迫於今日擧措而有此言 必也面諾而心不然矣."婦曰 "寧有是理? 如或有
近於(似)此等之言 則天必殛之, 鬼必誅之矣."老權曰 "汝或(於)吾之生前
無或然矣 而吾死之後 汝必復肆其惡 此時 吾已不在 悖子不敢制 則此非亡
家之事乎?「不如」斷頭以絶禍根."婦曰 "焉敢如是乎? 尊舅下世之後 如或
有一「分」悲(非)心 則犬豚不若「謹」當矢言「而」納侤矣."老權曰 "汝若然
則汝以矢言 書紙以納."其子婦書禽獸之盟 且曰 "一有違背之事, 子婦 父
母之肉 可以生啗矣. 矢言至此 而尊舅終不信聽, 有死而已."老權乃敕「而
出」之 仍命「呼」奴子(首奴)分付曰 "汝可率轎馬人夫 往某店 迎書房主小室
而來."奴子承命而率來 行見舅姑之禮 又禮拜於正配而使之同處 其子婦
不敢出一聲 到老和同 人無間言云爾

46(10) 古有一宰「相」爲關西伯 有獨子而率去 時有童妓 與其子同庚「而」

容貌佳麗 與之相狎 恩情之篤 如山如海 及箕伯之遞歸 其父母 憂其子之不
能斷情而別妓 問曰 "汝「與」其(某)妓有情 今日倘能割情而決然歸去否?"
其子對曰 "此不過風流好事 有何係戀之可言乎?" 其父母幸而喜之, 發行之
日 其子別無惜別之意 及歸 使其子 負笈山寺 俾勤三餘之工「生」讀書山房
而一日之夜 大雪初霽 皓月滿庭 獨倚(依)欄檻 消(悄)然四顧 萬籟收聲 千
林間(闃?)若 雲間獨鶴 失聲(群)而悲鳴 岩穴孤猿 喚侶而哀號 生於此時 心
懷愀然 關西某妓 忽然入想 其妍美之態 端麗之容 森然如在目 相(想)思之
懷 如泉湧出 欲忘而未忘 終不可抑 因坐「而」苦俟晨鍾 不使傍人知之而獨
自躡草履 佩如干盤費 步出山門 直向關西大路而行 翌日 諸僧及同牕(窓)
之人大驚搜索 終無形影 告于其家 舉家驚惶 遍尋山谷而不得 意其謂「爲」
虎豹所嚙 其悲寃號(呼)痛之狀 無以形言矣. 生間關作行 〃幾日 菫(僅)到
浿城 卽訪其妓之家 則妓不在焉, 只有妓老母 見生「之」行色草〃 冷眼相對
全無欣喜(款)之心 生問曰 "君之女何在?" 對曰 "方入於新使「道」子弟守廳
一入之後 尙不得出來. 然而書房主何爲千里徒步而來也?" 生曰 "吾以君女
思想之故 柔腸欲斷 不遠千里而來也(者) 全爲一面之地也." 老妓(嫗?)冷笑
曰 "千里他鄕 空然作虛行矣. 吾女在此 而吾亦不得相面 而何況書房主乎?
不如早歸." 言罷 還入房中 少無迎接之意 生乃慨嘆出門 而無可向處 仍念
營吏〃房「吏」曾親熟 且多受恩於其父者 仍問其家而往見 則其吏大驚 起
而迎之坐曰 "書房主 此何擧也? 以貴价公子 千里長程 徒步此行 誠是夢寐
之所不到. 敢問此來何爲." 生告其故 其吏棹(掉)頭曰 "大難! 〃〃! 見今巡
使子弟寵愛 此妓跬步不暫離 實無相面之道 姑暫留小人之家幾日 庶圖可
見之機." 仍接待款冷(洽) 生留數日 天忽大雪 吏曰 "今則有一面之會 而未
知書房主能行之否?" 生曰 "若使吾一見其妓之面 則死且不避, 何況其外事
乎?" 吏曰 "明朝調(詞)發邑底人丁 將掃雪營庭 小人以書房主 充於冊房
(室)掃雪之役 則或可瞥眼相面矣." 生欣然從然(之) 換着常「賤」衣冠 混入
於掃雪役丁「之」叢 擁篲而掃冊「室」之庭 時以眼 頻〃偸視廳上 終不得生
(相)面 過數食頃之「後」房門開處 厥女凝粧而出 立於曲欄之上 翫(玩)雪景

生停掃而注目視之 厥女忽然色變 轉而入房 更不出來 生心甚恨之 無聊而出 其吏問曰 "得見厥女否?" 生曰 "霎時見面." 「仍」道其入房不出之狀 吏曰 "妓兒情態 本自如此. 仍較冷暖(煖)而送舊迎新, 何足責「之」也?" 生自念行色 進退不得 心甚悶矣. 厥妓一見生之面目 心知其下來欲出一面而其奈冊室暫不得使離 何哉 仍心思脫身之計 忽爾揮涕 作悲苦之狀 冊室驚「問」曰 "汝何作此樣也?" 妓掩「抑」而對曰 "小人(女)無他兄弟 故小人(女)在家之日 親自掃雪而(於)亡父之墳上矣, 今日大雪 無人掃雪 是以悲之." 冊室曰 "若然 則吾使一隷掃之矣." 妓止之曰 "此非官事 當「此」寒沍 使渠掃雪於不當之小人(女)先山 則小人(女)及小人(女)之亡父 必得無限辱說 此則大不可, 小人(女)暫往而掃之, 旋卽入來 無妨矣. 且父之墳 在城外「未」十里之地 來去(去來)之間 不過數食頃矣." 冊室憐其情於事 許之 厥妓卽往其母家 問曰 "某處書房主 豈不來此乎?" 母曰 "數日前暫來見而去矣." 妓曰 "來則何「不」使留之乎?" 母曰 "汝旣不在 留之何益?" 妓曰 "向何處「去」乎?" 母曰 "吾亦不問, 彼亦不言而去矣." 妓吞聲而責其母曰 "人情固如是乎? 彼「以」卿相家貴公子 千里此行 全爲見我而來 則母親何不挽留而通于我乎? 母以冷〃(落)之色相接 彼肯留此乎?" 仍揮涕泣(不)已 欲訪其所在處「而」無「處」可問 忽念前等吏房 每親近「於」冊室 無或寄宿其家耶? 仍忙步往尋 則果在矣. 相與執手 悲喜交切 妓曰 "吾(妾)「旣」一見書房主 則斷無相舍之意, 不如從此而相携逃避矣." 仍(因)還至其家 則其母適不在 收(搜)「其」箱篋中所儲五六百銀子 且以渠之資粧貝物 作「一」負卜 貰人背負 往其吏家 使吏「貰」得二匹貰馬 吏曰 "貰馬往來之際 蹤跡易露 吾有數匹健馬 可以贐之." 又出四五十兩錢 俾作路需, 生與厥女 卽地發行 向陽德孟山之境 買舍於靜僻處以居焉. 伊日 營冊怪其妓之到晩不來 使人探之 則無形影, 問于其母 則母亦驚惶「而」不知去處(向) 而使人四索 而終無形影矣. 厥妓定(整)頓家事 謂生曰 "郎旣背親而作此行 則可謂父母之罪人也. 贖罪之道 惟在於登科, 決科之道 惟在於勤業, 衣食之憂 付之於妾 自「今」讀之做之 用工倍他 然後可以有爲." 使之遍求書冊之賣者 不計價而賣(買)之 自此勤業 科

工日就 如是而過五六(四五)年之後 國有大慶 方設科取士 女勸生作觀光行
〃資准(準)備而送之 生上京 不得入其家 寓於旅舍 及期赴場 懸題後 一筆
揮洒(灑) 呈卷而待榜 〃出 生見忝第一人「矣」. 自上招吏判近榻前而教曰
"曾聞卿之獨子 讀書山寺 爲虎啣去云矣, 今見新榜壯元秘封 則的是卿之子
而職卿何爲而書大司憲也? 是可訝也." 吏判俯伏曰 "臣亦疑訝 而臣之子
決無生存之理 或有姓名同之人而然也. 然而父子之同名 亦是異事 且朝班
宰列 寧有臣名之二人乎? 誠莫曉其故也."「上」使之呼新來 吏判府(俯)伏
榻下而俟之 及新恩承命入侍 則果是其子 父子相持 暗〃揮淚 不忍相拾
(舍) 上異之 使之近前 詳問其委折 新恩俯伏而起 以其輩(背)親逃走之事及
掃雪營庭之事 以至(至以?)於與妓逃避 做工登科之由 一〃詳細奏達 上拍
案稱奇而教曰 "汝非悖子 乃是孝子也. 汝妾之節槩志慮 卓越於他 不「知」
賤倡(娼)之流 乃有如此人物 「此」則不可以賤倡(娼)待之 可陞爲副室." 卽
日下諭關西道臣 使之治送其妓 新恩謝恩而退 隨其父還家 〃中慶「喜」之
狀 溢於內外 封內職卿「之」書以大司憲 盖是上山時所帶職故也. 妓名紫鸞
字玉簫仙云爾

47(11) 李貞翼公浣 荷孝廟眷注 將謀北伐 廣求人材 雖於「行」路上 如見
人貌之(之貌)魁偉 則必然(延)致之門 隨其才而薦于朝 曾以訓將 得暇掃墳
行到龍仁店幕 有一總角 年近三十許之人 身長幾十尺 面長一尺 瘦骨層稜
(稜層) 短髮鬖鬆 布褐不能掩身 踞坐土廳之上 以「一」瓦盆濁醪 飲如長鯨
公於馬上 瞥見而異之 仍下馬 坐于岸上 使人招其童以來 厥童不爲禮 又
踞坐于石上 公問其姓名 答曰 "姓朴名鐸也." 又問'汝之地閥何如?'「答曰」
"自是班族而早孤 家有偏母而家貧負薪而養之." 又問'汝飮酒能後(復)飮
乎?' 對曰 "危(厄)酒安足辭?" 公命下隷 以百文錢 沽酒以(而)來 而已(已
而?)「沽」濁醪二大盆以來 公自飮一椀 以其器 擧而(以)給之 厥童少無辭讓
羞澁之意 連倒二盆 公曰 "汝雖埋沒草野 困於飢寒 〃(ψ) 骨相非凡 可大用
之人也. 汝或聞我名乎? 我是訓將李某也. 方朝廷「方」營大事 遍求將帥之

材(才) 汝若隨我而去 則富貴何足道哉?" 厥意(童)曰 "老母在堂 此身未敢
以許人也." 公曰 "若然則吾堂(當)升當(堂)拜君母 而家安在? 汝須導前."
行十餘里 抵其門「前」 則不蔽風雨 數間斗屋也. 厥童先入門 而已(已而?)出
一弊席 鋪之柴門外 出以(而)迎之 蓬頭布裙 年可六十餘 相與讓席坐席 公
曰 "某是訓將李某也. 掃墳之行 路逢此兒 一面可知其人傑 尊嫂有此奇男
大賀, 大賀." 老婦斂袵而對曰 "草野之間 無父之兒 早失學業 無異山禽野
獸矣 大監過加詡獎 不勝惷愧." 公曰 "尊嫂雖在草野 時事必有及聞者矣 見
今朝廷方營大事 招迎(延)人材 某見此兒 不忍遽別 欲與之同行 以圖功名
則此兒以無親命爲辭 故不得已躬來 敢請幸尊嫂許之否?" 老嫂(婦)曰 "鄉
曲愚蠢之兒 有何知識而敢當大事乎? 且「此」是老身之獨子 母子相依 爲命
有難遠離 不敢奉命矣." 公懇請再三 老婦曰 "男子生而志在四方 旣許身於
國家 則區〃私情有不敢(暇)顧矣. 且大監之誠意如是 則何敢不許乎?" 公
大喜 卽辭其老婦 與其「兒」偕行 還歸洛下 詣闕請對 上下敎曰 "卿旣作掃
墳之作(行) 何爲徑還也?" 公奏曰 "小臣下鄉之路 逢一奇男子 與之偕來
矣." 上使之入侍 則蓬頭突面(鬢?) 旣(卽?)一寒乞之兒. 卽(直)入榻前 不爲
禮而踞坐 上笑而敎曰 "汝何瘦瘠之甚也?" 對曰 "大丈夫不得於世 安得不
然乎?" 上曰 "此一言 奇且壯矣." 顧李公曰 "當除何職乎?" 李公曰 "此兒姑
未免山野禽獸之態 臣謹當率畜家中 磨以歲月 訓戒人事 然後可以責一職
事矣." 上許之 常置「之」左右 豊其衣食而敎以兵法及行世之要 聞一知十
日就月將 非復舊日痴蠢樣子 上每「對」李公 必問朴鐸之成就 公每以將進
奏達 如是度數年矣. 公每與朴鐸 論北伐之事 則其出謀發慮 反有勝於自家
公乃大奇之 將奏達而大用之 未幾 孝廟賓天 朴鐸隨入(人)祭哭班 慟(痛)哭
不已 至於瞳目(目腫)而淚血 每日朝夕 必祭哭班 及因山禮畢 告公以永訣
公曰 "此何言也? 吾與汝 情同父子 汝何忍捨(舍)我而去耶?" 對曰 "「吾」豈
不知大監眷愛之恩哉? 某之來此 非爲哺啜之計也. 吾英雄之聖主在上 可以
有爲於世矣, 皇天不弔 奄遭大喪 今則天下事無可爲者 此誠不禁千古(千古
不禁)英雄淚者也. 吾雖留在大監門下 無可用之機 且拘於顏私 浪費衣食而

逗遛(留)不去 亦甚無義 不如從此逝矣." 仍揮淚 拜謝而歸鄕 與其母 離家
而入深峽 不知所終. 尤齋先生 常對人 道此事而嗟嘆不已矣. 時運奈何? 可
歎! 〃 〃!

48(12) 貞翼公 少時射獵于山間 逐獸而轉入于(深)山間 日暮且四顧無人
家 心甚慌忙 按轡而尋草路 歷盡數崗 到一處 則山凹之處 有一大瓦家 仍
下馬叩門 則無一應對者 居食頃 一女子自內而出曰 "此處非客子暫留之處,
斯速出去." 公見其女子 則年可廿餘而容貌頗端麗 公對曰 "山谷深矣, 日勢
莫(暮)矣, 虎豹橫行之地 艱辛「尋」覓人家而來 則如是拒絶 何也?" 其女曰
"在此 則有必死之慮故也." 公曰 "出門而死於虎豹(猛虎) 寧死於此處." 仍
排門而入 女子料其無奈何 遂延之入室坐定「公」問其不可留之故 女曰 "此
是賊魁之居也. 妾以良家女 年前爲「此」賊魁所摽畧 在此幾年 尙不得脫虎
口 賊魁適作獵行 姑未還 夜久必來 若見客子之留此 則妾與客 當授首於一
劍之刃(下?) 客子不知何許人 而空然浪死於賊魁之手 豈不悶哉?" 公笑曰
"死期雖迫 不可闕食, 夕飯斯速備來." 女子以其賊魁之飯進之 公飽喫後 仍
抱女而臥 其女牢拒曰 "如此而將於後患何?" 公曰 "到此地頭 削之亦反 不
削亦反 靜夜無人之際 男女同處一室 雖欲別嫌 人孰信之? 死生有命 恐惧
何益?" 仍與之交 偃臥自若 居數食頃 忽聞剝啄之聲 又有却(卸)擔之聲 其
女戰慄而面無人色曰 "賊魁至矣. 此將奈何?" 公聽若不聞 而已(已而?)一
大漢 身長七(十)尺 阿(河)目海口 狀貌雄偉 風儀獷猂 手執長劍 半醉而入
門 見公之臥 高聲大叱曰 "汝是何許人 敢來此處 奸人之妻?" 公徐曰 "入山
逐獸 日勢已昏 寄宿於此." 賊魁又大叱曰 "汝是大膽 旣來此處 則處于外廊
可也, 何敢入內室 犯他人「之」妻? 已是死罪 汝以客子而見主人不爲禮 偃
臥而見之 此何道理? 如是而能不畏死乎?" 公笑曰 "到此地頭 吾雖貞白一
心 男女分席而坐 汝豈信之乎? 人之生斯世也, 必有一死 〃何足惧也? 汝
任爲之." 賊魁乃以大索 縛公懸之樑上 顧謂其妻曰 "廳上有山獸之獵來者
汝須洗以(而)炙來." 其女轉〃出戶 宰割山猪獐鹿等肉 爛熟而盛于一大盤

以進之 賊魁又使進酒 以「一」大盆 連倒數盃 拔劒切肉而唅之 更以一塊肉
揷于劒鐋曰 "何可置人「於」傍而獨喫乎? 渠雖當死之漢 而可使知味." 仍以
劒頭肉與之. 公開口 受而唅之 少無疑慮恐怵之色 賊魁熟視曰 "是可謂大
丈夫矣." 公曰 "汝欲殺我 則殺之 可也 何爲以(而)如是遲延? 又何大丈夫
小丈夫之可言乎?" 賊魁擲劒而起 解其縛 把手就坐曰 "如君之天下奇男 吾
初見之矣. 將大用於世爲國杆城矣, 吾何以殺「之」? 從今以後 吾以知己許
之. 彼女子 雖是吾之妻眷 君已近之 則卽君之內眷也. 吾何以(可)更近也?
且庫中所積之財帛 一〃付之於君 〃其勿辭 丈夫有爲於世 而手無錢財 何
以營爲? 吾則從此逝矣. 日後 必有大厄 君必捄(救?)我." 語罷 飄然而起 仍
不知去向 公以其馬 馱載其女 且以廐上所係馬疋(匹) 盡載錢(財)帛「而」出
山. 其後 公顯達以訓將兼捕將 時自外邑 捉上一大賊魁 將按治之際 細察其
狀貌 則卽其人也. 乃以往事 奏達于榻前 仍白放而置之校列 次〃推遷 至於
武科 爲(位)至閫位(任)云「耳」

49(13) 崇禎甲申以後 皇朝遺民之東來者 甚多 有一仕宦人 削髮衣緇而
來歸京師「者」過半年 忽謂其上佐僧曰 "吾聞懷德宋相某 方贊助國家大譏
(議) 鎭岑申生 亦預(豫)其事云 此是吾日夜所冀望者也. 吾將見此兩人之何
如樣?" 仍與上佐 向懷德 未及半程 路逢尤齋之上京 仍合掌而拜于馬前 先
生仍下馬 欣然「而」言曰 "吾與禪師 草〃相逢於路次 甚可恨也. 禪師今當
向洛乎? 入洛之日 必來訪我「於」所駐(住)處 以爲從容酬酌之地 可也." 僧
曰 "諾." 與之相別而行 其僧顧謂上佐曰 "宋相一擧目 以知我之爲有心人
且吾察其狀貌 可謂英傑(雄). 百事可做 庶副吾願矣. 第向鎭岑「見申生之
何如人?" 仍向鎭岑」路訪申生之家 及門 則舟村方對午饍(饌) 欣然而笑曰
"禪師從何而來也? 斯速升堂." 其僧再三告辭 舟村吐哺而手自携裾而上之
坐定 舟村曰 "禪師遠來 必有飢思. 吾家貧 無以別供一案 可與我共喫一盂
飯." 僧辭曰 "小僧俄於客店 已饒(療)飢, 不必復(俯)念." 舟村曰 "主人旣對
飯而何可使客闕飯乎?" 强與之共喫 其「欣」款之心 無異於平生知舊 僧告

辭而退 出門外 謂其上佐曰 "此人亦可當大事之人也. 朝野俱有此等人 何患大事之不成? 然而必有大「有」爲之君 然後可用此等人物 吾第觀主上之何如也." 更留京數月 孝廟適親行閱武於露浦之上 僧徒(從)觀光人叢中 一瞻天顔 急向靜僻處 放聲大哭 上「佐」驚怪而問之 則掩淚而言曰 "「吾之一片苦心 今焉已矣.」吾觀主上 天日之表 可謂英傑(雄)聖明之主 可以有爲而但屍氣滿面 壽限盡矣(ψ)於今年之內 天乎? 天乎? 旣出眞(其)人 又何奪之速也? 吾之一片苦心 今焉盡矣." 哀痛不已 其後 一旬之間 孝廟賓天而其僧不知去處云矣

50(14) 廣州慶安村 有一鄭姓人 以蔭官 〃至任實縣監 少時家計赤貧 躬持耒耟而畊田 一日 早朝出野而耕 此是大路邊 忽有一介豪猂之奴 着白氈笠 乘俊(駿)馬 橫馳而過 鄭「生」無心「而」見之矣. 其行已遠 偶爾見之 則路邊落下「一」袱封 鄭以手擧之 則頗重而十襲之封(封之) 鄭意其爲俄者過去人所遺失 仍持而來 埋于田頭 耕自若 過半日後 俄所所(過)去之漢 回馬而來 問曰 "彼耕田者 至于今而在此耕之乎?" 答曰 "然矣." 又曰 "若然則君或見路傍遺失之物乎?" 對曰 "果不見矣. 未知遺失者 果何物耶?" 其人曰 "某是湖中宰相宅奴子, 因主人分付上京「而」賣第捧舍價銀五百兩而駄之此馬 乘以(而)下去 俄適酒後作行 未知遺失於何處, 君若得之 則可還我 〃當以「其」半酬之." 答曰 "未知封標如何?" 其人曰 "如斯如斯." 鄭笑曰 "俄者果有所得 欲待主而還之, 埋之於此." 仍掘而與之 其人稱謝不已, 欲以半與之 鄭棹(掉)頭曰 "旣有欲於此物 則全數藏之 可也. 何乃欲其半乎? 物各有主 斯速持去. 吾雖食土之人 不願此等之財「物」." 其人熟視曰 "君無乃班族乎?" 曰 "然矣."「其人」垂頭沉吟 望遠山而坐者 半餉 忽爾潛(潸)然下淚 鄭怪而問之 答曰 "伊(而)今吾以實狀言之. 吾是大賊「也」. 此是銀封而銀與馬俱儻出者也. 大凡天之生斯民也, 無「論」貴賤 天性同一仁善 公「以」赤手(立)之勢 至於躬畊 不願(顧)自來之財 必待其主而還 吾則乘昏 入他人之家 攘奪財貨 甚至於殺人而奪之 公是何人 我是何人 善惡之懸殊如是 安得不

悲乎?" 仍坼開銀封 碎之(于)石上 飄之風前 又解卜而出緞屬 以刀裂之 又
以其馬 解轡而驅出「路上曰」 "任汝所之." 仍拜于前曰 "如公之仁善 廉潔之
人 吾何忍離去? 自今願爲奴隷服事." 鄭曰 "吾家赤(素)貧 汝何忍飢「而」從
我乎? 汝須擇可依賴處往焉." 其人曰 "吾本無妻子 只此單身而已, 衣食何
可貽憂於公耶? 只借門外一間房而依以爲生." 鄭辭之不得 與之同居(歸)
處于門外一間破屋矣. 其人自其後 以捆屨爲業 而不二(貳)其價 雖一毫不
取於人 至於老死而不去 事亦異(奇)矣. 鄭蔚山光殷 判書實之孫, 詳讀(道)
其事云爾(矣)

51(15) 許積以領相當局 時有一傔從廉喜道者 爲人儢侗不解事 但天性戇
直 許之過失 每〃直言之 許憎而奇之 未嘗(嘗?)以不是之事視於此傔. 一日
喜道出外而手持「一」大封物來言曰 "此是路上所遺者也 必是銀貨等屬 不
知何許人 失於路上 小人欲尋其主而還之 不知誰何 姑此持來 將何以處
之?" 許曰 "汝旣得之 汝又家貧 盍作己物乎?" 喜道熟視曰 "大監待小人 何
如是其薄也? 小人雖至餓死之境 何可取路上遺落之物乎? 大監「此敎」 誠
是夢外." 許改容謝之 乃曰 "吾昨於公坐 聞兵判淸城 以六百銀子賣驄云矣,
必是此物「而」其奴子誤落於路邊也." 喜道袖其封 往淸城門下通刺而拜謁
曰 "大監宅或有賣馬捧價之事乎?" 淸城曰 "果有之 而奴子云(以)爲今日當
納云矣 姑未捧之矣." 喜道曰 "厥數幾何?" 曰 "六百兩矣." 喜道自袖中出而
納之曰 "小人朝於路上 得此物矣. 聞大監宅新賣驄子(者)云 故意謂此物而
持來以獻." 淸城問曰 "汝是何許人?" 對曰 "小人乃是領相宅傔從「也」 某姓
某名." 淸城異之 初(招)問賣驄之奴曰 "汝以馬價之今日當出云矣, 此人所
得於路上之物 似是馬價 甚可訝也." 其奴俯伏叩頭而言曰 "果於昨日捧價
之時 過飮興成之酒 乘醉負來 不知落在何處 圖免目下之罪責 以今日爲對,
遍尋而無跡 故方欲自裁之際 承且(此)下問 不勝惶恐矣." 淸城謂喜道曰
"汝以路上「之」遺物 訪還本主者 其廉潔 誠令人歎服矣. 此銀子 吾旣失之
汝旣得之 便是汝財. 汝可取其半而去「也」." 喜道棹(掉)頭曰 "小人若生欲

(慾)於此物 則全數藏之 可也,「何」乃還納本主「而」, 希其分半乎? 此則死不
敢從.”乃(仍)告辭而退 及出門 淸城「家」奴子之母與其妻 遮前而拜曰“吾
子吾夫 酒後失此馬價 空手而歸 上典之性道(度)嚴峻矣 明日 則自分必死
方欲自決 何幸逢此生佛 活此殘命「其」仁(恩)山德海「雖」粉身磨骨 無以
報答. 願恩人暫留弊舍欲以一杯酒 以表感謝之意.”喜道謝曰“此是當然底
事, 何謝之有?”欲辭去 其奴之母與妻 牽裾不捨 含淚懇乞 喜道不得已暫入
其家 則盛備酒肴以待之, 有一女子 容儀端妙 年可十三四許者 來前致謝曰
“活父之恩 無以報之, 吾當從子而爲使喚之婢矣.”喜道以好言拒之 拂衣出
門矣. 及庚申年 逆堅之獄大起 積謂喜道曰“汝於吾家 雖無恩私 而世皆以
心服(腹)之傔目之, 禍將不測, 汝可預先避之.”喜道泣曰“小人當此時 何忍
捨大監而去, 將安之?”積曰“不然. 汝以無罪之人 同入死地 大是不可. 忠
牧與我最厚(親) 作書託(托)之 可以接濟 汝須向忠州而去.”喜道泣而拜辭
受書而向忠州地 見牧使而傳書 則忠牧曰“此地亦是大路邊 有煩耳目, 汝
往順興浮石寺隱身 可也.”仍厚給資粮(糧) 喜道不得已往留浮石寺, 從此京
信 漠然無聞, 寢食不安. 一日之夜 夢神人來告曰“汝往月海菴 則可聞洛奇
(寄?), 且知前程吉凶矣.”喜道驚覺而向寺僧 問月海菴 則人無知者, 一有
(有一?)老僧良久「後」言曰“此寺六七里地 絶壁上有一弊(廢)菴 似是月海
而石逕峻急 雖飛鳥無以上去 而「數」三十年前 聞有一僧上去 仍不下來 其
生死未得解知 必也死已久矣. 此「菴」雖老僧等 一無可(往)見者矣.”喜道自
量曰“身勢(世)旣如此 不容於天地間 若隱死於岩壁之間 則亦所甘心.”遂
扶杖而尋路 攀蘿捫藤 寸〃前進 行過半山 兩岸對立 其下不知幾萬仞 而幾
數十間之地 有一獨木而橋(橋而?)年久矣朽傷 難以着足 喜道以死爲限 匍
匐而往 千辛萬苦 僅度木橋 及到山門 則門楣上 果以月海懸額 喜道暗〃稱
奇 入門 則卽一破落廢寺而塵埃推(堆)積 而上房卓上 有一僧 瞑目跏趺而
坐 塵垓(埃)滿面 形如枯木 喜道拜「伏」于卓前曰“某是天地間無歸處窮迫
之「人」也. 伏願生佛 特垂玆(慈)悲 指示禍福.”合掌而百拜 而已(已而?)生
佛乃言曰“吾是汝之五寸曾大父也. 別來近四十年 相逢於此 豈不慰幸耶?”

喜道涕泣曰"若然 則生佛無乃兒名某氏乎?"曰"然矣." 盖喜道之從曾大父也 年近十五六 忽發狂疾 出門而去 仍無形影矣. 今之生佛 卽其人也.「喜道曰」某是無去處之窮人,「出門無適」幸逢至親於此 從今長侍卓下 依以爲命 誓不之他矣."生佛曰"不然. 吾與汝 道已殊矣, 留之無益. 汝之前程 吾不必煩旣(說). 某止(處)某寺有僧名某 卽吾之從弟也. 汝往質問 則可知吉凶矣."言訖 促使出去 喜道曰"某之來時 幾死於獨木橋矣. 今何以再蹈此危乎?"生佛曰以去皮麻一杖(杖一)「枝」給之「曰」"杖此而行 則可保無事矣." 喜道「迫」不得已 受(携)其杖 拜辭而出門 則身輕足捷 行步如飛 穩度「獨」木橋 心竊訝之 自念以爲'此杖乃是成仙之器. 杖此出世 則行步必無難矣, 可謂絶寶云伊(矣).' 及出洞 渡溪水 足滑墮於水中 仍放其杖矣 顧視 則麻杖蜿〃蛇〃 飛上空中 還向月海菴去 喜道茫然自失 復從去時路而作(ψ)作行 遍訪生佛從弟所在處 以生佛之言告之 則其僧曰"許氏「則」已伏法而無一人遺者, 且君(子)禍機迫頭 跟捕之「校」已及門矣, 斯速出去. 天數王命 有不可逆「也」. 然而子之此行 小無災害 必有一貴人, 極力周旋 多賴其力而自歸無事矣. 此後 又得一賢妻 家計饒足 子孫繁盛 小凶大吉 不須疑問云〃."喜道聽罷 出門 則京捕校 果跟捕而來矣. 仍自就捕上京而囚之王府矣. 時淸城以判金(禁)吾 當此獄 乃以喜道不取馬價銀之事 達于榻前 且力言其志操如此 而必無干涉於凶逆之理 上特許原之 使之自放 喜道出獄 往拜淸城而謝其救活之恩 淸城曰"以汝堂「〃」之, 志操 寧有叅涉於凶逆之理也? 吾之所力救者 欽歎汝之志操也, 何謝之有?"仍以銀子二百兩「俾」作衣食之資 喜道僕〃拜謝而出門 以其銀販物貨 行商於八道矣. 行到嶺南一處 則有一大屋宇而門「外」有婢子 賣買物貨爲言 導「之」入門 又入重門而一未笄之女子顚倒下堂而迎之曰"君能知我之爲誰乎?"喜道曰"不知矣."其女曰"某是「金」淸城宅失馬價銀之奴子女也. 伊時 豈不相面乎? 吾欲報君活父主之恩 因(仍)削髮出門 遍行八道 尋君踪(蹤)跡 轉而來此 以紡績爲業 而五六年之間 財産蕃息(殖) 奄成一富家 而晝夜禱天 以期(冀)見君「之」一面矣. 昨夜之夢 有神「人」來言曰'明日某時 汝之所欲見之人 自某方來矣 須勿失差.'

吾以是之故 自朝使婢子延候 何幸相逢 此豈非天耶?" 仍與作配以處, 喜道
每以許家之亡爲悲痛 欲以財貨 圖其申(伸)雪 遂「盡賣」田土而挈妻上京 散
數千金「而」終不得如意. 喜道知其無奈「何」而知(止)之 其後 有子有孫 家
計豐足 壽之(至)八十而終 安東金生某作傳 示于趙豊原顯命 趙乃訪問喜道
之子孫 則有一人 方帶掌院隷員役云耳 可謂不愧姓廉矣

52(16) 權判書적 石洲鞸奉祀孫也. 居在連山盤谷 以孝聞於世 年四十而
死 擧家發喪 而「以」胸膈「間」有一線溫氣 故姑未襲斂矣, 過一日 忽爾回甦
而言曰 "吾死而見所見 則世人所云(謂)冥府之說 果不虛矣. 吾於病中 神精
(精神)昏 " 忽聞鬼卒高聲曰(而)呼我姓名 驚訝而出門 隨鬼卒而「行」 不知
東西 但見大路濶而長 行幾里 則(到)一處 則有一如官府樣 吾則立於門外
鬼卒先入而告曰 '權某捉來矣.' 使之拿入 吾俯伏於庭下 則有一大殿坐 王
者服色者 問鬼卒曰 '捉來「於」何處?' 對曰 '捉來「於」連山地矣.' 如王者 " 厲
聲曰 '吾使汝捉來水原居不孝子權姓人矣, 「何爲誤捉連山孝子權姓人也」
此人壽限 已定於八十 尙有四十年, 斯速還送.' 鬼卒惶蹙而聽命 推我出門
故吾「以」旣入冥府 不得一拜父母而歸 心甚痛缺 勉强而出 道見兩介童子
遊戲於道傍 見我而欣然 牽衣而欲隨行 熟視之 乃是前日矢(夭)折之兩兒
心甚慘愕 更入門而懇乞於殿上人曰 '陽界之人 入冥府而還歸 則皆(此)是
不易得之機也. 旣入而不得見父母而歸 則此豈人情<也>(乎哉?) 伏望暫許
使之一面.' 殿上「人」棹(掉)頭曰 '此則不可, 不可, 斯速出去.' 吾乃再三涕
泣而哀乞 終不許 吾乃又懇請兩兒之率去 則又不許曰 '汝之命數 自來無子
不可以許. 如欲率去 則一童當使托生於尙州之吏金姓人家矣 汝可「於」後
日 「率去於」陽界上率去也.' 吾無奈何. 出門 則兩兒號哭而欲隨 爲鬼卒所
逐 心甚慘痛 且以一見父母之意 懇請於鬼卒曰 '雖不得一拜「父母」 可指示
我所住處.' 鬼卒指一處小亭曰 '此雖相望之地 程道甚遠 不可以往.' 仍促行
吾以父母之不得一見(拜) 兩兒之不得率來 心甚痛冤之際 鬼卒自後推而仆
于地 精神怳惚 仍以驚覺矣云 " 人皆異之 其後 年果八十而無嗣 以孝旋閭

常對人言曰 '尙州金吏家兒欲率來見之 而不知名字之爲誰 而且事甚妖誕 而不果云矣

53(17) 黃判書仁儉 少時讀書山寺 有一僧盡誠使役 粮資如缺 則渠每「間間」自當 有無相資 終始不怠 黃公頗感其誠而愛其(ψ)〃人 及其顯達 其僧絶跡 黃公每念之 而不得見 心常恨歎 其爲嶺伯 出巡之時(路) 有一僧避坐路邊 黃公自轎中 瞥眼見之 似是厥僧 乃命隷招來使近前 則果是此僧 不勝欣奉(幸) 而仍命一騎 載而隨後 夜每同寢 撫愛如子姪 及還營 置之冊室 供饋甚豊潔 一日 招而謂曰 "古人有一飯之德必報 吾汝於(於汝?) 奚但一飯而已哉? 吾則錢帛有(裕)足 雖割半而與之 無所不可 而汝以山僧 衣葛食草 錢帛雖多 將安用哉? 汝若長髮而退俗 則非但家産之饒足 吾當爲汝「圖」拔身之計矣, 汝意如何?" 僧曰 "使道爲小僧之意 非不感謝 而小車(僧)有區〃迷執(執迷) 欲以此終 無意於出世也." 黃公怪而問之 則僧笑而不答 公(黃)再三强問 終是(始)牢諱 黃公又詰之 則僧終不言 公(黃)辟左右 促膝而問曰 "汝之所執 必有所以 而吾於汝之間 有何諱秘之事? 從實言之 可「也」." 僧始乃勉强而言曰 "小僧不知使道「之」前 卽俗人也. 某年偶經山谷間(中) 有一新塚 前「有」一素服女子採蔬而貌頗姸美 四顧無人 故逼而欲犯 則抵死不從 故乃以衣帶 縛其四肢而强奸之 仍解其縛而行數十里 宿於店幕 翌朝聞傳說 則以爲某處守墓之節婦 昨夜自決 不知何許「過」人 必也强淫而致死云〃 故心甚驚動而哀憐 猶慮傳聞之未詳 委往其近處而探之 則果是的報 而其手足縛痕宛然 人皆曰 '「必也」縛其手足而强淫 至於此境云〃.' 卽報于地方官 使之跟捕兇身云伊(矣) 一聞此說 毛髮悚然 悔之哀之 仍以自量 則吾不忍一時之欲 致使節婦 至於此 卽天地間難用(容)之罪也. 神明必降之以殃矣, 左右思量 欲得贖罪之方而不可得 又自念以爲吾旣負此大罪 當喫盡天下之風霜 小無生世之樂 然後庶可續(贖)罪 仍削髮爲僧 以不脫緇衣 矢于心矣 今何以使道之厚意(恩) 變幻初意乎? 以是之故 不欲還俗矣. 事已久遠 下問又切 故不得已吐實矣." 日前巡使適見道內殺獄文案 則有此獄事 而殆近數十年 兇

身未尙(尙未)得捕者也. 年月日無一差爽 乃嘆曰 '吾與汝 雖親切之間 公法
不可廢也.' 仍命隷拿下抵之法 厚給葬需云矣. 爽快 〃〃

  54(18) 趙豊厚(原)顯命 英廟甲寅年間 按嶺藩而鄭彦海爲通判矣. 一日
與之終夜酬酢 幾至「鷄」鳴而罷 通判還衙解衣 將就寢 營隷以巡使傳喝 以
爲'適有緊急面議事 以平服斯速入來.' 通「判」莫知其故 忙整巾服 從後門入
見 則巡使曰 "通判須於天明時 馳往漆谷地 有老除吏裵以發 又有時任(仕)
吏裵之發 捉入而着枷後 先問以發之子女有無 則彼必以有一女 死已久矣
爲言 使渠導前 馳往其葬所 掘檢可也. 其尸體卽女子而年可(則)十七年 而
面貌頭髮 如斯〃〃 所着衣裳上「衣」玉白紬赤古里 「下」衣藍木(本)裳 須詳
審以來." 通判驚異 仍曰 "事旣如此 則何待天明? 下官卽爲擧火發行." 仍辭
出 卽地治行而發 向漆谷 人皆驚曰 "此邑初無殺獄之發告 檢官何爲而來?"
上下莫不驚訝 通判直入坐衙軒 命捉入二裵吏 問以發曰 "汝有子女乎?" 對
曰 "小人無子 只有一女, 年及笄而病死 葬已近十年矣." 又問曰 "葬於何
處?" 對曰 "距官府十里許地矣." 通判使之着枷而使「兩」吏立於馬頭 直往
其女之葬處 掘塚破棺而出尸(屍) 則面色如生(土) 其容貌衣裳 一如巡使之
言 而仍使解絞 脫衣而檢尸 則無傷處之可執 更「使」合面檢之 則背上有石
打處 皮肉破傷 血猶淋漓 乃以是定「實」 因忙修檢狀 以發兄弟及夫妻 出付
刑吏 使之上送營獄 疾馳而歸見巡使 道其事 巡使曰 "然矣." 仍捉入裵吏兄
弟及其(夫)妻 自營庭 施威嚴問 則以發對如前 之發則曰 "使道明鑑如神之
下 小人何敢隱情乎 小人之兄家 饒而無子 只有一女 以小人之子立後 則小
人之兄每言曰 '吾儕小人有何養子之言可(可言)乎? 祖「先」奉祀 第可代行
吾則得女婿而率畜爲可云〃 而小人之兄嫂 卽女之繼母 常〃憎其女 故小
人與兄嫂同謀 以侄女之失行倡言而使「兄」欲殺之 兄不忍着手 小人乃乘兄
之出外之日 與兄嫂 縛侄女而以亂石 搗其背而殺之 仍而(爲)入棺 數日後
兄入來 告以渠與某處總角潛(潛)奸 見捉之後 不勝羞愧 至於自決 故已入
棺云〃 則無奈何 而(已)葬于此處者 幾近十年 而兄則至于今而認其爲然

矣. 此是小人欲使小人之子爲子而專(全)呑兄家財産(産財)之故也. 此外無他可達之辭矣." 又問以發之妻 則所供亦然「矣」. 仍成獄 通判問曰 "使道何由知此獄之如斯? 尸體衣服及獄情虛實 如是其詳也." 巡使笑曰 "昨夜通判退出之後欲就寢矣 燭影明滅 寒風逼骨 燭影之背 有一女子 百拜而稱有訴寃之事 吾問「曰」 '汝人乎? 鬼乎? 何有(有何)寃抑而如是來訴也?' 一〃詳陳 女子泣而拜曰 '吾是某邑某吏之女 橫被惡名 而爲人所打殺 一生一死 人之常事 吾之一死 不必尤人 而但以閨中處子之身 蒙被累名而死 此是千古至寃之事也. 每欲申(伸)雪於巡使 而人皆精魄不足 難以訴寃 今巡使道 則精魄有異於他「也」 故不避猥越 敢來訴寃 萬望申(伸)雪焉.' 吾快諾 則其女子出門而滅 故心竊訝之 請通判而行檢者 此也云耳 可歎之獄

55(19) 古(高?)裕 尙州人也 爲人强(剛)直廉潔 以文科 累典州郡而官人不敢干囑 其發奸摘伏之神 如漢之趙廣漢 到處以得治著名 其爲昌寧也, 前後獄疑(疑獄)「之」制(裁)決事 多神異 有「僧」南朋 薄有文華材(才)藝者 交結洛下權貴 以表忠祠院長 怙勢行惡 所到之處 守宰賁(奔)趨下風 雖以道伯之禮(體)重 亦與之抗禮 小有違咈 則守宰每〃罪罷 道內黜陟 皆出於此僧之手 貽弊各邑 行惡寺刹 無僧俗 擧皆側目 而莫敢誰何 南朋適有事 過昌寧 使(〃)使開正門而入 見本守(倅)「而」不爲禮 高裕預(豫)使官隷約定 使之捉下 則其凌辱之說 恐喝之言 不一而足 遂卽地打殺 居數日 京中書札之來 不可勝記, 皆以南朋爲託(托)矣. 趙尙書曦之爲嶺伯也, 道內設酒禁 以昌寧之不禁 至有首鄕吏(吏鄕)推治之境 高裕「一日」至營下 令(使)下隷 買酒以來 大醉而入見本守(巡使)曰 "昌寧一境 雖有酒而薄不敢飮「矣」. 今來營下 則無家不釀, 可謂大酒下官 無量而飮云〃." 巡使知其意 微笑而不答云矣. 歷州懸(縣) 一毫不取 歸(〃)歸則食貧如初 尙州吏屬一人 每以傔從相隨 廩俸或「有」餘 則必擧以(而)給之 其人以此饒居 高裕之沒後 其孫「貧」不能聊生 其時 其傔人 年已八十餘 一日 謂其子與孫曰 "吾家「之」致此富貴(饒)者 皆高官司之德也 吾非不知 官司在世 時以錢穀納之 而恐累淸德 設或納

之 必無許受之理 故忍而至今矣. 聞其宅形勢 萬(莫)不成說 於吾輩之心安
乎? 人而背恩忘德 天必殃之, 吾自初有(留)意而買處其(某)處畓 又有樓上
所儲錢矣 將以此納 汝於明日 須往邀其宅孫子書房主以來." 其子與孫拜應
曰 "諾." 及其日 來言曰 "有故不得來云矣." 此時 高之孫 適入城內 歷路暫訪
其家 則「其」之人(人之)子與孫 自外揮逐 使不得接跡 高生大怒而去 適「逢」
邑底親知人 言其痛駭之狀 其人來問於(于)老者 〃〃大驚 招子與孫 以杖毆
之 使貰乘馬轎「騎」而卽往其家 待罪門外 高「生」驚訝「而」出門見 老者强請
同行 至其家 接以酒肴 乃言曰 "小人之衣食 無非先令監之德也. 小人爲貴
宅而留意經紀者 玆以奉納(獻) 幸勿辭焉." 仍出畓卷之 每年 收二百石者及
錢一千兩「手標而」送之 高生之家 仍以致富云 尙州之人 來傳此事始末 故
玆錄之

56(20) 古有一宰相 有同硯之人 文華瞻敏 而屢屈科場 家計貧寒 窮不能
自存 宰相適出補安東倅 其友來見 乘間(閑)而言曰 "令監今爲安東倅 今則
吾可以得聊賴之資, 非但料(聊)賴 可以足過平生矣." 宰相曰 "吾之作宰 助
君衣食之資 可也, 何以足過平生乎? <宰相曰>(此則)妄想也." 其人曰 "非
爲令監之多助給錢財也. 安東都書員 所食夥多 以此給我則好矣." 宰相曰
"安東鄕吏之法(邑)也. 都書員 吏役之優窠 豈有(可)許給於京中儒生耶? 此
則雖官威 恐無以得「成」矣." 其人曰 "非爲令監之奪而給之也. 吾先下去 當
付吏案 旣付吏案之後 有何不可之理耶?" 宰相曰 "君雖下去 吏案其可容易
付之耶?" 其人曰 "令監到任後 民事訴題「辭」 順口呼之 刑吏如不得書之
則罪之汰之, 又以此等刑吏之隨廳 治首吏 每每如此(是) 則自有可「爲」之
道 凡干文字上 如出於吾手 則必稱善 如是過幾日 出令以刑吏試取 無論時
任及閑散吏 文筆可堪者 幷許赴而試之 則吾可自然居首而得爲刑吏矣. 爲
刑吏之後 都書員一窠 分付則好矣. 若然 則外間事 吾當隨聞隨錄以進矣.
令監可得神異之名「矣」." 宰相曰 "「若」然則第爲之也." 其人曰(先)期下去
稱隣邑之逋吏 寄食旅舍 往來吏廳 或代書役 或代看檢文書 人旣詳明 文筆

又優如 諸吏皆待之 使之寄食於吏廳庫直而宿於吏廳 諸般文字 與之相議 新官到任之後 盈庭民訴 口呼題辭 刑吏未及受書 則必捉下猛棍 一日之間 受罪者 不知其數, 至於(如)報狀及傳令 必執頉而嚴治 又拿「入」首吏 以刑 吏之不擇 每日治之 以是之故 一廳諸吏(吏廳) 如逢亂離 刑吏無敢近前 文狀去來 此人之筆跡如入 「則」必也無事 以是「之」故 一廳之(諸)吏 唯恐此 人之去也. 一日 分付首吏曰 "吾於在洛時 聞本邑素稱文鄕 以今所見 可謂 寒心 刑吏無一人可合者 自汝廳 會時任吏及邑底人之有文筆者 試才以入." 首吏承命而出 題試之 以諸吏文筆入覽 則此人居然爲魁矣. 仍問曰 "此是 何許吏?" 對曰 "此非本邑之吏, 卽隣邑退吏, 來寓於小人之廳者也." 乃曰 "此人之文筆最勝 聞是隣邑吏役之「人」也 則無妨於吏役 豈(其)付吏案而 差刑吏也." 首吏依其言爲之 自是日 「此吏」獨自擧行 自其吏之爲刑房 一 未有官(致)責治罪之擧, 自首吏以下 始乃放心, 廳中無事 及到差任之時 特 兼都書員而擧行 無一人是非敢有(敢有是非?)者. 其人畜一妓而爲妾 買家 而居 每於文牒擧行之時(際) 必錄外間所聞 置之方席而出 本倅暗持見之 以是之故 民(ψ)民隱吏間(奸) 燭之如神 民吏皆慴伏. 明年 又使兼帶都書員 兩年所得 殆至萬餘金 暗〃還送京第 本倅瓜遞「之前」一日夜 仍棄家逃走 吏廳擧皆惶〃 首吏入告 則「曰」"與其妾偕逃乎?" 對曰 "棄家棄妾 單身逃 走矣." 曰 "或有所遭乎?" 曰 "無矣." 曰 "然則亦是怪事. 自是浮雲踪跡 任 之 可也云矣." 其人還家 買宅買土 家饒 其後登科 屢典州郡云矣. 可恨者 得拜安東ᄒᆞ야 吏校各廳에 所徑(經)前事을 一次廣布ᄒᆞ고 一番徐懷 是所可 恨者耳 ■■

57(21) 古有一士人 居于外邑 治送其子婚于隣境 而急患關格而死 新郎 纔罷醮禮 訃書乃(及)至 仍卽奔喪而歸 治喪而將營窆 山地未定 率地師求 山 轉至其妻家後山 地師占山曰 "地極佳 而山下有班戶 恐不許矣." 喪人左 右審視 則其下班戶 卽其妻家也. 其妻家 只有寡居之聘(娉)母 又是無男獨 女也. 喪人仍下去而拜其妻母 則妻母悲喜交至 精備午飯(膳)而待之 問其

來由 則以占山爲對 妻母曰 "他人固不可許矣. 君欲占山 則豈不許乎?" 喪人乃大喜「而」告歸 其妻母曰 "君旣來此矣, 暫入越房 見女兒而去." 喪人初 則强辭 其妻母携手而入 與其妻對坐<曰 "暫坐也." 卽出去>(而出) 喪人始也羞怩 忽有春心之萌 仍强逼而成婚(歡) 雲雨纔罷而「出」去 歸家 治喪葬需 行喪到山下 將下棺之際 其妻家婢子來告曰 "吾家內小上典 方爲奔喪欲哭而來矣." 役丁須暫避之 而已(已而?)其妻上山 哭於柩前而盡哀 仍向喪人而乃言曰 "某日君子之來也, 與吾「同」寢而去 不可無標跡 須成手記以給我." 喪人面「發」■(騂)「而」責之曰 "婦女胡得亂言? 斯速下去." 其「女」子終不下去曰 "不得手標「之」前 死不得下去云〃." 時喪人之叔 與諸宗 會山下者 甚多 莫不驚駭 其叔叱責曰 "世豈有如許事乎? 吾家亡矣. 若有此等駭惡之擧 須成給手記也. 日勢已晚 役軍四散 豈不浪(狼)敗(狽)於大事耶?" 勸使書給 喪人不得已書給手記 其女「子」始乃下去, 諸人莫不唾罵 及封墳還虞 數日後 喪人偶然得病 仍以不起 數朔之後 其寡妻之腹漸高 滿十朔而生男子 宗黨隣里 皆驚訝曰 "其家喪人 纔行醮禮而奔哭 則此兒從何出乎云?" 而疑訝未定 其女子乃出其夫之手記示之 然後是非大定. 人或問其故 則對曰 "纔罷醮禮「而」奔哭之喪人 葬前來見其妻 已是非禮 及其相見之時 又以非禮逼之者 又是常情之外 人無常情 則豈(其)能久乎? 吾非不知以禮拒之 而或冀其落種 强而從之 旣而思之 則此是(時)夫婦之會合 雖家內無有知者 夫死之後生子 則必得醜談而發明無路 以是之故 冒死忍恥 受此手記於衆會之中者 此也云〃." 人皆嘆服 其遺腹者(子) 後登科顯達云矣. 可謂女中君子 勝於男子之度量耳.

　58(22) 古有武弁 以宣傳官 侍衛於春塘臺試射 濟牧之罷狀 適入來矣 武弁因語同僚曰 "吾若得「除」濟牧 則豈不爲萬古第一治・天下大探(貪?)乎?" 同僚笑其愚痴矣. 上聞之 下詢雖(誰?)發此言 武弁不敢欺, 仍伏地奏曰 "此「是」小臣之言也." 上曰 "萬古第一治 豈有天下之大貪(大貪之?)理乎(耶?) 天下之大貪 何可「爲」萬古之第一治耶?" 武弁俯伏對曰 "自有其術矣." 上笑而許之, 因(仍)特教 超拜濟州牧使而教曰 "汝第往爲萬古第一治·天下大貪. 不然 則汝伏妄言之誅矣." 武弁承命而退 歸家多貿眞麥 未染以梔子水 盛于大籠中 作三駄而餘外其衣封已而(而已) 辭朝而赴任 只與傔從一人隨行 聽訟公平 朝夕供饋之外 不進一杯酒 廩有餘財 並付之「於」 革弊 土産無一所取 如是過了一年 吏民皆愛載(戴) 每稱設邑後 初有之淸白吏. 令行禁止 一境安(晏)如 一日 忽有身病 閉「戶」呻吟 過數日 病勢大深 食飮全廢 坐暗室中 痛聲不絶 鄕所及吏校輩 三時問候 而不得見面 首鄕及中軍懇乞曰 "病患症勢 未知何祟 而此邑亦有醫藥 何不診治?" 太守喘促而作喉間聲曰 "吾之病源 吾自知之, 有死已而(而已) 君輩「須」勿浪問也." 諸人曰 "願聞症勢之如何?" 太守良久强作聲而言曰 "吾於少時 得此病, 吾之世業 家産盡入於此病之藥治 近二十年 更不發 故意謂快差矣, 今則無可治之道, 只俟死期已而(而已) 諸人强問何症而藥何是(是何?)料 使道主病患如此 無論邑村 雖割肉剜心 無有辭也(焉). 且升天入海 必求藥■(餌)矣 只願指示藥方." 太守曰 "此病卽丹毒也. 藥則牛黃也. 只牛黃數十斤作餠 付之徧(遍)裹一身 每日三四次 改付新藥 必是四五日 則可療 而吾之家計肯(稍)饒矣. 以是「之」故 一敗塗地矣, 今於何處 更得牛黃而付之乎?" 諸人曰 "此邑之産 求之易矣." 首鄕仍(因)出而傳令各面 以爲'如此官司之病患 苟有可療之方 則吾輩固當竭力求之, 況此藥 乃是邑産而不貴者也. 勿(無)論大小民 不計多少 隨有隨納.' 人民輩聞令而爭先來納 一日之間 牛黃之納不知幾百斤 傔從受而藏之于籠 以所駄來梔子餠換之 每日 以其餠 盛于器埋之于地曰 "人或近之 則毒氣所薰 面目皆傷." 如是者 五六日 病勢漸差起而視事 公廉(廉公?)之治 又復如前. 滿科(瓜)而歸 濟民立碑思之, 上京後販此藥 得累千金 盖濟州之牛 十則牛黃之入爲八九. 以是之故 牛黃至賤 此人知此狀「而」預備梔子餠而行此術 官隷不敢近「而」自遠見其黃 認以爲牛黃也. 此人以是而家計殷富云矣(耳)

59(23) 海原尹文靖斗壽 早孤 奉母夫人玄氏 兒時 與弟月汀「公」受學而

歸 見白金一封 遺在路中(上) 梧陰拾取之 月汀勃然曰 "義不拾遺." 梧陰曰
"持此以慰玆(慈)親之憂 不亦宜乎?" 月汀曰 "何可「以」不義物納親耶
(乎)?" 仍手推兄袖 欲出棄之 梧陰冷笑拂袖 月汀先走歸家而哭 玄夫人 問
其故 月汀告其故曰 "吾欲奪棄 恨力不足." 有頃 梧里歸藏其金, 大書於「其
」門曰 "有失銀者 推去." 一皂隸來索 梧陰熟視曰 "信汝物也." 乃出給之 其
冲年識量 宜爲中興賢輔 月汀淸介 出天德量 不及伯氏也.

『부담(浮談)』의 발견과 패설사적 의의

- 자료 소개를 중심에 두고 -

1. 들어가는 말

1949년 이병기 선생이 『요로원야화기』를 번역 출간하였는데, 이 책에는 총 12편의 작품이 실렸다. 이 중 〈요로원야화(要路院夜話)〉, 〈규중칠우(閨中七友)〉는 독립된 작품이라 하겠고, 나머지 10편은 『어우야담(於于野談)』에서 2편[上番軍士, 曝曬別監], 『부담(浮談)』에서 3편[新房初日, 不孝婦傳, 海西奇聞], 『청구야담』에서 5편[鬼魅, 그 안해, 裵政丞, 한 武弁, 逐官長]을 발췌한 것이다.[1] 이 중 『어우야담』과 『청구야담』은 널리 알려진 야담집으로, 여기에 실린 이야기들 역시 상대적으로 널리 알려진 작품들이다. 반면 『부담』은 이름만 알려져 있고, 그 작품의 실상이 확인된 적이 없다. 더구나 1970년대 후반까지도 이 책이 인용되고 있었다는 점을 고려하면,[2] 이 책은 비교적 근래에 유실된 것으로 보기도 했다.[3]

---

1) 이병기 선해, 『요로원야화기』, 을유문고, 1949.
2) 정병욱이 1957년에 발표한 「고전의 현대적 해석」(『사상계』 6월호)이나 김동욱이 1978년에 간행한 『국문학사』(일신사, 1978) 등이 그러하다.
3) 김준형, 『한국패설문학연구』, 보고사, 2004, 29쪽.

특히 이 책은 국문으로 쓰인 패설집, 혹은 재담집이라는 점에서 더욱 주목받을 수밖에 없는데, 김동욱이 언급한 것처럼 야담 독자층의 확장에 관심을 가져야 할 필요성이 제기되었기 때문이다. 그러나 이 책에 대한 실체가 확인되지 않았던 까닭에 자료적 가치를 인정하면서도 별도의 심도 깊은 논의가 나올 수가 없었다. 그러던 차에 필자는 최근 서울대학교 중앙도서관 가람문고에서 그 실물을 확인하였는데, 청구번호는 가람/818/B958로 되어 있다. 그동안 연구자들의 눈에 뜨이지 않았던 것은 도서관 측의 자체 점검 과정에 따른 듯하다.[4]

이 책은 세로 21×가로 15㎝ 총 20장이며, 표제는 『浮談』으로 되어 있다. 매장은 10행, 매행은 20자 내외다. 그러나 이 책은 원본 자체는 결코 아니다. 왜냐하면 해당 모본을 후대에 누군가가 원고지에 전사(轉寫)한 형태로 전하고 있기 때문이다. 원고지에 한글로 쓰여 있고, 누구인가는 분명히 밝힐 수 없지만, 한글 옆에 한자를 병기하고 있는 형태로 이루어져 있다. 두 번째 이야기, 일곱 번째 이야기를 제외하고는 모두 제목이 붙어 있다.[5] 이야기가 끝나면 행을 바꿔 제목을 붙였고, 다시 행을 바꿔 이야기를 시작하고 있다. 여기에 실린 이야기 제목은 각각 '부담'(1화), '칙공신효홍'(3화), '망말쟝이'(4화), '당익유희'(5화), '신방초일 향규문담'(6화), '불호부견'(8화), '희셔긔문'(9화)이다.

---

4) 본 자료의 제목 위에 '점검'이라는 도서관의 자체 직인이 찍혀 있다는 사실로부터 이와 같이 추론할 수 있다. 이와 아울러 책 자체의 부피가 워낙 작다 보니 다른 자료들에 섞여 눈에 쉽게 뜨이지 않은 관계로 그동안 망실되었던 것으로 여겨졌을 수도 있을 듯하다.

5) 여기서 첫 번째 이야기의 제목이 부담인지, 아니면 두 번째, 일곱 번째 이야기와 같이 제목이 없는 것인지에 대해 한번쯤 생각해 볼 필요가 있다. 통상적으로 첫 번째 이야기의 제목을 책의 제목으로 삼는 경우도 흔히 발견되고 있다는 점 등을 고려할 때, 첫 번째 이야기의 제목이 '부담'이며, 이 제목이 책의 표제로까지 명명된 것으로 봐야 하지 않을까 필자는 생각하고 있다.

이 책이 필사된 시기는 규장각에 소장된 『[가람] 칙목녹』을 통해 알 수 있는데, 가람은 이 책에 대해 "檀紀 四二八一年 七月 日 謄寫"라고[6] 써 놓았다. 이를 보면, 이 책은 1948년에 필사되었음을 알 수 있다. 그러나 이 책의 저본이 된 본은 분명하게 확인되지 않는다.[7]

『부담』에는 총 9편의 작품이 실려 있다. 그 중에 현재까지 소개된 작품은 총 다섯 편이다.[8] 그 가운데 두 편은 줄거리만을 소개한 것이므로, 실제 작품의 실체가 온전하게 소개된 것은 이병기 선생이 선해한 세 편뿐이다. 9편의 작품은 대부분 짧은 형태의 이야기들인데, 이병기 선생이 『요로원야화기』에 수록한 세 편은 비교적 편폭이 크다. 이병기 선생은 『부담』 작품을 선취하여 번역할 때에 우선적으로 분량이 많은 작품을 대상으로 삼았음을 알 수 있다. 작품은 현대적으로 풀어서 소개하였지만, 원문과 크게 다르지 않다. 간혹 표기 과정에서 오독 혹은 식자의 오류가 있기는 하지만,[9] 이는 특별히 문제될 것이 없다. 다만 몇 군데에서 누락된 부분은 제시할 필요가 있다. 누락된 부분은 다섯 군데로 그 양상은 아래와 같다.

---

6) 규장각본 『[가람] 칙목녹』.

7) 대정 9년(1920년) 5월일에 조사한 것을 토대로 이루어진 『연경당 한문목록』(부 언문책 목록)의 174번 항목에 『부담』의 존재(1책, 黃紙)가 나타나고 있는 바, 최소한 1920년 이전에 이미 한글본의 형태로 존재했던 것으로 여겨진다. 조심스러운 추정이기는 하지만 이 전사본의 모본에 해당하는 자료가 바로 위 자료가 아닐까 한다. 여기서 장서각에 현재 이 자료가 소장되어 있지 않다는 점과 아울러 이 목록을 제외하고서는 『부담』이란 서명이 전혀 나타나지 않고 있다는 점 등을 고려할 때, 본고에서 소개, 검토하는 이 자료는 전사본이라는 한계에도 그 나름의 가치를 부여받아 마땅하다.

8) 김준형, 앞의 책, 2004, 49쪽.

9) 예컨대 『요로원야화기』 88쪽 "사회 어디로 늘니여 갈 줄 모로니 이런 조심이 업다."의 '조심'은 원문에 쓰인 '근심'을 잘못 읽었거나, 오식한 것이다.

① 삼기 무영[명] 짜기, 잣기, 뵈 바느질, <u>모시 바느질을(은) 우리 집의</u>
   <u>내 웃듬이오</u> [73면]
② 스승 례로 대접하시니, <u>대개【강】사롬이 비혼 일 업시 되는 이는 무위</u>
   <u>이화여니와 공ᄌᆞ티 슌후ᄒᆞ여 어딜이 사롬을 되도록 인도ᄒᆞ니, 가히</u>
   <u>긔특고 ᄉᆞᄌᆞ 일녜 다 셩취ᄒᆞ여 이제ᄭᅡ지 완평부원군 니귀【모】의 ᄌᆞ손</u>
   <u>이 잇느니라.</u> [78면]
③ 졔 집으로 도라가니 <u>이날 불의예 샹ᄉᆞ 나셔 사롬이 만히 모엿더니</u>
   <u>일시의 젼파ᄒᆞ여 우숨이 되나라.</u> [81면]
④ 풍헌 부체 자리 ᄭᅳᆯ고 마당의 나 누엇더니 <u>홀연 뎐동 번개 요란ᄒᆞ니</u>
   <u>방시 흔가지로 누엇더니, 싱각ᄒᆞ디 '뎐동 소리 요란ᄒᆞ니 이때 방귀롤</u>
   <u>ᄭᆔ면 뇌뎡 소리예 섯겨 뉘 알니오?'</u> [89면]
⑤ ᄌᆞ손을 만히 두고 됴히 잘 사더라. <u>긔담이기로 긔록ᄒᆞ여 셰상이 웃게</u>
   <u>ᄒᆞ노라.</u> [97면]

①~④는 이병기 선생이 작품을 전사하는 과정에서 비의도적으로 밑
줄 친 부분을 건너뛴 결과로 보인다. 반면 ⑤는 군이 기록할 필요성이
없는 대목이라 여겨 의도적으로 해당 문면을 삭제한 것이라 하겠다.
이 외에는 원문을 충실하게 소개하고 있다. 이제 보다 구체적으로 이
책에 실린 자료의 실상을 확인하고, 그에 따라 이 책이 지니는 사적인
위상을 찾아보자. 이 논문은 일차적으로 자료를 소개하는 데에 초점
을 맞추기 때문에 작품에 대한 구체적인 분석보다 개관적인 소개에
초점을 맞추는 것은 글의 성격상 어쩔 수 없는 일이다.

2. 『부담』 소재 작품의 존재양상

1) 작품 경개

우선 『부담』에 실린 9편의 작품에 대한 경개를 제시하면 다음과 같다. 이 책이 처음 소개되는 만큼 비교적 자세하게 그 내용을 제시하기로 한다.

제1화 : 부담 → 이항복 일화
이항복이 備局에 늦게 출근하자 정승이 그 연유를 물음. 이항복은 종로에서 싸움 구경을 하다 늦었다고 함. 벙어리가 큰 소리로 중을 꾸짖자, 중은 벙어리를 침. 벙어리는 중의 상투를 잡고 法司에 고소하겠다고 하니, 곁에 있던 앉은뱅이는 일어나 급히 달아나고, 소경은 길가에 서서 싸움을 구경함. 그때 거짓으로 허무한 말이 많았던 까닭에 이항복이 이로써 기롱한 것임.

제2화 : 제목 없음. → 이항복과 조위한 일화
① 조위한이 이항복의 집 문 위에 '부담 천자 이항복이 붕하다'라고 쓰자, 이항복은 그 밑에 '태자 위한이 立하다'고 씀.
② 자신의 집을 찾은 조위한에게 이항복은 자신의 말에 태워 그를 보냄. 이항복은 당시 직장 벼슬에 있었기에 그 행차에 일부러 견마잡이 등을 딸려 보냄. 조위한이 내리려 하나, 하인은 그대로 종로로 나아감. 이에 한 사람이 보고 그 까닭을 묻자, 조위한은 '이렇게 하면 학질이 떨어진다.'고 대답함.
③ 조위한이 가선대부가 되었을 때, 한 손님이 위한에게 학을 키우지 않는 까닭을 물음. 위한은 학이 뒤통수의 금관자를 벌레로 여겨 부리로 쪼기 때문에 학을 기르지 못한다고 함. 손님은 그 말을 곧이들었다가

나중에 허언인 줄 앎.

④ 조위한이 국청에 들었을 때 이항복이 이를 신문함. 이후 위한이 白脫
한 후 이항복이 찾아가 평소에 말을 잘하던 자가 국청에서는 왜 말을
그리 못했느냐고 묻자, 어이가 없어서 못했다고 함. 글을 잘 지으면서
원정은 왜 그리 못했냐고 하자, 글제에 문제가 있었다고 함. 평소에는
단단하던 자가 왜 그리 겁을 먹었냐고 하자, 그런 때 아니면 겁을 언제
쓰겠냐고 함.

제3화 : 칙공신소홍

공신상을 그릴 때 이항복이 화원에게 주홍색이 적다고 하자, 화원은
주홍색은 그리 쓸 데가 많지 않다고 함. 이에 이항복은 주홍색이 적으면
洪進의 코를 어떻게 그릴 수 있냐고 함. 홍진이 본래 주부코였던 점을
기롱한 것임.

제4화 : 망말장이

① 조원검이 망말을 잘하였음. 하루는 손님과 있을 때 종을 불렀으나 대
답이 없음. 이에 손님이 위엄이 없다고 하자, 조원검은 자신은 그렇지
만 아버지가 입을 열면 노복들이 모두 똥을 싼다고 함. 그러자 손님은
존대인이 항상 노복의 똥냄새를 맡으시니 어이 견디겠냐고 함.

② 하루는 점쟁이를 불러 송경할 때, 벗에게 병풍을 빌리며 '실인이 맹인
에게 침혹하여 가소사를 하니 밤 지내거든 보내겠다.'는 편지를 보냄.
벗은 편지를 보고 웃음.

③ 이항복이 조원검이 망말을 잘한다는 말을 들었는데, 종일 망말을 하지
않자 속설이 잘못 되었다고 함. 그러자 조원검은 자신은 망말을 하지
않았는데, 벗들이 망말로 자신을 그리 만들었다고 함. 오성은 이에 명
불허득이라 함.

제5화 : 당익유희

① 이항복이 자신에게 와서 신역을 하려는 사람에게 말을 맡겼는데, 하루
는 말의 콩이 다 盡하였으니 어떻게 하냐고 물음. 이에 이항복은 말의
콩까지 대신에게 의논하니, 대신이 어떻게 견디겠느냐고 대답함. 당시
광해군이 정사를 폐하고 대소사를 모두 대신에게 물었던 것을 기롱한
것임.

② 폐모론이 있을 때 이항복은 기자헌과 함께 북관으로 遠竄을 가게 됨.
기자헌은 동주리를 타고 오성은 부담을 타서 떠날 때, 이항복이 '이
때에 동주리 같은 화를 나리 썼으니, 쓰기도 괴롭거늘 또 어이 타기조
차 하여 계시는가?'라고 하자, 기자헌은 '이런 때에 할만한 진담도 또
한 하기 싫거늘, 어이 부담을 좋아하는가?'라고 답함.

제6화 : 신방초일 향규문답

충청도 신랑이 경상도에 장가를 들었는데, 영남 풍속이 향암스럽고
우스운 까닭에 신랑이 부족하게 여김. 초례청의 음식은 祭床 같고, 신부
의 복식은 꽉 끼어 절도 못할 정도였음. 신방에 들어가니 이불과 복식이
초라하여 신랑은 화를 내고 나왔는데, 장인은 용한 아내를 보고 황홀하
여 그러냐고 함. 저녁상도 형편없는데, 좋은 젖통을 내어놓고 웃으면서
좋은 음식이라며 권하니 신랑이 화를 냄. 이후 신부가 나와 문답을 하는
데, 그 모습이 몹시 우스움. 그러나 신부의 모습을 보니 자못 미색이 있
기에, 이후에 소학을 가르치고 예도를 가르침. 처음에는 듣지 않던 신부
가 점차 가르침을 받아 밤마다 책을 읽으면서 사람이 달라짐. 장모가
소학에서 밥이 나오느냐며 비웃어도 책 읽기에 전념하니 신랑이 기특히
여김. 이후 신랑이 예도는 성인이 경계한 것이라면서 이야기를 하자, 신
부는 배움이 없다면 금수와 다름이 없다면서 깨우침. 이후 신부는 유한
정정한 부인이 됨. 이후 충청도 본가에 돌아오니 일가친척이 모두 신부
를 칭찬함. 신랑도 과거에 급제하여 영의정 완평부원군이 됨. 신부도 사
자일녀를 낳고 백수해로 함.

제7화 : 제목 없음.

한 사람이 '에에'하고 울지 않고 '외외' 하고 욺. 조상을 가서 '외외'하고 우니, 상갓집 개들이 그에게 모여 듦. 그 사람이 괴로워하는 모습을 보고, 맛 喪人은 웃음을 참았지만 둘째 喪人은 웃음을 참지 못해 안으로 들어감. 그 사람이 아우가 어디 갔냐고 하자, 맛 상인은 냉병이 있어 차가운 데 있지 못해 방으로 들어갔다고 대답함.

제8화 : 불효부전

전주의 한 품관이 여러 며느리를 얻었는데, 셋째 며느리가 몹시 사나워 따로 세간을 살게 함. 하루는 품관이 셋째 며느리를 시험하기 위해 일부러 죽어가는 체 하니, 셋째 며느리가 달려와 부르짖으며 외침. '그저께 시아버님이 자신에게 왔을 때 흰밥을 지어 드려 잘 드시고 가시기에 자신의 마음이 흡족했고, 떡도 지어 드렸다. 그러자 시아버님은 시부모의 뜻을 안다며 집 뒤 개똥밭을 별도로 주겠다고 하였다고 했는데, 이렇게 죽게 되었다'고 함. 이에 품관이 일어나 꾸짖으며 내가 언제 그랬냐고 하며 따지자, 셋째 며느리는 '거짓 상사에 거짓 말씀이 무슨 허물이 되냐'고 하며 제 집으로 돌아감.

제9화 : 해서기문

황해도 봉산 땅에 방약장이 늘그막에 딸 하나를 둠. 14살에 나물을 캐러 갔다가 방귀를 뀌었는데 산악이 무너지는 듯하고, 그 소리에 나무에 앉았던 까투리 두 마리가 떨어짐. 딸은 그것을 보고 하늘이 주신 것이라 여겨 집으로 가지고 가서 부모께 드림. 어미가 그 연유를 묻자, 딸은 사실대로 이야기함. 어미가 놀라 약장을 깨워 그 말을 전하니, 약장이 이를 시험함. 여러 번 사양하다가 결국 방귀를 뀌니, 천지가 무너지는 듯하고, 모래와 돌이 날리고, 부모는 모두 기절함. 그리고 방귀를 뀌어 부모를 집으로 보냄. 뒷날 깨어난 부모는 비로소 사실을 알고 무서워함. 이후 19세가 되어 딸은 배풍헌에게 시집을 가게 함. 시집을 간 딸은 며칠 동안 방귀를 참으며 괴로워하던 중, 마침 천둥이 칠 때에 맞춰 방귀를 뀜. 그러자 시부모는 기절하고, 자기 부모는 길가 재 무더기에 빠졌고, 종은 날려갔다가 밤늦게야 되돌아옴. 정신을 차린 시부모는 죄를 지어 벼락을 맞았다고 하자, 종이 그것은 새아기씨의 방귀소리라 함. 시부모는 며느리를 집으로 돌려보냄. 집으로 가던 딸은 한 곳에서 여러 사람들이 모여 있는 것을 봄. 이들은 산 위에 열린 배를 따야 원님의 병이 낫는데, 올라갈 방법이 없다고 함. 이에 딸은 방귀를 뀌어 배를 떨어뜨림. 사람들은 보답으로 무명을 많이 주니, 딸은 그것을 가지고 시집으로 되돌아감. 이후 마을 사람과 풍헌이 싸움을 할 때도 방귀를 뀌어 그 사람을 날려 보내니, 마을 사람들이 풍헌을 무서워하고, 시부모는 며느리를 몹시 사랑함. 한편 풍초관이라는 사람이 방귀가 유명하여 항상 방귀 겨룸을 못하던 차에 그녀가 유명하다 하여 방귀를 겨룸. 그녀가 방귀를 뀌자 중문이 넘어지고, 풍초관이 방귀를 뀌자 중문이 겨우 다시 섬. 이에 풍초관이 방아공이를 궁둥이에 끼우고 방귀를 뀌니, 그녀 또한 키 하나를 엉덩이에 끼워 방귀를 뀜. 이에 둘이 만나 방아공이는 물에 떨어져 숭어가 되고, 키는 넙치가 됨. 이런 까닭에 숭어는 방아공이 같고, 넙치는 키 같다고 함.

이를 간단하게 도표로 정리하면 다음과 같다.

순번	제목	주요 등장인물	출전 및 비고
1화	부담	이항복	이야기책
2화	없음	이항복, 조위한	이야기책
3화	칙공신소홍	이항복, 홍진	고금소총
4화	망말장이	이항복, 조원검	고금소총
5화	당익유회	이항복	고금소총
6화	신방초일 향규문답	충청도 신랑 신부	서강대 로욜라 도서관
7화	없음	喪人, 상가 개	
8화	불효부전	전주판관, 며느리	
9화	해서기문	방약장의 딸	

2) 작품의 원천과 수용 양상

『부담』에 수록된 9편의 작품 대부분은 문헌설화 및 구전설화에서 보았던 바다. 『부담』에 실린 작품은 이야기 향유 양상을 살피는 데에 중요한 위치를 차지한다. 일차적으로 이들 유형의 작품이 어디에 원천을 두고 있고, 그것이 어떻게 향유되었으며, 또한 어떤 과정을 거쳐 문헌으로 정착되었는가를 살피는 데에 시사하는 바가 크기 때문이다.

이 문제를 확인하기 위해 우선적으로 던져지는 물음이 이들 작품이 '문헌에서 향유되던 작품을 발췌하여 번역한 것인가, 혹은 그와 달리 구전으로 향유되던 작품을 채록하여 기록한 것인가?'에 있다. 이 물음에 쉽게 대답할 수는 없다. 하지만 전체적으로 보면, 여기에 수록된 작품은 대체적으로 전대 한문 문헌에서 향유되던 작품이 국문으로 번역되어 기록된 것으로 보인다. 그 양상은 수록된 9편 중 짧은 형태의 이야기들에서 그 경향이 더욱 두드러지는데, 이들은 이미 17세기부터 향유되던 문헌 기록과 큰 차이가 없는 경우가 많기 때문이다. 실제 『부담』에 수록된 이야기는 문헌에 실린 이야기에 직접적인 원천을 둔 경우가 많다. 예컨대 이 책 2화 〈이항복과 조위한 일화〉도 그러하다.

> ① 됴현곡 위한은 오셩 벗으로 쏘흔 말 잘ᄒ고 회히롤 즐기더니, 일일은 오셩 집의 오니 오셩이 출입ᄒ여 못 보고, 문 우희 쓰디 '부담 텬즈니흥복이 붕ᄒ다.' 쓰고 왓더니, 오셩이 보고 그 아리 쓰디 '태즈 위한이 닙ᄒ다.' ᄒ니, 후에 현곡이 와 보고 '욕ᄒ다.' 칙ᄒ니, 오셩왈: "아비 죽으매 아돌이 셔미 맛당ᄒ니 스관이 긔록ᄒ지라. 뉘 시비ᄒ리오?" ᄒ더라.[10]

---

② 현곡 조위한과 백사 이항복은 나이 차가 많았다. 백사는 지위가 높은 반면, 현곡은 포의를 숭상하였다. 그러나 의기가 서로 투합하여 망년우로 삼았다. 조공이 몰래 백사의 대문 문짝에다 '부담천자 이항복이 죽다.'라고 써두었다. 이공이 마침 나가다가 그것을 보았는데, 붓을 찾아 그 뒤에 '태자 위한이 세우다.'라고 썼다. 조공이 다시 와서 그것을 보고서는 묵으로 그 위를 덧칠하였다.[11]

인용문 ①은 『부담』 2화에 실린 이항복 일화 중 하나다. 이를 『이야기책』에서 발췌한 ②와 대비해 보면, 그 차이가 없다. 『이야기책』의 편찬 시기에 대해서는 1704~1710년으로 추정하기도 하지만,[12] 1712년 이후의 기록도 있다는 점을 고려하면 1710년 이전이라고 확정할 수는 없다.[13] 그렇다고 해도 『이야기책』이 편찬되고 향유된 시기는 18세기 초임이 틀림없어 보인다. 이런 점에서 보면 이 이야기는 구전으로만 향유되다가 『부담』으로 정착된 것이 아니라, 이미 『이야기책』처럼 문헌으로 기록된 이야기가 구전으로 향유되다가 다시 『부담』으로 정착되었다고 보는 것이 타당해 보인다. 실제 『부담』에 수록된 작품 가운데 『이야기책』에 그 원천을 둔 작품이 적지 않다. 예컨대 다음과 같은 경우도 그러하다. 앞서 인용한 『부담』 2화 〈이항복과 조위한 일화〉 가운데 다른 일화다.

① 일일은 현곡이 오셩 집의 오니, 현곡드려 '타고 온 물을 보니라.' ᄒ고

---

11) 고려대본 『利野耉冊』 24화. 趙玄谷緯韓與白沙, 年齒相懸. 白沙位高, 趙尙布衣, 而志氣相合, 爲忘年友. 趙公潛詣白沙大門外, 大書門扉曰: '浮談天子李恒福卒.' 李公適出見之, 索筆足之曰: '太子緯韓立.' 趙公復來見之, 以墨塗之.

12) 김영준, 「이야기책 소고(1)」, 『한국문학논총』 26, 한국문학회, 2000, 99쪽.

13) 김준형, 『한국패설문학연구』, 보고사, 2004, 104~106쪽.

머므러 말ᄒ다가 져믄 후 장츳 가려홀 시 오셩이 'ᄌ가 몰을 ᄐ고 가라.' ᄒ니, 현곡이 ᄍ 션공 딕댱이라. 닐오디 "직샹의 안매 우리 ᄀᆺᄐ니 ᄐ기 맛당치 아니ᄒ다." 오셩왈: "잠간 ᄐ미 관겨ᄒ랴?" 현곡이 ᄐ고 나가니 오셩이 미리 분부ᄒ미 잇ᄂ지라. 거러치 압ᄒ 셔고 좌우 츄종이며 벽졔 알도ᄒ야 모라가니, 현곡이 사ᄅᆷ들이 희연이 넉일가 ᄒ여 ᄂ리랴 ᄒ디, 하인이 드ᄅᆫ 체 아니코 종노 대도로 도라가다가 홀연ᄒ 벗을 만나니, 그 벗이 놀나 왈: "져 무슴 거동고?" 현곡이 즉시 답왈: "이리ᄒ면 학질을 쎈다 ᄒ기 마지못ᄒ야 이리 ᄒ노라." ᄒ니, 듯ᄂ 재 졀도ᄒ더라.[14]

② 하루는 그가 집에 찾아오자 억지로 붙들어 묵어가게 한 뒤, 하인에게 여차여차하게 하라고 지시를 내렸다. 그리고 罷漏 때가 되자 趙에게 이렇게 말했다. "난 지금 詣闕해야 되니까 집에 빨리 돌아가고 싶거들랑 내 鞍馬를 타고 사게나. 그리고 집에 돌아가면 돌려보내게." 날이 아직 어두울 무렵, 조가 집에 갈 채비를 한 뒤 밖에 나가보니 하인이 말을 준비해서 길 둔덕에서 기다리고 있었다. 조가 올라타자 喝道가 鞍籠을 옆에 끼고 큰 소리로 꾸짖으며 辟除를 했다. 그러자 무려 수십 명에 달하는 청지기들이 그에 맞춰 뒷소리를 하였고, 마부는 대로 상을 질주하면서 마구 왔다갔다 했다. 멈추려고 해도 멈출 수가 없고, 내리려고 해도 도저히 내릴 수가 없었다. 날이 밝은 뒤 자세히 살펴보았더니 用具가 모조리 재상이 사용하는 것이었다. 놀라 자빠질 일이었으나 어쩔 도리가 없었다. 그러는 와중에 마침 잘 아는 선비를 길에서 마주치게 되었다. 바람막이 안으로 말을 피한 선비는 몸을 숨긴 채 자세히 보았다. 보니까 다름아닌 조진사였다. 매우 의아스러운 생각이 든 선비는 혹시 조가 벌써 죽어서 저승세계의 재상이 된 것은 아닐까 하는 걱정도 있었지만, 시험삼아 물어보기로 했다. "자네 趙持世 아닌가?" 그러자 조가 이렇게 대답했다. "이렇게 하면 학질이 떨어

---

14) 『부담』 1장 뒷면~2장 뒷면.

진다더구면.” “그런가?”[15]

『부담』의 위 일화 역시『이야기책』을 그대로 수용하였음을 알 수 있다. 이 외에『부담』에는 홍만종(洪萬宗)이 편찬한『고금소총』에서 발췌한 이야기도 거의 그대로 수록되어 있다.『부담』3화 〈칙공신쇼홍〉도 그러하다.

① 임진후 션묘 공신 상을 그릴 시 오셩이 튱훈부 당샹으로셔 화원의게 치식 수룰 젹어오니, 오셩이 화원드려 문왈: “쥬홍을 어이 그리 덕으뇨?” 화원왈: “쥬홍은 그리 만히 들 디 업ᄂ이다.” 오셩왈 쇼리ᄒ여 왈: “쥬홍을 젹게 ᄒ여 홍참판 녕감 코롤 네 엇디 그릴다?” ᄒ니, 그째 공신 당홍군 홍진의 쾨 쥬부코라. 듯ᄂ 재 졀도ᄒ더라.

② 선무공신의 화상에 다섯 가지 채색만 쓴 것을 이백사가 보고는 화공에게 일러 주었다. “붉은 색이 어찌 너무 적지 않느냐?” 화공이 무슨 말인지 알지 못하고 머리를 떨구며 말했다. “붉은 색이 많이 들어갈 필요는 없사옵니다.” 백사가 화를 내며 말했다. “붉은 색이 적으면, 영상 홍진의 코를 네가 어떻게 그려낼꺼냐?” 대개 당홍공 홍진은 코가 크고 붉기 때문에 그렇게 말했던 것이다. 그 소리를 들은 사람들은 모두 배를 잡고 웃어댔다.[16]

---

15) 고려대본『利野耉冊』25화. 一日, 値其來訪, 强挽留宿, 分付下人如此如此, 及罷漏時, 謂趙曰: “如欲急歸, 則吾方詣闕, 君須暫乘吾鞍馬而去, 到家卽送, 可也.” 趙裝束而出, 日尙昏黑, 下輩輴馬, 待候於路臺. 趙騎之, 則喝道挾鞍籠, 高聲呵辟, 儻從無慮數十人, 作陪後聲, 牽夫疾驅大道上, 縱橫來往, 欲止不止, 欲下未下. 因致天曉, 器具乃宰相也, 雖甚駭然, 無奈何. 適親知士人, 逢着於路, 避馬於屛, 門內隱身, 諦視, 乃趙進士也. 心甚訝惑, 惑慮趙已作故, 爲冥府宰相耶, 第呼之曰: “子非趙持世乎?” 答曰: “如是則瘧疾離去云.” 其友唯唯. 번역문은 김영준, 『리야기책』, 어문학사, 2013, 214~215쪽을 참조하였다.

16) 정용수, 『일본 동양문고 소장본 고금소총・명엽지해』, 국학자료원, 1998, 240쪽. 宣

두 작품은 대차가 없다. 이항복이 놀림의 대상으로 삼은 인물 홍진
(洪進)까지도 동일하다. 특히 『부담』의 작품 제목 〈칙공신쇼홍(責功臣
少紅)〉도 『고금소총』의 〈책공소홍(責工少紅)〉을 그대로 차용한 것임에
틀림없다. 이는 『부담』이 구전으로 향유된 것이 아니라, 문헌으로 전
승되던 이야기를 그대로 기술했음을 증명한다.

이외에도 『부담』 4화 〈망말쟝인〉 역시 『고금소총』에 실린 〈망발장인
(妄發匠人)〉을 수용한 것이며,[17] 『부담』 5화 〈당익유희〉는 『고금소총』에
실린 〈당액유희(當厄猶戲)〉를 수용한 것이다.[18] 제목까지 같다는 점을
고려할 때 적어도 『부담』에 수록된 3화, 4화, 5화는 『고금소총』을 번역
하였거나, 혹은 『고금소총』을 번역한 또 다른 본을 대본으로 삼아 필사

武功臣畵像, 李白沙見五彩容入之數, 謂畵工曰: "朱紅何太少耶?" 畵工莫知所謂,
低首曰: "朱紅不必多入." 白沙厲聲言曰: "朱紅若少, 則洪璉令公鼻, 汝何以畵了?"
盖唐興公洪璉, 鼻鬮大而紅赤故云耳. 聞者絶倒.

17) 일본 동양문고 소장 『고금소총』 52화, 117~120쪽. 宣廟朝有趙元範者 善妄發 到處
發言 皆是妄發(俗以言語做錯誤犯忌諱,謂之妄發) 時人號之曰 妄發匠人 嘗與客對
坐 招呼婢子而久不應 客曰 君何其無威於婢僕也 趙曰 吾則如此 而吾大人則甚嚴
每一開口 奴僕等輒流矢滑滑 客笑曰 尊大人頻含奴婢之矢 豈堪其臭穢耶 趙又嘗行
女婚 親切僧人送紙以助 後僧人來謁 趙謝之曰 吾家開張女婚 不小之物將入 無以
充之 汝之扶助紙 用之於要光 極可喜也 盖扶助紙者俗言腎囊及陽莖之謂也 要光者
俗言溺器之謂也 聞者絶倒 趙家又嘗要卜者誦經祈禱 此際友人送書借屛風 趙作答
書曰 室人惑於盲人 方作可笑事 畢後當送 友人見書 捧腹來見 趙問曰 所謂可笑事
何事也 趙答曰 此不過陰陽之事耳 友人益復絶倒 鰲城飽聞趙之善妄發 嘗因其來訪
半日相話而終不妄發 鰲城曰 人言君善妄發 今與君言 一不妄發 無乃傳之者誤耶
趙曰 吾豈嘗妄發 不過儕友以妄發誤做吾身耳 鰲城笑曰 君果名不虛得 吏曹每以趙
元範擬望 宣廟見其名 必發天笑而落點 盖其妄發亦復上徹九重云.

18) 일본 동양문고 소장 『고금소총』 30화, 76~77쪽. 光海戊午 群兇廷請廢母 鰲城李相
公·奇政丞自獻當其獻議 盡言無諱 一時被竄 同往北關 奇則乘斗應注里(斗應注
里,俗語,以藁造結人,所坐乘者也)在前 李則乘扶擔(扶擔, 俗語, 駄卜上坐乘者也)在
後 俱至東都洛上 李公呼奇公 戲曰 當此時 如斗應注里之厄 蒙之亦苦 又同乘之耶
奇公顧答曰 當此心亂之時 直談亦厭 發又何浮談耶 盖扶擔與浮談 音同故云爾也
人聞之 以爲奇之答理勝於李之戲也.

되었을 개연성이 높다. 그리고 앞서 보았던 1화와 2화는 『이야기책』에서 발췌한 것임을 추정해볼 수 있겠다. 물론 1화는 현존하는 『이야기책』에는 동일한 이야기가 실려 있지 않다. 하지만 『이야기책』이 후대에 첨가 및 재구성되는 등 일정한 개편이 있었다는 점을 고려할 때,[19] 1화 역시 원래의 『이야기책』에는 실렸던 것이 아닌가 추정케 한다.

반면 6화부터 9화까지 네 편은 앞의 경우와 달리 그 출처가 분명하지 않다. 앞의 이야기들과 달리 일화의 나열이 아니라, 단일한 형태의 이야기로 되어 있고 이야기의 편폭도 크다. 이들 이야기가 앞의 경우와 다른 경로로 정착되었을 가능성이 높은 것으로 생각하게 한다. 그 중에서도 7화는 '에에'와 '외외' 등 쓰이는 단어가 한자어가 아닌 순 우리말 위주라는 점에서 한문본에 그 토대를 두고 있다고 보기는 어렵다. 국문본을 전사했거나 혹은 구비 전승되는 이야기를 직접 채록하여 기록했을 가능성도 전혀 배제할 수 없다.[20] 나머지 세 편의 경우, 한문 패설집이나 야담집에서 보이지 않는다는 점도 그를 방증한다 할 수 있다. 하지만 그 가능성은 상대적으로 적어 보인다. 그 해답은 제6화 〈신방초일 향규문답〉에서 찾을 수 있다. 이 작품은 필자가 확인한 바, 아직까지는 다른 한문본에서는 전혀 보이지 않는다. 그러나 서강대 로욜라 도서관에 소장된 『정향전』을 보면, 〈정향전〉 뒤에 이 작품과 함께 〈종심별곡〉이 합철되어 있다. 합철된 작품의 제목 역시 〈향규문답〉이고, 그 내용도 『부담』에 실린 〈신방초일 향규문답〉과 다르지 않다. 이 점에서 보면 서강대본 『정향전』과 『부담』에 실린 이야기는 다른 작품집에서 각기 발췌된 것이라 할 만하다. 그런데 흥미로운 것

---

19) 김준형, 앞의 책, 2004.
20) 물론 이는 한문으로 표기된 내용이 한글로 번역되면서 다시 우리말로 번역되었을 가능성도 전혀 배제할 수는 없다.

은 두 작품이 같은 내용이지만, 그 전개는 전혀 다른 방식으로 이루어
진다는 점이다. 예컨대 그 이야기 시작 부분만 봐도 그 양상은 쉽게
확인할 수 있다.

> ① 듕쳥도 신낭이 경상도 쟝가 들나가니, 녕남 풍속이 극히 향암스럽고
> 극히 우스오니 신낭이 만히 부죡히 넉이더라 초례쳥의 드러셔니
> ② 츙쳥도 흔 신랑이 경상도 짜히 가셔 쟝가 들 시 영남 풍속이 향암되고
> 방언 범졀이 타도 슴남 즁의셔 별노 귀와 눈의 거스리미 만흔지라 신
> 랑이 부죡히 넉이더니 쵸례쳥의 드러가니

①은 『부담』에 수록된 〈신방초일 향규문답(답)〉이고, ②는 서강대본
〈향규문답〉이다. 두 이야기의 내용은 별반 차이가 없다. 『부담』에 실
린 이야기가 다소 축약되긴 했지만, 내용상의 차이는 없다. 그러나
〈신방초일 향규문답(답)〉과 〈향규문답〉 간의 직접적인 수수 관계를 말
하기는 어렵다. 두 본에서 내용을 전개하는 방식이 전혀 다르게 나타
나고 있기 때문이다. 이는 두 본이 한문으로 된 이야기를 각자 다른
방향으로 번역하는 과정에서 나타난 결과로 여겨진다. 즉 두 이야기
는 한문본을 각기 다른 경로로 번역하여 향유되었을 가능성이 높다고
할 수 있다. 특히 서강대본에는 이 이야기 뒤에 후일담이 실려 있는
데,[21] 이 후일담이 『부담』에는 온전히 빠져 있다. 이는 본래부터 있던

---

21) 이 칙이 춤 잇는 말이오(7.뒤)미 져무신 녀편닉 이 칙 보고 그 부인의 덕힝을 본밧게
   흐옵. 경긔 시흥현 오리꼴이 그 신랑 니완평 집이오, 그 양반이 본더 거긔서 나고 산쇼
   까지 게 잇고 화샹 뫼신 영당도 잇고 그 봉수손이 게셔 죽게 되어 슨흐의 즉금거지
   〈는더 츙쳥도 신랑이라 흐엿시니 혹 그쩌 츙쳥도 어디 가 〈랏는지 그릇 쓰엿는지
   디체 명망과 인긔가 당시의도 쟝흐고 지금거지 유명흐옵. 죵반 니시오, 일홈은 원익이
   오, 별호는 〈던 니명으로 오리온더 먹위 오 주, 마을 니 쫀 쓰옵는 고로 혹츙오리
   니졍승 집이라들 흐옵. 임진난 팔년 병화 격근 공의 원훈으로 부원군을 봉흐엿습(8쟝

내용이어서 서강대본은 온전히 번역한 반면,『부담』은 줄거리와 무관한 까닭에 이를 삭제한 것으로 보인다.

이런 점을 고려하면『부담』에 실린 나머지 이야기들도 한문본으로 향유되던 이야기가 국문으로 번역되었고, 그것이『부담』으로 정착된 것이 아닌가 유추할 수 있겠다. 하지만 제목 없이 실린 7화, 8화 〈불호부전〉, 9화 〈해서괴문〉은 아직까지 다른 책에서 확인되지 않는다는 점에서 이 세 편은 별도로 향유되던 것이『부담』으로 정착되었을 가능성도 전혀 무시할 수 없다. 특히 〈해서괴문〉의 경우, 그 내용이『구비문학대계』를 비롯하여『이강석 구연설화 자료집』에도[22] 그대로 전재되어 있다는 점에서 좀 더 조심스러워진다. 그렇다 하더라도『부담』은 한문으로 향유되던 이야기를 국문으로 번역하였거나, 이미 국문으로 번역된 자료를 다시 필사한 작품으로 이해하는 것이 온당하지 않을까 한다. 이러한 점들을 고려할 때『부담』은 한문 문헌을 번역한 작품을 발췌한 본이라 할 수 있다.

3.『부담』의 야담사적 위상 – 맺는말을 대신하여

조선조 패설은 서거정(徐居正)의『태평한화골계전』에서부터 근대까지 간단없이 편찬 향유되었던 갈래다. 편찬자의 성향 및 시대적 배경에 따라 패설은 끊임없는 변환을 꾀하였다. 근대전환기로 오면서 패설은 상당한 변화를 꾀하는데, 패설이 오늘날 우리가 알고 있는 재담과

앞면).

22) 이복규 편저,『이강석 구연설화 자료집』, 민속원, 1999.10., 297~301쪽. 〈며느리 방귀의 위력(1)〉 〈며느리 방귀(2)〉.

소화로 향유되었던 것도 그 무렵이었다.[23] 이런 변환은 근대를 맞이하면서 장르의 자기 갱신이라는 측면에서 당연한 흐름이라 할 만하다.

그런데 특이한 것은 그런 변환을 꾀하는 도정에서도 전대에 향유되던 패설을 그대로 유지하는 경향이 쉽게 사라지지 않았다는 점이다. 실제 이재영이 필사한 다종의 패설집 등은 이런 경향을 반영한 것이라 할 만하다. 그렇지만 한문본을 그대로 수용하였지, 그것이 국문으로 번역되는 경우까지는 확인된 바 없다. 그런데 국문으로 번역된 『부담』의 등장은 패설 독자의 확산이라는 측면에서 주목할 일이다. 이는 근대 전환기에 패설이란 장르 역시 표기 문자의 변환을 통해 새로운 움직임을 모색하였음을 직접적으로 확인시켜준다. 이 점에서 국문본 『부담』의 등장은 패설의 형식적인 변화라는 측면에서 흥미로운 일이다.

또한 『부담』은 내용적인 측면에서도 퍽 흥미롭다. 『부담』에 실린 이야기는 총 9편인데, 이 중 앞의 5편은 18세기에 편찬되고 향유되었던 『이야기책』과 『고금소총』에 실린 이야기를 그대로 번역한 것이다. 반면 뒤의 4편은 현존하는 패설집에서 흔히 만날 수 없는 이야기들이다. 그들 작품은 구비 전승되는 이야기와 긴밀하게 연결된다는 점에서 패설이 내용적 변환을 꾀하고 있었다는 점을 반증한다. 패설이 구비적 속성이 강하다는 점은 설득력이 있지만, 실제 향유 방식은 정형화된 틀에서 크게 벗어나지는 못했다. 그런데 『부담』에 실린 4편은 기존의 이야기를 일부 변형하는 방식이 아니라, 완전히 새로운 이야기로 개작하였다는 점에서 이 무렵에 오면 패설이 구비적 속성이 강화되어 갔던 것이 아닌가 짐작해 볼 수 있다. 이 점에서 『부담』은 패설의 전승 방식이 문헌이 주류였던 데서 벗어나면서 구비적 속성의 가치를 높여

---

23) 김준형, 「근대전환기 패설의 변환과 지향」, 『구비문학연구』 34, 구비문학회, 2012, 95~105쪽.

가던 양상을 담아냈다고 할 만하다.

마지막으로『부담』은 근대 전환기에 여러 패설집이 국문으로 번역
되어 향유되었던 정황을 확인케 한다.『부담』에 수록된 작품만 봐도
18세기 초에 형성되어 향유되었던『이야기책』과『고금소총』이 번역되
었던 사실을 확인할 수 있다. 이는 표기문자의 전환에 따른 독자층의
확장이라는 측면에서 주목할 만하다. 근대 전환기 패설의 전환은 표
기문자에서도 이루어지는데,『부담』은 바로 그런 정황을 여실하게 드
러내고 있기 때문이다. 이 점에서『부담』은 중세와 근대의 접점에서
패설의 향방을 이해하는 데에 주요한 의미를 갖는다고 할 만하다.

▶ 부록: 서울대본『浮談』原文

1. 오셩이 일즉 비국 좌긔예 갈 시 늣게야 니르니, 흔 졍승이 그 나죵 와시믈
칙흔대,

오셩왈: "내 째무춤 죵누의셔 싸홈구시 긔관이매 보고 오노라 느젓노라."

모든 지상이 그 싸홈구시 엇더터니 므르니,

오셩이 왈: "흔 비러먹는 벙어리 흔 듕을 소리흐야 쑤지즈니 듕이 벙어리롤
치는지라. 벙어리 듕의 샹토롤 잡고 소리 질너 '듕놈이 쇽한을 친다.' 흐야
'법스의 고흐랴노라.' 흐니, 안즌방이는 겁내여 급히 드라나고 쇼경은 길ㄱ의
셔셔 굿 보더라."

흐니, 모든 지상이 대쇼흐더(1.앞)라.

대개 그째 일이 다 거즛 허무흔 일이 만흐므로 오셩이 일노뻐 긔롱흐미러라.

2. 됴현곡 위한은 오셩 벗으로 쏘흔 말 잘흐고 회희롤 즐기더니,

일일은 오셩 집의 오니 오셩이 츌입흐여 못 보고, 문 우히 쓰더 '부담 텬즈

니흥복이 봉흐다.' 쓰고 왓더니,

오셩이 보고 그 아리 쓰더 '태즈 위한이 닙흐다.'

흐니, 후에 현곡이 와 보고 '욕흐다.' 칙흐니,

오셩왈: "아비 죽으매 아돌이 셔미 맛당흐니 스관이 긔록흐지라. 뉘 시비흐리오?" 흐더라. 일일은 현곡이 오셩 집의 오니, 현곡드려 '타고 온 몰을 보니라.' 흐고 머므(1.뒤)러 말흐다가 져믄 후 장춧 가려흘 시 오셩이 '즈가 몰을 투고 가라.'

흐니, 현곡이 째 션공 딕댱이라.

닐오디 "지샹의 안매 우리 굿튼니 투기 맛당치 이니흐다."

오셩왈: "잠간 투미 관겨흐라?"

현곡이 투고 나가니 오셩이 미리 분부흐미 잇는지라. 거러치 압히 셔고 좌우 츄종이며 벽졔 알도흐야 모라가니, 현곡이 사룸들이 희연이 넉일가 흐여 느리랴 흔디, 하인이 드룬 체 아니코 죵노 대도로 도라가다가 홀연 흔 벗을 만나니,

그 벗이 놀나 왈: "져 무슴 거동고?"

현곡이 즉시 답왈: "이리흐면 학질을 쎈다 흐기 마지못흐야 이리 흐(2.앞)노라."

흐니, 듯는 재 졀도흐더라.

현곡이 늙은 후 가션을 흐엿더니,

흔 손이 와셔 보고 왈: "딕이 유벽흐여 됴흐니 어이 학을 아니 기르는다?"

현곡왈: "가션 흔 후는 학을 못 기르느니라."

긱이 연고롤 무르니,

현곡왈: "녜 흔 지샹이 학을 기르더니 난간을 의지흐야 조으매 학이 그 뒤 꼭뒤히 금관즈롤 보고 버러지만 너겨 긴 부리로 직으니 그 부리 왼편 귀밋츠로브터 올흔 편 귀밋ㄱ지 뚤인지라. 이러므로 가션 흔 쟈는 학을 못 기르노라."

그 긱이 처엄 드롤 제는 고지 듯고 나죵 도라와 싱각흐니 희【허】언인 줄 알고 대쇼흐더라.

현곡이(2.뒤) 긔오【광】히됴히 모함으로 국청의 드니, 오셩이 위관으로 국옥을 다스리더니, 현곡이 겨유 빅탈ᄒ여 나니, 오셩이 국청 파ᄒ 후 즉시 현곡을 가보고 위로ᄒ고 므ᄅ디 "쟈니 평싱 말을 잘ᄒ더니 국청의 드러셔는 말을 어이 그리 못ᄒ더뇨?"

현곡왈: "하 어히업서 말인들 날 시 아니ᄒ랴?"

오셩왈: "쟈니 평싱의 글 잘ᄒ더니 어이 원졍은 그리 못 짓더니?"

답왈: "글인들 글제가 됴홀 세 글을 아니 잘 지으랴?"

오셩왈: "쟈니 평일 돈돈ᄒ더니 어이 겁은 그리 내더니?"

답왈: "겁 두엇다가 그런 디 아니 쓰고 어ᄂ 째 쓰리오?"

ᄒ니, 오셩이 대소ᄒ더라(3.앞).

3. 칙공신쇼홍

임진후 션묘 공신 샹을 그릴 시 오셩이 튱훈부 당샹으로셔 화원의게 치식수를 젹어오니,

오셩이 화원ᄃ려 문왈: "쥬홍을[은] 어이 그리 뎍으뇨?"

화원왈: "쥬홍은 그리 만히 들 디 업ᄂ이다."

오셩왈【이】 쇼리ᄒ여 왈: "쥬홍을 젹게 ᄒ여 홍참판 녕감 코롤 네 엇디 그릴다?"

ᄒ니, 그째 공신 당홍군 홍진의 킈 쥬부코라.

듯는 쟤 졀도ᄒ더라.

4. 망말쟝이

션묘묘의 됴원검이란 지 망말ᄒ기롤 잘ᄒ니, 도쳐(3.뒤)의 가 말을 흐즉 망말이라.

사롬이 별명ᄒ여 '망말쟝이'라 ᄒ더라.

일일은 손과 디좌ᄒ엿더니 종을 브ᄅ디 답지 아니ᄒ니,

군이 '그 어인 노복의게 위엄이 업스뇨?'

원검왈: "나는 이러ᄒ나 우리 어루신내계셔는 ᄒ번 닙을 여르시면 노복들이 믄득 쏭을 활활 ᄡᅡᄂ니라."

긱이 쇼왈: "그리면 존대인이 ᄆ양 노복의 쏭을 먹으시니 그 더러온 내롤 어이 견듸시ᄂ고?"

ᄒ더라.

ᄯᅩ 일일은 집안희셔 복쟈롤 쳥ᄒ여 송경 긔도ᄒ더니, ᄆ춤 벗이 편지ᄒ여 '병풍을 빌나라.' ᄒ니, 답쟝ᄒ되 '실인이 밍인의게 침혹ᄒ여 가쇼스롤 ᄒ니 밤 지(4.앞)나거든 보내마.'

ᄒ여시니 그 벗이 편지롤 보고 대쇼ᄒ더라.

오셩이 됴원검의 망말 잘ᄒ믈 듯고 일죽 그와 뵈는 ᄲᅢ 말뉴ᄒ여 반일을 말ᄒ되, 죵시 망말을 아니ᄒ니, 오셩왈 "사람들이 그대 망말을 잘ᄒ다 니르더니 이제 군으로 더브러 말ᄒ되 ᄒ번 망말치 아니ᄒ니 젼ᄒᄂ 쟤 그른가 ᄒ노라."

원검왈: "내 일죽 망말ᄒᄂ 일이 업스디 벗들이 날을 망말노 밍그러 그러ᄒ니이다."

오셩이 대쇼왈: "명불허득이로다." ᄒ더라.

니조의 됴원검을 망의 너혼죽 션조대왕이 일홈곳 보시면 대쇼ᄒ시고 낙졈ᄒ시니,

대개 그 망말이 궁(4.뒤)듕ᄭ지 챵셜ᄒ엿더라.

5. 당익 유회

광희 뎡ᄉ년의 오셩이 디계롤 만나 호역ᄒ다 ᄒ매, 정능 촌사의 가 이실시 촌민 ᄒ나히 와 졀ᄒ여 뵈니,

오셩왈: "너희 농민은 편히 잇ᄂ냐?"

촌민이 디왈: "쇼인은 신녁이 되와 구실은 어렵ᄉ오이다. 나는 호역으로 어려오니 내 구실은 죽을 구실이로다."

ᄒ고, ᄯᅡ로ᄂ 물을 ᄉ랑ᄒ여 ᄆ양 먹이기롤 신틱ᄒ더니,

일일은 죵이 고왈 "물 콩이 다 진ᄒ엿ᄉ오니 엇지ᄒ오리잇가?"

오셩왈: "믈 콩을 다 의대신ᄒ니 대신이 견ᄃ리리(5.앞)?"

ᄒ니, 그째 광ᄒ 쳥스룰 폐ᄒ야 대쇼스룰 다 의대신ᄒ매 니ᄅ미라.

밋 폐모홀 제 오셩과 긔졍승 ᄌ원【헌】이 간ᄒ매 일시의 원찬홀 시, 비쇠 다 북관이라.

긔졍승은 등주리룰 트고 압ᄒ 셔고, 오셩은 부담을 트고 뒤ᄒ 셔 다 동교 길노 갈 시 도상의셔 오셩이 긔졍승을 불너 왈: "이째의 등주리 ᄀᆺᄐᆫ 화룰 ᄂ리 뼈시니 쁘기도 괴롭거롤[눌] ᄯᅩ 어이 트기조차 ᄒ여 계시뇨?"

긔졍승이 도라보며 답왈: "이런 째의 ᄒ염죽ᄒ 진담도 ᄯᅩᄒ ᄒ기롤 슬커놀 어이 부담을 됴화ᄒ시오?"

ᄒ니, 듯ᄂᆫ 쟤 '긔졍승의 ᄃ답이 니승ᄒ여 더 낫다.' ᄒ더라(5.뒤).

6. 신방초일 향규문담[답]

듕쳥도 신낭이 경샹도 쟝가 들나가니, 녕남 풍속이 극히 향암스럽고 극히 우스오니 신낭이 만히 부죡히 넉이더라. 초례쳥의 드러셔니 독좌샹의 미믈 탕소, 삼식 실과, 편면 시졉 노하 졔샹 ᄀᆺᄐ 출혀노코 신부룰 무당의 할옷 닙히고 분 셩젹을 어룽더룽ᄒ게 칠ᄒ야 졀을 식이니, 신부 일신이 둔ᄒ야 어듥버듥ᄒ야 능히 쑥 각겨 졀을 ᄒ지 못ᄒ게 주어 닙혓더라. 신방의 드러가니 부화스러ᄒ ᄌ덕 니불의 출뿔 무리 반뷔 박은 요의 두몡만ᄒ 피뇨강의 왕골 기즑 자(6.앞)리의 칠승포 도포의 무명보라 등치막의 초록 동다회 씌룰 씌윗더라. 신낭이 더옥 심화 계워 옷도 아니 닙고 얼골이 ᄒ여 밧그로 나오니 당인 공쳠지 손 잡고 굴오ᄃ "어이 얼골이 취ᄒ엿ᄂᆫ뇨? 용ᄒ 안히 보고 황홀ᄒ야 그리ᄒ냐?"

ᄒ니, 더옥 증을 내여 안잣더니 이윽고 쟌샹이란 거시 니ᄅ니 심화룰 내여 본 쳬도 아니터니, 겨녁밥이 니ᄅ니 팟밥 피식긔에 슈독이 담고 메육국의 젓 조긔ᄭ미 너코 무우 ᄂ물 노코 슛듥 다리 왼통으로 구어 노핫더라.

이윽고 피쥬발의 ᄯ물 슉닝 ᄀ득 부어 드려왓거ᄂ 놀나 도라보니 황(6.뒤) 소 ᄀᆺᄐᆫ 계집종이 젓통이룰 내앗고 벗벗 셔셔 '허허' 우으며 굴오ᄃ "우에 됴

혼 반찬의 밥 아니 잡ᄉᄋ시오?" 신낭이 저 거동을 보고 희연ᄒ여 소리 더럭 질너 '상 아스라.'

ᄒ니, 그 년이 놀나 쮜여 내ᄃᄅ며 '으마! 그 졍, 그 냥반이야!'

ᄒ니, 신낭이 도로혀 우음을 먹ᄃ더라.

밤 든 후 신뷔 웅[웅]쟝셩식으로 나오니 싱이 슉시ᄒ매 신뷔 머리롤 고이케 쮜오고 쇠쏭빗 ᄀᆺ튼 송화식 져고리의 쥬토빗 ᄀᆺ튼 다홍치마의 흰 명지 한삼을 느리쳐 손의 쥐고 셔편의 안자시니, 싱이 거동을 보고 우음을 참디 못ᄒ여 이윽히 우으니, 신뷔 쏘혼 ᄀ근이(7.앞) 우으니,

싱이 더욱 한심이 너겨 그 거동을 채 알녀ᄒ여 문왈: "나히 몃치나 ᄒ온고?"

신뷔 답왈: "열여둛의 두 살 먹엇ᄂ이다."

신낭이 쏘 무ᄅ디 '일홈이 무엇이뇨? 일홈 아라 무엇ᄒ리잇가?'

ᄒ더라.

밤 들매 신낭이 나아가 오슬 잡아 ᄃ리더 경겁ᄒ미 업더라.

새벽의 싱이 무ᄅ디 '능히 질삼, 바ᄂ질 다 ᄒᄂ다?'

답왈: "삼기 무영[명] ᄲ기, 잣기, 뵈 바ᄂ질, 모시 바ᄂ질은 우리 집의 내 웃듬이오, 언문도 기역이은, 가갸거겨, 검동이, 셴동이 쓸 줄은 알고 진셔도 하ᄂᆯ 텬, 싸 디, 가믈 현, 누루 황 달지ᄒ노라."

신낭이 대쇼ᄒ니 신뷔 닐오디 "뭇ᄂ 말 디답ᄒ여든 사(7.뒤)름을 업슈이 너겨 어제 밤부터 웃ᄂ뇨?"

ᄒ더라.

그러나 신뷔 얼골이 단졍ᄒ고 머리털이 검고 ᄀ눌며 눈이 묽고 눈셥이 길고 프르며 입시울이 붉고 텬뎡이 두렷ᄒ야 돌 ᄀᆺ고 빗치 윤퇴ᄒ고 귀밋치 됴하 돌 ᄀᆺ튼 미인이오, 덕긔 잇는 부인이라.

신낭이 비로소 심듕의 탄왈: "앗갑다! 인시 미거ᄒ고 거동이 판탕ᄒ믄 ᄀᄅ치디 못혼 탓이로다."

ᄒ더라.

날이 붉으매 싱이 나와 ᄌ가 어룬긔 일일히 고ᄒ고 혼가지로 드러와 신부롤

볼 시, 그 작인의 긔이흐믈 깃거 ㅇ즈룰 불너 닐오디 "도리 요원흐니 너는 머므러 신부와 흔가디로 오라." 흐(8.앞)더라.

공이 잇더니 셕양의 니르러 신부의 손을 잡고 머리룰 쓰다듬아 보듕흐믈 니르고 드디여 발힝흐니라. 싱이 부명을 밧즈와 즉시 신부룰 디흐여 졍히 친흐고 말숨이 유화흐여 쇼학을 ㄱ르치며 녜도룰 닐너 들니니 처엄은 귀예 머무러 듯디 아니흐더니, 졈졈 오리매 본디 통달흐고 식견이 널너 어그러워 지조로온디라. 허물며 싱의 됴코 몱으며 녜다온 거동과 텬일지표룰 흠모하여 졈졈 향암져오며 우어 뵈는 일이 업는 고로 날노 셔칙을 즘심흐야 밤이면 널녀뎐을 유심흐여 보니, 싱은 깃거흐디 쇼(8.뒤)져의 모친이 긔식이 심히 아니쯔와 닐오디 "계집이 미양 셔칙만 펴노코 안쟈든 무슴 볼 거시 잇느뇨? 쇼학의셔 먹을 것, 닙을 것 삼기느냐? 무명즈룰 ㄱ득이 두고 뜻개 셔답을 흐여야 흐지 브려두엇다가 익구즌 부모 동싱 식이려 흐느냐?" 흐디, 디답디 아니흐고 유심흐미 졈졈 긔특흐니 싱이 긔특이 넉여 듕디흐더라.

일일은 싱이 닐오디 "사룸이 법도룰 모르시고 지물만 탐흐니 엇지 스티후의 흘 배리오? 녜도는 셩인의 경계오, 단졍흔믄 녀즈의 흐는 되오, 욕심 막기룰 믈 막기 ㄱ티 흐면 어딜기 쉬온이라."

흐더라.

신뷔(9.앞) 이후 싱각이 통달흐야 스스로 깃거 굴오디 "사룸이 비록 나기룰 잘흐나 비오미 업스면 엇지 금슈와 다르리오? 녀즈 소텬을 잘못 어드면 일싱을 그릇치미 아니리오? 부부의 의룰 일워 즈식 나기도 금슈나 사룸이나 ㄱ트디 사룸을 듕히 너기믄 녜도와 힝실이라. 녜법을 모르면 엇디 금슈와 드르리오?"

흐더니, 후 싱이 부인을 인도흐야 유한졍졍흔 부인이 되니라.

싱이 날노 듕졍이 새로오나 부모 슬하 써난 지 일 년이 넘으니 훌훌흐믈 춤디 못흐야 즉시 힝니룰 출혀 부인으로 더브러 튱쳥도 본가의 도라오(9.뒤)니 일가 동족이 모다 신부룰 보고 슈미 긔이흐믈 칭찬흐고 싱이 즉시 과댱의 나아가 알셩 댱원급뎨흐야 녕의졍 완평부원군이 되고 부인으로 더브러 스즈 일녀룰 나코 빅슈 희로흐며 부인의 셩덕 녜법의 긔이흐믈 나라히 들니니, 왕

휘 궐니로 청ᄒ여 스싱 녜로 디졉ᄒ시니,

대개【강】 사룸이 비혼 일 업시 되ᄂᆞᆫ 이ᄂᆞᆫ 무위이화ᄒ여니와 공ᄌᆞᆺ티 순후ᄒ여 어딜이 사룸을 되도록 인도ᄒᆞ니, 가히 긔특고 ᄉ즈 일녜 다 셩취ᄒ여 이졔ᄭ지 완평부원군 니귀【모】의 ᄌ손이 잇ᄂᆞ니라(10.앞).

七.

녜 혼 사룸이 울음을 '에에' 우지 못ᄒ고 '외외' 우더니,

일일은 친구의게 됴샹 갈 시 샹인과 됴샹ᄒ미 '외외' 우니, 샹뎨 형뎨 다 우음을 춤디 못ᄒᄂᆞᆫ디, 샹가의 개삿기롤 첫더니 '외외' 소리롤 듯고 여러 개삿기 모다 와 됴긱을 할작이니, 됴긱이 괴로오믈 이긔디 못ᄒ야 좌우로 써젹이며 우니, 샹인 우음을 춤지 못ᄒ야 못 샹인은 침듕ᄒ더라.

겨유 참으나 둘지 샹인이 우음이 나오니 견디지 못ᄒ야 병 핑계ᄒ고 안ᄒ로 드러간더라.

됴긱이 인ᄉᄒ랴 ᄒ니 말좌 샹인이 업ᄂᆞᆫ더라.

고히 너겨 므른더,

못 샹인이 답왈: "아오 손이 본더(10.뒤) 넝병이 이셔 오리 한더 잇디 못ᄒ여 방으로 드러갓ᄂᆞ이다."

됴긱이 졔 우룸 고이혼 줄은 싱각지 못ᄒ더라.

八. 불효【효】부젼

젼쥐 한 문관이 여러 아돌이 이셔 며ᄂᆞ리롤 어더 다 용ᄒ더 셋지 며ᄂᆞ리 심히 사오나와 싀부모긔 졍셩이 바히 업고 넘난 일이 하 만ᄒ니 구괴 괘심이 넉여 그 꼴을 아니 보려 ᄒ고 혼 모로 너머 내쳐 셰간 살니니, 그 뜻을 알고 저도 노ᄒ이 너겨 싀부모롤 혼번도 와 보지 아니ᄒ니, 그 싀뷔 믹바드러 ᄒ여 불시예 죽(11.앞)어ᄂᆞᆫ 톄ᄒ니 일개 다 발상ᄒ고 부음이 그 며ᄂᆞ리게 가니, 급히 머리 풀고 크게 고함쳐 울며 드러와 업더져 긔졀혼 톄ᄒ다가 ᄭ여 브ᄅᆞ지져 울며 스셜ᄒ더 "이제 아바님 그려 엇디 살고 엇디 이리 급히 상ᄉ 나신고?

그격긔 와 계셔 내 ᄆ촘 이 동ᄂᆡ 왓더니 너ᄅᆞᆯ 보라 왓노라 ᄒᆞ셔ᄂᆞᆯ, 반갑ᄉᆞ온 ᄆᆞ옴의 하 홀 거시 업서 싱티 다리 굽고 흰밥을 옥ᄀᆞ티 지어 큰 사발 시쓹 우희 내ᄃᆞ게 수복이 담아 드리니 졔반 ᄒᆞᆫ 술만 더ᄅᆞ시고 술은 듯 줍ᄉᆞ오며 '여러곳 ᄃᆞᆫ녀 시장ᄒᆞ더니 내 안식을 보왓더냐? 하 만히 먹어시니 져녁밥 못 먹게 ᄒᆞ엿(11.뒤)다.' ᄒᆞ시고 나가시거ᄂᆞᆯ, 내 ᄆᆞ옴의도 하 깃버 ᄯᆞ나ᄭᅡ 지 넘어 가시ᄂᆞᆫ 양을 보고 드러와셔 츌뿔을 담아 편ᄒᆞ여 가지고 오려고 막 ᄲᅥᆺ더 니, ᄯᅩ 오시거ᄂᆞᆯ 급히 닉여 보혀 세 덩이ᄅᆞᆯ 잡ᄉᆞ오시고 '어와! 먹고져 ᄒᆞ던 ᄯᅥᆨ을 됴히도 먹은지고! 너ᄂᆞᆫ 실노 ᄭᅵ부모의 ᄯᅳᆺ을 안다.' ᄒᆞ시고 못 아히ᄅᆞᆯ ᄡᅳ 다듬아 널오시ᄃᆡ '닉 압히 업ᄂᆞᆫ지라. 노쇠ᄒᆞ여 시장ᄒᆞᆫ 째 진졍을 못ᄒᆞ다가 네 어미 졍셩으로 째마초 ᄒᆞᆫ ᄯᅥᆨ을 하 잘 먹어시니 낸들 언마 살니? 집 뒤 개ᄶᅩᆼ밧, 훈이ᄂᆞᆫ 별급ᄒᆞ고 압 ᄭᅵ공논은 작은 아히 하 어엿브니 주노라.' ᄒᆞ시고 나오시니, 네 아니ᄒᆞ시던 말(12.앞)ᄉᆞᆷ 어이 그리 ᄒᆞ시ᄂᆞᆫ고? ᄆᆞ옴의 심히 고이 ᄒᆞ여 굿 보더니 샹풍 이리 되려 미리 아ᄅᆞ셔 그리 ᄒᆞ시닷다."

ᄒᆞ고, 다시 논말 밧츨 거드러 들먹이더니,

그 ᄭᅵ아비 무심코 벌덕 니러 안ᄌᆞ며 크게 ᄭᅮ지ᄌᆞ디 '내 언제 네 집의 가셔 ᄯᅥᆨ이며 밥 먹으며 훈이ᄂᆞᆫ, 개ᄶᅩᆼ밧, ᄭᅵ공논 주마 ᄒᆞ더니?'

그 며ᄂᆞ리 발샹ᄒᆞ엿던 머리ᄅᆞᆯ 거두쳐 언고 '하하' 웃고 ᄃᆡ답ᄒᆞ디 '거즛 샹ᄉᆞ 의 거즛 말ᄉᆞᆷ 긔 무슴 허물이 되오릿가?'

ᄒᆞ고 제 집으로 도라가니 이날 불의예 샹ᄉᆞ 나셔 사ᄅᆞᆷ이 만히 모엿더니 일시의 젼파ᄒᆞ여 우슴이 되니라.

九. 희셔긔문(12.뒤)

황ᄒᆡ도 봉산 ᄯᅡ히 방약쟝이란 사ᄅᆞᆷ이 이시니 늙게야 ᄯᅡᆯ을 나ᄒᆞ니 용뫼 슈려 ᄒᆞ고 직질이 무던ᄒᆞ디 다만 두 볼기 졈졈 ᄌᆞ라 크게 남다르니 보ᄂᆞ니 다 고이 히 넉이더라. 십ᄉᆞ 세 되던 봄의 뫼히 ᄂᆞ물 키라 갓더니, 져무도록 디긔ᄅᆞᆯ ᄲᅩ이니 비속이 ᄀᆞ쟝 토[트]렷ᄒᆞ여 요란이 나올가 시분지라. 혹 남이 드ᄅᆞᆯ가 ᄒᆞ야 그윽ᄒᆞᆫ 뫼골을 ᄎᆞ자가 무심이 방귀 ᄒᆞᆫ 잘놀 ᄯᅱ니, 소리 산악이 문허지ᄂᆞᆫ

둣ᄒ야 나무 우희 안잣던 갓토리 둘이 ᄰ러지거ᄂᆞᆯ, 방시 ᄆᆞ옴의 깃거 혜오디 '내 집이 가난ᄒ여 일싱 치소로 연명ᄒ더니 하ᄂᆞᆯ이 에엿비 녁여 내 속의 방 (13.앞)귀룰 삼겨 이런 거시나 어더 먹게 ᄒ시도다.'

ᄒ고, 가지고 집으로 도라와 부모긔 봉양ᄒ니 부모ᄂᆞᆫ 그런 줄 모로고 ᄯ올이 무슨 지조로 잡은가 깃거ᄒ더니,

일일은 그 어미 ᄯ올ᄃᆞ려 무ᄅᆞ디 "네 거번 ᄭᅯᆼ 잡은 일이 슈샹ᄒ니 바로 니ᄅᆞ라. 계집 아ᄒᆡ 잡을 니 만무ᄒ니 네 혹 엇던 머홈을 사괴여 잡아주더냐? 모녀 간 긔일 일이 어이 이시리오? 바로 니ᄅᆞ라."

ᄯ올이 탄식고 디왈: "쇼네 팔ᄌᆞ 고이ᄒᆞ와 속의 이런 병이 이실 줄 어이 알니잇가? 남은 도적 방귀도 ᄭᅱ고 풀슉 방귀도 ᄭᅱ고 혹 잡것 먹어 ᄇᆞ람 드러 프도독ᄒᆞ거나 극히 ᄆᆡ이 나와야 ᄭᅯᆼᄒᆞ기(13.뒤)ᄂᆞᆫ 방귀 듕 예수어니와 쇼녀ᄂᆞᆫ 고이ᄒᆞ야 어려셔부터 두 볼기 몬져 크ᄂᆞᆫ 줄 남이 고이히 넉이더니 져덕 ᄂᆞ믈 키라 ᄆᆡ히 갓ᄯᅡ가 디긔룰 ᄲᅧ여 속이 ᄀᆞ쟝 트럿ᄒᆞ거ᄂᆞᆯ, 혹 남이 알가 ᄒᆞ여 그윽ᄒᆞᆫ 뫼골을 ᄎᆞ자가 ᄭᅱ오니 냥개 ᄭᅯᆼ이 것구러져습기 가져왓ᄉᆞᆷᄂᆞ이다."

그 어미 놀나 약당을 ᄭᆡ와 슈말을 니ᄅᆞ니, 약당이 잠결의 머리룰 흔들며 닐오디 "아니라. 그럴 니 잇ᄂᆞᆫ가? 방귀 소리 아ᄆᆞ리 커도 텬동만은 못ᄒᆞ려든 텬동의 아니 죽은 ᄭᅯᆼ이 방귀예 놀나 죽을가 시브냐? 이 ᄯ올이 무샹ᄒᆞ여 ᄆᆞ을 머음을 사괴여 가문을 욕 먹이런다."

ᄒ고 니러나 큰(14.앞) ᄆᆡ로 ᄆᆡ이 치려 ᄒ니,

ᄯ올이 울며 고왈: "쇼네 엇디 부모룰 속이리잇고? 뎡 고지 듯지 아니시면 ᄒᆞᆫ번 ᄭᅱ어 뎡 말숨인 줄 아ᄅᆞ시게 하고 시브오디 부뫼 놀나실가 못 ᄒᆞᄂᆞ이다."

약당이 도로혀 '허허' 우서 왈: "내 졈어실 적 마병 구실 ᄃᆞᆫ닐 적 삼혈총의도 아니 놀라고 마샹지의 올닌 바라랑 증소리의도 아니 놀나거든 내 아ᄆᆞ리 늙고 병 든들 네 방귀예 놀날가 시브냐? 네 아ᄆᆞ커나 ᄒᆞᆫ 잘놀 내혀 노하든 놀나온가 드러보자."

ᄯ올이 '과연 쇼녀의 방귀ᄂᆞᆫ 심샹치 아녀 고이ᄒᆞ오니 부모님이 임의 아라 계시니 덜 놀나시련이와 여긔 ᄭᅱ여셔ᄂᆞᆫ 겻집 망동한미(14.뒤)도 병드러 낫디

못흔 더 놀나 죽을 거시오, 겻집 어린 아히도 놀나 경풍할 거시니 너른 쓸히 가셔 쒸여 드르시게 흐리이다.'

약당 부체 우이 넉이되 쫄의 말디로 너른 벌을 츳쟈가셔 쫄드려 왈: "네 아모커나 이셔 흔 잘놀 내여 노흐라. 놀라온가 드러보쟈." 흐니,

쫄이 닐오디 "범수는 둔둔이 흐는 거시 올흐니 허리쯰룰 글너 두 분 허리룰 흔디 미쇼셔." 부뫼 쫄의 니르는디로 흐고 '쒸라.'

흐니, 방시 궁둥이룰 추여 들고 다리룰 어긋흐고 방귀 흔 잘놀 쒸니, 텬디 문허디는 듯 모리와 돌이 다 눌니이고 약당 부체 다 긔졀흐엿는디라(15.앞).

방시 망극흐여 혼주말노 닐오디 "내 쳐엄은 쒱을 잡아 효도흐고 나죵은 이리 놀나시게 흐니 이런 불효 업다."

흐고, 집으로 드려올 모칙을 싱각흐여 왈: "부뫼 더 놀나실 거슨 업스니 쏘 방귀 쒸여 느라 집의 가시게 흐리라."

흐고, 집을 향흐여 노코 허리쯰룰 둔둔이 미고 흔 줄놀 쒸니, 모리와 흙과 약당 부체 흔가지로 눌니여 가거놀, 방시 뜬라 졔 집의 가 보니 마당의 느려졋는디라.

방시 방의 드러 누이고 새도록 구완흐니,

평명의 약당 부체 눈을 쩌보고 닐오디 "우리 어제 너른 쓸에 잇더니 엇디흐여 집의 왓는고?"

쫄이 울며 전후수말을(15.뒤) 고흐고 불효룰 일크르니 약당이 머리룰 흔들며 왈: "으마! 무셔웨라. 나는 방귀, 방귀 흐여도 그런 방귀는 듯도보도 못흐엿노라."

흐더라.

이러구러 방시 십구 셰 되니 닌니의 이 소문이 파다흐여 아모 구혼흐리 업더니,

물 건너 비풍헌이란 사룸이 독주룰 두어 구혼흐니, 약당이 깃거 허혼흐고 틱일 셩녜흐니,

신랑이 극히 쳥아 쇄락흐니 약당 부체 깃거흐며 일변 근심흐여 왈: "오늘

사회롤 보니 심히 쳥슈ᄒ니 쭐이 만일 방귀롤 춤디 못ᄒ면 사회 어디로 눌니
여 갈 줄 모로니 이런 근심이 업다."

ᄒ더라.

방시 현구고홀(16.앞) 시 풍헌 부체 신부롤 볼 시 용뫼 극히 미려ᄒ니 깃버
ᄒ미 ᄀ이 업더라. 방시 구가의 완 지 수월이 디나니, 방귀롤 춤으매 속이
거북ᄒ여 틈을 엇디 못ᄒ여 ᄒ더니 이째 하뉴월이라. 일긔 심히 무더우니 집
이 좁아 풍헌 부체 자리 ᄭᆯ고 마당의 나 누엇더니 홀연 텬동 번개 요란ᄒ니
방시 ᄒ가지로 누엇더니, 싱각ᄒ디 '텬동 소리 요란ᄒ니 이째 방귀롤 ᄭᅱ면
뇌뎡 소리예 섯겨 뉘 알니오?'

니러나 두루 술펴보고 ᄒ 잘놀 ᄭᅱ니, 텬디 뒤눕ᄂᆞᆫ 듯ᄒ며 풍헌 부체 긔졀ᄒ
고 제 가부ᄂᆞᆫ 어디로 둣고 업거눌, 방시 망극ᄒ여 두루 어더보니 길(16.뒤)ᄀ
지 무덕이 속의 ᄲᅡ젓거눌 드려다가 누이고 구완ᄒ니, 날이 붉으매 세히 졍신
을 출혀 디난 밤 일을 아모란 줄로 몰나 고이히 넉여 서로 일ᄏᆞᆺ고 안잣더니,
집의셔 브리던 계집동이 밤의 방귀예 눌니여 갓다가 느즌 후야 겨유 긔여
드러오ᄂᆞᆫ디 오히려 븨쁠븨쁠ᄒᄂᆞᆫ디라.

풍헌 부체 반겨 왈: "우리 어제밤의 별학을 마잣던가? 인스롤 몰나 너도
ᄎᆞᆺ지 못ᄒ엿더니, 네 어디로 갓다가 사러 드러오니 긔특ᄒ도다."

ᄒ고, 굴오디 "너ᄂᆞᆫ 그 소리롤 아ᄂᆞᆫ다? 무슨 소릴너니?"

그 아히 일신을 썰며 디왈: "그거시 귀오이다."

풍헌 부체(17.앞)왈: "귀라 ᄒ니 아귀런가? 악귀러냐? 흉귀러냐? 응당 귀신
이 우리롤 히ᄒ랴 ᄒ니, 하늘이 어엿비 넉여 귀신을 벼락 치신가 시브다."

ᄒ니, 죵 아히 답왈: "귀신이 아니라, 방귀오니이다."

ᄒ니, 풍헌왈: "방귀란 말이 그 어인 말고? 너ᄂᆞᆫ 어셔 일너 내 답답ᄒᆫ ᄆᆞ옴
을 싀훤케 ᄒ라."

죵 아히왈: "쇼인이 어제밤의 ᄆᆞ참 줌이 업셔 새 아기시 등 뒤히 누엇ᄉᆞᆸ더
니, 새 아기시 홀연 넓더나 좌우롤 두루 술펴보더니 민판 ᄀᆞᆺ튼 궁둥이롤 내여
노코 다리롤 알킈 동ᄒ더니 텬동 ᄀᆞᆺ튼 소리 나옵더이다. 어마! 어마! 무서웨

라. 그 소리야!"

ᄒ고, 다(18.앞)시 고왈: "쇼인 이후 쏘 그 방귀 소리 드러셔는 아조 죽게 [되]엿ᄉ오니 하딕ᄒ고 나아가ᄂ이다."

풍헌 부체 어히업셔 종을 달니여 '가디 말나.'

ᄒ고, 아ᄃ을 불너 왈: "네 안히 말을 드르라."

ᄒ고, 그 ᄉ연을 ᄌ시 니르고 왈: "우리 부쳐는 늙어시니 죽어 관겨ᄒ랴마는 네 쳥슈 약질이 아모 고디 가 죽을 줄 모로니, 네 안히를 졔 집으로 보내라."

ᄒ니, 그 아ᄃ이 ᄀ이 업서 방시ᄃ려 왈: "방귀는 긔운을 통ᄒ는 거시라. 노샹 쒸지 말 거시 아니로디 어룬 뫼신 사롬이 너모 임타이 ᄒ여 방귀를 나는 디로 쒸여 부뫼 놀나시게 ᄒ니 이제로셔 집으(18.뒤)로 가라."

ᄒ니, 방시 대답ᄒ되 '가라 ᄒ니 가려니와 칠거지악의 드럿더냐?'

ᄒ고, 졔 집으로 가더니 흔 고디 다ᄃᄅ니, 관가 하인 여러히 모혀 뫼흘 ᄀᄅ치고 지져며 근심ᄒ거놀, 방시 나아가 녜ᄒ고 닐오디 "녈위는 무슨 일 이셔 근심ᄒᄂ뇨?"

하인이 답왈: "우리는 관쇽들일너니 우리 원님이 병환이 드러 삼년을 시드ᄅ샤 빅약이 무효ᄒ더니, 흔 의지 닐오디 '뫼 우희 잇는 바회 우희 열닌 비를 싸 쓰면 병환이 나으시리라.' ᄒ기 두루 도라 예 와셔 겨유 비남기 이시디 뫼히 놉기 십 장이오, 바회 쏘 열 길이라. 대되 셜흔 길이니 비를 쌀 길히 업서 이(18.뒤)리 걱정ᄒ노라."

방시 답왈: "내 마춤 놉흔 것 ᄂ리오기를 잘ᄒ더니 비를 만히 싸줄 거시니 갑슬 어마나 주랴 ᄒᄂ뇨?"

관 하인이 대희ᄒ여 답왈: "비를 싸주면 목 흔 동을 주리라."

방시 허락ᄒ고 닐오디 "녈위는 산하로 잠간 피ᄒ라. 내 지조를 다ᄒ여 싸 리라."

관니 슈상이 너겨 최오지 아니ᄒ거놀, 방시 이에 비 남글 향ᄒ여 궁동이를 츄혀들고 방귀 흔 잘놀 쒸니 산악이 문허질 듯ᄒ며 관니 다 실식ᄒ고 호랑과 여호, 톳기, 사ᄉ이 다 놀나 것구러졋더라. 모리와 돌이 다 눌니여 비 남글

마치니 비 나모 닙조차 다 쩌(19.앞)러지니 관니를 쥐물너 씨와 '비를 주러
가라.'

ᄒ니, 관니 씨여 어즐어즐ᄒ며 보니 비 만히 쩌러져거늘, 대회ᄒ여 목 흔
동을 방시를 주고 비를 가지고 가니라.

방시 싱각ᄒ더 '내 집으로 가셔는 부뫼 일뎡 방귀 아니 춤앗다 ᄒ여 용납지
아니ᄒ시리니 츨하리 이 무명을 가지고 구가로 도로 가리라.'

ᄒ고, 싀집으로 가셔 연유를 다ᄒ니, 싀부뫼 일변 무던이 넉여 머므러 두더라.

일일은 동니 사롬이 풍헌과 쌰와 둥인이 치려 집으로 또차오니, 방시 싀부
ᄂ 안히 드러보내고, 그 사롬을 향ᄒ여 방귀 흔 줄늘 쒸(19.뒤)니 눌니여 가ᄂ
다라.

기인이 겁내여 다시 쌰호디 못ᄒ고 닌니 사롬이 다 무셔이 넉여 풍헌과
결우리 업스니, 일노 인ᄒ여 싀부모 도로혀 며느리 ᄉ랑이 극진ᄒ더라.

디개 건너【디개 건너는, 져 개 건너】풍쵸관이란 사롬이 이셔 그도 방귀
유명ᄒ여 동니 사롬이 다 놀나더니, 쵸관이 미양 방귀 결음ᄒ리를 못 어더
ᄒ더니,

방시 방귀 유명타 말을 듯고, 양식 쌰고 와셔 방시를 ᄎᄌ니, 우물의 흔
녀인이 믈 깃다가 문왈: "내 긔어니와 어이 춫ᄂ뇨?"

기인왈: "방귀 결음ᄒ라 왓노라."

ᄒ니, 방시왈: "그리ᄒ라."

ᄒ고 믈동회롤 니고 드러가며 방귀 흔 잘늘 쒸니, 등문이 너머지ᄂ(20.앞)디
라. 또 풍쵸관이 진녁ᄒ여 흔 줄늘 쒸니, 등문이 겨유 니러나ᄂ디라. '아모려도
지깃다.'

ᄒ고, 방아공이를 ᄒ나홀 어더 궁동이에 끼오고 믈을 건너가니, 방시 또
키 ᄒ나홀 어더 궁동이 끼오고 가셔 마조 향ᄒ여 쒸니, 방하공이와 키 마조
다딜녀 믈의 쌔디니, 방하공이ᄂ 슘어 되고 키ᄂ 넙치 되니, 이러므로 슘어ᄂ
방하공이 ᄀᆺ고 넙치ᄂ 키 ᄀᆺ다 ᄒᄂ니라.

방시 이후ᄂ 아모도 두려워 아니ᄒ고 싀부뫼 심히 ᄉ랑ᄒ며 ᄌ손을 만히

두고 됴히 잘 사더라.

　긔담이기로 긔록ᄒ여 셰상이 웃게 ᄒ노라(20.뒤).

『열상고전연구』 38, 열상고전연구회, 2013.

세책 고소설 독자를 실증적으로 밝혀낸 정명기(鄭明基)

/ 제자 유춘동

정명기(鄭明基, 1955~2018) 선생님은 나손(羅孫)의 제자로서, 야담(野談) 연구의 개척자이자 세책(貰冊) 고소설 연구의 개척자였다.

그는 철저한 자료 조사 및 수집, 자료의 입력과 활용에서 학계에서는 거의 독보적인 인물이었다.

그의 선도적인 연구는 여러 가지가 있다. 세책과 관련해서 중요한 연구를 말한다면 다음과 같다.

- 고소설 후기(後記)의 성격고(1979)
- 세책 필사본 고소설에 대한 서설적 이해(2001)
- 세책본 소설의 유통 양상: 동양문고 소장 세책본 소설에 나타난 세책장부를 중심으로(2003)
- 세책본 소설에 대한 새 자료의 성격 연구(2005)

소설을 읽은 조선시대 독자들은 책 여백에다가 자신의 소회를 적은 다양한 필사기를 남겼다. 1979년에 발표한 《고소설 후기(後記)의 성격고》는 이에 대한 체계적인 정리이자, 이 자료들의 의미를 학계에서 어떻게 부여할 것인가를 제시한 것이다. 이 글은 석사과정 2학기에 쓴 글이라는 점에서 놀랍다.

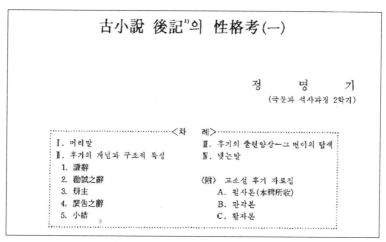

*《고소설 후기(後記)의 성격고》*의 목차

그의 논문 중에서 압권은 "세책본 소설의 유통 양상: 동양문고 소장 세책본 소설에 나타난 세책장부를 중심으로"이다. 세책은 여러 사람이 빌려보는 특성상, 파손의 위험이 컸다. 따라서 그 위험성을 줄이고자 여러 가지 방안을 고려했는데, 폐지로 책을 두껍게 만든 까닭도 그 때문이었다.

이때 폐지는 용도 폐기된 여러 종이를 썼는데, 이 종이는 대체로 세책점에서 운용하던 장부(帳簿)나 훼손된 세책본이었다. 언젠가 세책점에서 대여한 세책장부가 온전한 형태로 발견될지 모르겠지만 현재 남아있는 장부는 없고, 거의 이런 모습으로 조각조각 상태로 책 이면에 남았을 뿐이다.

일본 동양문고에서 이 자료를 찾기 위해 자료를 뒤적뒤적 거리고, 찾아내면 손으로 하나하나 베껴서 다시 정리하여 작성한 논문이, 바로 "세책본 소설의 유통 양상: 동양문고 소장 세책본 소설에 나타난 세책장부를 중심으로"이다.

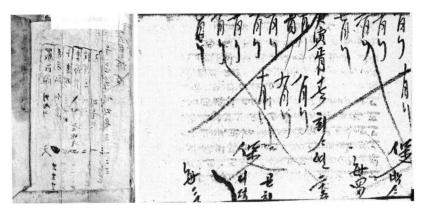

배접지로 쓴 세책장부

이 논문은 세책본을 향한 시각을 180도로 바꾼 중요한 성과였다. 기존에는 여성독자가 주로 세책, 세책점을 이용했다고 말해왔다. 그러나 자료 확인 결과 이와는 반대로 남성독자가 많았다는 새로운 사실을 밝혔다. 아울러 책을 대여하기 위해 담보한 다양한 물건, 세책 대여 기간, 1인당 대출 책의 수량, 최다 대여자와 같은 세책 대여점의 실제 운영 상황을 실증적으로 보여주었다.

정명기 선생님은 이러한 결과를 토대로, 별도의 단행본으로 준비하고 있었다. 그러나 이 과정에서 2018년 3월 21일 갑자기 영면하고 말았다. 세책 연구의 활성화를 위해 누구보다 열정적으로 공부하신 선생님의 갑작스런 죽음이 지금도 믿기지 않는다.

개인적으로 선생님은 논문이나 책이 나오면 꼭 전화를 주셨다. "유 선생…"으로 시작하던 선생님의 그 그리운 목소리. 이제 다시 들을 수 없는 그 목소리. 선생님의 그 목소리를 다시 들을 수 없는 줄 알면서도 다시 꼭 들고 싶은 마음이 간절하다.

책을 펴내며

/ 큰 딸 정보라미

아버지는 평생을 천진한 소년처럼 살다가신 분이었습니다.
그러니 어쩌면 세상사에 좀 서툴렀을지도 모릅니다만,
맑은 마음으로 세상과 사람을 바라보던 당신과
각별한 부녀의 인연으로 만날 수 있어 감사했습니다.
이른 이별이라고들 하지만
사랑하는 아버지와의 이별이 언젠들 슬프지 않을까요.
이 인연의 끝을
너무 아프게만 생각하지는 않으려 합니다.
이 생을 오롯이 잘 견뎌내고 자유로이 떠나신,
참 그리운 나의 아버지.

매일 밤 제게 팔베개를 내어주고
도란도란 옛날이야기를 들려주시던 그때의 아버지처럼
이제는 제가 아이에게 매일 밤 옛날이야기를 들려줍니다.
이렇게 아버지의 길을 따라갑니다.

아버지께서 미처 수습하지 못한 산고들이 이 저서로 출간되기까지
여러모로 애써주신 김준형 선생님, 유춘동 선생님과 서문을 기꺼이
써주신 이윤석 선생님께 깊이 감사드립니다.

| 저자 소개 | **정명기**(1955~2018)

서울에서 태어나, 연세대학교 국어국문학과(학사) 및 동 대학원(석·박사)를 졸업하였다. 1982년 3월에 원광대학교 사범대학 국어교육과에 부임하여 2018년 2월까지 교수로 재직하였다.

한국 야담문학을 위주로, 세책본소설의 문화사적 성격, 근대 야담사(野談師)들의 삶과 문학적 궤적, 그리고 근대 소화와 한문소설 등 한국 고전 서사문학 자료의 유통과 전승에 관심을 두고 공부하였다. 2018년 3월, 지병으로 세상을 떠났다.

▶ **연구목록**

1. 자료집 간행

『韓國野談資料集成』 전23권 (계명문화사, 1987·1992)

『原本 東野彙輯』 상·하 (보고사, 1992)

2. 교주 및 역주

『校註 靑邱野談』 상·하 (김동욱과 공역주, 교문사, 1996)

『국역 양은천미』 (이신성과 공역, 보고사, 2000)

『한국고소설 관련 자료집 Ⅰ』 (김현양, 최재우, 이대형, 전상욱, 김영희와 공역, 태학사, 2001)

『당진연의』1·2 (김준형과 공역, 이회, 2006)

『한국재담 자료집성』 1·2·3 (보고사, 2009)

『소대성전』 (이윤석·전상욱과 공역, 보고사, 2018)

3. 편저

『野談文學論』 상·하 (보고사, 1994)

『야담문학연구의 현단계』 1·2·3 (보고사, 2001)

『세책 고소설 연구』 (大谷森繁, 이윤석과 공편, 2003)

4. 논저

1) 단행본

『韓國野談文學硏究』 (보고사, 1996)

『구활자본 야담의 변이양상 연구』 (이윤석과 공저, 보고사, 2001)

『윤치호의 우순소리 연구』 (허경진, 유춘동, 임미정, 이효정과 공저, 보고사, 2010)

『한국 고소설의 자료와 유통』 (보고사, 2019)

『한국 야담의 자료와 전승』 (보고사, 2019)

2) 연구논문

1) 「古小說의 後記考 (1)」, 『원우론집』 7집, 연세대 대학원, 1979.
2) 「女豪傑系 小說의 形成過程 研究」, 연세대 대학원 석사학위논문, 1981.
3) 「奴-主의 어울림과 맞섬」, 『한국언어문학』 21집, 한국언어문학회, 1982.
4) 「방쥬젼의 짜임새와 의미」, 『국어교육연구』 3집, 원광대 국어교육과, 1983.
5) 「야담연구의 현황과 장래」, 『글터』 1집, 원광대 국어교육과, 1983.
6) 「야담문학에 나타난 역사의식」, 『글터』 2집, 원광대 국어교육과, 1984.
7) 「〈洪純彦 이야기〉의 갈래와 그 의미」, 『동방학지』 45집, 연세대 국학연구원, 1984.
8) 「유씨부인젼에 나타난 烈과 再生」, 『연세어문학』 14·5합집호, 연세대 국어국문학과, 1985.
9) 「이야기의 改變樣相과 그 意味-漂海錄 類話를 통해서 본」, 『원광한문학』 2집, 원광한문학회, 1985.
10) 「〈趙忠毅 이야기〉의 演變樣相과 意味」, 『국어교육연구』 5집, 원광대 국어교육과, 1986.
11) 「〈丁香이야기〉의 구조와 의미 연구-逸話를 중심으로」, 『국어교육연구』 6집, 원광대 국어교육과, 1987.
12) 「靑邱野談의 편자와 그 이원적 면모-小倉進平本을 통하여 본」, 『연민 이가원선생 칠질송수기념논총』, 정음사, 1987.
13) 「野談의 變異樣相과 意味 研究」, 연세대 대학원 박사학위논문, 1989.
14) 「야담의 변이양상에 대한 소고」, 『국어교육연구』 7집, 원광대 국어교육과, 1989.
15) 「〈洪純彦逸話〉의 小說的 變容에 관한 연구」, 『성곡논총』 20집, 성곡학술문화재단, 1989.
16) 「야담의 소설화」, 『한국소설사』, 현대문학사, 1990.
17) 「동패락송 연구-이본의 관계 양상을 중심으로」, 『원광한문학』 4집, 원광한문학회, 1991.
18) 「최척전」, 『고전소설연구』, 일지사, 1993.
19) 「용문몽유록 연구」, 『고전소설연구논총』, 경인문화사, 1994.
20) 「청구야담의 전대문헌 수용양상 연구-『학산한언』을 중심으로」, 『연민학지』 2집, 연민학회, 1994.
21) 「전과 야담의 엇물림 (1)」, 『한국언어문학』 33집, 한국언어문학회, 1994.
22) 「〈조생-도우탄의 딸〉이야기의 의미 연구」, 『열상고전연구』 8집, 열상고전연구회,

1995.

23) 「여동선전 연구」, 『고소설연구』 1집, 한국고소설학회, 1995.

24) 「『지선전』의 짜임새와 의미 소고」, 『열상고전연구』 9집, 열상고전연구회, 1996.

25) 「『동패락송』 연구 (2)-국문본 『동패락송』에 나타난 번역양상」, 『연민학지』 5집, 연민학회, 1997.

26) 「해제 破睡」, 『연민학지』 5집, 연민학회, 1997.

27) 「야담연구를 위한 한 제언」, 『열상고전연구』 10집, 열상고전연구회, 1997.

28) 「해제 『계서잡록』 권지삼」, 『열상고전연구』 10집, 열상고전연구회, 1997.

29) 「야담집의 간행과 전승양상-『계서잡록』계를 중심으로」, 『황패강교수고희기념 설화문학연구』 상·총론, 단국대 출판부, 1998.

30) 「청야담수의 원천과 변이양상 연구」, 『조선학보』 170호, 조선학회, 1999.

31) 「야담연구에서의 자료의 문제」, 『한국문학논총』 26집, 한국문학회, 2000.

32) 「세책본소설에 대한 서설적 이해」, 『고소설연구』 12집, 한국고소설학회, 2001.

33) 「해제 견신화」, 『동방고전문학연구』 4집, 동방고전문학회, 2002.

34) 「해제 미산본 청구야담」, 『한국민족문화』 19·20합집, 부산대 한국민족문화연구소, 2002.

35) 「미산본 『청구야담』의 원천과 의미 연구」, 『어문학』 78집, 한국어문학회, 2002.

36) 「개항기 소설과 야담에 나타난 서구 인식」, 『열상고전연구』 17집, 열상고전연구회, 2003.

37) 「세책 고소설 연구의 현황과 과제」, 『세책고소설연구』, 혜안, 2003.

38) 「세책본소설의 간소에 대하여-동양문고본 『삼국지』를 통하여 본」, 『세책고소설 연구』, 혜안, 2003.

39) 「세책본소설의 유통양상」, 『고소설연구』 16집, 한국고소설학회, 2003.

40) 「세책본소설에 대한 새 자료의 성격 연구」, 『고소설연구』 19집, 한국고소설학회, 2005.

41) 「서강대본 『단편야담집』(假題)의 源泉과 그 意義에 대한 소고」, 『동남어문논집』 29집, 동남어문학회, 2005.

42) 「〈위생전〉(〈위경천전(韋敬天傳)〉) 교감의 문제점」, 『고소설연구』 22집, 한국고 소설학회, 2006.

43) 「〈위생전〉(〈위경천전〉) 이본 연구」, 『어문학』 95집, 한국어문학회, 2007.

44) 「일제 치하 재담집에 대한 재검토」, 『국어국문학』 149집, 국어국문학회, 2008.

45) 「필기, 야담집에의 수용 양상-『교거쇄편』 소재 자료를 중심으로」, 『한국한문학

연구』 41집, 한국한문학회, 2008.

46) 「연민본『골계잡록』에 대하여」, 『연민학지』 15집, 연민학회, 2011.

47) 「고소설 유통사에 대한 새로운 시각-목활자본『王慶龍傳』의 출현을 통해서 본」, 『열상고전연구』 33집, 열상고전연구회, 2011.

48) 「순천시립 뿌리깊은나무박물관 소장 고소설의 현황과 가치」, 『열상고전연구』 35집, 열상고전연구회, 2012.

49) 「완질『溪西雜錄』(일사(1)본)의 출현에 따른 제 문제」, 『열상고전연구』 40집, 열상고전연구회, 2013.

50) 「浮談의 발견과 패설사적 의의-자료 소개를 중심에 두고」, 『열상고전연구』 38집, 열상고전연구회, 2014.

51) 「강촌재본『임화정연긔봉』을 넘어서-세책본소설·순천시립뿌리깊은나무박물관본·구활자본과의 비교를 통해서 본」, 『열상고전연구』 41집, 열상고전연구회, 2014.

한국 야담의 자료와 전승

2019년 3월 11일 초판 1쇄 펴냄

지은이 정명기
펴낸이 김흥국
펴낸곳 도서출판 보고사

책임편집 이경민
표지디자인 손정자

등록 1990년 12월 13일 제6-0429호
주소 경기도 파주시 회동길 337-15 보고사 2층
전화 031-955-9797(대표)
　　　02-922-5120~1(편집), 02-922-2246(영업)
팩스 02-922-6990
메일 kanapub3@naver.com/bogosabooks@naver.com
http://www.bogosabooks.co.kr

ISBN 979-11-5516-884-4 93810
ⓒ 정명기, 2019

정가 35,000원